译文名著精选

YIWEN CLASSICS

乱世佳人（下）

[美] 玛格丽特·米切尔 著　陈良廷 等译

Margaret Mitchell

Gone with the Wind

上海译文出版社

4

第31章

1866年1月里一个寒冷的下午，斯佳丽坐在账房里给佩蒂姑妈写信，信中她第十回给姑妈详详细细地解释她和玫兰妮、阿希礼不能回亚特兰大去跟她作伴的原因。她边写边觉得很不耐烦，因为她知道佩蒂姑妈会只读信的开头几行便丢下，接着又会给她写信，哀声叹气地说："可是我孤单单一人住在这里害怕呀！"

她手冻得冰凉了，便停下笔来搓搓，还把脚直朝那条裹脚取暖的旧棉胎深处伸去。她那双便鞋的后跟已经磨穿了，用几片破地毯垫补着。那几片破地毯虽能让她的脚不至于触到地板，却无法使她的脚暖和。那天早晨威尔把那匹马牵到琼斯博罗去上马蹄铁。斯佳丽满肚子不高兴地想道，马倒有鞋子穿，人却跟狗一样光着脚丫子，这是个什么世道！

她又拿起羽毛笔来写信，但一听到威尔打后门进来，便又重新放下了。她听见他那条木腿笃笃地在穿堂里走着，到账房门口停住了。她等着他进去，可是等了一会儿没动静，便叫了他一声。他进来了，耳朵冻得绯红，一头泛红色的头发乱蓬蓬的。他站在那里低头看着她，嘴角挂着一丝幽默的微笑。

"斯佳丽小姐，"他问道，"你手头到底有多少现钱？"

"你莫非看中我的钱想跟我结婚吧，威尔？"她有点光火地问道。

"不，小姐。不过我只是想了解一下。"

她带着询问的目光直盯着他。威尔的神情并不一本正经，不过他这个人从来就不现出一本正经的模样。然而，她觉得准出了什么岔子了。

"我有十块金币，"她说。"那个北佬的钱就剩下这一点了。"

"嗯，小姐，这点钱不够。"

"不够什么？"

"不够纳税呗，"他答道。他一瘸一拐地走到壁炉旁边弯下身子，把一双冻红的手伸向火苗。

“纳税？”她重复道。“怎么回事，威尔？我们已经纳过税了呀。”

“不错，小姐。可他们说你没有纳足，这是我今天在琼斯博罗听到的。”

“可是，威尔，我不明白。你到底是什么意思？”

“斯佳丽小姐，你已经够心烦的了，我真不想给你再添烦恼，可这事儿我不能不对你说。他们说你得补交税，数目比你交过的要大得多。我敢肯定，他们把塔拉庄园的税额定得特别高——比这县里任何地方都要高。”

“可我们已经交过一次税了，他们不能再要我们交嘛。”

“斯佳丽小姐，你现在不常去琼斯博罗了，不去也好。近来这地方已经不是太太小姐们去的地方了。要是你常去的话，你就会知道近来有一大帮子叛贼[1]、共和党和提包客[2]在那儿活动。他们会让你气得发跳。还有那些个黑鬼在街头横冲直撞，白人都没法在街上走了，而且——”

“可是这些人跟我们纳税有什么相干呢？”

“我正要说这事儿呢，斯佳丽小姐。那帮坏蛋把塔拉庄园的税定得老高老高的，高得让人觉得这儿每年可以有一千包棉花的收成似的，这里总有个原因。我一听到这消息，就悄悄地去那些个酒吧间从人家的闲谈里探听情况，我发现有人看中塔拉这块地方，等你付不出这笔额外的税款，让公家收去拍卖时，他们就可以廉价买下来。而且大家都知道你交不出这笔税。是谁看中这块地方，我还不清楚。我没有探听到。不过我看跟凯思琳小姐结婚的那个怯头怯脑的希尔顿准知道，因为我跟他提起这事儿时，他不怀好意地朝我发笑。”

威尔往沙发上坐了下去，揉着他那段残余的腿。天气寒冷，加上那

---

① 指美国南北战争后重建时期同北方政府合作的南方白人。

② 提包客，指美国南北战争后重建时期只带一只提包去南方投机谋利的北方政客。

段木腿又镶接得不好，所以断腿老是发痛。斯佳丽愣愣地瞅着他。他在给塔拉这块地方敲丧钟的当儿神情居然那么若无其事。公家要收去拍卖吗？那让他们大家上哪儿去呢？塔拉庄园要成为别人的财产了吗？不，这不可思议！

她一直专心致志地经营塔拉庄园的农业，所以对于外界的事几乎不去注意。琼斯博罗和费耶特维尔两处的事情都由威尔和阿希礼在照管，因此她很少离开庄园。晚饭后，威尔跟阿希礼在饭桌旁讨论重建时期开始阶段的情况时，她也不听，正如从前不去听父亲谈论战争一样。

噢，当然，她听人说起过那班叛贼，就是那些加入共和党谋私利的南方人；她也听说过那帮提包客，也就是在吃败仗①后像蝗虫般地涌到南方来的北佬，他们的全部家当都装在一只旅行提包里。她和那个解放了的黑人事务局②也曾有过几次不愉快的经历。她也听到过某些新近被解放的黑人态度变得十分傲慢的传闻，不过对于这种说法她难以相信，因为她这辈子还没有亲眼见过这种目中无人的黑人呢。

不过，有许多事情威尔和阿希礼一直串通好瞒着她。战争的灾难过去之后，接踵而来的是重建时期更深重的苦难，可是他们两人在谈到家乡形势的当儿，总是尽量避开那些较为骇人听闻的细节。而且即使斯佳丽耐下性子来听了，大半也是这只耳朵进那只耳朵出。

她曾听阿希礼说起南方被当作征服的殖民地了，那些征服者的主要政策是施加报复。但这种消息对斯佳丽来说没有丝毫意义，政治是男人们的事情。她又听到威尔说过，在他看来，北方人是怎么也不会让南方人再有抬头的日子了。嗨，斯佳丽想道，男人们总是有点杞人忧天。就她本人来说，北佬从来就不曾打过她一下，这一回他们也不会这么干。现在最要紧的是拼命地工作，别去担心北佬政府会怎么样。无论怎么说，战争已经结束了。

---

① 指美国南北战争中南方失败，于 1865 年 9 月 4 日正式投降。

② 美国南北战争后，联邦政府在南方成立的专门管理已解放了的黑人事务的机关。

斯佳丽不知道世道变了，老老实实地干活不能再得到正当的报酬了。现在佐治亚州实际上正处在戒严法的控制之下，北佬的驻军各处都是，解放了的黑人事务局掌握着全权，他们在制订适合于自身利益的法律。

这个解放了的黑人事务局是由联邦政府建立的，专门照管那些刚被解放的、兴高采烈无所事事的奴隶，把他们从庄园成千成千地招收到村庄和城市里去。他们游手好闲地让解放了的黑人事务局养着，解放了的黑人事务局还教坏他们，唆使他们对过去的东家进行报复。杰拉尔德家的老监工乔纳斯 · 威尔克森当了本地分局的头，凯思琳 · 卡尔弗特的丈夫希尔顿做了他的副手。这两个人极力散布谣言，说南方人和民主党人正在伺机把黑人重新收回去做奴隶，又说黑人只有得到解放了的黑人事务局和共和党的保护才能避免这种命运。

威尔克森和希尔顿还对黑人说，他们跟白人丝毫没有什么两样，不久白人和黑人就可以通婚了，而且他们过去东家的土地也要拿出来均分，每个黑人都会分得四十英亩地，还有一头骡。他们还通过有关白人待黑人如何如何残酷的种种宣传，挑动他们的情绪。于是，在这块素来以主奴感情融洽而著称的地方，仇恨和猜忌也开始滋长。

解放了的黑人事务局背后有军队作后盾，军方发布了许多内容互相抵触的法令来管制被征服的百姓的行为。谁要是怠慢一下局里的官员，就会立刻被拘捕。学校、卫生单位，都在军法管辖下，连人们衣服上的钮扣、商品的销售，几乎任何事情都受到军法的管制。斯佳丽无论进行什么买卖或交易，威尔克森和希尔顿都有权加以干涉，可以任意标定价格。

幸而斯佳丽本人与这两个人很少打交道，因为威尔劝她专心经营庄园，由他来操办做买卖的事。威尔生来是个好性子，几桩诸如此类的麻烦事都给他顺利地应付过去了，而对斯佳丽却只字不提。如有必要的话，威尔是能对付那班提包客和北佬的。但现在出现了这么个大问题，他就没法对付了。这笔额外所征的税款、塔拉庄园即将失去的危险，他不能不让斯佳丽知道——而且应该立刻让她知道。

她目光炯炯地盯着他。

“哦，这些该死的北佬！”她叫道。“他们让我们吃了败仗，叫我们做了叫化子，难道还不够吗？还要放出这些流氓来整我们。”

战争结束，宣告和平了，可是这些北佬照样可以抢劫她，照样可以让她饿肚子，照样可以把她从自己的宅子里赶走。在这几个令人消沉的月份里，她一直这么想，假如自己能熬到春天，情况就会好起来。她多傻呀。如今辛辛苦苦干了一年，盼了一年，威尔却带来了这么个消息，真是晴天霹雳，让她如何承受得了。

“哦，威尔，我原以为战争结束我们就不会有什么麻烦事了。”

“不是的，小姐。”威尔抬起了一张乡里乡气的翘着下巴的瘦脸，眼睛盯着她老半天。“我们的麻烦才开头呢。”

“他们到底要我们补交多少税款？”

“三百块钱。”

她吃了一惊，呆了半晌。三百块钱！这对她说来简直跟三百万一样。

“哎哟，”她语无伦次地说，“哎哟—哟，那我们无论如何得筹起三百块钱来呢。”

“不错，小姐——还得筹起一座彩虹，一两个月亮呢。”

“哦，不过，威尔！他们可不能把塔拉庄园卖出去啊，为什么——”

他那温和而软弱的目光里露出了一种深恶痛绝的神色，这出乎她的意料。

“他们不能吗？不，他们能，而且准会这么干的，他们还挺乐意要这么干呢。斯佳丽小姐，请原谅我说句粗话，我们这块地方真他妈的遭了殃啦。这帮提包客和叛贼都有选举权，我们民主党人却大多没有。在我们这个州，凡是在1865年的征税册上征收额超过两千美元的民主党都没有选举权。照这样，你爸爸，还有塔尔顿先生、麦克雷一家和方丹兄弟都没有选举权了。还有在这次战争中当过上校以上军官的都不能选举，斯佳丽小姐，我敢肯定我们这个州里当过上校的比南部邦联里哪个州都多。再有，凡在南部邦联政府里充当过官吏的，下至公证员上至法官，都被剥夺了选举权，现在树林里全躲着那样的人。实际情况是北佬搞出了什么大赦宣誓，凡是战前有一点身份的人都没有选举权——有名望的、有地位的、有财产的都被剥夺了选举权。

“嘿！我倒是可以选举的，只要我肯去参加那该死的宣誓。1865年那会儿我身无分文，自然也没当个上校或是显赫的官儿。可我不愿意去对他们宣誓，瞧他们的所作所为，我才不干呢！要是那班北佬行为正当，我早就会对他们效忠宣誓，现在我可不干。他们可以把我这个人收进联邦[①]可收不了我的心哪！我宁可一辈子没有选举权也不去干那种效忠宣誓的事——可是像希尔顿那种下三滥可以有选举权，还有像乔纳斯·威尔克森那种流氓，像斯莱特里家那种穷白人，还有麦金托什家那种地位低微的人倒有选举权。他们现在说了算，要是他们想让你的税款再增加十几倍，你也奈何他们不得。现在就像黑鬼杀了白人也不会被绞死了，还有——”他说到这儿停住了，露出了窘态，他跟斯佳丽都记起洛夫乔伊附近一个荒凉的农场上一个白人单身女人的遭遇来了……“现在这些个黑鬼什么对我们不利的事情都干得出来，他们后面有解放了的黑人事务局和军队用枪炮撑腰，我们既没有选举权，也毫无办法！”

“选举！”她嚷道。“选举！这事儿跟选举有什么相干呢，威尔？我们说的是税款的事啊……。威尔，大家都知道塔拉是个多好的庄园啊，如果有必要，我们可以把它抵押出去筹款付税嘛。”

“斯佳丽小姐，你并不傻，可有时候你说起话来却很傻。谁有这么多的钱借给你？你拿这庄园去抵押给谁呢？除了那些提包客千方百计想动它脑筋之外，谁还会想这么干呢？哎，人家自己都有地，大家的地都自身难保。你的地是抵押不出去的。”

“我有从那个北佬身上拿来的钻石耳坠，我们可以拿去卖。”

“斯佳丽小姐，这儿一带谁会有钱买耳坠呢？人家连买肋肉的钱都

---

① 指美国南北战争时期的北方二十三州联邦。

没有，谁还买得起这种不实惠的装饰品呢？你现在有十块金币，我敢说已经比大多数人富有了。”

他们又沉默了，斯佳丽心里觉得自己拿头在碰石壁似的。这一年来碰过的石壁也真够多了。

“我们怎么办呢，斯佳丽小姐？”

“我不知道，”她冷冷地说。她觉得自己并不担心，这不过是多了一座石壁而已。她忽而觉得非常疲乏，全身骨头都酸疼了。她为什么要这样工作、奋斗，把自己搞得精疲力竭呢？而每一回奋斗到头来似乎都是失败在等待着嘲弄她。

“我不知道怎么办，”她说，“可你千万别让爸爸知道，他要发愁的。”

“那当然。”

“你对别人说起过没有？”

“没有，我刚到就直接上你这儿来了。”

不错，她想道，谁有了坏消息就直接上她这儿来，她感到厌烦。

“韦尔克斯先生在哪里？也许他会有点主意。”

威尔目光温柔地凝视着她，就像阿希礼回家那一天一样，她觉得他什么事情都知道。

“他在果园里劈栅栏杆儿呢，我刚才在拴马的当儿听见他砍斧子的声音。可是他的钱比我们多不了多少哩。”

“我去跟他商量商量总可以啰，对不？”她声气尖酸地说道，一面踢去了裹住脚踝的棉胎站起身来。

威尔没有生气，照旧在火炉上搓着手。“你最好戴上围巾，斯佳丽小姐，外面冷得很呢。”

但是她没有戴围巾便出去了，因为围巾在楼上。她急于要跟阿希礼见面，把自己的麻烦事全告诉他。

要是她能发现阿希礼独自在那儿，那真太幸运了！自从他回来以后，她从来还没有跟他私下谈过一句话呢。家里人老是围着他，玫兰妮也总是厮守在他身边，并不时地摸摸他的袖子，以此证明他确实在那儿，让自己放心。斯佳丽看见她那种此君非我莫属的表示而心里甜滋滋的姿态，心里便燃起了妒火。这种妒火一度有好几个月已平息下去了，因为那时她以为阿希礼可能已经阵亡。现在她决计要单独见他，这一回谁也阻挡不了她找他单独谈话了。

她在光秃秃的树枝下面走着穿过果园，树下的湿草弄潮了她的脚。她能听见斧子的声音，阿希礼在把从沼泽地运来的圆木劈成栅栏杆儿。把北佬肆无忌惮地烧掉的围栏重新修复可是件没完没了的苦差使。她疲倦地想道，每件事情都是没完没了的辛苦活儿，太没劲了，她感到厌倦、恼火、反感。如果阿希礼不是玫兰妮的丈夫而是她的丈夫，现在她到他跟前去，将头伏在他的肩膀上哭一场，将自己的一身重担全交给他，让他尽量去想办法，那该是多美啊！

她打一片在寒风中摇曳着枯枝的石榴树丛旁边拐过一个弯，便瞧见他倚着斧子用手背在擦着额头。他穿着一条灰胡桃色的破裤子，上衣穿着杰拉尔德的一件破衬衫，过去境况好时杰拉尔德只有在法院开庭日或去参加野宴时才穿。这件褶边衬衫穿在现在的主人身上短得不成样子。他把外衣挂在一根树枝上，因为干这活儿很热。他正站着休息的当儿，斯佳丽走上前来。

见到阿希礼穿得破破烂烂，手里拿着一柄斧子，她心里充满怜爱之情，同时也对命运的安排感到满腔怒火。她的阿希礼曾经是娇生惯养，无忧无虑的，如今她不忍心见到他衣衫褴褛地在干苦活。他那双手天生不是干活的，他的身子也只该穿呢料子和精细的亚麻布。他命中注定该坐在宽敞的厅堂里，跟体面的人们聊聊天，弹弹钢琴，写写词句漂亮而毫无意义的诗文。

她看着她自己的孩子系着用粗麻袋布制的围兜，看着女孩子们穿着邋遢的旧方格布衫都受得了，威尔干的活儿比哪个庄稼汉都重她也受得了，但见到阿希礼这样却受不了。他太娇生惯养了，而且对她说来他太珍贵了，所以决不能让他落到这步田地。她宁可自己去劈木头也不愿看着他劈而自己心里难受。

“人家说林肯也是劈栅栏杆儿出身的，”阿希礼等她走近时这么说道，“看来我的前程也是不可估量啊！”

她皱了皱眉头。他在谈论艰苦的日子的时候总是那么满不在乎。在她看来，这些都是极严重的事情，因而对于他说的这类话有时她几乎要恼火。

她突然把威尔听来的消息告诉了他，说得很简洁，没有半句多余的话，边说边觉得心里轻松了不少。毫无疑问，他一定能助她一臂之力。但他却不吭声，因见她在发抖，便把自己挂在树枝上的外衣取下来披在她肩上。

她后来开口说：“唔，你是不是认为我们得上什么地方去弄到这笔钱呢？”

“对，”他说，“可上哪儿去弄呢？”

“我在问你呢，”她有点不高兴地答道。无担一身轻的感觉消失了。即便他无能为力，那为什么不可以说几句安慰话呢？哪怕只说一句“哦，我听了挺难过的”也行。

他微微一笑。

“我回来以后的这几个月里，就只听说一个人是真正有钱的，那就是瑞特·巴特勒，”他说。

上个礼拜，佩蒂帕特姑妈曾写信给玫兰妮，说瑞特已经带了一辆马车和两匹好马回到亚特兰大来了，口袋里装满了美钞。不过她暗示说，他这些钱来路不正。佩蒂姑妈有一种亚特兰大人大致也有同感的看法，即南部邦联国库里有一笔秘密的巨款落在瑞特手中了。

“我们不要谈他吧，他是个少有的卑鄙的家伙！”斯佳丽立刻接口说。“我们大家怎么办呢？”

阿希礼放下斧子，往别处望去，他目光似乎扫到了她无法随之而去的遥远的他乡。

“我在想，”他说。“我一直在想不但我们在塔拉的人将来不知会怎样，就是整个南方的人将来也不知怎样呢。”

她想立刻气冲冲地说：“让整个南方的人见鬼去吧！只要问问我们

自己怎么办。”但她这话没有说出口，因为她那种疲乏的感觉又出现了，而且比刚才越发厉害。阿希礼一点也帮不了忙。

“说到底，只要一种文明瓦解了，过去发生过的情况就是将来会发生的情况。有头脑、有勇气的人存活下来，没头脑、没勇气的人就被淘汰。能亲眼目睹一下‘众神的末日①’，即使不怎么赏心悦目，至少也是饶有趣味的。”

“亲眼目睹什么？”

“众神的末日。不幸的是我们南方人从前都把自己看作神呢！”

“看在老天爷分上，阿希礼·韦尔克斯！别站在这儿尽给我胡说八道，现在轮到我们自己被淘汰了呢！”

她愈来愈加剧的疲乏感似乎有点渗透到他的头脑里去了，把他从那漫无边际的遐思中唤了回来。他温柔地抓起了她的双手，将手掌翻了过去，瞅着上面长着的茧子。

“这是双我生平见过的最美丽的手，”他边说边在两个手掌上都轻轻地吻了一下。“它们美丽是因为它们强壮，上面每个茧子就是一枚奖章，斯佳丽，每个泡泡都是对你无私无畏的一份奖品。这双手是为了我们大家才变得这么粗糙的——为着你父亲，为着你两个妹子，为着玫兰妮，为着她的婴儿，为着那些黑人，也为着我。亲爱的，我知道你心里在想什么。你心里在想：‘这儿站着一个不讲实际的傻瓜，口头尽说些关于死去的神的蠢话，而不顾活人的危险。’你是不是这么想的？”

她点了点头，心里巴不得他一辈子将自己的手这么拿着，然而他放开了。

“你来找我，期望我能帮助你。嗯，可是我没有办法呀！”

他瞅着那一柄斧子和一堆木头，眼睛里流露出痛苦的神色。

“我的家完了，我所有的钱也完了。这些钱我过去一直理所当然认为是自己的，所以从未意识到它的存在。在这世界上我已不适合干任何

① 原文是德语（Götterdämmerung），出自德国神话，指世界诸神在与所谓罪恶势力的决战中遭毁灭。

事情，因为我所属的那个世界已经不存在了。我无法帮助你，斯佳丽，我所能做的就只有尽量通情达理地学做一个笨手笨脚的庄稼人。这样做是决不能替你保全塔拉庄园的。我们现在全靠你的周济过日子，是啊，确实是靠你的周济，斯佳丽，你以为我不明白我们处于这种境况的痛苦吗？你这么一片好心对待我和我一家人，这是我一世也报答不尽的。这种情形我是一天一天愈加深刻地感觉到。而且，我一天一天愈加清楚地意识到自己没有能力对付落到我们大家头上的种种困难——我真该死，天天在想逃避现实，这使我更加难以去面对新的现实。你懂得我说的意思吗？”

斯佳丽点了点头。对于他话里的意思她不十分明白，但她却敛神屏息地听着。这是他第一回对她说真心话，而表面上他却似乎仍然对她很疏远。她心里激动起来，觉得自己快要窥见他心中的秘密了。

“我这种不愿正视活生生的现实的态度是个大毛病。这次战争开始前，生活对我说来就从来不比映在幕布上的影子更真实，而我却宁可它这样。我不喜欢事物的轮廓过分清楚，我喜欢它们稍稍带点模糊，我喜欢它们朦朦胧胧。”

他停顿不语，淡淡地笑了笑。一阵冷风刮过他薄薄的衬衫，使他微微打了个寒战。

“换句话说，斯佳丽，我是个懦夫。”

他说的影子戏呀，朦胧的轮廓呀，她都不明白是什么意思，可是他最后那句话她倒是懂得的。她知道这句话并不真实，他身上并没有懦夫的性格。他颀长的身躯上的每一条线条都显示他是多少代英雄豪侠的后裔，斯佳丽清清楚楚地记得他在这次战争中的功绩。

“哦，事实并非如此！难道一个懦夫会在葛底斯堡爬到大炮上去重整溃军吗？难道一位将军会亲自给玫兰妮写信谈谈一个懦夫的事情吗？再说——”

“那算不上是勇敢，”他声气疲乏地说。“打仗就跟香槟酒一样，它能麻醉一个英雄，也能麻醉一个懦夫。在战场上，傻瓜也会变得勇敢，因为不勇敢他就没命了。我现在说的不是这种勇气。而我的这种懦夫性格，比起我头一回听见打炮声就要逃跑更糟糕。”

他说得很慢，而且很艰难，似乎他讲述这些事的时候心里很痛苦，仿佛他远远站在一边观望着，伤心地在倾听他自己所说的话。换了别人在这么说话，斯佳丽准会认为他是在假装谦逊以博得别人的称赞，因而会不屑一听地驳斥他。然而阿希礼似乎说的是真话，而且他眼睛里有一种使她感到困惑的神色——既不是恐惧，也不是内疚，而是一种不可避免、难以抗拒的过分紧张的心情。这时候一阵寒风扫过她那潮湿的脚踝，她又打起寒战来，不过这一回的哆嗦与其说是因风而起，还不如说是他骇人的话语所致。

“可是，阿希礼，你到底害怕些什么？”

“哦，是些无以名状的东西。这些东西一旦用语言表达出来就显得非常可笑。这主要在于生活蓦地变得太逼真了，在于你被迫与生活中一些活生生的现实发生关系，这些现实跟你太休戚相关了。这并不是说现在我在这泥地上劈木头就不乐意了，可是我对这到底意味着什么想不通。我对丧失往日生活里美好的东西感到难过。斯佳丽，战争以前，生活可是挺美的呀。它像一件希腊的艺术品，匀称、齐全、尽善尽美，具有魅力。也许并非人人都有这样的感觉，这我现在明白了。可对我说来，十二棵橡树庄园的生活具有一种真正的美。我是属于那种生活的，我是那种生活的一部分。现在那种生活一去不复返了，而新的生活跟我格格不入，我觉得害怕。现在我懂得我从前看到的只是一种影子戏，我曾经回避一切非幻影的东西，无论是人还是情境，凡是过于逼真，过于有生气，我都要回避。我讨厌它们闯进我的生活。我对你也回避，斯佳丽。因为你太生气勃勃了，太真实了，而我却太懦怯，宁愿去寻找幻影和梦境。”

“可是——可是——玫荔呢？”

“玫兰妮就是一个最温柔的梦，是我梦境的一部分。假如没有这次战争，我本当可以快快活活地藏身在十二棵橡树庄园，心满意足地看着生活在过去，而自己却永远游离在它之外。可是战争一来，真实的生活硬向我逼来。我第一回去打仗的时候——那是在布尔伦河，你可记得——我亲眼目睹我儿时的伙伴被炸得粉碎，亲耳听到那些奄奄待毙的战马在哀鸣，亲身经历自己枪声一响就有人倒下流血那种令人厌恶的可怕感觉。但是这些，斯佳丽，都还算不得是战争中的最糟的事情呢。最糟的就是我非得跟人们相处不可。

“以前我向来回避人，我交朋友十分谨慎。可是这场战争让我懂得自己过去为自己建立了一个小天地，在这个小天地里的人尽是梦中人。战争又使我明白真正的人是怎么样的，但却没有教我怎么去跟他们相处。而且，看来我一辈子都学不会。现在我懂得为了养家活口，我就非得混在和我毫无共同之处的人群中向前行走。你呢，斯佳丽，却抓住了生活的双角，把它扭得由你摆布。这世界哪儿再有适合我的立足之地呢？我告诉你我害怕。”

他用低沉而引起共鸣的嗓音不断地诉说着，声调凄凉，其中的感情斯佳丽却无法理解，她不时地攫住一些词句，拼命地想把握住它们的含义。可是，那些词句就像野鸟那样打她手里扑翅飞走了。他背后有某种东西用一条残酷无情的赶牲口鞭子在驱迫着他，然而她不知道这东西究竟是什么。

“斯佳丽，我自己生活中的影子戏早已收场了，我自己也不知道我到底是什么时候开始凄切地明白这一点的。也许是在布尔伦河当我目睹我开枪打死的第一个人倒下的最初五分钟里吧。不管怎样，我知道那场戏是收场了，我再也当不了观众了。确实当不了了，因为我突然发现自己在幕布上，在演一个角儿，故作姿态，做着徒劳无益的姿势。我内心的小天地不复存在，已被一些人侵占了，这些人的思想跟我格格不入，他们的行为对我说来犹如霍屯督人[1]那么陌生。这些人正用污秽的脚在蹂躏我的小天地，使我在情况变得无法忍受的时候也没有藏身的地方。当初在俘虏营里，我曾想过：等到这场战争打完，我就可以回到我以往的生活中去，做我的旧梦，重新去观赏我的影子戏。可是，斯佳丽，现在我回不去啦！我们大家目前所面临的境况比战争还要严峻，比

---

①霍屯督人，西南非洲的一个游牧民族。

俘虏营还要糟——而对我说来，比死还要可怕呢。……所以，斯佳丽，你知道，我现在正在受这种恐惧感的折磨呢。”

她边听边像陷在稀里糊涂的泥潭里挣扎，听到这里她开口道：“可是，阿希礼，要是你怕的是我们会挨饿，得了，得了——哎，阿希礼，我们总会有办法可以过下去的！我知道我们会有办法的。”

他睁着亮晶晶的灰色大眼睛又望着她好一会儿，目光里含有一种钦佩的神色。但过后他忽而又把目光移开朝远处望去，她心里一沉，知道他方才没有在思考挨饿的事情。他们两人交谈的时候，好像各自在使用着一种语言。她爱他爱得太深了，所以每当他像现在那样把目光移开去，她总觉得仿佛一轮暖日沉落下去，撇下她在黄昏的寒露里挨冻一样。她真想抓住他的肩膀，将他搂在自己怀里，让他明白自己是个有血有肉的人，而不是他书里读到或梦中见到的某种东西。她多么渴望自己跟他之间出现一种心心相印的感觉，她的这种渴望已怀了很久了，他从欧洲回来那天，站在塔拉庄园的台阶上抬头朝她微笑时就产生了。

“挨饿不是好受的，”他说。“我曾经挨过饿，所以我知道。可是我不怕挨饿。我怕的是生活已失去了往昔的世界的那种优哉游哉的美，而我却不得不面对这种生活。”

斯佳丽失望地想道，玫兰妮会懂他的话的意思。玫荔和他常常谈论诸如此类的傻东西，诗歌呀，书籍呀，梦幻呀，月光呀，还有星星呀。她害怕的东西，他却不害怕。他不怕饥肠辘辘，不怕喝西北风，也不怕被人从塔拉庄园撵出去。而他所感到恐惧的东西，她却从来就不明白，也无法想象。因为，老天啊，现在这个残破的世界里，除了挨冻挨饿和无家可归之外，还有什么可怕的呢?

她认为，要是自己仔细地听，会知道怎么回答阿希礼的。

“哦！”她说，声气里带着失望，正像一个小孩打开一只漂亮的包，结果发现里面是空的一样。听出她声调里含着失望，他苦笑了一下，像是表示道歉似的。

“请原谅我刚才所说的话，斯佳丽。你不懂得害怕的含义，所以我没法使你理解。你具有狮子般的勇气，却丝毫没有想象力，这两种品性我都很倾慕。你从来不怕面对现实，从来没有像我这样去逃避现实。”

“逃避！”

似乎这两个字眼是他所说的话里唯一可以懂得的词儿似的。阿希礼跟她一样，也厌倦奋斗，要想逃避。她的呼吸变得急促起来。

“哦，阿希礼，”她大声说道，“你错了，我也想逃避，我对这一切厌倦透了！”

他耸耸眉毛表示怀疑，她却把一只热情而迫切的手放在他肩上。

“你听我说，”她急促地开始说，一句接一句，毫不停顿。“我告诉你吧，我对这一切都感到厌倦。真是厌倦透顶，再也忍受不下去了。我为着吃，为着钱一直在拼命干，我要拔草，要锄地，要摘棉花，甚至还要犁地，我简直一分钟也忍受不下去啦。我跟你说，阿希礼，我们南方是完蛋了！它垮了！已经给北佬、解放了的黑鬼，还有那些提包客占据了，我们已一无所有。阿希礼，我们一块儿逃走吧。”

他低下头来机警地凝视着她，瞅见她的脸红得跟火烧一般。

“对，我们逃走吧——把他们统统丢下！我讨厌为这些人干活。他们自然会有人来照管的。凡是自己不能照管的人，总会有别人来照管他们的。哦，阿希礼，我们逃吧，就你跟我。我们可以逃到墨西哥去——墨西哥军队里正需要军官，我们到那儿去一定会非常快乐。我会为你干活，阿希礼，我什么事都替你做。你知道自己并不爱玫兰妮——”

他脸上出现了感动的神情，刚想开口却被她势如潮涌的话给挡住了。

“那一天你曾对我说，你爱玫荔不如爱我——哦，你总还记得那一天吧！我知道你一直没有变过心！我看得出你没有变！你刚才还说她不过是个梦罢了——哦，阿希礼，我们离开吧！我一定会使你非常快乐。无论如何，”她狠毒地补充道，“玫兰妮是不能使你快乐的——方丹大夫说她不能再替你生孩子了，可是我能给你生——”

他的手紧紧地抓住了她的肩膀，她觉得有点儿疼，这才住了口，却仍气喘吁吁。

“我们讲好要忘掉在十二棵橡树庄园的那一天。”

“你当我能忘得了吗？你自己忘掉了吗？你能真心地说你不爱我吗？”

他深深地吸了口气急忙回答她。

“不，我不爱你。”

“你说谎。”

“就算是说谎吧，”阿希礼声调极其平静地说，“这种事是不能争辩的。”

“你是说——”

“就算我讨厌玫兰妮和孩子，你以为我能一走了之，丢下他们不管吗？你以为我会去让玫兰妮心碎吗？我会让他们去依靠亲友施舍过日子吗？斯佳丽，你疯了吗？难道你心肠竟那么狠吗？你不能丢开你父亲和两个妹子不管嘛。你对他们负有责任，正像玫兰妮和博是我的责任一样。无论你是不是觉得厌倦，他们在这儿，你就得忍受。”

“我是能丢开他们的——我讨厌他们——对他们讨厌极了——”

他将身子凑近她。有好一会，她的心怦地一跳，以为他马上会把自己搂在怀里。然而他没有那么做，却拍了拍她的肩膀，像安慰孩子似的说起话来。

“我知道你又厌烦又疲乏，所以你会说出这种话来。你肩上负着三个男人才能挑得起的担子嘛。不过我以后一定要帮助你——我不会一直这样尽添麻烦——”

“你要帮助我就只有一个办法，”她呆板地说，“那就是你带我离开这里，一起到别处去重新开始，寻找得到幸福的机会。这儿已没有什么东西值得我们留恋了。”

“是没有，”他平静地说，“除了道义，是什么也没有了。”

她怀着受抑制的热望望着他，仿佛初次发现他那新月般的眼睫毛密密层层犹如成熟的金黄色麦穗一般，他的头傲慢地耸立在那光着的脖子上，他虽然衣衫褴褛，模样十分可笑，他那颀长而挺拔的身躯仍然顽强地显示着他的门第和尊严。她的目光和他相交；她的眼神里显而易见地流露着祈求，而他那双眼睛却像遥远的灰色天空下两泓山中的池水。

她从他眼睛里看到了自己狂妄的梦想和放肆的欲望的幻灭。

伤心和疲惫攫住了她，她垂下了头双手捂着脸哭了起来。他从来还没有看见她哭过。他从未想到过像她这样一个性格刚强的女人也会哭，心里不由得产生一阵怜悯和悔恨之情。他急忙向她凑过去，将她一把搂在怀里，让她的头贴在自己的胸口，安慰地摇晃着她，还低声对她说，“亲爱的！我勇敢的宝贝，别哭！你不能哭！”

经他这么一接触，他觉得她在自己怀里起了变化，她苗条的身躯产生了狂热和魔力；她抬起头来望着他，绿眼珠里透出了热切而柔和的光芒。突然间，肃杀的严冬消失了，阿希礼觉得春天又回到人间——在他朦胧的记忆里，那春天曾经是香气扑鼻，绿影扶疏，他曾满怀青春的热情，度着悠闲自得、无忧无虑的日子。痛苦的日子消逝了，他看见她两片红红的嘴唇颤抖着朝他凑上来，便吻了她。

她觉得耳朵里响起了一阵奇怪的嗡嗡声，就像把海螺壳凑在耳边听一样，在这嗡嗡声里她隐隐约约听到自己怦怦心跳的声音。她的身躯仿佛融化在他的身躯里了，有好长好长时间，他俩的身体胶合在一起；他贪婪地吻着她，好像永远难以满足似的。

后来他突然将她放开，她觉得身子站立不住，便抓住栏杆不使自己倒下。她抬起一双燃烧着爱情和胜利之火的眼睛望着他。

“你是爱我的！你是爱我的！你说——你说吧！”

他的双手仍按着她的肩膀，她觉得他的手在颤抖，可是她喜欢他这样颤抖着。她热切地将身子靠向他，但他将她稍稍推开瞅着她，眼睛里那种漠然的目光已完全消失，但却充满着经受挣扎和绝望煎熬的神情。

“别这样！”他说。“别这样！如果你再这样，我就马上跟你干开了。”

她笑了，笑得既欢乐又热情，忘却了时间与空间，忘却了一切，只想着他的嘴唇贴着自己的嘴唇的感觉。

突然间，他抓住了她的身体摇晃起来，直摇得她的黑头发披散在肩膀上，那模样好像在对她——也对他自己大发雷霆似的。

“我们决不能这样！”他说。“我告诉你，我们决不能这样！”

看来似乎他再这样摇晃她，她的脖子会啪地一下折断了。她的眼睛被自己披散的头发遮住了，她被他的行为搞得晕头转向。她拼命挣脱了，目不转睛地瞅着他。他的额头上冒出了细小的汗珠，两只手发痛似的拘挛着，也用那双敏锐的灰眼睛正面瞅着她。

“这全是我的错——你一点儿也没错。这样的事永远不会发生了，我打算带玫兰妮和孩子走了。”

“走？”她痛苦地叫道。“哦，你不能走！”

“我要走，非走不可！你以为我经历了这样的事情以后还能在这儿待下去么？何况这样的事还可能再会发生，到时候——”

“可是，阿希礼，你不能走。你为什么要走呢？你是爱我的——”

“你要我说这句话吗？好吧。我说。我爱你。”

他忽而模样很粗野地凑近她，倒把她吓得直朝围栏边退去。

“我爱你，爱你的勇敢，爱你的顽强，爱你的烈火般的感情，爱你毫不容情的冷酷。若要问我爱你有多深，那我可以对你说，爱到刚才几乎要凌辱这幢盛情供我和我的一家人容身的房子来了，爱到几乎忘记了世上少有的贤妻，爱到几乎就在这泥地里跟你干开了，把你当成了——”

她在乱作一团的思绪里挣扎了一会儿，心里像被冰凌刺了一下似的又冷又痛。她断断续续地说：“如果你心里感到那样，而竟然没有跟我干——那说明你并不爱我。”

“我永远也无法使你了解。”

他们沉默不语，面面相觑。突然，斯佳丽打起寒战来，仿佛是刚长途跋涉归来，发现正是严冬天气，周围是一片荒芜凄凉的景象，她觉得冷极了。同时她也发现，阿希礼脸上重新出现了平时她所熟悉的冷漠的神色，但夹杂着痛苦和悔恨，严冬又回来了。

她本想立刻回转身离开他，跑到屋子里去躲起来，但是她已精疲力竭、动弹不得。甚至连说话也觉得疲惫不堪。

"什么都完了，"她过了许久才说道。"我什么都失去了。没有什么值得爱的了。没有什么值得争取的了，你已经变了，塔拉庄园也快失去了。"

他瞅着她看了好久好久，然后弯下腰去，从地上抓起一块红泥来。

"不，不会什么都失去的，"他说，脸上又重新泛起了一丝熟悉的微笑，像是在嘲弄她，同时也在嘲弄自己。"有件东西你爱它甚于我，只是你自己没有意识到罢了。那就是塔拉庄园。"

他抓起了她一只疲软的手，将那一团潮湿的红泥塞进那只手里，然后将她的五个指头合上。这时他的两只手已经没有一点激情，她的两只手也没有。她对手里的红泥瞧了一会儿，全然不明白其中的意味。她又朝他看了看，于是便朦朦胧胧地意识到他的精神状态非常健全，无论是她那双充满激情的手，还是任何其他的手，都不能使它瓦解。

他即使死也绝不会离开玫兰妮。即使他到死都对斯佳丽怀着烈火般的感情，他也会竭力设法跟她保持距离，绝不会和她干那勾当。她永远也不可能打破那层盔甲。对于诺言、友情、忠诚和荣誉，他看得比她重。

那块红泥在她手里使她觉得很冷，她又低下头去瞅着它。

"是的，"她说，"我还有这。"

起初，那些话丝毫没有什么意义，红泥不过是红泥罢了。但是，她自然而然地想起塔拉庄园四周那茫茫一片红土来，觉得它非常珍贵，她费了多大劲才把它保存下来啊。如果希望今后要保存它，她还得进行多么艰苦的斗争才能做到。她又朝他望了一眼，心里不免感到诧异，他那种汹涌的激情哪儿去了呢。她能思考，但已没有知觉，对于阿希礼，对于塔拉，她都没有知觉了，因为她的一切感情都已枯竭了。

"你不必离开，"她明明白白地对他说。"我不会让你们大家挨饿，就因为我一直拼命讨你喜欢。这样的事今后绝不会再发生了。"

她掉转身子，开始穿过高低不平的田野朝屋子走回去，一面伸手将头发在脖子后面挽成一个髻。阿希礼目送着她离去，瞧见她边走边把两只纤瘦的肩膀抬得高高的。这一姿势比她说的任何话都更加使他铭心刻骨。

第32章

她走上门前台阶时手里仍旧抓着那块红泥。她谨慎地避开从后门走，因为黑妈妈的眼睛很尖，肯定会看出破绽来。斯佳丽这当儿不想看见黑妈妈，任何人都不想见。她觉得没有心情再去见任何人，再去跟谁聊天。她现在并不感到羞耻，也并不感到失望和痛苦，她只觉得两膝无力，心里万分空虚。她将手里的那团泥拼命地捏着，直捏得它从握紧的拳头里挤了出来。她像鹦鹉一般一遍又一遍地说道："我还留下这个。对，我还留下这个。"

现在她除了这片红土之外一无所有，的确一无所有了。可是就在几分钟前，她曾经愿意把这一片红土像一块破手帕似的扔掉呢。这会儿，她又觉得这片红土十分珍贵，她呆呆地在想，刚才自己究竟中了什么邪，会把它看得那么一文不值呢！假如阿希礼屈服了，她准会离开家庭和亲友跟他一起逃走，连头都不回一下；但是，即使像她现在心灵十分空虚的时刻，她知道要离开这片可爱的红丘陵、那些长年流水潺潺的溪谷和那一棵棵瘦削的黑松，准会把她的心都撕碎的。她会如饥如渴地缅怀这一切，直到她生命的最后一刻。在她的心里塔拉被连根挖走所留下的空间，即使是阿希礼也无法填补。阿希礼这个人多么聪明呀！他是多么了解她呀！他只消将一团红泥塞进她手里，就立刻使她恢复了理智。

她在穿堂里正想关上门，忽而听到马蹄的声音，便朝车道的方向望去。怎么偏偏在这种时刻来客人，真不是时候！她想赶快回自己房里去，推说头痛。

但是，等到那马车驶近，她大吃一惊，便呆住不走了。那是一辆簇新的马车，油漆得亮晃晃，鞍辔也是全新的，各处还镶着一片片擦得锃亮的铜片。是陌生人，那是肯定的。她的熟人中间谁也不会有钱置这么一辆簇新的全副装备的马车。

她站在门口望着，冷飕飕的穿堂风吹刮着她潮湿的脚踝上的裙子。

不一会马车便在房子前面停了下来，乔纳斯·威尔克森下了车。斯佳丽看见她家从前的监工驾着那么漂亮的马车，身上又穿着那么光彩夺目的外套，便怔了一下，她简直不相信自己的眼睛了。威尔曾经对她说，威尔克森自从在解放了的黑人事务局里得到一份新差使以后，看上去阔极了。威尔说，他或诈骗黑人，或诈骗官府，或两头都诈骗；他还把老百姓的棉花充公，硬说是邦联政府的棉花。在这种艰难的岁月里，他的钱肯定来得不正当。

这会儿他正从一辆精致的马车里跨出来，同时搀下一个女人，穿着打扮得差不多连命都豁出去啦。斯佳丽打量了她一眼，但见她服装的色彩耀眼得俗不可耐，尽管如此她还是贪婪地将这人全身的打扮看个够。她有好多好多年甚至没有见过这么时髦的服装。唔，这么说今年裙边不时兴宽的了，她上上下下打量着那套大红方格呢的长外衣时想道。当她看到那件黑天鹅绒宽外套时，才知道如今竟流行这么短的上衣。瞧那顶帽子真够精巧啊！系带的软帽准是过时了，因为那顶帽子只是一件模样古怪的用红绒制作的扁玩意儿，它像一只硬邦邦的烙饼那样盖在这女人的头顶上。帽子的缎带不像常见的软帽那样结在下巴颏下面，而是结在背后老大一束卷曲的流苏下边；那束流苏是打帽子的后面垂挂下来的，斯佳丽不禁发现那束流苏无论在色调还是在质地上都跟那女人的头发不相配。

那女人下了车，便朝屋子的方向打量了一眼。斯佳丽这时发现她那张抹着一层厚厚的白粉的兔儿脸有点面熟。

“唷，这是埃米·斯莱特里呀！”她嚷道，因为太意外了，竟然把这句话大声喊了出来。

“不错，太太，是我，”埃米边说边带着谄笑扬了扬头朝台阶走去。

埃米·斯莱特里！就是那个肮脏的蓬头娼妇，她养的小杂种就是母亲给行的洗礼；就是这个埃米把伤寒传染给了母亲，送了她的命。这么个粗俗低贱的垃圾货，竟然打扮得花枝招展地走上塔拉庄园的台阶来，还趾高气扬满脸笑容，简直把这个宅子看做是她自己的一般。斯佳丽想起了母亲，蓦地她空虚的内心又充满了情感，那是一种杀气腾腾的怒火，其来势之凶猛犹如突然患了疟疾。

“不许你上这台阶来，你这下流的婊子！”她大声喝道。“打这儿滚开去！滚！”

埃米顿时傻了眼，便朝乔纳斯瞟了一眼。乔纳斯尽管怒不可遏，也只得耷拉着眉毛尽量装出庄严的样子。

“你不该这样对我太太说话，”他说。

“太太？”斯佳丽说着便哈哈大笑起来，那笑声里含着像刀一样锋利的鄙夷。“好啊，现在你是该娶她做太太了。你们把我母亲给害死了，你们再生出小杂种来谁来给他们行洗礼呀？”

埃米叫了声“啊”，急忙退下了台阶，可是乔纳斯狠命地一把抓住了她的膀子，不让她向马车逃去。

“我们是来这儿拜访——看看老朋友的！”他咆哮道。“还有一点正经事要跟老朋友来谈谈。”

“朋友？”斯佳丽的声音像鞭子。“我们几时跟你们这种人做朋友来着？斯莱特里一家子从前全靠我们周济过日子，却以怨报德害死了我母亲。至于你——你——爸是因为你跟埃米养了那小杂种才打发你走的，这你自己肚里清楚。哼！朋友？你快给我打这儿滚开，免得我去叫本蒂恩先生和韦尔克斯先生来。”

埃米听了这通话，立刻挣脱了她丈夫的手，飞也似的向马车奔去，一下跳上了马车，她那双红帮上饰着红缨儿的漆皮鞋闪露了一下。

这时，乔纳斯气得浑身发抖，其愤怒程度不亚于斯佳丽，他那张黄脸涨得跟一只给激怒了的公火鸡一般红。

“还这么神气活现，自以为了不起，是吗？哼，你们这些人的情况我全知道。我知道你脚上没有鞋穿。我也知道你老子变成白痴了——”

“给我滚开！”

“哼！我看你用这种腔调说话长不了了。我知道你也成了个穷光蛋，连税款都付不出呢。我这回来是想提出向你买这所房子的——我打算出你一笔好价钱。埃米很想住这地方。现在你不识好歹，我就连一个钱也不给你了！你这个不知天高地厚的爱尔兰穷鬼，你付不出税款人家拿你房子去拍卖时，你就会明白现在这地方谁当权了。到时候我准会把这地方——家具呀什么的，一古脑儿地全买下来，我要住在这儿！”

原来是乔纳斯·威尔克森要动塔拉庄园的脑筋——乔纳斯和埃米从前在这所房子里蒙受过耻辱，如今用重返这所房子这种迂回曲折的方式来报昔日之仇。斯佳丽每根神经都愤恨得嗡嗡作响，跟她那天把手枪统对准那北佬的长满络腮胡子的脑袋开枪的时候一样，只恨现在她手里没有手枪。

“我宁愿将这房子一块一块地拆掉，烧掉，将这些耕地全撒上盐，也不会让你们两人跨进这门槛，”她喊道。“滚！给我滚开去！”

乔纳斯眼睛直瞪着她，又张口说了些什么，便朝马车走去。他跨进马车，在哭哭啼啼的老婆身旁坐下，随即掉转了马头。他们赶车离开的当儿，斯佳丽情不自禁地想朝他们啐一口唾沫。她真的啐了！她知道这是极其平常的孩子气举动，但她觉得啐一口心里会好过一点。她但愿当他们的面啐唾沫子。

这对该死的亲黑人分子竟敢跑到这里来奚落她穷！这条狗哪里真会是到这里来买塔拉庄园的。他不过借口这桩事情带埃米到她面前来炫耀一番罢了。这班卑鄙的叛贼，这班下流的白种穷鬼竟然口出狂言，想来住塔拉庄园！

然后，她蓦地感到恐惧起来，怒火便熄灭了。老天！他们会来住这儿的！她没法使他们不买塔拉，她没法阻止他们来扣押所有的镜子、桌子和床，还有母亲那些亮晃晃的桃花心木和花梨木家具，这些家具虽然由于北佬的蹂躏而伤痕斑斑，但对她来说每一件都是很珍贵的。还有那些罗比亚尔家族的银器。我决不让他们这么干，斯佳丽情绪激昂地想道。决不，我宁可放一把火把这地方全烧掉也不让他们拿去！凡是母亲的脚踩过的每一寸土地，埃米·斯莱特里的脚就休想再踩上去！

她关上了门，背靠在上面，心里觉得很害怕，甚至比那天谢尔曼的士兵来抄家的时候还厉害。那天她所害怕的充其量是塔拉庄园要在她头顶上烧毁。但是现在的情形却更糟糕——这班下流的东西竟要来这儿住下，还会对他们那些下流的伙伴们夸口，说他们已把骄横的奥哈拉一家给撵走啦。他们说不定甚至会将那些个黑鬼带进这屋里来吃饭睡觉。威尔曾对她说过，乔纳斯现在大肆叫嚷与黑人一律平等，他跟他们一块儿吃饭，去他们家串门子，用自己的马车载他们去各处兜风，还拥抱他们呢。

当她想到塔拉庄园最后有可能蒙受这样的侮辱的时候，她的心跳得非常剧烈，几乎喘不过气来。她很想镇静下来考虑自己的问题，试图琢磨出个对策来，但是她每一回刚刚集中思想，愤怒和恐惧总是又袭来，弄得她心慌意乱。天无绝人之路，这世界总有哪个地方有某个人能让她借钱嘛。钱这东西是不会化成灰飞走的，总有人还拥有金钱。接着，她便想起阿希礼刚才笑着说的话来：

“现在只有一个人是有钱的，就是瑞特·巴特勒。”

瑞特·巴特勒！她一想到他就急忙走进了客厅，将门随手关上。客厅里的窗帘都拉上着，又正是冬天的黄昏时分，门一关上她就被黑暗所笼罩。谁也不会上这儿来找她，她需要有时间不受打扰地去思考。刚才出现在她脑际的念头原本非常简单，她不明白自己为什么以前没有想到呢?

“我要从瑞特那儿去弄这笔钱。我要把钻石耳坠子去卖给他，或者拿它去向他作抵押，问他借这笔钱，等还清了再把它赎回来。”

有好一会儿，她心里非常宽慰，居然感到有点疲软。她会把税款付清，可以当面去嘲笑威尔克森了。但是，这种乐观的念头后面接踵而来的是对现实严酷无情的认识。

“我并不是单单今年一年需要这笔税钱呀。还有明年、后年，这一辈子都得要呢。这回我就算付清了，下回他们可以将税金提高，直到把我撵走为止。如果我的棉花有了个好收成，他们就会把税额增加到我一文收益都得不到，或者可能干脆将棉花全部没收去，说这是南部邦联政府的棉花。这班北佬跟那些流氓串通一气，他们要拿我怎样就怎样。只要我还活着，我这一辈子，就会担心他们用某种方式来整我。我这一辈子都得担惊受怕，拼命去弄钱，辛苦得要死，到头来却一场空，活儿白干了，棉花也都给抢走了……现在即使我借到这三百块钱也只是救一时之急。我希望一劳永逸地摆脱这个困境，这样我可以晚上安安稳稳地睡觉，免得今天愁明天，这月愁下月，今年愁明年。”

她就这样不断地在前思后想。一个念头冷静而合情合理地在她脑海里渐渐产生。她想起了瑞特，想起了他那口雪白的牙齿闪露在他那张黝黑的脸庞上，他那双嘲弄的黑眼睛在抚慰着她。她又回忆起亚特兰大那个炎热的夜晚，那时正是围攻将近尾声的时候，他坐在佩蒂姑妈家那掩映在夏日暮色中的门廊上，她又觉得他那只暖烘烘的手抓住了她的臂膀，对她说：“我想要你，比我曾经想要任何女人来得迫切——我等待你，比我过去等待任何女人来得长久。”

“我要和他结婚，”她冷冷地想道。“那么我就不必再为钱的事操心了。”

啊，从此不用去担心钱了，塔拉庄园可以保全了，一家人的衣食可以不用愁了，她也从此再也不会在石壁上碰撞得青一块紫一块了，多称心如意的想法呀，比盼望进天国还美呢！

她觉得自己老了许多，这一个下午发生的事情已经把她所有的感觉都掏空了。先是听到关于税款的惊人消息，接着是阿希礼的事情，最后是她对乔纳斯·威尔克森的大发雷霆。是的，现在她心里是一切感情都消失了。假如此刻她的感觉还没有丧失尽的话，那么她内心深处的某种东西早就会对自己头脑里形成的计划提出抗议，因为她对瑞特真是恨之入骨。然而，她已经没有感觉了。她只能思考，而且思想非常实际。

“那天夜里，他在半路上把我们大家丢下的当儿，我曾对他说过许多很凶的话，但是我会使他忘记的，”她轻蔑地想道，她对自己的魅力仍然很有把握。“等我去见他的时候，我可以装得诚心诚意嘛。我要使他相信我一直爱着他，那天夜里不过是心烦和忧虑罢了。哦，这些个男人就爱别人奉承，只要当面说他几句好话，还有什么会不相信呢？……我无论如何不能让他知道我们目前的境况，一定要等我把他弄到手才让他知道。是啊，现在决不能让他知道！哪怕让他疑心到我们有多么穷，他就会看清我是要他的钱不是要他的人了。但是毕竟他是无法了解真相的，因为就连佩蒂姑妈也并不完全了解我们穷到何种地步。等到我和他结婚之后，他就不得不帮助我们了。他不能眼看自己老婆家里的人挨饿呀。”

做他的老婆？做瑞特·巴特勒太太？某种隐藏在她冷静的思想深处的反感微微动了一下，旋即又平静下去了。她回想起自己跟查尔斯短暂的蜜月中的种种令人尴尬、厌恶的情景来，她记得他乱摸乱抓，笨手笨脚，记得他那种捉摸不透的情感——还有韦德·汉普顿。

“现在我不去想它，等我跟他结了婚再说……”

跟他结了婚。记忆又唤起了。她但觉脊梁骨上一阵凉丝丝的。她想起了那天夜里在佩蒂姑妈家的门廊上，自己曾问过他是否打算向她求婚，记起他当时是多么可憎地笑着说道：“亲爱的，我是一个不结婚的男人。”

假如他仍然是个不结婚的男人呢？假如她无论怎样去向他献媚，去诱惑他，他还是拒绝跟她结婚呢？假如——哦，想到这一点可怕极了！——假如他完全把她给忘了，正在追求别的女人呢？

“我想要你，比我曾经想要任何女人来得迫切……”

斯佳丽捏紧了拳头，指甲都掐进手掌里去了。“如果他把我忘了，我要使他重新记起我。我要使他重新再要我。”

再说，他如果不愿跟她结婚，却仍旧要她，那也有法子弄到钱了。无论怎么说，他是曾经要她做他相好的。

在客厅的朦胧阴影中，她与自己心灵中三股最强大的约束力作着迅速的决战——这三股约束力是对母亲埃伦的记忆，她所信仰的宗教教义和对阿希礼的爱。她知道自己头脑里的那种念头，倘使让母亲在天之灵得知了，一定会觉得非常可怕。她知道这种私通行为是一种莫大的罪恶。她也知道既然自己深爱着阿希礼，她的计划构成了双重卖淫行为。

但是，由于她的内心已变得冷酷无情，存在着一种要拼命奋斗的决心，因此所有这些约束力都斗败了。母亲现在已经死了，也许死亡对一切都会谅解。宗教是要用地狱里的烈火来禁止私通行为，但如果教会认为她为了保全塔拉庄园免遭侵占和避免全家人挨饿会有顾忌，有的事情不敢干的话——好吧，让教会去伤脑筋吧。她才不去伤这脑筋呢。至少目前不会。那么阿希礼呢——阿希礼并不要她呀。是的，阿希礼是要她的。她想到刚才他那两片温暖的嘴唇还吻了她呢，这便是一个证明。但是他到底不肯带她逃走呀。奇怪的是，她跟阿希礼一起逃走似乎不算犯罪，可跟瑞特——

在这冬日下午苍茫的暮色中，她走到了一段漫长旅程的尽头，这段旅程是亚特兰大城陷落的那天夜晚开始的。当初她刚踏上这段旅程的时候，她还是个宠坏了的、只顾自己的、从未尝到人间艰辛的女孩子，她充满着热情和青春的活力，极易被生活所迷惑。而如今，在这段旅程的尽头，原来那个女孩子已不复存在。饥饿、艰苦的活儿、担忧和长年累月的紧张，战争的恐怖和重建时期的惊骇，已完全夺去了她的青春、热情和温厚。在她生命的核心周围已长起了一层硬壳，在那漫长的几个月里，这层硬壳越长越厚了。

但直到今天为止，一直都有两种希望在那里支撑着她。她希望战争结束后，生活就可以逐渐恢复原来的面貌。她还希望阿希礼的归来会使生活重新具有某种意义。现在，这两种希望都破灭了。自从她见到乔纳斯·威尔克森出现在塔拉庄园门前那一刹那起，她已明白了这场战争对于她，对于整个南方，是永远不会结束的。最残酷的战争，最野蛮的报复才刚刚开始呢。而阿希礼则是用语言来禁闭自己，这语言比任何监狱还牢固呢。

和平使她失望了，阿希礼也使她失望了，而这两件事恰恰是在同一天发生的，似乎她生命的外壳上的最后一道缝隙都给封住了，最后一层软膜已经变硬了。她已变成了方丹老奶奶曾告诫过她的那种女人——她已经历了最最恶劣的遭遇，如今变得天不怕地不怕了。生活的艰辛她不怕，母亲的责备她不怕，爱情的丧失她不怕，舆论的批评她也不怕。能够使她害怕的，就只有饥饿和饥饿的梦魇。

她现在终于硬起心肠来摆脱过去一切的束缚，摆脱过去的斯佳丽了，于是心里便出现了一种轻松而无所顾忌的奇怪感觉。她已作出了决断，而且谢天谢地，她没有害怕的感觉。她已没有什么可失去的了，她已下定了决心。

她只要能哄骗瑞特和她结婚，一切都会得到圆满解决。但如果她无法办到呢——嗯，她照样可以弄到钱。有短短的一瞬间，她怀着不受感情影响的好奇心，想了想做情妇会有什么遭遇。瑞特会不会硬要将她留在亚特兰大，就像人们所说的他曾把那姓沃特林的女人留在那儿一样？如果他把她留在亚特兰大，那他得多花点钱——这钱得足以补偿她离开塔拉庄园所受到的损失。斯佳丽对男人生活中隐蔽的一面一无所知，因而无法得知会出现怎样的安排。她不知道自己是不是会生出一个孩子来。那显然是件要命的事情。

“现在不去想它啦，以后再考虑吧，”她把这种讨厌的念头驱赶到脑海的背面去，以免它来动摇自己的决心。今天晚上她就要告诉家里人，说她要到亚特兰大去借钱，必要的话，拿农场作抵押。现在就只需要让他们知道这一些；等到那不幸的日子来临，他们会发现情况并非如此，到时再给他们作解释也不迟。

想到采取行动，她便昂起了头，挺起了胸。她明白这件事不会轻易就办成。从前，是瑞特求她，大权操在她手里。如今她成了叫化子，叫化子是不能向人提条件的。

“可是我决不能像叫化子似的去见他。我要像一个王后似的去给他恩赐。他怎么也不会看出来的。”

她走到穿衣镜前，将头抬得高高地瞅着自己。她在那面嵌在浇制的框子中的、布满裂痕的耀眼的镜子里看到的是一个陌生人。这一年来，她似乎第一回真正看到了自己的面貌。她每天早晨照镜子，看看脸是不是干净，头发有没有梳光，不过她总是忙于别的事情，以致从未看清自己的真实面貌。可是这个陌生人！这个憔悴、双颊深陷的女人绝不是斯佳丽·奥哈拉！斯佳丽·奥哈拉长的可是一张漂亮、迷人而生气勃勃的脸呀！现在她目不转睛瞅着的这张脸一点也不漂亮，全然没有她清清楚楚记得的妩媚。这张脸苍白、紧张，那双乜斜着的绿眼珠上面，两条黑眉毛像受惊的鸟儿的两只翅膀那样在煞白的脸颊上拼命地扑动着。这张脸笼罩着一种困难重重、走投无路的神色。

“我不够漂亮，迷不住他！”她暗自想道，心里又不免绝望起来。“我瘦了——哦，瘦得不像样了！”

她拍拍自己的面颊，又拼命地摸着自己的两条锁骨，发现它们从紧身上衣里突了出来。她的乳房变小了，似乎跟玫兰妮的一样小。她得用棉絮来垫胸脯，使自己的乳房显得丰满些，而过去她是一直瞧不起女孩子们使用这种玩意儿的。说起棉絮，她联想起自己的服装来。她低下头来瞧着自己的衣服，用两只手将衣服上修补过的褶裥拉直。瑞特喜欢女人穿漂亮的衣服，穿时髦的衣服。她回忆起自己刚刚脱下孝服穿上那套镶荷叶边的绿裙衫时的殷切心情，她穿那套绿裙的时候还配上了他带给她的那顶饰着羽毛的绿帽，她记得他还对她说了些恭维话呢。她又想起埃米·斯莱特里穿的那套大红方格呢长外衣，那双饰着红缨儿的红帮漆皮鞋，还有那顶像只烙饼的帽子，心里不由得妒火中烧。那身打扮，尽管很新式很时髦，也很惹眼，却俗不可耐。哦，现在她自己是多么需要惹眼呀！特别是要惹瑞特的眼！如果让他看见自己穿着这种破旧的衣服，他准会看出塔拉庄园境况不妙。但决不能让他知道这一情况。

她刚才多傻呀，居然认为像她现在这样骨瘦如柴，衣衫褴褛，一双眼睛像饿猫似的，竟能跑到亚特兰大去让他乖乖地听话呢！以前她美貌处于顶峰，衣服也穿得最漂亮的时候，尚且没有能诱得他来向自己求婚，如今她人变丑了，穿着也破烂了，哪里还能指望他来求婚呢？如果佩蒂小姐所说的确有其事的话，他在亚特兰大一定比谁都有钱，那么，漂亮的女人，好的也罢，坏的也罢，他说不定可以随意挑。对，她坚定地想道，我有某件东西却是大多数美丽的女人所不具备的——那就是我斩钉截铁的决心。我只消有一件漂亮的衣服，那——

然而，塔拉没有一件漂亮的衣服，也没有一件衣服没有翻过两次面，没有补过的。

“情况就是这样，”她闷闷不乐地瞅着地板。她看见母亲留下的那条苍绿色天鹅绒地毯，已经给不知其数的士兵睡得千孔百疮污渍斑斑了。这种景象使她越发感到灰溜溜的，她意识到塔拉庄园如今也跟她一样褴褛。这时整个屋子里光线渐暗，她觉得心情沮丧，便走到窗前揭起了窗格，推开了百叶窗，让冬天落日的余辉照进屋里来。她又关上了窗子，将头靠在天鹅绒的窗帘上，望着窗外一片荒凉的牧场和牧场那一边坟地上黑沉沉的雪杉。

她的面颊贴在那苍绿色的天鹅绒窗帘上，觉得那绒毛既柔软又有点刺人，便像一只猫似的在它上面惬意地擦了起来。接着，她忽然又对窗帘瞧了一会儿。

一分钟之后，她将一张沉甸甸的大理石面的桌子从屋子的一头拖向另一头，四只桌脚上生锈的小滑轮发出了吱吱嘎嘎的反抗声。她将桌子拖到窗口，随即撩起了衣裙爬到桌面上，踮起脚尖儿，伸手去抓那挂帘子的粗棍子。那棍子很高，她几乎够不着，于是她使起性子将棍子猛地一拉，竟将钉子也拔了出来，窗帘就跟棍子什么的一齐啪啦一声落在地板上。

仿佛是耍魔术似的，那客厅的门开了，黑妈妈那张又阔又黑的脸出现在门口，每条皱纹都显然露出了强烈的诧异和深深的怀疑。她责怪地朝斯佳丽瞟了一眼，只见她站在桌子上，正把衣裙撩到了膝盖头，做着准备跳下桌子的姿势。她脸上显出兴奋、喜悦的神情，弄得黑妈妈突然满腹狐疑起来。

“你干吗要去动埃伦小姐的窗帘？”她问道。

“你干吗在门外偷听？”斯佳丽敏捷地从桌上跳了下来，抓起一段积满厚厚一层灰尘的帘子反问她。

“这响声甭偷听也听得见哪，”黑妈妈反驳道，她挺了挺身子，准备跟她战斗似的。“埃伦小姐的窗帘子碍你什么事，怎么连棍子都拔了出来丢在地板上，弄得一塌糊涂。埃伦小姐对这些窗帘子可爱惜得很哪，我可不能让你这样乱弄一气啊。”

斯佳丽那双绿眼珠盯着黑妈妈，那是一双热情而欢乐的眼睛，一双在欢乐的往日让黑妈妈摇头叹气的淘气的小姑娘的眼睛。

“你快到阁楼上去，把我那箱衣服纸样拿来，黑妈妈，”她一面嚷着一面将黑妈妈轻轻推了一把。“我要做件新衣服。”

黑妈妈想到她这两百磅重的身子无论要她奔跑到哪儿都受不了，何况要她上阁楼呢，便觉得很光火，同时她也开始怀疑有什么可怕的事要发生。她猛地把斯佳丽手里拿着的那段帘子一把抢了过来，捧在自己那对下垂的大奶子前，仿佛它是神圣的遗物一般。

“埃伦小姐的窗帘子是不能让你拿去做衣裳的，你是在动它脑筋，对吗？我只要还有一口气，我决不让你这么干。”

有一刹那工夫，一种神情掠过了她年轻的女主人的脸庞，黑妈妈惯常把这种神情暗自称做“使牛性子”，这种神情继而又转为微笑，这微笑是黑妈妈所难以抵御的。可是，这微笑并没有让这老太婆上当。她知道斯佳丽小姐那笑容是装出来的，目的无非是要说服她，可在这件事上，她已铁了心，决不能被说服。

“黑妈妈，别那么小气。我要到亚特兰大借钱去，所以得要一套新衣服穿。”

“要穿什么新衣服呢？别人家小姐也都没有新衣服穿嘛。大家都在穿旧衣服，谁都没有觉着有什么不光彩。要是埃伦小姐的孩子想穿破衣服为什么就不能穿呢？你穿了破衣服，大家还是会像你穿绸子一般尊敬你嘛。”

那种使牛性子的表情又开始出现了。天哪！真怪，随着年龄的增大，斯佳丽小姐越来越像杰拉尔德先生，越来越不像埃伦小姐了。

“你听着，黑妈妈，佩蒂姑妈来信说芳妮·艾尔辛小姐这个礼拜六要结婚了，我当然得去参加婚礼。我要一套新衣服穿。”

“我看你身上穿的这件就跟芳妮小姐的新婚礼服一样好嘛。佩蒂小姐的信里说过，芳妮家穷得很呢。”

“可是我一定要有一件新衣服！黑妈妈，你不了解我们是多么需要钱啊。那些税款——”

“是的，税钱的事我全知道，可是——”

“你全知道？”

“嘿，上帝也给了我一双耳朵呀，是不？有耳朵就会听呗！尤其是威尔先生，他说话可从来不压低嗓门的。”

看来黑妈妈是什么事情都偷听到了。斯佳丽觉得奇怪，这么个走路连地板都会震动的笨重身子，在它的主人想偷听别人说话时，居然可以做到神不知鬼不觉，不弄出一点声息来。

“嗯，你既然什么都听到了，你也总该听见乔纳斯·威尔克森和埃米——”

“是的，小姐，”黑妈妈说，眼睛里充满着怒火。

“那么你就别这么固执了，黑妈妈。你难道不清楚我必须得去亚特兰大借钱付税款吗？我一定要借到这笔钱。我一定得办到！”她捏起一只小拳头朝着另一只手掌敲去。“天哪，黑妈妈，他们要把我们全都撵到大路上去，到那时叫我们上哪儿去呢？现在那个害死母亲的垃圾货埃米·斯莱特里打算要搬进这座房子里来住，还存心要睡到母亲睡过的床上去，你还想跟我争母亲的窗帘子这件小事吗？”

黑妈妈两只脚交替地站着，像一头不肯安静下来的大象似的。她隐隐约约地觉得自己在渐渐被说服。

“不，小姐，我自然不愿意那垃圾货跑进埃伦小姐的屋子里来，也不愿意我们大家全给赶到大路上去，不过——”她突然带着谴责的神情盯住斯佳丽瞧：“你到底去问谁借钱，所以非要穿一件新衣服去不可？”

“那，”斯佳丽吃惊地说，“那是我自己的事，不用你管。”

黑妈妈用窥探的目光瞅着她，小时候她做错了事，徒然拼命想用花言巧语搪塞过去的时候，黑妈妈也正是用这种目光瞅着她的。她好像正在看出她的心思来，斯佳丽不由得垂下了眼皮，她对自己打算做的事开始感到羞愧。

“这么说你为了借钱需要一件崭新的漂亮衣服，这道理我觉得不太对劲。再说，你又不肯说出向谁去借钱。”

“我不打算告诉你，”斯佳丽忿忿地说。“这是我自己的事。你到底肯不肯把这窗帘子给我，还帮我做衣服？”

“肯，小姐，”黑妈妈口气软下来，突然投降了，这倒使斯佳丽疑心重重。“我会来帮你做的，我看那帘子的缎子衬里可以拆下来做一条衬裙，上面的花边也可以拆下来镶裤子的边。”

她将天鹅绒帘子交还给斯佳丽，脸上露出了狡黠的笑容。

“玫荔小姐跟你一块儿去亚特兰大吧，斯佳丽小姐？”

“不，”斯佳丽厉声回答道，她有点明白黑妈妈在打什么主意。“我一个人去。”

“这是你的想法，”黑妈妈坚定地说，“可我要陪你和你的新衣服一起去。是的，小姐，一路上我一步都不离开你。”有很短一瞬间，斯佳丽想象着无论在去亚特兰大的旅途中还是她跟瑞特谈话的当儿，黑妈妈就像是一只又大又黑的冥府看门狗[①]似的在边上监护着。她又笑了，还把手放在黑妈妈的臂膀上。

“黑妈妈，亲爱的，你真是好心，要陪我去，照料我，可是你不在，这儿的人怎么办呢？你知道这塔拉几乎就是你在一手张罗。”

“哼！”黑妈妈说。“你别拿这套动听的话来哄我吧，斯佳丽小姐。你的第一块尿布都是我给你垫的，我对你还不清楚吗？我说要跟你去亚特兰大，我就一定得去。亚特兰大现在全是北佬，还有新放出来的黑人什么的，要是你一个人去那儿，埃伦小姐在坟墓里也不会安宁的。”

“可是我将住在佩蒂姑妈家啊，”斯佳丽激动地说道。

“佩蒂小姐自然是个好人，她以为自己什么都懂，其实不是这么回事儿，”黑妈妈说完这句话，便威风凛凛地结束了交谈，转过身子自管自走到穿堂里去了。她在那儿嚷着，声音大得连地板都在震动。

“普莉西，孩子！你快上阁楼上去，把小姐的衣裳纸样箱子拿下来，再找把剪子来，可别磨磨蹭蹭找个老半天哪！”

“这下可糟了，”斯佳丽泄气地想道。“我宁可让一条警犬跟着也比这强啊。”

---

① 指希腊和罗马神话中守护冥府入口的三头狗。

晚饭餐桌收拾干净之后，斯佳丽和黑妈妈将那些衣裳纸样摊开在饭桌上，苏埃伦和卡丽恩忙着拆窗帘上的缎衬里，玫兰妮拿着一把干净的发刷刷去帘子上的灰尘。杰拉尔德、威尔和阿希礼都坐在屋子里吸烟，笑嘻嘻地瞅着这些女人们在忙乱。一种愉快而兴奋的情绪先从斯佳丽身上产生，现在大家都染上了，但却都不懂为什么这样兴奋。斯佳丽脸色红喷喷的，眼睛里也闪着光彩，还老是笑个没完。她的笑声使大家都觉得快乐，这几个月来他们还没有听到她这么放声大笑过呢。杰拉尔德特别感到快活，现在他那双眼睛看着斯佳丽的身躯在屋里窸窸窣窣走动时，眼神不像平时那么痴呆了；她走到他身边够得着她的距离时，他总是赞许地拍拍她。几个女孩子也兴奋得像准备去参加舞会似的，拆的拆，剪的剪，缝的缝，仿佛替自己在制作舞衣一般。

斯佳丽要去亚特兰大借钱，或者必要的话，把塔拉庄园押出去。但是抵押究竟是怎么回事呢？斯佳丽说等明年棉花收起来，他们一下子就可以把塔拉赎回来，而且钱还有多余呢。她说得非常肯定，大家也不想提出什么疑问来。有人问她打算向谁去借钱时她答道：“不动声色准能迷惑住爱管闲事的人，”口气那么调皮，大家都笑了起来，还跟她开玩笑地说她有个百万富翁的朋友。

“我猜肯定是瑞特·巴特勒船长，”玫兰妮狡黠地说道，却引得大家哄堂大笑起来，说她这种猜想太荒谬了，因为大家都知道斯佳丽非常憎恨瑞特·巴特勒，每回提起他来总是叫他“瑞特·巴特勒那个流氓”。

然而，斯佳丽没有因此发笑，阿希礼原来在笑，但一看见黑妈妈朝斯佳丽抛去谨慎的一瞥，便突然停住了笑。

苏埃伦被当时的集体精神所打动，居然慷慨地拿出她那个镶着爱尔兰花边的领子，稍稍有点穿旧但仍然漂亮，卡丽恩也坚持要斯佳丽穿上她的软底鞋去亚特兰大，因为这双鞋在塔拉庄园比谁的鞋都完好。玫兰妮恳求黑妈妈留点天鹅绒碎料给她那顶磨损的便帽换个面，还说这只老公鸡[1]要是不再跑到泥沼里去，它那簇漂亮的黑里泛青的古铜色尾毛就

---

① 指玫兰妮自己的那顶装饰着羽毛的旧便帽。

要跟身体脱开了，这句话引得大家捧腹大笑。

斯佳丽看着大家七手八脚地忙碌着，又听到大家这样欢笑，把伤心和轻蔑的心情藏在心里。

“他们对我，对他们自己，对整个南方究竟发生了些什么，都还稀里糊涂呢。尽管落到这般地步，他们仍然认为不会有什么可怕的事临到他们头上，他们仍然是姓奥哈拉、姓韦尔克斯和姓汉密顿的人。甚至连那些黑人也这么认为。唉，他们真是一伙傻瓜！他们是永远明白不了的！他们还会照旧那么认为，照旧过以前一直过的那种日子，什么东西都无法使他们改变。玫荔可以穿得破破烂烂，可以摘棉花，甚至可以帮我杀人，但这一切都无法改变她。她依然是腼腆而有教养的韦尔克斯太太，依然是一位十全十美的贵妇人！阿希礼可以亲眼目睹战争和死亡，可以受伤躺在俘虏营里，然后回到一无所有的家里，可是他照旧还是一个绅士，跟他拥有整个十二棵橡树庄园的时候毫无不同。威尔就不一样，他懂得实际情况是怎样的，但从另一方面讲，他也没有什么可以失去的。至于苏埃伦和卡丽恩，她们认为这一切是暂时的。他们都不肯改变自己来适应这种改变了的环境，因为他们觉得这一切很快就会成为过去。他们总以为上帝一定会专门为他们创造出一个奇迹来，殊不知上帝不会这么做。现在这里唯一可望创造的奇迹，就是由我去从瑞特 · 巴特勒身上创造出来……他们不会改变，他们大概也无法改变，只有我变了——不过，要是我可以办到的话，我也不想改变。”

黑妈妈后来把那些爷儿们全请出了饭厅，然后关上门，这样便可以试穿衣服了。波克把杰拉尔德扶上楼去睡觉，阿希礼和威尔给单独丢在前面穿堂的灯光底下。他们有一会儿默默无语，威尔嘴里嚼着烟草，像一头安静的反刍动物一样。但是他那张脸上却一点没有安静的神色。

“去亚特兰大这事儿，”他终于慢条斯理地说，“我不赞成，一点儿也不赞成。”

阿希礼连忙瞥了威尔一眼，又把眼光掉开去，一声不吭。他心里纳闷，威尔是不是也像自己一样，心中萦绕着一个可怕的疑团。但这是不可能的。威尔不知道那天午后在果园里发生的事，也不知道斯佳丽是因为那件事才被迫孤注一掷的。威尔不可能注意到刚才瑞特·巴特勒的名字被提起的时候，黑妈妈脸上出现的表情；再说，威尔不知道瑞特有钱，也不知道他名声这么坏。至少，阿希礼认为他无法知道这些事情，但自从他回到塔拉庄园来以后，他觉得威尔跟黑妈妈一样，似乎用不着别人告诉他什么，对情况就很了解，颇有先见之明。阿希礼觉得气氛中存在某种不祥的东西，这不祥的东西究竟是什么，他也说不清楚；他只觉得自己没有能力去把斯佳丽从中搭救出来。这个晚上她始终没有正视过他一眼，但她用一种格外兴高采烈的态度对待他，使他感到很诧异。这些折磨着他的疑问大得难以用言语来描述。他无法盘问她这些疑问是否确有其事，他没有权利这样来侮辱她。他紧紧地握着拳头。现在，凡跟她有关的事，他绝对没有权利去过问了；就在今天下午，他亲自把这种权利给永远剥夺了。他无法帮助她，谁也帮不了她。但是他想起了黑妈妈，想起她刚才在裁剪那块天鹅绒帘子时脸上呈现的那种坚韧不拔的决心，心里才稍稍感到宽慰。不管斯佳丽愿意不愿意，黑妈妈会照管好她的。

“这一切都是我造成的，”他绝望地想道。“是我把她逼到这个地步的。”

他想起今天下午她是怎么挺起胸，掉过身子离开他的，也想起她是如何固执地昂着头。他因为自己无能为力而痛心，又因为怀着对她的钦佩而黯然神伤。他对她充满着怜爱之情。他知道在她使用的词语中没有“勇敢”这个词儿，也知道如果自己对她说，她是他所知道的最勇敢的人，她准会茫然地瞪着眼。他知道她不会理解，每当他想到她的勇敢，他是如何把许多真正美好的品质归于她的。他知道她正视生活，并用自己刚强的意志去克服生活中可能出现的困难，顽强地奋斗下去。她从不承认失败，即使看到失败不可避免也照样继续战斗。

然而，这四年来，他看到不少人也不承认失败，他们在战场上赴汤蹈火，奋不顾身，他们是英勇的战士，可是结果到底失败了。

阿希礼在灯光幽暗的穿堂里瞅着威尔时想道，威尔绝不会懂得斯佳丽·奥哈拉穿着用她母亲的天鹅绒帘子改成的衣服，装饰着公鸡的尾毛，去征服世界的豪举的。

第33章

第二天下午，斯佳丽和黑妈妈在亚特兰大下火车的时候，寒风刮得正紧，暗灰色的云团在天空疾驰着。自从这座城市被焚毁以后，车站至今都没有修复，她们就在烧焦的车站废基几码外的焦炭和烂泥里下车。打仗那几年，斯佳丽从塔拉庄园回到亚特兰大的时候，总是有彼得大叔、佩蒂姑妈的马车等候着，现在她也习惯地朝四面寻找着彼得大叔和马车。接着，她忽而对自己如此心不在焉感到可笑。她这次来事先没有通知佩蒂姑妈，彼得自然不会来车站；何况她还记得，那位老小姐的一封信曾伤心地说起过彼得的那匹老马已经死了，那匹老马是南军投降后彼得从梅肯“搞”来送老小姐回亚特兰大的。

她朝车站四周那一片布满车辙、凹凸不平的空地张望，希望有朋友或熟人的马车停在那里，可以让她们搭乘到佩蒂姑妈家去，但是她没有认出谁来，黑人没有，白人也没有。假如佩蒂信里的话是真的，也许她的熟人里面已经没有一家有马车了。这年月过日子艰难，连人的吃和住都成了问题，哪里还养得起畜生呢。这些日子，佩蒂姑妈的大多数朋友跟她自己一样，出门得用脚走。

有几辆运货的马车在火车旁边装货，此外就是几辆溅满泥浆的公共马车，赶车的都是些模样粗野的外乡佬。私人马车只有两辆，一辆是轿车，另一辆是敞篷车，上面坐着一个衣着华丽的女人和一个北佬军官。斯佳丽一看见那套军官制服，就不禁猛抽了一口气。虽然佩蒂姑妈信中提到过亚特兰大有驻军，满街都是士兵，可是她乍见这种蓝色的军服时不免吓了一跳。她一时没有想到战争已经结束，这个当兵的是不会来追她，抢她，侮辱她的。

她看到火车站周围比过去空荡荡，便不由得想起1862年的那天早晨她来到亚特兰大时的情景。那时她新做寡妇，头上披着黑绉纱，心里烦闷得要死。她回忆起那天车站上运货马车、私人马车和救护车塞得水泄不通，车夫的谩骂声、叫嚷声和人们互道寒暄声震耳欲聋。她想起过去战争年代那种兴奋得忘记忧愁的心境，叹了一口气，接着想到她得一路走到佩蒂姑妈家去，又叹了一口气。但是，她仍然抱着希望，等会儿走到桃树街，说不定会碰到熟人愿意让她们搭乘马车。

她正站在那儿东张西望，忽而有一个皮肤呈马鞍色的中年黑人赶着一辆轿车朝她这边驶来。“要马车吗，太太？”那黑人从车厢前探出身子问道。“两毛五分，上哪儿都行。”

黑妈妈对他恶狠狠地瞪了一眼。

“出租马车！”她嘟哝道。“黑鬼，你知道我们是什么人吗？”

黑妈妈虽说是个乡下黑人，但她并不是一直呆在乡下。她知道正经女人没有自己家里的男人在旁陪着，是从来不坐出租马车的，何况这是一辆轿车呢。即使有她这样一个黑佣人在，也还是不合礼节。她看到斯佳丽瞅着那辆出租马车想要乘，便狠狠地瞪了她一眼。

“你过来，斯佳丽小姐。一辆出租马车加上一个刚放出来的黑鬼！哼，凑合得可好哪！”

“我不是新放出来的黑人，”赶车的忿忿地说道。“我是塔尔博特老小姐家的，这马车是她的，我不过赶车为家里人弄几个钱罢了。”

“你说的是哪个塔尔博特小姐？”

“就是米勒奇维尔的苏珊娜·塔尔博特小姐。我们的老东家打仗死了，我们就搬到这儿来啦。”

“你认识她吗，斯佳丽小姐？”

“不，”斯佳丽遗憾地说。“米勒奇维尔的人我认识得很少。”

“那么我们走着去吧，”黑妈妈口气严厉地说。“赶你的车吧，黑鬼。”

她从地上提起了那只毛毡制的提包，里面装的是斯佳丽那件天鹅绒新衣服，她的一顶帽子和一件睡衣；还有一只用一块整洁的印花大方巾打起的包袱，里面装着她自己的东西，她也拿起来夹在腋下。然后，她就带领着斯佳丽穿过那一片湿漉漉的焦土。斯佳丽尽管很想坐马车，可是她没有争辩，因为她不愿意自己跟黑妈妈之间有意见分歧。自从昨天下午黑妈妈突然发现斯佳丽扯下天鹅绒窗帘那一刻起，黑妈妈的眼睛里总是流露出一种让斯佳丽看了不舒服的怀疑而警觉的目光。要想逃避黑妈妈的陪伴是难以做到的，而且除非万不得已，她不想惹得黑妈妈满腔怒火。

她们在那条狭窄的人行道上往桃树街走去的当儿，斯佳丽觉得又悲伤又灰心，因为现在亚特兰大显得如此荒凉，跟她记忆中的情形完全两样。她们走过亚特兰大旅馆的遗址，以前瑞特和亨利伯伯都在这儿住过，这么一座优雅的旅店如今只剩下一副骨架和发黑的断垣残壁了。那些沿着铁路两旁绵延四分之一英里长的堆栈，原来是存放成吨成吨军需品的，如今没有修复，只剩下许多长方形的地基，在灰暗的天空下显得死气沉沉。铁路两旁的建筑物都没有了墙，车棚也不见了，铁路显得赤裸裸地暴露在那儿，没有个遮拦。在这大片废墟之中，有一处地方就是查尔斯作为遗产留给她的栈房，现在也无法辨认了。亨利伯伯曾经代她给这个栈房纳税，一直纳到去年为止。这笔钱她迟早得还他。这是她另一桩心事。

她们拐弯进了桃树街，斯佳丽便朝五角场方向望去，不禁惊叫了起来。尽管弗兰克曾经把这座城市夷为平地的情形全给她说了，她却始终没有料到毁坏得如此彻底。在她的想象中，这座她非常喜爱的城市依然是满街华丽的建筑物。然而，现在她看到的这条桃树街光秃秃的，什么标志都没有了，它显得如此陌生，仿佛她以前从未见过似的。她记得在战争的岁月里，她曾不知多少回赶着车穿过这条泥泞的街道；也记得在围城的日子里，她曾缩着头，低着身子在炮弹的呼啸声中沿着这条街胆战心惊地奔逃；还记得撤退的那一天，她慌乱而痛苦地最后一次看这条街。然而，现在这条街她却一点儿都认不出来了，她真想大哭一场。

谢尔曼的军队撤出这座燃烧的城市和南部邦联的军队回来后的那一年里，曾经建起了许多新楼房，但是五角场周围一带仍然是空旷的一片，那里是一堆堆破砖残瓦埋没在杂乱无章的荒草垃圾之中。有几座她依稀记得的建筑物残留着，但都没有了屋顶，只剩下几堵墙，白昼暗淡的光线穿过断墙照射着，没有玻璃的窗口像张着的嘴似的，几根烟囱孤零零地高耸着。偶尔，她也发现几家熟悉的店铺，它们幸免于战火并经过修复，簇新的红砖衬托在那些污黑的断墙残壁之中显得格外耀眼。在一些新建的店铺大门和事务所的玻璃窗上，她高兴地见到一些她熟悉的名字，但大多数名字都是陌生的，特别是写在许多小招牌上的医生、律师和棉花商的名字都不熟悉。从前，亚特兰大城里的人她差不多都认识，如今见到这么许多陌生的名字，心里真不是滋味。但她看到沿街不少新房子正在兴建，便觉得高兴起来。

新盖的房子有好几十幢，其中有些竟是三层楼的呢！到处都在大兴土木，因为她沿街望去，想调节一下自己的心理状态，使之适应于这座新的亚特兰大城，竟然耳朵里听到令人欣喜的锤声和锯声，眼睛里看到脚手架高高地耸立着，人们背着砖头在爬梯子。她望着这条自己心爱的街道，眼睛有点迷糊了。

“他们焚烧了你，”她想道，“他们把你夷为平地，可他们没有能消灭你。他们是消灭不掉你的！你会重新生长，长得和过去一般强大，一般生气勃勃！”

她沿着桃树街往前走，黑妈妈步履蹒跚地跟在后面。这时她发现人行道上的人就跟战争打得最激烈的时候一般拥挤，这座正在复苏的城市仍旧那么忙忙碌碌。记得当年，她初来这儿探望佩蒂姑妈的时候，这座城市曾经使她热血沸腾。她还发现，在泥泞的坑坑洼洼中颠簸地行驶着的车辆竟跟过去一般川流不息，就只少了当年邦联军队的救护车；在店铺木天棚前马槽架上拴着的骡马，也竟和以前一般地多。人行道上尽管挤得水泄不通，但是没有一张脸她是熟悉的，头顶上面挂着的许多招牌也没有一块她曾经见过的。无论是相貌粗鲁的男人还是穿着妖艳的女人，都是陌生的。条条街上黑压压的一片，全是游手好闲的黑人，他们有的靠在墙上，有的坐在路边石上，望着来来往往的车辆，那种无知好奇的模样真像孩子们在观看马戏团游行一般。

“全是些新放出来的乡下黑人，”黑妈妈轻蔑地说。“好像一辈子都没瞧见过一辆马车似的。而且样子多粗鲁啊！”

他们的样子确实粗鲁，斯佳丽也这么觉得，因为他们神气活现地瞪着她。但是当她瞅见一群穿蓝军服的士兵时，又大吃一惊，脑子里也就丢开了这些黑人。现在这城里处处都是北军的士兵，有的骑马，有的步行，有的坐在军车里，有的在街头闲逛，还有的正满口胡言地从酒吧里走出来。

我永远也不会习惯这一切，她捏紧了拳头想道。绝对不会！然后她回过头去叫道："快些走，黑妈妈，我们快从这人堆里走出去。"

"来啦，我得把这个挡路的黑鬼弄开去，"黑妈妈大声嚷着答道，一面将旅行包一甩，把一个在她前面惹人讨厌地慢吞吞走着的黑人撞得弹到边上去。"我讨厌这城，斯佳丽小姐。哪里来这么许多北佬和黑人！"

"人不挤的地方会好些。走过五角场就不会这么糟了。"

她们小心翼翼地一步步踩在滑溜溜的让行人踏脚的石头上，穿过满是泥浆的迪凯特街，一直向桃树街走去，路上的人群渐渐地稀少起来。后来她们走到了卫理公会教堂——1864 年斯佳丽奔着去找米德大夫的那天，曾在这儿歇脚喘过气——她瞧了一下教堂，便放声笑了起来，那笑声既突兀又可怖。黑妈妈满肚子疑心地用她那双老练的眼睛盯着斯佳丽的眼睛瞧，但是她的好奇心没有得到满足。斯佳丽轻蔑地回忆起那天吓得六神无主的情形，觉得很可笑。当时她害怕北佬，也害怕博就要出世，怕得胆战心惊，怕得毛骨悚然。现在她觉得很诧异，自己当时怎么会怕成那个样子，就像孩子听见一声巨响那样。当时她竟以为北佬、炮火和战败是自己可能经历的最最糟糕的事情，真是太幼稚了！这一些比起母亲的死，比起父亲的麻木痴呆，比起挨饿、受冻、累死累活地干活和由于生活中的不安全感所引起的梦魇来，是多么微不足道啊！她现在觉得面对一支入侵的军队是多么容易，但对威胁着塔拉庄园的危险却是束手无策！不错，她现在除了贫穷之外再也没有什么可怕了。

一辆轿车沿着桃树街驶来，斯佳丽跑近人行道边上去瞧一下马车里坐的是不是熟人，因为到佩蒂姑妈家还要走好几条横马路呢。马车驶近的时候，斯佳丽和黑妈妈连忙探出身子去，这时一个女人的头从车窗伸出了一会儿，一顶精巧的皮帽子盖着一头嫣红的头发，斯佳丽装起一张笑脸，差一点没叫出声来。两人打了个照面，都认出了对方，斯佳丽连忙向后退了一步。原来是贝尔·沃特林，在她把头缩回去之前，斯佳丽瞥见她的一对鼻翅儿不高兴地张了一下。看到的第一张熟脸竟是贝尔，真是奇怪！

“那是谁呀？”黑妈妈疑心地问道。“她认识你，却没有跟你打招呼。我一辈子也没有见过这种颜色的头发，就是塔尔顿家的人也不像这样——我看，这头发呀，这头发准是染的。”

“对，是染的，”斯佳丽一边简洁地答道，一边加紧了步子。

“这个染发女人你怎么认识的？我问你她到底是什么人？”

“她是这城里的坏女人，”斯佳丽简略地说，“我老实告诉你我不认识她，你就不必多问了。”

“我的老天！”黑妈妈压低嗓门说道，一面张大着嘴，好奇心十足地望着远去的马车。黑妈妈自从二十年前跟着埃伦离开萨凡纳以来，还没有见过一个卖淫的娼妓呢，她懊悔刚才没有把贝尔看得仔细些。

“她身上穿得可真讲究，坐的马车也够漂亮的，还用马夫呢，”她唠唠叨叨地说，“我真不明白，上帝是怎么想的，让这种坏女人这么享福，我们做好人的倒要饿肚子，连鞋都穿不上。”

“上帝好些年前就不想我们了，”斯佳丽忿忿地说。“别对我说，母亲听了我说这种话会在坟墓里不得安宁。”

她想让自己感到在道德方面优越于贝尔，但是她办不到。假如她的计划进行顺利的话，她不是跟贝尔处于同样的地位，让同一个男人来供养吗？虽然她对自己作出的决定丝毫没有后悔，但这桩事情本身使她觉得狼狈。“我现在不去想它，”她暗暗对自己说，便加紧步子向前走去。

她们经过原来是米德家的地方，现在只剩下两道孤零零的台阶和一条走道，走道尽头一无所有。原来是惠丁家的地方更是一片光秃秃的平地，连墙基石和砖砌的烟囱都不见影踪了，把它们装走的马车所留下的车辙却清晰可见。艾尔辛家的砖房还在那里，还加了一层，盖了新屋顶。邦尼尔家的屋子用一些粗糙的木板代替木瓦遮着、挡着，虽然破破烂烂一副寒酸相，但看上去却还过得去。然而，这两家的窗户里不见一张脸，门廊下不见有身影，这倒反而使斯佳丽高兴。她目下不想跟谁说话。

接着，佩蒂姑妈那幢红砖新石板屋顶的房子出现在眼前了，斯佳丽的心怦怦跳个不停。老天爷没有让这座房子夷为平地，弄得无法修复，真是谢天谢地！这时有一个人手臂上挽着一只买菜篮子，从前院走出来，他正是彼得大叔。他见到斯佳丽和黑妈妈蹒跚而来，黑脸上便露出惊异的微笑。

这老黑傻瓜我简直可以亲吻他，见到他真太高兴啦，斯佳丽愉快地想道。于是她大声喊道："赶快去把姑妈的头晕药拿来，彼得！真是我呀！"

那天晚上，佩蒂姑妈的餐桌上照样只有玉米粥和干豆子。斯佳丽一边吃，一边赌咒，等到她重新有了钱，这两种食物绝不会出现在她的餐桌上。无论得付出什么代价，她一定要重新弄到钱不可，而且不只是仅仅够付塔拉庄园的税款的数目而已。总有一天她一定会用某种方式去弄到大笔的钱，哪怕要她去杀人也在所不惜。

在餐室的黄色灯光下，她向佩蒂姑妈问起家里的经济状况，她抱着一线希望，但愿查尔斯家能借给她急需的那笔款子。问题提得并不转弯抹角，可是佩蒂姑妈因为有家里人可以聊天，高兴得什么似的，竟然不觉得问题提得直截了当。她当即哭了起来，开始诉说自己的种种不幸遭遇。她自己也不清楚她那些农场、城里的房产和现钱都到哪里去了，但这些东西不知不觉地丢得一干二净。至少亨利伯伯是这么对她说的。他没法儿付她全部产业的税款，所以除了她目前住的这栋房子之外，其他的东西全没了。不过佩蒂没有停下来好好想想，其实连这栋房子也从来不是她的，而是玫兰妮和斯佳丽的共同财产。亨利伯伯现在也只能给这栋房子纳税，此外每月还给她一点儿生活费，尽管她拿他的钱觉得很丢脸，但她也无可奈何，只能这么做。

"亨利总是说他负担太重，税率又这么高，实在有点入不敷出。当然，他也许是在骗我，他钱多得很，就是不肯多给我点罢了。"

斯佳丽知道亨利伯伯没有骗人。她曾经接到过他的几封信，谈的都是有关查尔斯财产的事，从信中可以看出他并没有骗人。这位老律师为了保全这栋房子和市中心的那个堆栈，确实拼命地斗争过，这样韦德和斯佳丽在劫难之后到底还有点剩余的东西。斯佳丽知道亨利替她负担着这笔税款，实在是一种极大的牺牲。

“他当然没有什么钱了，”斯佳丽心里悻悻地想道。“好吧，把他和佩蒂姑妈从我的名单里勾掉吧。这样剩下的就只有瑞特了。那么我就不得不这么做了。我必须这么干，别无选择。不过现在我不必去多考虑……我得让她谈起瑞特，那我就可以趁机给她一个暗示，叫她请他明天来这儿看我们。”

她笑了，紧紧地握着佩蒂姑妈的两只胖手掌。

“亲爱的姑妈，”她说道，“我们现在别再谈钱啊什么的让人扫兴的事吧。我们暂时把这事忘掉，谈谈让人高兴的事吧，你给我谈谈我们过去那些老朋友的消息吧。梅里韦瑟太太和梅贝尔现在怎样了？听说梅贝尔那个小个儿克里奥尔人平安回家了。还有艾尔辛家和米德大夫和太太呢？”

佩蒂帕特听见要换个话题谈谈，顿时露出了喜色，她那张沾着眼泪的孩子脸不再颤动。她详详细细地说了一些老邻居的情况，连他们吃的、穿的、做的、想的都讲了。她用可怖的声调说起勒内·皮卡尔还在前线的时候，梅里韦瑟太太和梅贝尔曾经靠做糕饼卖给北军士兵过日子的情形。你想想，竟落到那种地步！有时候二三十个北佬站在梅里韦瑟家的后院等着烙饼出锅呢。后来勒内回家了，就让他每天赶着一辆破马车去北佬兵营卖馅饼、糕儿、饼干。梅里韦瑟太太说，今后她攒了一点钱，打算在闹市开一家饼铺。佩蒂不想批评谁，不过终究——换了她自己，佩蒂说，她宁可饿死也不去做这些个北佬的生意。她每次在街上碰到北佬的士兵，总是对他们不屑一顾，还连忙穿到对街去，尽量显出故意对他们无礼的样子；虽然，她说，在雨天这么做是件颇麻烦的事情。斯佳丽听了得出这样的印象：就佩蒂小姐本人来说，尽管搞得满脚的泥浆，她作出如此牺牲，也算是对南部邦联的一片赤诚之心呀。

米德太太和大夫家的房子在北佬放火烧城的时候都化为灰烬了，他们没有钱，也不忍心再重新盖房，因为菲尔和达西都死了。米德太太说她从此不想再要个家了，儿子、孙儿都没有，还算是个家庭吗？他们觉得很孤独，就搬去跟艾尔辛家一起住，艾尔辛家倒把他们损坏的那部分房屋修好了。惠丁先生夫妇俩也在那儿占了一个房间，邦尼尔太太也在说要搬进去住，要是她能幸运地将自己的屋子出租给一个北佬军官和他的家眷的话。

“可是他们怎么挤得下呢？”斯佳丽嚷道。“那里已经有艾尔辛太太、有芳妮，还有休——”

“艾尔辛太太和芳妮睡在客厅里，休就睡在阁楼上，”佩蒂解释道，她对那些朋友家的安排都知道得清清楚楚。“亲爱的，我真不愿给你说这些，可是——艾尔辛太太管他们叫‘付钱的客人’，可是，”佩蒂压低嗓门说，“他们实际上就是房客呗，艾尔辛太太在开客栈呢！你说可怕不可怕？”

“我倒以为好得很，”斯佳丽紧接着说。“我但愿去年一年塔拉庄园也有这样的‘付钱的客人’，因为去我们那儿住的都分文不付，不然也许我们现在也不至于这么穷了。”

“斯佳丽，你怎么能说这种话呢？要是你可怜的母亲听见塔拉庄园要收客人的房钱，她在坟墓里也不会安稳的。当然啰，艾尔辛太太也实在是没有办法呀，尽管她自己揽些针线活儿干，芳妮替人画画瓷器，休去卖柴挣几文小钱，可一家人仍旧难以糊口。你想想，休这宝贝儿竟然被迫去卖柴！他可是一心想当一名优秀的律师的呀！我们的孩子都落到这种地步，我只能为他们流泪！”

斯佳丽想起塔拉庄园那阳光炫目的天空底下一行行的棉田，想起自己弯着腰在棉田里干得腰酸背痛的情形。她仍旧记得她那双不熟练的、布满血泡的手扶住犁把时的滋味，便觉得休·艾尔辛并不值得特别同情。佩蒂这痴老太未免太天真了，尽管她周围都成了一片废墟，她却受到了庇护！

“要是他不愿意卖柴，那干吗不开业当律师呢？难道亚特兰大就没有当律师的机会了？”

“哦，有！当律师的机会有的是。现在几乎人人都在打官司，由于那场大火把什么都烧毁了，地界也搞掉了，谁也不清楚他们的土地打哪儿开始到哪儿结束。不过大家口袋里都是空空的，当律师的向谁去收诉讼费呢？所以休只得去卖柴……哦，我差点忘了！我给你的信上提起过吗？芳妮·艾尔辛明天晚上结婚，你当然应该到场。艾尔辛太太得知你在城里一定十分乐意你参加。但愿你除身上这套衣服外，总还有一套衣服带着。我倒不是说你这套不够漂亮，亲爱的，不过——说实话，它看上去旧了一点。哦，你有一套漂亮衣服吗？我太高兴啦，这是打这座城陷落以来我们参加的第一个婚礼呢。他们备点心、备酒，后面还有跳舞，可我不清楚艾尔辛家怎么办得起，他们穷得很哪。”

“芳妮跟谁结婚呢？我原来以为达拉斯·麦克卢尔在葛底斯堡战死以后——”

“亲爱的，你不该责备芳妮。不是人人都像你给可怜的查理守寡的嘛。让我想想，他叫什么名字来着？我记名字的本领差劲极了——叫汤姆什么的。我跟他母亲挺熟，我们一起在拉格兰奇女子学院读过书，她姓汤姆林森，是拉格兰奇人，她母亲是——让我想想……是姓珀金斯的？还是姓帕金斯？哦，对了，是姓帕金森！是斯巴达人。门第倒不错，可是话虽这么说——唔，我知道自己不该说这话，可我不明白芳妮干吗要嫁给他呢？”

“他酗酒还是——”

“噢，不！他人品是没说的了，可是你知道，他下半身受过伤，一个炮弹炸在他两条腿上，把他炸成——炸成，哎，我讨厌用这个字眼儿——把他炸得两腿岔开。走起路来样子可丑呢——总之，不太好看。我不懂她为什么要嫁给他。”

“女孩子总得要嫁人的啰。”

“那也不见得吧，”佩蒂光火地说。“我就一辈子没嫁过人。”

“怎么，亲爱的，我并没有说你呀！大家都知道当年你多么讨人喜欢，现在仍然如此嘛！嗨，那位老卡尔顿法官一直都拿眼睛在瞟你呢，后来我——”

“哦，斯佳丽，别胡说！那个老傻瓜！”佩蒂吃吃地笑着，怒火全消了。“不过，芳妮毕竟也很讨人喜欢嘛，她尽可以找个好一点的男人，我觉得她并不爱那个叫汤姆什么的。我看她对达拉斯·麦克卢尔的战死没有全忘记，不过她不像你，亲爱的。你一直对亲爱的查理忠贞不二，尽管你遇到许多次改嫁的机会。大家都说你是个铁石心肠的轻佻女子，我和玫荔却常常说你一直把查理怀在心里。”

斯佳丽略过这些漫无边际的体己话，巧妙地引导佩蒂从一个朋友谈到另一个朋友，可是在这过程中，她一直迫不及待地想把话题引向瑞特。刚才人一到，马上就问起他，是不妥当的。这会引起这位老小姐的脑子往不该想的地方去想。要是瑞特拒绝跟她结婚，那以后有的是时间让佩蒂去起疑心呢。

佩蒂姑妈兴冲冲地说个没完，就像孩子碰到有人听他说话高兴得很。亚特兰大被那班共和党人倒行逆施，搞得一团糟，她说。他们没完没了地干着坏事情，最糟糕的是他们还向那些个穷黑鬼灌输他们的思想。

“亲爱的，他们要让黑人投票选举哩！你听到过有比这更荒唐的事吗？尽管——我不明白——我在琢磨这件事。彼得大叔比我见过的哪个共和党人都明白事理得多，比他们也更懂规矩；可是，彼得大叔极有教养，他是怎么也不想去投票的。这种观念一直让黑人感到心烦意乱，现在他们全给教坏啦。他们当中有一些人神气活现。天一黑，你在街上走路，生命都不安全；甚至在大白天，他们把女人从人行道上推到泥潭中去。要是哪个男人敢出来打抱不平，他们就把他抓起来——亲爱的，我告诉你过吗？巴特勒船长给抓去坐牢了。”

“瑞特·巴特勒？”

尽管消息是那么惊人，斯佳丽却仍然对佩蒂姑妈感激，因为这样就免得她自己先在谈话中提到他的名字了。

“对，一点不错！”佩蒂兴奋得脸上泛起了红晕，便把身子坐得挺些。“他这会儿还在牢里呢。就为杀了个黑人。他们说不定要判他绞刑呢。你想想看，巴特勒船长要上绞架！”

斯佳丽听到这个消息，有好一会连气都透不出来，只会盯着这位胖老小姐看。这位老小姐见到自己的话起到了效果，正得意得喜形于色呢。

“这案子还没有证实，但那个黑人侮辱了一个白种女人，于是有人把他杀了。北佬很恼火，因为近来有好多盛气凌人的黑人被杀害的案子。现在他们虽然无法证明凶手就是巴特勒船长，但他们打算拿他来杀一儆百，米德大夫就是这么说的。大夫还说假如他们真把巴特勒船长给绞死，这将是北佬办的第一桩德政；但从另一方面说，我不知道……但你倒想想看，巴特勒船长上礼拜还到这里来过，送了我一只可爱绝顶的鹌鹑，还问起你的消息，说什么他担心在围城的那个时候得罪了你，怕你一辈子也不会饶恕他。”

“他要在牢里关多久呢？”

“谁也不知道。也许一直关到他们把他绞死为止，但也可能到头来他们无法证明他有杀人罪。不过话得说回来，这些北佬，他们才不管你有罪还是没罪呢，他们要绞死你还不容易。他们——”佩蒂神秘地压低了嗓门说，“让三K党闹得坐立不安。你们乡下那儿也有三K党吗？亲爱的，我肯定你们那儿准有，不过阿希礼不让你们知道这种事罢了。三K党的人都是不公开的，他们半夜三更穿得像鬼似的，骑着马到处转悠，专门去找那些个盗窃钱财的提包客和呼幺喝六的黑人。有时候他们只是恐吓恐吓他们，警告他们离开亚特兰大，但他们不太规矩的时候，他们就用鞭子抽打他们，”佩蒂轻声地说，“有时候还杀死他们，把尸首丢在人们容易看见的地方，尸首上还放着三K党的卡片……所以北佬光火极了，一直想找个人来杀一儆百。……不过休·艾尔辛告诉我说，依他看他们不会绞死巴特勒船长，因为北佬认为他晓得那些钱放在什么地方，只是不肯说出来罢了。他们正千方百计让他招供呢。”

“钱？”

“你没听说？我信中没告诉你吗？亲爱的，你在塔拉庄园真闭塞，不是吗？当初巴特勒船长回到这儿的时候，可闹得满城风雨呢！他赶着一匹骏马，坐着一辆非常富丽的马车，口袋里钱塞得满满的，可我们其余人吃了上顿没下顿。谁都觉得气愤极了，这么个专门说南部邦联坏话、袖手旁观的家伙居然这么阔气，而我们大家都穷得要命。大家都急于想知道他是怎么搞来这些钱的，可谁也没有勇气去开口问他——就只有我问过他，可他只是放声笑了一通，回答说：‘来路不正就是了。’你是知道的，这个人要他说正经话可不容易啊。”

“不过，他的钱当然是靠闯封锁线来的——”

“当然，是这样，乖乖，可这仅仅是一部分呀。封锁线上跑来的钱，在他的财产里只是沧海一粟罢了。大家都相信，当初邦联政府有几百万金元藏在什么地方，现在落到他手里了，就连他们北佬也相信有这回事。”

“几百万——金元？”

“唔，亲爱的，我们邦联政府的金元跑到哪里去了呢？那总有人拿去的，巴特勒船长就是其中的一个。北佬原来还以为是戴维斯总统打里士满撤退时带走的，可是他们后来逮住这个可怜的人时，他几乎一个子儿都没有。仗打完那会儿，金库里的钱全没了，所以大家认为一定是某些跑封锁线的商人拿走了，还守住秘密。”

“几百万——金元！可是他们怎么——”

“巴特勒船长不是曾经带了几千包棉花到英国和拿骚替邦联政府去卖的吗？”佩蒂得意洋洋地问道。“他带去卖的不仅是他自己的棉花，也有政府的棉花。你总知道战争时期棉花在英国卖什么价钱吧。你可以随意开价！他当时是政府的全权代理人，原本应把卖了棉花的钱买军火，再把军火运进来给我们。后来因为封锁得很严密，他无法把军火运进来，卖棉花的钱就一分也没花。所以巴特勒船长和其他一些跑封锁线的商人就把数百万美元存入英国银行，等待封锁线形势缓和。不消说，他们不会用邦联政府的名义存钱。他们用的是他们私人的名义，钱仍旧在那儿……自从投降以来，大家都一直在谈论这件事，还严厉地指责那批闯封锁线的商人。北佬因为巴特勒船长杀了那个黑人逮捕他的时候，准是早已听到这种传闻了，因为他们一直在逼他招出钱的去向来。你知道，现在南部邦联的存款都变成北佬的啦——至少，北佬自己是这么认为的。但是巴特勒船长说他一无所知……米德大夫说，不管怎么说，他们应该把他绞死，像这样一个贼，一个投机商，上绞架是罪有应得——哎呀，怎么啦，你脸色这么难看！你觉得头晕吗？我说这些让你受不了，是吗？我知道他曾经追求过你，可是我以为你们早就闹翻了。我本人对他从来就不满，因为他是个十足的流氓——”

“他跟我毫不相干，”斯佳丽勉强地说。“你去梅肯后，在围城那个时候我和他吵过。现在——他人在哪儿？”

“在广场附近的消防站里。”

“在消防站里？”

佩蒂姑妈格格地笑了起来。

“对呀，他是在消防站里。现在北佬拿它做军事监狱了。北佬在广场上的市政厅周围搭着许多木棚做营房，这消防站就在附近的一条街上，所以巴特勒船长就关在那儿。还有，斯佳丽，昨天我还听到关于巴特勒船长的一件再有趣也没有的事。我记不清是谁告诉我的。你知道，他这个人向来讲究修饰——简直是个花花公子，而他们却把他一直关在消防站里，不让他洗澡，他每天闹着要洗澡，后来他们把他从牢房带到广场上，那儿有一只饮马的水槽，全团的人都在里边洗澡，里边的水从来也没有换过！他们跟他说，他可以在那里洗澡，他说，不，他情愿留着身上南方的污垢作标记，也不愿再加上一层北佬的污垢，而且——”

斯佳丽只听得一个兴冲冲的声音在喋喋不休地说着，也没有去留意说些什么。这会儿她心里念念不忘的只有两件事，一是瑞特的钱甚至比她预料的还多，二是他正关在牢里。他如今关在牢里，而且很可能会被处绞刑这个事实使局面稍微有点变化，实际上似乎变得更令人乐观了。瑞特要被绞死，她没有什么可同情的。她现在急需要钱，急到不择手段的地步，哪里还有心思去管他的最后命运呢？况且，她也稍微有点同意米德大夫的观点，他被绞死是罪有应得。三更半夜，把一个女子撇在两军交战的险境中间，自管自去为一个业已失败的事业战斗，这种人还不应该绞死吗？……如果她趁他在坐牢的时候能跟他结婚，那么几百万的财产不就是她的了，等他一被绞死，那不归她一人所有了吗？假如马上结婚办不到，那也许可以先向他借一笔钱，答应等他一释放就跟他结婚，或者答应他——哦，无论答应他什么都行！要是他们把他绞死了，那她欠的那笔债就永远一笔勾销了。

有好一会儿，她的想象像火焰一般燃烧着。她想到要是北佬政府能行行好，干预这件事，帮助她再做一次寡妇，那就是几百万元的金洋呢！她就可以重修塔拉庄园，可以雇工，可以种起绵延几十英里的棉花来。她还可以置起漂亮的衣服，吃她想吃的东西，苏埃伦和卡丽恩也都能有吃有穿了。韦德也可以穿得暖暖的，可以吃到富有营养的食品，把他那只尖瘦的下巴吃得胖乎乎的，还可以给他请家庭女教师来教他读书，将来可以上大学……用不着光着脚丫子长大，像穷光蛋那样无知无识。她还可以请个好医生来照料爸爸，她还要帮助阿希礼——为了阿希礼，她还有什么不能做呢！

佩蒂姑妈的独白突然中断，只听见她在那儿问："怎么，黑妈妈？"斯佳丽从她的想入非非中清醒过来。瞧见黑妈妈正站在门口，两手插在围裙底下，一双眼睛机警地瞪着。她不知道黑妈妈在那里站了多久，也不知道她听到和看到了多少。从她那双炯炯有光的老眼看起来，她大概什么都听到了，什么都看到了。

"斯佳丽小姐看上去累了，我想她最好去睡觉了。"

"我是累了，"斯佳丽边说边站起来，眼睛朝着黑妈妈看着，那神气像是个无可奈何的孩子，"我怕还着凉了。佩蒂姑妈，明天早晨我想多睡一会，不跟你一起去拜访客人，你说好吗？以后什么时候我都可以去。明天晚上芳妮的婚礼我一定要去的。要是伤风愈来愈重，那就去不成了。让我在床上睡一天，真是难得的乐事。"

黑妈妈摸了摸斯佳丽的手，又瞧了一眼她的脸色，便露出一点焦灼的神色来。斯佳丽的脸色确实不太好。刚才她思潮起伏所引起的兴奋消退了，因而她脸色发白人发抖。

"你的手冰凉的，宝贝儿。赶快去睡吧，等我来给你煎点黄樟茶喝喝，再拿块烫砖来焐一焐，让你出一身汗。”

“我太不顾别人了，”这位胖墩墩的老小姐一边大声说，一边从椅子上跳了起来，拍拍斯佳丽的膀子。“只管自己说个没完，竟一点儿没有想到你。宝贝儿，明天你就睡上一天吧，躺着养养神，我会来陪你说话儿的——哦！不，亲爱的，明天我不能陪你。我已答应明天去陪邦尼尔太太。她得了感冒病倒了，她的厨娘也病了。黑妈妈，有你在可太好了。明天早晨你跟我一起去帮我的忙吧。”

黑妈妈陪着斯佳丽匆匆爬上了黑洞洞的楼梯，嘴里叽叽咕咕地在说着小姐手冰凉，脚上鞋太单薄。斯佳丽一脸顺从的样子，而且她完全心甘情愿。假如她能再进一步去除黑妈妈的疑心，明天早晨让她离开这屋子，那就万事俱备了。等她们一走，她就可以去北佬的监狱看望瑞特了。楼梯爬了一半，她听见隆隆的雷声开始隐隐约约地响起来，她站在熟悉的楼梯平台上，想起这雷声多么像围城时候的炮声啊。她打了个寒战。对她来说，雷声永远意味着炮火和战争。

第34章

第二天早晨，太阳忽隐忽现地照耀着，劲风驱赶着一团团乌云迅疾地飘过。风儿刮得窗玻璃嘎嘎作响，又窜进屋子发出轻轻的呜呜声。斯佳丽做了简短的感恩祷告，多谢上帝让昨夜的雨停止不下了；她一直躺在床上没睡着，倾听着这雨声，她明白这一下她的天鹅绒衣服和新帽子可要遭殃了。现在她能断断续续地瞥见阳光，便觉得精神焕发。她好不容易才赖在床上，装出软弱的样子，还假惺惺地咳了几声嗽，等待佩蒂姑妈、黑妈妈和彼得大叔出了大门，往邦尼尔太太家走去。后来，大门终于砰的一声关上了，家里只剩下厨娘一个人在厨房里哼着调儿，她便从床上跳起来，从衣橱的挂钩上取下自己的新衣服。

睡眠使她精神恢复了不少，给她增添了力量；她还从自己内心深处那颗又冷又硬的核心汲取勇气。眼看自己就要跟一个男人——随便哪个男人——展开一场斗智，似乎感到很振奋；过去几个月里，她经历了无数挫折，现在她得知自己最后正式面对一个不折不扣的对手，而且她也许可以用自己的力量把他摔下马来，心里不由产生一种轻松的感觉。

穿衣服没有人帮忙很费劲儿，但是她终于把它穿上了；她戴上那顶饰着别致的羽毛的帽子，急忙奔到佩蒂姑妈的房里去，对着一面长镜子将自己修饰了一番。她看上去多美啊！帽子上的饰羽使她看起来精神抖擞，天鹅绒的苔绿色映得她眼睛闪闪有光，差不多像翡翠一般，那件衣服也显得十分鲜艳而大方，无与伦比。能重新穿上漂亮的衣服真太好了。见到自己这么漂亮，这么富有魅力，她得意极了，便情不自禁地凑到镜子上去亲了亲自己的映像，事后又对自己这种傻乎乎的举动觉得好笑。她把母亲的一条细毛方巾围上，可是这条褪色的方巾跟她那身苔绿色的裙子极其不相称，使她看上去稍微有点寒酸相。她打开了佩蒂姑妈的壁橱，挑了一件黑细布的斗篷披上了，那是佩蒂礼拜天才舍得穿的薄秋衫。她又往自己刺穿过的耳垂上挂了一对从塔拉带来的钻石耳坠子，并摇了摇头，看看效果怎么样。耳坠子嗒嗒作响，声音十分悦耳。她暗自想道，自己跟瑞特说话的时候，一定得多摇几回头。摇晃着的耳坠子使姑娘们格外显得活泼可爱，让男人见了倾倒。

佩蒂姑妈除了现在戴在她胖手上的那副手套之外没有别的手套，真遗憾。女人家不戴手套实在不体面，但是斯佳丽打离开亚特兰大以后就一直没戴过手套。在塔拉庄园干了好几个月的重活，她的手也变得粗糙了，现在这双手远远谈不上漂亮了。嗨，现在已经没有法子可想了。她把佩蒂姑妈的一个小巧的海豹皮手笼拿来套在自己裸露着的手上。斯佳丽觉得这一下她样样齐备，看上去像样了。见到她的人谁也不会怀疑她贫穷拮据了。

不能让瑞特怀疑自己穷，这至关重要。必须让瑞特觉得她纯粹因为感情的驱使才去找他的。

她蹑手蹑脚地走下楼梯，出了大门，那厨娘径自在厨房里大声唱着，没有注意她。为了避开邻居们的无时不在的眼光，她急匆匆地沿着贝克街走，走到常春藤街一幢被大火烧毁的房子前，在一块下车台上坐了下来，想等哪辆顺路的马车可以让她搭了去。太阳在匆匆飘过去的云层后面，忽隐忽现，淡淡的阳光照射在街面上，没有一点暖气，风儿将她的裙边吹得不停地飘动。天气比她料想的要冷，她将佩蒂姑妈那件薄斗篷紧紧地裹在身上，坐立不安地打起哆嗦来。她正打算步行穿过城到北佬的兵营去，一辆破马车出现在街头。赶车的是个老婆子，上嘴唇上沾满鼻烟，一张饱经风霜的脸藏在一顶褐色斜纹布的太阳帽底下，赶着一头懒洋洋的老骡。她正朝市政厅的方向驶去，她非常勉强地同意让斯佳丽搭乘。不过，她显然对斯佳丽的衣服、帽子和手笼看不顺眼。

"她以为我是个轻佻女人呢，"斯佳丽想道。"不过，也许她说对了！"

后来她们到了市中心的广场上，市政厅的白色圆顶建筑矗立在眼前。斯佳丽向那个老婆子道了谢，跳下车，瞅着这乡下女人赶车离去。她小心翼翼地向四面张望，想弄清楚有没有人看到她。然后她拧着自己的面颊，想使它们显出点血色来；她又狠狠地咬着自己的嘴唇，想把它们咬得红些。她整了整帽子，理了理头发，再向广场四周扫了一眼。只见那座二层楼的红砖市政厅虽然经历了焚城之灾，依然完好，但在灰色的天空下显得既破旧又孤零零。市政厅楼就在广场中央，楼的周围全是一排排肮脏、溅满泥浆的军队住的木棚子，布满了广场。北佬的兵在那儿到处游荡，斯佳丽犹豫地瞅着他们，她的勇气稍稍跑掉了一点。她怎么走进这敌人的营盘里去找到瑞特呢？

她朝那条街上的消防站方向望去，但见两扇拱形的大门紧闭着，两名岗哨在那幢房子的两边一来一往地走着。瑞特就在里面，可是她怎么跟那些北佬的士兵说呢？他们又会对她说些什么呢？她挺了挺肩膀。想当初她杀死那个北佬的时候并没有觉得害怕，现在她只是去跟另一个北佬说话，有什么可怕呢？

她小心翼翼地踩着泥浆中的踏脚石穿过街道，直走到消防站前，一个士兵上前来拦住了她，他穿着蓝军大衣，为了挡风，他将扣子直扣到脖子。

"你有什么事，太太？"他说一口中西部的土音，可是说话却又客气又恭敬。

“我要看这里边的一个人——他是个犯人。”

“唔，这我可不知道，”那士兵搔着头皮说。“他们对来探监可紧哪，不让随便进，而且——”他忽而煞住，仔细打量着她的脸。“怎么，太太！你不要哭呀！你到那边营区司令部去跟我们的长官说说吧，他们一定会让你见的。”

斯佳丽原来就没有要哭的意思，听了这话便对那士兵微微一笑。他朝另一个正在慢吞吞巡逻的士兵说：“喂，皮尔，你来一下。”

另一个哨兵是个大个儿，他用蓝军大衣将自己裹得紧紧的，可是他那嘴黑黑的络腮胡子却讨厌地凸在外面。他踏着烂泥朝他们走来。

“你把这位太太带到司令部去。”

斯佳丽向他道了谢！就跟着另一个哨兵走了。

“你当心，太太，脚要站稳了，”那士兵搀着斯佳丽的膀子说。“你把裙撩起点儿，免得溅上泥浆。”

从那嘴络腮胡子里发出来的声音也带着同样重重的鼻音，但是声调却和善而令人愉快，他紧紧地用手搀着她，显得恭恭敬敬。照这么看，北佬一点儿也不坏啊！

“今儿冷哪，太太们这种天气出门可受罪了，”那护送的士兵说道。“你老远来吗？”

“哦，是挺远的，得从城的那头过来呢，”她答道。听到他说话和气，心里觉得暖和。

“这种天气，太太们是不该出门的，”那士兵带着责怪的口气说，“这些日子流感可厉害哪，喏，这儿就是营区司令部了，太太——怎么啦？”

“这房子——这房子就是你们的司令部吗？”斯佳丽抬头看了看广场上那排她熟悉的挺漂亮的住宅栅栏，差点儿叫出声来。打仗那年头，她不知多少回来到这幢房子里参加社交聚会。它曾经是个华丽的娱乐场——可现在它顶上飘着的是一面合众国的大旗。

“你怎么啦？”

“没什么——没什么——我只不过想起从前我有熟人住这儿。”

“唔，太糟糕了。我看要是他们自己来看一下，准认不出来了，里面搞得不成样子。好吧，你进去，太太。去跟那个队长说吧。”

斯佳丽边抚摸着破损的扶手边走上了台阶，推开了大门。门厅里黑咕隆咚的，跟地窖一样凉丝丝的，一个瑟瑟发抖的岗哨正靠着一排关着的折门站着，在过去美好的日子里，折门里面曾经是餐厅。

“我要见队长，”她说。

他把门拉开了，她走了进去，心怦怦地直跳，双颊由于窘迫和激动变得绯红。屋子里有一股不通风的闷气，混杂着火炉的烟味儿、烟草味儿、潮湿的毛料军装味儿，还有久不洗澡的身子发出来的臭味。她迷迷糊糊地觉得自己看见光秃秃的墙壁上还残留着撕破的糊墙纸，看见成排的蓝军大衣和耷拉着的军帽在钉子上挂着，看见屋子里生着熊熊的炉火，看见一张长桌上放满文件，还看见好些个穿铜钮扣蓝军服的军官。

她咽了一口唾沫，总算开出口来。她绝对不能让这些北佬觉得她害怕。她必须尽量装出若无其事，尽量使自己显得妩媚动人。

“哪一位是队长？”

“我就是，”一个军服钮扣没有扣上的胖子说。

“我要见一个犯人，瑞特·巴特勒船长。”

“又是巴特勒！这个人倒交际广阔呢，”队长将嘴上叼着的咀嚼过的雪茄拿下来笑道。“你是他亲属吗，太太？”

“是的 —— 是的 —— 是他妹妹。”

他又笑起来。

“他的妹妹不少啊，昨天刚来过一个妹妹呢。”

斯佳丽的脸刷的红了一下。准是常跟瑞特斯混的婊子中间的一个，也许就是那个叫沃特林的女人。现在这些北佬准当她是其中之一，这怎么叫人忍受得了呢！哪怕是为了塔拉庄园，她也一分钟都待不下去，她再也受不了这种侮辱了。她回过身去，忿忿地伸手去抓门的把手，忽然另一个军官走到她身边。他脸刮得很整洁，年纪轻轻，长着一双欢乐而和蔼的眼睛。

“你稍等一下，太太。请在火炉边上烤一会儿火，好吗？我来替你想法子。你叫什么名字？昨天来的那位——那位女士他拒绝见呢。”

她按他所指在那张椅子上坐下去，朝那个一脸窘相的胖队长狠狠地瞪了一眼，报出她的姓名来。那位和气的青年军官匆匆披上大衣，离开屋子，其他人便移到桌子的另一头去，一边抓着文件一边压低嗓门在交谈。斯佳丽满怀感激地把脚朝炉火伸去，这时才觉得她那双脚已冻得冰凉，她怨自己没有想到把一片硬板纸垫在一只鞋底的破洞上。不一会，她就听到门外隐隐约约地有说话声，接着她听到了瑞特的笑声。门开了，一股穿堂风刮进屋子来，然后瑞特出现了，他没戴帽，肩上胡乱地披着一件长斗篷。他没有刮脸，身上脏得很，也没有系领带，但是尽管他衣衫不整，似乎依然神采奕奕，他一见到她，一双黑眼睛里便闪烁着欣喜的光芒。

“斯佳丽！”

他将她的双手握在自己的手里，她便跟从前一样，顿时觉得他的手充满着热情、活力和兴奋。她还来不及想到他会怎么样，他便低下头去亲了亲她的面颊，他的小胡子触得她怪痒的。当他感到她受惊的身躯想挣开他时，便立刻搂住了她的双肩说：“我亲爱的小妹！”还低头朝她笑着，好像见到她对他的爱抚无可奈何，而觉得乐滋滋似的。她见到他趁机为所欲为，只得报以笑容。真是个流氓！坐牢也一点儿没有使他改变。

那个胖队长衔着雪茄和那个目光和悦的军官在叽叽咕咕说话。

“你太乱来了，怎么把他带出了消防站。你是知道命令的。”

“哦，看在老天面上，亨利！这位太太要是在那车库里准会冻僵的。”

“好吧，好吧，这事儿你负责任。”

“你们放心，诸位先生，”瑞特一面转过头去对他们说，一面仍把斯佳丽搂得紧紧的。“我——我妹子没有捎锯子、锉子什么的来帮我逃跑呀。”

他们都笑了起来，这当儿斯佳丽立刻朝四面望了一下。哎呀，我的天，难道让她当着这六个北佬军官的面跟瑞特谈话吗？难道他真是这么个重犯，非得随时有人监视不可吗？她为难的神色被那个和善的军官看出来了，他推开了一扇门，里面有两个士兵，见他进去便立刻站起身来，他低声地跟他们说了几句话。那两个士兵拿起了枪，关上门走进门厅去了。

“你们可以呆在值班室里，”那青年军官说。“不过不许闩上门，外边有人守着。”

“你瞧，他们把我看做是个铤而走险的家伙，斯佳丽，”瑞特说。“多谢了，队长。你这人太好了。”

他随随便便对他鞠了个躬，便抓住了斯佳丽的膀子，将她拉了起来，推着她走进了那间肮脏的值班室。她永远也不会记得这间屋子到底是什么模样，她只知道它很窄小，光线很暗，一点也不暖和，破破烂烂的墙上钉着手写的纸条，椅子的座上都铺着上面还残留着毛的牛皮。

瑞特随手掩上了门，便迅速地走到她跟前，凑下头来。她知道他想干什么，便连忙把头转开去，却从眼梢上送给他一个媚笑。

“我现在还不能真正地吻你一下吗？”

“像个好哥哥那样在额头上亲一下吧，”她严肃地说。

“不，多谢。那我宁可等待，等待你真正愿意让我好好吻一下。”他的眼光射到她的嘴唇上，在那儿停留了片刻。“你能来看我，真太感谢了，斯佳丽！自从我被监禁以来，你是来看我的第一位有身份的公民，坐牢的人见到朋友来探监总是很感激的。你几时到城里来的？”

“昨天下午。”

“昨天下午才到，今天上午就来看我了吗？啊呀，亲爱的，你真是太好了。”他朝她微笑，那种真正感到快乐的表情是斯佳丽从来不曾见过的。斯佳丽心里又兴奋又好笑，便装作腼腆的样子低下了头。

“当然，我马上来看你。佩蒂姑妈昨晚给我谈起你的情况——我，我一夜没睡好，我觉得事情太糟了。瑞特，我心里可难过呢！”

“怎么，斯佳丽！”

他的声音很温柔，却带点儿颤抖。斯佳丽抬起头来瞧着他黝黑的脸庞，丝毫没有发现她所熟悉的那种怀疑和嘲弄的神色。他两眼直勾勾地盯着她，她不由得低下头来，心里一片缭乱。事情的进展甚至比她所料想的还顺利。

“能再见到你，听到你说这样的话，坐牢也值得。刚才他们把你的名字报给我听，我简直不相信自己的耳朵呢！你知道，那天夜里在马虎村附近，我出于爱国心干出那样的事来，我总以为你永远不会饶恕我的。可是，现在你来看我了，我想这表明你已经饶恕我了。”

一想到那天夜里的事，尽管事隔这么久，她立刻感到怒火中烧，然而她克制住自己的愤怒，将头扬了扬，那双耳坠子便晃荡起来。

“不，我并没有饶恕你，”她说，还撅了撅嘴。

“又一个希望破灭了。我曾经把自己献给了国家，在富兰克林的雪地里光着脚战斗过，还患过最最厉害的疟疾，我吃过的苦你是闻所未闻的，事到今日难道你仍旧不给我希望吗？”

“我不想听你说什么吃苦的事儿，”她答道，仍旧撅着嘴儿，却从眼梢里朝他微笑。“我仍旧认为你那天夜里的行为很可恶，也永远不打算饶恕你。你竟然不顾我所面临的危险，把我丢下一走了之！”

“可是你结果没有碰到什么危险呀。所以，你瞧，我对你的信心没有错。我知道你会平平安安回到家，路上老天保佑，也没有遇到北佬。”

“瑞特，你到底为什么要做那种蠢事呢？你明明知道我们会吃败仗，为什么临到末了还要去从军呢？你一直说，只有白痴才会把自己的身躯送去当枪靶子！”

“斯佳丽，饶恕我吧！我想起这件事就觉得惭愧！”

“嗯，你既然为自己那样对待我而觉得惭愧，我就高兴了。”

“你误解了。关于抛下你不管那件事，对不起得很，我一点儿都不觉得问心有愧。可是关于从军的事——我想起当初参军，穿上亮晃晃的靴子，雪白的亚麻布制服，身边只挂着两支决斗手枪——我还想起靴子穿破了光着脚板在寒风凛冽的雪地里走几十英里路，身上没穿大衣，肚里空空如也……我现在不懂，当初我怎么没有逃跑呢？当初全凭一种非常纯洁的狂热。但是这种狂热确实存在于人们的血液中。南方人永远也无法容忍自己事业的失败。不过，我不用去讲什么理由了。只要你原谅我也就够了。”

“我没有原谅你啊！我认为你是一头猎犬。”不过她说到“猎犬”两字的当儿声调非常亲热，那亲热的劲儿简直可以用“宝贝”两字来代替了。

“别哄我。你已经原谅我了，不然像你这样年轻的太太，怎么会不怕北佬的岗哨，到牢里来探监呢？难道仅仅是表示仁慈吗？还穿着天鹅绒的衣裳，饰着羽毛，还带着海豹皮的小手笼，全副行头打扮得漂漂亮亮。斯佳丽，你今天真是美极了！谢天谢地，你不再披麻戴孝，不再衣衫褴褛了！我见到女人穿得破破烂烂，或者老是披着黑纱，就觉得讨厌。你现在看上去像巴黎大街上的时髦女人。来，转过身去，亲爱的，让我看看你。”

原来他已经注意到这身衣服了。当然，像瑞特这样的人，怎么会不注意到这类事情呢？她稍显兴奋地笑了笑，便伸开了臂膀，踮起脚转动身子，还翘起裙箍让那镶花边的小裙子露出一点来。瑞特用他那双黑眼睛从头到脚细细端详着她，什么都不曾遗漏掉，那种粗鲁的目光，仿佛在扒去她的衣服似的，过去曾每每使她全身起鸡皮疙瘩。

“你看上去那么珠光宝气，打扮得那么干干净净，可爱得几乎让人想把你吃下去。要不是外面有北佬守着——可你放心，我不会拿你怎么样的，亲爱的。请坐下吧，我不会像上次见到你时那样捉弄你的。”他假装悔恨的样子，摸了摸面颊。“你说实话，斯佳丽，你不觉得那天夜里你有点自私吗？你想想我为你所做的一切吧——我冒着生命危险，去替你偷来那匹马，而且是匹好马！我为了‘我们壮丽的事业’冲锋陷阵！我吃了千辛万苦，得到的是什么呢？一顿臭骂，脸上还挨了狠狠一巴掌。”

她坐了下来。这席谈话并没有完全依照她所希望的方向进行。他刚才初见到她的时候显得十分和蔼，对于她的到来感到非常高兴。他几乎像是一个人了，而不是过去她所熟悉的那个坏蛋。

“你吃的苦头非要都得到报酬不可吗？”

“嗯，当然！我是个自私自利的怪物，你准知道。凡是我付出的东西，我总是要得到报偿。”

这句话使她微微打了个寒噤，但是她又振作起来，又将她那副耳坠子摇得嗒嗒响。

“哦，瑞特，你实在没有这么坏。你只不过想表演一番而已。”

“哎呀，你变了！”他边说边笑了起来。“你怎么忽而变得大慈大悲了？我从佩蒂姑妈那里经常了解到你的情况，可是她没有说起过你已变得更具有女性的温柔了。谈谈你自己吧，斯佳丽。我跟你分手之后，你一直在做些什么呢？”

当初他在她心里所激起的恼怒和对抗情绪，至今依旧十分强烈，她真想说几句刻薄话以解心头之恨。然而，她却露出了笑容，一对酒窝呈现在脸上。他拖了一把椅子在她跟前坐下，她便不知不觉地将身子靠上前去，用手轻轻地握住了他的臂膀。

“哦，我一直挺好的，谢谢。塔拉庄园现在一切都好。当然，在谢尔曼的军队来抄家之后那一段时间，我们吃足了苦头；不过幸好他们没有把我们的房子烧掉，黑人把牲口都赶进了沼泽，所以大半也都保全下来了。今年秋天的棉花收成还不错，也有那么二十包。自然，这跟塔拉庄园的实际生产能力简直无法相比，可是我们现在人手少啊。爸爸说，明年境况准会好些。可是，瑞特，现在乡下日子过得真单调啊！你想想，没有跳舞会，没有野宴，人们碰头尽叹苦经！天哪，我真厌烦透了！到上礼拜，我实在烦闷得受不了了，所以爸爸说我得出门去走走，好好玩一下。这样我就上这儿来了，打算先做几套衣服，然后到查尔斯顿去看看我姨妈。我又可以去跳舞了，真让人高兴。”

说到这儿，她想道，自己刚才那番编造的话说得恰到好处，既没有把自己说得太阔，也没有把自己说得太穷，心里着实得意！

“你穿起跳舞衣来可漂亮呢，亲爱的，而且糟糕的是你自己也知道，我看你这回出来走人家的原因是你跟县里那班乡巴佬朋友混厌了，想上别处去找点新朋友吧。”

斯佳丽想道，谢天谢地，瑞特这几个月是在国外过的日子，直到最近才回亚特兰大。不然的话，他绝不会说出这么可笑的话来。她稍稍想了想那些乡巴佬朋友来：穿得破破烂烂度日艰难的方丹家兄弟，一贫如洗的芒罗家小伙子，还有琼斯博罗和费耶特维尔那帮公子哥儿，都成日价忙着犁地、劈柴，喂养又病又老的牲口，哪里还想得到跳舞呀，打情骂俏呀这类事情呢。但是，斯佳丽不再去回忆了，便故意吃吃地笑了起来，装作给他说对了似的。

“哦，得了，”她不以为然地说。

“你是个铁石心肠的人，斯佳丽，不过也许这也就是你的魅力所在。”他笑了，那笑容像过去一样，把一只嘴角向下歪着；不过她知道，他是在恭维她。“因为，当然，你知道你的魅力已超乎律法所能允许的程度。就连像我这样一个感情麻木的人，也为之所动。我认识不少女人，都比你漂亮，也肯定比你聪明，而且恐怕为人也比你诚实，心地也比你善良，但我只对你一个人念念不忘，真让我百思不解。甚至在投降后的那几个月里，我在法国和英国，既见不到你的面容，也听不到你的声音，而却有机会跟许多漂亮的女人接触，尽管如此，我依然时时刻刻想起你，惦记你近况不知怎样了。”

她听见他说别的女人比她漂亮、聪明、善良，心里就生了一阵子气，但是又听得他说她富有魅力，并且对她念念不忘，她这一时之气也就消了。这么看来，他没有把她忘掉！这样事情就好办多了。而且他现在的态度非常好，竟差不多像个上等人了。现在，她只需把话题转移到他自己身上去，以便她可以对他暗示，她也没有把他忘却，于是——

她又轻轻捏了捏他的臂膀，重新露出一对酒靥来。

“哦，瑞特，你怎么没完没了地戏弄我这么个乡下姑娘！我心里一清二楚，自从那天夜里你离开我之后，从来就不曾想到过我。你跟那些漂亮的法国姑娘、英国姑娘厮混在一块儿，哪里还会想到我呢？不过我今天老远跑来，不是来让你取笑的。我来这儿——我来——是因为——”

“因为什么？”

“哦，瑞特，我真为你愁死了！替你担心得很！他们什么时候可以让你离开这可怕的地方啊？”

他连忙用手盖在她的手上，将它紧紧地按在自己的臂膀上。

“我很感激你的关心。我什么时候能出去也说不准。说不定要等他们把绞索拉紧一点以后。”

“索儿？”

“对，我看我要到挂在绞索的末端后才能打这儿出去呢。”

“他们难道真的要把你绞死？”

“他们会的，只要能再找到一点我的罪证。”

“哦，瑞特！”她把手按在自己的心口叫了起来。

“你会伤心吗？要是你非常伤心，我会在遗嘱里提到你的。”

他那双乌溜溜的眼睛朝她放肆地笑着，他紧紧地握着她的手。

他的遗嘱！她生怕自己被他看出破绽来，便急忙把眼睛垂了下来，可是已经来不及了，他的眼睛里突然露出好奇的神色。

“照他们北佬看来，我应该立下一个周密的遗嘱。他们似乎对我目前的经济情况发生极大的兴趣。他们每天都要提审我一次，问的全是些愚蠢的问题。现在好像流传着一种谣言，说邦联政府有一批神秘的黄金被我吞没了。”

“哦——真有这回事？”

“亏你也问出这样的问题！你跟我一样清楚，邦联政府只有一家印刷所，没有造币厂嘛。”

“那么你那么多钱是从哪儿搞来的呢？是投机搞来的吗？佩蒂姑妈说——”

“你可真会盘问啊！”

该死的！他当然有的是钱。她变得非常激动，没法儿用温柔的口气跟他说话。

“瑞特，你被关在这儿我真为你难过。你觉得自己有出去的机会吗？”

“我的格言就是‘Nihil desperandum[①]’。”

---

①拉丁语，含有“天无绝人之路”的意思。

“这话是什么意思？”

“意思是‘也许有希望’，我迷人的傻瓜。”

她眨着她浓密的眼睫毛瞅他，随即又重新低下了头。

“哦，你那么精明，哪里会等着他们来绞死你！我相信你一定会想出好办法来战胜他们，然后离开这里！等到那时候——”

“等到那时候怎么样？”他将身子凑近些，轻声问道。

“唔，我——”她装出有点窘迫和脸红。她要装出脸红并不难，因为这当儿她正气喘吁吁，心跳得像一面鼓。“瑞特，我想起那天晚上——你知道，就在马虎村——我对你所说的话，觉得很后悔。当时我——哦，心里非常害怕，也非常沮丧，而你却那么——那么——”她低下头去，看见他那只棕色皮肤的手紧紧地按着她的手。“那时候我想，我永远永远也不会饶恕你！可是昨天佩蒂姑妈给我说起你——说他们说不定要绞死你——这消息突然攫住了我，于是我——我——”她抬起头连忙用哀求的目光瞧着他的眼睛，她还在那目光中加进一点心痛欲碎的神情。“哦，瑞特！他们要是真的绞死你，我也宁愿死。我忍受不了！你知道，我——”这时他的眼睛里有一种灼热的光芒在闪动，刺得她受不了，于是她垂下了眼睑。

在诧异和激动之中，她想道，再过一会儿我真要哭出来啦。我到底该不该哭呢？哭了是不是更自然些？

他接着说：“天哪，斯佳丽，你难道是说——”他的手捏得更紧了，她觉得自己的手给捏痛了。

她紧闭双眼，想挤出点眼泪来，但却想起自己应该把脸颊稍稍抬起些，好让他方便地吻自己。好吧，只消一会儿，他那两片嘴唇就会跟她的相接触，她忽而清楚地记起，他那猛烈而持久的吻曾使她全身瘫软。然而，他没有吻她。她感到异常失望，便把眼睛睁开一丝来，鼓起勇气看了他一眼。他那满头黑发的头低了下来看着她的手，她瞅着他抓起自己的一只手，亲了一下，又将她另一只手抓起来，放到自己的面颊上去贴了一会儿。她原来以为他会有猛烈的举动，想不到他竟如此温文尔雅，柔情绵绵，倒让她觉得很诧异。她很想看看他脸上的表情，但是他的头低着，她看不清。

她唯恐他突然抬起头来，看出她自己脸上的表情，便急忙垂下了眼睛。她知道自己的眼睛里肯定会充满扬扬得意的神情，让他一见就明白。只消一会儿，他就会要求她嫁给他——或者至少会说他爱她，然后……她透过自己的眼睫毛瞅着他，只见他将她的手翻了个身，让手掌朝上，也在上面亲了一下，接着他突然倒抽一口气。她低头瞧见了自己的手掌，这是这一年中她第一回真正看清这只手掌，心里凉了半截，感到非常担忧。这是一只陌生人的手掌，不是她斯佳丽·奥哈拉的那只雪白粉嫩、长着微微波纹而显得纤弱的手掌。这只手因为干活而变得粗糙，由于日晒而显得黝黑，布满着斑斑点点。指甲都是破损的，长长短短参差不齐，手掌心里长着许多老茧，大拇指上还有个尚未结痂的水泡。上个月给滚油烫伤留下的红疤显得很丑，也很刺眼。她瞧着那只手，心里害怕起来，便不由自主地将手捏成拳头。

他仍旧没有抬起头来。她也仍旧看不见他的脸。他毫不容情地将她的拳头重新掰开，对着手掌盯了一眼，又将她的另一只手拿起来，将她的两只手并排抬着，低头默默地端详。

“你瞧着我，”他终于抬起头来说，声调非常平静。“别这么一本正经的表情。”

她情不自禁地瞧着他的眼睛，脸上呈现倔强而烦乱的神色。他两道浓黑的眉毛耸了起来，眼睛里闪着光。

“你说，你在塔拉庄园日子过得不错吧，棉花的收益很可观，所以你就可以出来玩儿了。你这双手到底干什么活儿来着——是犁地吗？”

她想把手挣脱出来，可是被他抓得紧紧的，他还用大拇指摸着那些茧子。

“这不是一双太太的手，”他说着把那两只手扔回她的裙兜里去。

“哦，你住嘴，”她大声说道，现在她可以说出自己的感情，心里暂时感到很轻松。“我这双手干什么活儿谁管得着？”

我多傻呀，她暗自忿忿地想道。我要是把佩蒂姑妈的手套借来或者偷来戴上就好了。可是我没有想到自己的手会这么难看啊。他当然会注意到这双手。现在我使起了性子，事情看来全弄糟了。哦，就在他正打算要表白的当儿，竟然出了这件事！

“你的手当然不关我的事，”瑞特冷冷地说道，身子傲慢地往椅背上一靠，脸上呈现一副淡漠的神气。

这么一来，他会变得难以对付了。出现这种情况让她觉得讨厌。尽管如此，如果她想要克服这困难的话，她还是得逆来顺受啊！要是她对他甜言蜜语几句，也许——

“我觉得你把我这双可怜的手一扔太无礼了，我不过是上礼拜去骑马没有戴手套才把手弄坏的——”

“骑马？见鬼去吧！”他仍旧用平板的声调说话。“你一直用这双手在干活。就像那些黑人那样。你怎么回答呢？刚才你干吗骗我说塔拉庄园一切都好呢？”

“你听我说，瑞特——”

“我们打开天窗说亮话，你来看我真正的目的到底是什么？你卖弄风情，装模作样地说你为我担心，为我难过，我差点相信你的话。”

“哦，我是为你难过！说实话——”

“不，没有的事儿。他们在绞架上把我吊得再高你也不会在乎。你的心事清清楚楚地写在你的脸上，正如你干苦活的情形明明白白地写在你手上一样。你想要从我这儿得到些什么，而且你的要求非常迫切，所以你假惺惺地演起戏来了。你干吗不痛痛快快把真实情况告诉我呢？如果那样的话，你得到的机会大得多，因为我只对于女人的一个品性看重，那就是坦率。可是你却没有，而非得要把耳坠子摇得嗒嗒响，一会儿撅嘴，一会儿摇晃，活像个拉客的婊子。”

他说到最后一句话的时候并没有提高嗓门，也不曾加重语气，但是在斯佳丽听起来，这些话像劈啪作响的鞭子抽打声。她看出要他向她求婚的希望已经破灭，心里感到绝望。假如他像别的男人那样，由于虚荣心受到伤害而暴跳如雷，或者谴责她一通，那她还是有办法对付他的。然而，他的声调却平静得令人难以忍受，让她觉得害怕，使她束手无策不知如何是好。尽管他现在做了囚犯，隔壁又有北佬的士兵把守着，但她忽而觉得瑞特·巴特勒是个危险的人物，怎么也惹他不得。

“我看我的记性越来越不行了。我本该想到你跟我一样，无论干什么事都别有用心。这一回，让我想想。你葫芦里究竟卖的什么药，汉密顿太太？难道你竟会如此鬼迷心窍，以为我会向你求婚吗？”

斯佳丽把脸涨得绯红，没有作答。

“可是你不可能忘记我屡次跟你说起过的那句话——我是一个不结婚的男人哪。”

她依然一声不吭，他便突然暴跳如雷说：

“你没有忘记吧？你回答！”

“没有忘记，”她可怜巴巴地说。

“你活像是个赌徒，斯佳丽，”他讥笑道。“你当我关在牢里，无法接近女人，所以就趁机来试一下，以为我会像一条鳟鱼那样，一见诱饵就会一口咬住。”

你刚才不就想一口咬住诱饵了吗？斯佳丽心里忿忿地想道，要不是因为我那双手——

“好吧，我们现在已经把事情真相都已揭穿，只剩下你这么做的动机还没有道破。那么请你老实说，你到底为什么要我跟你结婚？”

他说话的口气很温和，而且几乎带有一点开玩笑的味道，于是她又产生了勇气。也许事情毕竟还没有弄到完全不可收拾的地步。当然，她已经使结婚的希望落了空，但即使在绝望之中，她仍然感到高兴。这个人会如此一成不变，让她觉得吓人，所以现在她一想到要跟他结婚心里就害怕。但是，要是她机灵一点，对于他的同情心和对往事的记忆耍一点手法，说不定她可以向他借到一笔钱。她脸上做出一副和解和稚气的表情来。

“哦，瑞特，你是能帮我大忙的——只要你存点好心的话。”

“我最喜欢的就是对人存好心呀！”

“瑞特，请你看在老朋友的分上，帮我一个忙吧。”

“那么，这位手上长着老茧的小姐到底说出自己真正的使命来啦。

恐怕你此行的专门任务不是‘探望病人和囚犯’吧。你想要什么呢？钱？”

她本来想使用感情手段迂回曲折地提出这件事来，可经他这么开门见山一问，她的希望成了泡影。

“别那么小气，瑞特，”她娇声娇气地说。“我的确需要一点钱。我要你借我三百块钱。”

“到底说出实话来了。嘴上说的是爱情，心里想的是金钱。好一个道地的女性啊！你急需这笔钱吗？”

“啊，对 —— 唔，没有什么了不起的大事，不过我需要用这笔钱。”

“三百块钱。这数目不小啊。你到底要用来干什么？”

“付塔拉庄园的税金。”

“原来你想借点钱。好吧，既然你跟我讲生意经，我也跟你讲生意经。你拿什么来作抵押呢？”

“什么，什么？”

“抵押。就是我付出的钱的担保品。当然，我不想让这笔钱白白丢掉。”他的声调平滑得几乎像丝绸，分明在哄骗她，但是她没有在意。或许到头来事情会变得顺利的。

“我的耳坠子。”

“我对耳坠子不感兴趣。”

“我愿意用塔拉庄园来给你做抵押。”

“我现在要农场有什么用呢？”

“嗯，你一定有用 —— 一定有 —— 这是个挺好的庄园呢！你的钱绝不会白扔的。等我明年收起棉花来就还你。”

“我倒觉得靠不住。”他朝椅背上一靠，将两只手插进裤袋。“棉花的价钱在跌，现在日子难过，钱紧得很哪。”

“哦，瑞特，你在跟我开玩笑！你知道自己有几百万块钱！”

他拿眼睛窥探着她，眼神里充满着强烈的恶意。

“这么说来，你一切都挺好喽，你并不怎么缺钱用吧。唔，我听了心里很高兴。我巴不得老朋友们都好嘛。”

“哦，瑞特，看在上帝分上……”她发急了，勇气和镇定都瓦解了。

“小声点！我想你不见得想让北佬听见吧。别人有没有告诉你，说你的眼睛像猫的——像黑暗中的猫儿的？”

“瑞特，别这样！我把什么都告诉你吧。我确实急需要这笔钱。刚才我说一切都好是骗你的，实在是一切都糟得很呢！父亲他——他——不太正常，打母亲去世以后，他一直都那么呆呆的，一点都帮不了我的忙。他简直像个孩子。而且现在家里一个干农活的人都没有，棉花没人种，吃饭的倒有十三个。还有那税钱——提得很高。瑞特，我全对你说了。这一年多来，我们都差点要饿死。哦，你是不知道的！也不可能知道！我们从来没有吃饱过肚子，早上醒来是挨饿，晚上睡去也是挨饿，这日子可真忍受不下去！再加上身上没有暖和的衣服，孩子们老是受冻、害病，还——”

“你这一身漂亮的衣服从哪儿弄来的？”

“是拿母亲的窗帘改做的，”她回答道。这话说出来很丢人，但她心里实在着急，一时竟编不出谎话来。“如果单单是受冻挨饿，我是能够挺住的。可现在——现在提包客提高了我们的税钱，而且这笔钱马上得付。我只有一块五元的金币，此外什么都没有。我一定得筹到这笔税钱！你明白吗？如果我不付这笔钱，我就会——我们就会失去塔拉庄园。塔拉我们无论如何不能丢！我们决不放弃它！”

“那么你为什么不一开头就告诉我这一切，偏要先来折磨我这颗易动感情的心呢？凡是事情涉及美貌的女人，我这颗心一向很脆弱。不，斯佳丽，你别哭。你什么手法都使过了，就只除了这套把戏，这我可受不了。现在我既然发现你要的是我的钱，不是我这个富有魅力的人，我的感情已经由于失望而受到了伤害。”

她记得每当他这样嘲讽自己也嘲讽别人的时候，吐露的往往是肺腑之言，所以她急忙抬起头来看看他。难道他的感情真的受到伤害了吗？难道他当真有意于她吗？刚才在他看到她的手掌之前，难道真的打算要向她求婚吗？或者他仅仅像以前那两次那样，再一次提出那种令人作呕的建议吗？假如他真的对她有意思，那她说不定还能将他收服。然而，他那双乌溜溜的眼睛在折磨着她，一点不像是一个情人，接着他轻轻地笑了起来。

“我不喜欢你的抵押品，我不会经营农场。你还有别的可做抵押的吗？”

唔，终于谈到这个题目上来了。机不可失！她深深地吸了口气，正面瞅着他的眼睛。这时，她振作起精神，去操办这件她最为忧心忡忡的事情，也顾不上做出一副媚态来卖弄风情了。

“我——还有我自己这个人。”

“是吗？”

她的下颚纹路绷紧成了四方形，她的眼睛转成了翡翠的颜色。

“你可记得围城的时候，有一天夜里在佩蒂姑妈家的门廊上的情景吗？当时你说——你说需要我。”

他毫不在意地往椅背上一靠，瞅着她紧张的脸庞，他自己黝黑的脸上呈现出一种深邃莫测的表情。他的眼睛深处有某种东西在闪烁，可是他不吭声。

“你说——你说过你从来不曾要一个女人像要我这么迫切。你如果仍旧要我，你可以得到我。瑞特，我会对你百依百顺，可是请你看在上帝分上，开一张这笔钱的支票给我吧！我说话是算数的。我可以赌咒，决不食言。你要我写一张字据也行。”

他模样古怪地瞧着她，脸上仍旧是那种深邃莫测的表情。她急匆匆地在说话的时候，无法看出他是高兴，还是反感。要是他能说句话就好了，说句什么话都行！她觉得自己的面颊渐渐变得火辣辣的。

“我立刻得要这笔钱，瑞特。他们要把我们赶出门去，当年父亲的那个该死的总管要来占据我们的地方，而且——”

“你等等。你怎么知道我仍旧要你呢？你怎么知道你自己值三百块钱呢？女人大半没有这么高的价钱。”

她的脸一直红到了发根，这一下真是羞辱到了极点。

“你为什么非这么干不可呢？你尽可以放弃那个农场，住到佩蒂帕特小姐家里去。她那房子有一半是你的嘛。”

“哎哟，我的天！”她叫道。“你是个傻瓜吗？我不能放弃塔拉庄园。那是我的家，我决不放弃它！只要我还有一口气，我决不放弃！”

“爱尔兰人真是要命，”他一边说，一边将椅子放平了，又把手从裤兜里抽了出来。“他们总是把许多微不足道的东西看得很重，比如土地。天底下的土地哪儿都一样嘛。好吧，斯佳丽，让我把事情说个明白吧。你这一回来，是来跟我做买卖，我给你三百块钱，你就做我的情妇。”

“是的。”

既然这句令人厌恶的话说出口了，她倒反而觉得轻松了，希望又在她心里滋长起来。他刚才说“我给你三百块钱”。这当儿他的眼睛里射出一种恶魔般的光芒，好像有什么东西让他觉得乐不可支似的。

“不过，从前我厚着脸皮向你提出同样的意思时，你把我赶出了大门。你还臭骂我一顿，说你不想养上‘一窝崽’。不，亲爱的，我并不是要揭你的疮疤，我只是对你头脑里的怪念头感到惊讶。你这么做并不是为了你个人的快乐，而是为了不让豺狼进你的家门。这就证明了我的一种论点：一切美德都不过是代价问题。”

“哦，瑞特，瞧你讲个没完！你如果存心侮辱我，那就继续这么做好了，但钱可得给我。”

现在她觉得呼吸轻松多了。瑞特既然是这样一种人，他自然会尽量折磨她，侮辱她，以报从前受尽种种轻蔑之仇，发泄刚才受到的耍弄的气愤。好吧，尽管由他去折磨、侮辱吧，她受得了，她什么都受得了。为了塔拉庄园，这一切都值得。有一会儿工夫，她想象着当下正是仲夏天气，午后的天空瓦蓝瓦蓝的，她懒洋洋地躺卧在塔拉庄园的浓密的三叶草坪上，仰望着不断翻滚着的城堡般的云彩，白花的芬芳阵阵扑鼻，耳畔是忙碌的蜜蜂发出的悦耳的嗡嗡声。这午后的时分，这寂静的环境，以及从盘旋上升的一层层红艳艳的田野传来隐隐约约的马车声，都值得她付出这一切代价，她还愿意付出更多。

她抬起了头。

“你打算给我钱吗？”

他的神气好像是自得其乐，待他开口说，声调却是冷酷之中带一点温和。

“不，我不打算给，”他说。

一时之间，她无法使自己的思想去适应他的话。

“即使我愿意给，我也不能给你。我身边一文钱都没有。我在亚特兰大一块钱也没有。我有点钱，不错，但是不在这里。我不想告诉你钱放在哪儿，到底有多少。不过，假如我想法给你开一张支票，这些北佬便会像野兽见到猎物似的扑过来，这样你我都拿不到这笔钱了。你看怎么样？”

她脸色变青，显得很难看，鼻子上的雀斑突然都显了出来，嘴唇扭曲得像杰拉尔德大发雷霆时的那模样。她从椅子上跳起来，发出一种语无伦次的喊声，以致隔壁房间里嗡嗡的谈话声都突然中止了。瑞特像一头豹，迅猛地走到她跟前，用他那只有力的手捂住了她的嘴，他的手臂紧紧地搂住她的腰。她发疯似的想挣脱他，想要咬他的手，踢他的腿，并发出尖叫，发泄心头的愤恨、失望和自尊心受到伤害的痛苦。她弯下腰来，拼命想从他那条像铁箍般的臂膀里挣脱出来，她的心快要蹦开了，她穿着的紧身褡绷得她透不过气儿来。他紧紧地抓住她，动作粗暴得使她发痛，那只捂住她嘴的手残酷地掐进了她的下颚的肉里去。他那张黝黑的脸变得煞白，瞪着一双忧虑的眼睛把她抱起来搂在怀里，他又坐了下来，将她放在自己的膝上，可她仍旧在他的手里挣扎着。

“亲爱的，看在上帝面上，别这样！小声些！不要嚷！再嚷他们马上就要进来了。你一定得安静下来，你非要北佬看到你这副模样不成？”

无论谁看见她都不在乎，只恨不得将他杀死，别的她什么都不在乎，但她觉得一阵头晕目眩向她袭来。她透不过气来；他仍然捂住她的嘴。她的紧身褡像个铁圈愈箍愈紧；他双臂搂住了她，使她怀着绝望的怨恨和怒火拼命地挣扎着。接着，他的嗓音显得愈来愈微弱、模糊，他俯视着的脸庞在一层叫人讨厌的迷雾中旋转，这迷雾愈来愈浓，她终于看不见他——什么都看不见了。

等到她昏昏沉沉虚弱地苏醒过来时，发现自己疲惫不堪，浑身无力，神志恍惚。她仰躺在椅子上，帽子都掉了；瑞特正拍着她的手腕，他那双黑眼睛焦急地瞅着她的脸庞。那位和蔼的青年军官正拿着一杯白兰地往她嘴里灌，结果泼翻了，酒直沿着她的脖子往下淌。其他几个军官在旁边无能为力地走来走去，交头接耳，挥舞着手。

“我想——我刚才准是晕过去了，”她说，她觉得自己的声音好像是从老远发出来，不免吃了一惊。

“把这喝下去，”瑞特说着把一杯白兰地送到她嘴边。现在她记起来了，虚弱地朝他怒目而视，但她太虚弱了，连发火的气力都没有。

“请看在我面上喝下去。”

她喝了一口便呛，接着就咳起嗽来，但他仍旧把杯子送到她嘴边。她喝了一大口，那一股热流一下就使她喉咙里火辣辣的。

“我看她现在好些了，先生们，”瑞特说，“多谢诸位了。她得知我要被处死就吓得晕过去了。”

那群穿蓝军服的拖着缓慢的步子，满脸窘态，他们清了几声喉咙便走了出去。那位青年军官在门口停下步来。

“还有什么事用得着我吗？”

“没有，谢谢了。”

他走出去，随手将门关上。

“再喝一点吧，”瑞特说。

“不。”

“喝吧。”

她又咽下了一口，当即觉得全身暖和起来，气力也渐渐恢复，两腿便不发抖了。她把酒杯推开，想站起来，但是他一把将她按回去。

“你放手，我要走了。”

“你还不能走。再等一会儿。你没准儿又会晕过去。”

“我宁可晕倒在路上，也不愿跟你一起在这儿呆着。”

“我不管你宁可怎么样，反正我不能让你晕倒在路上。”

“让我走。我恨你。”

听她这么说，他脸上又露出了一丝微笑。

“这话才像是你说的。你现在一定感觉好一些了。”

她放松地躺了一会儿，尝试着唤起一些怒气来支撑自己，鼓起劲来。然而她太疲惫了。她已疲惫到既无法恨，也无法顾虑任何事情。失败像一块铅沉沉地压着她的精神。她已经把什么都拿来孤注一掷，现在都输得精光了。甚至连自尊心也输掉了。她最后一线希望也山穷水尽。塔拉庄园完了，家里人全都完了。她闭上眼睛，仰躺了许久。这当儿她听到他就在旁边喘着大气，同时那白兰地的酒力也渐渐渗透到她全身，她似乎觉得有点温暖，气力也好像大了一点。后来，她终于睁开了眼睛，瞅着他的脸，心里又燃起了怒火。她把那对剑眉紧紧锁在一块儿，这时瑞特脸上又泛起了熟悉的微笑。

“现在你觉得好点了吧，我从你紧紧皱着的眉心里可以看出来。”

“不错，我好些了。瑞特 · 巴特勒，你这个人很可恨，是个流氓，我见过的人中只有你是流氓！我刚才一开口，你知道得很清楚我打算说些什么，你也知道自己不打算借给我钱。可是你却让我往下说，把什么都倒出来。你完全可以避免让我这么做——”

“避免让你说下去，这样我便什么都听不到？不，我才不会这么做呢。我在这儿可供消遣的东西太少啦，我从来还没有听到过这么有趣的事呢。”他突然发出一阵嘲弄的笑声来。她听到这笑声，猛地站了起来，抓起了自己的帽子。

他蓦地按住了她的两肩。

“你还不能走。你现在是不是觉得好了，可以把话讲清楚了？”

“你放开我！”

“我看你是好了。那么你回答我一句话。你要打主意的是不是只有我一个？”他的眼睛敏锐而机警，仔细地在观察她脸上表情的变化。

“这话是什么意思？”

“你打算用这种办法试一试的是不是只有我一个人？”

“这跟你有什么关系？”

“自然有关系。你还要算计别的男人么？你说。”

“没有。”

“我不信。我才不信你没有那么五六个人在做候补呢。肯定有人会接受你有趣的建议。这我可挺有把握，我可以给你提一点小小的忠告。”

“我不需要你的忠告。”

“你不需要，我也要提。目前我所能给予你的似乎只有忠告了。你听着吧，这可是一条非常好的忠告。当你想要向男人索取什么的时候，千万别像刚才对我那样毫无保留地和盘托出。你一定要想法做得委婉些，圆滑些，方能取得较好的效果。这种手法你过去是懂得的，而且还非常精通。可是刚才你提出拿——拿抵押品来向我借钱的当儿，你看上去简直跟铁钉一样生硬。我记得用手枪跟别人决斗的时候，对手站在二十步之外，他那双眼睛就像你刚才那样，叫人看了很不舒服。这种眼神绝不会在男人心里引起热情来。这绝不是对付男人的方法，亲爱的。你把早年受的训练都忘得一干二净了。”

“我用不着你来教训我怎么做，”她一边说一边疲倦地戴上帽子。她不懂，这个人脖子上已套着绞索，面对着她可怜的境遇，居然还会这样谈笑风生。她甚至没有注意到，他的双手紧握着拳头把裤袋塞得鼓鼓的，仿佛拼命在跟自己的无能为力作斗争。

“别灰心，”她在结帽带时，他说道。“等我上绞架的时候，你可以来看我，你准会觉得舒服多了。到那时，我们俩的旧账就可以一笔勾销了——连这一笔账。而我一定会在遗嘱里提到你的名字。”

“谢谢。可是他们也许一直拖着不送你上绞架，那付税款就来不及了，”她说，声调突然变得跟他的一样恶狠狠，而且她是故意这么做的。

第35章

她从那幢房子出来的时候，天正下着雨，天空是一片暗淡的油灰色。广场上的士兵都已走进那些临时营房去躲雨，街道上空旷无人。她见不到任何车辆，便知道自己得老远一路走回家去了。

她拖着沉重的脚步往前走着，那白兰地的酒力便渐渐消失了。冷风吹得她瑟瑟发抖，冰凉的雨点打在她脸上像针刺一般。佩蒂姑妈的薄斗篷，不一会就给雨淋得湿透了，黏糊糊地裹着她的身子。她知道她那套天鹅绒衣服也快淋坏了，她帽子上的几根羽毛都湿漉漉地耷拉着，就像在塔拉庄园潮湿的鸡棚里长在大公鸡尾巴上时一样。人行道上的铺路砖七零八落的，有时好长一段路上砖头干脆全都没了，走上去烂泥直没到脚踝，她的鞋像是让胶水给粘住了似的，后来甚至连鞋都从脚上掉了下来。她每回弯下身去把鞋子重新穿上时，裙边都碰到泥浆。她压根儿没想绕过泥潭去，而是让那沉重的衣裙在泥浆里拖过去。她能感觉到湿淋淋的衬裙和裤子裹在脚踝上怪冷的，可是她也顾不得这套刚才曾拿来进行赌博的衣服给弄得不像样了。她但觉心灰意懒，又沮丧又绝望。

她曾经对家里人说了那么些豪言壮语，现在哪里还有脸回到塔拉庄园去见他们呢？她怎么能对他们说，他们全都得上别处去呢？她想起那红色的田野，那高耸着的松树，那黑沉沉的沼泽地，还有那一片雪杉的浓荫下静悄悄地埋着母亲的寂静的墓地，这一切她怎么舍得离开呢？

她在滑溜的街道上拖着沉重的步子缓缓地向前走的当儿，对瑞特的仇火又开始在心头燃烧。他真是个十足的流氓！她巴不得他们真的把他给绞死，这样她就可以永远不必再见到他，因为他知道她受的耻辱，出的丑。只要他肯，他当然可以为她搞到那笔钱。哦，把他绞死还是便宜了他呢！谢天谢地，这会儿他见不到她。她全身衣服湿透了，头发披散着，牙齿冻得格格响，她现在的模样该多难看呀，他见了准会笑她！

她在烂泥中滑得歪歪斜斜地走着，还不时地停下来喘气儿，拔鞋跟，匆匆在那些个黑人身旁走过，他们都没有礼貌地咧着嘴笑她，还互相哈哈大笑呢。这些黑皮猴好大胆子，竟敢来笑她！竟敢咧着嘴笑塔拉庄园的斯佳丽·奥哈拉！她真想叫人用鞭子把他们一个个都抽得皮开肉绽、鲜血直流。北佬真不是东西，竟然把这些人给解放了，让他们肆无忌惮地来嘲笑白种人。

当她走到华盛顿街的时候，周围的景象看上去就跟她的心情一样沉闷。这儿丝毫不见桃树街上的那种繁忙和振奋。过去好多漂亮的房子，现在都毁坏了，很少有重新修复的。到处是被烟火烤焦了的屋基，不时可见到黑乎乎的烟囱，孤零零地耸立着，现在人们都称之为“谢尔曼的哨兵”，让人看了觉得气馁。一条条杂草丛生的道路通向过去曾经有过房屋的地方，从前的草坪如今长着枯草，一排排下车台上面还留着她所熟悉的一些名字，而拴马的桩子上却不再系着缰绳。这时寒风凛冽，凄雨绵绵，一路是泥浆和光秃秃的树木，四周寂静无声，一片凄凉。她的两只脚都湿透了，回家的路显得多么漫长啊！

她听见背后有马蹄踩着泥水的泼溅声，便向狭窄的人行道上避让，以免佩蒂帕特姑妈的斗篷溅到更多的泥浆。一匹马拉着一辆轻便马车沿着道路慢慢驶来，她回过头去看了看，心想要是赶车的是个白人，她就一定请求搭车。待马车驶近时，尽管雨水模糊了她的视线，但她还是看到那个赶车人的脸出现在防水油布上面，那块油布从他的下巴处一直遮盖到马车的挡泥板。他那张脸有点面熟，所以她便走进街心看个清楚，这当儿那人窘迫地稍稍咳了一声嗽，接着一个熟悉的声音又惊又喜地叫道：“哎哟，这不会是斯佳丽小姐吧！”

“啊，肯尼迪先生！”她一边喊一边踩着泥水，一路穿过街心，将身子靠在满是污泥的车轮上，全然不顾那件斗篷是不是会糟蹋得更不成样子。“怎么会碰到你？真高兴极啦！”

听到她说出这样毫不掩饰的热忱话，他高兴得涨红了脸，连忙朝马车的另一侧吐出一口带烟叶汁的唾沫，敏捷地跳下了马车。他热情地跟她握了握手，便掀起油布搀扶她上了车。

“斯佳丽小姐，你孤零零一个人跑到这种地方来干什么？你不知道近来这儿非常危险吗？你浑身都淋湿了，来，拿这条车毯把脚裹上。”

他像一只母鸡似的咯咯咯叫着，围着她忙碌着，这时她听凭他去摆布，乐得让人照料，自己好舒服一下。有个男子，哪怕是婆婆妈妈的弗兰克·肯尼迪咯咯咯地叫着、责备着，围着她转，她觉得心里很惬意。特别是在她刚刚受到瑞特残酷无情的对待后，她尤其感到安慰。哦，眼下她离老家那么遥远，能见到一个老乡的脸是多么令人高兴啊！她发现他衣服穿得很整齐，那辆轻便马车也是新的。那匹马看上去还小，喂养得很结实，可是弗兰克却看起来比他的年岁老多了，也就是说比起那年他跟他手下人在塔拉庄园度圣诞夜时老多了。他瘦骨嶙峋，面容憔悴，一双泛黄的眼睛噙着泪水，深陷在布满皱纹的松弛的皮肤里。他那姜黄色的胡须变得稀疏了，上面沾着一丝丝的烟叶汁，胡须乱蓬蓬的，仿佛他老是在搔似的。不过，他看上去生气勃勃，心情愉快，跟斯佳丽随便从人们脸上看到的那种悲伤、担忧、疲惫的神情形成鲜明的对照。

“见到你太高兴了，”弗兰克热情地说。“我不知道你在城里。我上礼拜碰到过佩蒂帕特小姐，她并没有说起你要来。有没有人——唔——塔拉那边有没有人跟你一块儿来呀？”

他在想起苏埃伦，这老傻瓜！

“没有，”她答道，把那块暖和的车毯往身上裹，还一直把它拉到脖子上围起来。“就我一个人来，事先也没有给佩蒂姑妈打招呼。”

他吆喝着赶马，那马便慢吞吞朝前走去，还小心翼翼地在滑溜溜的街道上择路而行。

“塔拉家里大伙儿都好啊？”

“哦，是的，马马虎虎。”

她必须得想点话来说，但是觉得无话可说。她由于刚才的惨败而心情沉重，她唯一想做的事是用这条暖和的毯子盖着躺下去，并对自己说：“我现在不去想塔拉庄园的事了，等以后心情好一些的时候再去考虑吧。”她只要想法找个话题让他往下说，一直说到家门口，这样她自己就只消每隔一会儿含含糊糊说声“真不错”或者“你真行”之类的话就可以了。

“肯尼迪先生，真想不到会见到你。我清楚，我是个坏姑娘，跟老朋友们都不相往来，可我不知道你在亚特兰大呀。我记得有人告诉我你在玛丽埃塔。”

“我在玛丽埃塔做生意，做了不少生意呢，”他说。“苏埃伦小姐有没有告诉你我在亚特兰大住下来了？她告诉过你我开店的事吗？”

她朦朦胧胧地记得苏埃伦唠唠叨叨地谈起过弗兰克和他开店的事，但是她对苏埃伦说些什么从来不留意。她只要晓得弗兰克还活着，将来会把苏埃伦从她手里接过去这一点就够了。

“不，她一个字都没有提起过，”她说谎道。“你开了一家铺子吗？你可真能干呀！”

他听说苏埃伦未曾宣布这个消息，略微有点儿感到伤心，但听到斯佳丽几声恭维，心里又高兴起来。

“是啊，我有了一家店，还经营得挺不错呢。人家都说我天生是个做生意的。”他乐得大笑起来，那种嗤嗤的笑声是斯佳丽向来讨厌的。

好一个自吹自擂的老傻瓜，她暗自想道。

“哦，肯尼迪先生，你无论干什么都会成功的。可你这家铺子是怎么开张起来的呢？前年圣诞节那会儿见到你时，你还说自己身无分文呢。”

他粗声粗气地清了一下喉咙，把他的络腮胡子抓了抓，便神经质地露出羞涩的微笑。

“唔，这事说来话长呢，斯佳丽小姐。”

谢天谢地！她想。也许这一来，他就可以一直说到家门口呢。于是她大声说道：“你说吧！”

“你可记得上次我们到塔拉庄园来搜寻粮食的事吗？嗯，那以后不久，我就去服现役了。我的意思是说参加真正的战斗。我不当军需官了，当时实在也不需要什么军需官，斯佳丽小姐，因为我们当时为军队也搜不到什么东西了，所以我想一个身强力壮的人应该到第一线去作战才是。唔，我就在骑兵队里打了一阵子仗，后来我肩膀上吃了一颗子弹。”

他显出很自豪的样子，斯佳丽便说：“真可怕呀！”

“哦，那没有什么，就伤了一点皮肉罢了，”他满不在乎地说。“受伤以后，我就给送到南方的一个医院里去，谁知我伤口正要痊愈的时候，北佬的骑兵便冲过来了。哎哟，那会儿可真紧张啊！我们事先一点都不知道，当时凡是能走动的人全都去帮忙把军需品和医院设备送到火车站去运走。我们正要把一列火车装满的时候，北佬的骑兵从城的一头冲进来了，我们就尽快往城的另一头跑去。嗨，那情景可惨哪！我们坐在火车顶上，眼睁睁地看着北佬焚烧我们不得已留在车站上的那些军需品。斯佳丽小姐，他们烧掉了我们沿铁路堆着的约莫半英里长的物资。我们只是逃了个人出来。”

“啊呀，太可怕了！”

“可不是吗？真可怕。那时候我们的人回到了亚特兰大，所以我们的火车也就开到这儿来了。唔，斯佳丽小姐，不久以后，战争便结束了——嗯，当时瓷器呀，小床呀，床垫呀，毛毯呀什么的多的是，就是没有人来认领。我看它们依法是属于北佬的。我想这是投降的条件规定的吧，你说是不？”

“嗯，”斯佳丽漫不经心地说。那时她身上已经暖和，便略微感到有点瞌睡了。

“直到现在我也不清楚当时自己做得对不对，”他稍稍抱怨说。“不过照我看，这些东西对北佬一点用处都没有。他们会把它们一把火烧掉，而我们的人过去可是花许多钱添置的呀。所以当时我认为它们应该仍旧归南部邦联或者是归南部邦联的公民所有。你懂我的意思吗？”

“嗯。”

“你同意我的看法，我真高兴，斯佳丽小姐。不知怎的，这事儿我一直觉得良心上过不去。许多人对我说：‘哦，忘掉这件事吧，弗兰克，’可是我无法忘掉。要是我觉得自己做错了事，我就抬不起头来。你觉得我做得对吗？”

“当然，”她说道，其实她连这个老傻瓜在说些什么都没有弄懂，只知道他在说什么跟自己良心作斗争的事。像弗兰克·肯尼迪这把年纪的人，应该懂得别去管不相干的闲事。谁知他总是这么神经过敏，这么大惊小怪，这么婆婆妈妈的。

“听见你这么说，我真高兴。投降后的那会儿，我身边一共只有十块银币，其他什么都没有。他们把我琼斯博罗的房子和店铺弄成什么样子，你是知道的。那时我真不知怎么办才好。可是我用那十块钱给五角场的铺子盖了个顶，把那些医院设备都搬到那里去卖。那些床呀，瓷器呀，床垫呀什么的，人人都用得着嘛，我都卖得很便宜，因为我不但把这些东西当做是自己的，也把它们当做是大家的。不过我赚了几个钱，又去采购一些东西，那爿铺子倒也开得很兴隆。我看要是货物周转得快的话，我准会赚大钱。”

听到“钱”字，斯佳丽立刻头脑清醒地把注意力转回到他身上去了。

“你说你赚了钱？”

他见她兴致来了，便显得分外热情。他平生遇见的女人，除了苏埃伦之外，对待他都不过是礼节上的敷衍罢了，现在这个曾经是个美人儿的斯佳丽，居然对他说的事如此感兴趣，他不由得心花怒放。于是他让马走慢些，这样可以有足够的时间让他在马车到家之前把自己的经历谈完。

“还算不上是个百万富翁，斯佳丽小姐。比起我从前的钱财来，我现在拥有的简直微不足道。可是今年我居然也攒了一千块钱。当然啰，我得花五百块钱去办新货，修店面，付租金。不过，我还是净赚了五百，现在生意愈来愈兴隆，明年我能净赚它两千块。这两千我肯定可以派用场，你瞧，我还有别的事儿在办呢。”

听见他谈到钱，她一下子变得兴致勃勃起来。她让自己浓密的睫毛遮住了眼睛，将身子稍稍地挪过去靠近他。

“你这句话是什么意思，肯尼迪先生。”

他放声大笑，将马缰绳往马背上抽了一下。

“我想我谈这种做生意的事，让你觉得厌烦了吧，斯佳丽小姐。像你这样一位美人儿，没有必要懂什么生意经的。”

这老傻瓜！

“哦，我知道自己对生意经一窍不通，可是我非常感兴趣！请你把做生意的事全给我说说吧，我不懂的地方你可以解释嘛。”

“好吧，我刚才说的另一件事儿是指一个锯木厂。”

“一个什么？”

“一个锯木头、做木板的工厂。现在我还没有买下来，可是我会买的。有个叫约翰逊的有一个厂子，就在桃树街的那一头，他急于想把它卖掉。他急需现钱用，所以打算卖掉这个厂子，还愿意留在这厂里帮我经营，由我每星期付给他工钱。这个厂是这一带剩下的少数几家中的一家，斯佳丽小姐。北佬把大多数工厂都给毁了。现在谁要拥有一家锯木厂，就像有了一座金矿一样，因为现在这种年头木材的价钱可以随你开。北佬把这儿许许多多房子都烧掉了，现在人们住房紧缺，人人都拼命在想盖新房呢。可是他们无法弄到足够的木材，要搞到木材可费时间哪。眼下人们都朝亚特兰大城里拥，都是从乡村地区来的人，在那儿他们现在没有黑人，没法靠种庄稼发财了。还有那些北佬和提包客，也一窝蜂地拥进来，他们嫌剥削得我们不够，还来敲骨吸髓。我跟你说，这亚特兰大不用多久准会变成一座大城市。他们造房子得要用木头呀，所以我打算尽快把这锯木厂买下来——就是说，等我收起一部分欠账就买。到明年这个时候，关于钱的事我就可以松一口气了。我——我想你总明白，我干吗急于要挣钱的道理吧，是不？”

他又涨红了脸，格格地笑了起来。他是在想苏埃伦呢，斯佳丽鄙夷地想道。

有一会儿，她曾考虑想开口向他借那三百块钱，但是她不耐烦地打消了这个念头。他会显出很尴尬的样子，他会说话吞吞吐吐，他也会找出各种借口来，但就是不会借给她这笔钱。这钱是他辛辛苦苦挣来的，这样他明年春天的时候就可以娶苏埃伦了；但要是他把这钱借出去，婚期就会无限期地耽搁下去。即使她能激起他的同情心，并且针对他对未来的家庭责任感施加影响，从而使他同意借这笔钱，她知道苏埃伦也绝不会答应。苏埃伦现在愈来愈着急，她觉得自己简直是个老姑娘了，所以凡是延误她婚姻的事情，她一定会竭尽全力去阻止。

那个嘀嘀咕咕、怨天怨地的姑娘究竟有什么法道，居然使这个老傻瓜这么迫不及待地去为她弄个安乐窝？苏埃伦不配有这么个痴情的丈夫，也不配拥有店铺和锯木厂所带来的收益。一旦苏埃伦手里有钱，她一定会摆足架子，让人受不了，也决不肯拿出一文钱来帮助维持塔拉庄园。苏埃伦就是那种人！她会为自己离开塔拉庄园而感到幸运，只要她自己身上有漂亮的衣服穿，她的姓名后面有“太太”这个称呼，就是塔拉庄园为了付税钱而抵押给了别人，或是烧成平地，她也一概不管。

斯佳丽想到苏埃伦的终身有了着落，而她本人与塔拉庄园今后却朝不保夕，顿时怒火中烧，觉得人生实在太不公平了。她连忙把脸掉向马车外面，瞧着泥泞的街道，免得让弗兰克瞧见她的神色。她将失去她拥有的一切，而苏埃伦却——突然间，她心头萌生了决心。

决不让苏埃伦得到弗兰克和他的店铺、锯木厂！

苏埃伦不配得到这一切。这一切该由她本人来拥有。她想到了塔拉庄园，回忆起乔纳斯·威尔克森这条毒蛇当时在门前台阶下的情景，便抓住了浮在她这条人生沉船上面的最后一根救命稻草。瑞特已经使她失望，而老天爷却赐给她弗兰克。

然而，我能否得到他呢？她视而不见地望着雨景，握紧拳头。我能不能使他忘记苏而立刻来向我求婚呢？我刚才尚且能使瑞特差点儿向我求婚，我看我准能收服弗兰克！她把眼睛转向他，眨巴着眼睑。他确实一点儿也不俊，她冷冷地想道，而且他那口牙齿难看极了，满口是臭味，他老得可以做我父亲了。再说，他这个人那么神经质，既胆小又窝囊，我觉得一个男人的品性没有比这更可厌了。不过，他至少是个上等人，我看我跟他一起生活要比跟瑞特好办些。当然，我可以比较容易控制他。总而言之，人已落到了叫化子的地步，哪容得你挑挑拣拣呢。

她丝毫没有因为他是苏埃伦的未婚夫而感到良心不安。她是在全面道德崩溃后才来到亚特兰大见瑞特的，现在去夺取自己妹子的情人似乎并不值得大惊小怪，眼下这种时候哪儿还顾得上去为这种事烦恼呢？

这个新希望一萌芽，她的脊梁骨又昂然挺直了，也忘记她那双脚又湿又冷。她一动不动地盯着弗兰克看，还把眼睛眯起来，他似乎感到有点吃惊。但是她连忙把眼睛低垂下来，因为她想起瑞特的话：“我记得用手枪跟别人决斗的时候，对手站在二十步之外，他那眼睛……这种眼神绝不会在男人的心里引起热情来。”

“怎么回事，斯佳丽小姐？你着凉了吗？”

“是的，”她无可奈何地说。“你可不可以——”她腼腆地迟疑了一下。“可不可以让我的手在你的衣服口袋里插一会儿？天气很冷，我的手笼都湿透了。”

“噢——噢，当然可以。你没有手套吗？哎哟，老天，我真该死，这么慢腾腾地走着，还唠叨个不休，你准是冻坏了，想去烤火。驾，沙利！顺便说说，斯佳丽小姐，我光顾自己说话，连问也没问你一下，这样的天气你来这儿干什么呀？”

“我刚才去了北军的司令部，”她不假思索地回答道。他惊奇得黄眉毛都竖了起来。

“可是，斯佳丽小姐！那些个兵——怎么——”

“圣母马利亚，让我编个真正顶用的谎话来，”她急忙祈求着。决不能让弗兰克怀疑她见到过瑞特。弗兰克一向把瑞特看作是个十恶不赦的流氓，规矩的女人和这种人说话危险得很。

“我上那儿去——我上那儿去看看有没有军官要买我的刺绣活儿，捎回家去送给他们的太太。我的手艺可好呢。”

他吓得往车座背上仰了回去，心头交织着愤懑和惶惑。

“你到北佬那儿去了——但是斯佳丽小姐！你不该去那儿。哎——哎……你父亲准不知道！佩蒂帕特小姐肯定也——”

“哦，要是你跟佩蒂帕特姑妈说，那我就去死！”她真的急得哭起来了。这会儿她要哭本来也不难，因为她身上又冷，心情又苦恼；但这一哭效果却大得惊人。即使她突然开始脱衣服，弗兰克也不会比这会儿更窘态毕露、更手足无措了。他将舌头在牙齿上咂几下，咕咕哝哝地叫着“唉！唉！”还徒然朝她打着手势。他头脑里出现了一个大胆的念头，他觉得自己这会儿应该把她的头拉到自己的肩膀上靠着，同时轻轻拍着她，然而他从来没有对哪个女人这么做过，几乎不知道该怎么个做法。这么活泼美丽的斯佳丽·奥哈拉竟然在他的马车里哭起来了。斯佳丽·奥哈拉生性高傲得无与伦比，居然去向北佬兜售针线活儿。他的心像火一般地燃着了。

她继续呜咽着，断断续续地说着一些话，于是他猜想塔拉庄园境况并不妙。奥哈拉先生仍然“神志不清”，要供那么多的人吃饭，经济入不敷出。所以她只得来亚特兰大为自己和孩子挣点钱。弗兰克又咂了几下舌头，接着他突然发现她的头已经靠在他的肩膀上了。他不太清楚她是怎样靠上来的。他肯定没有伸手挽过她，但她的头明明靠在自己肩头。斯佳丽依偎在他瘦骨嶙峋的胸口绝望地在啜泣，这使他产生一种新鲜而令他心怀激荡的感觉。他怯生生地拍了拍她的肩膀，起先还是战战兢兢地，后来发现她没有反抗，就壮起胆子来用力地拍着她。她是一个多么娇滴滴而孤苦伶仃的弱小女子啊，如今竟亲自试着卖针线活儿来攒钱，真是既勇敢又愚蠢。她去跟北佬做买卖——那也太过分了。

“我不会告诉佩蒂帕特小姐的，可是你得答应我，斯佳丽小姐，以后别再干这种事情了。你要想想你父亲是——”

她无可奈何地拿一双湿润的碧眼搜索着他的眼睛。

“可是，肯尼迪先生，我总得干点什么啊。我那可怜的孩子不能不管，现在没有谁来照顾我们了。”

“你是个勇敢、可爱的女人，”他说道，“可是我不能让你做这种事情。你们一家子会让你羞辱尽了。”

“那么叫我怎么办呀？”她抬起噙着眼泪的眼睛瞅着他，仿佛知道他准知道怎么办，正期待着他的回答。

“唔，现在我也一时说不上来，不过我一定会想出个办法来的。”

“哦，我知道你准会！你很聪明，弗兰克。”

她过去从来没有叫他弗兰克过，现在他听到她这么称呼他，不由得又惊又喜。这可怜的姑娘怕是心情太沮丧了，以致没有注意到自己说漏了嘴。他觉得自己对她非常和蔼，同时感到自己在尽力保护着她。如果他能为苏埃伦·奥哈拉的姐姐做点什么，他当然愿意效劳。他抽出一条红色的印花大手帕递给她，她擦了擦眼睛，露出了羞涩的微笑。

“我真是个小傻瓜，”她抱歉地说。“请原谅我。”

“你哪里是个小傻瓜。你是一个非常勇敢而可爱的女人，你努力想挑起一副沉重的担子。恐怕佩蒂帕特小姐也帮不了你的大忙。我听说她的财产失去了大半，亨利·汉密顿先生自己境况也很糟。我但愿自己有个家可以让你住。不过，斯佳丽小姐，你记住，等到苏埃伦和我结婚以后，你尽可以到我们家来住，韦德·汉普顿也可以带来。”

现在正是时候！天上列位圣人和天使肯定一直守候着她，所以现在给她这么一个千载难逢的机会。她装出一种非常吃惊而窘迫的样子，好像开口想说话而又突然住了嘴。

“到了明年春天我就是你的妹夫了，你用不着装糊涂，”他不安地打趣道。但这当儿，他看见她眼里又含着眼泪，便吃惊地问：“怎么了？苏埃伦小姐莫非病了吗？”

“啊，不，没有的事！”

“一定出了什么事了，你得告诉我。”

“哦，我不能说！我不知道！我想她一定已经写信给你了——啊，多丢人呀！”

“斯佳丽小姐，到底怎么回事？”

“哦，弗兰克，这话我本来不想说的，不过我原来以为，你自然知道了——她已经写信告诉你——”

“写信告诉我什么？”他在发抖。

“啊，对你这样的好人竟然做出这种事来！”

“她做了什么事？”

“她真的没写信对你说？哦，我想她觉得内疚，不好意思写吧。她应该感到内疚！嗨，我有这么个妹子，真丢人哪！”

这当儿弗兰克连问话的勇气都没了。他脸色阴沉地坐在那儿瞪着眼看她，手里的缰绳松松地荡着。

“她下个月就要跟汤尼·方丹结婚了。哦，我真难过极了，弗兰克。这话得由我来告诉你，真遗憾。她怕自己要做老姑娘，因此等你等得不耐烦了。”

当弗兰克将斯佳丽搀下马车的时候，黑妈妈正站在前门廊。她站在那里分明已好些时候了，因为她包在头上的布已经湿了，脖子上紧紧裹着的一块旧围巾也落着了许多雨点。她那张布满皱纹的黑脸上流露出满腔的愤怒和忧虑，她的嘴唇比斯佳丽的记忆中任何时候还要撅得高。她朝弗兰克瞥了一眼，当她认出他是谁来时，表情便起了变化——脸上呈现高兴、惶惑，还略带几分羞惭。她一边兴高采烈地寒暄，一边蹒跚地向弗兰克走去，他跟她握手时，她笑得嘴都合不拢，还行屈膝礼呢。

“看见老朋友回来，我真高兴，”她说。“你可好啊，弗兰克先生？哦，你看上去真精神哪！我要早知道斯佳丽小姐是跟你出去，我就甭担心事啦。我晓得你会照顾好她的。我也刚回家来，一看小姐不在，我急得像热锅上的蚂蚁。街上尽是些放出来的臭黑鬼，她独自出去在城里逛来逛去，我急得没命哪！宝贝儿，你出去怎么不跟我说起一声？你还在伤风呀！”

斯佳丽狡黠地朝弗兰克眨了眨眼，弗兰克尽管因为刚才听到坏消息而心情非常沮丧，还是露出笑容。他知道她眨眨眼是向他表示，他们俩对刚才所说的事要一起严守秘密。

“你赶快去替我准备几件干衣服，黑妈妈，”她说。“再弄点热茶来。”

“哎哟，我的天！你这套新衣服完了，”黑妈妈埋怨道。“我来替你烘一烘，刷一刷，晚上去参加婚礼时好穿。”

黑妈妈进屋去了，斯佳丽靠近弗兰克低声说道：“今晚你一定得来吃晚饭，我们真寂寞。吃完晚饭我们一块儿去参加婚礼。你一定得陪我们去！可是请你千万别对佩蒂姑妈提起——提起苏埃伦的事儿。她听见会伤透心的，我也不愿让她知道我妹子——”

“哦，不会的！不会的！”弗兰克急忙说，又马上住了口，这事儿他连想都不忍心去想。

“今天你待我真好，帮了我很大忙。我觉得又有勇气了。”分别的当儿，她紧紧地握着他的手，还用她的眼睛对他发动了全面的攻势。

黑妈妈就在门里边等着，等她一进门便对她莫测高深地瞅了一眼，然后喘着气儿，一直跟她上楼，走进卧房。她一声不吭，看着斯佳丽把湿衣服脱下来晾在椅子上，然后将她安顿在床上睡觉。她端上一杯热茶和一块用法兰绒包着的烫砖头，然后便低头对斯佳丽说话，声气里充满着直截了当的歉意，这是她闻所未闻的。“乖乖，我是你妈妈，你怎么不跟我说实话来着？你这回来到底是为了啥？不然我也犯不着一路跟你上这亚特兰大来啦。我上年纪了，再说身子也太胖，跑来跑去也不方便。”

“你这话什么意思？”

“宝贝儿，你瞒不过我哪，我是知道你的。刚才我看到弗兰克先生的脸色，又看到你的脸色，我能看清你脑瓜子里在想啥，就像一个人读《圣经》那样一清二楚。我还听到你跟他咬耳朵提到苏埃伦小姐的事。要早知道你追的是弗兰克先生，我也就老老实实地呆在家里了。”

“嗯，”斯佳丽简短地答道，一边在毯子底下舒坦地蜷缩了一下。她心里明白，要阻止黑妈妈寻根究底是办不到的。“那么你原来以为我是来找谁的？”

“孩子，我不晓得，可你昨天那张脸，我可不爱看。我记得佩蒂帕特小姐给玫荔小姐写信，说那个叫巴特勒的流氓钱多得很哪，这话我是不会忘记的。可是弗兰克先生尽管长得不好看，他可是个上等人哪。”

斯佳丽朝她狠狠地瞪了一眼，黑妈妈也回瞪了她一眼，那眼光里默默地流露着一种无所不知的神情。

“唔，那你想干什么？去搬给苏埃伦听吗？”

“我要想办法帮助你，好叫弗兰克先生高兴呢，”黑妈妈说，一面把斯佳丽脖子边的毯子塞了塞紧。

斯佳丽静静地躺了一会，这当儿黑妈妈在屋子里瞎忙一阵，斯佳丽觉得不用再对她费什么口舌，心倒也宽了下来。没有要求她作解释，也没有责备她。黑妈妈明白了，所以也就不做声。斯佳丽觉得黑妈妈是一个比自己还坚定的现实主义者。一旦她手里的宝贝儿受到危险的威胁，她这双斑驳而机灵的老眼，就会以原始人和孩子那样的率直，问心无愧去看透一切，做到一览无遗。斯佳丽就是她的宝贝孩子，只要她孩子要的东西，哪怕是属于别人的，黑妈妈也愿意帮她弄到手。对于苏埃伦和弗兰克·肯尼迪的权益，她丝毫都没有当作一码事，只是在心里激起一阵不怀好意的笑声而已。斯佳丽现在正在困难中尽力挣扎，而斯佳丽是埃伦小姐的孩子。黑妈妈毫不迟疑地支持她。

斯佳丽觉得黑妈妈的不做声就是对她的支援，脚边的那块烫砖头使她感到暖烘烘，于是刚才回家路上微微闪烁的一线希望，就渐渐燃成熊熊火焰了。这片火焰烧过她的全身，她但觉自己的心脏泵送着血液，在全身的血管里涌流。她的力气又重新恢复了，一时兴奋得几乎要大笑出来。我毕竟还没有完全被打垮，她兴高采烈地想道。

“把镜子递给我，黑妈妈，”她说。

“把肩膀盖紧了，别露出来，”黑妈妈命令说，一边将镜子递给她。她那两片厚嘴唇上挂着微笑。

斯佳丽朝镜子里打量自己。

“我的脸苍白得像鬼了，”她说，“我的头发乱得像马尾巴一般了。”

“可不是？你是不像从前了。”

“嗯……外边雨下得很大吗？”

“你知道，下得跟泼水一样呢。”

“唔，不管怎样你得替我上街去走一趟。”

“下这样的雨，我是不去的。”

“不，你得去，要不我就自己去了。”

“你有什么等不及的事要办呀？我看你一天下来也够累的了。”

“我想，”斯佳丽一面仔细地瞧着镜子一面说，“我想要买一瓶香水。你可以替我洗一下头，搽上点香水。再买一瓶榅桲子浆，好把我的头发弄得平整一点。”

“这种天气，我是不会替你洗头的。我也不会给你头发搽香水，学那些放荡女人的样。我只要还有一口气，就决不允许你这样干。”

“对，我就是要这样干。你在我的钱包里找一下，把那个五块的金币拿出来，上街去。还有——嗯，黑妈妈，你去城里顺便可以给我买盒儿——一罐儿胭脂来吧。”

“那是什么玩意儿呀？”黑妈妈怀疑地问道。

斯佳丽瞅着她的眼睛，眼神里带有一点她自己丝毫没有觉察的冷漠。她一点儿也没有办法知道能逼黑妈妈到什么地步。

“你甭管啦，去买就是了。”

“我不知道的东西，我是绝不会买的。”

“好吧，那是拿来搽的，如果你一定想知道。那是擦脸的。别站在这儿像癞蛤蟆那样鼓着腮，快去吧！”

“搽的！”黑妈妈突然喊道。“搽脸的！唉，你现在长大了，我没法儿揍你了！我一辈子也没有丢过这种脸！你准是发昏了！埃伦小姐这会儿躺在坟墓里准要翻身了！把脸搽得像个——”

“你总知道我外婆罗比亚尔也是搽脸的，而且——”

“对啊，她还光穿一条衬裙，上面沾的汗水都滴得出来呢，裙子裹得紧紧的连腿子都看得出来了，可这不是说你也可以照这样干。老一代小姐们当姑娘的时候，世道可邪呢，但现在时代不同了，而且——”

“我的老天！”斯佳丽光火地叫道，一边把身上盖的毯子撩开。“你给我回塔拉庄园去！”

“你不能送我回塔拉去，除非我自己情愿回去。我是自由人，”黑妈妈怒气冲冲地说。“我就是要赖在这儿，你回床上去。你是不是想得肺炎？好好躺下吧，乖乖。你听我说，斯佳丽小姐，这种天气你是不能出门的。哎哟，你就像你爹！快回床上去——我不会去替你买搽脸的东西！让人家知道我家的孩子买这种玩意儿，那可要把脸都丢尽了！斯佳丽小姐，你也够标致、够可爱了，用不着搽这东西。乖乖，你听着，只有婊子才用这玩意儿啊。”

“唔，她们搽了不是好看多了吗？”

“哎哟，主啊，你听她都说了些什么啦！小宝贝，这种话你可说不得呀！你把湿袜子脱下来吧，乖乖。我不能让你自己去买那玩意儿。埃伦小姐要来找我的。快回床上去躺着吧。我就替你去买吧。我说不定会找到一家没有人认识我们的铺子。”

那天夜里，在艾尔辛太太家，芳妮的婚礼按时正式举行，老利维和其他的乐师奏着音乐伴舞，斯佳丽环顾周围，心情很愉快。她又能参加真正的晚会了，因此感到非常兴奋。她也为自己受到热情接待而高兴。她挽着弗兰克的膀子走进屋子的当儿，大家都朝她奔过来，大声嚷嚷，表示欣喜和欢迎，还亲她、握她的手，并对她说他们可惦记她啊，所以决不让她再回塔拉庄园去。那些男子看来都颇有骑士风度，因为曾几何时她还竭尽全力要伤他们的心，如今他们丝毫不耿耿于怀；而那些姑娘们对她过去曾经千方百计从她们身边夺走她们的情人的往事，也心里不存芥蒂。连在战争结束那会儿待她十分冷淡的梅里韦瑟太太、惠丁太太、米德太太和其他几位寡妇，也忘却了她轻浮的行为，忘却了她们自己曾对这种行为加以指责，而只记得她跟她们大伙儿一样在战争中遭到了失败，只记得她是佩蒂的侄媳，是查尔斯的遗孀。她们吻她，噙着眼泪悄声悄气地谈起她亲爱的母亲的去世，最后还详细地打听她父亲和妹子们的情况。大家都问起玫兰妮和阿希礼，还要求她说出他们俩为什么也不回到亚特兰大来的原因。

尽管斯佳丽对自己受到的欢迎感到高兴，但心头却稍稍觉得有一种她拼命想掩饰的尴尬，这种尴尬是她身上那套天鹅绒衣服的模样所引起的。尽管黑妈妈和厨娘使出浑身力气将这条裙子用盛着滚水的水壶烫，用干净的头刷刷，还在火堆上拼命地挥舞它，可是它仍旧一直湿到膝盖，裙边上依然污渍斑斑。斯佳丽生怕有人看出她这身衣服曾经在雨水中弄湿，因此知道她仅有这么一件漂亮的连衣裙。她看到许多其他来宾身上穿的衣服还远远不如她的漂亮，心里也就感到一点欣慰。她们那些裙子都非常旧，看上去都小心地织补过和烫过。而她自己这身裙子可是完整的、新的，虽说有点儿湿——实际上，除芳妮那套白缎的结婚礼服之外，晚会上唯一的新裙子就是她身上穿的那条。

回想起佩蒂姑妈跟她提起过的艾尔辛家的经济状况，她真不知道做白缎礼服的钱是从哪儿弄来的，还有那些买点心的钱、装饰屋子的钱和请乐师的钱。一定花了很多钱。钱也许是借来的，要不整个艾尔辛家的人准都为这奢侈的婚礼出了力。斯佳丽似乎觉得，在这种困苦的时期举办这样的婚礼，就跟塔尔顿家为儿子立墓碑一样铺张浪费，当时她站在塔尔顿家的墓地上心里也产生同样的恼怒和反感。挥金如土的日子一去不复返了，为何这些人还摆出往日的那些架势呢？

但是，她耸了耸肩，把自己瞬间的恼怒情绪驱走了。他们用的不是她的钱，她不想让今晚的兴致被自己对别人的愚蠢行为的恼怒所破坏。

她发现自己挺熟悉那位新郎，他叫汤米·韦尔伯恩，老家在斯巴达。1863 年他肩膀受伤的时候，她曾经看护过他。他当时是一个六英尺高的英俊小伙子，为参加骑兵团而放弃了医科大学的学业。现在他看上去像个小老头，臀部受的伤使他变得佝偻了。他步履有点困难，正像佩蒂姑妈所说的，走起路来叉着腿儿，样子非常丑。然而他本人好像对自己的外貌一无所知，或者说漫不经心。他的仪态使人觉得他无求于任何人。他已放弃了继续学医的希望，现在当了一名包工头，管理正在建造一幢新旅馆的爱尔兰建筑工。斯佳丽真想知道凭他现在的情况怎么能对付得了这么繁重的工作，不过她没有开口问，因为她带点自嘲地认识到人到迫不得已时，什么事都能办到。

汤米、休·艾尔辛和那个长得像猴子一般的小个儿勒内·皮卡尔一起和她站着聊天，为了准备跳舞，这会儿人们正把椅子、家具什么的靠墙移。休自从斯佳丽 1862 年最后一回见到他以来没有什么变化。他仍然是那个瘦瘦的敏感小伙子，前额依旧耷拉着一绺淡褐色的头发，他那双手依旧像她清楚地记得的那样细嫩而干不了活儿。可是勒内自从那次休假期中跟梅贝尔·梅里韦瑟结婚以后变化很大。他那双乌黑的眼珠里仍闪烁着高卢人的光芒，他的性格里仍充满克里奥尔人那种对生活的热情，但是不管他笑得多么轻松，他脸庞上总流露出战争初期所没有的艰难神情。而他当年身穿义勇兵漂亮的军装时所呈现的那种既傲慢又优雅的神气现在已荡然无存了。

“双颊像玫瑰，双眸似翡翠！”他边说边亲着斯佳丽的手，又对她脸上搽的胭脂恭维了一阵子。“就像我当初在义卖会上第一回见到你时一模一样。你可记得？我怎么也忘不了你把你的结婚戒指丢进我篮子里时的情景。哈，你那会儿可勇敢呢！不过我怎么也想不到你为了得到另一只戒指竟等待了那么久！”

他的眼睛里闪着调皮的光芒，还用肘子往休的肋间戳了戳。

“我怎么也没有想到你会赶着一辆糕饼车，勒内·皮卡尔，”她说。他对当他的面提起自己低下的行当非但一点也没有觉得不光彩，反而显得很高兴，还拍着休的背脊哈哈大笑起来。

“着啊！”他嚷道。“我岳母梅里韦瑟太太，是她让我干这活儿的，我这辈子头一回干的活儿！我勒内·皮卡尔原来打算长大了养养比赛的马，拉拉小提琴，如今我却推起糕饼车来了，我可挺乐意干这一行！我岳母梅里韦瑟太太这个人能让一个男人去干任何事情。她本该当将军的，那我们就会打赢那场战争了，对不，汤米？”

得了！斯佳丽想道，当年他家里人拥有沿密西西比河十英里的土地，在新奥尔良还有座大宅子，亏他想得出，他乐意去推糕饼车！

“要是当年我们能让岳母参军，那一个礼拜里就把北军打垮了，”汤米表示同意说，一边把眼睛向新近成为他岳母的颀长而顽强的身影扫去。“我们在战争中能坚持那么久，唯一的原因是站在我们背后的妇女们不肯屈服。”

“应该说决不屈服，”休补充道，脸上呈现出自豪但稍带点挖苦味儿的微笑。“今晚在场的女士们谁都没有投降过，不管她的男亲属在阿波马托克斯[①]干了些什么。目前她们的日子比我们当时难熬多了。当时我们至少可以用战斗来出气。”

“而她们可以用仇恨来出气，”汤米接着把话说完。“你说呢，斯佳丽？妇女们眼看她们的男人如今落到这个地步，心里不是滋味；而我们男人就很少有这样的烦恼。休当年打算当法官，勒内想当小提琴家，到欧洲去给王公大臣们演奏——”他急忙低下头来避过勒内揍向他的拳头。“而我原来是想当大夫的，可现在——”

“只要给我们时间嘛，”勒内嚷道，“我就会成为南方的糕饼王子！我的休老弟就会成燃料大王啦，而你，我的汤米老兄就会养着一批

①阿波马托克斯，位于美国弗吉尼亚州中部，1865年4月9日，南部邦联军总司令李将军在此向北军总司令格兰特投降，结束了南北战争。

爱尔兰奴隶，而不是黑奴。变化可大哪！可真有趣呀！你斯佳丽小姐和玫荔小姐干点什么呢？挤牛奶，摘棉花？”

“不，绝不会干那种活儿！”斯佳丽冷冷地说，她不明白勒内怎么会那么乐观地对待艰难的生活的。“我们让黑人去干。”

“我听说玫荔小姐给孩子取名叫‘博勒加尔’，你跟她说，我勒内很赞成，就说除了‘耶稣’之外，再没有比这个名字更好的了。”

虽然他在笑，但提起这位路易斯安那州威风凛凛的英雄①，他眼睛里闪烁着自豪感。

“唔，还有‘罗伯特·爱德华·李’，”汤米评论说。“我打算给自己的头生儿子取名为‘鲍勃·李·韦尔伯恩’，但是我并不是有意贬低老博的声望。”

勒内笑着耸耸肩膀。

“我给你们说个笑话，不过这是个真实的故事。你们可晓得克里奥尔人是怎么看待我们勇敢的博勒加尔和你们的李将军的。在新奥尔良附近的一趟列车上，一个在李将军麾下当兵的弗吉尼亚人碰到了博勒加尔部队的一个克里奥尔人。那个弗吉尼亚人没完没了地讲着李将军长李将军短，于是那个克里奥尔人显出很有礼貌的样子，他皱了皱额头，似乎拼命在回忆什么，接着他笑了笑说：‘啊，对了，李将军！我现在记起来了，李将军！就是博勒加尔将军常常说他挺不错的那个人！’”

斯佳丽出于礼貌想跟他们一块儿笑，但她觉得这个故事除了说明克里奥尔人跟查尔斯顿人和萨凡纳人一样狂妄自大之外，没有多大意思。而且她一直认为阿希礼的儿子应该取父亲的名字。

乐师们调了一阵琴弦之后便洪亮地奏起《老丹·塔克》的曲调来，汤米转过身来对她说：

“跳舞吗，斯佳丽？恕我不能跟你跳，可休和勒内——”

“不，谢谢。我还在替母亲服丧呢，”斯佳丽连忙说。“我就坐坐吧，不跳舞。”

---

①指南北战争时的南军名将博勒加尔（1818—1893）。

她眼睛朝弗兰克·肯尼迪瞟了一眼，把他从艾尔辛太太身边招呼过来。

“我想坐在那儿的凹室里，多谢你给我送些点心来，我们可以好好聊聊，”其他三位男子离开的当儿她对弗兰克说。

他匆匆走过去替她拿一杯酒和一薄片蛋糕，这时斯佳丽便在客厅一端的凹室里坐了下来，还小心翼翼地把裙子扯扯好，把那些糟糕的污斑都遮掩起来。她又能见到那么多人，又能听到音乐，心里非常激动，已把上午受到瑞特羞辱的事忘得干干净净。明天，她会想起瑞特的所作所为，想起自己蒙受的耻辱，她又会觉得痛苦。明天，她会考虑自己是否已经给弗兰克破碎和惶惑的心留下什么印象了。但是今晚，她什么都不想。今晚，她完全生气勃勃，她要让自己所有的感官都充满希望，让自己的眼睛闪烁着光彩。

她从凹室往宽敞的客厅望去，瞅着翩翩起舞的人群，回忆起战争期间她初到亚特兰大来的时候，这间客厅是多么漂亮。那时脚下的硬木地板像玻璃一样亮晃晃，头顶悬挂着大枝形吊灯，上面装饰着的成百块小巧玲珑的棱晶玻璃，将吊灯上几十支蜡烛放出的光芒尽反射出来，就像钻石、火焰和蓝宝石发出的光辉一般，把客厅照得亮堂堂的。墙上挂着的几幅前人的肖像，高贵而端庄，带着既老成持重又殷勤好客的神气，俯视着宾客。几张花梨木沙发柔软而诱人，其中最大的一张就放在现在她坐着的凹室里的一个尊贵的位置上。过去举行的许多社交集会上，斯佳丽最喜爱坐在这张沙发上。从这个位置可以看到整个漂亮的客厅和客厅另一头的餐室：那儿有一张可以围坐二十个人的椭圆形的桃花心木桌，二十张细腿的椅子庄重地靠墙放着，一口结实的餐具柜里摆着沉重的银器，还放着一些七支烛台、高脚酒杯、调味品瓶子、细颈盛水瓶和亮晶晶的小玻璃杯。战争开头的几年里，斯佳丽常常坐在那张沙发椅里，边上少不了围着几个英俊的军官；她坐在这里一边欣赏着小提琴和低音大提琴、手风琴和班卓琴奏出来的音乐，一边听着人们跳舞的脚在打了蜡的光滑地板上擦出的令人激动的沙沙声。

如今，那盏大吊灯黑沉沉地悬在那儿，歪斜着，上面的棱晶玻璃大半都破碎了，仿佛那些北军占领者看到它们太美了，所以就把它们当作他们的皮靴蹂躏的目标。这会儿，客厅里点着一盏油灯和几支蜡烛，屋子里的亮光大半还是靠大壁炉里熊熊燃着的炉火。忽暗忽明的炉火照出了失去光泽的旧地板，面上千疮百孔，已到了无法收拾的地步。墙上，褪了色的糊墙纸上呈现了几个方块，表明那儿曾经挂过肖像；天花板上的灰泥裂着大口，使人想起围攻期间的那一天，一颗炮弹在宅子上面爆炸，把部分屋顶和二层楼楼板都掀掉了。那张沉甸甸的桃花心木桌，上面摆满了蛋糕和长颈玻璃水瓶，仍旧在空荡荡的餐室里招待着客人，但桌子上到处是擦刮的伤痕，几条折断过的桌腿看来都粗糙地修理过。餐具柜、银餐具，还有那些细腿的椅子都不在了。客厅后面，挂在几扇拱形落地玻璃窗上的暗黄色缎子窗帷都不见了，只有少数几块花边窗帘还挂在那儿，它们都洗得很干净，但显然都打过补丁。

原来放那张她十分喜爱的弯背沙发的地方，现在放着一张坐上去极不舒服的硬木长椅。她尽量显出文雅的样子坐上去，心里但愿自己的裙子仍能保持挺括，可以让她跳舞。再能跳舞真是太令人高兴了。然而，当然啦，她在这僻静的凹室里比在气喘吁吁地跳弗吉尼亚舞时更能对弗兰克产生影响，她可以心醉神迷地听他说话，还可以怂恿他去发更大的傻劲。

不过这音乐倒是令人心旷神怡。她的便鞋热切地合着老利维那只朝外张着的大脚打拍子，老利维这会儿正拨着刺耳的班卓琴，大声嚷着让大家跳弗吉尼亚舞。许多双脚擦着地板沙沙地作响，两长排舞蹈者互相朝对方跳拢去，接着又后退，转身，还用手臂搭起拱形门来。

“老丹·塔克烂醉如泥——”
　　（各对舞伴转身呀！）
“他掉进火堆把柴块踢起！”
　　（轻盈地蹦一下，女士们！）

在塔拉庄园度过那沉闷而劳累的几个月日子后，又能听到音乐，听到跳舞的脚步声，又能见到许多熟悉友善的脸庞，在微弱的灯光下欢笑着，还大声嚷着当年熟悉的笑话和流行语，互相逗趣、挖苦、戏弄，真叫人高兴。这好比死后复活。几乎使人觉得五年前光辉灿烂的岁月又回来啦。假如她能闭起眼睛，不去看那些用旧衣服改制成的衣裙，不去看那些打补丁的皮靴和缝补过的软底鞋，假如她不去回想双人舞中缺掉的那些男孩子的面容，她几几乎会认为什么都没有变。可是，当她睁开眼来瞧，看到老人们成群地在餐室里围在长颈酒瓶旁，看到主妇们沿墙并排站着聊天，手里连把扇子都没有，还看到一些年轻的舞蹈者摇摆着身子在蹦跳，她突然不寒而栗地觉得，一切都大大地变了样，眼前这些熟悉的身影仿佛都成了鬼魂似的。

他们看上去都是老样子，但是都变了。这是怎么回事？只是因为他们都长了五岁吗？不，变化不只是时光的消逝，而表现在某些方面。他们身上似乎失去了什么，他们的世界似乎失去了什么。五年前，有一种安全感轻轻地包裹着他们，连他们自己都没有察觉到，他们就在这种安全感的庇护之下成长。如今，这种安全感失去了；随着安全感的丧失，往年的心醉神迷，往年那种近在眼前的欢乐和兴奋，往年生活方式的魅力也都丧失了。

她知道她自己也变了，但没有变得这么剧烈，对此她感到迷惑不解。她坐着，瞅着他们，她觉得自己在他们中间显得很陌生，很孤立，仿佛她是来自另一个世界的，说一种他们不理解的语言，而她也不懂得他们的语言。后来她明白了，她的这种感觉就跟她与阿希礼在一起的时候所产生的感觉一模一样。跟他在一起，跟与他同类的人在一起——这些人构成了她所处环境中的大多数——她觉得自己游离在她无法理解的某种东西之外。

他们的容貌变化不大，他们的神态也一点没有变，可是她似乎觉得她这些老朋友身上遗留下来的也只有这两件东西了。岁月的流逝丝毫没有带走他们身上的高贵的气派和豪放的风度，这些他们到死也不会丧失；但是他们遭受的无休无止的苦难，那种难以言喻的深重的苦难，却会一直伴着他们进坟墓。他们是一些谈吐温和、性格强悍但却感到疲乏的人，被打垮了却不愿承认失败，被摧毁了却依旧挺直腰杆。他们是被征服的土地上受到镇压而处于无援的境地的公民。他们眼睁睁地看着自己所热爱的国土遭敌人的蹂躏，眼看着流氓在愚弄法律，眼看着他们过去的奴隶在威胁他们，眼看着男人们被剥夺公民权，女人们受尽侮辱。他们想到了地狱。

旧世界的一切都在变化，但旧的礼仪没有变。旧的习俗继续存在，而且应该继续存在，因为礼仪是留给他们的唯一东西。他们紧紧抱住过去最熟悉、最喜爱的东西不放——从容不迫的仪态，待人随和而不拘礼节，而最突出的是男人视保护女子为天职。男人们恪守着培育他们成长起来的传统，他们彬彬有礼，温柔体贴，他们几乎已创造了一种保护女性的气氛，不使她们接触一切严酷的、不适宜让女性见到的东西。这真是荒谬透顶，斯佳丽想道，因为在过去五年里，连最最与世隔绝的女子也什么都见识了。她们看护伤员，亲手合拢死者的眼睑，经历了战争、烈火和劫掠，饱尝恐惧、逃难和忍饥挨饿的痛苦。

然而，不管他们亲眼目睹了些什么景象，也不管他们已经干了或者以后还得干些什么卑贱的活儿，他们仍然是女士们和先生们，是被充军流放的高贵阶层——他们痛苦、超然，对什么都失去兴趣，但彼此之间仍然友爱相待；他们犹如金刚石般的刚强，但同时又像他们头顶上那盏破损的大吊灯上的水晶那样明亮而脆弱。以往的岁月已经一去不复返，但这些人还是依然故我，好像仍旧在过从前的日子似的；他们依然有媚人的魅力，依然悠闲自得，他们抱定决心不去学北佬那样横冲直撞，掠夺钱财，抱定宗旨不与旧的生活方式脱离。

斯佳丽知道她本人也大大地变了。不然，她是决不可能干出她最后离开亚特兰大以来所干的一切；不然，她现在也不会费尽心计地干着自己迫切要干的事。但是，在他们的刚强与她的刚强之间存在着差别，她暂时还无法说清楚这差别是什么。也许差别是她什么事都会去干，而对这些人来说，有许多事他们宁死也不会去干。也许差别在于他们虽然已失去了希望，但仍然用微笑来对待生活，彬彬有礼地朝它鞠躬，然后从它面前走过去。而这斯佳丽却做不到。

她不能无视生活。她得生活下去；就连要她尝试一下用微笑来掩盖生活的严酷性，她都觉得太残忍、太充满敌意了。她的朋友们所表现出来的温柔、勇气和气节在她看来都没有什么价值。在他们身上，她只看到一种愚蠢的傲慢：他们看到了严酷的现实，但却一笑置之，不愿正视。

她望着满脸通红跳着双人舞的人们，心里在纳闷，那些驱迫着她的事情是否也在驱迫着他们？情人死亡，丈夫残废，孩子挨饿，土地易手，心爱的家园都住进了陌生人。当然，他们也受到这一切的驱迫。她只是对于他们的情况稍稍不如对自己的了解。他们的损失也是她的损失，他们的贫困也是她的贫困，他们面临的问题也正是她面临的问题。然而，他们对这些问题作出的反应不同。她现在在这个客厅里见到的一张张脸不是真正的脸；它们都是假面具，永远不会落下的绝妙的假面具。

但是，如果他们也像她那样在残酷的现实生活中吃尽了苦头——事实上他们是吃尽了苦头——那他们怎么能继续这样兴高采烈、无忧无虑呢？他们到底为什么偏要这么做？他们让她难以理解，并引起她模模糊糊地恼火。她不可能像他们一样。她不能做出无动于衷的样子来审视这满目疮痍的世界。她像一只被追赶的狐狸，奔跑得连心都要迸裂了，拼命想在猎犬还没追上来之前赶到洞穴。

她蓦地憎恨起他们，因为他们跟她不同，因为他们用一种她永远无法而且也永远不愿采取的态度来承受损失。她憎恨他们——这些笑容满面、步履轻盈的陌生人，这些失去了东西还引以为荣的狂妄的傻瓜，他们失去了东西，似乎还觉得自豪呢。这些女人的仪态举止像贵妇人，而她知道她们确实是贵妇人，虽说她们天天得干低下的粗活儿，不知道哪天才能添上一件新衣服呢。可她们都是贵妇人哪！但是，尽管她穿着天鹅绒裙子，头发上搽了香水，尽管她出身于高贵的家庭，曾经拥有过体面的财富，她可无法把自己看作是个贵妇人。在塔拉庄园的红土上干粗活已经把她淑女的斯文一扫而光，她明白除非她的桌子上摆满银餐具和水晶器皿，菜肴丰盛，热气腾腾，除非她自己的马厩里有自己的马匹和马车，除非在塔拉庄园摘棉花的是黑皮肤的手，而不是白皮肤的手，她永远再也不会觉得自己是一位贵妇人了。

“嗨！”她想到这里愤怒地吸了口气。“差别就在这儿！她们虽穷，可依旧觉得像是贵妇人，而我却不觉得。这些个傻女人似乎不懂得没有钱就当不了贵妇人！”

甚至在这瞬间的启示之中，她也朦朦胧胧地意识到，她们看起来虽傻，但所抱的态度是正确的。母亲要是活着也会这么想的。这使她不安起来，她知道自己应该跟这些人一个心眼儿，可是她办不到。她知道自己应该跟她们一样虔诚地相信：一个生来就是贵妇人的女人，即使落到一贫如洗的田地，还是贵妇人。可是现在她无法使自己相信这一点。

她这辈子常听到人们嘲笑那些北佬，因为他们自命为上等人的依据是财富而不是所受的教养。不过，尽管这是一种谬论，这时她却认为即使在其他问题上北佬全错了，至少在这一点上他们是对的，要成为贵妇人是得有钱。她知道要是母亲听到自己女儿说这种话，准会昏厥过去的。无论穷到什么地步，母亲是怎么也不会感到丢人的。真丢人！不错，斯佳丽却是这么感觉的。她穷，穷到不顾颜面，穷到囊空如洗，穷到干黑人干的活儿，这还不丢脸！

她悻悻地耸了耸肩。也许这些人是对的，而她错了；但尽管如此，这些傲慢的傻瓜不像她那样朝前看，竭尽全力去把失去的东西夺回来，甚至牺牲自己的尊严和名声也在所不惜。对他们中间许多人来说，拼命挣钱是有失体面的事。这是个狂暴而艰难的时代，要在这样的时代生存下去就非得进行艰苦而剧烈的斗争不可。斯佳丽知道家庭的传统会强有力地阻止他们许多人去进行这种斗争——因为这种斗争公认的目的是赚钱。他们都认为纯粹的攒钱，甚至谈论钱都是俗不可耐的行为。当然，也有例外的情况，比如，梅里韦瑟太太烘面包，勒内推小车卖糕饼；休·艾尔辛劈柴卖柴，汤米当包工头；还有，弗兰克雄心勃勃开了家铺子。可是他们干的是什么阶层的行当呀？而那些庄园主却种几亩薄地，过着清苦的日子。那些律师、大夫回去干他们的老本行，但说不定天天清等也不见有当事人和病人来。还有其余那些靠年收入过着闲日子的人怎样呢？他们会遇到什么结局呢？

然而，她自己不想穷一辈子。她不想干坐着，耐心等待奇迹来帮助她。她要闯进生活中去，努力取得她能取得的一切。她父亲当年起家的时候就是一个两手空空的移民孩子，后来不是获得了塔拉庄园辽阔的土地吗？他办到的事，他女儿就能办到。她不像这些人，把赌注全押在一个不复存在的事业上，还觉得心满意足，说他们为事业的失败感到自豪，因为这个事业是值得让人作出任何牺牲的。他们从过去汲取勇气，而她却从未来汲取勇气。目下，弗兰克·肯尼迪就是她的未来。别的不说，他至少开着一家铺子，他有现钱。她只要能嫁给他，掌握了他那些钱，那塔拉庄园明年的开销就不用愁了。接下来得让弗兰克把那家锯木厂买下来。她自己也能看出这座城市正在迅速地重建，由于不存在竞争对手，不管是谁，只要能搞木材买卖，准会发大财。

忽而从她的脑海深处传来了瑞特在战争初期说过的有关他闯封锁线挣钱的话。当年她也不想去弄懂，可现在这话好像意思清楚极了，她不懂当年究竟是自己年纪太轻，还是脑袋笨，竟然没有听懂那些话。

“无论文明建设时期还是文明破坏时期，都同样有利可图。”

“现在就是他当时预见的破坏时期吧，”她想道，“他说对了。只要不怕干苦活，或者不怕去抢夺，现在仍然可以赚大钱。”

她瞧见弗兰克手里拿着一杯黑樱桃酒，还托着一只放着一小片蛋糕的盘，穿过客厅朝她走来，脸上便露出了笑容。她没有想到问问自己，她是不是值得为了塔拉庄园去嫁给弗兰克。她知道值得，所以也就没有再去想这件事。

她呷着酒，微笑着抬头瞅着他，她知道自己双颊红喷喷的，比这儿哪个跳舞的人都更诱人。她把裙子挪过一点让他坐下，还懒洋洋地挥着手绢，好让香水味扇到他鼻子里去。客厅里的女人谁也没有搽香水，弗兰克也注意到这一点，这让她感到得意。他忽而鼓起勇气悄悄对她说，她像一朵玫瑰花一般鲜艳和芬芳。

要是他不那么腼腆，该多好啊！他那模样使她想起田野里的一只胆小的棕色老兔子。要是他具有塔尔顿兄弟的豪爽和热情，或者甚至有瑞特·巴特勒的粗鲁和厚颜无耻，那该多好啊！不过，假如他具备这些特性，他也许早就觉察到她那双频频眨巴着的媚眼后面隐藏着走投无路的神情。事实上，他对女人不甚了了，所以对她想达到什么目的连疑心都没有起。这算她走运，但她并没有因此而更加看得起他。

第36章

在旋风式的追求下，两个礼拜之后，斯佳丽就跟弗兰克·肯尼迪结了婚。后来她绯红着脸对他说，这种旋风式的追求使她喘不过气来，她无法再拒绝他的热情了。

他不知道在这两个礼拜里，她天天夜里在房间里踱来踱去，咬牙切齿地埋怨他对她的暗示和鼓励反应迟钝，还默默祈祷着在这个节骨眼上苏埃伦千万不能有信给弗兰克，要不她的计划就要成泡影了。谢天谢地，她这个妹子是最最懒得动笔的，她只乐意收别人的来信，却讨厌给别人回信。可是，她来信的可能性总是存在的，确实是存在的呀。在漫长的深夜，她睡衣外面紧紧裹着母亲的那块褪了色的披肩，在自己卧房里冰凉的地板上来回踱着的时候，心里就是这么想的。弗兰克不知道她收到过威尔的一封短信，信中提起乔纳斯·威尔克森又去过塔拉庄园，发现她去了亚特兰大，便大吵大闹，后来威尔和阿希礼将他赶了出去。威尔的信把一个她最清楚不过的事实塞进她的脑海——那笔额外税的付款截止期越来越逼近了。她心急如焚地看着日子一天天地在过去，恨不得自己用手抓住沙漏①，不让沙粒在里边流动。

然而，她把自己的情感掩饰得如此周密，把自己的角色演得如此巧妙，弗兰克竟丝毫没有产生怀疑，他只看到表面的东西——查尔斯·汉密顿这位漂亮而无依无靠的年轻遗孀，每晚在佩蒂帕特小姐的客厅里迎接他，怀着敬佩的心情敛神屏息地倾听他谈自己的店铺今后的营业计

---

① 也称水漏或漏壶，是一种古代的计时器具，用金属制成，分播水壶、受水壶两部分。播水壶分二至四层，均有小孔，可以滴水，最后流入受水壶，受水壶里有刻度，用以表示时间。这里指用沙的漏壶。

划，还说起假如他能盘下那家锯木厂能赚多少钱。她对他说的每一句话都温柔地表示同情，还目光炯炯地显出莫大的兴趣，这好比给他敷了一层药膏，可以医治被信以为真的苏埃伦的变心给他造成的创伤。他对苏埃伦的行为感到痛心和惶惑；他知道自己人到中年，对女人已没有什么吸引力，因此他的虚荣心，一个中年单身汉的敏感而胆怯的虚荣心，深深地受到了伤害。他不能给苏埃伦写信，谴责她的不忠诚；这样做他连想都不敢想。不过他可以跟斯佳丽谈论她，从中得到点安慰。斯佳丽不用说苏埃伦一句坏话就能让他知道，她了解自己的妹子是如何对他不起，而他是值得一个欣赏他的女子好好相待的。

这位双颊红喷喷的汉密顿太太真是迷人极了，她一会儿想起自己的苦楚便忧伤地叹息，一会儿听到弗兰克跟她说笑话解闷儿，又像银铃般地发出快乐而甜蜜的笑声。她那件翠绿色的衣服已经让黑妈妈收拾得十分整洁，现在穿在她苗条的身躯上将她那纤细的腰身显了出来，真美极了；她的手帕和头发不时地飘出阵阵幽香，怎不令人销魂！这么一位娇滴滴的少妇，竟孤苦伶仃地生活在如此乱世，甚至不懂得世道的艰辛，真太遗憾了！没有丈夫，没有兄弟，现在连父亲都不能保护她了。弗兰克觉得这世界太野蛮，一个孤零零的女子是无法生存的。对于这个想法，斯佳丽暗暗地欣然表示同意。

佩蒂家的气氛愉快而安适，所以弗兰克每晚都来。黑妈妈每次都满面笑容地开门迎客，她的笑容是专门留给贵客的；佩蒂拿咖啡搀少量的白兰地来招待，还甜言蜜语地恭维他；而斯佳丽更是对他百依百顺。有时，他下午出去做生意，就把斯佳丽也带在他的马车里一起去。和她一块儿乘马车出去可真是件愉快的事，她一路上尽问些傻问题——“到底是女人见识少，”他得意地对自己说。她对生意经真是一窍不通，问的问题让他忍不住笑出声来，她也笑着对他说：“嗯，像我这样一个蠢女人，哪里会懂你们男人家的事啊！”

她使他这个老光棍破天荒头一回感觉到，他是老天爷造就的气质优秀的堂堂男子汉，专以保护世上无依无靠的蠢女人为天职。

后来他们终于站在一起结婚了，他握着她任凭他摆布的小手，她的两弯乌黑的眼睫毛低垂着，密密层层地呈现在微红的面颊上，这当儿他依然不明白这一切是怎么会发生的。他只知道自己平生头一回干了又浪漫又激动心弦的事。他，弗兰克 · 肯尼迪，居然把这么个美人弄得神魂颠倒，投入自己的怀抱。他飘飘然了。

没有朋友，也没有亲戚参加他们的婚礼，证婚人是临时从街上拉进来的。斯佳丽坚持要这么做，他只得让了步。他原来是想从琼斯博罗把他妹子和妹夫叫来参加婚礼的。要是在佩蒂小姐的客厅里举行酒会，朋友们济济一堂，大家喜气洋洋地向新娘祝酒，那该多快活。但是，斯佳丽连佩蒂小姐都不愿让她到场。

“就我们俩吧，弗兰克，”她捏捏他的膀子恳求道。“就像私奔一样。我确实一直想跟人逃走结婚呢！亲爱的，你就依了我吧！”

正是这些亲切的话——至今仿佛仍在他耳畔回响——加之她抬头望着他哀求时，她淡绿色的眼珠周围涌出了一圈亮晶晶的眼泪，把他给打动了。无论如何，男人总是对他的新娘子迁就些嘛，何况是关于婚礼的事儿，女人家对这类感情上的事情向来看得很重呢。

他就这样糊里糊涂地结了婚。

斯佳丽用甜言蜜语缠个不休，把弗兰克弄得晕头转向，终于给了她那三百块钱。他先有点犹豫，因为这意味着他马上把那家锯木厂盘过来的希望落空了。但是他不能眼看着她的家里人被人赶出去呀！他看见她笑逐颜开，失望的情绪顿时就缓和下来；后来，她为了感激他的慷慨大度对他表示了亲热，于是他的失望情绪也就烟消云散了。弗兰克这辈子从来还没有见到女人如此对他表示感激过，所以他这三百块钱到底还是没有白花。

斯佳丽派黑妈妈立刻回塔拉庄园去做三件事：一是将那笔钱去交给威尔；二是宣布她的婚事；三是把韦德带到亚特兰大来。两天之后，她就接到威尔的一张简短的便条，她把它带在身边，读了又读，越读心里越快活。威尔在便条中说，税已经交了，乔纳斯 · 威尔克森听到这消息“样子非常难看”，但他到现在为止没有进一步提出恫吓来。末了威尔写了句祝贺她幸福的话，不过那是句简短而一本正经的套话，并不表示什么特别的意思。她知道威尔是了解她所做的一切的，也了解她为什么要做，所以他并没有作任何的褒贬。可是，阿希礼会有何感想呀？她心里七上八下地在纳闷。不久以前，我还跟他在塔拉庄园的果园里说了那番话，现在他该把我当做怎样的人呢？

同时她又接到苏埃伦的一封信，写得别字连篇，措词非常激烈，还破口大骂，信纸上泪痕斑斑，充满着恶毒的语言和对她的性格的恰如其分的评论，她一辈子也不会忘记这封信和写信人。但是她得知塔拉庄园安然无恙，至少暂时没有危险，心里正高兴得不得了，所以苏埃伦的那些话没有引起她的不快。

现在她永久的家是在亚特兰大而不是在塔拉庄园，这一事实让她难以接受。当她拼命地想弄到那笔钱付税的时候，她心里除了塔拉及它倒霉的命运之外，再没有能容纳其他事情的余地。即使在结婚那一刻，她也没有想到自己为保全家园而付出的代价竟是让她永远离开家宅。现在家园是保全了，当她意识到这一点时却患起思乡病来，怎么也难以摆脱。但是事情已经定局。既然交易已经达成，她打算遵守诺言。她因弗兰克保全了塔拉庄园而对他非常感激，不由得对他怀有热烈的感情，同时她又下了强烈的决心，永远不为跟他结婚而后悔。

亚特兰大的女人们对邻居家的事情向来跟自家的事情一样清楚，兴趣却比自家的事情还要浓。他们都知道弗兰克·肯尼迪跟苏埃伦·奥哈拉私订“终身密约”有好几年了，事实上他也曾羞答答地对人说过，他希望明年春天结婚。现在却宣布说他跟斯佳丽不声不响地结了婚，人们风言风语，纷纷猜测，还疑心重重，就不足为奇了。梅里韦瑟太太特别爱打听，便老实不客气地当面去问弗兰克，他既然和妹妹订了婚，却跟姐姐去结婚，到底是什么道理？后来据她向艾尔辛太太报告说，她问了半天得到的回答是他一脸呆相地望着她。至于斯佳丽那里，就连梅里韦瑟太太这么泼辣的女人，也不敢当面去问她。这些日子，斯佳丽看上去非常温柔、非常妩媚，但是她眼睛里却流露出一种得意扬扬的神色，让人看了讨厌。她还显出一副挑衅的架势，所以谁也不想去惹她。

她自己也知道亚特兰大人都在谈论她，但是她毫不在意。跟一个男人结婚到底也没有什么不道德啊。塔拉庄园保全了。人家爱议论，就让他们去议论呗。她脑子里要操心的事还多着呢。现在最要紧的事是怎么婉转地让弗兰克明白，他那家铺子应该多赚点钱。自从她受到乔纳斯·威尔克森一番惊吓后，她天天提心吊胆，非等她和弗兰克积起点钱，她不能安心。就算没有什么意外的事，弗兰克也需要多挣钱，因为她要备足钱交明年的税呀。此外，弗兰克说起的锯木厂的事也让她牵肠挂肚。如果把那锯木厂给盘过来，弗兰克可以赚大钱。现在木料这么贵，开这么个厂子谁都会发财。弗兰克的钱交了税就买不成锯木厂，买了锯木厂就交不了税，所以她暗暗发愁。因此，她下定决心非要他那家铺子想法多挣钱不可，而且得赶快做，这样他就可以抢在别人前面把锯木厂盘下来。她看得出这是笔合算的买卖。

假如她是一个男人，她就要把那家锯木厂盘过来，为了筹钱就是把那店铺抵押掉她也干。然而，就在他们结婚的第二天，她将这种打算巧妙地暗示给弗兰克听时，他只是微笑，还对她说叫她让自己那颗可爱的小脑袋歇息吧，不必为这些生意的事儿费神了。他感到颇意外，她居然懂得什么是抵押；所以，他最初觉得有趣。可是，这种有趣很快就消失了，而让一种震惊的感觉，在他们新婚的日子里代替了它。有一次，他不小心说漏了嘴，让她知道了有人欠他店的账(他故意不说出他们的名字)，现在还不起，他不愿去催讨，因为他们都是些老朋友，而且都是体体面面的人。这以后她几次三番问起这件事，弗兰克后悔不该跟她提。她每次问起的当儿，总是显出十分可爱的孩子气的样子，表示她只不过是好奇，想知道哪些人欠他的账，欠多少。弗兰克对此一直敷衍搪塞。他总是局促不安地咳嗽，还摇着手翻来覆去地说那些令人讨厌的取笑她那颗可爱的小脑袋的话。

他开始明白过来，这颗可爱的小脑袋同时也是一颗“善于计算的脑袋”。事实上，她的脑袋在计算方面比他自己的脑袋高明得多；这一发现使他深感不安。他大吃一惊地发现，她能迅速地将一长串数字用心算加起来，而他自己三个数字以上就非用纸笔不可。就连分数的计算，她也丝毫不觉得困难。在弗兰克看来，一个女人懂得分数和生意经一类的东西似乎有失体统，他认为假如一个女人不幸生来就懂这种不合上等女人身份的玩意儿，也应该表面上装做一窍不通。因此，以前没有结婚的时候，他最喜欢跟她谈生意经的事，而现在他变得最讨厌跟她谈了。以前他觉得她对这些事稀里糊涂，所以他乐意解释给她听。如今他看到她对这些事情精明得很，便产生了一般男子对于女人的两重性所常怀有的一种恼怒心情；此外，还产生了一般男子发现女人颇有头脑后常产生的那种大失所望。

弗兰克究竟在婚后生活的什么时候发现斯佳丽跟他结婚是个骗局，谁也不清楚。也许，他最初得知事实真相是在汤尼·方丹——他的想象力显然不受拘束——来亚特兰大做生意那一次。也可能是对他的婚姻颇感震惊的妹子从琼斯博罗来信，给他说得更为直截了当。他肯定不是从苏埃伦那儿得到线索的。她从来不给他写信，他自然也不能给她写信解释。既然他已经结了婚，解释又有什么用呢？苏埃伦永远不会了解真相，因此总是认为他糊里糊涂地抛弃了她，想到这一点他心里感到很苦恼。也许人人都在这么认为，都在指责他。他的处境确实很尴尬。他无法为自己洗刷，因为男人哪里会到处对人说自己为了一个女人昏了头——而且一位绅士是不能公开宣布自己受骗，中了老婆的圈套的。

斯佳丽是他的妻子，做妻子的有权利要求丈夫对她忠诚。何况他无法使自己相信她冷淡地和自己结婚，一点也没有感情。他那种男子汉的虚荣心不允许这种想法长久存留在自己的头脑里。有种想法比较愉快，那就是她突然爱上了自己，为了得到他才说了谎话。但是这种想法实在难以自圆其说。他知道自己对一个年龄比他小一半，长得俊俏、伶俐的女人来说没有多大吸引力，不过弗兰克毕竟是个上等人，他把自己的迷惑藏在心里。斯佳丽是他的妻子，他不能拿这种让人窘迫的问题去盘问她，羞辱她，何况说到底问了也无法挽回呀！

弗兰克也并无特别想要挽回的意思，因为他们的婚姻表面看来也算美满的。斯佳丽是个非常妩媚动人的女人，他觉得她十全十美，只是太任性了一点。婚后不久，弗兰克就发现凡事只要依着她，生活就可以过得十分快活，可是要是不依顺她……凡事只要依着她，她就像一个孩子那样兴冲冲的，一天到晚笑个不停，会疯疯癫癫地说些笑话，还会坐到他膝头上来捋他的胡子，直到他发誓说自己觉得年纪轻了二十岁才罢休。她会出乎意料地温柔和体贴：他晚上回来的时候，她会把他的鞋烘在火炉上；她会亲切地为他弄湿的脚和没完没了的伤风忙个不停；她还会一直记得他爱吃鸡肫，一直记得他咖啡里要放三匙糖。总之，跟斯佳丽一起生活会觉得既甜蜜又舒适——只要你凡事依着她。

结婚后两个礼拜，弗兰克染上了流行性感冒，米德大夫就让他卧床休息。战争的第一年，他曾患过肺炎，在医院里躺了两个月；从那以后，他一直害怕再患上肺炎，所以现在他心甘情愿地躺在床上用三条毯子盖着发汗，每隔一个钟点还喝下黑妈妈和佩蒂姑妈端来的热汤药。

这病一天天地拖下去，弗兰克越来越惦记着铺子里的事情。现在那铺子由一个伙计掌管着，他每晚到家里来报告一天的买卖情况，但弗兰克觉得不满意，心里挺恼火。斯佳丽一直在等候这样的机会，现在看到这情形便伸出一只阴凉的手去摸了摸他的额头，说："听我说，亲爱的，你这样心神不定下去，真让我烦恼死了。我去城里看看店里情况怎样了。"

他稍稍表示了异议，但都让她笑着驳了回去；她去了。在这新婚后的三个礼拜里，她一直急着想查看他的账簿，看看他的财产情况究竟怎么样。现在他卧床不起，真是千载难逢的好机会！

那铺子就在五角场附近，屋顶是新盖的，在那堵烟熏黑了的老墙相映之下，格外显得亮晃晃的。人行道上的凉篷一直搭到了街沿，柱子间的长铁条上拴着几匹马和骡，背上披着破烂的毯子和被子，低着头让那冷丝丝的细雨淋着。店堂里的模样倒很像琼斯博罗布拉德家的铺子，不同的是烈火熊熊的炉子边没有一群游手好闲的人围着，在那儿切切削削，还往沙箱里吐带烟草的口水。这铺子比布拉德家的大，但光线比较暗。外头的木凉篷把冬季的阳光几乎全挡住了，店堂里又暗又脏，只有从边墙高处几扇满是污斑的小窗透进一线光来。地板上尽是沾着烂泥的木屑，到处都是灰尘和积垢。店堂前面还算整齐，高高的货架一直耸到阴暗处，上面放着色彩鲜艳的布匹、瓷器、炊具和精巧的小玩意儿。可是店堂后面，用板壁隔开的部分，就杂乱无章了。

店堂后面没有铺地板，硬泥地上乱七八糟堆放着各种货色。在半暗半明的光线之中，她看见用箱子和口袋装着的货物，有犁头、马笼头、马鞍子，还有廉价的松木棺材。还有各种旧家具，上至花梨木、黄檀木的，下至胶皮树的，都黑糊糊地耸立在那里；颜色浓艳但有点破旧的锦缎和马鬃椅子光彩夺目，跟周围肮脏的环境显得很不协调。瓷夜壶、成套的碗具、大水罐散满了一地；靠墙一圈放着许多高木箱，黑咕隆咚都看不清，她把灯直伸到它们上面去照，才发现里面盛着种子、铁钉、门闩和木工用具。

“我原以为像弗兰克这么个老处女般的爱挑剔的男子，不至于会这么邋遢，”她想道，边用手帕擦着自己的脏手。“这地方像猪圈。哪有这么开铺子的！要是他把这些东西上面的灰尘掸掸掉，放在前面别人看得见的地方，不是卖起来可以快些吗？”

他的货物尚且这么乱糟糟的，他的账目更不消说了！

我倒要看看他的账簿，她心里想道，便拿起了灯，走到店堂前面去。那个伙计威利将那一大本封面上满是污垢的分类账递给她的当儿，显得不太情愿。显然，尽管他年纪轻轻，他跟弗兰克持相同的观点：女人是不应该管生意的。但是斯佳丽狠声狠气地喝了他一声，他便不敢作声了；接着又叫他出去吃午饭。他走了之后，她心里觉得好过一点，连他也来反对她看账，真气人。她在火炉边一张铺着破座垫的椅子上坐下来，盘起一条腿坐在上面，把账簿摊在膝盖上。这时候正是吃午饭的时候，街道上空荡荡的，没有顾客来买东西，这铺子就剩下她一个人。

她一页一页地翻着账簿，将那一行行的名字和数目字仔细审看，这些字都是弗兰克亲手用工整的字体写的，密密麻麻地难以辨认。这一点她早就料到，可当她发现弗兰克缺乏生意意识的新证据时，便皱起眉头来了。至少有五百元的欠账，有几笔已经欠了好几个月了，那些债户的名字都是她所熟悉的，其中包括梅里韦瑟家和艾尔辛家。弗兰克提到有人欠他账，并表示想免掉它们时，她一直以为数目很小。但是，瞧这数目！

“他们如果付不起钱，为什么还是不断地来买东西呢？”她怒气冲冲地想道。“如果他知道他们还不起钱，又为什么要尽管把东西卖给他们呢？只要他催他们一下，他们许多人是还得起账的。好比艾尔辛家，他们嫁女儿买得起新的缎子衣服，办得起那么阔绰的婚礼，难道这点钱还不起吗？这都怪弗兰克的心肠太软了，人们都利用他这个弱点。这不，只要他把这些账收起一半来，他早就可以买下那家锯木厂了，而且还有余钱留着替我纳税呢。”

于是她想道：“想象一下弗兰克怎么去经营那个锯木厂吧！那真是活见鬼了！这家铺子都给他开得像个慈善机构，你怎么能指望他开锯木厂赚钱呢？开了一个月准会给收税员没收去。这家铺子要是让我来开，可以比他开得好啊！尽管我对木材买卖一窍不通，我经营锯木厂也可以干得比他出色。”

一个女人对于做生意的事情能够跟男人干得一样好或者更出色些，这对斯佳丽来说是一种令人震惊的念头，一种革命的思想。因为在斯佳丽所生长的那个环境里的传统观念是：男人是无所不能的，女人都是很笨的。当然，她也曾发现这种观念并不完全正确，但是她头脑里至今仍萦绕着一种有趣的幻想。她从来没有把这种奇怪的想法说出口。这会儿她静静地坐在那儿，那本沉甸甸的账本在膝头摊着，她的嘴惊讶地微微张着。她想着自己在塔拉庄园熬过的这几个月的贫困日子，她确实已经做了一个男人的工作，而且还做得挺不错呢。她从小就受到这样的教育：一个女人单独是成不了什么事的，但是在威尔还没有来以前，她并没有男人的帮助，也居然把这座农庄经营下来了。唔，唔，是呀，她在心里结结巴巴地说。我认为女人用不着男人帮忙，世界上的事情也没有哪件办不了的——只有生孩子除外，不过，老天知道，神经正常的女人如果办得到的话，没有哪个愿意生孩子的呀！

想到自己跟男人一样能干，她突然产生了一种自豪感和一种想证明这种自豪感是有道理的热切心情；她要像男人一样替自己挣钱。这将是她自己的钱，用不着向人去讨，也用不着向任何男人去报账。

“我但愿自己有足够的钱盘下那家锯木厂，”她大声说道，叹了口气。“我肯定会把它办得兴兴旺旺，我连一个小木片都不会赊给人。”

她又叹了口气。她没有任何地方可以弄到钱，所以这个想法是不可能实现的。弗兰克只消把欠账收回来就可以买下那个锯木厂。这是一个可靠的赚钱手段。等他把锯木厂买到手，她一定设法叫他比较认真地经营，再不会跟从前开铺子一样。

她从账簿背后撕下一页来，开始将欠了几个月以上的债户名字抄下来。等会儿一到家，她就要跟弗兰克提出这个问题。她要让弗兰克明白，这些人虽然是老朋友，账是不能不还的，即使他觉得去催他们还账确实很不好意思也罢。这也许会使弗兰克感到沮丧，因为他胆子小，还爱让朋友们称赞他。他脸皮很薄，让他一本正经地去向人家讨债，他是宁可亏了本钱也不肯干的。

他说不定会对她说，他们谁都不会有钱来还他的债。唔，他说的也许是事实。她当然知道现在大家都很穷。可是差不多人人都积蓄起一点银器呀，珠宝呀什么的，或者手里紧紧握着一点房地产什么的。弗兰克可以把这些当成现钱收进来嘛。

她可以想象要是她把这种想法提出来跟弗兰克商量，他准会唉声叹气地说个没完。去拿他朋友的珠宝和地产，那还了得！好吧，她耸耸肩膀想道，他要唉声叹气地说些什么就让他去说吧。我要告诉他，他可以为了朋友宁愿永远穷下去，我可不愿意。弗兰克要是不拿出点勇气来，就休想干出什么事业来！他一定得干出点事业来！一定得让他赚钱，哪怕我不得不在这个家里掌权逼着他这么干。

她正使劲皱着眉，用牙齿夹住了舌头振笔疾书的当儿，前门打开了，一阵冷风吹进店堂。一个高个儿的男子迈着轻松的印第安人似的步子，走进这邋遢的屋子里来，她抬头一看，原来是瑞特·巴特勒。

他穿着一套簇新的衣服，外面罩着一件厚大衣，大衣上一顶漂亮的风兜翻在他厚实的肩膀上。当她的目光跟他相遇的当儿，他正把高高的礼帽摘下来朝她深深鞠躬，同时把一只手按在胸口那件洁白无瑕的褶边衬衫上。他那副雪白的牙齿给他那张褐色的脸一衬托，闪着光，十分醒目；他那双大胆的眼睛直瞅着她。

“我亲爱的肯尼迪太太，”他边说，边向她走过去。“我最最亲爱的肯尼迪太太！”他说着便发出一阵快乐的笑声。

她先是大吃一惊，好像看见一个鬼闯进了她的店堂，然后她连忙抽出那条盘着的腿儿，挺了挺腰，冷冷地看了他一眼。

“你到这里来做什么？”

“我去了佩蒂小姐家，知道你结婚了，所以我赶来给你道喜来了。”

她想起自己曾受了他那样的羞辱，不由得脸涨得绯红。

“我真不懂你怎样还有胆量来见我！”她叫道。

“恰恰相反，你怎么还有胆量见我？”

“哦，你这个人真是最最——”

“我们吹休战号好吗？”他开朗而兴奋地朝她微笑，这微笑隐藏着厚颜无耻，却没有为他自己的行为而感到的羞愧，也没有对她的所作所为有所谴责。于是她也不由自主地笑了，但这是一种尴尬的苦笑。

“真遗憾，他们怎么没有把你绞死！”

“我看你这想法别人恐怕也有吧。得啦，得啦，斯佳丽，别激动嘛。瞧你这模样，好像吞了一根枪通条在肚里那么生硬，没有必要这样嘛。当然，我开了那——那个小小的玩笑，你一定气还没消。”

“玩笑？哼！我一辈子也不会忘掉！”

“哦，不，你一定会忘掉的。你这副怒气冲冲的样子是故意做给我看的，因为你觉得这样才算有面子。我可以坐下来吗？”

“不！”

他却在她旁边的一张椅子上坐了下来，咧开嘴笑着。

“我听说你连两个礼拜都不愿意等我呀，”他说着嘲弄地叹了口气。“女人真是变化多端啊！”

她一语不答，他便继续往下说。

“你老实说吧，斯佳丽，我们是朋友——是顶熟、顶知己的朋友——无话不谈，你等到我从牢里放出来，不是更明智一些吗？难道你觉得跟弗兰克·肯尼迪那老头儿结婚，比跟我私下偷情更有诱惑力吗？”

像往常一样，他的讥讽总是惹起她满腔的愤怒，用放声大笑来表示对他厚颜无耻的愤怒。

“别胡说八道！”

“还有件事困扰我好久了，你能不能满足我的好奇心？你对于所嫁的男人并没有一点爱情，甚至连好感都没有，但是你却嫁了一个还不算，还嫁第二个，难道你这样做没有一点出自女性的厌恶，没有一点娇弱者的恐惧感吗？人们都说我们南方的女性都很娇弱，莫非我听到的情况不对？”

“瑞特！”

“我自己来回答吧。虽然我从小受到的教育使我得出女人是脆弱、温柔而敏感的这么一个可爱的概念，我却向来觉得女人有一种刚强和忍耐的品性，是男人所不具备的。但是照欧洲大陆的规矩来讲，夫妻之间要是真正有爱情，倒是一种极糟糕的结合形式。从趣味来说，确实很糟糕。我向来认为欧洲式的婚姻观念很正确。为方便而结婚，为快乐而恋爱。这是一种颇为合情合理的制度，难道不是吗？想不到你对欧洲国家的见解倒比较接近呢。”

斯佳丽恨不得大声朝他喝道：“我没有为方便而结婚！”但不幸的是瑞特已经把她给制伏了，无论她怎样为自己的清白受到损害而抗议，都只能引出他更加刺人的话来。

“你怎么说个没完？”她冷冷地说道。她急于想变换话题，便问道：“你是怎么从监牢里跑出来的？”

“哦，那件事儿？”他摆出一副毫不在意的架势答道。“没碰到什么大麻烦，他们今天早晨放我出来了。我有一个华盛顿的朋友，在联邦政府的参议院里地位很高，我巧妙地对他施行一点讹诈手段，事情就解决了。这人倒是个好人，是北方的一个坚定的爱国者，当年我给南部邦联买枪和有裙箍的裙子，都是从他那儿搞到的。当我通过适当的方式让他知道我倒霉的处境之后，他便连忙运用他的势力，所以我就被释放了。现在什么都靠势力，斯佳丽。你将来万一被逮捕，就要记住这句话。有了势力什么事都能办，一个人是有罪还是无罪不过是理论上的问题罢了。”

“我敢赌咒，你绝不是无罪的。”

“说得不错！我现在被释放了，我可以说句老实话，我是跟该隐[①]一样有罪。那个黑人确实是我杀死的。他对一位上等女人咋呼，见到这种事我们南方的男子汉容忍得了吗？既然对你招认了，索性都说了吧。我还曾经在一家酒吧里为了几句口角开枪杀死过一个北军的骑兵。当时我没有为这件事而受到控告，大概哪个可怜的替死鬼早已代我上了绞架了。”

她听见他那么轻松愉快地在谈论自己杀人的勾当，不由得毛骨悚然。她出于道德心真想怒斥他一番，但是她突然记起埋在塔拉庄园攀藤的葡萄棚下的那个北佬了。他始终没有引起她良心上的谴责，正如她可能踩死的一只蟑螂一样。她自己也像瑞特一样有罪，怎么能堂堂正正地审判瑞特呢？

“还有一件事，看来我还是干脆和盘托出吧，我现在已经对你披肝沥胆了，不过请你千万别告诉佩蒂帕特小姐！我的确拥有那笔钱，现在平平安安地放在利物浦的一家银行里。”

“那笔钱？”

“对，就是北佬拼命想查问的那笔钱。斯佳丽，那天你问我要钱，我不肯给你，绝对不是我吝啬。当时我如果开一张支票给你，他们就可能想法查出这笔钱的下落来，那没准你会一个子儿都拿不到。我的唯一希望在于按兵不动。我知道这笔钱十分安全，因为万一最不幸的情况发生，这笔钱被他们查出来了，并从我手中拿走，那我就会把战争期间卖弹药武器给我的那些北方爱国者的名字一个个地讲出来。这么一来，丑闻就张扬出去了，因为这批人里面有现在在华盛顿身居要职的。事实上，我这次能够出狱，就是用的恫吓的办法。我——”

① 《圣经·旧约》中的人物，亚当与夏娃的长子，杀害亲兄弟亚伯。

“你是说 —— 你手里确实有南部邦联政府的金子？”

“不，不是全部。老天，不是全部呀！当初做这种封锁线生意的大概有五六十人，他们也有许多钱存放在拿骚、英国和加拿大。南部邦联政府的人非常讨厌我们这批人，因为他们没有我们精明。我手里有近五十万。你倒想想看，斯佳丽，五十万金洋呢！要是你能控制住自己暴躁的性子，不匆匆忙忙地去跟人结婚就好了。”

五十万金洋。一想到这么许多钱，她的心就痛苦，像真的得了病似的。他那几句挖苦话就像耳边风，她连听都没有听见。在这个苦难、贫困的世界上，竟还藏着这么多的钱，真叫人难以相信。这么多的钱，这么许许多多的钱，却让别人拿了去，毫不费力地拿了去，而且他拿去了也没有多大用处。而她呢，只有这么一个多病的老头儿丈夫，只有这么一家肮脏寒碜的小铺子，除此之外就是这个对她充满敌意的世界。像瑞特 · 巴特勒这样的流氓竟有那么多的钱，而她肩负着这样沉重的担子，却两手空空，这太不公平了。她恨他 ——这个穿戴得像花花公子一样坐在这儿奚落她的家伙。哼，她不想去恭维他的聪明乖巧，不然他要越发得意忘形了。她只想找出几句刻毒的话来刺他。

“我看你拿了这笔政府的钱还自以为是正当的吧。哼，根本不是正当的。你这明明是偷钱，你不清楚吗？换了我，是决计不会要这种昧良心的钱。”

“啊呀，我的天！现在这葡萄倒是蛮酸的呀[①]！”他大声嚷道，一面把脸都皱了起来。“那么我这钱究竟是从谁那里偷来的呢？”

她没有吭声，心里拼命在想他的钱究竟从谁那里偷来的。说到底，他所干的事情其实就是弗兰克所干的，只不过弗兰克干的规模小一点罢了。

“老实告诉你，”他继续说道。“我这笔钱里边，有一半是我正正当当赚来的。有一部分是得到北方爱国者的帮助攒起来的，他们自愿偷

① 伊索寓言，狐狸看见葡萄长得高吃不着，便聊以自慰地说，那葡萄是酸的，它不要吃。

偷地在出卖他们那个合众国，因为他们卖的货有百分之百的利润可图。还有一部分是我战争初期做棉花生意赚的钱，当时我廉价买进棉花，后来英国纱厂里急需要棉花，我就一块钱一磅卖给他们。还有一部分是搞粮食投机赚来的。我为什么要让北佬拿走我辛苦得来的成果呢？不过其余部分确实是南部邦联政府的。那是我想法把政府的棉花偷运出封锁线，到利物浦去高价出售得来的。当初政府信任我，把棉花交给我去出卖，然后把卖得的钱买皮革、枪支和机器。我收下棉花，代买货品，本都出于诚心诚意。我奉命把卖得的黄金用我私人的名义存在英国银行里，这样我可以取得较好的信用。你总还记得，后来封锁线形势吃紧，我找不到一条船可以让我出入南方的任何港口，所以那些钱就留在英国了。但当时我有什么办法呢？难道像傻瓜那样把钱从银行里提出来，设法运回威尔明顿来吗？然后让北佬都收去吗？封锁线吃紧，难道是我的过失吗？我们的事业失败，难道也是我的过失吗？这钱是属于南部邦联政府的。但是现在已经没有邦联政府了——尽管有些人说这也很难说。叫我把钱去交给谁呢？去交给北佬政府吗？人们认为我是个贼，怎叫我不怨恨呢？”

他从口袋里摸出一只皮匣子，从里面抽出一支长雪茄烟，把它拿到鼻子跟前津津有味地闻着，一面假装着焦急的神气瞅着她，仿佛在等待她的回答。

这该死的家伙，她想道，他总是比我抢先一步。他的论点里面总是有毛病，但是我永远没法儿弄清楚毛病究竟在哪儿。

“你可以把这笔钱，”她庄严地说，“去分给穷人嘛。邦联政府固然不存在了，但是邦联的支持者还多得很呀，他们家里人都在挨饿呢。”

他将头朝后一仰，粗鲁地放声大笑。

“你每次像这样装出伪善的样子时，就是你最最妩媚动人，也是你最最荒唐可笑的时候，”他显出非常有趣的样子嚷道。“我劝你还不如一直说老实话吧，斯佳丽。你说不来谎话。世界上要算你们爱尔兰人最不善于说谎了。得了，别转弯抹角了。你是绝不会关心他妈的邦联政府的，更不会关心支持邦联的人。如果我提出把钱全送掉，你准会尖声叫起来反对呢，除非我先让你得到最大的部分。”

“我不要你的钱，”她勉强地装出一副冷漠而正经的神气开口说。

“哦，真的不要吗？你的手掌马上就会发痒呢。如果我拿四分之一的钱给你看，你准会扑上去呢。”

“如果你是到这儿来侮辱我，来嘲笑我穷的话，那我就要请你走了，”她边反驳，边用手把沉重的账簿从膝头移开，以便站起来说话可以有力些。他马上站在她前面，哈哈笑着把她推回椅子上去。

“你什么时候才能做到听到真情话而不光火呢？你自己实事求是地谈论别人时你从不在乎，那为什么就不许别人实事求是地谈论你呢？我并没有侮辱你。我认为占有欲是一种很好的品性嘛。”

她对于“占有欲”这词儿的含义不怎么理解，但是既然他在赞美这种品性，她也就稍微心平气和一些。

“我并不是来嘲笑你的贫穷，而是来祝你健康长寿，婚姻美满的。顺便问一声，你妹妹苏埃伦对你这种非法侵占怎么看呢？”

“我的什么？”

“你在她鼻子底下把弗兰克抢走。”

“我并没有——”

“好吧，我们不必咬文嚼字了。她到底说了些什么？”

“她什么都没有说，”斯佳丽说。他的眼睛转着，流露出对她说谎的指责。

“她可真慷慨啊！好吧，现在谈谈你自己的窘况吧。不久以前，你还去过监牢找过我，我当然有权利知道你的境况。弗兰克的钱像你希望的那么多吗？”

她无法躲避他的粗鲁。要么只得忍受，要么叫他走。可现在她不想要他走。他的话句句都带刺，但说的都是事实。他知道她干了些什么，为什么要干，但他好像并不因此而看轻她。他的问题虽然提得都很直率，让人听了不舒服，但似乎都体现了善意的关切。他是她唯一可以吐露心里话的人。这是一种很大的安慰，因为她已好久没有向别人谈谈自己，吐露一下自己的打算了。她每回向别人谈心里话，别人似乎都会感到很吃惊。跟瑞特谈话可以与一件事相比：像穿着一双太紧的鞋子跳舞之后，换上一双旧拖鞋那么舒适而自在。

“你那笔税款没有弄到手吗？塔拉庄园大门前那条狼不至于还在吧。”他说这句话时，声气完全变了。

她抬起了头，接触到他的视线，瞅见他脸上有一种表情，先让她感到震惊而惶惑，接着使她露出了笑容。这是一种甜蜜而妩媚的笑容，近来难得在她脸上出现。瑞特这个人十恶不赦，但有时候心肠却是极好的。她现在明白了，他来的真正原因不是来戏弄她，而是想弄清楚她是否已经搞到那笔急需的钱了。她知道他一出监狱就急忙赶到她这儿来，如果她还需要钱，就打算借给她，尽管他表面上装得从容不迫的样子。他折磨她，羞辱她，即使她猜破了他真正的用意，他也决不肯承认。他这个人真是让人难以捉摸。难道他真的对她怀着一片心，只是不愿意承认吗？或者还有什么别的用意？也许他怀有别的用意吧，她想道。但谁说得准呢？他常常会干出这类怪事情来。

“对，”她说，“门口现在没有狼了。我——我已经弄到那笔钱了。”

“可是你一定经过一番奋斗才弄到的，我敢说。你是设法忍着，直等到结婚戒指套上你的指头才开口的吧？”

她被他一语道破了实情，不由得要笑出来，但她拼命忍住，也终不免露出了一点儿笑靥。他又重新伸开腿舒舒服服地坐下来。

“好吧，说说你的贫穷的境况吧。弗兰克这家伙曾对你吹嘘过他的前途吗？要是他真这样欺骗过一个无依无靠的女子，那他就该结结实实地挨一顿鞭子。来，斯佳丽，把一切都告诉我吧。对我你不应该隐瞒什么，你最糟的情况我也都非常清楚。”

“哦，瑞特，你是最坏最坏的——我真不晓得用什么词儿才恰当！他确实没有欺骗过我——”她突然觉得有一吐为快的想法。“瑞特，只要弗兰克能把别人欠的账收起来，我就什么心事都不用担了。可是，瑞特，欠他账的有五十个人，可他就是不肯去讨。他脸皮太薄了，他说一个上等人不能对别的上等人做出这种事。所以这些钱可能要几个月后才收得回来，也许永远收不回来。”

“嗯，那又有什么呢？难道你家里吃饭钱不够，非等他收回不可吗？”

“可不是，不过——嗯，其实我自己现在要一点钱用用。”她想起了锯木厂，眼睛都发亮了。也许——

“做什么用？还有税要付吗？”

“这跟你有什么相干？”

“有，因为你现在心里正打算向我借钱呢。哦，你的心思我全知道。而且，我愿意借给你，亲爱的肯尼迪太太，不需要你不久以前提议给我的那种可爱的担保品。当然，除非你坚持要给。”

“你是个最最粗鲁的——”

“一点也不是，我不过想让你放心罢了。我知道你为了这一点在担心事呢。虽然并不十分担心，但总有一点吧。我是愿意借钱给你的。但是我确实想知道你打算怎么用这笔钱。我认为我有这种权利。如果你要拿这钱去买几件漂亮的衣服，或者置一辆马车，那我就心甘情愿地借给你。但如果你是去替阿希礼·韦尔克斯买新裤子穿，那恐怕我不能不拒绝你了。”

她突然火冒三丈，嘴里嗫嚅了半天才说出话来。

“阿希礼·韦尔克斯从来不曾拿过我一个子儿！他哪怕在挨饿，也决不肯拿我一个子儿的！你对他一点也不了解，他这个人是多么有尊严，多么有骨气啊！像你这种——当然不可能理解他。”

“我们何必开口骂人呢。我也可以想出点什么来骂你，而且可以骂得一点不比你差。你忘了我是通过佩蒂帕特小姐不断了解到你的情况的，她是个老实人，碰到富有同情心的人就无话不谈了。我知道阿希礼从罗克艾兰回来以后一直就待在塔拉庄园。我也知道你甚至容忍他带着妻子住在那儿，这想必让你感到很痛苦。”

“阿希礼是——”

“啊，对，”瑞特大大咧咧地摆摆手说。“阿希礼是个非常高尚的人，绝不是我这个俗人所能理解的。但是请你别忘了，当初你在十二棵橡树庄园跟他演出的微妙的一幕，我可是个有关的见证人啊。我可以看出打那以后，他始终没有改变。而你也始终没有改变。要是我没有记错的话，那天他演的角色可不十分高尚啊。我看他现在演的角色也不见得会更高尚一些。为什么他不把家眷带去找工作干呢？为什么要赖在塔拉庄园过日子呢？当然，这仅仅是我心血来潮的想法，但是你要钱维持塔拉庄园去供养他，那我一个子儿都不打算借给你。我们男人中间，要是谁肯让女人来养活，那是非常丢人的事。”

“你怎么敢说出这样的话来？他一直都像庄稼汉那样在那儿干活呢！”尽管她满腔怒火，但当她想起阿希礼在劈栏木的情景，便觉得一阵心酸。

“我看他真是把难得的好手啊。他干起施肥活儿来真是没说的了，而且——”

“他是——”

“哦，不错，我清楚。我们可以承认他尽他的力量在干活，但我想象不出他会给你多大帮助。他们韦尔克斯家的人永远也干不了庄稼活——也干不成什么有用的事！这类人纯然是装饰品。噢，请你别冒火，别把我对这位有尊严、有骨气的阿希礼所说的粗鲁话放在心上。真奇怪，像你这样一个意志坚强的女人，怎么也会一直抱着那种错觉不放。你到底要多少钱？到底要钱做什么用？”

她没有作答，他便重复地问她。

“你到底要这些钱做什么用？我倒要看一下，你是不是会设法给我讲实话。你说实话了，那就跟你说假话一样有效。实际上，你最好还是实话相告的好，因为要是你说了假话，我肯定会发觉，那你想想自己多尴尬呀！斯佳丽，你永远得记住，对于你我什么都能忍受，唯有你对我说假话我受不了——你可以讨厌我，可以对我发脾气，可以对我施展任何恶毒的手段，我都能忍受，但是你不能说谎。现在你说，你到底要这些钱干什么？”

斯佳丽听到他对阿希礼这般攻击，心中怒不可遏，恨不得啐他一脸唾沫，当着他那副嘲弄的嘴脸堂堂正正地把他提出愿意借钱的事一口回绝。有好一会儿，她几乎要这么做了，但是一只理智而冷静的手将她给按住了。她勉强地咽下了这口气，拼命装出一种和悦而庄重的神态。他向椅背靠去，将两条腿伸到火炉边。

“假如这世界上还有一件使我最感到乐趣的事，”他议论道，“那就是看你在面临原则问题和像金钱之类的实际问题作出抉择时所进行的思想斗争。当然，我知道在你的心里实际问题往往会占上风，不过我一直在旁边等待着，看看你那较为高尚的本性今后是否就不会占上风了。等到我搞清楚这一点时，我一定拾掇行李永远离开亚特兰大。天下高尚本性始终占上风的女人多得很呢……唔，我们还是谈谈正经事吧。你要多少钱？做什么用？”

“我也不知道到底需要多少，”她悻悻地说，“只是我要买一个锯木厂——我想我可以廉价把它买到手。我还需要两辆运货车，两匹骡子。而且要好的骡子。还要一匹马和一辆马车，我自己用。”

“一个锯木厂？”

“对，如果你肯借钱给我，我可以把赢利的一半分给你。”

“我要一家锯木厂干什么？”

“赚钱呀！我们可以赚很多很多的钱呢。要不，我借你的钱付利息——我们来谈谈，多少利率才好呢？”

“百分之五十算是很好了。”

“百分之五十——哦，你在说笑话！你别笑，你这坏蛋。我可是认真的。”

“就因为你是认真的我才笑呀。你那可爱而迷人的脸后面的脑袋里转什么念头，恐怕除我之外谁也不会知道。”

“嗯，这去管它干吗？你听我说，瑞特，你看这对你算不算得一项好买卖。弗兰克告诉我，那个人有一个锯木厂，是一家坐落在桃树街上的小厂，他想把它卖掉。他急于要现钱用，所以愿意价钱便宜一点脱手。现在这一带锯木厂不多，大家又都在造房子——嘿，我们的木料可以卖大价钱！那个人同意留在厂里替我们管理，由我们付他工资。这都是弗兰克对我说的。假如钱够的话，弗兰克打算自己把它买下来。我猜想他给我付税款的那笔钱，原来就是预备买这锯木厂用的。”

“可怜的弗兰克！你将来告诉他，你背着他自己先买下来了，他会怎样说呢？还有关于我借钱给你这件事，你打算怎么去向他解释，才不致妨碍你的名声呢？”

斯佳丽一心想着锯木厂会给她挣钱，所以关于这一点她连想都没有想过。

“嗯，我干脆不告诉他。”

“他准会知道你的钱不是从树林里拾来的。”

“那么我就告诉他——嘿，对，我就告诉他，我把钻石耳坠卖给你了。我原来也会把那副耳坠给你的，那就算我的抵——抵什么品的。”

“我不会拿你的耳坠子的。”

“我反正也不要了，我并不喜欢这副耳坠子。其实它本来就不是我的东西。”

“那是谁的呢？”

斯佳丽立刻回想起在塔拉庄园那个静悄悄的炎热的中午，在穿堂里摊手摊脚地躺着的那个穿蓝军服的尸体。

“那是别人留下来给我的——那人已经死了。现在完全算是我的东西了。你拿去吧，我反正不要了。我宁可将它换成现钱。”

“我的天！”瑞特不耐烦地嚷道。“难道你除了钱之外，什么都不想了吗？”

“对，”她坦白地回答说，把她那双绿眼珠转过来朝他望着。“假如你也曾有过我的经历，你也会跟我一样。我现在明白了，钱是世界上最要紧的东西，老天替我作证，我决不想再过那种两手空空的穷日子了。”

她回想起那火辣辣的太阳，脚下是让人头晕的软红土，还有十二棵橡树庄园废墟后面臭气熏天的黑人窝棚；她回想起自己心里曾反复叨念着：“我不想再挨饿了，我不想再挨饿了。”

“有一天我会有钱，有很多很多的钱，那样我想吃什么就能吃什么。那么我的餐桌上从此不再出现玉米粥和干豆子了。我还要买漂亮的衣服，我要所有的衣服都是绸子做的——”

“所有的衣服？”

“对，所有的衣服，”她直截了当地回答，连对他问的挖苦话都没有觉得脸红。“我要攒起足够的钱，使北佬永远也无法把我的塔拉庄园拿走。我要在塔拉庄园再盖一栋新房子，再造一个新牲口棚，再添几头耕地的好骡，种起很多很多的棉花，多得你从未见到过。至于韦德，他将永远不会知道什么叫缺乏，永远不会！我要让他拥有一切。还有我全家人，我也要让他们从此不挨饿。我说到做到，句句都要做到。你是不会理解的，你这自私自利的家伙。你从来不曾遇见过提包客要来赶你走。你从来不曾挨过冻，也不曾穿过破衣服，也不曾为了糊口拼死拼活地去干活！”

他平静地答道：“我曾在邦联军里呆过八个月，我看世界上挨饿的地方没有比那儿更糟糕的了。”

“军队！啐！你从来没有摘过棉花，从来没有在玉米地里除过草。你从来——不许你笑我！”

她提高了嗓门声音变得粗暴的当儿，他的手又按在她的手上了。

“我没有笑你。我笑的是你现在的模样和你实际的相貌相去太远了。同时我想起在韦尔克斯家的野餐会上我第一次看见你时的情景。当时你穿着一件绿色的裙子，脚上穿着一双小小的绿鞋，深深地陷在一大群男人中间，踌躇满志。我可以打赌，你那时候连一块钱换多少分币还不知道呢。那时候你心里就只有一个念头，那就是诱惑阿希——”

她突然把手抽了回去。

“瑞特，如果我们还想愉快地待一会儿，那你就不要再提阿希礼·韦尔克斯。一谈到他，我们老是会吵架，因为你无法理解他。”

“看来你是非常理解他啰，”瑞特不怀好意地说。“不行，斯佳丽，如果我打算借钱给你，那我就保留谈论他的权利，而且我爱怎么说就怎么说。我放弃收利息的权利，但是那个权利我不放弃。关于这个年轻人，我还有许多事情想知道。”

“我没有义务和你讨论他的事情，”她没好声气地回答。

“哦，不，你有义务！钱包握在我手里呢，你瞧。将来等你有钱了，你可以有同样的权力去对待别人嘛……明摆着你仍旧喜欢他——”

“没有的事。”

“哦，瞧你这样拼命地为他辩护的模样，事情再清楚也没有了。你——”

“我的朋友受到别人讥讽，我无法忍受。”

“好吧，我们暂时把这搁一搁。他是不是仍旧对你有意思？他在罗克艾兰的经历没有使他忘记你吗？会不会他终于认识到自己的妻子是多么宝贵？”

斯佳丽一听到提起玫兰妮，呼吸就立刻急促起来，几乎无法控制自己，想把全部真情和盘托出：阿希礼仅仅为了顾全名誉才和玫兰妮呆在一起的。她张开口想说，随即闭上了。

“噢，那么说他仍然没有领悟到韦尔克斯太太的优点？他在监狱里吃那么些苦，仍旧没有减少对你的热情吗？”

“我看这个问题没有必要讨论。”

“我倒想讨论，”瑞特说。他用无精打采的调子说话，斯佳丽虽不明白其中的意思，但却觉得讨厌。“说真的，我一定要讨论下去，而且你得回答我。那么，他仍旧爱着你啰？”

“哼，爱着我又怎么样？”斯佳丽被惹火了，大声嚷道。“我不想跟你谈论他的事，因为你不了解他，也不了解他那样的爱。你所知道的爱，就是——唔，就是你用在那个姓沃特林的女人身上的那一种。”

“哦，”瑞特柔声柔气地说。“原来我这个人只具有肉欲啰？”

“哼，你自己明白，就是那么回事。”

“现在我明白你为什么不愿意跟我讨论这件事了。你是怕我这双肮脏的手和嘴唇会玷污他纯洁的爱吧。”

“嗯，对——差不多是这样。”

“对这种纯洁的爱，我倒蛮感兴趣的 ——”

“瑞特·巴特勒，你别这么下流！要是你卑鄙透顶，认为我和他之间有过什么不正当的关系 ——”

“啊，说真的，这种想法可从来没有跑进我的脑袋里过。这也就是我所感兴趣的地方。你们之间到底为什么不曾有过不正当的关系呢？”

“你以为阿希礼会 ——”

“啊，那么说努力维持这种纯洁的爱的是阿希礼，而不是你啰。斯佳丽，说真的，你不应该就这么轻易吐露真情。”

斯佳丽瞧着那张平静而毫无表情的脸，心里又困惑又生气。

“这事儿我们不谈下去了，你的钱我也不要了。你滚吧！”

“哟，不，你当然要我的钱，而且我们已经谈到这个地步了，干吗半途而废呢？既然你跟他之间没有什么，那么谈谈这一段纯洁无瑕的情史也无伤大雅嘛。这么说，阿希礼爱的是你的心灵，你的灵魂，你的高尚品格啰？”

斯佳丽听了这些话，心如刀割。当然，阿希礼就是爱她的这一些。她正因为知道这一点，才觉得生活可以忍受；她知道自己身上深藏着一些美丽的东西，唯有阿希礼一个人能看到，但是被名誉所束缚，他只能对她保持着一种遥远的爱。谁知她这种种深藏的美，经瑞特这么一挑明，却并不显得十分美了，何况瑞特故意装出一种平静的声调，把挖苦的意味掩盖起来。

“这使我回想起自己做孩子的时候，”他继续往下说道，“曾经有过一种理想，以为在这个肮脏的世界上，这种纯洁的爱是可能存在的。这么说，阿希礼对你的爱是不接触肉体的？那如果你长得很丑，没有这样雪白的皮肤，他会照样爱你吗？假如你没有长着一双使男人们神魂颠倒的绿眼睛，他也会照样爱你？假如你不会扭屁股，让不满九十岁的任何男子见了销魂，他也会照样爱你？还有你那两片嘴唇 ——唔，得了，我不该让自己的肉欲也来插一手。总之，阿希礼对这一切一概都看不见啰？或者即使看见了也丝毫不动情？”

斯佳丽不由得回想起那天跟阿希礼在果园里的一番情景来，他颤抖的双臂紧紧地搂着她，他的嘴唇热辣辣地贴在她的嘴唇上，仿佛再也舍不得放开她似的。她想到这一切便脸红起来，这逃不过瑞特的眼睛。

“那么，”他话音里含有一种近于忿怒的颤抖调子。“我明白了，他纯然是爱你的心灵。”

他怎么胆敢无耻地来问长问短，使她一生中唯一美丽而神圣的东西被玷污呢？他冷静而坚定地在攻破她的最后一道防线，他所需要打听的情况就要泄露出来啦。

“是的，他确实是这样，”她大声地说道，一边把关于阿希礼那两片嘴唇的记忆压下去。

“亲爱的，他连你有没有心灵都不知道呢！要是他果真被你的心灵所吸引，他就用不着为了把这种爱搞得多么——姑且说，那么‘神圣’，而拼命地提防你。他尽可以放下心来，因为一个男人是可以爱慕一个女人的心灵，而同时仍然是一位体面的上等人，仍然忠诚于自己的妻子。可是，他如今却是一面看中你的肉体，一面又要顾全他们韦尔克斯家的门风，肯定是万分为难吧。”

“你自己心地龌龊，就当人人都跟你一样了！”

“哦，我从来不否认自己渴望得到你的肉体，如果你指的是这个意思的话。不过，谢天谢地，我可不管什么名誉不名誉。凡是我想要的东西，只要可能，我就拿。所以我用不着跟天使或魔鬼去搏斗。你给阿希礼造了一个多么快乐的地狱啊！我几乎为他难受。”

“我——我给他造了一个地狱？”

“是的，是这样！你对于他便是一种永远存在的诱惑，但是他像他们那个类型里的大多数人一样，宁要名誉而不要爱情。照我看，这个可怜虫现在既没有爱情的温暖，也得不到名誉的慰藉。”

“他是有爱的！……我的意思是，他是爱我的！”

“真的吗？那么请你再回答我一个问题，我们今天谈话就可以告一段落了，同时你也就可以拿到我的钱，哪怕你拿去扔在阴沟里，我也不管。”

瑞特站了起来，将一支才吸了半截的雪茄扔进痰盂。他的动作里含有一种异教徒的无所顾忌和一种被抑制着的力量，这是斯佳丽在亚特兰大陷落的那天晚上见到过的。这种动作有些凶狠，也有点儿吓人。“他要是果真爱你，怎么肯让你独自一个人跑到亚特兰大来筹这笔税款呢？换了我，是不肯让自己心爱的女人去干这种事的，我宁可——”

“他并不知道呀！他一点也不知道我——”

“那么你想到过他本应该知道吗？”他说话的腔调里分明充满着野性。“如果像你所说，他是爱你的，他就应该知道你在无可奈何的时候会干出什么事来。他应该杀了你，也不该让你独自跑到这儿来——何况你是来找我的！真是天晓得！”

“可是这些事情他都不知道呀！”

“要是你不告诉他，他就猜不到，那他就对你这个人和你那宝贵的心灵什么也不了解。”

他这话说得多么不公道啊！仿佛阿希礼能够看透别人的心似的！仿佛阿希礼如果知道这件事，就能阻止她来这儿似的！但是，她忽而悟到阿希礼确实能阻挡住她来这儿。那天在果园里，只要他能给她一星半点暗示，情况总有一天会变化，那她也就不会想到找瑞特了。就是到了她临上火车那一刻，只要阿希礼对她说句温情脉脉的话儿，或者表示一下临别的爱抚，也就可以将她留住。然而，当时阿希礼只是讲着荣誉。不过——瑞特的话是正确的吗？阿希礼是不是本该看出她的心思？她连忙把这种不忠诚的念头抛开。当然，阿希礼是不会怀疑她的。阿希礼是绝对不会怀疑她会去干这种不道德的事的，他准认为这种事她连想都不会去想，别说去干了。阿希礼的心地太高尚了，绝不会想到这样的事。瑞特只不过想破坏她的爱，想破坏她最珍爱的一件宝贝罢了。将来总有一天，她狠毒地想道，等她把那家铺子开稳当了，锯木厂办顺利了，钱赚够了，她要跟瑞特算这一笔账，非叫他为她所受的痛苦和羞辱付出相当的代价不可。

他站在她的面前，低头瞧着她，脸上稍稍露出一丝有趣的样子。刚才一阵使他激动的情绪已经过去了。

“这一切跟你究竟有什么相干？”她问道。“这是我的事，是阿希礼的事，关你什么事？”

他耸了耸肩。

“别的没有什么，斯佳丽，我只是对你的忍耐心怀着一种客观而深切的敬佩罢了，同时也不愿意看到你精神上受到过多的折磨。说到塔拉庄园，那是身强力壮的男子汉才胜任的重活啊。你还有一个害病的父亲，他再也不能给你任何帮助。此外，还有妹妹和那些黑人。现在你又加上一个丈夫，可能还包括佩蒂帕特小姐这副担子。即使没有阿希礼·韦尔克斯和他的家眷，你身上的担子已经够重的了。”

“他并没有靠我负担呀。他帮我们——”

“哎，我的天，”他不耐烦地说。“我们别再来这一套了。他帮不了什么忙。他现在靠你养活，将来还要靠你养活，即使不靠你也靠别人养活，直到死为止。我从心底讨厌再谈起他这个人……你到底要多少钱？”

一阵辱骂的话涌到她的嘴边。他既然已对她加以百般羞辱，既然他诱使她自己把最珍贵的东西都说了出来，并加以一番践踏，难道还以为她会接受他的钱吗？

但这些涌到嘴边的话被挡住了，没有说出口来。现在如果对他的借款傲慢地拒绝，还叫他立刻滚出店堂去，那是最痛快不过的了。但是这样的豪举，唯有那种真正富有、真正有保障的人才可以干。只要她还贫穷，就不得不忍受这样的局面。但是等她有了钱——哦，想到这一点是多么兴奋啊！——等她有了钱，她绝不会忍受自己所讨厌的东西，决不允许失去自己所渴望的东西，甚至也绝不会对她没有好感的人彬彬有礼。

我一定要让他们全都见鬼去吧，她想道，瑞特得第一个去！

想到这里，她心里不由得高兴起来，那双绿眼睛便放出了一线光芒，嘴角也稍微泛起了一丝微笑。瑞特也笑了。

“你真可爱，斯佳丽，”他说。“特别是当你脑子里在转恶作剧的念头的当儿。我不要你别的，单是瞧瞧你那一对酒窝儿，我就愿意买十二三头骡子来送你啦，假如你要的话。”

前门开了，那伙计走了进来，一路拿着一根鹅毛管在剔着牙。斯佳丽站起身，将披巾围了起来，又把帽带子在下巴下系了系紧。她已下定决心了。

“你今天下午空吗？现在你能跟我去吗？”她问。

“去哪儿？”

“我要你赶车跟我一起去锯木厂。我答应过弗兰克，独个人不赶车到城外去。”

“下这样的大雨去锯木厂？”

“对，我现在就要把那锯木厂买下来。免得以后你会改变主意。”

他笑了起来，笑得非常响亮，把站在柜台后面的那个伙计吓了一大跳，好奇地看着他。

“你难道忘记自己结过婚了吗？你现在是肯尼迪太太了，要是跟我这个姓巴特勒的流氓一同赶车到城外去，让人看见了这还了得。要知道我这种人上等人家客厅里都进不去呢。你难道连自己的名誉都不顾了吗？”

“名誉，胡说八道！我要马上把那家锯木厂买下来，免得你改变主意，也免得弗兰克发觉。快，别磨磨蹭蹭的，瑞特。这点儿小雨怕什么，快走吧。”

那锯木厂！弗兰克后来每想起它就会唉声叹气，他后悔当初不该跟斯佳丽提起。她把自己那对耳坠子去卖给了巴特勒船长，（别人不卖，偏偏卖给他！）而且和自己的丈夫都没有商量一下，便买下那个锯木厂，这已经够糟的了；但更糟的是，买下了锯木厂不交给自己丈夫去经营。看来情况真不妙啊，她好像不信任他，仿佛他的判断力不可靠似的。

弗兰克这个人，跟他所认识的所有男人一样，认为做妻子的总应该听丈夫高明的见识的指导，应该完全接受丈夫的意见，而不能有自己的意见。女人大多有自己的主张，他弗兰克也未必会不依顺。女人都是非常有趣的小东西，有时迁就一下她们那些小小的癖好，也无伤大雅。他天性温和、态度文雅，对于妻子的要求不见得会过分拒绝。他会乐意满足某个可爱的小东西提出的傻乎乎的主张，同时又深情地责备她愚蠢而没有节制。但是，斯佳丽现在决心想要的东西太不可思议了。

就说这个锯木厂的事吧。经他一问，斯佳丽笑眯眯地回答他说，她打算亲自去管这个厂，这让他大吃一惊。“我要亲自经营木材行业，”她就是这么说的。弗兰克一辈子也忘不了他听到这句话时的惊愕程度。亲自经营木材行业！真是不可想象。亚特兰大城里是没有女人经商的，实际上弗兰克也从来不曾听说哪儿有女人经商。就算现在日子艰难，有些女人家不得不去挣几个小钱来贴补家用，那她们也总是做点女人家的活计——像梅里韦瑟太太那样烤饼卖，像艾尔辛太太和芳妮那样画瓷器、缝衣服、收房客，或是像米德太太那样做教师，邦尼尔太太那样教授音乐之类罢了。这些太太小姐们都在挣钱，但她们像一般的女人那样，活儿都在家里做。但是一个女人离开了家庭的保护，冒险混进男人们的粗俗的世界，跟男人们来往、竞争，可能遭到侮辱和议论……更何况斯佳丽的男人完全有能力供养她，她根本没有必要去这么做。

弗兰克但愿她不过是要弄他，跟他开个玩笑而已(开这种玩笑的趣味也太成问题了)，但是不久他发现，她说的是正经话。她确实将那锯木厂经营起来了。她早上比他起得还早，然后赶车上桃树街，晚上往往要等弗兰克关了店门，回到佩蒂姑妈家吃晚饭的时候，她才回来。她赶着车要走许多英里路才到锯木厂，马车经过的树林里全是新解放的黑奴和北方的痞子，而她边上只有那个一肚子不情愿的彼得大叔在当保镖。弗兰克自己不能陪她去，因为铺子里的事情把他全部时间都占去了。不过他还是提出了抗议，她听了立刻说：“要是我不好好监视那个叫约翰逊的狡猾家伙，他会偷我的木料去卖，将钱塞进自己的腰包。只要我能找到一个可靠的人帮我经营这锯木厂，那我就不用经常去那儿了。这样我就可以一直呆在城里卖木料了。”

在城里卖木料！那可再糟也没有了！她确实经常从厂里抽出一天时间来，带着木头到处去兜售。碰到这种时候，弗兰克但愿自己能躲进漆黑的店堂后面，什么人都不要看见。他的老婆在卖木头呢！

于是人们风言风语地议论她。可能也在议论他呢，说他不该允许她去干这种不是女人干的事情。弗兰克在柜台上见到顾客，还听到他们说“我刚才见到肯尼迪太太在……”，便觉得脸没处放。人人都不厌其烦地来对他说她在干些什么。大家都在谈论在盖新旅馆的地方所发生的事。说斯佳丽赶车经过那儿，看见汤米·韦尔伯恩正在那里向另外一个人买木材，她就在一群粗里粗气的爱尔兰泥瓦工打桩的地方跳下马车，直截了当地对汤米说他差一点吃亏了。她说她的木料便宜，货色又好，还当场立刻心算出一串数字来证明给汤米听，还当场提供给他一个估计数。她挤进那些粗气的泥瓦工中间去已经够糟的了，现在还在大庭广众之中向人显示她会算账，岂不糟上加糟！后来汤米觉得斯佳丽报的价钱好，便订了她的货，但她没有立刻文文雅雅地离开，却还在那儿慢吞吞地跟那伙爱尔兰工人的工头，一个叫约翰尼·加勒吉尔的心狠手辣的矮汉子聊天，此人在亚特兰大名声很臭，所以这件事在城里一连议论了好几个星期。

最主要的是她确实经营这个锯木厂赚了钱，而哪个男人会因为老婆干那么不适合女人干的事获得成功而感到高兴呢？再说，她也没有把赚来的钱或其中一部分交给他，放在铺子使用。她把大部分钱都拿到塔拉庄园去，还定期给威尔·本蒂恩写信，把钱的用途一一支配好。这还不算，她还告诉弗兰克，等到塔拉庄园的修理哪天完工了，她打算收抵押品把钱放债。

“唉！唉！”弗兰克一想起这件事就不胜叹息。一般女人甚至连抵押放债是怎么回事都不清楚。

这些日子，斯佳丽脑子里充满着各种打算，而在弗兰克看来，她的打算一个比一个更糟。她本来有一个堆栈，被谢尔曼的军队烧掉了，现在她竟打算在那块地皮上造起一所房子来开酒馆。弗兰克并不是一个戒酒主义者，但是他强烈地反对这个计划。拥有酒馆地产是一个名声不好的行当，也很不吉利，几乎跟租房子给人开妓院一样。至于究竟为什么名声不好，他却说不出个道理来，针对他那种站不住脚的论点，她报之以一声：“胡扯蛋！”

“开酒馆是好生意嘛，从前亨利伯伯说过的，”她对他说。“住酒馆的房客向来按期交租金，而且你瞧，弗兰克，我拿那些卖不出去的劣等木料造酒馆很省钱，租金却可以收得很高。有了这交来的租金、锯木厂的赢利，还有放债收回来的钱，我就可以再置几个木厂了。”

“我的宝贝儿，你不用再买什么木厂了！”弗兰克吓得大声喊道。“你该做的是把你现在这个锯木厂也卖掉。它把你的精力都消耗尽了，再说你心里也清楚，雇那些解放了的黑人干活也真够你麻烦的了——”

“这些解放了的黑人确实不是东西，”斯佳丽表示同意，但对要她卖掉锯木厂的建议却充耳不闻。“约翰逊先生说，他每天早上来上班时，总是说不准他手下人是不是都能到齐。现在这帮黑家伙简直靠不住。他们干了一二天，就丢下活儿走了，直到把工资花光了再回来。说不定哪天晚上晚班工人一齐都跑个精光。我越看解放奴隶这事儿越觉得罪过。简直是毁了那些黑人。成千上万的人游手好闲，那些被我们锯木厂雇用的也都干活懒惰，吊儿郎当，没有什么用处。如果你为了他们好，骂他们几声——更不用说打了——这一下那个解放了的黑人事务局就会像老鹰扑小鸡似的向你扑来。”

“宝贝儿，你不能让约翰逊先生打他们——”

“当然不能，”她不耐烦地答道。“刚才我不是说过，要是我打他们一下，北佬就会送我进监狱呢。”

“我敢保证，你爸爸从来就没有打过黑人一下，”弗兰克说。

“唔，只打过一回。一次他打了一天猎回来，那看马的黑人没有替他刷洗那匹马。不过，弗兰克，那时候情况不同嘛。这些新解放的黑鬼是另一种东西，用鞭子结结实实地揍他们一顿会对他们大有好处。”

弗兰克不但对妻子的观点和计划，而且也对她结婚以来几个月里的变化感到惊诧。当初跟她结婚的时候，她是一个温柔、妩媚而娇滴滴的女人，现在她全然不是那么一个人了。在他向她求婚的那段短促的时期里，他觉得他有生以来第一次见到一个女人，对生活的反应如此充满女性的魅力：天真、羞怯、娇弱。现在，她的一切反应全部男性化了。虽然她面颊仍然那么红喷喷，笑起来仍然露出两个酒靥，十分迷人，但是她的谈吐、举止都像是一个男人了。她的声音干脆、坚决，办事果断，雷厉风行，没有一点女孩子的踌躇态度。她知道自己需要什么，就像一个男人那样从最简捷的途径去追求它，不像一般的女人那样躲躲闪闪，转弯抹角。

至于泼辣的女人，弗兰克从前并不是没有见过。亚特兰大跟南方所有其他都市一样，也有一些财主太太没有人敢去惹的。比如那位矮胖的梅里韦瑟太太，就没有人比她威风；那位纤弱的艾尔辛太太，就没有人比她专横；还有那位满头银发、说话柔声柔气的惠丁太太，办起事来比谁都精明。但是这些太太贯彻自己的主张时，不管采取什么手段，总还不失为女性的手段。她们对于男人的意见，无论她们是不是照办，总还是尽量装出尊重的样子。凡是男人说的话，她们出于礼貌表面上还是接受的，这一点很要紧。然而，斯佳丽除了自己的主张之外，谁的话都不听，而且她无论办什么事情都采用男性的方式，所以招得全城对她议论纷纷。

“而且，”弗兰克苦恼地想道，“可能大家也在议论我呢，说我不该纵容她如此不守女人的本分。”

此外，还有那个姓巴特勒的家伙。他常常到佩蒂姑妈家来登门拜访，便是一个莫大的耻辱。弗兰克在战争以前曾跟他一起做过生意，甚至从那时候起他就一直讨厌这个人。当初是他把瑞特带到十二棵橡树庄园来，介绍给自己的朋友们，想到这一点他常常怨恨自己。他之所以鄙视瑞特，一来是因为他在战争期间昧着良心做投机生意，二来是因为他逃避服兵役。至于瑞特在邦联军队里当过八个月兵，那只有斯佳丽一人知道，他曾经假装害怕地恳求过斯佳丽，别把这个“耻辱”去向任何人泄露。但是最让弗兰克轻蔑的是，他吞没邦联政府的黄金这件事，因为像布洛克海军上将和其他一些人也都曾经面临过同样的情况，但别人都比他诚实，把成千上万的金洋交还给联邦政府的国库了。然而，不管弗兰克喜欢不喜欢，瑞特还是经常到佩蒂家来。

表面上，他来看望的是佩蒂小姐，而佩蒂小姐头脑本来简单，以为他真是来看自己的，还对他的来访装腔作势呢。然而，弗兰克觉得吸引他来访的不是佩蒂小姐，心里感到不舒服。小韦德见了大多数人都怕陌生，却偏偏喜欢瑞特，甚至还叫他“瑞特叔叔”呢，这使弗兰克恼火。弗兰克还禁不住想起战争时期瑞特曾经向斯佳丽献过殷勤，当时大家议论纷纷。他想，说不定现在对他们的议论会更加难听。他的朋友虽然常在他面前公然批评斯佳丽经营锯木厂的事，却不曾有人敢对他提这件事。然而弗兰克自己不由得觉察到，请他和斯佳丽夫妇俩去赴宴和跳舞的情况渐渐少了，到他们家来拜访的人也渐渐少了。斯佳丽对邻居都没有好感，又因为一天到晚忙着锯木厂里的事，就是几家她谈得来的人家，她也没有工夫去拜访，所以对近来客人逐渐稀少的情形，她也并不在意。但是弗兰克却强烈地感觉到了。

弗兰克这一辈子老是受着这么一个想法的支配：“邻居们会有什么看法？”所以对自己妻子常常干出不顾礼仪的事所带来的冲击，他没法儿招架。他觉得人人都讨厌斯佳丽，也都瞧不起他，因为他居然让斯佳丽变得“不像女人”。照他看来，她做的许多事情，都是做丈夫的所不能允许的；但他要是去阻止，去跟她争论，或者甚至批评她几句，那一场风暴就会劈头盖面而来。

“唉！唉！”他无可奈何地想道。“她会一下发起疯来，一发就没个完，这种女人真是少见！”

甚至在日子过得最最顺当的时候，也会出现这样的情况。她这个既顽皮又多情、在家里走到哪儿都会独自哼着小曲儿的妻子，可以在刹那间就完全变成另一个人，真让人目瞪口呆。他只消对她说一句：“哦，宝贝儿，要是我做你的话，我就不会——”于是一场风暴立刻会发生。

每当她那双浓黑的眉毛在她的鼻梁上面勾成一个尖角时，弗兰克就几乎会明显地打起哆嗦来。她具有鞑靼人的脾气，跟一头野猫一样凶猛；当她发作的时候，什么话都说得出来，全然不顾别人受不受得了。遇到这种时候，满屋子都笼罩着阴云，弗兰克就提早去店里，呆到很晚才回家。佩蒂像一只兔子那样，急急忙忙躲进自己房里，图个太平。韦德和彼得大叔往马车间里躲；那厨娘则躲在厨房里，压低着嗓门唱起歌来赞美上帝。只有黑妈妈泰然忍受着斯佳丽的脾气；原来杰拉尔德·奥哈拉也是这副烈性子，黑妈妈在他手底下经过多年训练才有这功夫的。

其实，斯佳丽并不存心要发这样的脾气，而且她确实想给弗兰克做个好妻子，因为她也很喜欢弗兰克，对他帮助保全塔拉庄园怀有感激之情。不过他确实也经常用各种不同方式弄得她忍无可忍，终于发作出来。

她怎么也无法尊敬一个听任她摆布的男人，在跟她或跟别人在一起时，遇到不愉快的场面，他所表现出来的胆怯、迟疑的态度气得她难以忍受。不过既然她有些金钱问题正在得到解决，她原来尽可以不去计较这些事情，甚至还可以高高兴兴。但许多事情表明弗兰克自己不是好生意人，而且还不想要她去做个好生意人，这就使她时不时地忍不住发火。

正如她预料的那样，他直等到她拼命催促才肯去收那些未付清的账；而且即使去了，也满怀歉意，干得很不得力。在她看来，这种情形就足以证明，除非她本人决心去赚钱，不然肯尼迪家就永远得过紧日子。她很清楚，弗兰克只要那家肮脏的小铺子马马虎虎混得下去，这辈子也就心满意足了。他好像不懂，他们这点可怜巴巴的资源实在算不得是什么保障，所以现在时局动乱，赚钱非常要紧，唯有金钱才能保障人们免受肉体的苦难。

要是在战前的太平日子里，弗兰克也许能做一个得法的生意人，但是现在时代不同了，什么都变了样，她想道，而弗兰克却还是按老方式办事，还是顽固地墨守成规，真让人恼火。他所完全缺乏的，就是这残酷的新时代所必需的敢作敢为。而她本人就是具备这种气质，所以不管弗兰克喜不喜欢，她都要把自己这个特长施展出来。他们需要钱，所以她正在挣钱，而挣钱是很辛苦的事儿。依她看来，弗兰克至少可以做到不干扰她的计划，因为她的计划现在已经渐渐见效了。

由于缺乏经验，她经营这个锯木厂绝不是一件轻松的事，何况现在竞争也比当初剧烈多了，因此她晚上回家的时候，总觉得非常疲倦，心里又烦躁又担忧。所以，当弗兰克带着歉意清清喉咙说："宝贝儿，要是换了我，我就不会这么做，不会那么做"之类的话，她唯有拼命耐住火气不让它发出来，但往往忍不住。假如他自己没有胆量出去赚钱，那为什么老是来找她的岔子呀？何况他唠唠叨叨说她的那些话都是那么蠢！现在这种年头，她像个女人不像个女人，这又有多大关系呢？更何况她这家不适合女人经营的锯木厂在不断赚进他们所急需的钱，她和她的家庭，还有塔拉庄园都在等钱用，就是弗兰克本人也在等钱用啊。

弗兰克需要休息和安静。那场他在其中认认真真服役的战争，毁坏了他的健康，断送了他的财产，并使他成了一个老头。然而对于这一切，他并不感到遗憾。经过这四年的战争，他对生活的要求只有和平和仁爱两样东西了；他只要求周围看到的都是友善的面孔，只要求听见朋友们对他的称赞。不久，他发现家庭的和平是要有代价的，这代价就是不管斯佳丽愿意做什么，一概都得依顺她。就这样，因为他疲惫不堪，就依了她提出的条件，从而买得了和平。有时他在寒冷的黄昏从外边回来，斯佳丽替他开门，朝他嫣然一笑，同时还在他的耳朵上、鼻子上，或是其他不恰当的地方吻一下；有时在温暖的被窝里，他觉得她的头依偎在他的肩头沉睡着，此时此刻他觉得那笔代价是值得的。只要凡事依着斯佳丽，家庭生活就可以过得很愉快。然而，他所获得的和平是虚空的，徒然有一个和平的外表而已，因为他为了购买这种和平，已把婚姻生活所应该享受的一切拿去做代价了。

"一个女人应该多花心思在自己的家庭和家里人上，不能像男人一样在外边瞎闯，"他想道，"这么看来，只要她有一个孩子——"

他一想到孩子，便露出了笑容，从此他常常想到孩子。而斯佳丽却开诚布公说她不要孩子，但从另一方面说，孩子很少会等着让你去请他们来呀。弗兰克知道许多女人说她们不要孩子，那不过是因为她们愚蠢和恐惧罢了。如果斯佳丽有了孩子，她准会很爱孩子，并且会跟别的女人一样，心甘情愿地守在家里照顾孩子。到那时候，她就不得不把那锯木厂拿去卖掉了，于是问题也就解决了。凡是女人必定要有孩子才会真正感到快乐，弗兰克心里明白，斯佳丽并不快乐。尽管他对于女人很无知，但对斯佳丽常常觉得不快乐，还不至于看不出来。

有时他半夜醒来，会听见枕头上有轻轻的啜泣声。他第一次感觉到床因为斯佳丽的抽泣而微微震动的时候，曾经惊讶地问道："怎么了，宝贝儿？"而回答他的却是一声情绪激动的怒叱："哦，别管我！"

不错，有了孩子就会使她快乐，也会使她不再分心去干跟她不相干的傻事了。有时弗兰克不胜感慨，认为自己逮住了一只羽毛鲜艳华丽的热带鸟，但是对于他，只要有一只鷦鷯也就行了。其实，鷦鷯比热带鸟还强多呢。

第 37 章

四月里的一天晚上，天正下着大雨，汤尼 · 方丹骑马从琼斯博罗来，那匹马跑得浑身是汗，快要累死了；他一到就来敲门，把弗兰克和斯佳丽从睡梦中吵醒，吓得心惊肉跳。于是斯佳丽在过去这四个月里第二回深深感到"重建"这两个字究竟意味着什么，也对威尔所说的"我们的麻烦才开头呢"那句话的意思更加深刻地领会了，又对阿希礼那天在塔拉庄园寒风呼号的果园里凄凉地对她说的"我们现在所面临的境况比战争还要严峻——比俘虏营还要糟糕——比死亡还要可怕"那句话，觉得千真万确了。

她首次面对"重建"是在她得知乔纳斯 · 威尔克森可以凭借北佬的势力把她撵出塔拉庄园的那一回。但是，汤尼的到来使她更加觉得"重建"这两个字所包含的令人可怕的意义。汤尼冒着大雨摸黑而来，但不过几分钟工夫，就又重新摸黑走了，一去不回；然而就在这短短的几分钟里，他给她掀起了一重帷幕，展示给她一片恐怖的新景象，使她绝望地感到这重帷幕再也不会落下去。

就在那个风雨交加的夜里，敲门人是那么匆忙、急促地砰砰敲着门，她正紧紧地裹着一件晨衣，站在楼梯顶上朝楼下穿堂里望着。她刚瞥见汤尼那张黑脸上满面愁容，汤尼连忙探出身去把弗兰克手里的蜡烛吹灭。她匆匆摸黑走下楼梯，抓住了汤尼的一只冰凉的湿手，只听见他压低嗓门说："后边有人在追我——我要到得克萨斯州去——我的马快死了——我也快饿死了！阿希礼说你们会——不要点蜡烛！别把黑人吵醒了……我不愿意连累你们大家。”

他们把厨房里的百叶窗都拉下来，又把窗帘都放到了窗台上，他才肯让弗兰克点起一盏灯来。接着他便急急忙忙地跟弗兰克谈起话来，这当儿斯佳丽四下奔忙着弄饭给他吃。

他身上没穿大衣，给雨淋得湿透了。头上也没戴帽子，一头乌黑的头发都粘在他那小脑袋上。但当他贪婪地呷下斯佳丽递给他的那杯威士忌时，他那双忽闪着的小眼睛里流露着兴奋，这是他们方丹家的孩子人人都有的，只是那天夜里他的那种兴奋让人觉得有点毛骨悚然罢了。斯佳丽觉得谢天谢地，因为这会儿佩蒂姑妈正在楼上睡得死死的，正打鼾呢。要是让她见到这种阴森森的情景，准会昏过去的。

“那个该死的畜生，”汤尼骂道，一边伸出一只空杯子来再要酒喝。“我一直骑着马拼命跑，现在我不赶快离开这儿，怕要给剥掉皮呢，不过这么跑也值得。天哪，这样跑是没有错！我打算跑到得克萨斯州去躲起来。阿希礼跟我一起在琼斯博罗，他让我来找你们的。你替我再搞匹马来吧，弗兰克，我还要一点钱。我的马快死了——一路拼命地跑，没有歇过气呢——而且我也闹昏了，大衣也没穿，帽子也没戴，两手空空地跑出家门。不过我们家其实也没有很多钱。”

他笑了起来，贪馋地吃着一盆涂着厚厚一层白花花的奶油的冷玉米饼和冷大头菜叶。

“你把我的马骑去好了，”弗兰克平静地说道。“现在我身边只有十块钱，但要是你能够等到明天早上——”

“地狱着火了，我等不了，”汤尼加重语气说，但仍显得很高兴。“他们说不定就在后面跟着我。我动身的时候是很匆忙的。当时要不是阿希礼把我拖出来，催促我上了马，我肯定还像个傻瓜似的呆在那里，这会儿恐怕已经直了颈梗了。阿希礼真是好朋友。”

那么阿希礼跟这件可怕的纠葛有牵连。斯佳丽双手按住了喉咙，浑身变得冰凉。阿希礼这会儿已经落到了北佬手中了吗？哎哟，弗兰克为什么不把事情真相问个明白呢？为什么他的反应如此冷淡，好像这事情理所当然似的？她耸了耸肩头，想自己开口问他。

“为什么——”她开口说道。“是谁——”

“就是你父亲从前的监工——那个该死的——乔纳斯·威尔克森。”

“你把——他死了？”

“啊呀，斯佳丽，我的天，”汤尼老大不高兴地说道。“我一旦动手砍人，你当我拿刀背刮刮他就满意了不成？不，老天，我把他剁成了肉酱。”

“好，”弗兰克毫不在意地说。“我向来讨厌这家伙。”

斯佳丽朝他看了看。这可不是那个柔和温顺的弗兰克，——不是那个她所熟悉的，老是神经质地捋着胡须，可以随便让人欺侮的弗兰克。他现在的神气非常干脆，非常冷静；他面对这种紧急情况，不多说一句废话。他是一个男子汉，汤尼也是一个男子汉，而现在这种严酷的局面是男子去对付的事情，没有女人的份儿。

“可是阿希礼——他也——”

“不。他想杀死他，可是我告诉他，这是我的权利，因为萨丽是我的弟媳，他最后总算想通了。他陪我一块儿去了琼斯博罗，因为他怕我会输给威尔克森。不过我看阿希礼老兄不会牵连到这件事情中去。我希望如此。给这块玉米饼涂一点果酱吧。再给我包上一点吃的东西好吗？”

“你把情况全给我说个明白吧，要不我可要尖声叫喊了。”

“别忙，等我走了你想叫喊你就叫喊吧。趁弗兰克在备马，我就给你说说吧。威尔克森这狗杂种造的孽也够多的啦。你那税款就是他搞的鬼，这你清楚。这仅仅是他所干的卑鄙勾当中的一桩。最可恶的是他一直在挑动黑人。要是早点让我知道我这辈子早晚会把黑人恨之入骨，那该多好啊！这班黑鬼真不得好死，他们对那些流氓恶棍的话句句都信，把我们待他们的好处忘得一干二净。现在北佬在谈论什么让黑人参加选举，反而不让我们选举。你瞧，凡是在邦联军里服役过的人都被剥夺了选举权，而全县只有很少的民主党人没有被剥夺选举权。假如黑人都有选举权，那我们就完了。该死的，这是我们的国家！这不是他们北佬的国家！天哪，斯佳丽，我们现在忍无可忍了！再也忍受不了啦！我们一定得采取行动，哪怕再打一场战争也在所不惜。不用多久，我们会有黑人法官、黑人议员了——这帮从密林里来的黑皮猴——”

“请——快告诉我！你们干了些什么？”

“这块玉米饼请慢点儿包吧，让我再吃一口。唔，当时到处传说威尔克森的什么黑人平等的玩意儿搞得愈来愈不像话。呀，对了，他按钟点给那些愚蠢的黑人谈这些东西。他竟胆大包天说什么——说什么——”汤尼不由得吞吞吐吐起来，“说黑人有权利跟白种女人——”

“哦，汤尼，真有这种事？”

“哎哟，真的！这也不怪你听了要反感。不过，地狱是着火了，斯佳丽，这对你也不是什么新闻。他们在这儿亚特兰大一直对人们宣传呢。”

“我——我可不知道。”

“嗯，弗兰克可能瞒着你呢。不管怎样，那以后我们都想到要在夜里偷偷去拜访这位威尔克森先生，好好照管他一下，可是我们还没有能——你可记得从前做我们家工头的那个叫尤斯蒂斯的黑鬼吗？”

“记得。”

“就是这个尤斯蒂斯，今天跑到我家厨房门口来，那会儿萨丽正在厨房里做饭——我不清楚他跟她说了些什么。我看现在我永远也不会知道了。不过，他确实说了些什么，接着我听到萨丽叫了起来，我就连忙奔到厨房里，看见这家伙在里面，喝得烂醉，像条野狗——对不起，我不小心说漏了嘴！”

“说下去！”

“我开枪杀了他，后来母亲赶来照料萨丽的当儿，我就跳上马赶到琼斯博罗去找威尔克森了。这件事情该由他负责。要不是他，那该死的黑傻瓜绝不会想到这种事的。路上经过塔拉庄园，碰到了阿希礼，他一听说这件事，当然就陪我一起去。他说这件事让他去干，因为威尔克森对塔拉庄园所干的一切使他忍无可忍，但是我说，不，这是我的事，因为萨丽是我死去的兄弟的妻子。他还是跟我一起去了，一路上还争个不休。等我们到了那座城，天哪，斯佳丽，你猜怎么着，我竟连手枪都忘了带呢。我把枪放在马厩里。我气昏了头，竟然忘——”

他停顿了一下，将那硬邦邦的玉米饼咬了一口，斯佳丽却在那里簌簌地抖着。方丹家的人一发起火来就杀气腾腾，这在县里的历史上早已出了名。

“所以我就不得不用刀来对付他了。我在酒吧里找到了他。他坐在一个角落里，我将他抓住了，阿希礼在旁边替我挡住其他人。我先把道理说清楚，然后将刀捅进他的身子去。哎，我还没有觉得，事情就完结了，”汤尼沉思地说道。“第一件我记得的事情是阿希礼将我推上了马，叫我到这里来找你们。阿希礼在紧要关头是好样的。他头脑清楚，遇事不乱。”

弗兰克走了进来，臂膀上挂着他的一件大衣，他将它交给了汤尼。这是他仅有的一件厚大衣，但是斯佳丽没有反对。她对于这件事情好像完全站在局外，因为这是纯属男人的事情。

“可是汤尼——你家里可少不了你。真的，你如果回去解释一下——”

“弗兰克，你是娶了一个傻瓜当老婆呢，”汤尼一边咧开嘴笑着说，一边使劲地在穿大衣。“她当是一个男人替女人挡住黑人的侮辱会得到北佬的奖赏呢！是的，奖赏是有的，那就是军事法庭和绞索。亲我一下吧，斯佳丽。弗兰克不会介意的，我也许永远也见不着你了。得克萨斯州离开这里可远呢。我不敢写信，所以请你们告诉我家里人，说我直到这儿为止，一路都是平安的。”

她让他亲了一下，于是两个男人走进那倾盆大雨里去，又站在后门廊里谈了一会儿。然后，她突然听见一阵马蹄溅水的声音，汤尼走了。她将门打开一条缝，看见弗兰克正将一匹喘着大气的跛马牵进马车房。她重新把门关上，两腿发抖地坐下来。

现在她懂得“重建”两字的意义了，也懂得自己的屋子仿佛是被腰里围着遮布、裸露着身子的野蛮人包围着。这当儿，许许多多她近来不太在意的事情一齐涌进了脑海：她记得曾经偶尔听到的谈话，记起有时男人们在聊天，见到她一进屋便蓦地不作声了，记起一些当时她认为无足轻重的琐细小事，还记起弗兰克徒然对她提出许多次警告，不许她赶车去锯木厂，旁边只有弱不禁风的彼得大叔在保护。现在这一切都相互串连起来，构成一副令人毛骨悚然的图画。

那些黑人得法了，背后有北军的刺刀在撑他们的腰。她会被他们杀死，会被他们奸污，而且很可能事情不了了之，拿他们没办法。谁敢为她复仇，就会被北佬绞死，甚至不用经过法官和陪审团的审讯。北军的军官对法律一窍不通，也不问实际案情，便装模作样开庭审判，把绞索套进一个南方人的脖子。

“我们有什么办法呢？”她怀着一种无可奈何的恐惧，痛苦地拧着双手想道。“像汤尼这样的好小伙子，为了保护自己家里的女人不受侮辱，杀了一个黑醉鬼和一个流氓成性的叛贼，而我们除了眼看着那些魔鬼仅仅为了这事就要把他给绞死，又有什么办法呢？”

“我们忍无可忍了！”汤尼这么喊过，他是对的。我们是忍无可忍了。然而，大家处于现在这种无可奈何的境地，除了忍受又有什么办法呢？她不由得发起抖来；她平生头一回看到有些人和事是不容她过问的，看到她斯佳丽·奥哈拉，受尽惊吓，无可奈何，却是无关紧要的。在南方各地有成千上万像她那样的女人，都受尽了惊吓，处于无可奈何的境地。但是，还有成千上万的男人，尽管他们在阿波马托克斯放下了武器，但现在又拿起了武器，时刻准备着一旦需要就立刻不惜生命去保护妇女。

汤尼脸上有某种神情同样也在弗兰克的脸上反映出来，这种神情她近来也在亚特兰大其他男人脸上看到，但她只是注意到而没有费心去分析。这种神情，跟她曾经见到的投降后从战场归来的男人脸上那种疲惫、绝望的神情，有天壤之别。那些男人除了想回家什么都不关心。现在他们又在关心一些事情啦；麻木的神经又开始恢复生机，传统的精神又开始燃起火焰。他们怀着一种冷酷的痛楚在关心周围的一切。他们像汤尼一样，心里在想：“我们忍无可忍了！”

她曾亲眼目睹一些南方的男子战前说话细声细气，颇为迷人，可是在战争后期绝望的日子里都变得无所顾忌和冷酷无情。然而，刚才在这两个隔着烛光注目相视的男子的脸庞上，有某种非同寻常的东西，既使她感到鼓舞，又使她觉得害怕——那是一种难以用语言形容的怒火，一种无法阻挡的决心。

她头一回觉得跟她周围的人之间存在着一种亲密感，她觉得自己是他们中间的一个，跟他们一起担忧，一起痛苦，一起决断。对，他们是忍无可忍了！南方这片美丽的土地，怎么能不经一番斗争就放弃呢？南方太让人爱恋了，怎么忍心看到它任凭北佬蹂躏呢？这些北佬对南方人恨之入骨，巴不得把他们碾成粉末呢。南方这块乡土太宝贵了，怎么能把它交给沉醉于威士忌和解放之中的无知黑人呢？

她想到汤尼的突然来到和匆匆离去，便感到自己跟他非常亲切，因为她回想起当年父亲离开爱尔兰的往事——也是在夜里，也是匆匆出走，也是发生在杀人之后，虽然对他本人或对他一家来说，那不能算谋杀。她的性格中就有杰拉尔德的性格——烈性子。她回想起自己开枪打死那个在抢劫的北军时欣喜若狂的心情。他们大家身上都具有这种烈性子，就隐藏在他们和蔼有礼的外表之下，一触即发。他们所有人，她所认识的所有男人，都是这样；连睡眼惺忪的阿希礼和一向为琐事焦躁不安的老弗兰克身上，也隐藏着那种性格——一旦需要，可以变得激烈而杀气腾腾。甚至瑞特，尽管是个丧尽天良的流氓，也因为一个黑人“欺侮一个上等女人”而把他杀了。

弗兰克浑身水淋淋地咳着嗽走进屋子时，她忽地站起身来。

“哎，弗兰克，这种日子究竟还要过多久呢？”

“只要北佬还恨我们，我们就要过一天这样的日子，宝贝儿。”

“难道谁都没有办法了吗？”

弗兰克将一只疲倦的手抹了一下湿淋淋的胡须。“我们在想办法呢。”

“什么办法？”

“现在何必去谈它呢？等我们干出点成绩来再谈也不迟。可能要等若干年。也许——也许我们南方就永远这样了。”

“哦，那不行！”

“宝贝儿，去睡吧。你一定冻着了。你在发抖呢。”

“这一切究竟到几时才能结束呢？”

“要到我们大家都重新有选举权的时候，宝贝儿。到每个为南方战斗过的人都能给一个南方人或一个民主党人投一张选票的时候。”

“一张选票？”她绝望地喊道。“当那些黑人都丧失了理智——当北佬毒害了他们的心灵，让他们都来跟我们作对的时候，一张选票又有什么用？”

弗兰克耐心地继续解释给她听，但是选票可以医治困难的观念实在过于复杂，她无法领会。她愉快地想道，乔纳斯·威尔克森再也不会对塔拉庄园构成威胁了；她在想着汤尼。

“哦，他们方丹家真可怜！”她叫道。“只剩下亚力克了，他们在含羞草庄园家里的事又多得很。汤尼为什么会这么糊涂——为什么不等夜里没有人看见的时候动手呢？明年春天，看到他帮家里犁地不是比看到他在得克萨斯更让人高兴吗？”

弗兰克伸出一条臂膀，将她搂住。平时，他去搂她的时候心里总是怯生生的，好像预感到她会不耐烦地将他甩脱，但是今天晚上，他的眼睛里流露着一种深沉的神情，他的臂膀有力地搂住了她的腰。

“现在有许多事情比犁地更要紧呢，宝贝儿。给黑人一点颜色看看，教训教训那些叛贼便是其中的一件。只要还有像汤尼那样的好小伙子存在，我看我们不必太为南方的前途担心。好，我们去睡吧。”

“可是，弗兰克——”

“只要我们能团结在一起，对北佬寸步不让，总有一天会取得胜利。你别让你可爱的小脑袋去担忧这种事情啦，宝贝儿。你让我们男人家去操心吧。也许我们这一代看不到这一天，但它将来终究会到来。等到北佬发现他们连削弱我们都办不到，他们会感到疲惫不堪，不想再跟我们纠缠不清了；到那时候，我们就会有一个像样的世界可以居住了，可以养育我们的儿女了。”

斯佳丽想到了韦德，还想到她默默地搁在心里已有好几天的一个秘密。不，这个世界上只有憎恨和不安，只有痛苦和潜藏着的一触即发的暴力，只有贫困、磨难和不安全感，她不愿意让自己的孩子在这样一团糟的世界里成长。她决不让自己孩子知道这一切。她要的是一个安全而有秩序的世界，在这个世界上她可以朝前看，并且知道前面有一个安全的前景；在这个世界上，她的孩子只知道温柔和热情，只知道精美的衣服和丰盛的食物。

弗兰克认为这样的世界可以通过选举来实现。选举？这跟选举有什么关系呢？有教养的南方人再也不会有选举权啦。要想防止命运可能带来的灾难，这世界上唯有一件东西才是可靠的保障——那就是金钱。她兴奋地想道，他们必须得有钱，而且必须有很多钱，才能防止灾难临头。

突然，她对他说，她怀孕了。

汤尼逃跑以后的几个礼拜里，佩蒂姑妈家屡次遭到一批批北军士兵的搜查。他们随时都会闯进屋子里，事先一点警告都不给。他们拥进所有的房间，不时盘问，把壁橱一只只都打开，戳戳碍手碍脚的衣服，还朝床底下张望。军事当局已得到风声，说有人教汤尼逃到佩蒂小姐家来，所以他们以为他一定还藏在那里，或是在附近什么地方。

结果，佩蒂姑妈因为时刻担心会有一个军官带着一队士兵闯进屋来，竟害起了彼得大叔称之为“神经紧张”的慢性病来。弗兰克和斯佳丽都没有对她提起过汤尼来过短短一会儿这件事，所以即使这位老太太想泄露点什么，也实在没有什么可泄露。她情绪紧张地表白说，她这一辈子只见过汤尼一回，那还是在1862年圣诞节的时候。她说的完全是老实话。

“而且，”为了表示主动配合，她会气喘吁吁地对北军士兵这样补充道，“那会儿他正醉得一塌糊涂呢！”

斯佳丽因为在妊娠初期，身子不适，心情也不佳，所以对那些穿蓝军服的闯进她的私室来，见了喜欢的小摆设就拿走，一方面觉得非常可恨，另一方面因为怕汤尼的事会牵累他们大家，心里十分担忧。现在，监狱里都关满了人，都是因为比这更加微不足道的原因被抓进去的。她知道只要被他们抓住一点儿事实，不但她和弗兰克，而且连清白无辜的佩蒂都会给关进牢去。

近来，华盛顿那边正在煽起一场“没收逆产”以偿还合众国战争债务的运动，这使斯佳丽一直痛苦地忧心忡忡。再加上现在亚特兰大又盛传着一种谣言，说凡是触犯军法的都要被没收财产，所以斯佳丽更加惴惴不安，生怕她和弗兰克不但要丧失自由，而且连他们的房子、店铺、锯木厂都要断送掉。即使他们的财产没有被军事当局侵占，要是她和弗兰克进了监狱，他们不在的时候，还有谁来替他们照料生意呢？这不等于断送掉了吗？

她怨恨汤尼给他们带来这样的麻烦。他怎么能对自己的朋友干出这种事来呢？阿希礼又怎么能把汤尼送到他们这儿来呢？以后如果再有人来找她帮忙，只要会引得北军像黄蜂般地向她拥来，她绝不会再管了。是的，无论谁来找她帮忙，她准会给他吃闭门羹。不过，阿希礼当然例外。汤尼短暂来访后的几个礼拜里，她经常被外面街上的任何响声从不安的睡梦中惊醒过来，担心可能是阿希礼也在受到追捕，也要从这儿逃到得克萨斯州去，因为他们曾帮助汤尼这么干过。她不知道他目前的情况，因为他们不敢写信到塔拉庄园，告诉他们汤尼那天夜里来过的事。他们的信也许会被北佬截获，这样连那座庄园也要遭殃了。但是，几个礼拜过去了，他们没有进一步听到什么坏消息，于是他们知道阿希礼好像没事了。后来，北佬终于不再来骚扰他们。

但是，甚至这一令人宽慰的情况也没有能使斯佳丽摆脱恐惧状态。这种恐惧开始于汤尼来敲门的那一刻，它比围城时期呼啸的枪林弹雨更让人胆战心惊，甚至比战争末期谢尔曼的军队更毛骨悚然。那个狂风暴雨之夜汤尼的到来，仿佛把她眼睛面前一副仁慈的眼罩扯掉了，迫使她真实地看清了自己的生活前景的不稳定。

在 1866 年那个寒冷的春天，她环顾四周便明白自己所面临的前景，也意识到整个南方所面临的形势。她可以为生活操尽心思，她可以比过去的奴隶还努力地干活，她可以设法克服一切困难，她可以凭借自己的毅力去解决她生平从未经历过的问题；但是，尽管她吃尽千辛万苦，尽管她作出了很大牺牲，尽管她足智多谋，她那付出巨大代价所得到的一点点初步成果，任何时候都可以被夺走。一旦发生这样的事情，她没有法律上的权利，也得不到法律上的补救，有的只是汤尼咬牙切齿提起过的那种临时法庭，以及那些为所欲为的军事法庭。现在，只有黑人才有控告权和索赔权。北佬已经使南方屈服了，他们想让它永远屈服下去。南方好像被一个巨人的毒手颠覆了，从前曾经统治过南方的人，现在比他们过去的奴隶还要无依无靠。

佐治亚州到处都驻着北方的重兵，而亚特兰大的驻军数目更大。各个城市驻军的指挥官权力极大，甚至对老百姓操有生杀之权，而且他们在使用这种权利。他们可以借任何理由或者无缘无故地监禁市民，攫取他们的财产，并绞杀他们，他们确实在这么干着。北佬就营业方法、佣人的工资支付、公众和私下场合的言论、报纸上的文章，制定了种种自相矛盾的章程，以此来折磨和迫害老百姓。他们还规定垃圾在什么时候、什么地方和怎么倒，规定过去邦联政府里的人的妻女可以唱什么歌，所以假如有人胆敢唱《狄克西》或者《美丽的蓝旗》之类的歌，罪名只是比叛逆轻一点儿。他们还规定，市民必须先宣誓效忠才能到邮局去取信；在有些情况下，他们甚至规定新婚夫妇必须先起那可恨的誓言才能领到结婚许可证。

报纸也都给封住了嘴，凡是涉及抗议军事当局残暴和腐败的舆论，一律禁止刊登；个人胆敢提出反对意见，则用判刑监禁的方式加以压制。监狱中都关满了有声望的市民，而且关在那里的人都没有早日审讯的希望。陪审制度和人身保护法实际上都废止了。民事法庭虽然仍旧勉强地在受理案件，却是完全受军人的支配。法庭的判决，军人可以干涉，所以市民不幸被逮捕，性命实际上就操在军事当局手里了。被逮捕的人确实很多。只要稍有一点煽动反对政府的嫌疑，或被怀疑与三K党有关系，或有黑人控告某个白人对他无礼，就足以把他送进监狱。犯罪的人证和物证是不需要的，只要有人控告就行了。而且有解放了的黑人事务局在那里怂恿，还怕找不到黑人来控告吗?

现在黑人还没有获得选举权，但是北方已决定他们应该有选举权，同时还决定他们应该在选举中对北方表示友好。黑人知道这种情况后，认为没有什么他们不该享有了。黑人无论爱干什么，北军总是做他们的后盾；而白人敢说黑人一句坏话，就非倒霉不可。

从前的奴隶现在都成了天之骄子；由于北佬的撑腰，那些最卑贱、最愚昧的分子现在都出人头地了。他们之中较体面的阶层根本瞧不起这种自由，他们和白人主人一样在吃着苦。成千名家仆，他们当初是奴隶中最高的等级，现在仍旧留在旧主人的家里，干着过去比他们低下的人干的体力活儿。还有许多忠心耿耿的农奴，也不愿意去享受这种新自由，但是一群群闹得最凶的“解放了的黑人渣滓”，大部分是农奴出身。

在从前农奴制时代，在家里和院子里干活的黑奴是瞧不起这些低下的黑奴的。正像母亲那样，南方其他庄园的女主人也先让一班黑崽子接受一番训练，经过筛选，把其中最好的挑出来，让他们干比较负责的职位。那些被派到田里去干活的，都是那些最不想学、也最没能力学的，同时也是最没干劲、最不诚实、最不可靠、最恶毒、最野蛮的黑奴。而如今就是这个黑人社会等级中最低微的阶层，把南方闹得民不聊生。

这些以前干农活的黑人，由于得到解放了的黑人事务局的那些无法无天的冒险家的帮助，还受到北方人对南方人宗教狂热般的憎恨所鼓动，摇身一变，都身居要职了。他们智力低下，坐在那些职位上的所作所为，自然可想而知了。就像把一群猴子或小孩放在许多宝贵的东西中间，而这些东西的价值是他们所无法理会的，他们就无法无天起来了——这也许是出于他们对破坏有一种反常的乐趣，也许只是因为他们愚昧无知。

这些黑人，包括那些最愚昧的在内，还是有值得称道的地方，那就是他们中间真正怀有恶意的还是极少数人，而这极少数人即便在当奴隶时通常也是“下贱的黑鬼”。但是就整个阶层而论，他们的思想都像儿童那么幼稚，容易受人指挥，还因为经久养成的习性，惯于听从命令。从前，向他们发号施令的是他们的白皮肤主人。现在，他们换了一批新主人，即解放了的黑人事务局和提包客，而他们发的命令是："你们同白人同样是人，所以你们就照白人的样子去干吧。一等到你们可以替共和党投票的时候，你们就会得到白人的财产了。现在白人的财产也等于是你们的了。如果能拿到手，你们尽管拿就是了！"

由于受到这些谎言的迷惑，自由成了永远不会结束的愉快的经历——天天吃吃喝喝，游手好闲，盗窃，神气活现，像是在过狂欢节。乡下的黑人都拥进城来，所以农村地区都没人种庄稼了。亚特兰大已挤满了黑人，但是仍旧有成百上千的人在进来，他们都是新论调教育出来的懒惰而危险的分子。在城里，他们都挤在肮脏不堪的小屋里，以致天花、伤寒、肺痨在他们中间流行。从前当奴隶的时候，他们一生病习惯于受到女主人照料，现在他们不懂怎么护理自己和他们的病人。过去，他们依赖东家去照看他们的老人和孩子，现在他们对于那些不能自主的人没有一点责任感。至于解放了的黑人事务局里的人，只对政治感兴趣，顾不上给他们提供过去庄园主给的那种照顾。

那些被遗弃的黑人孩子，像受了惊的动物那样满城乱跑，直到好心肠的白人把他们带回自己的厨房里去养活。许多从乡下出来的年老黑人，都被自己的小辈抛弃了，他们呆在这个喧闹的城市里感到丧魂落魄，惊慌失措。他们坐在街沿石上，向过路的上等女人哀求说："太太，行行好吧，替我写个信儿给我费耶特县的老东家，说我人在这儿。他会来把我这个黑老头儿领回去。哎哟，老天爷，这自由我受够了！"

解放了的黑人事务局见到拥进城来的黑人多得成灾，方才意识到自己过去的政策有误，设法把他们送回他们过去的旧主人那儿去。他们告诉那些黑人，说如果他们愿意回去，那就是以自由工人的身份回去的，有书面文契可以保护他们，工资也有具体规定。于是那些年老的黑人都高高兴兴地回去了，这加重了那些贫困不堪的庄园主的负担，但是他们却不忍心把他们赶出门去。至于那些年轻的黑人，却都留在亚特兰大了。他们是不愿意去干什么活儿了，哪儿都不愿去。现在肚子吃得饱饱的，干吗要去干活呢?

如今，黑人可以喝威士忌了，而且爱喝多少就有多少，这对他们来说是从来没有过的事。过去，他们从来尝不到这东西，除非在圣诞节，每人也只能像拿到其他圣诞礼物一样尝到“一滴”。现在，不但有解放了的黑人事务局的人和提包客在怂恿他们，而且威士忌也在给他们火上加油，所以他们必然到处横行不法。人们的生命和财产都得不到保障。白人由于得不到法律保护，都惊恐万状。男人们在街道上会受到喝醉了的黑人的侮辱，住宅和仓库会在夜里着火，马匹、牲口、家禽在大白天也会被人偷走。各种犯罪行为层出不穷，而作恶的人却很少受到法律制裁。

但是，比起白种女人所遭受的灾祸来，这些侮辱和威胁都算不得什么，因为现在多数女人都被战争剥夺了男性的保护，而且都住在边沿地区和荒僻的路边。正是这种针对白种女人的大量暴行，加上对自己妻女的安全的无时无刻的担心，激起了南方男子的满腔仇火，导致三 K 党在一夜之间突然诞生。北方的报纸大声疾呼要镇压这个夜间活动的组织，却从未意识到导致它必然产生的悲剧原因。北方当局看到三 K 党人趁现在的正常法律程序和社会秩序一概被入侵者们推翻之际，大胆地把惩治罪犯之权抓到自己手中，所以要搜捕所有的三 K 党人，并把他们绞死。

于是出现了一幅触目惊心的景象：半个国家企图在刺刀的威逼下，将黑人统治强加于另外半个国家，而这些黑人多数是离开非洲丛林还不满一个世代呢。必须给予他们选举权，而大多数他们过去的主人却得被剥夺选举权。南方必须得被征服，而剥夺白人的选举权就是征服南方的手段之一。大多数从前替邦联军打过仗的、在邦联政府里做过官的、或者帮助和慰劳过邦联军队的，现在都不准参加选举，都不得选择自己的公仆，而必须完全受到外来统治的控制。也有许多人清醒地回忆起李将军的讲话和榜样来，愿意去向北方政府宣誓，重新成为公民，然后忘记过去的一切。然而，他们却不被允许去宣誓，而其他被准予宣誓的却坚决拒绝宣誓，因为他们不屑去对一个存心要他们屈服于残暴与羞辱之下的政府宣誓效忠。

“假如他们的行为还像个样子的话，我在投降后早就宣那该死的誓了。我可以在合众国里重新做一个公民，可是老天作证，要把我这个人改造得对他们俯首帖耳那可办不到！”这一套话，斯佳丽已经听到许多人说过，如果有人再对她说她会厌烦地尖叫起来。

在这段令人焦虑的日子里，斯佳丽日夜都处于提心吊胆之中。那些无法无天的黑人和北军士兵，无时无刻不在她头脑里威胁着她，而财产要被没收的危险也时时让她担忧，甚至连做梦也想到；同时，她还担心会有更可怕的事情要发生。想到她自己和自己的亲友，想到整个南方都处于绝望无援的境地，她感到非常沮丧，无怪她在这段日子里常常想起汤尼·方丹说过的那句情绪激动的话：

“哎，斯佳丽，我们忍无可忍了！我们再也忍受不了啦！”

尽管经历了战争、大火和“重建”，亚特兰大又重要成为一个兴旺的城市。在许多方面，这个地方很像邦联政府初期的那个繁忙而生气勃勃的城市。唯一让人觉得不舒服的是，那些拥挤在街头的士兵换了一种军服，钱财也已掌握在另一批人手里，黑人们都过着游手好闲的日子，而他们从前的主人却反而在挣扎、挨饿。

藏在表面下的是痛苦和担忧，而从表面上看起来，只见一座繁荣的都市，在一片废墟上重新建造起喧嚷繁忙的景象来。亚特兰大无论处于怎么样的形势下，看来一定会一直繁忙的。像萨凡纳、查尔斯顿、奥古斯塔、里士满和新奥尔良这些城市，就从来不曾繁忙过。繁忙是一种缺乏教养、北方化的现象。而在这一个时期，亚特兰大是空前绝后地缺乏教养和北方化。“外来人”不断从各地蜂拥而来，街上从早到晚都吵吵嚷嚷令人窒息。北方军官的太太们和暴发的提包客都坐着雪亮的马车，把街上的泥水溅在本地人的破旧马车上，而有钱的外乡人所造的华丽而俗气的新房子，则拥挤在原有市民庄严而稳重的住宅中间。

战争确立了亚特兰大在南方事务中的重要地位，这个向来没有名气的城市现在是闻名遐迩了。那条铁路——当年谢尔曼曾为它战斗了整个夏天，为它牺牲了几千士兵——曾经给这座城市带来生机，而现在又在激发这种生机。亚特兰大又重新成为一个广阔地区的活动中心，就像没有被毁灭以前一样，同时这座城市正在接受如潮水一般涌来的新市民，其中有受欢迎的，也有不受欢迎的。

那些入侵的提包客，将亚特兰大变成他们的大本营，在街上他们跟那些也是刚移居到这个城里来的南方旧族的代表人物推推搡搡。当年谢尔曼的军队进军到来时，他们在乡间的旧宅故居都被烧掉，同时由于再没有奴隶帮他们种棉花，他们在乡间无法生活，便都跑到亚特兰大来过日子了。每天都有新移居者来自田纳西和南、北卡罗来纳，因为在那几个州里，那种“重建”手段甚至比佐治亚还厉害。还有不少爱尔兰人和德国人，当初受重金雇用在北军里服役，遣散之后也都在亚特兰大城住了下来。还有那些北方驻军的家眷，经过四年的战争，对南方充满着好奇心，也有很多人到这儿来，使这座城市的人口更加膨胀。各种各样的冒险家也都蜂拥而来，寻找发财机会；而乡下黑人，仍旧成百成百地在来。

这是座喧闹声不绝于耳的城市——像边远地区的乡村一样门户洞开，丝毫不掩盖它的种种堕落和罪恶。酒馆是整夜开着的，而且一段街市上就有两三家，入夜以后街上就到处是醉汉，有黑人，也有白人，在那儿跌跌撞撞，从墙壁撞到街沿，又从街沿撞到墙壁上。歹徒、扒手、娼妓在那些没有灯火的小巷中和阴暗的街道上鬼鬼祟祟地活动着。赌场里一片闹哄哄，几乎夜夜有械斗和开枪杀人的事。亚特兰大还有一个又大又兴旺的红灯区，而且比战争期间愈加扩大而兴旺了，这使正派的市民感到十分反感。通宵达旦，刺耳的钢琴声在低垂的窗帘后面回响着，喧闹的歌声和笑声不断地飘荡出来，时而夹杂着尖叫声和枪声。现在这些院子里住的人比战争年代的娼妓更大胆，竟不要脸地从窗口里探出身子来，向过路的行人招呼。在礼拜天的下午，这个区里的老鸨们驾着绣帘低垂的漂亮马车，辚辚驶过大街，马车里塞满了穿戴得花枝招展的姑娘，她们不时从帘幕后面探出头来，呼吸一下新鲜空气。

贝尔·沃特林就是这些鸨儿们中最有名气的一个。她又独立开起了一个新妓院来，那是一栋二层楼的高大房子，使这区里附近的一些房子显得像破破烂烂的兔子窝。楼下是一间长形的酒吧，挂着许多优雅的油画，有一支黑人乐队每夜在那里演奏。楼上据说都是极华丽的罩着长毛绒的家具，厚实的镂空花帘子，以及进口的镶着镀金边框的镜子。这些都是为十来个年轻姑娘布置的，她们经过浓妆艳抹后，个个都显得花枝招展，举止也比其他院子里的姑娘要文静些。至少，警察是难得被叫到贝尔的院子里去的。

这家妓院里的事情，已成为亚特兰大的主妇们悄悄谈论的话题，牧师们讲道时也言词谨慎地指责它为罪恶的渊薮，一个让人唾弃和谴责的地方。大家都知道贝尔这样的女人决没有这么多的钱独自开起这么豪华的院子的。她背后肯定有个靠山，而且这个靠山必定是个富翁。瑞特·巴特勒向来不隐瞒自己跟她的关系，所以大家都明白，她的靠山除了他之外不会有第二个人的。贝尔坐在她那辆由一个举止粗鲁、神情怯懦的黑人赶着的马车外出时，人们偶尔从低垂的窗帘缝里瞥见她一副阔绰相。当她坐在精致的马车座上驶过的当儿，沿路的小男孩都设法从他们母亲身边逃出来，边跑边朝她张望，还兴奋地悄声说道："是她！是老贝尔！我瞧见她的红头发啦！"

提包客和战时投机商们的华丽住宅正在兴建，它们都有复斜屋顶[①]，有山墙，有塔楼，有五彩玻璃的窗子，还有宽敞的草地，把那些弹痕累累、由一些旧木头和被烟火熏黑的砖头支撑的房子都挤到边上去了。每天晚上，这些新楼的窗口里都灯火辉煌，音乐和舞蹈的声音从里面随风飘出。女人们穿着色彩鲜艳、烫得笔挺的绸缎衣服，在长长的游廊上散着步，身边有穿着夜礼服的男子护卫着。香槟酒瓶的木塞子扑扑地被打开，铺着抽花台布的桌子上放着七道菜的晚餐。醉火腿、鸭肉冻、鹅肝酱，还有各季的珍鲜果品，摆满了餐桌。

在那些老房子破旧的门里，却住着贫穷和饥饿的人——由于那些人的文质彬彬而无所畏惧的态度，所以显得愈加沉痛；又因为他们表面

① 复斜屋顶是法国建筑师孟沙设计的式样，屋顶有双重斜坡，下截较陡。

上却要装出漠视物质需要的傲态，所以日子更加难熬。不少人家被赶出大厦，住进了膳宿公寓，又从膳宿公寓被迫迁到冷街僻巷的龌龊小屋里去。这种不愉快的故事，米德大夫可以讲出许多来。他有过许多女病人，都是患着“心脏衰弱症”和“憔悴病”。他明白，而且她们也知道他明白，这病实际上是慢性饥饿。他可以说出肺痨传染全家人的事，也可以告诉你从前只有穷苦的白人才患的癞痢病，如今出现在亚特兰大最有名望的家庭里。刚出生的婴儿的两条细腿患了佝偻症，而他们的母亲却没有奶可喂养他们。从前，这位老大夫每接生一个婴儿就会诚心诚意地感谢上帝。现在，他觉得生命并非是什么恩惠了。这是一个让婴孩吃苦的世界，许多孩子活了几个月便死了。

在那些豪华阔气的大房子里，灯火辉煌，美酒佳肴，人们身穿绫罗绸缎，随着提琴奏出的乐曲翩翩起舞；而就在附近的街角上，人们正在挨饿、受冻。一方面是征服者的专横跋扈和冷酷无情，另一方面是被征服者痛苦的忍受和满腔的仇恨！

第38章

这种种情景，斯佳丽都亲眼目睹，白天就生活在其中，晚上在床上又把它们带到睡梦中去，一直担心不知可能会发生什么事。她知道因为汤尼的事，她本人和弗兰克的名字都已经在北佬的黑名册上了，所以随时都会灾祸临头。特别是现在这个时候，要是她前功尽弃，那她是受不了的，因为现在孩子就要生下来了，那个锯木厂才开始赢利，而塔拉庄园在明年秋天棉花收起来以前还得靠她的钱去维持。哦，假如一切都丧失了，那怎么行？假如她一切得重新开始，手里只有那一点微不足道的武器来跟这个疯狂的世界搏斗，那怎么行？她得用自己那两片红唇、那双绿眼珠和那颗敏感而浅薄的脑袋，去跟北佬和北佬所代表的一切作斗争。她现在已经精疲力竭，如果要她一切再重新开始，那她宁可一死了之。

在1866年春天的一片败破和混乱之中，她专心致志地用全副精力在经营那个锯木厂，使它赚钱。这时候，亚特兰大有的是钱。重建房屋的热潮给了她机会，她知道只要不坐牢，是能够发财的。然而，她屡次三番告诫自己，她必须办事谨慎、随和，必须忍气吞声、逆来顺受，对可能损害自己的任何人都不要得罪，无论是黑人还是白人。对于那些新解放的神气活现的黑人，她跟别人一样憎恨，每次走过他们跟前听到他们说下流话和尖声尖气的狂笑，她总是气得浑身都起鸡皮疙瘩。但是，她从来不对他们鄙夷地瞥上一眼。她痛恨那些提包客和叛贼，因为他们不费吹灰之力就暴发起来，而她却这样拼死拼活地干活，尽管如此，她从来不对他们说一句谴责话。对于北佬，在亚特兰大没有比她更深恶痛绝了，因为她一见到穿蓝军服的，便气得浑身发抖，尽管如此，她同家里人在一起时也绝口不谈他们。

我决不做心直口快的傻瓜，她坚定地想道。让别人去为逝去的日子，为那些不能再复活的人伤心吧！让别人去对北佬的统治，对选举权的丧失义愤填膺吧！让别人去为说心里话而遭到监禁，去为加入三K党而被送上绞架吧！（哦，三K党这个名称多么可怕呀！斯佳丽觉得几乎跟黑人这两个字一样使她心惊肉跳。）让别的女人去为她们的丈夫加入三K党而自豪吧！感谢上帝，弗兰克跟这个党从来没有牵连。让人家去为那些无可挽回的事烦恼、愤慨、密谋、计划吧！跟紧张的现在和无把握的未来相比，过去又算得什么呢？现在面临的真正问题是要有面包吃，要有房子住，要避免去坐牢，有没有选举权又有什么关系呢？现在我只求上帝保佑，让我平安无事地生活到六月里！

只消到六月里就行了！斯佳丽知道到了六月里她就不得不呆在佩蒂姑妈家里，足不出户，静静地等待孩子出世。人们已经在批评她在现在这种情形下不该再抛头露面了。哪里有女人家怀了身孕还出门的。弗兰克和佩蒂早已在恳求她少到外面去露面——丢自己的丑，也丢他们的丑，而她已经答应到六月里一定停止工作。

只消到六月里就行了！到了六月里，她一定得把锯木厂经营得很稳定，这样她就可以放心离开了。到了六月里，她一定得攒起足够的钱，使自己稍稍有点保障，以防灾祸。要做的事情实在太多，而所剩下的时间实在太少！她恨不得每天能多几个钟头；她争分夺秒，发狂似的拼命挣钱，挣了还挣，越多越好。

因为她不断催促胆小的弗兰克，现在那家铺子总算境况好转了，连那旧的欠账也收了一些回来。但是，她的希望却寄托在那家锯木厂上。亚特兰大如今就像一棵被砍倒的大树，正在重新长出更多更粗壮的枝条、更茂盛的叶子来。建筑材料的供应远远不能满足需要。木料、砖头、石块的价格都在猛涨，所以斯佳丽从黎明到掌灯时分，都一直在忙锯木厂的生意。

每天她用一部分时间在厂里，什么事她都自己去过问，竭尽全力阻止厂里正在发生的偷盗事件。不过大部分时间她都在城里坐着马车到处奔走，去找那些建筑师、包工头和木匠们，甚至连全不相识的人，只要她听说谁将来有可能造房子，就会跑去找他，还连骗带哄地让他答应向她独家购买木料。

不久，她在亚特兰大的大街上已成为人们常见的人物：她总是坐着自己的轻便马车，将一条车毯一直盖到腰间，一双戴着手套的小手交叉着放在膝头，旁边坐着那个神态庄严但心里却颇为不满的黑人老车夫。佩蒂姑妈替她做了一件绿色的小斗篷，式样可以掩盖她有孕的身段，又给她做了一顶绿色的扁平帽子，跟她的眼睛恰好相配；于是她出去兜揽生意的时候，总是穿戴这套行头。她两颊总是淡淡搽上点胭脂，身上总是稍稍洒上点香水，模样十分妩媚动人，只要她一直坐在车上不下来，她的身孕谁也看不见。而且她也难得需要下车，因为她只消嫣然一笑，微微招一招手，这些人就会赶快跑到马车跟前来，还常常会光着头淋在雨里跟她谈买卖。

发现靠木材生意发财是个良机的人当然不止她一个，但是她并不怕别人竞争。她知道自己头脑灵敏，跟谁比都毫不逊色，心里暗暗得意。她是杰拉尔德的亲生女儿，他精明的做生意本能已经遗传给她，现在由于境况所逼，她这种本能变得更加敏锐。

起先，别的生意人都笑她，笑声中都含有一点不怀恶意的奚落，认为女人竟会做起生意来。可是现在他们不笑了。他们每次看见她赶着马车经过，心里都暗暗诅咒。她是一个女子这个事实本身常常使她占到便宜，因为她有时可以装出既可怜又动人，把别人的心都会融化掉。她可以毫不费力，悄悄给别人一种印象：她是一个虽有勇气但却是怕羞的上等女人，只因为境遇所逼，才落到这个不如意的地步；她是个孤苦伶仃的弱小女子，要是没有顾客买她的木料，她说不定会挨饿。不过，她这种上等女人的风度收不到效果的时候，她便会施展出冷酷的生意手段来，只要她能招揽到一个新主顾，情愿赔本，降低价格去打倒对手。只要她认为能瞒得过去，不被人发现，便会拿劣货去充好货；她还会大骂别的木材商。她会叹着气，摆出一副不太情愿揭人老底的模样，对她未来的主顾说，她那些竞争者的木材卖的是高价，却都是些节节疤疤的、质量低劣的烂木头。

斯佳丽头一回这么造谣的时候，心里感到又窘迫又内疚——窘迫的是这些造谣的话竟然这么容易、这么自然地脱口而出，不费什么力气；内疚的是她忽而想到：母亲知道了会说些什么？

对一个造谣说谎的女儿，对一个不择手段的女儿，母亲会说些什么是不言而喻的。她会目瞪口呆，表示难以置信；她会说一些口气温和、言词尖锐的话；她会谈到对待邻居要体面，要正直，要坦诚，要敬重。顷刻间，斯佳丽的脑海里出现了母亲的脸容，她感到有点畏缩。接着，母亲的脸容被一种冲动抹掉了，那是一种猛烈的、贪婪而不顾一切的冲动，它萌生于塔拉庄园那缺吃少穿的日子里，现在又因为生活的不稳定而加剧。她就这样走过了这个里程碑——就像以前走过其他一些里程碑一样——一边叹息着自己没有依照母亲的期望去做人，一边又耸耸肩重复地念叨着自己可信赖的咒语：“这一切我以后再考虑吧。”

然而，她从此在做生意的事情上不再去想到母亲，从此在跟其他木材商打交道时所施展的任何手段不再有内疚的心情。她知道造他们的谣是绝对安全的。她有南方的绅士风度在保护着她：一位南方的贵妇可以造一位南方绅士的谣，但一位南方绅士却不可以造一位贵妇的谣，更不可以把她说成是造谣者。其他的木材商只能暗自生气，只能在他们自己家里人面前怒气冲冲地表示，他们但愿老天爷让肯尼迪太太变成一个男子，哪怕五分钟也行。

迪凯特街上有一个开木厂的穷白人，曾经尝试用斯佳丽自己的武器去跟她斗，公然说她是个造谣者和女骗子。谁知他弄巧成拙，自己反而遭了殃，因为大家都感到震惊，就连一个穷白人也竟然说这种难听的话来侮辱一个出身高贵的女子，何况这位女人如今无可奈何地在干着这种不适合女子干的事情。对于他说的话，斯佳丽起先颇有气度地默默忍受着，过了一段时间，她就集中心思去对付他与他的顾客。她冷酷无情地压低了价格，售出了最最优质的木材——不免暗自心痛——以此来证明自己说的话是诚实的，结果他不久便破了产。然后，她顺利地按她出的价钱把他的木厂盘了过来，这使弗兰克不胜惊骇。

那个工厂一到了她的手中，出现了一个伤脑筋的问题，那就是要找一个信得过的人来掌管。她不想找一个像约翰逊先生那样的人。她很清楚，尽管她处处防范，此人仍然背着她在偷卖木料，不过她认为要找一个恰当的人也不是一件难事。现在人人不都是穷光蛋吗？条条街上不尽是没有活儿干的人吗，其中有些从前不是有钱人吗？弗兰克没有一天不掏钱去救济那些饥饿的退伍士兵，佩蒂姑妈和厨娘也没有一天不包起一点食物去送给那些骨瘦如柴的乞丐。

但是，斯佳丽自己也不清楚为了什么原因，这些人她一个都不要。“我不想要战争结束后一年还找不到活儿干的人，”她想道。“如果他们到现在还没有适应和平，他们也就无法适应我。而且他们的模样是多么卑贱，多么狼狈啊！我不要一副狼狈相的人。我要的是机敏而有干劲的人，就像勒内、汤米·韦尔伯恩、凯尔斯·惠丁或者像西蒙斯家的男孩子那样，或者——或者任何像他们那样的人。他们都没有南方刚刚投降后那些士兵流露出来的那种‘什么都不在乎’的神情，而是显得对许多事情在乎，而且很在乎。”

但是，西蒙斯兄弟已开办了一个砖窑，凯尔斯·惠丁正在出售在他母亲厨房里配制的一种药料，这种药料专治黑人的鬈发，无论鬈得多么厉害的头发，只要拿这种药涂抹六次就保管会变直。出乎她的意料，他们都朝她彬彬有礼地笑笑，谢绝了她。她还去找了十来个人，得到的是同样的结果。她无可奈何之中便提出增加工资待遇，但仍然遭到了拒绝。梅里韦瑟太太有一个侄儿，不客气地对她说，虽然他并不特别喜爱赶大车，但毕竟赶的是自己的马车，他宁可自己去闯，也不想为斯佳丽干活。

一天下午，斯佳丽把自己的马车停在勒内·皮卡尔的糕饼车旁，她看见汤米·韦尔伯恩也在车上，他是搭着朋友的车回家的，她便向他们招呼了一声。

“喂，勒内，你为什么不到我那里去工作呢？管理工厂的活儿总比赶卖小吃的车体面得多呀。我想你准觉得丢人的。”

“我吗？我才不觉得丢人呢，”勒内咧着嘴笑道。“谁还顾得上体面呢！过去我一向是体面的，直到战争把我像解放黑奴似的给解放了为止。从今以后，我再也不该摆尊贵的架子，过百无聊赖的日子。我现在像鸟儿一样自由自在。我喜欢我的糕饼车，我喜欢我的骡子，我也喜欢那些照顾岳母的糕饼的北佬。不，斯佳丽，我一定要做糕饼大王了。这就是我的命运！就跟拿破仑一样，我听凭命运的安排。”说着，他像演戏似的挥舞起他的鞭子来。

“可是你父母把你养大不是让你赶糕饼车的，正如汤米的父母把他养大不是让他费力地去跟那些放荡的爱尔兰泥水工打交道的。我那里的活儿比较——”

“那么你的父母把你养大是为了让你开锯木厂的啰，”汤米说着把嘴角撇了撇。“不错，我可以看见小斯佳丽坐在她母亲的膝头上咿咿呀呀地在背功课：‘你如果能把坏木头卖好价钱，就千万别卖好木头。’”

勒内听了哈哈大笑起来，一边乐滋滋地闪动着他那双猴子眼，在汤米隆起的背上狠狠地捶了一下。

“别那么无礼，”斯佳丽冷冷地说，因为她看不出汤米的话有什么幽默。“当然，我并不是生来开木厂的。”

“我没有想无礼的意思，可是你现在确实是在开木厂，不管你生来该不该开；而且还开得挺不错呢。总之，依我看，我们谁都在干自己没有打算要干的事情，但是我们都照样凑合着过日子。要是因为生活不能像自己所期望的那样，便坐下来哭鼻子，那才是可怜虫和可怜的民族呢。你干吗不去找一个有魄力的提包客来替你工作呢，斯佳丽？现在树林里有的是这种人，我敢起誓。”

“我不要提包客。提包客什么都要偷，只要不是烧得火红的，或者用钉子牢牢钉着的。他们只要稍稍有点身份，就会呆在原来的地方，不会跑到这儿来抢我们的东西了。我要一个好人，好人家出身的人，要头脑灵活，为人诚实，又要有干劲，还要——”

“你的要求可并不多呀。不过像你出的这点工钱，是找不到这样的人的。你描述的那种男人，除非他已严重地伤残，都早已找到活儿干了。可能他们的活儿不太合适，但都已有事情在做了。他们做的是自己的事情，总比替一个女人干强吧。”

“你们愿意去干那种低微的活儿，说明你们男人缺乏见识。”

“也许是吧，可是他们很有骨气，”汤米庄重地说。

“骨气！骨气的味道好得很呢，特别当它的外壳很薄，而你给它添上一层蛋白酥皮！”斯佳丽尖刻地说。

两人都笑了，虽然有些勉强；斯佳丽似乎觉得他们两个男性结成联盟来反对她。汤米说的情况是真的，她想道，脑海里想起她已经去找过的那些人和她打算要去找的那些人。他们都忙忙碌碌，都在忙于做事情；他们都在卖力地干活，这样卖力在战前的日子里他们是不可能想象的。他们干的活也许并不是他们想干的，或者并不是最轻松的，或者不是培养他们干的，但是他们确实在那里干活。如今的日子艰难，不容许男人们对活儿挑挑拣拣的。如果他们在为失去的希望而悲哀，在留恋失去的生活方式，那只有他们自己知道，别人是看不出来的。他们在打一场新的战争，一场比过去那场更艰苦的战争。而且，他们又关心起生活来，迫切而强烈地关心；在战争把他们的生活分割成两半以前，同样迫切和强烈的心情使他们生气勃勃。

“斯佳丽，”汤米尴尬地说，“对你说了不礼貌的话之后，我本来是不想再求你的，可是我还是要求你一件事。说不定这对你也有帮助。我的舅子休·艾尔辛现在靠卖引火柴过日子，境况不妙。现在除了北佬，大家都自己出去捡引火柴。而且我知道艾尔辛家日子过得非常艰难。我自己——我尽我的力在干，可是你知道，我要负担芳妮的生活，我还要照顾住在斯巴达的母亲和两个寡妇姐姐。休是个好人，你刚才说要一个好人，而且你知道他是好人家出身，人又诚实。”

“可是——嗯，休这个人不够精明强干，不然他干这卖引火柴行当也会成功的。”

汤米耸了耸肩膀。

“你看问题眼光可凶，斯佳丽，”他说。“但你倒仔细考虑一下休这个人。你可以进一步挑出更多的毛病。我认为他虽不够精明，但他的诚实和肯干可以弥补这一缺陷。”

斯佳丽没有作答，因为她不想显得过分粗暴。不过在她看来，不够精明这一点是难以用其他品质来弥补的。

可是后来她找遍全城，也找不到一个合适的人，而许多提包客拼命来要求雇用都被她拒绝了；最后她便决定接受汤米的决定，去叫休·艾尔辛。在战争期间，休曾经是个有勇有谋的军官，但他因受了两次重伤，打了四年的仗，好像他的机智都消耗尽了，现在已变得像个孩子，面对着和平时期的艰苦感到惶然。这些日子来，他在街上卖柴的当儿，神情看上去像一条丧家犬，所以他无论如何不是她所期望的那种人。

“他很蠢，”她想道。“他对生意经一窍不通，我可以肯定他连二加二也算不清楚。我怀疑他是不是还学得进什么东西。不过，至少他为人诚实，不会欺骗我。”

诚实两字近来对斯佳丽来说没有多大用处，然而她越是觉得诚实对自己没有什么价值，就越是感到诚实对于其他人是何等重要。

“可惜约翰尼·加勒吉尔已经在汤米·韦尔伯恩那个建筑工地上干事，”她想。“他正是我所要的那种人。他硬得像蜗牛，又滑得像蛇；但要是诚实对他有好处的话，他会诚实的。我了解他，他也了解我，我们两个一起做生意可以合作得很好。等那旅馆建成之后，我也许可以把他弄到手，但在那以前我只得将就用休和约翰逊先生。要是我让休来负责那家新木厂，把约翰逊留在老厂，我就可以呆在城里照管销售的事，锯木和运输都交给他们去管。在把约翰尼弄到手以前，我要是一直呆在城里，就得冒约翰逊先生偷我木头的危险。他要是不偷就好了！我看查尔斯留给我的那块地要分出一半来建个木料场。还有那一半我打算造一个酒馆，要是弗兰克不提着嗓门对我诉苦就好！唔，等我一弄到足够的钱，我就要造酒馆，管他生多大的气。假如弗兰克脸皮厚一些就好了！哦，老天，我的孩子偏偏要在这个时候生，真遗憾！不用多久，我的肚子就会大得不能出门了。哦，上帝，假如我不怀孩子就好了！啊，天哪，假如那些北佬不来找我麻烦那该多好！假如——”

假如！假如！假如！生活中居然会有这么多的假如，竟会永远没有肯定的事情，永远没有安全感，而老是担心着会失去一切，重新挨饿受冻。当然，现在弗兰克是稍稍多挣几个钱了，但是弗兰克老是感冒，往往一连几天不能够起床。假如他竟成了一个废人，怎么办呢？不，她是不能指望弗兰克来帮她多大忙的。她只能靠自己，决不能依靠任何东西和任何人。然而她能挣到的钱似乎少得可怜！哎，假如北佬来把她所有的一切全拿走，那她怎么办呢？假如！假如！假如！

现在她每月的收益，一半寄到塔拉庄园去给威尔，一部分拿去还瑞特的债，剩下的她积蓄起来。没有一个守财奴数钱数得像她那么勤，也没有一个守财奴比她更怕丢失钱。她不肯把钱存在银行里，因为银行可能倒闭，北佬可能把钱没收。所以，她尽可能把钱放在身边，塞在自己的紧身胸衣里，她还把钱分成一小叠一小叠藏在屋里各处——垫在火炉边松动的砖头底下，埋在垃圾袋里，夹在《圣经》里。一星期一星期过去，她的脾气变得愈来愈暴躁，因为她多储起一块钱，一遇到灾祸就多增加丢失一块钱的危险。

她每次发作时，弗兰克、佩蒂和仆人们都极其耐心地忍受着，总把她的坏脾气归咎于她有身孕，却丝毫不明了真正的原因。弗兰克知道凡事都得迁就怀孕的女人，所以他忍气吞声，从此不再提起她办木厂的事，也不再责备她在这种时候还要出去抛头露面，真不像话。她的所作所为始终让他感到丢脸，但是他认为自己可以再容忍她一阵子。等到孩子出世后，他知道她会重新变得像他向她求婚时那样娇媚可爱。然而，尽管他百般忍让来安抚她，她的脾气还是照发不误，于是他常常觉得她像是中了邪似的。

看来谁也不知道她究竟中了什么邪，怎么会变得像一个疯婆子的。原因不是别的，而是因为她急于要在自己完全闭门不出之前把一切事情都安排得井井有条，她要尽量多攒点钱来防备灾祸重新临头，她要筑起一道坚固的金钱大堤来防备北佬仇恨的潮水涌上来。近来她的心思完全被一个钱字占据了，就是在想起即将出世的孩子时，那也只有怨恨出世得不是时候，再也没有别的念头了。

“死亡、纳税和生孩子！这三件事是永远遇不上一个方便的时间的。”

当初斯佳丽，一个女人家，开始经营那个锯木厂的时候，亚特兰大人就大为反感，而随着岁月的流逝，大家便得出结论，这个女人是没有什么事干不出来的。她做生意精明已经骇人听闻，何况她可怜的母亲还是罗比亚尔家的；人人都知道她已有身孕，她却照样天天招摇过市，这种行径简直太不像话了。一个体面的白种女人，还有少数黑人，一旦怀疑自己怀了孕，是绝对不会再跑出家门的。所以梅里韦瑟太太愤慨地对大家说，照斯佳丽那样的行为，她大概打算在大街上生下孩子呢。

但是，过去所有那些对她行为的指责，要是跟眼下在城里流传的风言风语相比，那就不值一提了。大家都在说斯佳丽不但跟北佬在做买卖，而且她处处显得真正乐意这么干！

梅里韦瑟太太和其他许多南方人虽然也在跟新来的北佬做生意，但这里有一个区别，那就是他们不乐意这么干，而且他们这种不乐意的心情是明显表露出来的。而斯佳丽却心甘情愿地干这种买卖，或者至少表面上看来是如此，反正一样糟糕。她确实跑到北佬家里去过，跟北佬的太太们一块儿喝茶。事实上，她跟北佬的来往简直到了无所不为的地步，就差没有请他们到自己家里去，而城里人猜想，要不是佩蒂姑妈和弗兰克的缘故，她甚至会请他们去的。

斯佳丽本人也知道全城的人都在议论她，可是她不在乎，也无从在乎。现在她对于北佬，就跟他们当年要烧掉塔拉庄园的那一天一样，心里怀着深仇大恨，但是她能够把这种仇恨掩饰起来。她知道如果自己要赚钱，就得从北佬头上去赚；她还懂得对他们微笑，说几句好话去巴结他们，那就是为自己木厂兜揽生意的最可靠的办法。

等将来有一天，她很有钱了，而且她的钱财都已藏在北佬找不到的地方，那她就要对北佬说老实话了，她会对他们说她是多么憎恨、厌恶和鄙视他们。那该是一件多么痛快的事啊！但是在这一天还没有到来之前，她只得跟他们相处，这是明摆着的通情达理的办法。假如说这就是伪善，那就让亚特兰大人充分利用这种伪善吧！

她发现跟北方军官交朋友就跟用枪打地上的鸟儿一样容易。他们是在一片充满敌意的土地上做着寂寞的流亡者，而且其中许多人都渴望跟有教养的女性交往，然而在这座城里，凡是体面人家的女子，路上走过都对他们侧目而视，那模样好像恨不得要朝他们吐唾沫似的。只有妓女和黑种女人，才会和和气气跟他们说话。而斯佳丽虽然惹起了不少议论，却分明是个上等女人，而且是名门出身，所以她嫣然一笑，她那双绿眼珠里闪出动人的光芒，都会使他们丧魂落魄。

斯佳丽坐在自己的马车里跟他们谈话，让她那对酒窝发挥作用，心里却往往产生对他们极端的厌恶，甚至当着他们的面诅咒。然而，她克制自己，她还发现那些北佬可以由她随意摆布，跟她和南方的男子所进行的那种消遣一样容易。所不同的是，这谈不上是消遣，而是一件可厌的事。她所扮演的角色是一个落难的优雅、可爱的南方太太。她摆出一副庄严矜持的神态，这样就可以把受她摆弄的那些男人拒之于恰当的距离之外；但是，她的举止仍旧显得文雅，使那些个北佬军官一想起肯尼迪太太，心里总有一点暖呼呼的感觉。

这种暖呼呼的感觉对斯佳丽颇有益处——这正是她有意要造成的。有许多驻屯的军官，因为不知道自己要在这亚特兰大城呆多久，都把他们的家眷接来了。旅馆和客店都已经挤满了人，所以他们在建造许多小房子；他们乐意向这位和气的肯尼迪太太买木料，因为她待他们比城里任何人都客气。那些提包客和叛贼，也都在盖造华丽的住宅、店铺和旅馆，乐意上她这儿来谈生意，而不愿意到以前的邦联军人那儿去买木料，这些人彬彬有礼，但这种彬彬有礼既一本正经却又冷冰冰，实在比开口骂他们还要让人难受。

就这样，因为她又漂亮又迷人，有时候还会装出一副孤苦伶仃的样子，所以那些北佬都乐意光顾她的木料场，也乐意光顾弗兰克的铺子，他们觉得应该帮助这么一位有勇气的弱小女子，因为她显然只有一位窝囊的丈夫支持她。斯佳丽眼看生意在兴隆起来，觉得自己不但用北佬的钱来使眼前得到保障，而且有了北佬朋友她将来也有了靠山。

把跟北佬军官的关系保持在她所希望的水准上比她设想的要容易，因为这些北方军官似乎对南方的上等女人都怀有一点敬畏。但是不久她便发现，那些军官太太却成了麻烦，这她可没有预料到。跟那些北方女人打交道，并不是出于她的本意。她倒很乐意避开她们，但是她办不到，因为这班军官太太非要会见她不可。她们对南方和南方女人怀有强烈的好奇心，而斯佳丽给了她们第一个满足这种好奇心的机会。亚特兰大城里的其他女人，却跟她们不相往来，甚至在礼拜堂里碰见她们，也不肯朝她们点头招呼，所以当斯佳丽为了生意到她们家里去的时候，她仿佛使她们的祈求得到了满足。经常发生这样的情况：当斯佳丽将马车停在一个北佬的家门口，坐在马车里跟这家的男人谈着屋顶和柱子的时候，这家的太太就会跑出来参加谈话，或者执意要请她进屋里去喝杯茶。斯佳丽虽然对这种邀请很反感，却难得拒绝，因为她一直盼望有机会能婉转地建议她们到弗兰克的铺子里来买东西。不过有好多回，她的自我克制能力受到严峻的挑战，因为那些女人会问她许多涉及她个人的问题，也因为她们对所有南方的事物都摆出一副居高临下的态度。

由于那班北方女人把《汤姆大伯的小屋》①这本书看作仅次于《圣

---

①《汤姆大伯的小屋》是美国女作家斯陀夫人（1811—1896）的一本著名小说，揭露十九世纪美国黑奴在白人种族主义统治下的南方庄园的悲惨生活，深受林肯重视，认为对解放黑奴运动有重大历史意义。

经》的启示，所以她们全都想知道南方人是不是家家都养着猎犬用来追逐逃跑的黑奴。可是当斯佳丽回答她们说，她这辈子也只见过一条猎犬，它既温和又瘦小，不是那种高大凶猛的猎犬，她们始终不相信。她们想知道庄园主给他们的农奴在脸上烫印记的烙铁，和把农奴活活打死的九尾鞭，斯佳丽还觉得她们对黑奴男女姘居的情形表现出非常粗鲁而下流的兴趣。对于这一点，斯佳丽尤其感到厌恶，因为自从北佬的士兵在亚特兰大城驻扎下来后，黑白杂种的孩子的数量剧增。

这种无知的抱着偏见的言论，若是让亚特兰大城里别的女人听到了，准会气得要死，但是斯佳丽却设法克制住自己。她之所以能克制住自己，是因为她们激起她的与其说是愤慨，还不如说是鄙视。她们这些人毕竟是北佬，北佬本来就干不出好事嘛。因此，她们对她的国家、她的人民以及他们的道德的轻率的侮辱，她嗤之以鼻，不屑一顾，只能使她暗暗产生鄙夷。但是后来发生了一件偶然的事，使她怒不可遏，同时也使她看清(如果她需要看清的话)：南方与北方之间存在着的鸿沟多么深，而这道鸿沟是绝对不可能填补的。

一天下午，她同彼得大叔赶着马车回家，路上经过一栋北佬的房子，里边住着三家人家，他们都在给自己造房，用的木料是从斯佳丽那里买来的。她赶车经过的当儿，这三家的女人正站在门口的走道上，她们招手让她停车。那三个女人跑出来走到下车台跟前，和她打招呼，那说话的腔调使她觉得，北佬其他样样都可以饶恕，就是他们说话的口气万万不可饶恕。

“你正是我要找的人，肯尼迪太太，”一个从缅因州来的瘦长女人说。“我要向你打听一些有关这座愚昧无知的城市的事情。”

斯佳丽鄙夷地将她这种对亚特兰大城的侮辱咽下肚去，勉强装出笑容回答道：

“你要向我打听什么事？”

“我的保姆，我的布丽奇特，回北方去了，她说她在这些‘黑鬼’中间是一天也呆不下去了。现在我的几个孩子闹得我快疯了！你一定要告诉我怎样才能再找一个保姆。我不知到哪里去找。”

“这并不是什么难事呀，”斯佳丽说着便笑了起来。“你如果能找到一个刚刚从乡下来的黑女人，还没有给解放了的黑人事务局教坏，那你就找到了一个最好的仆人。你只消站在自己家大门口，见有黑女人经过就问，保管你——”

那三个女人气得大声喊叫起来。

“你当我会把自己的孩子交托给一个黑鬼吗？”那个缅因州女人说。“我要一个好的爱尔兰姑娘。”

“恐怕你在亚特兰大找不到一个爱尔兰女佣人，”斯佳丽声气冷淡地答道。“拿我自己来说，我就从来没有见过白种佣人，我家里也不愿意雇白种佣人。而且，”她忍不住让她的话里带一点挖苦的味道，“我可以向你担保，这些黑人不是吃人的野人，而是十分可靠的。”

“哎哟，不行！我家里是不容许有黑人的。怎么出这么个主意！”

“我才不会信任那些黑人，我才不干呢，说到让他们来替我管孩子……”

斯佳丽想起黑妈妈那双慈祥的、骨节很大的手，是在服侍母亲、她和韦德的过程中逐渐变得粗糙的。这些外乡人对那些黑皮肤的手知道些什么呢？他们哪里懂得这些手是多么可亲、多么令人感到慰藉，它们是多么善于安慰和爱抚？她顿时笑了起来。

“黑人是你们解放的，你们却会这么看待他们，这倒真是奇怪了。”

“我的天！不是我，亲爱的，”那个缅因州女人笑道。“我是上个月才到南方来的，这以前我从来没有见过一个黑人，而且巴不得从今以后不再见到呢。他们让我全身起鸡皮疙瘩。他们这种人我连一个都不会信赖……”

斯佳丽早已觉得身旁的彼得大叔呼吸急促起来，然而却背脊笔挺地在那儿坐着，一双眼睛牢牢地盯在马耳朵上。后来那个缅因州女人突然大笑起来，指着彼得叫她的两个同伴看，使得斯佳丽更加注意他。

“你们瞧那个老黑鬼，胖得像只癞蛤蟆，”她格格地笑着说。“我猜他准是你们家的老宝贝吧，是不？你们南方人不懂怎么对待黑人，都把他们给宠坏了。”

彼得咽了一口气，额头上的皱纹显得更深了，但是他仍然两眼笔直朝前望着。他这辈子还从来没有哪个白人叫过他“黑鬼”呢。其他黑人倒是这么叫过他。可是没有一个白人这么叫过他。他彼得许多年来可一直是汉密顿家受人尊敬的柱石，如今被人说成不可信赖，还被人叫做“老宝贝”！

斯佳丽感到，而不是看见，彼得的黑黑的下巴由于自尊心受到伤害而颤抖起来，于是她自己也不由得感到气得要发疯。起先这几个女人在耻笑南方的军队，诽谤杰夫 · 戴维斯，还指责南方人虐待、杀害黑奴，她怀着鄙夷的态度平心静气地听着。只要对她本人有利，即使侮辱她不贞洁和不诚实，她也会忍受的。但是，现在她听到她们对这个忠实的老黑人说了这么些愚蠢的话，好像一根火柴掉进了火药堆似的，她的怒火给点燃了。有好一会儿，她眼睛瞧着彼得腰带上挂着的一支大骑马手枪，两手痒痒地想去拔它。这些傲慢、愚蠢、专横的征服者实在该杀！然而她却只是紧紧地咬着牙关，直至下颚上的肌肉都暴了出来，一面暗暗在提醒自己，现在还不是时候呢。将来总有一天，她可以直截了当地对北佬说自己心里想说的话。总有这么一天，对。老天有眼！但是现在还不是时候。

“彼得大叔是我们家里的人，”她嗓音颤抖地说。“再见，我们走吧，彼得。”

彼得突然将那匹马抽了一鞭，吓得那马向前蹦了起来。当马车颠颠簸簸地朝前走动的当儿，斯佳丽听到那个缅因州女人用一种迷惑不解的声调说：“她家里的人？不见得说是她的亲属吧？他的肤色黑得很呢。”

这些该死的家伙！他们应该从这地球上给消灭掉。如果有一天我弄到足够多的钱，我一定要朝他们脸上啐唾沫！我一定要——

她瞥了彼得一眼，看见一颗泪珠正从他的鼻子上滚下来。她因为他受到了侮辱，心里产生一阵强烈的怜悯和悲伤，两只眼睛不由得疼痛起来。仿佛有人愚蠢地虐待了一个孩子一样。这些女人伤了彼得的心——就是这个彼得，他曾经在整个墨西哥战争期间跟随汉密顿老上校；也就是这个彼得，他在东家死的时候将他抱在怀里，他曾把玫荔和查尔斯扶养大，他一直都在服侍糊涂而傻乎乎的佩蒂帕特，还在她逃难的时候“保护”她，投降以后还“弄”了一匹马，把她从梅肯一路穿过满目战争疮痍的乡间送回家来。而这些女人竟还说黑人不可信赖！

“彼得，”她一面用手抓住他骨瘦如柴的臂膀，一面声音颤抖地说。“你怎么哭了，真丢人。你干吗放在心上？她们不过是几个该死的北佬罢了！”

“她们当着我的面说这种话，好像我是一头骡子，不懂她们的话——好像我是个非洲人，不懂她们在说些什么，”彼得一边说一边狠狠地哼了一声。“她们叫我黑鬼，可我不是黑鬼，我一辈子可从来没有让白人叫过黑鬼！还说我是老宝贝，还说黑鬼是不该信赖的！说我这人不可信！哼，当初我们的老上校死的当儿，他对我说：‘你，彼得！你好好照看我的孩子吧，好好照看年轻的佩蒂帕特小姐吧，’他说，‘因为她头脑简单得像只蚱蜢。’我这些年来一直好生照看着她。”

“除了天使加百列[①]，谁也不会像你干得这么出色，”斯佳丽安慰说。“没有你，我们哪里能活到今天！”

“谢谢你说得好，小姐。这种事情只有我知道，只有你知道，他们北佬是不会知道的，他们也不想知道。他们怎么会跟我们搭界，斯佳丽小姐？他们不了解我们南方人。”

斯佳丽没有作声，因为她憋了一肚子的火，刚才在那几个北方女人面前没有发作，这会儿仍在肚子里燃烧。这两人默默无言地赶着车回家。彼得已停止了抽鼻子，于是他的下唇开始渐渐地鼓了起来，鼓得让人吃惊。他最初出现的伤心情绪正在平息，而怒火却在心坎里越烧越旺。

斯佳丽心里想道：这些该死的北佬真怪！这几个女人似乎看到彼得

---

① 根据《圣经》记载，加百列是天使长；她曾对贞女马利亚宣布说，马利亚将成为耶稣的母亲。

肤色是黑的，就以为他没有长耳朵，所以听不见，也不像她们自己那样，具有敏锐的感情，所以不会伤心。他们北佬不懂得黑人应该耐心地对待，跟孩子一样，他们应该受到指导、表扬、疼爱乃至责备。他们不了解黑人，也不了解黑人和他们旧主人之间的关系。然而，他们却发动一场战争来解放他们。现在他们把黑人解放了，却又不愿和他们发生任何关系，而仅仅利用他们来给南方人造成恐怖。他们不喜欢黑人，不信任黑人，不了解黑人，却一直大声疾呼地宣传说，南方人不懂如何和黑人相处。

他们居然说什么黑人不能信任！斯佳丽对黑人远比对大多数的白人信任，也肯定比对任何一个北佬信任。他们身上具有忠诚、耐劳、仁爱等品质，不是任何煎熬所能破坏，也不是金钱所能买到的。她想起面临北军入侵却仍然留在塔拉庄园的那少数几个忠心耿耿的黑人，当时他们尽可以逃走，或者去参军过悠闲的日子。但是他们留下了。她想起迪尔西当初是怎样陪她在棉田里干苦活的，又想起波克是怎样冒着生命危险到邻居家偷鸡来给家里人吃的，还想起黑妈妈又是怎么跟着她到亚特兰大城来，防止她做错事的。她同时想到自己邻舍家的那些仆人，也都始终忠心耿耿地厮守着他们的主人；当男主人在前线打仗的时候，他们保护着自己的女主人，在战乱的恐怖之中陪着她们去逃难，受了伤的他们护理，死了的他们掩埋，失去亲人的他们给以安慰；他们替主人干活，代主人去乞讨、去偷窃，为的是主人的桌子上不致缺乏食物。就是在现在，虽然解放了的黑人事务局对他们许下了种种奇迹般的诺言，他们依然舍不得离开他们的白种主人，而且比从前当奴隶时代还更加劳苦。然而这一切，北佬是不了解的，也永远不会了解。

“可是他们解放了你们呢！”她大声说道。

“不，小姐！他们没有解放我。我也用不着这种穷白人来解放，”彼得怒气冲冲地说。“我仍然是佩蒂小姐家的人，等我死了，她会把我葬在汉密顿家的坟地上，那儿是我的归宿……我女东家要是听我说你让那北佬的老婆欺侮我，她准会发病的。”

“我没这么做呀！”斯佳丽吃惊地嚷道。

“你就是这么干的，斯佳丽小姐，”彼得说着把下唇伸得更长了。“问题是，你跟我过去和这帮北佬没有一点来往，他们就没法侮辱我嘛。要是你不跟她们聊什么天，她们就不会有机会来把我当成骡子，或是非洲佬了。你刚才也没有帮我说过一句话呀！”

“我也帮过的！”斯佳丽说，她被这句责备话刺痛了。“我不是对她们说，你是我们家里的人吗？”

“那不算数，那本来是事实嘛，”彼得说。“斯佳丽小姐，你不做生意，就跟这些北佬没有来往了嘛。谁家的奶奶小姐跟他们有来往呢？你瞧佩蒂小姐就不会睬这帮穷白人。要是让她听见刚才她们说我的那些话，她准会不高兴的。”

彼得的这番批评，比弗兰克、佩蒂姑妈或邻居们所说的任何话更让斯佳丽难受；她听了这些话觉得心烦意乱，恨不得一把抓住这老黑人，直摇得他两排没有牙齿的牙龈啪的闭上才罢休。彼得说的句句都是实话，可是她极不愿意听见这样的话从一个黑奴，而且是自己家里的黑奴嘴里说出来。照南方人看来，要是得不到自己的奴仆敬仰，那可是莫大的耻辱了。

“叫我老宝贝儿！”彼得嘟囔道。“我想佩蒂小姐听到这种话准不让我再替你赶车了。那是一定的，小姐！”

“佩蒂姑妈会让你照常给我赶车的，”她严厉地说，“你不许再说这种话了。”

“我背脊骨儿犯病啦，”彼得神色阴郁地警告说。“这会儿我背疼得可厉害呢，挺都挺不起来了。我犯病的时候，我女东家是不让我赶车的……斯佳丽小姐，要是我们自己人不赞成你所干的事儿，那不管那些北佬怎么瞧得起你，也不管那些穷白人怎么瞧得起你，对你是没有好处的。”

这句话一语道破了斯佳丽眼下的处境，她愤愤地陷入了沉默之中。说得不错，那些征服者确实都赞赏她，而她家里人和邻居都对她有看法。全城在议论她的话，这她全都知道。而现在连彼得也对她不满了，甚至不愿跟她一起在大庭广众之中露面。这可叫她忍无可忍了！

在这以前，她是向来对舆论不当一回事的，不但不当一回事，还稍稍对它抱鄙夷的态度。但是彼得的话却使她的心里燃烧着强烈的怨恨，逼得她采取防卫的态度，并使她突然觉得那些邻居跟北佬一样可恨。

“我做什么事干吗要他们来管呢？”她想。“他们准认为我喜欢跟北佬结交，和像庄稼汉那样干活。他们这样做，使我本来觉得困难的工作愈加困难了。但管他们怎么想我才不在乎呢，我不会让自己在乎的。我现在还顾不上在乎呢。不过总有一天——总有一天——”

啊，总有一天！到了那一天，她的世界重新有了保障，她就要在家里舒舒服服地坐着，叉着双手，跟母亲过去一样，做起让人肃然起敬的贵妇人来。到了这一天，她就会像一位真正的贵妇人那样，受到服侍和保护，于是人人都会赞赏她了。哦，到她再有钱的时候，她会变得多么了不起啊！到那时，她就可以让自己变得跟母亲从前一样，待人又和气又温柔，也会想到别人和礼节了。到那时，她就不会日日夜夜忧虑重重，生活又会变得平静而从容了。她会有空闲跟她孩子玩耍，关心他们的功课了。在冗长而温暖的下午，她会有许多体面的太太小姐们来拜访，她会在塔夫绸裙窸窣声和芭蕉扇有节律的扇动声中，用茶水、可口的三明治和糕饼来招待大家，用悠闲的聊天来打发时间。她会待那些受苦受难的人非常仁慈；拿一篮篮的东西去救济穷人，给患病的人送去汤和果子冻，还用她自己漂亮的马车去带那些不那么走运的人去摆摆阔气。她会像自己母亲从前那样，真正做一个南方的贵妇。于是，人人都会喜爱她，就像当年他们喜爱母亲一样；人人都会说她非常慷慨，把她叫做“女施主”了。

她从这些想法中获得乐趣，并没有因为她意识到自己没有真正要待人慷慨、宽厚、仁慈的愿望而感到扫兴。她之所以要具备这些品质，只是为了图一个好名声。不过她的脑袋是一张粗疏的网，根本就无法滤出这种细微的区别来。她只知有一天，她有了钱，人人都会称赞，如此而已。

有一天，但不是现在！时候尚未到，让别人去对她说三道四吧。现在她还没有时间做个显赫的贵妇人。

彼得的话果然应验了。佩蒂姑妈真的激动了，彼得的背痛病也在一夜里发作得从此再也不能赶车了。这以后斯佳丽就独自赶车，手掌上开始在退去的茧子又重新长出来了。

春天的几个月份就这样过去了，四月的冷雨已经变为绿油油的五月的温馨。好几个星期里，斯佳丽忙于工作，焦灼万状，怀孕的身子日趋臃肿而行动渐渐不便。这期间她的老朋友们对她愈来愈冷淡，而家里人却待她愈来愈体贴，也愈来愈为她担心，同时看到她如此焦灼不安也愈来愈觉得迷惑不解。在这些怀着焦灼的心情拼命奋斗的日子里，她心里只有一个人可以依靠，也只有一个人能理解她，这个人就是瑞特·巴特勒。说也奇怪，瑞特这个人变幻莫测得跟水银一般，十恶不赦得像是刚从地狱来的魔鬼，而偏偏是他却以这种面目出现在她心坎里。但是他确实给她以同情，这种同情她从未从任何别的人身上得到过，也从未期望从瑞特那里得到。

他经常离开本城神秘地去新奥尔良，他从来没有说明上那儿去的原因，不过斯佳丽稍微带点忌妒地觉得，这肯定跟某个女人——或者不止一个女人有关。但是自从彼得拒绝替她赶车以后，瑞特呆在亚特兰大的时间就越来越长。

他在亚特兰大的时候，大部分时间都在现代女郎酒馆楼上赌钱，或是在贝尔·沃特林的酒吧里跟那些有钱的北佬和提包客密商赚钱的计划，使得全城的人愈加觉得他比他这些朋友们更可恨。现在他不到佩蒂家里来了，大概是因为他尊重弗兰克和佩蒂的感情的缘故，因为在斯佳丽目前怀孕的情况下，要是有男客来访，他们准会恼火的。但是她几乎每天都要跟他碰巧相遇。当她赶着马车经过僻静的桃树街和迪凯特街到木厂去的时候，他往往会骑着马到她马车跟前来。他总是勒住马缰，跟她聊一会儿，有时候他会将自己的马拴在她马车背后，跳上车去替她赶一会车。近来她很容易疲劳，尽管她嘴上不肯承认，所以当瑞特上去接过缰绳时，她心里总是暗暗地感激。他总是在他们到达城里之前就离开她，尽管如此，全亚特兰大的人都知道他们的相会，这样就给斯佳丽的长长一串违反礼节的清单上又添加了新的谈论资料。

她有时也起了疑心，这一次次会面难道全是偶然的吗？随着一个个星期过去，城里黑人的行为愈来愈无法无天，而他们这种会面也愈来愈频繁。可是他为什么偏偏要挑她模样最丑的时候拼命来找她作伴呢？即使他过去曾对她有所打算，眼下他肯定没有对她怀什么心意，不过对于这一点她也开始起疑心了。现在他已经有好几个月没有再开玩笑地提到他们俩在北军监牢里那让人苦恼的场面。他从不提起阿希礼和她对阿希礼的爱情，而且再也不说自己“打她主意”之类的粗话了。她觉得还是不惹是生非为上策，所以对他们频频会面的事，没有要求他作出解释。最后，她自己得出判断：因为他除了赌钱之外无事可干，再加上他在亚特兰大几乎很少有好朋友，所以他来找她不过是为了要跟她做伴。

无论他的理由会是什么，她觉得他来做伴是很受欢迎的。他听她抱怨失去的顾客，滥账收不回来，约翰逊先生对她的欺骗，而休又是那么不称职。他为她的成就鼓掌喝彩，而弗兰克听了只是流露出宽容的微笑，佩蒂姑妈则会表情惊讶地说声：“哎哟！”她可以肯定瑞特经常为她在拉主顾，因为他跟有钱的北佬和提包客关系都很密切，可是他一直否认自己在帮助她。她知道他是怎样一个人，也从来没有信任过他，但是她每回看到他骑着一匹大黑马，绕着弯弯的林荫道前来时，她的心情总是高兴起来。当他跳上她的马车，从她手里接过缰绳，对她说几句俏皮话时，尽管她心事重重，身子也愈来愈臃肿。她立刻觉得自己又年轻、快活了，又富有诱惑力了。她几乎无论什么话都可以对他说，丝毫不用费心去掩盖她真正的动机或真正的看法，倒是跟弗兰克说话时，她会感到难以启口——甚至跟阿希礼说话时也有这种感觉，如果她必须得说实话的话。不过当然啰，她跟阿希礼交谈时，考虑到名誉问题，确实有许多话不能说，这种情况也导致对其他一些话产生抑制作用。现在有瑞特这么一个朋友，真使她感到安慰，何况他出于无法解释的原因，已决意待她规规矩矩了。她确确实实感到莫大的安慰，因为近来她的朋友少得可怜。

“瑞特，”在彼得大叔发出最后通牒不久后，她气冲冲地问道，“为什么这座城里的人要这么卑鄙地来对待我，这样议论我？照他们看起来，我和那些个提包客相比到底谁坏还没有个准儿呢！我一直在管自己的事，从来也没有做过什么缺德的事，而且——”

“你要是没有做过什么缺德的事，那是因为你没有机会，他们说不定对这一点隐隐约约有点知道。”

“哦，别胡说！他们要逼得我发疯了。我所做的只不过是想赚点钱罢了，再说——”

“你做的一切跟别的女人不同，而且你确实干出了一点成就。我以前对你说过，这无论在什么社会里都是一种不可饶恕的罪孽。谁要与众不同，就该倒霉！斯佳丽，别的不说，就说你那锯木厂办得很兴隆这一事实，就是对任何一个生意不兴隆的男子的侮辱。你要记住，一个有教养的女人的地位是在家里，她不该知道这个忙碌而残酷的世界上的任何事情。”

“可要是我一直呆在家里，我早就无家可归了。”

“按理说，你就应该彬彬有礼地怀着自尊心挨饿。”

“哦，别瞎胡闹！你倒瞧瞧梅里韦瑟太太。她把糕饼卖给北佬，这不比开锯木厂更糟吗？艾尔辛太太揽针线活儿，开公寓收房客；芳妮给人家在瓷器上画花儿，货色蹩脚得谁都不想要，可大家为了帮助她，都向她买了，还有——”

“不过你没有看出其中的要点，我的宝贝。她们的事业都不成功，所以她们没有伤害南方男子们的强烈的自尊心。他们仍旧可以说：‘这些可怜的傻娘儿们，她们干得多辛苦啊！唔，我要让她们觉得她们是帮了忙的。’而且，刚才说的那些太太，她们都觉得没有办法才这么干。她们总是让人觉得这种繁重的活儿不应该是她们女人干的，她们总是等待男人来把这副担子从她们身上卸下来。所以，人人都觉得她们可怜。而你分明喜欢干工作，而且你显然不愿意男人来为你管事，因此谁也不会来可怜你。为了这点，亚特兰大人永远也不会饶恕你。他们向来喜欢可怜别人。”

“我希望有时候你说话正经点儿。”

“你曾经听人说过‘尽管狗在汪汪乱叫，商队照样前进’这么一句东方谚语吗？让他们叫吧，斯佳丽。我想什么也阻挡不了你的商队前进的。”

“可是他们干吗要来反对我挣一点钱呢？”

“你不可能样样都有嘛，斯佳丽。你要么照现在这样不守女人本分去挣钱，那就只能走到哪儿都遭人冷待；要么就贫穷，但仍保持体面，这样就可以有许多朋友。这两条路由你选择。”

“我不愿贫穷，”她连忙回答道。“可是——这样的选择是对的，是不是？”

“如果你把钱看得比什么都重的话。”

“是的，我是把钱看得比世界上什么都重。”

“那么你就只能选这条路了。但这个选择会带来一种不良后果，正如你所要的大多数东西都会带来不良的后果。这就是孤独。”

这话使她沉默了一会儿。这话说得一点不错。她停下来仔细想了想，觉得自己现在确实有点孤独——一种缺乏女性伴侣的孤独。战争期间，她每感到烦闷的时候，还有母亲那儿可以走走。母亲死后，玫兰妮一直做她的伴儿，虽然她跟玫兰妮除了同在塔拉庄园干苦活之外，并没有什么共同的地方。现在，一个人也没有了。佩蒂姑妈除了她那个小小的谈话圈子之外，对生活便一无所知了。

“我想——我想，”她迟疑地开口说道，“就跟女人的关系来说，我一直是感到孤独的。并不是因为我干工作，亚特兰大女人才讨厌我呢。她们反正是不喜欢我。除了母亲，没有哪个女人喜欢过我。就连我自己的妹子也一样。我也不知道究竟为什么。甚至在战前，甚至在我跟查理结婚以前，那些太太小姐对我无论做什么事，似乎都不以为然——”

“你可忘记了韦尔克斯太太，”瑞特说，眼睛里闪动着不怀好意的光芒。“她可一直都是彻头彻尾地赞成你的呀，我看除了杀人之外，你干什么事情她都赞成。”

斯佳丽冷酷地想道：“就连杀人她也是赞成的。”于是她鄙夷地大笑起来。

“哦，玫荔！”她说。接着她神情阴郁地说：“如果玫荔是唯一赞成我的女人，那对我当然也算不得什么光彩。她连一只珍珠鸡的头脑都不具备。假如她有一点头脑的话——”她有点困窘地煞住了。

“假如她有一点头脑的话，她就会意识到一些事情，于是也就不会赞成了，”瑞特替她说完那句话。“唔，这你当然比我清楚。”

“哦，你这该死的记性和无礼的态度！”

“你这样骂我没有道理，但我不会在意，也不必搭理，还是回到刚才的题目上吧。你得自己下决心。如果你要与众不同，那你就得孤立，不仅是你自己一辈的人要疏远你，就是你上一辈的人和下一辈的人也都要不睬你。他们永远也不会了解你，无论你做什么事情，他们都会感到震惊。不过你祖父母一辈也许会为你感到自豪，说：‘是我们家的种！’而你的孙儿女一辈，会敬佩地叹息道：‘那准是个多么了不起的老奶奶哪！’而且他们都想学你的样。”

斯佳丽乐得哈哈大笑起来。

“你有时候说话真是一针见血！当年我们家的外祖母罗比亚尔就是那个样。我小时候淘气，黑妈妈总是拿她来吓唬我。外祖母这个人冷若冰霜，对自己和别人的举止行为都非常严厉，但是她结过三次婚，并且曾经使她的情人们为了她决斗了不知多少次。她爱搽胭脂，衣裳领口开得低得让人吃惊，而且，嗯，里边几乎不穿什么内衣。”

“而你是非常钦佩你的外祖母了，虽然你一向都想学你的母亲！我的祖父就是个海盗嘛。”

“不见得吧！难道真是逼人蒙着眼走跳板①的那种海盗？”

“只要有钱可图，我想他是会逼人走跳板的。总而言之，他弄到了许多钱，多得能留给我父亲，使我父亲也成了大富翁。不过我们家里的人都很当心，总是把他叫做一个‘海船的船长’。后来他在一家酒馆里跟人吵架，被人打死，那时离开我出世还早得很呢。不用说，他一死，

---

① 十七世纪海盗残杀俘虏的一种方法，他们将俘虏的眼睛蒙起来，逼他在突出在舷外的板上行走，使之失足坠海丧命。

我们小辈都松了口气，因为这位老先生一天到晚都泡在酒里，喝得酩酊大醉的时候，就很容易忘记自己是个‘退休的船长’，却往往向人回忆过去的生涯，这可把我们这些儿孙们吓坏了。不过我倒是十分钦佩他，我情愿学他的样，也不想学父亲的。我父亲是位和蔼可亲的绅士，行为非常检点，满脑子做人之道——你准明白结果会是怎样。我肯定你的儿女对于你的所作所为绝不会赞成，斯佳丽，正如现在梅里韦瑟太太、艾尔辛太太以及她们的儿女不赞成你一样。将来你的儿女大概都会既温柔又驯服，一般艰苦奋斗过的人生出来的子女通常都是如此。更糟糕的是，你像所有的母亲一样，也许决不肯让自己的子女再吃你自己吃过的苦。这就大错特错了。艰苦既能造就一个人，也能毁掉一个人。所以你得等你的孙子一辈的人来赞赏你了。”

“我想不出我们的孙子一辈将成为怎样的人？”

“你这个‘我们’两个字，意思是不是指你跟我有共同的孙儿女呢？咦，肯尼迪太太！”

斯佳丽突然发觉自己失言，不由得满脸绯红。她不单单是因为他这一句玩笑话而觉得羞愧，而且突然意识到自己的大肚子。他们两人谁也没有提起过她怀孕的事情，而且跟他在一起的时候，哪怕天气暖和，她也总是把车毯一直盖到腋下，还一直以一般女性的方式安慰自己，认为这么盖着她的大肚子就一点看不出来了。现在她因为自己怀着身孕而突然恼怒起来，还因为他看出来了而感到害羞。

“你给我滚下车去吧，你这个思想龌龊的畜生！”她说道，声音有点发抖。

“我现在决不下车，”他平静地回答道。“你还没到家，天色就要黑下来了，就在下一道泉水附近的帐篷和棚窝里，住着一帮新来的黑人，听说都是些下流坯。你何必让容易冲动的三K党人今晚穿起夜行衣来，骑马到处奔跑呢[①]？”

---

① 瑞特的意思是，如果斯佳丽没人护送单独赶车回家，那说不定会遭到黑人的侮辱，这样就会引起三K党的报复。

“你滚吧！”她一边使劲地拉着马缰绳，一边喊道，可这时她感到一阵恶心。他连忙勒住马，给她两块清洁的手帕，一面很熟练地托住她的头，让她的头伸出车子一边去。傍晚的阳光正穿过新抽芽的树叶丛斜照过来，好似一片金黄与翠绿交织成的漩涡，那景象延续了好一会儿，让人看了头昏目眩。直至那一阵眩晕过去之后，她把自己的头埋在双手里，纯粹出于羞辱而哭了起来。她不但是当着一个男人的面呕吐——因为呕吐本身就够杀风景的了，一个女人遇到这样不巧的事情会觉得狼狈不堪——而且由于这么一呕吐，她已经怀孕这个羞人的事实现在必定暴露了。她觉得自己从此不敢再正面注视他了。这丢丑的事没有碰到别人，却偏偏碰到这个向来不尊重女性的瑞特！她不停地哭着，一边等着他说出几句她一辈子忘不了的粗鲁的打趣话来。

“别那么傻！”他平静地说。“如果因为怕难为情而哭泣，那你真太傻了。你听我说，斯佳丽，不要孩子气啦。你当然应该清楚，我又不是瞎子，我早就看出你怀孩子了。”

她用吃惊的声音喊了声“哦”，便用手指将她那张绯红的脸捂得更紧了。“怀孩子”这几个字本身就够吓人了。弗兰克在提到她怀孕的时候总是窘态十足地用“你身子不便”这样的说法；杰拉尔德当年在不得已提到这类事情的时候，习惯于使用“即将分娩”这种较为文雅的措词；而太太小姐们则斯文地把怀孕称做“有喜了”。

“你如果当我不晓得这件事，那你真是个孩子了。你一直用这块暖和的车毯蒙着身体，我自然知道。要不然，我为什么一直这么——”

他说了一半突然停住，两人之间出现一片静默。他重新抓起了缰绳，对着马儿“驾”地叫了一声。他继续平静地跟她谈着话，当他的慢条斯理的话令人愉快地传到她耳畔时，她低垂的脸庞上的红晕就褪去了一些。

“我没有想到你会这么吃惊，斯佳丽。我总当你是个明白人，所以我感到失望。难道你头脑里会存在那种怕羞的念头么？我想我自己不是一个上等人，所以才会对你提起这件事。我知道自己确实不是一个上等人，因为我见到怀孕的女人应该窘迫，而我却没有这种感觉。我觉得自己可以把她们当作正常的女人看待，而不必故意去看天，看地，看周围的一切，却不去看那个女子的腰部——然后又偷偷地朝她的腰部瞟上一眼，这种做法我一向认为极不礼貌的。我为什么要这样呢？女人怀孕完全是正常的现象嘛。在这种事情上，欧洲人就比我们通情达理多了。他们看见怀胎的母亲是要道喜的。虽然我并不主张也要那么做，但他们这种态度仍然要比我们这种讳莫如深的做法要高明。这是正常的现象，女人应该为此感到自豪，而不应该深深躲进关着的房里去，好像是犯了什么罪似的。”

“自豪！”她声嘶力竭地叫道。“自豪——呸！”

“难道你有孩子不觉得自豪吗？”

“哦，上帝，不！我——我讨厌孩子！”

“你是说——弗兰克的孩子？”

“不——不管是谁的孩子。”

她发现自己又说漏了嘴，有好一会儿感到懊悔，可是他照样从容地谈着，好像没听见似的。

“那么我跟你不同，我喜欢孩子。”

“你喜欢？”她听见这话觉得很吃惊，竟忘记了羞涩，抬起头来喊道。“你真会说谎！”

“我喜欢刚出生的婴儿，也喜欢幼小的孩子，但是等到他们长大了，获得了大人的思想习惯，大人的说谎、欺骗和干卑鄙勾当的能力，我就不喜欢了。这对你说来不能算新闻。你知道我是多么喜欢韦德·汉普顿，虽然他不是一个很理想的孩子。”

这倒是真的，斯佳丽想道，忽而觉得诧异起来。他确实很乐意跟韦德玩耍，还常常捎给他礼物。

“既然我们把这个让人讨厌的问题挑明了，而且你也已经承认不久的将来就要生孩子了，那么我要跟你说一些我已经憋了两个礼拜一直想说的事情——两件事情。第一件是你独自赶车很危险。你自己也清楚。跟你说过好多次了。如果你本人对遭人奸污的事情不太在乎，你总得考虑这种事情所引起的后果吧。由于你的性格执拗，你也许会造成一种局面，使本城爱打抱不平的好汉们不得不替你报仇，非吊死几个黑鬼不可。这样，北佬就会追捕他们，就说不定有人要上绞架。你是不是想到过，现在那些上等女人都不喜欢你，也许其中有一个原因就是怕你的行为可能会害得她们的儿子和丈夫的脖子上套绞索？再说，如果三K党杀了更多的黑人，北佬就会对亚特兰大城施行严厉的高压政策，相形之下谢尔曼的所作所为显得像天使般地仁慈了。我知道自己所说的话凿凿可靠，因为我跟北佬来往密切。说来惭愧，他们把我当作自己人，所以我听见他们公开这么说过。他们打算要消灭三K党，为了达到这个目的，哪怕要把全城重新烧光，把十岁以上的男子一齐绞死，也在所不惜。这对你也会有损害，斯佳丽。你的钱也许会保不住。而且，这野火一旦烧起来，那就难说会烧到哪儿才停住。财产要没收，租税要增加，可疑的女人要被处以罚金——这种种做法，我都听到他们提起过。三K党——”

“你认得三K党的人吗？汤米·韦尔伯恩和休——还有——都是不是——”

他不耐烦地耸耸肩膀。

“我怎么会知道呢？我是个叛徒、变节者，是个叛贼。你想我会知道吗？可是我知道那些受到北佬怀疑的人，他们只要稍稍出一点差错，就等于给套上绞索了。我知道你哪怕害得邻居上绞架也不会懊悔的，可是你如果失去那锯木厂，那我相信你一定会懊悔的。现在我看到你脸上那一副固执的模样，就知道你不相信我的话，我的话等于是白说了。所以我只能对你说一句话，你得一直把手枪带在身边——我在城里的时候，我一定设法来替你赶车。”

“瑞特，难道你真是——真是为了保护我才——”

“是的，亲爱的，正是那种我自己经常夸耀的骑士精神促使我来保护你的。”这时他那双黑眼睛里又开始闪烁着嘲弄的光芒，方才那一脸正经完全消失了。“我为什么要这样呢？那是因为我深深地爱着你，肯尼迪太太。是的，我一直都默默地渴念着你，一直都远远地崇拜着你；但是我是个讲体面的人，就跟阿希礼·韦尔克斯先生一样，所以一直对你掩盖着这种感情。哎，你现在是弗兰克的太太了，名誉阻止了我对你说这样的话。不过就连韦尔克斯先生的名誉有时候也会出现裂痕，现在我的名誉也出现了裂痕，所以就把自己隐藏着的感情向你吐露了，而且我——”

“哦，我的天，你住嘴！”斯佳丽打断了他的话。跟往常一样，她对他使自己显得像一个自负的傻瓜总是很恼火，同时她也不愿意把阿希礼这个人和他的名誉当作进一步交谈的话题。“你刚才还想告诉我的另一件事是什么呢？”

“怎么？我正把一颗热恋而破碎的心向你展现的时候，你却要换一个话题了？好吧，另一件事是这样。”这时他眼睛中嘲弄的光芒又消失了，脸上呈现出阴沉而平静的神态。

“我想要你对这匹马干点什么。它性子太拗了，它那张嘴跟铁一样硬。赶起来挺费劲的，不是吗？唔，它要是使起性子来脱缰乱跑，你就没法控制它。要是你翻进沟去，你和孩子的性命说不定都保不住。你得替它换上一副最重的嚼铁，要不然，我去替你换一匹比较温和，嘴也要嫩一些的马来。”

她抬头朝他那张平静而没有表情的脸看了一下，突然，她的恼怒消失了，就像刚才谈到她怀孕时所引起的羞涩消失一样。刚才，她巴不得自己死的时候，他怀着一片好心安慰她。现在，他愈加显出好心，还对她的马想得十分周到。她突然觉得一阵感激之情袭上心头，她不明白为什么他就不能永远像现在这样。

“这马确实不好驾驭，”她口气温柔地表示同意。“有时我白天赶车，晚上就整夜膀子酸疼。那你看怎么办好，你就办吧，瑞特。”

他的眼睛调皮地闪着光芒。

“这话听起来甜蜜而充满女性的味道，肯尼迪太太。不像你平时那么强横霸道。唔，只消恰当地对待你，就可以使你变成一个依赖男人的女人。”

她双眉一皱，火气又上来了。

“这一回你非给我滚下车去不可，不然，我就拿鞭子抽你。我不知道自己干吗要容忍你——为什么要尽量对你客气。你这个人不讲礼貌。

你没有道德。你是个彻头彻尾的——哼，滚吧，我可不是说着玩儿的。”

但是，等他下了车，把自己那匹拴在车背后的马解下来，站在暮色苍茫之中，咧着嘴朝她逗弄地嬉笑时，她一边赶车起动，一边也忍不住朝他抿嘴一笑。

是的，他这个人很粗鲁，也很狡猾，跟他打交道很危险，而且你永远也说不准，你在毫无警惕的时候交到他手里的一把钝武器可能变成一柄极锋利的尖刀来。然而，无论怎么说，他总是使人兴奋——就像让人觉得偷喝了一杯白兰地那样!

这几个月来，斯佳丽已学会了喝白兰地。当她傍晚回家，被雨淋得湿漉漉的，赶车赶得浑身发僵而酸疼时，她就没有别的思念，只想到自己偷偷瞒过黑妈妈那双处处留神的眼睛，藏在衣柜顶层抽斗里锁着的那瓶白兰地酒。米德大夫也没想到要警告她怀孕的妇女是不应该喝酒的，因为他怎么也没有想到一个正经的女子，会喝比葡萄酒还烈的酒。当然除了在婚礼上喝一杯香槟酒，或者患重伤风卧床不起时喝点加热水的甜烧酒。当然，也有一些令人遗憾的女人确实喝烈性酒，使她们家庭永远蒙受耻辱，正如有些女人会患精神病，或者会闹离婚，会像苏珊·B·安东尼[①]小姐那样，认为妇女应该有选举权。然而，尽管米德大夫对斯佳丽的行为很不赞成，他却从未怀疑到她会喝酒。

斯佳丽发现晚饭前喝点纯白兰地大有帮助，她总是能设法拿点咖啡放在嘴里咀嚼，或者用点花露水漱口来消除酒气。男人什么时候想喝就可以喝，而且喝得走路踉踉跄跄，人们为什么对女人喝酒有这么愚蠢的看法？有时候弗兰克躺在她旁边鼾声大作，而她自己却翻来翻去，睡不着，忧心忡忡地为贫困而发愁，害怕北佬，惦记着塔拉庄园，还思念起阿希礼，这当儿她觉得要是没有白兰地，她准会发疯的。当那舒服而熟悉的温暖悄悄地进入她的血脉时，她的烦恼就开始消退。三杯酒下肚

---

① 苏珊·布劳内尔·安东尼(1820—1906)，美国女政治家，竭力主张妇女参政。

后，她总是可以对自己说："这些事等我明天再去考虑吧，那时我会更加经受得起一些。"

可是，有几夜甚至连白兰地都无法镇住她心里的痛楚，这是她深深怀念塔拉庄园而引起的痛楚，甚至比她担心失去锯木厂而产生的痛楚还要深沉。亚特兰大充满着喧闹声，到处是新建的房子、陌生的面孔，狭窄的街上挤满了马匹、车辆和熙熙攘攘的人群，这一切有时候似乎使她感到窒息。她爱亚特兰大，可是——啊，她怀念塔拉庄园的优雅和安宁，怀念它那幽静的田园，那红色的田野和周围黑沉沉的苍松。啊，她多么希望回塔拉庄园，不管那儿的生活会多么艰苦！她多么希望靠阿希礼近些，只要能见到他的脸，听听他的声音，只要能弄清楚他仍然爱着自己就行了！玫兰妮的每一封来信都说他们都很好，威尔每一回寄来的字条中总谈到耕种和棉花的长势，这使她重新滋生回家的愿望。

六月里我一定要回去。六月份以后我在这儿无事可干了。再过几个月我就要回来了。想到这里，她心里便激动起来。她果然在六月里回家了，但不是按她原来希望的那样回去，因为六月初威尔写来一封简短的信，说杰拉尔德去世了。

第39章

火车晚点了好多时候，斯佳丽在琼斯博罗下车的时候，长长的、深蓝的六月的暮色正在渐渐落到田野上。村子里还剩下一些铺子和房子，不过很少，射出暗淡的黄色灯光。大街上，这儿、那儿的建筑物中间是一个个巨大的缺口，那儿原来的住所被炮弹轰掉了，或是烧掉了。一些屋顶或是半堵墙被毁掉的、弹孔累累的、破残了的房子盯着她看，悄无声息，黑黢黢的。几匹上了鞍鞒的马和几辆骡车拴在布拉德的铺子的木凉篷外。那条尘灰飞扬的红土路，空荡荡的，毫无生气，只有街上远处的一家酒馆里传来的几声喊叫和醉汉的笑声，飘浮在寂静的暮色中，这是村子里唯一的声音。

自从战火毁掉了这个车站以后，一直没重建，只是搭了一个木棚来代替它，四面没有墙，没法挡风避雨。斯佳丽走进棚去，那儿摆着几个显然当椅子用的空桶，她在一个桶上坐下。她的眼光盯着街道移来移去地看，寻找威尔·本蒂恩。威尔应该上这儿来接她的。他应该知道，她一接到他的简明的信息：杰拉尔德已经去世，她就会尽量赶乘第一班火车回来。

她来得那么匆忙，只在她那个毡制的小提包里塞了一件睡衣和一把牙刷，甚至一件替换的内衣也来不及带。她没有时间给自己置丧服，穿着那件向米德太太借来的绷得很紧的黑衣服，所以感到不舒服。米德太太现在瘦了，而斯佳丽怀的孩子却快要足月了，所以那件衣服格外叫人不舒服。甚至在她为杰拉尔德悲伤的时候，她也忘不了自己那副模样，厌恶地低头看她自己的身子。她的身段完全走样了，她的脸和脚踝浮肿。在这以前，她不很关心她的外貌，可是现在，在一个钟头内，她会遇见阿希礼，她就非常关心了。哪怕在极度伤心的时刻，她一想到怀着另一个男人的孩子跟他见面，就不敢想下去了。她爱他，他也爱她，而现在在她看来，这个多余的孩子似乎成了她不忠于他们的爱情的一个证据。不过，尽管她很不喜欢让他看到她不再有苗条的腰身和轻快的步子，现在这件事情她却没法逃避了。

她不耐烦地跺跺脚。威尔应该来接她的。不用说，要是她发现他来不了的话，她可以上布拉德的铺子去，问问他的情况，或是请人驾车把她送到塔拉庄园去。正好是星期六夜晚，没准儿，县里有一半人在那儿。她身上那件不合身的黑衣服与其说遮盖、倒不如说突出她的走样的身段，她不愿穿着它抛头露面，让人看到她怀孕的模样。她也不愿听到别人倾诉对杰拉尔德的亲切的同情。她不要同情。她害怕只要谁向她提到他的名字她就会哭。她可不愿意哭。她知道她要是一哭开了头，就会像那一回，在亚特兰大陷落的那个可怕的夜晚，瑞特把她撇在城外黑暗的路上，她号啕大哭，哭得心都碎了，眼泪直淌下来，再也遏制不住，都滴在马鬃上。

不，她不愿意哭！她感到嗓子眼里又给什么堵住了，自从得到这个消息以后，经常出现这种情况，可是哭不会有什么用处。只会使她糊涂和软弱。干吗，干吗威尔，或是玫兰妮，或是那些姑娘不写信告诉她杰拉尔德生病了？一有火车，她就会赶到塔拉庄园去照看他的，如果需要的话，就从亚特兰大带一个医生去。那些蠢货——他们都是！没有她，他们什么都应付不了吗？她没法同时待在两地嘛，而老天爷知道，她在亚特兰大为他们在尽最大的努力办事。

威尔还没有来，她坐在桶上，身子扭来扭去，心情紧张和烦躁起来了。他在哪儿呢？后来，她听到背后铁轨下的煤渣传来嘎喳嘎喳的脚步声，就扭转身去，看到亚力克·方丹正在穿过铁轨，向一辆大车走去，他的肩膀上扛着一袋燕麦。

“老天爷啊！那不是你吗，斯佳丽？”他喊叫，放下那袋燕麦，跑过来跟她握手，他那张黑黢黢的、充满沉痛的小脸一下子显出了喜悦的神情。“我看到你真高兴。我刚才看到威尔在那边铁匠铺里，给马打掌。火车晚点了，他以为他还有时间。我跑去领他来好吗？”

“好，请去吧，亚力克，”她说，尽管悲伤，还是微笑了。又看到了一个县里老乡的脸，哪会不高兴呢。

“啊——呃——斯佳丽，”他神情尴尬地开口说，仍然握着她的手，“我为你爸爸感到非常难受。”

“谢谢你，”她回答，巴不得他没有说这话。他的话使人那么清晰地记起了杰拉尔德那张红彤彤的脸和吼叫似的说话声音。

“我们这一带都为他感到非常骄傲，斯佳丽，这对你也许多少是个安慰，”亚力克放掉她的手，继续说。“他——嘿，我们相信他像个士兵那样，在从事士兵的事业中去世的。”

他的话到底是什么意思，她心慌意乱地想着。一个士兵？有人开枪打死了他吗？他像汤尼那样跟支持北佬的叛贼干架了吗？可是她再也不能听下去了。她要是谈论他的话，就一定会哭出声来的。她一定不能哭，要哭也得等她安安稳稳地跟威尔一起坐在大车里，离开村子，来到没有陌生人能看到她的田野以后。威尔是不要紧的。他就像亲兄弟一样。

“亚力克，我不想谈这件事情，”她直截了当地说。

“我一点也不责怪你，斯佳丽，”亚力克说，怒火上升，脸涨得通红。“她要是我妹妹的话，我会——嘿，斯佳丽，我从来没有对任何女人说过一句狠话，可是我个人认为，应该有人用生牛皮鞭抽苏埃伦一顿。”

他眼下在说些什么蠢话啊，她想不通。那一切跟苏埃伦有什么相干呢。

“这儿的人个个对她都有同样的看法，我遗憾地说。威尔是唯一还跟她好言好语的人——不用说，还有玫兰妮小姐，不过，她是圣人，不会看到任何人身上有坏的地方，而且——”

“我说过了，我不想谈这件事情，”她冷冷地说，可是看来亚力克好像并不觉得受到冷淡。他的神情似乎显示他了解她态度粗鲁的原因，这可真叫人恼火。她不愿意从一个外人的嘴里听到关于她自己家里人的坏消息，不愿意让他知道她对发生的事情一无所知。威尔干吗不源源本本地把详细情形写信告诉她呢？

她希望亚力克不这么紧紧地盯着她看。她觉得他察觉了她怀孕的情况，这叫她困窘。可是亚力克在苍茫的暮色中盯着她看的时候所想的是，她的脸完全变了，他想不通刚才他到底是凭什么把她认出来的。也许是因为她就要生孩子了。在这样的时候，女人看起来像什么似的。再说，当然喽，她当时一定在深深地怀念她爸爸奥哈拉。她从前是他的宝贝儿。可是，不对，变化不止这些。事实上，她的气色比他上一回看到的好。至少她现在看起来好像她一天吃得上三餐饱饭了。她眼睛里那种被追捕的野兽的神情消失一部分了。瞧，过去的恐惧和绝望的眼神变得严峻了。她现出一种发号施令、信心十足和有决断力的神态，哪怕她微笑的时候，也是这样。她包管跟弗兰克日子过得挺快活！可不是，她变了。她是个漂亮的女人，那没错儿，可是她脸上那种妩媚、甜美的温柔的神情看不见了；那种他比全能的上帝还知道得更清楚的、抬起了眼睛看男人的、讨人喜欢的模样完全找不到了。

得了，他们不是都变了？亚力克低头看他自己穿的粗陋的衣服，脸上又显出经常出现的沉痛的皱纹。有时候，在夜晚，他醒着躺在床上，想着他妈妈怎样才能得到一次手术治疗，可怜的、死去了的乔的小男孩怎样才能得到受教育的机会，他怎样才能弄到钱去再买一头骡子，他希望战争仍然在进行，希望战争永远继续进行下去。他们当时并不知道他们的运气。在军队里总是不愁没有吃的，哪怕只有玉米面包，总是有人发布命令，绝对不会有面对没法解决的问题而产生的痛苦感觉——在军队里，除了被杀死以外，什么事情都不用操心。后来，出现了迪米蒂·芒罗。亚力克想要跟她结婚，可是他知道他办不到，因为已经有那么许多人指望他供养。他爱了她那么久，现在她的脸颊上红润的容光和她眼睛里欢乐的神情都在渐渐消失。汤尼要是不逃到得克萨斯州去的话，那有多好。另一个男人在场，那么眼前的一切就会大不一样。他那个可爱的、坏性子的弟弟，流落在西部什么地方，穷得一个子儿也没有。可不是，他们都变了。再说，干吗不变呢？他沉重地叹了一口气。

“你和弗兰克帮了汤尼忙，我还没有向你们表示感谢呢，”他说。“是你们帮他逃走的，对不对？你们真好。我拐弯抹角地听到他在得克萨斯州挺安全。我不敢写信问你——不过，你和弗兰克借钱给他了吗？我要偿还——”

“啊，亚力克，请别说啦！现在不是说这些的时候！”斯佳丽叫起来。就这么一回，她不把钱摆在心上。

亚力克沉默了一会儿。

“我去给你把威尔找来，”他说，“明天我们会赶来参加葬礼的。”

他扛起那袋燕麦，转过身去，这时候，一辆车轮摇摇晃晃的大车从一条小路上歪歪斜斜地出来，吱吱嘎嘎地向他们驶来。威尔在座位上叫着：“对不起，我来晚了，斯佳丽。”

他笨手笨脚地从大车上爬下来，噔噔噔地向她走来，弯下身去，吻她的脸颊。威尔以前从来没有吻过她，也从来没有忘掉过在她的名字上加上“小姐”这个称呼，所以尽管这个举动使她感到出乎意料，却使她的心感到温暖，使她非常高兴。他小心地扶她越过车轮，让她坐上大车。她往下看，发现就是她逃出亚特兰大那会儿坐的那辆陈旧的、不牢固的大车。这辆大车到底怎么能这么长久不散架呢？威尔一定维修得很好吧。看到这辆车使她记起那一夜的事情，她稍微有一点儿懊丧。哪怕她脚上穿不成皮鞋，或是佩蒂姑妈的饭桌上端不出饭菜来，她也一定要给塔拉庄园置一辆新大车，把这一辆烧了。

威尔开头不说话，斯佳丽心里很感激。他把他那顶旧草帽扔到大车的后座上，向那匹马一声吆喝，他们就动身了。威尔还是老样子，身材细长而单薄，一头淡红色头发，眼光温和，跟运货的马一样好性子。

他们出了村子，拐到通往塔拉庄园的红土路上。天边还剩有一点儿淡粉红的色彩。一朵朵巨大而软绵绵的白云染上了金色和极淡的绿色。宁静的乡下的暮色在他们周围降落，像祈祷那样使人心情平静。她在想，远离了乡下的新鲜空气和耕地的香味，还有可爱的夏夜，她到底是怎样挨过那几个月的？湿润的红土的气味是那么好闻、那么熟悉、那么亲切，她想下车去，抓一把土。大路两边红色的沟里铺满了绿色的枝条纠缠在一起的忍冬，跟往常一样在雨后散发出扑鼻的芳香，世界上最甜美的香味。一群在烟囱旁做窝的燕子突然迅速地在他们的头上飞过，时不时地一只兔子受到惊吓，急匆匆地穿过大路，它的白尾巴上下摆动，好像一个羽绒的粉扑。他们的马车在耕地中间驶过，绿油油的庄稼茁壮地立在红土地里，她高兴地看到棉花的长势很好。这一切多么美啊！潮湿的河边低地上的灰蒙蒙的雾、红色的土地和生长中的棉花，倾斜的耕地上种着一行行弯弯的绿油油的庄稼，黑沉沉的松树好像一堵堵黑色的墙，屹立在一切东西后面。她怎么居然在亚特兰大待得这么久呢？

“斯佳丽，我要在到家以前把一切都告诉你——在我跟你谈奥哈拉先生的事情以前，有一件事情我要征求你的意见。我想你现在是一家之主了。”

“什么事，威尔？”

他把温和、严肃的眼光转过来，盯着她看了一会儿。

“我就是要你同意我跟苏埃伦结婚。”

斯佳丽紧紧地抓住座位，她感到那么惊奇，差一点没往后摔下去。跟苏埃伦结婚。自从她从苏埃伦那儿把弗兰克·肯尼迪夺走以后，她从来没想到过有哪一个人会跟苏埃伦结婚。谁会要苏埃伦呢？

“天啊，威尔！”

“那么，我认为你不反对？”

“反对？不，可是——嗨，威尔，你真把我吓了一大跳！你跟苏埃伦结婚？威尔，我过去一直以为你对卡丽恩有意思。”

威尔的眼睛一直盯着马看，他摆动着缰绳。他的侧面并没有移动，可是她向他微微叹了一口气。

“我过去也许是这样，”他说。

“怎么啦，她不愿嫁给你吗？”

“我从来没有向她求婚过。”

“啊，威尔，你是个傻瓜，去向她求婚。她抵得上两个苏埃伦！”

“斯佳丽，你不知道在塔拉庄园发生的许许多多事情。最近几个月来，你不怎么关心我们。”

“我不关心，是不是？”她的火气一下子上来了。“你以为我在亚特兰大干什么？坐着一辆四匹马拉的马车兜风，去参加跳舞会？我不是每个月都捎钱给你们吗？我不是付了税，修好房顶，买了新犁和骡子吗？我不是——”

“得了，别冒火，收起你那暴跳如雷的脾气，”他沉着地打断她的话。“要是有谁知道你干了多少活儿的话，那就是我，你干了两个男人的活儿。”

她稍微平静了一些，就质问：“好吧，那么你的话是什么意思？”

“不错，你使我们有房子住，柜里有吃的，这我没有否认嘛，可是你不大想到这儿塔拉庄园里的哪个人的心里在想些什么。我不是在责怪你，斯佳丽。这正是你的作风。你从前也不大注意人们的心里在想些什么。不过，我要跟你说的是，我从来没有向卡丽恩小姐求婚过，因为我知道那没有用。她一直对我像个小妹妹，我想她跟我谈话比对世界上哪一个都坦率。可是她始终忘不掉那个死了的小伙子，而且永远不会忘掉。现在我也不妨告诉你，她正在打算进查尔斯顿的一个修道院去。”

“你在开玩笑吗？”

“得了，我知道这话会让你吓一跳的，我只是想要求你，斯佳丽，这件事情你千万别跟她去争论，也别数落她，或是嘲笑她。让她去吧。这就是她现在所要的。她的心碎了。”

“活见鬼！许许多多人的心碎了，可是他们并不逃进修道院。瞧我。我失去了丈夫。”

“可是你的心并没有碎，”威尔平静地说，从大车底板上拣起一根干草，放到嘴里去慢慢地咀嚼。这句话说得她哑口无言，没法再耍威风。她总是那样，一听到有人说出了事实真相，不管那是多么叫人难受，诚实的秉性强迫她承认那是事实真相。她沉默了一会儿，设法使她对卡丽恩做修女的想法感到习惯。

“答应你不去跟她唠叨。”

“啊，好吧，我答应，”然后她带着一种新的理解和有点惊奇的神情望着他。威尔一直爱卡丽恩，现在爱她爱得站在她一边，帮她说情，好让她平静地进修道院。然而，他要娶苏埃伦。

“喂，苏埃伦的那一切是怎么一回事儿？你不喜欢她，对不对？”

“啊，不对，我确实有点儿喜欢她，”他说，从嘴里拿出那根干草，打量着它，好像那非常有趣似的。“苏埃伦并不像你所想的那么坏，斯佳丽。我想我们会相处得很好的。苏埃伦唯一的烦恼是她需要一个丈夫和几个孩子，而这却是个个女人所需要的。”

大车在印着高高低低的车轮印子的大路上颠簸；有一会儿，两个人都默不作声，斯佳丽的心里却忙着哩。事情一定不像它表面显示的那样，要更深刻些，更重要些，才使这个性情温和、说话轻声轻气的威尔想要跟苏埃伦那样的老是唠唠叨叨地抱怨的女人结婚。

“你没有把真正的理由告诉我，威尔。我要是一家之主的话，应该有权利知道。”

“说得对，”威尔说，“而且我想你会理解的。我舍不得离开塔拉庄园。那是我的家，斯佳丽，我所熟悉的、唯一的、真正的家，我爱那儿的每一块石头。我在那儿干活，好像那是我的庄园。你在哪儿花过力气干过活儿，就会爱上它。你懂得我的意思吗？”

她懂得他这话的意思，听到他说他也爱她最爱的东西，心里对他涌起一阵强烈的亲切感。

“我估计情况会变成这样。你爹去世了，卡丽恩当修女以后，庄园里就只剩下我和苏埃伦两人。当然喽，我不跟苏埃伦结婚，就不能在塔拉待下去。你知道人们会怎么说的。”

“可是——可是还有玫兰妮和阿希礼——”

一听到阿希礼这个名字，他转过脸来，望着她；他那双灰眼睛里看不出一点表情。她像从前那样感觉到威尔知道她和阿希礼的一切事情，理解一切，而且既不指责，又不赞成。

“他们马上要走了。”

“走？上哪儿？塔拉庄园不但是你的，也是他们的嘛。”

“不，那儿不是他们的家。这就是阿希礼一直苦恼的原因。那儿不是他的家，他叫人觉得好像靠力气挣饭吃不行。他干庄稼活儿实在太差劲了，他也知道。天地良心，他确实尽了最大的努力去干，可是他生来就不是干庄稼活儿的料，你跟我一样知道得一清二楚。他要劈引火柴的话，很可能把脚都砍掉。他犁地呢，跟小博一样没法犁出一条笔直的犁沟，至于他不懂得怎样使庄稼生长的事儿，那真是多得没法说了。那不是他的过错。他生来不是干庄稼活儿的。他老是想到他是个男子汉，却靠一个女人的善心住在塔拉庄园，而且没有什么可以回报，心里好不痛苦。”

“善心？他这么说过——”

“没有。他从来没有说过什么。你了解阿希礼。我可以肯定地说。昨夜，我们坐着，给你爹守灵，我告诉他我已经向苏埃伦求婚过，她也同意了。阿希礼随即说，这可以使他脱身了，因为他待在塔拉庄园，觉得实在不是滋味，可是他知道既然奥哈拉先生去世了，他和玫荔小姐就不得不继续待下去，这样才能避免别人拿我和苏埃伦说长道短。后来，他告诉我他打算离开塔拉去工作。”

“工作？什么工作？上哪儿？”

“我不清楚他要去干什么工作，可是他说过要上北方去。他在纽约有一个北佬朋友，那人写信跟他谈到在那儿的一家银行里工作。”

“啊，不行！”斯佳丽从心底里发出一声喊叫；一听到那声喊叫，威尔用刚才同样的表情望着她。

“也许他真的上北方去了，倒对大家伙儿都好些。”

“不！不！我不这么想。”

她心情激动地想着种种事情。阿希礼不能去北方！她可能再也见不到他。自从果园里发生那个决定命运的场面以来，她已经有几个月没有见到他了，没有跟他单独说话了，尽管这样，她没有一天不想到他，没有一天不为他受到她的庇护而感到高兴。她为捎给威尔的每一块钱能使阿希礼日子过得舒适些而感到高兴。不用说，他当庄稼人实在不行。她骄傲地想着，阿希礼生来就是干比较高尚的事情的。他生下来是来统治的，住大房子，骑好马，读诗集和使唤黑人干活。如今尽管不再有大厦、马和黑人，书也几乎没有了，情况却并没有改变。阿希礼生来就不是犁地和砍木头的。怪不得他要离开塔拉庄园。

可是她不能让他离开佐治亚州。如果必要的话，她会硬逼弗兰克给他在铺子里找个职位，让弗兰克辞退那个眼下在站柜台的小伙子。不过，不行——阿希礼的位置既不该在犁后面，也不该在柜台后面。一个韦尔克斯家的人去站柜台！啊，那绝对不行！一定要找个地方——嗨，不用说，她的锯木厂！一想到这个主意，她大大地舒了口气，脸上流露出微笑！可是他会接受她的建议吗？他仍然会以为那是出于善心吗？她一定要安排得让他以为他在帮她忙。她会辞退约翰逊先生的，让阿希礼管老木厂，休负责新木厂。她会向阿希礼解释，弗兰克的身子是多么不行，铺子里的活儿压得他没法帮助她，她还会拿怀孕作为她需要帮助的另一个理由。

她会想法使他相信，她眼下少不了他的帮忙。她愿意给他一半股权，只要他肯接受——她什么都愿意给，只要他呆在她身旁，只要能看到他脸上流露出欢乐的微笑，只要有机会察觉他不防备的时候眼睛里偶尔露出来仍然爱她的神情。可是她对自己保证，她永远、永远不再设法去逗引他吐露爱情的言词，永远不再设法去惹得他抛弃那种他看得比爱情更重的愚蠢的面子。反正她一定要巧妙地让他知道她的这个新决定。要不，他可能会拒绝，害怕再发生上一次那样可怕的场面。

“我可以在亚特兰大给他找个工作，”她说。

“好吧，那是你和阿希礼的事情，”威尔又把那根干草放进嘴去。“快跑，谢尔曼[1]。我说，斯佳丽，我要把你爹的事情告诉你了，在这以前，我还有一件事情得求你。我求你别责怪苏埃伦。她干的事，已经干了，你冲着她大发脾气，也不会使奥哈拉先生活转来。再说，她当时真的认为她完全是为了把事情弄好才干的。”

“我原想要问你这件事情。干吗都要提到苏埃伦？亚力克刚才说了一通莫名其妙的话，还说她应该挨鞭打。她干了什么事儿？”

“可不是，人们对她火气着实大哩。今天下午我在琼斯博罗遇上的人个个都说，下一回看到她，包管把她的脑袋割下来，不过也许他们的气会消的。好了，答应我你别冲着她大发脾气。今儿晚上，我可不想有人发生争吵，奥哈拉先生的灵柩还停在客厅里呢。”

“他不想有人发生争吵！”斯佳丽愤怒地想着。“他说话口气好像塔拉已经是他的啦！”

然后她想起了杰拉尔德，躺在客厅里，断了气，突然哭起来，痛心地、抽抽搭搭地哭着。威尔伸出一条胳膊搂着她，把她搂近些，表示安慰，可是什么话也不说。

他们慢腾腾地在越来越暗的大路上颠簸着一路驶去，她的脑袋靠在他的肩膀上，帽子歪斜着，过去的两年里，她已经把杰拉尔德忘了，那个眼光呆滞的老先生一直盯着门看，等候着一个永远不会进门的女人。她在回想那个生气勃勃、身子结实的老人，他的卷曲的白头发又长又密，他的欢乐的说话声音像吼叫，他的噔噔噔的皮靴走动声，他的笨嘴拙舌的笑话，他的慷慨的性格。她回想起小时候，他看来好像是世界上最了不起的人，那个嚷嚷咧咧的爸爸骑着马跳围栏的时候，把她放在鞍子前面，她淘气的时候，转过她的身子，狠狠地掴她，然后她叫，他也叫，接着把她放在一个地方，让她静下来。她回想起他从查尔斯顿和亚

---

① 此处指马的名字。

特兰大回家，带了许许多多礼物，却从来没有一件是合适的；她还含着眼泪，露出一丝微笑，回想起他怎样在开庭日从琼斯博罗深夜两三点钟赶回来，喝得酩酊大醉，跳过围栏，他欢乐地高声唱着《绿衣服》。接下来的几个早晨，他面对埃伦的时候，多么害臊啊。好了，现在他跟埃伦在一起了。

“你干吗不写信告诉我他生病？我会很快地赶来的——”

“他没有生过病，根本没有。喂，宝贝儿，把我的手绢拿去，我来把事情源源本本地告诉你。”

她用他的印花大手绢擤鼻子，又靠回到威尔的胳膊弯里。威尔多么好啊。没有什么使他心烦意乱过。

“好吧，事情是这样的，斯佳丽。你一直捎钱给我们，我和阿希礼，对，我们付了税，买了骡子、种子和样样东西，还有几口猪和一些鸡。玫荔小姐养母鸡养得着实好，可不是，她确实养得好。她是个好女人，玫荔小姐真是好人。嘿，尽管这样，我们为塔拉庄园置办了东西以后，就剩下没有多少钱了。没钱去买那些花里胡哨的装饰品了，不过我们大家都不抱怨。苏埃伦除外。

“玫兰妮小姐和卡丽恩小姐待在家里，穿着旧衣服，好像她们是以穿旧衣服为光荣的，可是苏埃伦你是了解的，斯佳丽。她从来没有对缺少新衣服感到习惯过。每一回，我带她上琼斯博罗，或是费耶特维尔，她总是为不得不穿旧衣服，心里好不难受。特别是遇上了有些提包客的情妇——女人总是爱穿戴着花里胡哨的玩意儿转悠。那些负责解放了的黑人事务局的该死北佬的婆娘，她们确实打扮得花枝招展！嘿，县里的太太、小姐们有点带着光荣的感觉，穿上她们最难看的衣服进县城，就是为了表示她们对这样穿着不在乎，而且感到骄傲。不过，苏埃伦却不是这样。她还要一匹马和一辆四轮马车哩。她说你有一辆。”

“那不是四轮马车，而是辆旧轻便马车，”斯佳丽愤怒地说。

“得了，不管那是什么。我还是告诉你的好，她始终对你跟弗兰克·肯尼迪结婚这口怨气没有消。尽管我怪她，可是我自己的心里也没数。你知道这是对亲姐妹耍不光彩的花招。”

斯佳丽猛地抬起头来，好像一条准备进攻的响尾蛇。

“不光彩的花招，嗨？我该谢谢你的脑子里还保存着文雅的谈吐，威尔·本蒂恩！他要是情愿挑我的话，我有什么办法呢？”

“你是个精明的姑娘，斯佳丽，我估计，是的，你当时可能使手段让他挑上你的。姑娘们往往办得到。不过，我想你有点逗引他这么干的。你是个吸引力非常大的人，要是你打算做那样的人的话，可是不管怎样，他是苏埃伦的情人。哦，你上亚特兰大去的一礼拜以前，她接到他的一封信，他对她的情意真是比蜜更甜，还说到等他再挣一点儿钱后，他们怎样结婚的打算。我知道，因为她给我看了那封信。”

斯佳丽不作声了，因为她知道他说的是事实，她想不出什么话来说。她从来没有料想到，在所有的人当中，偏偏是由威尔来审判她。何况她跟弗兰克说的谎话从来没有沉重地压在她的良心上。一个姑娘家要是连情人也保不住的话，那么她活该失去他。

“得了，威尔，别这么尖刻，”她说。“苏埃伦要是跟他结了婚的话，你以为她会为塔拉或是我们哪一个花一个子儿吗？”

“我刚才说的是，你打算干的话，就可能变得吸引力非常大，”威尔一边说，一边向斯佳丽转过脸来，露出一副心平气和的笑嘻嘻的神情。“不会，我想我们不会看到老弗兰克的一个子儿。可是这仍然没法改变别人的看法，这是一个不光彩的花招，你要是打算拿‘只要目的正当，可以不择手段’这话来为自己辩护的话，那可跟我不相干，用得着我来抱怨吗？可是不管怎样，从那以后，苏埃伦一直像只大黄蜂。我想她并不怎么喜欢老弗兰克，可是这件事触犯了她的虚荣心，她一直说你有好衣服，还有马车，住在亚特兰大，而她却困守在这儿塔拉。你知道，她确实喜欢串门，参加舞会，和穿漂亮的衣服。我并不责怪她。女人都这样。

“哦，约摸一个月以前，我带她到琼斯博罗去，让她去串门，我去料理事务，我带她回家的时候，她仍然像耗子那么不吭气，可是我看得出她神情兴奋，快要沉不住气了。我还以为她发现有人有什么——她听到了有趣的闲话，我也不怎么把她摆在心上。她在家里有一个星期光景心情兴奋，神气活现，说话可不多。她去看凯思琳·卡尔弗特小姐——斯佳丽，你看到了凯思琳小姐，会哭个没完没了。可怜的姑娘，她嫁给了那个怯头怯脑的北佬希尔顿，倒不如死了的好。你也知道他把地押出去了，已经失去地了，他们就得搬走了吧？”

“不，我不知道，而且也不想知道。我想知道爹的事情。”

“好吧，我马上就要讲到他了，”威尔耐心地说。“她从那儿回家后，说我们都把希尔顿估计错了。她管他叫希尔顿先生，她说他是个漂亮的男人，可是我们都笑她。然后，她开始带你爹下午出去散步；有许多回，我从地里收工回家，看到她跟他一起坐在牧场的墙上，她挥舞着双手，起劲地跟他说着。老先生呢，只是望着她，脸上显出一种困惑的神情，摇着头。你知道他的情况，斯佳丽。他变得有点越来越糊涂，好像他几乎不知道自己在哪儿或者我们是谁。有一回，我看到她指着你妈的坟，老先生哭起来了。她回转家来，现出一副非常快活和兴奋的模样，我就责怪她，口气也挺凶，我说：‘苏埃伦小姐，你到底为什么要折磨你可怜的爹，向他提到你妈？他大多数时间并没有清楚地感到她已经去世，可你却在反复地讲，有意惹他不痛快。’她听了，只是稍微把头一仰，笑了笑，说：‘别管闲事。有一天，你会对我干的事情感到高兴的。’玫荔小姐昨夜告诉我，苏埃伦跟她谈过她的计划，不过玫荔小姐说她当时并没把苏埃伦当真。她说她没有对我们任何人说，是因为她一想到那个主意就心烦。”

“什么主意？你到底能不能谈谈正经事？我们现在快要到家了。我要知道爹的事情。”

“我一直在设法告诉你，”威尔说。“我们离家这么近，我想我还是把大车停在这儿的好，直到我讲完为止。”

他勒住缰绳，那匹马站住脚，鼻子里哼了一声。他们停在那生长得过了头的桑橙树篱旁，那是麦金托什的产业的标记。斯佳丽向那些黑沉沉的树下瞟了一眼，只能看到那些长长的、幽灵似的烟囱仍然屹立在寂静的、倾圮了的房子上。她巴不得威尔挑选别的地方停车。

“好了，她那个主意，总的来说，是让北佬赔偿他们烧掉的棉花、撵走的牲口、拆掉的栅栏和牲口棚。”

“北佬？”

“你没有听说过吗？北佬的政府同意赔偿那些支持联邦制的南方人的被毁坏了的财产的要求。”

“我当然听说过，”斯佳丽说。“可是那跟我们有什么关系？”

“按照苏埃伦的意见，却大有关系哩。那天我带她到琼斯博罗去，她碰到了麦金托什太太，她们在闲聊的时候，苏埃伦没法不注意到麦金托什穿得实在漂亮，她也没法不问她的衣服。然后，麦金托什太太摆出一副神气的架子，说她丈夫怎样向联邦政府提出，要求赔偿他被毁坏了的财产，因为他是一个忠诚的联邦支持者，从来没有以任何形式向南部邦联提供过援助和慰劳品。”“他们从来没有向任何人提供过援助和慰劳品，”斯佳丽厉声说。“苏格兰-爱尔兰人[①]！”

“得了，也许这是真的。我不认识他们。不管怎样，政府给了他们，得了——我忘了是几千块。不过，是个相当大的数目。这可使苏埃伦动心了。整整一个礼拜，她一直想着这件事情，可是没有向我们吐露一点儿口风，因为她知道我们免不了要取笑她。不过，她不得不跟一个人谈谈，所以她就去找凯思琳小姐，而那个该死的穷白人希尔顿给她出了不少主意。他指出你爹甚至不是生在这个国家里的；他没有打过仗，也没有儿子打过仗，也从来没有在南部邦联中担任过职位。他说他们可以牵强附会地把奥哈拉先生说成是个忠诚的联邦支持者。他给她灌输了一脑门这样的花招，她回家来，开始去说服奥哈拉先生了。斯佳丽，我敢拿自己的性命打赌，你爹有一半时间甚至不知道她在说些什么。这正是她所希望的，他会宣誓效忠，甚至还不知道哩。”

“爹宣誓效忠！”斯佳丽叫起来了。

“得了，他最近几个月脑子很衰弱，我想这正是她所希望的。听

---

① 此处指既有苏格兰又有爱尔兰血统的人，尤指苏格兰移民后裔的北爱尔兰人。这种人，在纯正的爱尔兰人看来，是吝啬鬼，因为他们大都很精明，而且自私自利。

着，我们没有一个人对这件事情有一点儿怀疑。我们知道她在打什么主意，可是我们不知道她在利用你去世的妈责怪他，他明明可以从北佬那儿拿到十五万块钱，却让他的女儿们穿得破破烂烂。”

“十五万，”斯佳丽低声说，她对严格宣誓的恐惧渐渐消失了。

那是数目多么大的一笔钱啊！只要在效忠于合众国政府的誓言书上签个名就能到手了，誓言书上写着签名人一向支持政府，从未向它的敌人提供过援助和慰劳品。十五万块！撒那么一个小小的谎言，却换来这么许多钱！得了，她没法责备苏埃伦。老天爷啊！这就是亚力克要用皮鞭抽她的原因吗？县里的人为什么要砍她的脑袋呢？蠢货，他们个个都是蠢货。她有了这么许多钱，还有什么事情办不成呢！县里的任何人有了这笔钱，还有什么事情办不成呢！撒那么小小的一个谎言有什么关系呢？说到底，你从北佬那儿能弄到的每一块钱都是来路正当的钱，不管你是怎样弄来的。

“昨天，约摸中午光景，阿希礼和我在劈做栏杆的木头，苏埃伦把这辆大车赶出来，把你爹扶上车，他们一起向县城里去，没有跟任何人说一句话。玫荔小姐倒想到要发生什么事情，可是她祈祷让苏埃伦改变主意，所以她没有跟我们其余的人说什么。她就是没有想到苏埃伦怎么会竟然干出这样的事来。

“今天，我听到了发生的一切。那个怯头怯脑的家伙希尔顿，在县里叛贼和共和党人中间，有一些影响，而且苏埃伦同意，他们要是眨眨眼，串通一气地承认奥哈拉先生是个忠诚的联邦支持者，装模作样地说他是个爱尔兰人，从来没有在军队里打过仗和诸如此类的话，而且在推荐信上签上名字的话，她就给他们一些钱——多少数目我不知道。你爹所要干的只是宣誓和签名，誓言书就会送到华盛顿去。

“他们急匆匆地念完誓言，念得实在快，他什么也没有说，一切进行得顺顺利利，直到她安排他签名为止。那时候，老先生稍微清醒了一下，摇摇头。我认为他并不知道那是干什么，可是他不喜欢这个做法，苏埃伦老是惹他发火。嘿，经受了一切麻烦以后，偏遇上这个局面，她简直要急疯了。她把他带出办公室，坐在马车上在路上来回转悠，跟他讲你妈在坟墓里向他嚷嚷，因为他明明供养得起她的孩子，却偏偏让她们受苦。他们告诉我，你爹坐在大车上，像个娃娃似的哇哇大哭，就像往常他听到她名字后那样。县城里的人个个都看到他们，亚力克·方丹跑去看那是怎么一回事，可是苏埃伦恶狠狠地撵他滚开，吩咐他别管闲事，他随即走开，差一点儿没气疯。

“我不知道她怎么会想出这个办法的，不过在下午什么时候，她弄来了一瓶白兰地，把奥哈拉先生带回账房，开始为他倒酒。斯佳丽，我们塔拉庄园不备烈酒已经有一年了，只是喝一点儿迪尔西酿的黑莓酒和麝香葡萄酒，奥哈拉先生不习惯喝白兰地了。他真的喝醉了，苏埃伦跟他争啊，磨啊，唠叨了几个钟头以后，他同意了，不管她拿出什么来，他都会签上名字。他们又把誓言书取出来，他正要拿起笔在纸上签名的时候，苏埃伦却犯了个错误。她说：‘这下可好了。我想斯莱特里家和麦金托什家的人不会在我们面前摆架子啦！’你瞧，斯佳丽，斯莱特里家已经递了申请书，要求赔偿给他们一大笔钱，因为北军烧掉的那所小木房。埃米的丈夫给他们送到华盛顿去了。

“他们告诉我，苏埃伦一说出那两个名字，你爹稍微挺起了一点儿身子，望着她，现出警惕的神情。他不再糊里糊涂，说：‘斯莱特里家和麦金托什家也在这样的东西上签上了名字吗？’苏埃伦变得慌慌张张了，一会儿说签过，一会儿说没有，结结巴巴地说不清楚，他随即高声喊叫：‘告诉我，那个该死的奥兰治派分子和那个该死的穷白人在这样的东西上签上名字了吗？’希尔顿那个家伙说话圆滑，他说：‘是的，先生，他们签了名。他们得到了许多钱，像你将会得到的那样。’

“接着，老先生像头公牛，发出一声吼叫。亚力克·方丹说他在离开一段路的街上的酒馆里听到了那声吼叫。他随即用一口浓得可以用切黄油的刀切薄的土音说：‘难道你竟然认为一个塔拉庄园姓奥哈拉的会愚蠢地跟一个该死的奥兰治派分子和一个穷白人那样耍下流的花招吗？’说罢，他把那张纸一撕两片，扔在苏埃伦的脸上，吼叫着说：‘你不是我的女儿！’接着一眨眼，他一阵风似的噔噔噔冲出账房。

“亚力克说他看到你爹来到街上，像头公牛似的横冲直撞。他说老先生看来恢复从前的模样了，自从你妈去世以后，这是第一回。他还说你爹已经醉得脚步踉跄，东倒西歪了，扯着嗓门咒骂个没完。亚力克说他从来没有听到过那么精彩的咒骂。亚力克的马停在那儿，你爹爬上马背，也不打个招呼，就骑走了，扬起一团云雾似的尘土，稠得叫你透不过气来，他每透一口气，便咒骂一声。

“噢，约摸太阳落下去的时候，我和阿希礼坐在前门台阶上，望着大路，心里非常焦急。玫荔小姐躺在楼上床上在哭，什么也不告诉我们。我们正好听到大路上传来一阵越来越响的马蹄声和有人发出像猎狐狸的时候那样的嚷叫声，阿希礼说：‘真奇怪！听起来像奥哈拉先生的声音，从前，战前那会儿，他经常骑着马来看我们的。’

“接着我们看到他在牧场尽头骑着马一路过来。他一定已经跳过了那儿的围栏。接着他在拼命地登上小山，扯着嗓门在唱歌，好像他压根儿没有一点烦恼似的。我以前不知道你爹有这样一条好嗓子。他一边唱着《低靠背车上的假腿人》，一边用帽子打马，那匹马发疯似的跑着。他跑近山顶的时候，并没有勒住缰绳，我们看到他将要从牧场的围栏上跳过，都跳起身来，吓得没命，接着他嚷叫：‘瞧，埃伦！看我跳过这一道！’可是那匹马一下子蹲倒在围栏前，不愿跳过去，你爹马上脑袋向下地从马背上摔下来。他没有受到一点儿痛苦。我们赶到那儿的时候，他已经死了。我想他摔断了脖子。”

威尔停顿了一下，等她说话，可是她不说。他就拿起了缰绳。“快跑，谢尔曼，”他说。马开始向回家的路上跑去。

第40章

那一夜，斯佳丽几乎没有睡着。天亮后，太阳正悄悄地爬到小山东边那些黑松树上空，她从凌乱的床上起身，坐在靠窗的一张凳子上，把疲倦的脑袋搁在一条胳膊上放眼看去，从谷仓前的场地和塔拉的果园一直看到棉花地。样样都是新鲜的，沾满露珠，静悄悄，绿油油，展示在她眼前的棉花地使她那颗痛苦的心得到了一点儿安慰和轻松。尽管塔拉庄园的主人已经去世，这座庄园在朝阳下显得受到爱护，照管得很好，气氛安静。为了防止耗子和黄鼠狼钻进去，那座矮矮的木鸡棚上抹了泥，还刷上白灰水，保持清洁，那个木牲口棚上也这样。菜园子里长着一行行玉米、黄灿灿的笋瓜、扁豆和大头菜，野草除得干干净净，整整齐齐地用橡木栅栏围着。果园里拾掇得非常整洁，长长的一行行果树底下，除了雏菊以外，什么都没有。太阳用淡淡的闪光照出了半藏在绿叶丛中的苹果和毛茸茸的桃儿。在这些后面，是弯弯的一行行棉花，在刚现出金色的天空下，一动也不动，绿油油的。鸭啊、鸡啊，正在摇摇摆摆、神气十足地向田野走去，因为在庄稼底下，犁过的柔软的土地上找得到味儿最美的蚯蚓和蛞蝓。

对干了这一切的威尔，斯佳丽心里充满了亲切和感激的情意。尽管她对阿希礼一片忠心，她还是没法认为，这种兴旺的景象主要是他的功劳，因为塔拉庄园欣欣向荣的气象不是一个庄园主和贵族的成绩，而是一个咬着牙干活儿、不懂得疲劳、热爱自己的土地的“小农”的成绩。这是一个“只有两匹马的”小农场，而不是从前那个气派十足的庄园，牧场上尽是骡子和好马，田野上是看不到边的棉花和玉米。不过，眼下的状况是好的，等时势好转后，休闲的土地可以开垦，而且因为休耕而变得越发肥沃。

威尔不只是种了几英亩地，还坚决地挡住了佐治亚州种植者的两种天敌：籽苗松和黑莓。它们正在这个州的所有的庄园里悄悄地占领园子、牧场、棉花地和草坪，还肆无忌惮地长在门廊旁，可是塔拉庄园里看不到这种情况。

斯佳丽想到塔拉庄园只差一点儿就变成一片荒地，吓得心都停止跳动了。幸亏她自己和威尔齐心合力，他们终于干了一件好事。他们挡住了北佬、提包客和大自然的侵蚀。最好的一件事情是，威尔告诉了她，秋天，收了棉花后，她不再需要捎钱了——除非另外有哪个提包客对塔拉庄园眼红，大幅度地提高税金。斯佳丽知道，没有她的帮助，威尔的日子会过得挺困难，可是她钦佩和尊敬他的独立精神。只要他还是处在雇工的地位，他就会拿她的钱，不过既然他将要成为她的妹夫和当家人，他就打算靠自己的努力过日子了。说真的，威尔是天上的主赐下的一个宝。

上一夜，波克已经在埃伦的坟旁挖好了墓坑，他站在潮湿的红土后面，手里拿着铲子，待会儿，他就要把那些泥土用铲子送回原处。斯佳丽站在他后面，在一棵树枝很低、长满木瘤的雪松的零乱的树荫下，六月早晨灼热的阳光在她身上留下斑斑点点，她的眼光尽量避免前面那个红墓坑。吉姆·塔尔顿、小休·芒罗、亚力克·方丹和麦克雷老头最年轻的孙子用两根橡木棍抬着杰拉尔德的棺材慢腾腾地、笨手笨脚地走出房子，在小路上走过来。跟在他们后面的是零零乱乱的一大群人，都是邻居和朋友，保持着一定的距离，表示尊敬，他们穿得破破烂烂，个个默不作声。他们穿过园子，在阳光灿烂的小路上走过来的时候，波克把脑袋耷拉在铲把顶上哭了，斯佳丽带着并不关心的惊奇心情看到他头上鬈曲的头发眼下已灰白了，几个月前她到亚特兰大去的那会儿却是又黑又亮的。

她疲倦地感谢上帝，昨夜她已经把眼泪都哭光了，所以现在她能站得笔直，不掉眼泪。苏埃伦的哭声就在她的背后，惹得她窝着一肚子火，简直要受不了啦，她不得不握紧拳头，才不至于转过身去，在那张哭肿了的脸上狠狠地掴一个耳刮子。苏是断送她爸爸性命的罪魁祸首，不管她是不是有意，当着那些敌视她的邻居的面，她该懂规矩，克制自己。那天早晨，没有一个人跟她说话，向她同情地看上一眼。他们默默地吻斯佳丽，跟她握手，对卡丽恩，甚至对波克，低声慰问，可是毫无表情地望着苏埃伦，好像她不在场似的。

在他们看来，她的所作所为比杀害她爸爸更坏。她已经设下圈套，欺骗他去背叛南方了。而在这一带严厉而紧密团结的居民看来，她好像已经在试图背叛大伙儿的荣誉似的。她破坏了这个县向全世界展示的坚固的阵线。她企图从北佬的政府那儿弄钱，这一举动已经使她跟提包客和叛贼打成一片了，这两种人是比从前的北军更受到憎恨的敌人。她，一个古老而坚定地支持南部邦联的家庭的成员，一个庄园主的家庭成员，投到敌人那儿去，竟然干出那样的事情来，使县里每家人家都蒙上耻辱。

送葬的人们忍不住流露出愤怒的眼色，又因为悲伤而显得神情沮丧，尤其是其中三个人——麦克雷老头，自从许多年以前他从萨凡纳来到内地以后，一直是杰拉尔德的好朋友，方丹奶奶，她爱他，因为他是埃伦的丈夫，还有塔尔顿太太，她对他比对任何别的邻居更接近，因为正像她经常说的那样，整个县里只有他一个人能够辨别一匹阉割过的公马和一匹没有阉割过的公马。

杰拉尔德的尸体在举行葬礼前停放在那间幽暗的客厅里，阿希礼和威尔看到那三张怒气冲冲、一触即发的脸，感到有点儿不放心，他们退到埃伦的那间账房里去商量。

“他们有些人要谈谈苏埃伦的事情，”威尔突然说，一边把他嘴里的草咬成两截。“他们认为他们有正当的理由发表一些看法。也许他们是有正当理由。这不该由我来说。不过，阿希礼，不管他们说得对，还是不对，我们是这一家的男人，不得不对这样做表示不满，这就会惹出麻烦来了。没有人能对麦克雷老头儿施加一点儿影响，因为他的耳朵聋得打雷也听不到，哪怕有人让他闭嘴，他也压根儿听不见。再说，你也知道，在这个世界上，没有一个人有本事能拦住方丹奶奶说出她的心里话。至于塔尔顿太太呢——你看到吗，她一望着苏，她那双黄褐色的眼睛就骨碌碌转，她已经窝着一肚子火，快要憋不住了。他们要是说什么的话，我们也只得接受，可眼下，不跟我们的邻居闹意气，我们在塔拉的麻烦也够多了。”

阿希礼担心地叹了口气。他比威尔更熟悉他那些邻居的性子，他记得很清楚，战前，有一半的争吵和好几件枪杀案的起因是县里的那个习俗：在去世了的邻居的棺材前的致辞。通常那些话是极度的赞扬，可是偶尔并不是这样。有时候，表示极度尊敬的话却受到死者那些神经过分紧张的亲戚们所误解，最后几铲土还来不及堆在棺材上，纠纷就发生了。

由于没有神父，阿希礼只得依靠卡丽恩的祈祷书来主持葬礼。琼斯博罗和费耶特维尔的卫理公会和浸礼会的牧师们的帮助却被得体地回绝了。卡丽恩是个比她姐姐更虔诚的天主教徒，斯佳丽没想到从亚特兰大带一个神父来，她心里很不自在；后来，有人提醒她，神父来为威尔和苏埃伦主持婚礼的时候，可以给杰拉尔德祈祷，她才稍微安心。是她拒绝了附近的新教牧师，把这件事情交给阿希礼去办的，她在她的祈祷书上划出了一些章节，给他去念。阿希礼靠在那张旧写字台上，知道落在他身上的责任是要避免一场纠纷，也知道县里人的一触即发的性子，简直不知道怎么着手才好。

“没有好办法，威尔，”他一边说，一边揉乱他的金灿灿的头发。“我不能把方丹奶奶，也不能把麦克雷老头儿，打倒在地上，我又不能用手捂住塔尔顿太太的嘴。而他们说得最客气的话是苏埃伦是个杀人凶手和叛徒，要不是她干的好事，奥哈拉先生仍然会活着。这个该死的在死人前致辞的风俗。真野蛮。”

“瞧，阿希礼，”威尔慢腾腾地说。“不管他们是怎么想的，我的目的是不让任何人说任何责怪苏埃伦的话。你交给我来办。你念罢经文，做罢祷告，就说：‘要是有谁想要说几句的话，’你马上望着我，这样我就能第一个说话了。”

可是斯佳丽注意着那几个抬棺材的人困难地把棺材抬进那个坟场的狭窄的入口，一点也没想到葬礼结束后即将发生的纠纷。她带着沉重的心情在想，埋葬了杰拉尔德，她就把她同过去无忧无虑，无牵无挂的日子的最后一丝联系埋葬掉了。

最后，抬棺材的人把棺材放在墓坑附近，站着，疼痛的手指头抓紧又松开。阿希礼、玫荔和威尔一溜儿进入围场，站在奥哈拉家姐妹们后面。凡是能拥进去的、比较亲近的邻居，都站在他们后面，其他人站在砖墙外面。斯佳丽这时候才真正看到他们，只见来了这么一大群人，真是又惊奇又感动。尽管缺少交通工具，来的人可以说着实不少。那儿有五六十个人，他们当中有些人从那么远的地方赶来，她真不知道他们是怎么得到消息，及时来到的。有些人家，一家人从琼斯博罗、费耶特维尔和洛夫乔伊赶来，还带着他们的黑人佣人。在场的有许多住在遥远的河对面的小农民，还有从冷落的边远地区来的穷白人和零零落落的从沼泽地来的人们。从沼泽地来的男人是瘦骨嶙嶙的、长着大胡子的大个子，穿着手工纺织的粗呢，戴着浣熊皮帽子，他们的来复枪从容地挎在胳膊弯里，他们的嘴里仍然含着一小块嚼烟。他们带着妻子一起来，她们赤着的脚陷在柔软的红土里，她们的下嘴唇沾满鼻烟。她们的脸在阔边遮阳帽底下显得憔悴，像害了疟疾似的，可干净得闪闪发亮，她们的刚熨过的印花布连衣裙因为上过浆而微微闪光。

附近的邻居全都到场了。方丹奶奶浑身干瘪、满脸皱纹、皮色黄得像一只脱毛的鸟，用手杖支撑着身子，在她后面是萨丽·芒罗·方丹和年轻的方丹小姐。她们在低声恳求那位老太太，还拉她的裙子，想方设法地劝她坐在砖墙上，可是白费劲儿。奶奶的丈夫，老大夫，没有来。他两个月以前去世了，她那双对生活充满恶意的喜悦的老眼里的亮光暗淡得多了。凯思琳·卡尔弗特·希尔顿独自站着，她这样做是合适的，她丈夫促成了眼下这场悲剧，她的褪色的阔边遮阳帽遮住了她低着的脸。斯佳丽惊奇地看到她的密织棉布连衣裙上有油渍，她的手上尽是雀斑，而且不干净。她的手指甲底下甚至有弯弯的黑垢。现在，凯思琳的身上一点也没有上等人的痕迹了。她看起来好像是个穷白人，甚至更糟。她看起来好像是个得过且过、邋邋遢遢、懒懒散散的穷白人。

"她不久就会吸鼻烟的，要是她还不曾吸的话，"斯佳丽想，吓坏了。"老天爷啊！竟然落到了这样的地步！"

她打了个冷战，眼光从凯思琳的身上移开，察觉上等人和穷白人中间的距离是多么狭窄。

"要不是我有强烈的进取心，这就是我的下场，"她想，她认识到投降以后，她和凯思琳是在相同的处境下开始的——两手空空和她们的脑子里有过什么念头，心里不由得涌起一阵骄傲。

"我干得不算差啊，"她一边想，一边抬起下巴，微笑了。

可是她看到塔尔顿太太的恶狠狠的眼光盯着她在看，马上收起笑容。塔尔顿太太哭得眼圈通红，责怪地看了斯佳丽一眼，又把眼光重新盯着苏埃伦看，一种恶狠而愤怒的注视，对她预示着凶兆。在她和她丈夫背后，是他们的四个女儿，她们的红头发同这个庄严的场合的气氛显得格格不入，她们的黄褐色的眼睛看起来仍然好像是充满活力的小动物的眼睛，活泼而危险。

阿希礼拿着卡丽恩那本破旧的祈祷书走到前面来的时候，大家的脚站着不动了，男人都脱掉了帽子，交叉着双手，女人的裙子不再发出窸窸窣窣的声音了。他站了一会儿，向下看，阳光在他的金发上闪烁。沉重的寂静笼罩着众人，真是寂静无声，所以他们清楚地听到在玉兰树叶间吹过的刺耳的风声和远处一只模仿鸟的反复的鸣声，响亮而悲伤。阿希礼开始念祈祷文了，所有的人都垂着脑袋，他那有回声的、漂亮的抑扬顿挫的声音流利地念出简短而尊严的词句。

“啊！”斯佳丽想，她的喉咙收紧了。“他的嗓音多美！总得有人为爹干这件事儿的，让阿希礼来干，我感到高兴。我情愿要他，而不要神父。我情愿让爹的一个自己人，而不是一个陌生人，来主持他的葬礼。”

阿希礼念到灵魂在炼狱中那部分祈祷文——卡丽恩划出来要他念的——突然合上书。只有卡丽恩注意到他的省略，抬起头来看，不知道是怎么一回事，他开始背《主祷文》①了。阿希礼知道在场有一半人从来没有听说过炼狱，而那些听说过的人会认为，要是他哪怕是在祈祷文中暗示奥哈拉先生那样一个好人没有直接升入天堂的话，那是一种人身侮辱。所以为了尊重公众的意见，他干脆免掉了提到炼狱。在场的人都热烈地背《主祷文》，可是他开始念《万福马利亚》的时候，他们的声音越来越低，最后变成一片尴尬的沉默。他们以前从来没有听到过那篇祈祷文，见到奥哈拉家姐妹、玫荔和塔拉庄园上的佣人们作出应答：“为我们祈祷吧，现在和在我们临终的时刻。阿门，”他们鬼鬼祟祟地互相望望。

接下来，阿希礼抬起头，站了一会儿，拿不准该怎么办。邻居们一边把企望的眼光盯在他的身上，一边换一个比较舒适的站立的姿势，准

---

①《主祷文》，又名《天主经》，基督教最常用的一篇祈祷经文。见《圣经 · 新约 · 马太福音》第 6 章第 9—13 节：“我们在天上的父，愿人都尊你的名为圣。愿你的国降临。愿你的旨意行在地上，如同行在天上。我们日用的饮食，今日赐给我们。免我们的债，如同我们免了人的债。不叫我们遇见试探，救我们脱离凶恶。因为国度、权柄、荣耀全是你的，直到永远，阿门。”

备听长篇大论的演说。他们在等他继续主持仪式，因为他们当中没有一个人想到他的按天主教仪式的祈祷已经结束了。县里葬礼总是很长。主持那些葬礼的浸礼会和卫理公会的牧师没有固定的祈祷文，而是按照情况的需要当场编造，几乎总是折腾得所有的送葬者淌下眼泪，死者的女亲戚们悲痛地尖叫，才肯收场。要是整个仪式就是对着他们亲爱的朋友的尸体念这些短短的祈祷文的话，他们会感到震惊、悲痛和愤怒的，没有人比阿希礼知道得更清楚。人们会在晚餐桌上把这样的事情讨论上几个礼拜，县里人的意见肯定是奥哈拉家的姐妹们没有对她们的父亲表示恰如其分的尊敬。

所以他向卡丽恩很快看了一眼，表示抱歉，又垂下头去，开始背诵从前他在十二棵橡树庄园时常为下葬的奴隶背诵的圣公会葬词。

“我是复活和生命……不管是谁……只要信奉我，就永远不死。”

他得想想才背得出，所以他背得很慢，偶尔还得沉默一会儿，等着有些词句从回忆中出现。可是他这样字斟句酌的背诵反而给人留下更深刻的印象，那些原来没有掉泪的送葬人现在开始在掏手绢了。他们都是坚定的浸礼会和卫理公会信徒，认为那是天主教仪式，顿时改变了他们最初以为天主教祈祷词冷冰冰和宣扬天主教教义的看法。斯佳丽和苏埃伦同样不懂，觉得祈祷词给人安慰和漂亮。只有玫兰妮和卡丽恩察觉到一个虔诚地信仰天主教的爱尔兰人正在按照英国国教的仪式举行葬礼。而卡丽恩被悲痛和阿希礼的背叛行为所造成的伤害弄得目瞪口呆，没法去干预了。

阿希礼念完祈祷词，把他那双悲伤的灰眼睛睁得很大，望着那伙人。停顿了一下后，他的眼光同威尔的接触上了，他说：“在场有哪一位想要说几句？”

塔尔顿太太神经紧张地扭动着身子，可是不等她有所行动，威尔笨拙地走到前面，站在棺材的一头，开始说话了。

“朋友们，”他用平板无力的声音开始说。“也许你们以为我变得自高自大了，竟然第一个出来说话——在约摸一年以前，还压根儿不认识奥哈拉先生，而你们都跟他相识了二十年，或者还不止哩。不过，我在这儿提出一个理由。他要是多活一个来月的话，我就会有权利管他叫爹了。”

人群里响起一阵吃惊的声音。他们都很有教养，不至于低声议论，可是他们都转过身去，盯着卡丽恩的垂倒的头看。人人都知道他默默地热爱着她。威尔看到所有的眼睛都向那个方向瞧，继续说下去，好像他压根儿没有注意到似的。

“只要神父从亚特兰大一来到，我就要跟苏埃伦小姐结婚，所以我以为也许这使我有权利第一个讲话。”

他的最后那些话隐没在人群里响起的一阵轻微的闹哄哄的声音中，一阵好像蜜蜂发出的愤怒的闹哄哄的声音中。声音中透出气愤和失望。人人都喜欢威尔，人人都尊敬他为塔拉庄园干的那些事情。人人都知道他对卡丽恩的爱慕，所以听到了这个消息：他却要跟这一带最差劲的姑娘结婚，心里着实恼火。好人威尔却要跟性子别扭、贼头贼脑的小苏埃伦·奥哈拉结婚！

有那么一会儿，空气紧张。塔尔顿太太的眼睛开始冒出怒火，她的嘴唇在动，发出无声的话来。在一片寂静中，可以听到麦克雷老头儿用响亮的声音在要求他的孙子告诉他威尔说了些什么。威尔面对着他们大伙儿，仍然脸色温和，可是在他那双淡蓝的眼睛里流露出一种表情，表明他谅他们不敢说他的未来的妻子一句坏话。有一会儿，人人对威尔的正当的好感和对苏埃伦的轻蔑相持不下。结果，威尔赢了。他继续说下去，好像他刚才的停顿挺自然的。

“我跟你们大伙儿不一样，从来没有见到过全盛时代的奥哈拉先生。我所认识的是一位极好的老先生，就是思想有一点儿糊涂。可是我听你们大伙儿跟我说过，他从前是什么模样的。我要说这样的话。他是位战斗的爱尔兰人，南方的绅士，而且是极端忠诚的南部邦联的支持者。他集那么许多优点于一身，你们不可能找到比他更好的人了。我们也不可能再看到许多像他那样的人了，因为培养他那样的人的时代跟他一样死掉了。他出生在外国，可是今天在这儿下葬的这个人比我们任何一个送葬人更是一个佐治亚人。他跟我们一样生活，他爱我们的土地，归根结蒂说，他跟士兵们一样，是为我们的事业死亡的。他是我们的一员，他有我们的优点和我们的缺点，他有我们的强处和我们的弱处。他有我们的优点，那就是说，他一下定决心，没有人能阻拦他，他一点也不怕穿着皮靴的士兵。任何外来力量都不能够制伏他。

“英国政府要绞死他，他也不怕。他只是匆匆出走，离开了家。他来到这个国家后，穷得很，他也一点不怕。他去干活儿，挣到了钱。他不怕闯到这一带来，当时这儿几乎是荒野，印第安人还刚被撵走。他在荒野上开辟出一个大庄园。战争爆发后，他的钱开始少下去，他不怕再过穷日子。北军来到了塔拉庄园，可能把他烧死，或者杀掉，他一点也不慌，也没有被制伏。他坚持自己的立场，寸步不让。这就是我为什么说他有我们的优点的理由。任何外来力量都不能够制伏我们任何人。

“可是他也有我们的短处，因为他可以从内部被制伏。我的意思是说，整个世界办不到的事情，他的心却办得到。奥哈拉太太一死，他的心也死了，他被制伏了。我们看到在这儿转悠的不是从前的他了。”

威尔停顿了一下，他的眼光从容地向那一圈人的脸上一个个看过去。那群人站在灼热的阳光下，好像被魔法所迷惑，粘住在土地上不能动似的，不管他们刚才对苏埃伦有多大的火气，已经化为乌有了。威尔的眼光在斯佳丽的身上逗留了一下，眼角稍微皱了皱，好像他在心里用微笑安慰她。斯佳丽刚才在把涌上来的眼泪压下去，确实感到了安慰。威尔在谈常识，而不是唠唠叨叨地讲废话，什么在另一个更好的世界里再团聚啊，让她的意志服从上帝的啊。而斯佳丽总是在常识中得到力量和安慰。

“我希望你们没有一个人因为他身子一下子垮掉而认为他差劲。你们大伙儿和我也都像他。我们有同样的弱点和短处。没有什么人能制伏我们，也不能制伏他，北军不行，提包客不行，艰难的时势不行，高额的捐税不行，甚至直截了当的饥饿也不行。可是等到我们心中的弱点使你的眼睛看不清楚的时候，就能制伏我们了。并不是人人失去了亲爱的人，都会像奥哈拉先生那样垮下来。每个人的主要动力是不一样的。我想要说这样的话——失去了主要动力的人还不如死了的好。眼下，他们在这个世界上是没有容身之地了，他们倒不如死了比较快活……这就是我为什么说你们现在不必为奥哈拉先生悲痛的理由。悲痛的时候要回溯到谢尔曼来到，他失去奥哈拉太太的时候。既然他的肉体已经去跟他的心会合，我认为我们就没有理由来哀悼，除非我们非常自私……我把他当我的亲爹那样爱他，说了话……你们大伙儿要是不反对的话，就不要再有人说话了。他的家族痛心得很，会听不下去的；那样对待他们，未免太不像话了。”

威尔停住嘴，向塔尔顿太太转过脸去，他用比较低的声音说：“我不知道你能不能把斯佳丽扶进屋去，太太？她不适宜在太阳下站这么久。方丹奶奶看来精神也不怎么好，我的话并没有一点儿不尊敬的意思。”

斯佳丽听到威尔撇下赞词，一下子掉转话头，提到了她，不由得大吃一惊，这时候人人都转过眼睛来看她，她窘得涨红了脸。她的怀孕已经很明显了，威尔干吗要为她大肆宣扬呢？她又羞愧又生气，看了他一眼，可是威尔的平静的注视把她的眼光压下去。

“请吧，”他的眼睛在说话。“我知道自己在干什么。”

他已经是这个家里的男人了，而且斯佳丽也不希望当众吵架，无可奈何地向塔尔顿太太转身走去。那位太太，正像威尔所打算的那样，突然把心思从苏埃伦的身上转到一直使她着迷的生育问题上，不管是动物还是人的生育，扶着斯佳丽的胳膊。

“进屋去吧，宝贝儿。”

她的脸上现出亲切而全神贯注地关心的神情。人群往后退，给斯佳丽让出一条狭窄的路来，她只得让塔尔顿太太把她领出去。她走出去的时候，响起一阵低低的表示同情的声音，有几个人伸出手来拍拍她，表示安慰。她走到方丹奶奶身旁，老太太伸出一只皮包骨的手，说：“让我在你的胳膊上搭一把，孩子，”接着恶狠狠地瞟了萨丽和那位年轻的小姐一眼，加了一句：“别，你们别来。我不要你们。”

她们慢腾腾地穿过人群，她们走过后，那个圈子又围拢了。她们走在那条通往房子的、笼罩着树荫的小路上，塔尔顿太太热心地扶在斯佳丽的胳膊下的手是那么有力，斯佳丽几乎每走一步都被托起来了。

“喂，威尔干吗这么干？”她们一走到别人听不到的地方，斯佳丽就激动地叫起来。“他实际上是说：‘瞧她！她快要生孩子啦！’”

“得了，我的天啊，你是快要生孩子了，对不对？”塔尔顿太太说。“威尔干得对。你愚蠢地站在火辣辣的阳光下，可能晕过去，流产。”

“威尔才不为她流产操心哩，”奶奶说，她费劲地穿过前院，向台阶走去的当儿，有一点儿喘粗气。她脸上露出勉强的、会心的微笑。“威尔是个鬼灵精。他不想你或是我，贝特丽丝，呆在墓旁。他害怕我们要说的话，他知道这是唯一可以摆脱我们的方法……还不单单是为了这个。他不想让斯佳丽听到泥土洒在棺材上的声音。他是对的。记住，斯佳丽，只要你没有听到那声音，对你来说，人实际上没有死。可是你听到过那声音后……唉，那是世界上最可怕的最后的声音……扶我上台阶，孩子，拉我一把，贝特丽丝。斯佳丽不需要你的胳膊，就像不需要丁字拐杖那样，我的精神可不怎么好，正像威尔所说的……威尔知道你是你爹的宝贝女儿，事情已经落到这种地步，他可不想闹得更糟。他估计你的两个妹妹不会太糟的。苏埃伦有她的羞耻支撑她，而卡丽恩呢，有她的上帝。可是你却没有什么支撑你，对不对，孩子？”

“对，”斯佳丽回答，扶着那个老太太走上台阶，听到那老年人的尖声说出来的真情实况，微微感到惊奇。“我从来没有什么支撑我——我妈除外。”

“不过，你失去她以后，你发现你能独自个儿活下去，是不是？嘿，有些人却不行。你爹就是其中一个。威尔说得对。你不必悲痛。他没有了埃伦，没法过日子，他还是呆在现在那个地方更快活些。就像我那样，跟老大夫在一起会更快活些。”

她说着，并没有丝毫需要同情的愿望，那两个人也并不表示同情。她说得那么轻松和自然，好像她丈夫没有死，还在琼斯博罗，只要坐上轻便马车，短短地赶一段路，他们就可以呆在一起似的。奶奶一大把年纪了，见过许多世面，不怕死了。

“不过——你也能独自个儿活下去，”斯佳丽说。

老太太用明亮的、像鸟眼似的眼睛向她瞟了一眼。

“不错，可是有时候实在活得不舒服。”

“喂，注意啦，奶奶，”塔尔顿太太插嘴说，“你不该这样跟斯佳丽讲话。她已经够不舒服的了。她一路赶到这儿，穿着这身裹紧了的衣服，心里悲痛，天气又热，哪怕你不火上加油，讲这些痛苦和悲伤的话，也够她受的了，难免不流产。”

“简直是胡扯！”斯佳丽恼火地喊叫。“我没有不舒服。我也不是那种病恹恹的流产女人！”

“这倒难说，”塔尔顿太太带着无所不知的神情说。“我看到一头公牛挑伤我们家的一个黑人后，流掉了第一个孩子，再说——你记得我的红牝马耐利吧？嘿，看模样，你再也找不到比它更壮实的牝马了，可是它却胆小而紧张，我要是不照看它的话，它就会——”

“贝特丽丝，住嘴，”奶奶说。“斯佳丽绝不会流产的，没错儿。让我们坐在穿堂里，这儿阴凉。有一阵凉快的穿堂风从这儿吹过。好吧，你去给我们取一杯脱脂牛奶来，贝特丽丝，要是厨房里有的话。要不，瞧瞧食品室里，那儿有没有葡萄酒。我倒想来一杯。我们坐在这儿，等人们来告别。”

“斯佳丽应该去躺在床上，”塔尔顿太太坚持说，眼光从上到下地打量着她的全身，摆出一副一天不差地预测怀孕日期的内行派头。

“去吧，”奶奶说，用拐杖捅了她一下，塔尔顿太太随即向厨房走去，一边满不在乎地把她的帽子扔在餐具柜上，用双手捋着她的潮湿的红头发。

斯佳丽靠在椅子上，解开她身上那件裹紧了的连衣裙的最上面的两颗钮扣。天花板高高的穿堂里又阴凉又幽暗。她们刚才被阳光烤过，这会儿，从房子后面穿到前面来的飘忽不定的穿堂风使她们精神爽快。她从穿堂里一直看到停放过杰拉尔德尸体的客厅里，为了强迫她自己不去想杰拉尔德，她抬头看挂在壁炉上面的那幅外祖母罗比亚尔的肖像画。那幅被刺刀划出痕迹的肖像画上画着堆得高高的头发、半露的胸脯和冷冰冰的傲慢的表情，一直对她有兴奋作用。

“我不知道是什么事情对贝特丽丝·塔尔顿的打击更重，是失去她的儿子呢，还是她的马，”方丹奶奶说。“你也知道，她从来不怎么把吉姆和她的女儿摆在心上。她就是一个威尔刚才说的那种人。她的主要动力给毁了。有时候，我怀疑她会不会走你爹走的那条路。她是绝不会快活的，除非当着她的面牝马下马驹子，或是女人生孩子，她的那几个女儿没有一个结了婚，也没有一个会在县里有找到丈夫的苗头，所以她没有什么事情需要费心思。要不是她在心底里是个有教养的女人，她会不折不扣地变得粗俗的……威尔刚才说他要娶苏埃伦，这话是真的吗？”

“是的，”斯佳丽说，盯着老太太的眼睛看。天啊，她还能记得，从前她怕方丹奶奶怕得要命！嘿，从那以后，她长大了，要是奶奶干涉塔拉庄园的事情的话，那才好哩，她就会直截了当地跟她说，见鬼去吧。

“他可以娶好一点儿的姑娘，”奶奶坦率地说。

“真的？”斯佳丽傲慢地说。

“别摆出一副骄傲的架子来，小姐，”老太太尖刻地说。“我不会攻击你的宝贝妹妹的，尽管我要是呆在坟地上的话，也许会这么干的。我的意思是说，这一带男人少。这儿的大多数姑娘，不管哪一个，威尔都能娶到。贝特丽丝的四只野猫，芒罗家的那些姑娘，还有麦克雷——”

“他将要跟苏结婚，事实就是这样。”

“她有幸得到了他。”

“塔拉庄园有幸得到了他。”

“你喜欢这地方，对不对？”

“对。”

“喜欢得这么深，所以你只要有个男人在这儿照看塔拉庄园，连你妹妹嫁给一个比她阶级地位低的人也不在乎吗？”

“阶级地位？”斯佳丽说，对这种想法感到吃惊。“阶级地位？一个姑娘只要能找到一个能照顾她的丈夫，阶级地位现在还有什么关系？”

“这是个可以争论的问题，”老太太说。“有些人会说你讲的话是符合常识的。另一些人却会说你在降低一英寸也不该降低的围栏。威尔当然算不上上等人，而你们有些人却是的。”

她那双尖锐的老眼向罗比亚尔老太太的肖像画望去。

斯佳丽想着威尔，他个子瘦长，相貌平凡，性情温和，老是嚼着一根草，整个外貌显示出一种缺乏精力的假象，就像大多数穷白人的外貌。他没有长长的一溜儿家产殷实、地位显赫、门第高贵的祖先作为背景。威尔家第一个来到佐治亚州的人可能是奥格尔索普[①]的一个债务人，或是奴隶。威尔没有进过大学。事实上，他在偏僻地区上了四年学，那是他受的全部教育。他生性诚实，为人忠诚，他有耐心，干活勤奋，可是他当然不是上等人。按照罗比亚尔家的标准，毫无疑问，苏埃伦的地位是降低了。

“这么说，你赞成威尔成为你家的人？”

“不错，”斯佳丽恶狠狠地回答；只要那位老太太的谴责的话一出口，她就准备扑上去。

“你可以亲亲我，”奶奶出人意料地说，她带着完全赞成的神态微笑。“在这以前，我一直不怎么喜欢你，斯佳丽。你老是硬得像山核桃，哪怕是在小时候，我不喜欢硬性子的女人，自己除外。不过，我确实喜欢你处理事情的态度。你对没法避免的事情，哪怕是不愉快的事情，并没大惊小怪。你像个好猎人那样，干净利索地保卫自己。”

斯佳丽带着拿不准的神情微笑着，在向她凑过来的干瘪的脸颊上匆匆忙忙地亲了亲。又听到赞扬的话了，哪怕这话里的意思她几乎不懂，心里也挺高兴。

“这一带会有许多人因为你让苏嫁给一个穷白人而说长道短——

---

① 指詹姆斯·爱德华·奥格尔索普（1696—1785），英国将军，美国佐治亚的开拓人。

尽管人人都喜欢威尔。他们会一方面说他是个多好的人，另一方面说奥哈拉家的一个姑娘嫁给了一个地位比她低的男人，真糟糕。别让那些话惹你心烦。”

“别人说些什么，绝不会惹我心烦。”

“这话我听到过。”苍老的声音里含有尖刻的意味。“好吧，不管别人说些什么，别心烦就是。那可能是很美满的婚姻。不用说，威尔这辈子改不了他的穷白人模样，结婚也不会对他的说法有什么改善。再说，哪怕他发了大财，他也绝不会给塔拉庄园增添一星半点光彩的，就像你爸爸那样。穷白人是缺乏光彩的。不过，威尔在心底里是位绅士。他有正确的本能。没有人，除非是一位天生的绅士，能像他刚才在葬礼上那样正确地指出我们的错误。整个世界没法制伏我们，可是我们要是过分想望我们已经不再有的东西——老是念念不忘地回忆过去的话，那我们就能把自己给制伏了。没错，威尔对苏埃伦和对塔拉庄园，都会很好的。”

“那么，你赞成我让他娶她了？”

“天啊，不！”苍老的声音既疲劳又辛酸，可是挺有力。“赞成穷白人跟旧家子女联姻吗？呸！我会赞成把杂种马养成纯种马吗？啊，穷白人性子好，身子结实，做人老实，可是——”

“可是你刚才说你认为那将是美满的婚姻！”斯佳丽喊叫，闹不懂了。

“啊，我是认为苏埃伦嫁给威尔是件好事儿——对她来说，嫁给哪一个都是好事儿，因为她实在需要一个丈夫。她还能从哪儿去找一个丈夫呢？你还能从哪儿去找一个这么好的塔拉庄园的管理人呢？不过，这并不是说我比你更喜欢这样的局面。”

可是我倒确实喜欢，斯佳丽一边设法弄懂老太太说的话的意思，一边想。我很高兴，威尔要娶她。她干吗认为我不满意呢？她是在想当然地认为我不满意，就像她那样。

斯佳丽感到迷惑，有一点儿害臊，人们把他们的感情和动机加在她身上，而且认为她也有同感的时候，她总是会有这种心情。

奶奶用芭蕉扇给自己打扇，继续轻快地说：“我并不比你更赞成这门亲事，可是我讲究实际，而你呢，也讲究。所以遇到了不愉快，可是没法避免的事情，我认为大声尖叫和乱发牢骚，是没有什么意思的。这可不是应付生活中的盛衰的办法。我懂得这，是因为我一家子和老大夫一家子经历过的盛衰比我们多。我们这些人要是有条座右铭的话，那就是：‘别抱怨——面带微笑，等待时机’。我们就是这样熬过了不少事情，面带微笑，等待我们的时机，我们终于成为熬过来的专家。我们不得不这样。我们一直把赌注押在跑输的马上。跟胡格诺派新教徒①一起给撵出法国，跟保皇党员②一起逃出英国，跟快活王子查理③一起给撵出苏格兰，给黑人撵出海地，现在又给北佬制伏了。可是我们总是在几年后又冒到上面来了。你知道是什么原因吗？”

她歪着头，斯佳丽在想，她的模样再像一只懂事的老鹦鹉不过了。

“不知道，我确实不知道，”斯佳丽有礼貌地回答。可是她实在感到很腻烦，就像奶奶在那天跟她源源本本地讲克里克人暴动的时候那样。

“嘿，这就是道理。我们向不可避免的事情屈服。我们不是小麦，我们是荞麦！风暴来到的时候，成熟的小麦就倒下了，因为小麦干燥，在风中不能弯下。可是成熟的荞麦体内有汁液，它能弯下。风暴一过，它挺起来，几乎跟以前一样笔直和茁壮。我们不是倔强的人。在刮大风的时候，我们是非常柔软的，因为我们知道柔软合算。麻烦找上门来后，我们向不可避免的事情屈服，一点也不哭丧着脸。我们工作，我们面带微笑，我们等待时机。我们假装同意地位比较低微的人那一套，从他们那儿取得能得到的东西。等我们够强大了，已经骑在那些人的脖子上了，我们就踢他们。我的孩子，这就是能活下去的秘密。”她停顿了

① 胡格诺派新教徒（Huguenots），16 世纪欧洲宗教改革运动中兴起于法国而长期遭受迫害的新教教派信徒。

② 英国内战时期查理一世的拥护者，他们自称骑士。

③ 指查理二世（1630—1685），1651 年查理二世从苏格兰入侵英格兰，以失败告终，流亡法国。

一下，加上一句："我把这个秘密传给你。"

老太太格格地笑着，好像她被这些话逗乐了似的，尽管话里带着恶意。她看来好像希望斯佳丽会作一些评论，可是这些话对斯佳丽几乎没有一点意思，所以她想不出什么话要说。

"可不是，小姐，"老太太接着说，"我们的人给治得服服帖帖地倒下了，可是又站起来，对附近一带的许多人我却不能这么说了。瞧凯思琳·卡尔弗特。你可以看到她已经落到什么光景了。穷白人！跟她嫁的那个男人差得多。瞧麦克雷一家子。穷得什么都没有了，却拿不出一点儿办法，不知道干什么，也不知道怎么干任何事情。甚至不愿试一试。他们把时间都花在嘀嘀咕咕地唠叨过去的好日子上。再瞧——得了，瞧瞧这个县里的人吧，几乎哪一个都是这样，只有我的亚力克和萨丽、你和吉姆·塔尔顿，还有他的女儿们和其他一些人除外。其余的人都沉下去了，因为他们的身子里已经没有活力，因为他们已经没有再站起来的勇气。那些人只想到钱和黑人，别的都不摆在心上，可钱和黑人既然都没有了，那些人在下一代就会变成穷白人。"

"你忘了韦尔克斯一家子。"

"没有，我没有忘记他们。我只是想，阿希礼好歹是这个家的客人，我一定要讲礼貌，不提他们了。不过，你既然提到了他们的名字——那么就来瞧瞧他们吧。拿印第亚来说，根据我所听到的关于她的消息，她已经成了一个干瘪的老姑娘，举止神情完全像个寡妇了，因为斯图·塔尔顿已经被杀，她也不想任何办法把他忘了，另外去找个男人。不用说，她老了，可是她可以找个妻子死去后丢下了许多孩子的男人嘛，要是她愿意找的话。再说可怜的霍妮，她一直是个见了男人就着迷的蠢货，见识跟一只珍珠鸡一般高。至于阿希礼，瞧瞧他吧！"

"阿希礼是个很好的人，"斯佳丽气呼呼地开始说。

"我从来没有说过他不好，可是他像只给翻了个儿的海龟，一点用都没有。要是韦尔克斯一家好歹熬过了那些艰难的日子。那是玫荔带着他们熬过的。不是阿希礼。"

"玫荔！主啊，奶奶！你在说些什么啊？我跟玫荔一起过的日子不算短，知道她病恹恹的，胆小得没命，没有勇气对一只鹅说一声呸。”

“喂，人到底干吗要对一只鹅说呸呢？我一直认为这是在浪费时间。她也许不敢对一只鹅说呸，可是她却敢对这个世界，或是对北佬的政府，或是对其他任何威胁她的珍贵的阿希礼或是她的儿子或是她的上流阶层的想法的东西说呸。她的作风跟你的不一样，斯佳丽，跟我的也不一样。你妈要是活着的话，也会这么干的。玫荔叫我想起了你妈的年轻时候……她也许能拉扯着韦尔克斯一家人熬过来的。”

“啊，玫荔是个好心的小蠢货。不过，你对阿希礼很不公道。他是——”

“啊，别胡扯啦！阿希礼生来就是个念书人，别的什么都不行。这对一个要从我们眼下那样的艰难的困境中熬出头的人可没有用。我听说，县里的人数他耕地最差劲儿！你不妨拿他跟我的亚力克比比。战前，亚力克是个最没出息的花花公子，他想到的顶多是一条新领带，喝醉了酒向人开枪，去追那些不规矩的姑娘。可是瞧他现在！他学干庄稼活儿，因为他不得不学嘛。要不，他就得挨饿，还有我们大伙儿。现在他种出来的棉花是全县最好的——可不是，小姐！比塔拉庄园的棉花还好得多！——他还知道怎么跟猪和鸡打交道。哈！尽管他性子不好，他是个好样的小伙子。他懂得怎样等待时机，用变化来适应变化，等重建时期的苦难一过，你就会看到我的亚力克将跟他爹、他爷爷一样有钱。可是阿希礼——”

斯佳丽听到这种轻蔑阿希礼的话，心里像针刺似的。

“我听起来这些都是无聊的废话，”她冷冷地说。

“唷，这不可能，”奶奶一边说，一边把尖锐的眼光紧紧地盯着她看。“因为这恰恰是你到亚特兰大去后所采取的那套办法。啊，可不是！尽管我们待在闭塞的乡下，对你那一套出格的做法还是听到了。随着改变了的时势，你也改变。我们听到你怎样巴结北佬、穷白人和新发财的提包客，从他们那儿赚钱。根据我所能听到的那一切，你装得倒挺老实。得了，放开手吧，我说！把你能从他们那儿弄到的每一个子儿都弄到手，可是有一天你手里的钱够多了，就在他们的脸上踢一脚，因为他们对你再也没有用了。一定要这么干，而且要干得妥当，因为紧紧地拉着你的上衣后摆的那些废物可能毁了你。”

斯佳丽望着她，皱着眉头，一心想弄懂这些话。这些话仍然对她没有什么意义，她仍然在为阿希礼被比作一只给翻了个儿的海龟生气。

“我认为你对阿希礼的看法是错误的，”她突然说。

“斯佳丽，你太不机灵了。”

“这是你的想法，”斯佳丽生硬地说，真恨不得狠狠地掴老太太的耳刮子。

“啊，你跟元啊、分啊打交道，倒是挺机灵的。这是男人的机灵。可是你作为一个女人却压根儿不机灵。你跟人打交道，一点儿也不机灵。”

斯佳丽的眼睛里开始冒出火来，她的双手抓紧又放松。

“我已经把你完全气疯了，是不是？”老太太微笑着问。“行了，我是有心要这么干的。”

“啊，你是有心的，真的？请问，为什么呢？”

“我实在有许许多多理由。”

奶奶着着实实地靠在椅子上，斯佳丽突然发觉她看起来非常疲倦，老得叫人难以相信。她的细小的、像爪子似的双手交叉在扇子上面，黄得像蜡做的，活像死人的手。斯佳丽突然想到了一个念头，她心里的火气消失了。她探过身去，双手捧起她的一只手。

“你是个着实可爱的老骗人精，”她说。“你说的这些唠唠叨叨的废话是一点儿都不当真的。你说这些话的用意无非是免得我想起爹罢了，对不对？”

“别跟我瞎扯，”老太太恶声恶气地说，猛地把她的手抽出来。“一部分是因为这个原因，还有一部分是因为我跟你说的都是实际情况，可是你却太蠢，理解不了。”

不过，她流露出一丝笑意，话中不再带刺了。斯佳丽的心里对阿希礼的火气熄灭了。知道奶奶的话压根儿不是当真的，实在叫人高兴。

“不管怎样，还是谢谢你。你真好，跟我说这些话——我感到高兴，你对威尔和苏埃伦的婚事跟我的看法是一致的，尽管——尽管其他许多人不赞成。”

塔尔顿太太在穿堂里走来，端着两玻璃杯脱脂牛奶。她干什么家务事都不行，两杯脱脂牛奶一路在漫出来。

“我不得不一直走到冷藏室，才找到牛奶，”她说。“快喝吧，因为那些人马上要从坟地回来了。斯佳丽，你真的要让苏埃伦嫁给威尔吗？倒并不是他配不上她，可你知道他是个穷白人，再说——”

斯佳丽的眼光遇上了奶奶的。她看到那双老眼里有一丝邪恶的闪光，知道自己的眼睛里也闪着这种光芒。

第41章

斯佳丽向最后一个人说了再见；等最后一辆马车的车轮滚动声和马蹄得得声消失后，她回进埃伦的账房，从那张写字台的文件架内泛黄的文件里取出一件亮晃晃的东西，那是她上一夜藏在那儿的。听到波克一边在餐厅里走来走去摆晚饭桌，一边在抽抽搭搭地哭，她叫他。他走到她面前，那张黑脸上一副凄惨相，好像是条没有主人的丧家狗。

“波克，”她严厉地说，“你再哭，那，我——我也要哭了。你一定要停住。”

“是，小姐。我试过，可是每一回我尝试，我总是想起杰拉尔德先生——”

“好了，别想。别人掉泪，我受得了，可是你掉泪可不行。得了，”她突然温和地停止说话，“你不明白吗？我受不了你的眼泪，因为我知道你是多么爱他。擤擤鼻子，波克。我有一件礼物要给你。”

波克响亮地擤鼻子，眼睛里流露出一点儿感兴趣的神情，不过那主要是出于礼貌，而不是有兴趣。

“你还记得那一夜你到人家的鸡棚里去偷鸡，挨了枪子儿吧？”

“上帝啊，斯佳丽小姐！我从来没——”

“得了，你确实去过，已经隔了好久，你不用对我撒谎。你还记得我说过你这么忠心，我将来要给你一块表吗？”

“是，小姐。我记得。我想你已经忘了。”

“没有，我没忘，表就在这儿。”

她拿出一块大金表来给他，表壳上有繁复的浮雕图案，还系着一条带着许多挂件和印章的表链。

“上帝啊，斯佳丽小姐！”波克喊道。“这是杰拉尔德先生的表！我看到过他看这表，总有一百万回哩！”

“是的，是爹的表，波克。我把它给你。收下吧。”

“啊，不行，小姐，”波克吓得直往后退。“这是一块白人绅士用的表，再说是杰拉尔德先生的。你怎么能对我说把表给我呢，斯佳丽小姐？这表的所有权是属于小韦德·汉普顿的。”

“是属于你的。韦德·汉普顿为爹干过些什么事情呢？爹生病衰弱的时候，他照顾过他吗？他给他洗过澡、穿过衣服、刮过脸吗？北佬来了以后，他对他一片忠心吗？他为他去偷过吗？别傻了，波克。要说谁该有这块表的话，应该是你，我知道爹会同意的。拿去。”

她拉起一只黑手，把表放在手掌里。波克必恭必敬地盯着表看，他慢慢地显示出满脸喜悦。

“给我，真的，斯佳丽小姐？”

“是啊，没错儿。”

“好吧，小姐——谢谢。”

“你喜欢我把表带到亚特兰大去刻字吗？”

“刻字是什么意思？”波克的声音中带有疑虑。

“刻字的意思就是在表背上刻一些字，譬如——譬如说‘送给波克——工作出色、忠心耿耿的仆人，奥哈拉家’。”

“不，小姐——谢谢，小姐。别费事去刻字了，”波克向后退了一步，紧紧地抓着那只表。

一丝微笑扭歪她的嘴唇。

“怎么啦，波克？难道你不相信我会把表送回来吗？”

“哪会不相信呢，小姐。我只相信你——不过，嘿，小姐，你也会改变主意的。”

“我不会那么干的。”

“得了，小姐，你也许会把表卖掉的。我说那值很多钱哩。”

“你以为我会卖掉爹的表吗？”

“可不是，小姐——要是你需要钱的话。”

“你有这样的想法真该挨揍，波克。我打算把表收回。”

“不，小姐，你不会的！”波克的带着沉重的悲伤的脸上流露出这天第一丝微细的笑意。“我了解你——再说，斯佳丽小姐——”

“怎么样，波克？”

“你只要对白人像对黑人一半那样好，我说世上的人就会待你好些。”

“他们待我够好了，”她说。“喂，去找阿希礼先生，告诉他我要在这儿见他，马上就来。”

阿希礼坐在埃伦的写字台前那张小椅子上，他的高高的身子使那件单薄的家具显得矮小。斯佳丽向他提出了把锯木厂的一半股权给他的建议。他的眼光一回也不跟她的接触，他一句话也不插。他坐着，低头看着自己的一双手，两只手慢腾腾地翻过来，翻过去，先打量手掌，后打量手背，好像他以前从来没有看到过自己的手似的。尽管干着力气活儿，那双手显得纤细和柔嫩，保养得不像庄稼人的手。

他耷拉着脑袋，默不作声，使她心里有一点儿不踏实，她接着加倍努力，把锯木厂说得有吸引力。她还显示她所掌握的一切魅力，微笑啊，眼风啊，可是都白白地浪费了，因为他没有抬起眼睛。只要他向她看上一眼就行了！她绝口不提威尔告诉她的消息，阿希礼决定到北方去，带着明显的自作主张的神态说，不存在任何障碍阻止他同意她的计划。他仍然不说话，她的说话声音越来越低，最后也沉默了。他的单薄的肩膀绷得紧紧的，显出他的决心，使她心慌！他当然不该拒绝喽！他到底有什么理由要拒绝呢？

“阿希礼，”她又开始说，接着顿住了。她刚才不打算拿她的怀孕来说服他，甚至想都不敢想阿希礼看到她腆着个大肚子这副丑陋的模样，可是既然她的其他的理由看来他都无动于中，她决定拿怀孕和她的没人帮助作为最后一张牌亮出来。

“你一定要到亚特兰大来。我现在没有你帮忙实在不行，因为我没法照料锯木厂。也许要几个月以后我才能，因为——你瞧——唉，因为……”

“请别说啦！”他粗声粗气地说。“老天爷啊，斯佳丽！”

他站起身来，突然走到窗口，背对她站着，望着一群鸭子庄严地排成一溜儿穿过谷仓前的空场。

“难道这就是——就是你不向我看的原因吗？”她可怜巴巴地问。“我知道我的模样——”

他猛地转过身来，他那双灰眼睛里的表情是那么强烈，使她不由自主地双手按住喉咙。

“你的该死的模样！”他恶狠狠地说得很快。“你知道你的模样在我看来一直是美的。”

她沉浸在幸福中，眼睛里涌出泪水。

“你这么说真是太好啦！因为我本来感到很害臊，让你看到我——”

“你感到害臊？你干吗要害臊。该害臊的是我，而且我确实害臊。要不是我愚蠢的话，你就不会落到这么狼狈的境地。你就永远不会跟弗兰克结婚。去年冬天，我再怎么也不该让你离开塔拉庄园。啊，我当时真蠢！我原该知道你——知道你那会儿走投无路，是那么走投无路——我原该——我原该——”他的脸色变得很难看。

斯佳丽的心怦怦乱跳。他在懊悔他没有跟她一起逃跑。

“你收留我们的那会儿，我们简直就像要饭的，我至少可以为你到大路上去抢劫，要不，去杀人抢税款嘛。啊，我把事情全都闹糟啦！”

她的心被失望所抽搐，她的幸福的感觉有些减弱，因为她希望听到的不是这些话。

“不管怎样，我总是要走的，”她疲劳地说。“我不能让你去干那种事情。再说，不管怎样，现在事情已经定局了。”

“可不是，现在事情已经定局了，”他不无辛酸地说。“你不会让我去干任何丢脸的事情，可是你竟然把自己出卖给一个你不爱的男人——跟他生孩子，为了不让我和一家人挨饿。我走投无路的时候，你保护了我，你的心真好。”

他的声音中带着锋芒，表明他内心的创伤还没有愈合，还在刺痛，他的话使她的眼睛里流露出羞愧的神情。他马上发觉了，脸色变得温和了。

“你不认为我在责怪你吧？上帝啊，斯佳丽！不，你是我认识的女人中最勇敢的了。我是在责怪自己。”

他转过身去，又向窗外看了。她盯着他看，他的肩膀似乎挺得不怎么直。斯佳丽默默地等了好长一会儿，希望阿希礼会恢复谈起她美丽的那种情绪，希望他再说一些她可以永远记在心头的话。她有那么久没有见到他了，一直靠回忆生活，直到那些回忆都被时光冲洗得淡薄了。她知道他仍然爱她。这是明摆着的事实，他的每一句话、每一个痛苦和自我谴责的措词、他对她怀了弗兰克的孩子的怨恨，都表明这个事实。她多么希望听他用言语吐露出来，希望自己说一些话来引起他的坦白，可是她不敢。她记得去年冬天她在果园里所许下的诺言，她再怎么也不会向他献殷勤。她悲伤地知道，要让阿希礼留在她近旁，就一定要遵守诺言。她一有爱情和企望的表示，她一有她要求他拥抱她的眼神，事情就永远了结了。阿希礼当然会上纽约去的。可是绝不能让他去。

“啊，阿希礼，别怪你自己！这怎么可能是你的过错呢？你会到亚特兰大来帮我忙的，是不是？”

“不。”

“可是阿希礼，”她因为痛苦和失望，嗓音变了，“可是我一直指望你。我确实非常需要你。弗兰克没法帮我忙。他照管铺子已经忙得不可开交，你要是不来的话，我真不知道我在哪儿能找到一个男人！亚特兰大的能干的人个个忙着自己的事情，而其他的人呢，是那么不中用和——”

“没有办法，斯佳丽。”

“你的意思是说，你情愿上纽约去，住在北佬中间，却不愿到亚特兰大来？”

“这是谁告诉你的？”他转过身来，面对着她，额头上现出浅浅的恼火的皱纹。

“威尔。”

“不错，我已经决定到北方去。战前，一个跟我一起去欧洲旅游的老朋友给我在他爹的银行里找了个职位。还是这样的好，斯佳丽。我对你毫无用处。我一点儿不懂木材买卖。”

“可是你对银行业务懂得更少，所以更困难！我知道对你的缺乏经验我会比北佬体谅得多！”

他的身子微微退缩了一下，她知道她说错话了。他转过身去，又望着窗外了。

“我不要别人体谅我。我要靠自己的本领自立。直到现在，我为自己的生活干了些什么呢？该是我把自己磨练得有点儿出息的时候了——要不，由于我自己的过错，索性完了也好。我靠你养活我的日子已经过得太长了。”

“不过，我提出了给你锯木厂的一半股子，阿希礼！你会自立的，因为——你瞧，那将是你自己的买卖。”

“这还不是一回事。我不可能买下那一半股子。我得当作礼物来接受。可我已经接受了你太多的礼物了——给我吃，给我住，甚至给我、玫兰妮和孩子衣服穿。可我没有一点儿东西回报你。”

“啊，可你有嘛！威尔不可能——”

“我现在能劈引火柴劈得很好了。”

“啊，阿希礼！”她绝望地喊叫，听到他那种嘲弄的语调，眼泪涌到了眼眶里。“我走了以后，你出了什么事？你说起话来这么生硬和尖刻！你从前可不是这样的。”

“出了什么事？一件非常不寻常的事儿，斯佳丽。我一直在想。我认为，从投降那会儿起，直到你离开这儿为止，我没有认真地想过。我当时不省人事，所以有点儿东西吃，有张床睡就足够了。可是你到亚特兰大去后，担负起一个男人的责任，我发现自己远远及不上一个男人——说真的，远远及不上一个女人。抱着这样的想法过日子是不愉快的，我再也不愿抱着这样的想法过下去了。别人熬过了战争，手边有的比我更少，可瞧他们现在。所以我要上纽约去。”

“可是——我真不明白。你要是想工作的话，亚特兰大哪儿及不上纽约呢？再说，我的锯木厂——”

“不行，斯佳丽。这是我最后一个机会。我要上北方去。我要是到亚特兰大去为你工作的话，那我就永远完了。”

这个词儿“完了——完了——完了”在她的心里像宣告死亡的钟声那样可怕地丁丁当当地响着。她的眼光迅速地看他的眼睛，可是他的眼睛睁得挺大，灰色的眼珠子里流露出清澈的眼光，眼光透过她的身子望着她身子后面、她看不见、又不明白的某种命运。

“完了？你的意思是说——你干了什么亚特兰大的北佬能整治你的事情吗？我的意思是说，关于帮助汤尼逃走，要不——要不——啊，阿希礼，你不可能参加三 K 党了吧，对不对？”

他的遥远的眼光迅速回到她身上，他短短地微笑了一下，短得眼睛里来不及露出笑意。

“我忘了你总是照字面理解别人的话。不，我倒不是怕北佬。我的意思是说，我要是到亚特兰大去，再接受你的帮助的话，就永远埋葬了任何独立的希望。”

“啊，”她很快舒了一口气，“要是不过是这样的话！”

“是啊，”他又微笑了，微笑得比刚才更冷淡。“不过是这样。不过是我的男子汉的骄傲、我的自尊心，和你要是愿意这么说的话，我的不朽的灵魂罢了。”

“可是，”她从另一个方面来转弯抹角地劝说，“你可以渐渐地从我这儿把锯木厂买去，那厂子就会变成你自己的了，那时候——”

“斯佳丽，”他恶狠狠地插嘴说，“我干脆告诉你，不行！还有别的理由。”

“什么理由？”

“你比世上任何人更知道我的那些理由。”

“啊——那？可是——那不成问题，”她很快作出保证。“我答应过，你知道，去年冬天，在外边果园里，我会遵守诺言，而且——”

“那么你对你自己比我更有把握。我没法指望自己遵守诺言。我不该这么说，可是我不得不让你明白。斯佳丽，我不愿再谈这件事情了。就此了结了。威尔和苏埃伦结婚后，我就上纽约去。”

他的眼睛睁得很大，神情激动，眼光对着她的眼睛看了一下，接着他很快地走到房间的一头。他的手放在球形门把手上。斯佳丽痛苦地盯着他看。会谈结束了，她已经失败了。她由于神经紧张和上一天的悲伤，加上眼下的失望，她的神经突然支撑不住了，她尖叫：“啊，阿希礼！”接着，她一下子扑到那张塌下去的沙发上，号啕大哭起来。

她听到他从门旁走过来的犹豫不决的脚步声和他无能为力地在她的头顶上一遍遍叫她名字的声音。一阵啪嗒啪嗒的脚步声很快地从厨房里传到穿堂上，接着玫兰妮闯进房间，她神情惊慌，眼睛睁得很大。

“斯佳丽……孩子没有？……”

斯佳丽把脑袋藏在尽是灰尘的沙发垫里，又尖叫了。

“阿希礼——他那么狠心！那么该死的狠心——那么可恶！”

“啊，阿希礼，你对她干了什么啦？”玫兰妮趴倒在沙发旁的地板上，把斯佳丽搂在怀里。“你说了些什么？你怎么可以呢！你也许会影响孩子哩！行了，我的宝贝儿，把你的脑袋靠在玫兰妮的肩膀上！有什么不对头？”

“阿希礼——他是那么死心眼和可恶！”

“阿希礼，你真叫我大吃一惊啊！惹得她这个样子，她有着身子，何况奥哈拉先生刚下葬哩！”

“你别跟他咋呼！”斯佳丽突然从玫兰妮的肩膀上抬起头来，语无伦次地喊叫，她的粗硬的黑发从发网中掉出来，她的脸上挂着一道道眼泪。“他有权爱怎么干，就怎么干！”

“玫兰妮，”阿希礼说，他的脸煞白，“听我解释。斯佳丽好心提出要我到亚特兰大去，在她的一家锯木厂里当经理——”

“经理！”斯佳丽愤怒地喊叫。“我提出给他一半股子，可他却——”

“我告诉她我已经安排好我们到北方去，她就——”

“啊，”斯佳丽喊叫，又开始抽抽搭搭地哭了，“我告诉他，又告诉他我多么需要他——我实在找不到人手来经管锯木厂——我又快要生孩子了——可是他拒绝来！得了——得了，我将不得不卖掉锯木厂，而且我知道厂子压根儿卖不到好价钱，我就要亏本，我想也许我们要挨饿，可是他一点不在乎。他是那么狠心！”

她又把脑袋藏在玫兰妮的瘦削的肩膀里，她心里闪烁着一丝希望，她的真实的苦恼也有些消失。她察觉在玫兰妮的那颗忠诚的心里，她找到了一个助手，感到不管是谁，甚至她心爱的丈夫，把斯佳丽惹哭，玫兰妮就会冒火。玫兰妮像一只下定决心的小鸽子那样扑向阿希礼，第一回啄他。

“阿希礼，你怎么能拒绝她呢？归根结蒂，她为我们出过力嘛！你使我们显得多么忘恩负义啊！眼下，她有着身子，多么没有办法——你却这么缺乏仗义的精神！我们需要帮助的那会儿，她帮助了我们，现在她需要你了，你却拒绝她！”

斯佳丽狡猾地偷看阿希礼，看到他盯着玫兰妮的那双愤怒的黑眼睛的时候，脸上那副明显的惊奇和踌躇的神情。斯佳丽还对玫兰妮的进攻的劲头感到惊奇，因为她知道玫兰妮认为她丈夫是不可能受到做妻子的责怪的，认为他的决定是仅次于上帝的决定。

“玫兰妮……”他开始说，接着无可奈何地两手一摊。

“阿希礼，你怎么能踌躇呢？想想她为我们——为我做的事情吧！要不是有她的话，博生下来的时候，我早就死在亚特兰大啦！她——她杀了一个北佬，为了保卫我们。你知道这件事情吗？她为我们杀了一个人。你和威尔来家以前，她干活，豁出了命干，免得我们饿肚子。我一想到那会儿她犁地，摘棉花，我真是只能——啊，我的宝贝儿！”接着她猛地低下头去，带着强烈的忠心吻斯佳丽的蓬松的头发。“现在她第一回要求我们为她干点儿事情——”

“你用不着告诉我她为我们干了些什么事情。”

“阿希礼，想想看！除了帮她忙以外，想想看，我们待在亚特兰大，就能待在自己人中间，用不着跟北佬待在一起，这多有意思！有佩蒂姑妈和亨利伯伯，还有我们所有的朋友，博可以有许多伙伴一起玩，还能上学。我们要是到北方去的话，就没法让他上学，去跟北佬的孩子们来往，再说他的班级上还有黑人孩子哩！我们还不得不找个家庭女教师，我不知道我们怎么出得起——”

“玫兰妮，”阿希礼说，声调平静极了，“你真的这么一心一意地想到亚特兰大去吗？我们谈论上纽约去的时候，你从来没有这么提出过嘛。你从来没有明白地表示过——”

“啊，可是我们谈论上纽约去的时候，我认为你在亚特兰大压根儿找不到工作，再说，我所处的地位是不该说长道短的。做妻子的本分是丈夫去哪儿，就去哪儿。不过，既然斯佳丽这么需要我们，而且还有一个只有你能担任的职位，那我们就能回家！回家！”她紧紧地搂着斯佳丽，声调里充满喜悦。“那我就又会看到五角场和桃树街了，还有——还有——啊，我多么惦记那儿的一切啊！也许我们还能有一所小小的我们自己的房子！不管房子多么小、多么差，我都不在乎，不过得是——我们自己的房子！”

她的眼睛里冒出热烈而幸福的亮光。那两个人都盯着她看；阿希礼带着古怪的、愣住了的神情，斯佳丽带着混合着羞耻的惊奇的神情。她从来没有想到玫兰妮这么念念不忘地惦记着亚特兰大，而且一心一意地想回去，想有一所她自己的房子。她一向看来好像对待在塔拉庄园挺满意，斯佳丽发现她想家感到震惊。

“啊，斯佳丽，你真好，给我们安排这一切！你知道我是多么想家！”

跟往常一样，玫兰妮习惯于把并不怎么了不起的事情说成有高尚的动机，斯佳丽遇到这样的情况，总是感到羞愧和恼火，她突然没法看阿希礼或是玫兰妮的眼睛了。

“我们可以有一所小小的自己的房子。你发觉我们结婚五年了，还从来没有一个家吗?”

“你们可以跟我们一起待在佩蒂姑妈家。那是你们的家,”斯佳丽一边嘟嘟囔囔地说,一边抚弄着一个枕头,眼睛一直向下看,隐藏她眼睛里开始流露出来的得意的神情,因为她觉得情况在变得对她有利了。

“不,可还是照样谢谢你,宝贝儿。那我们会太挤了。我们要自己找一所房子——啊,阿希礼,你说行啊!”

“斯佳丽,”阿希礼说,他的声调平板,“瞧着我。”

她吓了一跳,抬起头来,看到那双灰眼睛里现出的怨恨和充满无可奈何的疲倦的神情。

“斯佳丽,我去亚特兰大……我斗不过你们两个人。”

他转过身去,走出房间。她心里的得意劲儿多少被叫人烦恼的恐惧所冲淡。他说话的时候眼睛里的神情跟他刚才说他要是到亚特兰大的话就永远完了的时候的神情一模一样。

等苏埃伦和威尔结了婚,卡丽恩到查尔斯顿进修道院去以后,阿希礼、玫兰妮和博来到亚特兰大,带着迪尔西去烧饭和当保姆。普莉西和波克留在塔拉庄园,直到威尔能找到其他黑人帮他在地里干活,那时候,他们也会到城里来。

阿希礼给他一家人在常春藤街上找了一所小砖房,正好在佩蒂家后面,而且两家的后院是连在一起的,中间只隔着一道高低不齐的、长得过了头的女贞树篱。玫兰妮挑中这所房子,主要是由于这个原因。她回到亚特兰大的第一个早晨,一边又是哭、又是笑地拥抱斯佳丽和佩蒂姑妈,一边说,她跟她心爱的人们隔开得那么久,她跟她们再接近也不会嫌太过分了。

房子本来有两层,可是在围城期间,上面一层被炮弹毁掉了,房主人在投降以后回来,没钱修复。他只得凑合着在剩下的一层上面盖一个平屋顶,这使这个建筑物显得矮胖、比例失调,样子好像用皮鞋盒做的孩子玩具房子。这所房子从地面上看是高的,盖在一个大地窖上,那道长长的、弯弯地通往地窖的楼梯使地窖显得稍微有点可笑。不过,多亏有两棵姿态优美的老橡树笼罩着这所房子和有一棵叶上沾着灰尘、白花上有斑点的木兰树在大门台阶旁，它的扁平、矮胖的形状才多少有所改善。草坪很宽阔，一片绿油油的、茂盛的三叶草，以一道凌乱的、不修剪的女贞树篱为界，树篱上交织着香喷喷的忍冬藤蔓。这儿、那儿，杂乱的玫瑰花从草地上被踩断了的老梗上冒出来，粉红和雪白的紫薇花开得欣欣向荣，好像那些鲜花的上空从未发生过战争，北佬的战马从来没有咬断过它们的枝条。

斯佳丽认为那是她看到过的房子中最难看的了，可是在玫兰妮看来，当初十二棵橡树庄园所显示的全部华丽气派也不见得更美。这是家，她、阿希礼和博终于一起待在自己的房子里了。

印第亚 · 韦尔克斯从梅肯回来了。1864 年后，她和霍妮一直住在那儿，现在来跟她的哥哥一起住了，挤进他一家人住的那所小房子。但是阿希礼和玫兰妮欢迎她。时代变了，钱又很少，可是什么也改变不了南方人的生活规矩，家家都乐意腾出房间来给贫穷而没有结过婚的女亲戚住。

霍妮已经结婚了，是低配了的，印第亚这么说，嫁给一个密西西比州来的西部人，他定居在梅肯。一个红脸膛、声音响亮的快活人。印第亚不赞成那门亲事，因为不赞成，待在妹夫家里就不快活。她高兴地听到阿希礼现在有一个自己的家，这样她就可以摆脱那个格格不入的环境，也可以不再看到那副叫人痛心的情景：她妹妹跟一个配不上的男人一起生活，却显得那么蠢头蠢脑的快活。

那家其他的人暗地里都认为那个老是痴笑、头脑简单的霍妮居然办成这样一件大好事，实在出人意料，他们对她居然逮到了一个男人，感到不可思议。她的丈夫是个有身份的人，也有点资产；可是印第亚是生在佐治亚州，而在弗吉尼亚州长大的，在她看来，不管是谁，只要不是生在东海岸的，就是乡巴佬和野蛮人。也许霍妮的丈夫高兴跟她分手，不亚于她高兴离开他，因为在那些日子里，跟印第亚住在一起着实不容易。

她现在明显地是一副老小姐的派头了。她二十五岁，而且看来也是这个年纪了，所以她也用不着想方设法地装出妩媚的丰姿。她的没有眼睫毛的灰眼睛直截了当、毫不畏缩地正视世界，她的薄薄的嘴唇总是高傲地紧紧闭着。现在她身上有一种尊严和骄傲的神情，说也奇怪，这倒比她生活在十二棵橡树庄园那会儿所显示的那种有决断的女孩子气的可爱的神情更适合她。她的身份几乎是寡妇的身份。人人都知道斯图特·塔尔顿要不是在葛底斯堡被杀死的话，准会跟她结婚的，所以她受到一个虽然没有结婚、却有人爱慕的女人应有的尊敬。

常春藤街上那所小房子的六个房间里很快就都摆了少得可怜的几件家具，都是从弗兰克的铺子里搬来的最便宜的松木和橡木家具。阿希礼一个子儿也没有，不得不欠账，所以他只要价钱最便宜的，别的一概不要，而且只买了一些日常生活不可缺少的。这使弗兰克感到尴尬，他喜欢阿希礼；还使斯佳丽感到痛苦。她和弗兰克会甘心情愿地把铺子里最好的桃花心木和雕花的黑黄檀木家具送给他们，分文不收，可是韦尔克斯家那对夫妻固执地拒不接受。他们的房子简直难看和简陋得不像样，斯佳丽不愿看到阿希礼住在没有地毯、没有窗帘的房间里。可是他看来好像没有察觉他的环境，而玫兰妮呢，自从结婚以来，第一回有她自己的家，心里很快活，确实为这个住所感到骄傲哩。斯佳丽要是被她的朋友们发现她没有帷幕、地毯和垫子，没有相当数目的椅子、茶杯和匙子，就会感到丢脸而苦恼。可是玫兰妮在她的房子里尽主人之谊的时候，好像长毛绒窗帘和锦缎沙发都是她的似的。

尽管一望可知玫兰妮的心情挺快活，她的身子却很不好。怀了小博，她的健康就大受影响；生下他后，她在塔拉庄园干着重活儿，使她的身子更亏了。她是那么瘦，她的细小的骨头看来似乎随时都会刺穿她的雪白的皮肤。在远处看，她在后院跟她的孩子一起蹦蹦跳跳的时候，她看起来好像是个小女孩，因为她的腰细得叫人难以相信，实际上，她没有身段了。她没有胸脯，屁股也扁得像博的；她既没虚荣，也不懂窍门（斯佳丽是这么认为的），并不在她的紧身上衣的胸部装上荷叶花边，也不在她的胸衣后面缝上衬垫，她的消瘦是很明显的。她的脸跟她的身子一样，也太瘦、太苍白，她的有光泽的眉毛弯弯的，细得像蝴蝶的触须，在没有血色的皮肤上黑得特别显眼。在她那张小脸上，她的眼睛太大了，算不上美了，眼睛底下的黑圈把眼睛衬托得大极了，可是眼睛里的表情还跟她在无忧无虑地做小姑娘的时候一个样，始终没有变。战争、长期的悲痛和艰苦的劳动都对那双清澈可爱的眼睛无能为力。那是一个幸福的女人的眼睛，这样的女人也许饱经风霜，她的平静的内心却丝毫不被扰乱。

她怎么能保持这种眼神呢，斯佳丽想，羡慕地望着她。斯佳丽知道她自己的眼睛有时候流露出饿猫的神情。有一回，瑞特说到玫兰妮的眼睛——说她眼睛里的傻乎乎的神情像蜡烛光，那是什么意思呢？啊，是了，好像卑劣的世界上的两道善良的光。可不是，好像蜡烛光，任何风都吹不到的蜡烛光，这两道柔和的亮光是因为她又生活在她的朋友们中间而感到幸福才点亮的。

小房子里总是挤满了人。玫兰妮像个孩子那样被人喜爱，整个小城的人都拥来欢迎她。人人都带着礼物上这所小房子来，小摆设啊、画幅啊、一两把银匙啊、亚麻布枕头套啊、餐巾啊、碎毡小地毯啊，他们从谢尔曼手里救出来的种种小玩意儿，他们一直珍藏着，可是现在他们赌咒说，那些东西对他们一点儿用处也没有了。

跟她爹一起在墨西哥作战过的那些老人来看她，带着客人们来见见“老上校的可爱的女儿”。她妈的老朋友们都待在她周围，因为玫兰妮对长辈们必恭必敬，这对那些老太太是个极大的安慰，因为在那些无法无天的日子里，年轻人似乎已经把礼貌忘得干干净净了。她的同辈人，年轻的妻子、妈妈和寡妇，喜欢她，因为她也经历过她们经历过的苦难，却一直没有怨恨，总是带着同情的态度听她们诉苦。年轻人来，年轻人可总是来啊，只是因为他们在她的房间里过得挺愉快，而且遇见他们想要遇见的朋友们。

玫兰妮做人得体、谦逊，在她周围迅速形成一个由年轻人和老人组成的小圈子，这些人是亚特兰大战前的社交界剩下的精华的代表，他们钱包里全都掏不出几个钱，却为家世感到骄傲。好像被战争拆得四分五裂、零零落落，被死亡吓得精疲力竭，被变化闹得迷惑不解的社交界，已经发现在她身上有一个可以重组这个社交界的顽强的细胞核。

玫兰妮还年轻，可是她身上具有一切被那些当年准备战斗的残余分子赏识的品质，贫穷，却穷得骄傲，勇敢而不发牢骚，心情快活，热情好客，心肠仁慈，最要紧的是，对一切旧传统表示忠诚。玫兰妮拒绝改变，甚至拒绝承认在一个正在改变的世界上有任何需要改变的理由。在她那所房子里，过去的日子似乎又回来了，人们产生了信心，对席卷那些提包客和暴发的共和党人的无法无天的生活和高级生活方式的潮流甚至更轻蔑了。

他们盯着她那张年轻的脸看，在脸上看到对过去的日子毫不动摇的忠诚，这时候，他们就能暂时忘掉他们自己的阶级内的那些正在引起愤怒、恐惧和痛心的叛徒。这样的人多的是。他们出身于名门，被贫穷逼得走投无路，就跟到敌人那儿去，变成共和党人，接受了征服者给的职位，这样他们的家里人就不用靠赈济过日子了。还有一些以前当过兵的年轻人，他们缺乏勇气正视积聚财产所需要的漫长的岁月。这些小伙子以瑞特·巴特勒为榜样，跟提包客们串连在一起，策划种种见不得人的挣钱阴谋。

最糟糕的是，亚特兰大几家最显赫的人家的女儿成了叛徒。那些姑娘是投降后长大成人的，对战争只有童年的记忆，缺乏刺激她们的长辈的沉痛感。她们既没有失去丈夫，也没有失去情人。她们对过去的财富和荣耀几乎没有回忆——那些当官的北佬却那么漂亮，衣着那么讲究，人又那么无忧无虑。他们还举行那么豪华的舞会，骑那么矫健的马，可是一心一意地崇拜南方姑娘！他们待她们像待王后，而且是那么小心谨慎，不去损伤她们的敏感的自尊心，说到底——干吗不跟他们来往呢？

跟那些穿得那么寒碜、那么一本正经、那么辛苦地干活儿、几乎没有玩耍时间的当地小伙子相比，他们的吸引力要大得多。所以有一些姑娘跟当官的北佬私奔，这种事使亚特兰大许多人家伤心。做兄弟的在街上从他们的姐妹身旁经过，不说话；做父母的绝口不提他们女儿的名字。那些把“决不投降”作为格言的人记起了这些悲剧，血管里就会流过一阵寒冷的恐惧——但是一看到玫兰妮那张温柔然而毫不动摇的脸，恐惧就被驱散了。那些老太太说，她是全城年轻姑娘的最好的、有益的榜样。而且因为她从来不炫耀她自己的美德，所以姑娘们并不怨恨她。

玫兰妮压根儿没有想到她正在成为一个新社交圈的头儿。她只以为人们真好，来看她，要她参加他们的缝纫会、交谊舞俱乐部和音乐团体。亚特兰大一向擅长音乐，喜爱好的音乐，尽管南方的一些姐妹城市讥讽地评论这个城市缺少文化，而现在对音乐的兴趣又热烈地时兴起来，尽管时势越来越艰苦和紧张，兴趣反而越来越强烈。他们在听音乐的时候，比较容易忘掉街上那些骄横的黑脸和驻军的蓝军服。

玫兰妮发现她自己成为新近成立的周末夜音乐社的头儿，感到有点儿窘。她没法处在那么高的位置上，除非她能为哪一个人钢琴伴奏，哪怕麦克卢尔小姐们也行，她们不善于辨别高音，可是会二重唱。

事实真相是，玫兰妮凭着得体的手腕设法把妇女竖琴演奏会、男子合唱队和女青年曼陀林和吉他演奏会跟周末夜音乐社合并成一个团体，所以现在亚特兰大有值得一听的音乐了。事实上，这个音乐社演唱的《波希米亚姑娘》①听许多人说比在纽约和新奥尔良听过的专业演出高明得多。她用手腕把妇女竖琴演奏会并过来以后，梅里韦瑟太太跟米德太太和惠丁太太说，她们一定要让玫兰妮当音乐社的头儿。她要是能跟竖琴演奏会的人合得来的话，那她能跟哪一个都合得来，梅里韦瑟太太说。那位太太自己给卫理公会教堂的唱诗班弹管风琴，作为一个管风琴家，对竖琴和竖琴演奏者是不会有敬意的。

玫兰妮还被阵亡将士墓地美化协会和南军寡妇和孤儿缝纫会选为书记。她的这个新荣誉是这两个团体开了一次联席会议后得到的，那次

---

①《波希米亚姑娘》，爱尔兰作曲家迈克尔·威廉·鲍尔夫（1808—1870）所作的歌剧。

会议开得人人心情激动，结果差一点大打出手，割断了两个团体的终身不渝的友谊联系。问题产生于会议讨论南军墓地附近的北军墓地上的野草是否要除掉。北佬的长满乱草的土墩的外貌太难看了，使那些太太美化她们自己的死者的坟墓的努力都变成白费劲儿。闷在紧身上衣里的火焰顿时失去控制，燃烧起来。两个团体闹翻了，恶狠狠地瞪出了眼。缝纫会主张除掉野草，墓地美化协会的女会员们却激烈反对。

米德太太表达了后一个团体的意见，她说："给北佬的墓地除草？给我两分钱，我就把北佬全都从坟墓里挖出来，把他们全都扔到城里的垃圾堆里去！"

一听到这些斩钉截铁的话，两个团体哄起来了，太太们个个发表她们自己的看法，没有一个在听。会议是在梅里韦瑟太太的会客室里举行的，梅里韦瑟爷爷被撵在厨房里，后来说吵声响得像富兰克林[①]战役中的开炮声。他还接着说，那场面真是糟透了，他想置身于富兰克林战役比待在那个太太们的会场上要安全些。

玫兰妮好不容易才挤到这个激动的人群中央，又好不容易才让她那一向温和的声音盖过乱糟糟的吵声，让人听到。她为自己胆敢当着一伙愤怒的人说话而吓得心怦怦乱跳，差一点没堵住嗓子眼，她的声音颤抖，但是她不断地喊叫："太太们！请静一下！"直到吵声终于渐渐静下来。

"我想要说——我的意思是说，我想了好长一会儿了——我们不但应该拔草，还应该种上花——我——我不在乎你们怎么想，可是每一回我送花到亲爱的查理的坟上去，我总是在附近的一个不知姓名的北军的坟上放一些。那个——那个坟看来挺凄凉！"

情绪又激动起来了，人们用更响的话来表示她们的情绪；这一回，两个组织合为一体，说的话一模一样。

---

① 富兰克林，田纳西州威廉森县一城市，在南北战争中于 1863 年 4 月和 1864 年 11 月两次成为战场。1864 年那次战斗中，北军在斯科菲尔德将军指挥下大败胡德将军指挥的南军。

“把花放在北佬的坟上！啊，玫荔，你怎么能干这种事！”“他们杀了查理！”“他们差一点杀了你！”“嗨，博要是当时已经生了的话，北佬也许把他给杀了！”“他们想要放火烧塔拉庄园，把你撵出来！”

玫兰妮紧紧地靠在椅背上，作为支持，在一片她以前从来没有经受过的不赞成的压力下几乎垮掉。

“啊，太太们！”她喊叫、请求。“请静一下，让我说完！我知道我没有权利在这个问题上说话，因为除了查理以外，我没有一个心爱的人被杀死，而且我知道他埋在哪儿，感谢上帝！可是我们中间有许多人不知道她们的儿子、丈夫和兄弟埋在哪儿，也——”

她哽住了，房间里死一般寂静。

米德太太的冒火的眼睛忧郁了。战争结束以后，她老远地赶到葛底斯堡去，要把达西的尸体运回来，可是没有人能告诉她他埋在哪儿。在敌人的土地上某个地方的一条匆忙挖掘的战壕里。阿伦太太的嘴唇哆嗦了。她的丈夫和弟弟参加摩根①那次不幸的攻进俄亥俄的突击，她得到的他们最后的消息是，在北军骑兵强攻中，他们倒在河岸上。她不知道他们埋在哪儿。艾利森太太的儿子死在战俘集中营里，而她在穷人当中是最穷的，没能把他的尸体运回家。还有一些人在伤亡人员通知单上看到过：“失踪——认为已死亡”，从这些文字中她们算是得到了她们亲眼看着开赴前线的男人的最后消息。

她们转过脸去看着玫兰妮，眼神好像在说：“你干吗再要揭开这些创伤呢？这些是永远不会愈合的创伤——不知道他们埋在哪儿的创伤。”

房间里一片寂静，玫兰妮的声音越来越有力。

“他们的坟墓在北方的土地上某些地方，就像北军的坟墓在这儿那样，啊，要是听到哪个北方女人说把他们挖出来的话，那太可怕了，

---

① 指约翰·亨特·摩根（1825—1864），南北战争中南方“摩根突击队”领导人，屡建军功，从侦察员擢升为准将，但1863年受命攻击肯塔基时违令渡过俄亥俄河，在俄亥俄被俘，后乘机逃脱，次年春又率军攻肯塔基，在格林维尔被杀死。

再说——”

米德太太轻轻地发出一个害怕的声音。

“可是要是知道有哪个好心的北方女人——一定有一些好心的北方女人。我不管人们怎么说，她们不可能都是坏的。要是知道她们把我们的男人的坟上的野草拔掉，给他们送花的话，哪怕她们是敌人，那有多好啊。查理要是死在北方的话，要是有人——我会感到安慰的。我不管你们这些太太把我看成怎样的人，”她的声音又停住了，“我要退出这两个团体，我要——要把我能找到的北军的坟上的每一根野草都拔掉，我还要种上花——而且——想来也没有什么人敢阻止我！”

玫兰妮说罢最后这句挑战的话，突然哇地哭出声来，磕磕绊绊地向门口走去。

梅里韦瑟爷爷在安全抵达现代女郎酒馆只允许男人进入的地区一个钟头后，向亨利伯伯报告，玫兰妮说完那些话后，人人哭着拥抱她，会议开成皆大欢喜的结局，玫兰妮被两个组织推举为书记。

“她们就要去拔野草了。妙就妙在多莉说，我会很高兴地去帮忙干这事儿的，因为我没有很多别的事情得干。我也没有事情要跟北佬过不去，所以我想玫荔小姐是对的，其余的太太们实在大错特错。可是亏她想得出这个主意，在我这把年纪，还有腰部风湿痛，却要我去拔草。”

玫兰妮是孤儿院的女干事之一，还帮助新近成立的青年图书协会收集书籍。甚至演员们每月一次举行业余演出的时候，都嚷嚷咧咧地要她来。她太腼腆了，没法在场子里抛头露面，但是她可以用麻袋做行头，要是手头只有这种料子的话。是她在莎士比亚阅读会上投了决定性的一票，决定除了那位诗人的作品以外，应该有点变化，也读读狄更斯先生和希尔沃-利顿的作品，却不该读拜伦爵士的诗歌。拜伦的作品是一个玫兰妮暗自害怕的生活很放荡的、年轻的单身汉会员提出来的。

在夏末的夜晚，她那所灯光暗淡的小房子里总是挤满了客人。椅子一直不够，太太们经常坐在前门廊的台阶上，男人们坐在她们两旁的栏杆上、板箱上或是下面草地上。有时候，斯佳丽看到客人们坐在草地上呷茶，茶是韦尔克斯家唯一招待得起的饮料，她想不通玫兰妮怎么能这样一点不害臊地展示自己的贫穷。斯佳丽要等到能把佩蒂姑妈的房子布置得跟战前一模一样，能给她的客人提供美酒啊、薄荷鸡尾酒啊、烤火腿啊、冷鹿腿肉啊，她才打算在她的家里招待客人——特别是显赫的客人，就像玫兰妮所招待的那些。

约翰·布·戈登①，佐治亚州的英雄，经常带着一家人上那儿去。瑞安②神父，南部邦联诗人和教士，只要经过亚特兰大，免不了要来做客。他凭着机智使在场的人如醉如痴。用不着别人再三请求，他就背诵他的《李的剑》③或是他的不朽的《被征服了的旗帜》。太太们一听到这些诗，就不由自主地掉泪。亚力克·史蒂文斯，以前南部邦联的副总统，只要在城里，就一定来。消息一传开，他在玫兰妮家，那所房子里就挤得密密匝匝，人们在这个身体虚弱的残疾人的响亮的声音的魔力下，一坐几个钟头。通常有十几个孩子在场，由他们的父母抱着，脑袋一颠一颠地打着瞌睡，比正常的上床时间晚几个钟头。没有一家人家甘心让他们的孩子错过这个机会，那些孩子在多少年后还能说那位伟大的副总统吻过他们，或是他们握过那只帮助指导那场事业的手。每一个重要的人物来到这个城市，总会找到韦尔克斯家来，而且往往在那儿住上一宿。那所平顶的小房子里挤得处处是人，印第亚不得不睡到给博做育儿室的那个小间里的小床上去，玫兰妮还得打发迪尔西匆匆忙忙地穿过后面的树篱到佩蒂姑妈的厨娘那儿去借早餐用的鸡蛋，但是她礼数周到地招待他们，好像她的家是幢大厦似的。

不，玫兰妮从来没有想到过人们集合在她周围，是把她当作一面破旧而可爱的旗子。所以米德大夫在她的房子里度过了一个愉快的黄昏，庄严地读了那段《麦克佩斯》，吻了她的手以后，用当年谈到“我们光荣的事业”的时候常用的声音发表意见的时候，她既吃惊，又困窘。

---

①约翰·布·戈登(1832—1904)，美国南北战争中南军军官，因军功擢升为中将。战后操律师业和担任过参议员和佐治亚州州长。

②指阿·约瑟夫·瑞安(1838—1886)，美国天主教神父和诗人。他的诗歌使他为南方人所喜爱，并获“邦联诗人”之称。

③全名叫《罗伯特·爱·李的剑》。诗中的李是南北战争时南军总司令罗伯特·爱德华·李。

“我亲爱的玫荔小姐，待在你家里永远是一种特殊的荣幸和愉快，因为你——还有跟你一样的女士们——是我们所有的人的心，是我们剩下的一切。他们已经夺去了我们的男人的英年和我们年轻的女人的欢笑。他们已经摧残了我们的健康，灭绝了我们的生活和扰乱了我们的习惯。他们已经毁掉了我们的产业，使我们倒退了五十年，在我们的孩子和老人的肩膀上压上太沉重的负担，而那些孩子原该去上学，那些老人应该在阳光中打瞌睡的。可是我们会重建旧业，因为我们有像你们那样的人的心可以依赖。只要有了这样的心，北佬把别的一切都占有了也不妨！”

斯佳丽的腰身越来越粗，连佩蒂姑妈的那条黑色大披巾也掩盖不了她腆着的大肚子了，到了这时候，她才经常和弗兰克悄悄地穿过后面的树篱，去参加在玫兰妮家门廊前举行的夏夜集会。斯佳丽总是坐在没有一点儿亮光的地方，躲藏在阴影的保护下，她在那儿不但不会引人注意，而且可以在没人看到的情况下尽情地望着阿希礼的脸。

完全是阿希礼把她吸引到这个地方来的，因为那些谈话使她厌烦和悲伤。谈话按照固定的模式进行——首先是艰难的时势；其次是政治形势；然后，不可避免的是战争。太太们哀叹样样东西都是高价，问那些先生，他们认为好时光还会不会回来。那些无所不知的先生总是说，确实会回来的。不过是时间问题罢了。艰难的时势只是暂时的。太太们知道先生们在撒谎，先生们知道太太们知道他们在撒谎。可是他们还是照样愉快地撒谎，而太太们假装相信他们的话。人人知道艰难的时势要在这儿逗留。

一谈罢艰难的时势，太太们就谈起黑人的越来越骄横，提包客的无法无天和北军在每个街角转悠的耻辱。先生们认为北佬到底会成功地重建佐治亚州吗？那些叫人放心的先生认为重建很快就会完成——那是说，只要等民主党人再能投票就行。太太们相当体谅先生们，不去问那要等到什么时候。谈完了政治，关于战争的谈论开始了。

两个以前的南部邦联分子不管在什么地方，只要一遇见，总是什么也不谈，只有一个谈话题目；凡是有十几个或是更多的人聚在一起的地方，谈话的结果可以预料得到，这场仗会重新大打特打。而那个词儿“要是”总是在谈话中处于最显著的部分。

“要是英国承认了我们的话——”“要是杰夫·戴维斯在封锁加紧以前征用所有的棉花，运到英国去的话——”“要是朗斯特里特在葛底斯堡服从命令的话——”“要是杰布·斯图亚特在那次突击中，鲍勃老爷[1]需要他的时候，在场的话——”“要是我们没有失去石墙将军杰克逊的话——”“要是维克斯堡没有陷落的话——”“要是我们再能坚持一年的话——”而且老说：“要是他们不用胡德换掉约翰斯顿的话——”或是“要是他们派胡德，而不是约翰斯顿在多尔顿指挥的话——”

要是！要是！他们，步兵、骑兵、炮兵，在寂静的黑暗中谈论，唤起生活处于高潮的时期的种种回忆，在寒冬的凄凉的夕照中回首盛夏的如火如荼的情景，他们的软绵绵的、拖长了的声音在往昔的兴奋影响下，越说越快。

“他们不谈任何别的事情，”斯佳丽想。“没有别的，只有战争。老是谈战争。他们从来不谈别的，谈来谈去就是战争。不会改的，到死都改不了。”

她望着周围，看到小孩们躺在他们爸爸的胳膊弯里，他们听着那些仲夏夜的故事，什么骑兵发起疯狂的冲锋啊，军旗插在敌人的胸墙上啊，这当儿，他们的呼吸急促了，眼睛闪闪发亮。他们听到战鼓咚咚，军号嘹亮，南军的一片喊杀声，看到脚受了伤的士兵斜扛着撕破的旗子在雨中走过去。

“这些孩子也永远不会谈别的任何事情。他们会认为跟北佬作战，瞎了眼，瘸了腿回来——或者压根儿不回来，是了不起和光荣的。他们都喜欢记住这场战争，谈论这场战争！可是我不。我甚至想都不愿想起。要是可能的话，我情愿忘掉它——要是可能的话，那有多

[1] 鲍勃老爷即罗伯特·李将军（参见第13章）。

好啊！”

玫兰妮讲发生在塔拉庄园里的事情，把斯佳丽说成是个女英雄，她怎样面对入侵者啊，怎样保全查尔斯的军刀，夸耀斯佳丽怎样扑灭了火。听到那些话，斯佳丽总是浑身起鸡皮疙瘩。她从对那些事情的回忆中既不感到欢乐，也不感到骄傲。她压根儿不愿想起那些事情。

“啊，他们干吗不能忘掉呢？他们干吗不能向前看，而要往后看呢？我们真是蠢货，才去打这场仗。我们越是忘掉得早，越是好。”

可是没有人想要忘掉，看来除了她以外，似乎没有一个人，所以等到斯佳丽能老老实实地告诉玫兰妮，她哪怕在黑暗中到场都挺窘的时候，她确实感到高兴。玫兰妮马上懂得了她的解释，她对关于生孩子的一切事情是极敏感的。玫兰妮想再生一个孩子，实在想得厉害，可是米德大夫和方丹大夫都说，再生一个孩子，她就要断送性命。所以她只得勉强顺受，但是并不完全认命，大多数时间跟斯佳丽待在一起，享受着并不是她自己的怀孕的乐趣。斯佳丽呢，她并不想要这个即将出世的孩子，而且对孩子来得不是时候感到恼火，在她看来，玫兰妮的这种感情用事的态度简直是愚蠢到了极点。不过，她带着内疚的心情感到高兴，大夫们这样嘱咐以后，阿希礼和他的妻子不可能再有任何真正的两性关系了。

斯佳丽现在经常看到阿希礼，但不是单独看到他。他每夜从锯木厂回家的途中，特地到她家去转一转，汇报一天的工作，可是通常都有弗兰克和佩蒂在座，要不，更糟的是，玫兰妮和印第亚也在。她只能问一些事务性的问题，提一些建议，然后说：“你真周到，还要赶来。再见。”

她不生孩子，那有多好啊！岂不是天赐良机，每天早晨可以跟他一起骑马到锯木厂去，穿过偏僻的树林，远远躲开刺探的眼光，他们可以在那儿想象又回到战前在县里那种从容的时光中去了。

不会的，她不会设法让他说出一个“爱”字！她不会用任何方式提到爱。她对自己起过誓，她再也不会这么干了。不过，也许她要是再一次跟他单独相处的话，他也许脱下那个自从他来到亚特兰大以来一直戴着的不带私人感情的、礼貌周到的面具。也许他可能又成为从前的他，成为那次烤肉野宴以前的、他们倾吐情话以前的阿希礼。他们要是不能成为情人的话，可以再成为朋友嘛，她可以用他的友谊的热情来温暖她寒冷和寂寞的心。

“我要是能早点把这孩子生下的话，那有多好啊，”她不耐烦地想着，“那我就可以天天跟他一起骑马，我们可以谈话——”

倒不是单单因为想跟他在一起，她才对自己的无法行动感到束手无策，产生一种不耐烦的苦恼情绪。锯木厂需要她。自从她把那两家锯木厂交给休和阿希礼负责，自己不再积极管理后，厂子就一直亏本。

休是那样的无能，尽管工作得很辛苦。他是个蹩脚的买卖人；当工头，他更蹩脚。任何人都可以杀他价钱。只要任何一个狡猾的订合同的人愿意说，木材是次货，不值开的价钱，休就认为一个正派人所能做的就是道歉和削价。她听到他卖掉一千英尺地板料的价格，气得掉眼泪了。锯木厂开办以来出产的最高级的地板料，他简直是白白送掉的！再说，他也对付不了他的工人。那些黑人坚持要天天付工钱；拿了工钱，他们常常喝得大醉，结果第二天不来工作。遇上这样的情况，休不得不去找新工人，锯木厂就很晚才开工。休给这种困难缠住了身子，就一连几天不进城卖木料。

斯佳丽眼巴巴地看着利润从休的手指间流掉，对她自己的行动不便和他的愚蠢，简直要急疯了。只要等孩子一生下来，她可以回去工作，她就要辞退休，另外雇一个人。任何人都会好些。她再怎么也不会浪费时间跟自由黑人打交道了。自由黑人老是不上班，哪一个能让他们完成什么工作呢？

“弗兰克，”她跟休为了他找不到工人而作了一场措辞激烈的谈话后，说，“我差不多打定主意了，我要租用囚犯在锯木厂里干活儿。前些时候，我跟汤米·韦尔伯恩的工头约翰尼·加勒吉尔一再谈到我们遇到的麻烦，那些黑人干不出活儿，他问我干吗不用囚犯。听起来这倒像是个好主意。他说转租那些囚犯，我几乎不用花钱，而且给他们吃的都是最便宜的。他还说不管我用什么法儿让他们干出活儿来都行，不会有解放了的黑人事务局的人像黄蜂似的在我周围转悠，插手跟他们压根儿不相干的事情。等约翰尼 · 加勒吉尔跟汤米订的合同一到期，我就要雇用他管理休管的那个厂子。不管是谁，只要他能让归他管的那伙无法无天的爱尔兰人出活儿，不用说，他准能让囚犯出许多活儿。”

囚犯！弗兰克一言不发。斯佳丽尽出一些荒唐的主意，雇用囚犯算得上是最糟的了，甚至比她那个盖一个酒馆的念头更糟。

至少，在弗兰克和他活动在其间的那个保守派阶层看来，更糟。这个租用囚犯的新制度已经产生，因为战后政府贫困。政府没法养活那些囚犯，就把他们租给那些需要大量劳动力的人，去修铁路，到松树林里去伐木和锯木材。尽管弗兰克和他那些文静的、上教堂去的朋友了解这个制度的必要性，他们还是深感遗憾。他们中许多人甚至一直不相信奴隶制，认为这比过去的奴隶制的状况要坏得多。

斯佳丽竟然要租用囚犯！弗兰克知道，她要是干了这件事情的话，他永远再也抬不起头来了。这比她自己拥有和经营锯木厂，或是任何她干的其他事情，要坏得多。他过去的反对总是跟那个问题连在一起的：“人们会怎么说？”可是这件事情——这件事情比害怕舆论更厉害。他觉得这是贩卖人口，是跟经营卖淫业一样肮脏的买卖，他要是允许她这么干的话，那将是玷污他的灵魂的一个罪孽。

弗兰克深信这件事情不正当，鼓起了勇气禁止斯佳丽去干，而且措辞是那么强烈，把她吓了一跳，她随即一声不响了。最后，为了使他平静下来，她温顺地说，她不是当真的。她被休和那些自由的黑人折腾得精疲力竭，失去了耐心。暗地里，她仍然在打这个主意，而且带着盼望的心情。用囚犯作劳动力会解决她的最困难的问题之一，不过要是弗兰克对这件事儿还是这么恼火的话——

她叹了口气。哪怕有一个厂子赚钱，她就顶得住了。可是阿希礼那个厂子的经营情况不见得比休好。

起先，斯佳丽发现阿希礼没有马上控制局面，把她在经营的时候厂子里赚的钱翻上一番，感到震惊和失望。他是那么机灵，又念过许多书，他干吗没有获得辉煌的成功和挣到许多钱呢，简直没有一点儿理由嘛。可是他不比休成功。他跟休一样没有经验，犯错误，对业务的判断没有一点儿眼力，对要求当机立断的买卖犹豫不决。

斯佳丽的爱很快为他找到借口，她并不是以同样的态度看待这两个人的。休是蠢得不可救药了，而阿希礼不过是对业务不熟悉罢了。不过，她不由自主地想到阿希礼始终没法像她所能做到的那样，很快地在心里估算，然后报出一个正确的价格。她有时候拿不准他到底是不是懂得区别底木和木板。因为他自己是个正派人，是靠得住的，所以他信任每个前来的坏蛋；有几回，要不是她机智地干预的话，他早就把她的钱白白送掉了。他要是喜欢一个人的话——而且看来他好像喜欢那么多的人！——他就把木材赊给他们，从来没想到他们是不是在银行里有钱，或是有没有产业。在这方面，他跟弗兰克一样糟糕。

可是他当然会学的！只要他还在学，她就对他的错误有一种亲切的、做妈妈的放任心情。每天黄昏，他来到她家，疲劳而沮丧，她孜孜不倦地向他提出机智而有用的建议。可是尽管她尽力鼓励他，要他高兴起来，他的眼睛里总是有种古怪的、死气沉沉的神情。她没法理解这种神情，这使她害怕。他变了，变得跟过去的他不一样了。只有她跟他单独待在一起，也许她能找出原因。

这种情况使她有许多夜晚睡不着觉。她为阿希礼担心，既因为她知道他不快活，又因为她知道他的不快活对他当个出色的木材买卖人没有好处。她在那毫无帮助的几个月里，干得多么辛苦，计划得多么周到，现在把两个厂子交给了对做买卖一窍不通的休和阿希礼，伤心地看着她的竞争者们把她的最好的顾客拉走，这真是活受罪。啊，要是她再能回去工作的话！她会照看好阿希礼，那他当然会学习了。让约翰尼·加勒吉尔管另一个锯木厂；她呢，应付销售，那么一切都会好的。至于休，让他去赶送货车，要是他仍然愿意为她工作的话。他顶多只能干这个活儿。

不用说，加勒吉尔尽管精明，看来像是个无所不为的人，可是——她还能去找谁呢？干吗另一些既精明又老实的人那么别扭，不愿为她干活儿呢？要是他们中间有一个人现在代替休为她干活儿的话，那她就不会那么担心，可是——

汤米·韦尔伯恩，尽管脊背残废，却是城里最忙的、发大财的承包商，人们这么说。梅里韦瑟太太和勒内日子过得顺当了，现在已经在闹市区开了一家面包房。勒内以他的法国人的真正的克勤克俭的精神管理这个铺子；梅里韦瑟爷爷高兴地离开他那个烟囱旁的角落，赶勒内的送糕饼车。西蒙斯家的小伙子忙着烧砖窑，一天三班。凯尔斯·惠丁在靠理直头发发财，因为他对黑人们说，要是他们长着鬈发的话，就不可能被允许投民主党的票。

她认识的那些精明的小伙子，医生啊、律师啊、店主啊，情况都是这样。战后一下子控制他们的那种冷漠的心情已经完全消失。他们在忙着为自己创造财富，实在太忙，顾不上帮助她创造了，不忙的就是休那种类型的人——或是阿希礼那种类型的。

既要亲手管理买卖，又要生孩子，那简直是瞎胡闹！

"我再怎么也不会生第二个，"她坚决地打定主意。"我不会像别的女人那样年年生个孩子。老天爷啊，那就是说，一年要有六个月不能到锯木厂去！可我现在发觉哪怕一天不到厂里去也受不了。我会干脆跟弗兰克说，我再也不生孩子了。"

弗兰克想有许多孩子，可是尽管这样，她能说服弗兰克的。她的主意已经打定了。这是她最后一个孩子。锯木厂要重要得多。

第42章

斯佳丽生的是女儿，一个秃头的小不点儿，丑得像没有毛的猴子，真荒谬，简直活脱活像弗兰克。除了她那个溺爱的爸爸以外，没有一个人能发觉她有任何美的地方，可是邻居们很厚道，说一切丑娃娃结果都会出落得漂亮。她的名字叫埃拉·洛雷纳，埃拉是照她外祖母埃伦取的名字，而洛雷纳是当时女孩子最时髦的名字，就像罗伯特·爱·李和石墙将军杰克逊是男孩子流行的名字，亚伯拉罕·林肯和"解放"是黑人孩子的热门名字。

她生下来的那个礼拜，正巧狂热的激动情绪控制着亚特兰大，而且气氛紧张，估计要发生不幸的事情了。一个黑人自夸强奸了一个白种女人；他确实已经被逮捕了，可是在他被审讯以前，监狱受到三 K 党人的袭击，他被秘密地绞死了。三 K 党人这么干是为了免得那个尚未透露姓名的受害人在公开的法庭上作证。她出现在法庭上，宣扬了她蒙受的耻辱，她的爸爸和哥哥就会开枪打死她。与其发生那种事情，倒不如用私刑结果那个黑人的性命。在城里的人们看来，这不失为一个明智的解决办法，事实上，是唯一行得通的正当的解决办法。可是军事当局却暴跳如雷。他们找不到一点儿理由，为什么那个姑娘不愿意公开作证。

士兵们四面八方进行大逮捕，赌咒发誓地说，哪怕他们不得不把亚特兰大所有的男人都关进监狱，也要消灭三 K 党。黑人们吓坏了，沉着脸，咕哝着焚烧房屋的报复措施。谣言纷纷流传着：有的说犯罪的那伙人被找到的话，北军要把他们统统绞死；有的说黑人在酝酿一场反对白人的暴动。城里的人锁上大门，关上百叶窗，待在家里，男人们害怕出去处理业务后，撇下妻子和孩子，没人保护。

斯佳丽精疲力竭地躺在床上，有气无力、默默地感谢上帝：阿希礼是个有头脑的人，而弗兰克已经年纪大了，又生性懦弱，他们都不会参加三 K 党的。要是知道北军随时都可能扑过来，把他们抓走的话，那多可怕！情况本来已够坏了，三 K 党中那些疯疯癫癫的年轻的蠢货干吗不安分守已，而偏要去惹是生非，触怒北军呢？也许那个姑娘根本没有被强奸。也许她不过是被吓傻了，可为了她，有许多人可能丧失性命。

在这样的气氛中，好像眼巴巴地看着一根导火线慢慢地向一桶火药越烧越近，真叫人神经紧张，斯佳丽却很快地恢复了体力。当初帮助她熬过在塔拉庄园那些艰苦的日子的健康的体力，现在对她大有好处；生下埃拉·洛雷纳还不到两礼拜，她已经强壮得能坐起身来，对自已不能行动感到焦躁不安。三礼拜后，她已经起床，宣布她得去看看锯木厂。两个厂子都已处于怠工状态，因为休和阿希礼两个人都害怕整天撇下他们的家里人。

接着，打击来了。

弗兰克满心都是刚做爸爸的骄傲，鼓起勇气来禁止斯佳丽走出房子，环境是那么危险嘛。要是他不把她的马和两轮马车放在马房里，吩咐除他自己以外，不得交给任何人使用的话，她才不会把他的吩咐摆在心上哩，她会只当没有那回事情，照样出去处理她的业务。更糟糕的事情是，他和黑妈妈乘她身子不好的时候，耐心地搜寻了房子，把她藏的钱都找出来了。弗兰克用他自己的名字把钱存进了银行，所以现在她连租一辆马车也办不到。

斯佳丽对弗兰克和黑妈妈大发脾气，接下来态度一变，改成哀求，最后足足哭了一个早晨，好像一个生气的、不称心的孩子。可是尽管她费尽心机，她只听到："得了，宝贝儿！你是个生病的小姑娘。"还有："斯佳丽小姐，你要是不停止这么嚷叫个没完的话，你的奶就会变酸，娃娃会肚子痛，肚子硬得像铁。"

斯佳丽气呼呼地冲过后院，来到玫兰妮家，在那儿扯着嗓门把心里的烦恼一古脑儿倾吐出来，还宣布她要到锯木厂去，她会走遍亚特兰大，告诉每个人她嫁给了一个怎样的混蛋，她才不会被人当作淘气的、头脑简单的孩子那样对待哩。她会随身带一把手枪，谁威胁她，她就向谁开枪。她开枪打死过一个男人，她会乐意，对，乐意向另一个开枪。她会——

玫兰妮连到她自己的前门廊都害怕去，听到这样的威胁，吓慌了。

"啊，你千万别去冒险啊！你要是有个三长两短的话，那我只得去死了！啊，请——"

"我一定要去！我一定要去！我会走去——"

玫兰妮望着她，看到这不是一个产后仍然衰弱的女人的歇斯底里。玫兰妮在斯佳丽的脸上看到从前她经常看到的、杰拉尔德·奥哈拉在打定主意后脸上所现出的那种危险的、宁折不弯的神情。她伸出两条胳膊，紧紧地搂着她。

"全是我的过错，不像你那么勇敢，一直把阿希礼留在家里陪我，而他是应该到锯木厂去的。啊，亲爱的！我真是个蠢货！亲爱的；我会告诉阿希礼，我一点也不害怕了，我会过来，跟你和佩蒂姑妈待在一起，他就能回去工作了，而且——”

斯佳丽甚至对她自己也不肯承认，她认为阿希礼独自个儿应付不了这个局面，她喊叫：“你不要这么干！阿希礼要是随时都在担心你的话，怎么还能把工作干好呢？人人都那么可恶！甚至彼得大叔都拒绝跟我一起出去！可是我不在乎！我会独自个儿去。我会一步步走去，在哪个地方找到一伙黑人——”

“啊，不行！你千万别这么干！你可能遇上什么可怕的事情的。他们说迪凯特路上的贫民区里尽是不安分的黑人，你可得经过那儿。让我想想——亲爱的，答应我，你今天什么也别干，我会想出个办法来的。答应我，你回家去躺着。你的样子很消瘦。答应我。”

因为她已经发脾气发得筋疲力尽，什么也干不成了，斯佳丽沉着脸答应了；回家以后，她高傲地拒绝她家里的人任何愿意和解的表示。

那天下午，一个陌生人笨手笨脚地穿过玫兰妮的树篱和佩蒂的后院。显然，他是一个黑妈妈和迪尔西所说的“玫荔小姐从街上捡来、让他睡在她的地窖里的下等人”。

玫兰妮的那所房子的地窖有三个房间，以前那儿两间是佣人的住房，一间是藏酒的。现在迪尔西占用一间，其他两间一直给川流不息的可怜巴巴、衣衫褴褛的过路人暂时居住。除了玫兰妮以外，没有人知道他们从哪儿来，上哪儿去；除了她以外，也没有人知道，她是从哪儿把他们收罗来的。也许那两个黑人的话是对的，她确实是从街上把他们捡来的。不过，一方面，大人物和近似大人物的人在被吸引到她的小客厅去，另一方面，不幸的人也找到了进入她的地窖的道路，他们在那儿有东西吃，有床睡，上路的时候还得到一包包吃的。通常那两个房间里的居住者是那种比较粗野、没有受过教育的、以前的南军士兵，没有家的人，没有妻儿的人，他们挣扎着到处流浪，希望找到工作。

时常有皮肤棕色、相貌憔悴的乡下女人，带着一伙伙头发乱蓬蓬、默不作声的孩子，在那儿过上一宿。她们是在战争中失去了丈夫的女人，土地被剥夺了，在寻找分散和失踪的亲戚。有时候，附近一带的人感到震惊，那儿有外国人，只会说一点儿英语，或者完全不会说，他们是被一些很容易编造出来的、活灵活现的发财故事吸引到南方来的。有一回，一个共和党人睡在那儿。至少黑妈妈一口咬定他是个共和党人，说她闻得出一个共和党人的气味，就像马闻得出响尾蛇的气味那样；可是没有人相信黑妈妈的话，因为即使是行好事吧，玫兰妮也一定有个限度。至少人人都这么希望。

“可不是，”斯佳丽想，她坐在苍白的十一月的阳光中、旁边的门廊上，娃娃放在膝头，“他是玫兰妮的一条瘸腿的狗[①]。而且他真的是个瘸子！”

那个正在穿过后院的男人笨手笨脚地走着，像威尔·本蒂恩，一条腿是木头的。他是个又高又瘦的老头儿，秃头上泛着淡粉红色的肮脏的光亮，灰白的胡子长得可以塞在他的皮带里。根据他的粗糙的、满是皱纹的脸来判断，他六十多岁了，可是他浑身没有一点儿衰弱的痕迹。他又瘦又难看，尽管还装着一条木腿，可是走起路来，快得像一条蛇那样。

他走上台阶，向她走来。甚至他还没有开口，在声调中就流露出在低地难得听到的土音和发“r”音的时候颤动小舌的粗喉音，斯佳丽就知道他是出生在山里的。尽管他像大多数山民那样身上的衣服肮脏、破烂，他神情凶狠，沉默寡言，态度骄傲，既不容许放肆，也不容忍愚蠢。他的胡子上沾着斑斑点点的烟草汁渍子；一大块嚼烟使他的下巴突出，他的脸看起来好像变形了。他的鼻子瘦瘦的，线条分明；他的眉毛浓密而弯曲，像女巫的鬈发；从他的耳朵里长出长长的毛，使他的耳朵变得毛茸茸的，好像猞猁的耳朵。在他的额头下，一只眼窝里没有眼睛，一道伤疤从眼窝一直向下直到一边脸颊，划出一道穿过他的胡子的斜线。另一只眼睛是小小的、淡灰的和冷冰冰的，一只一眨不眨的、无情的眼睛。在他的裤带上毫不掩饰地挂着一把沉甸甸的手枪，他的破旧的皮靴的筒边上突出一把长猎刀的刀把。

① 意指在患难中得到玫兰妮帮助的人。

斯佳丽盯着他看，他冷冷地回看她，在他说话以前，向栏杆外吐了一口唾沫。他那只独眼里流露出轻蔑，并不是对她个人，而是对整个女性的轻蔑。

“韦尔克斯小姐派我来为你工作，”他简短地说。他说话的声音很刺耳，好像他不习惯于说话似的，说起话来很慢，而且几乎是困难的。“我的名字叫阿尔奇。”

“对不起，可是我没有工作给你，阿尔奇先生。”

“阿尔奇是我的教名。”

“请原谅。你姓什么呢?”

他又吐了一口唾沫。“我想那跟别人不相干，”他说。“叫阿尔奇就行了。”

“我才不在乎你姓什么哩！我没有事情给你干。”

“我想你有的。听说你要像个傻瓜似的独自个儿跑来跑去，韦尔克斯小姐不放心，她派我来给你赶车。”

“真的?”斯佳丽叫起来了，对这个男人的粗鲁和玫荔的干预挺生气。

他的独眼看着她的眼睛，带着并非对个人的厌恶。“可不是。一个女人不该在她的男人们设法照顾她的时候，去让他们烦心。你要是非到处乱跑不可的话，我就给你赶车。我恨黑鬼——也恨北佬。”

他把那块嚼烟转移到另一边脸颊去，不等邀请，就在最高一磴台阶上坐下来了。“我并不是说，我喜欢给女人赶着车去转悠，可是韦尔克斯小姐对我有恩情，让我睡在她的地窖里，是她派我来给你赶车的。”

“可是——”斯佳丽无可奈何地开始说，接着她停住嘴，望着他。过了一会儿，她开始微笑了。她不喜欢这个上了年纪的、活像土匪的人的相貌，可是他的来到会使事情简单化。有他在她身旁，她可以上城里去，赶车到锯木厂去，去看顾客。跟他在一起，没有人能怀疑她的安全，而且他的那副相貌也足以堵住别人的嘴，不会引起流言蜚语。

“那就决定了，”她说，“那是说，我丈夫要是同意的话。”

弗兰克跟阿尔奇进行了一场私下的谈话以后，勉强同意了这件事情，通知马房别再管住马和马车。斯佳丽做了妈妈后并没有像他所希望的那样有所改变，他感到痛苦和失望。不过，她要是决定回到她那该死的锯木厂去的话，那么阿尔奇正是仿佛天上掉下来的、再好也没有的跟班了。

两个人的关系就这么开始了，起先亚特兰大人人感到震惊。阿尔奇和斯佳丽是搭配得那么奇怪的一对：那个粗暴、肮脏的老头儿把一条木腿直橛橛地伸出在挡泥板上，而那个容貌漂亮、穿得整整齐齐的年轻女人心不在焉地皱着额头。人们可以在亚特兰大和亚特兰大附近，在一切时间和一切地方看到他们，两人难得说话，显而易见，彼此都不喜欢，但是因为互相需要，却被拴在一起了。他需要钱；她呢，需要保护。最后，城里的太太们说，这比那么不害臊地跟那个叫巴特勒的男人一起坐着马车转悠要好些。她们出于好奇心，想知道这些天来，瑞特在哪儿，因为三个月前，他突然离开了这个城市，从那以后，没有一个人知道他在哪儿，甚至斯佳丽也不知道。

阿尔奇是个沉默的人；不跟他说话，他从不开口，回答起话来，通常也是哼哼哈哈的。每天早晨，他从玫兰妮的地窖里走来，坐在佩蒂的房子前门廊台阶上，吃嚼烟，吐唾沫，直到斯佳丽出来，彼得把马车从马房里赶出来。彼得大叔怕他，只比怕魔鬼和三 K 党稍微差一点儿；甚至黑妈妈在他身旁走路也轻手轻脚、提心吊胆。他讨厌黑人，他们知道这事，所以怕他。他除原有的手枪和猎刀以外，又增加了一把手枪。他的名声在黑人中间传得很远。他一次也用不着抽出手枪，或者甚至也用不着把手放在皮带上。凭那股威势已经足以慑服他们了。在阿尔奇听得见的地方，甚至没有一个黑人敢笑。

有一回，斯佳丽好奇地问他，他干吗恨黑人，听到他的回答却感到出乎意料，因为对一切问题他通常的回答是："我想那跟别人不相干。"

"我恨他们，就像所有的山民恨他们那样。我们从来没有喜欢过他们，也从来没有拥有过一个。是他们黑鬼发动了战争。我也为这事恨他们。"

“可是你打过仗。”

“我想那是做男人的特权。我还恨北佬，比恨黑鬼更恨。恨的程度大概跟恨多嘴多舌的女人一样。”

这样坦率的粗鲁的谈吐，一下子堵住了斯佳丽的嘴，使她憋着一肚子火，一心想辞退他。可是没有他，她能做些什么呢？她能有别的办法得到这样的自由吗？他又粗暴又肮脏，偶尔身上还有一股臭味，可是他管用。他赶车送她来回锯木厂，去看她的一个个顾客；她说话和吩咐的时候，他吐唾沫，眼睛望着别处。她要是跨下马车的话，他也跟着下车，走在她后面。她待在粗野的工人、黑人或是北军中间的时候，他对她简直寸步不离。

不久，亚特兰大习惯于看到斯佳丽和她的保镖在一起了。习惯以后，那些太太越来越羡慕她的行动自由了。自从三 K 党用私刑杀人以来，太太小姐们实际上被禁闭在家里，甚至不到城里去采购，除非她们一共有六七个。她们天生喜爱社交活动，变得坐立不安了，只得暂时抑制她们的自尊心，开始去恳求斯佳丽借用阿尔奇。她挺通情达理，只要她不需要，就把他借给别的太太们去使用。

不久，阿尔奇成为亚特兰大的特殊人物，太太们抢着占用他的空闲时间。难得有一个早晨，在吃早饭的时候，没有一个孩子或是黑人佣人送这样的字条来：“你要是今天下午不用阿尔奇的话，务必让我用一下他。我要坐马车送鲜花到墓地去。”“我一定要到女帽店去。”“我想让阿尔奇赶车送内利姑妈去兜兜风。”“我一定要去看彼得 · 斯特里特，可是爷爷觉得身子不舒服，没法带我去。阿尔奇能——”

他赶车一一送她们，还没有结婚的啊、嫁了人的啊、寡妇啊；对所有的女人，他都明显地表示同样的、毫不妥协的轻蔑。显然，他不喜欢女人，不亚于他不喜欢黑人和北佬，只有玫兰妮除外。太太小姐们起初对他的粗鲁感到震惊，最后对他也习惯了。他是那么沉默，只是间歇地爆发一下吐烟叶汁的声音，她们把他当作他赶的马一样看待，认为是理所当然的，而忘却了他的存在。事实上，梅里韦瑟太太把她外甥女坐月子的细节一古脑儿告诉米德太太后，才记起阿尔奇坐在马车的前座上。

只有在这样的时代才可能发生这种情况。在战前，甚至不允许他走进那些太太小姐的厨房。她们会在后门口递给他吃的，打发他去干自己的事情。可是她们现在欢迎他在场；他在场，她们就放心。粗鲁，没有念过书，肮脏，他却是太太小姐们和重建时期中间的屏障。他既不是朋友，也不是佣人。他是个雇用的保镖，在白天男人出去工作或是夜晚不在家的时候保护女人。

在斯佳丽看来，阿尔奇为她工作以后，弗兰克夜晚出去的次数就很频繁了。他说铺子里的账册得结清，可是眼下买卖相当忙，他在工作时间里挤不出时间去干这件事情。还有害病的朋友们他得去看望。再说，还有民主党组织，党员们每礼拜三夜晚开会，商讨重新获得投票权的种种办法，而弗兰克是一次会议也不缺席的。斯佳丽想那个组织老是论证约翰·布·戈登将军的功绩高于所有别的将军，只有李将军除外，和谈论重新打这场战争，除此以外，几乎不干别的事情。她当然看得出恢复投票权的事情丝毫没有进展。可是弗兰克显然乐于参加那些会议，因为他在开会的夜晚一直要待到会议结束才回家。

阿希礼也去看望病人，也参加民主党会议。他也经常在弗兰克出去的夜晚出去。在那些夜晚，阿尔奇护送着佩蒂、斯佳丽、韦德和小埃拉穿过后院，到玫兰妮家去，两家人家在一起度过黄昏。太太们做着针线活儿的时候，阿尔奇直挺挺地躺在客厅的沙发上打呼噜，每呼一声，他的长胡子就飘动一下。没有人请他躺在那张沙发上。那是房子里最好的一件家具，所以太太们每次看到他躺在那上面，把皮靴搁在漂亮的垫子上，都暗暗叹气。可是她们没有一个有勇气劝他别这样。特别是在他说了他真幸运，很容易睡着以后，因为要不然，女人们那种像一群珍珠鸡似的叽叽喳喳声肯定会把他逼疯的。

斯佳丽有时候很想知道，阿尔奇是从哪儿来的，他来到玫兰妮的地窖以前，过的是怎样的生活，可是她什么也不问。大概是那张凶恶的、只有独眼的脸打消了她的好奇心。她所知道的只有他的口音是北方山里人的口音，他参过军，在投降前不久，失去了一只眼睛和一条腿。那是她一时气愤，讲了一些责怪休·艾尔辛的话以后，才使他吐露了真实的身世。

有一天早晨，老头儿赶车把她送到了休的那家锯木厂。她发现厂子不开工，黑人们都不见了，休垂头丧气地坐在一棵树下。他手下的人那天早晨没有露面，他不知道怎么办才好。斯佳丽气坏了，毫不顾忌地拿休出气，因为她刚接受了一张需要大量木材的定单——而且是一张紧急定单。她花了精力，运用了魅力，经过讨价还价，得到了这张定单，可现在锯木厂寂静无声。

“把我送到另一家锯木厂去，”她指示阿尔奇。“是啊，我知道这需要很长的时间，我们会吃不上饭，可是我雇你是干什么的？我不得不去通知韦尔克斯先生停止他正在干的一切，给我把这批木材赶出来。很可能他手下的人也不在干活儿。这些人干得倒真卖力啊！我从来没有看到过像休·艾尔辛那样的蠢货！等约翰尼·加勒吉尔在建造的那些铺子一完工，我就把他打发走。我干吗要计较加勒吉尔在北军里待过呢？他干活儿行。我还从来没有看到过一个懒惰的爱尔兰人！我再怎么也不跟解放了的自由黑人打交道了。你压根儿没法信任他们。我要雇用约翰尼·加勒吉尔，让他去给我租一些囚犯。他会让他们出活儿的。他会——”

阿尔奇向她转过脸来，他的那只独眼显出恶毒的神情，他说话的时候，刺耳的声音里充满了冰冷的愤怒。

“你哪一天租到囚犯，我哪一天离开你，”他说。

斯佳丽吓了一跳。“天啊！为什么？”

“我知道租用囚犯是怎么一回事。我管那叫杀害囚犯。像买骡子那样买人。待他们比待骡子还不如。揍他们，饿他们，杀死他们。有谁关心？政府不关心。拿了租金嘛。那些租囚犯的人，他们也不关心。他们所需要的是，给他们吃得便宜，让他们尽最大的可能出活儿。活见鬼，太太。我一向不怎么看得起女人，可现在我更看不起她们了。”

“这跟你有什么相干吗？”

“我想有，”阿尔奇简短地说，接着停顿了一下，说，“我当了将近四十年的囚犯。”

斯佳丽喘着粗气，把身子往后缩了一下，靠在垫子上。原来这就是阿尔奇这个谜的谜底，这就是他为什么不愿意说出他的姓、他的出生地点或是一星半点他过去的生活的原因，这就是他为什么说话困难和冷酷地憎恨世界的原因。四十年！他入狱的时候一定还是个小伙子。四十年！为什么——他一定是个被判无期徒刑的犯人，而无期徒刑的犯人是——

“是——杀了人吗？”

“是的，”阿尔奇简短地说，一边抖动缰绳。“我妻子。”

斯佳丽吓得很快地眨着眼睑。

胡子后面的嘴似乎动了动，仿佛见她害怕，不由狞笑了。“我不会杀你的，太太，要是你为这着急的话。要杀一个女人，只有一个理由。”

“你杀了你妻子！”

“她跟我弟弟睡觉。他逃走了。我杀了她，一点儿也不后悔。水性杨花的女人该杀。法律没有权为这种事儿把一个男人关进监狱，可是我给送了进去。”

“可是——你是怎么出来的呢？你是逃出来的吗？你被赦免了吗？”

“你可以说是赦免，”他的浓密的灰眉毛皱紧在一起，好像把一个个字连在一起挺困难似的。

“直到1864年，谢尔曼打了大胜仗，当时我在米勒奇维尔监狱里，约摸有四十年了。那个监狱长把我们犯人一古脑儿召集在一起，说北佬在打过来，在放火，在杀人。要是我有什么比恨黑人和女人更恨的话，那就是北佬。”

“为什么？难道你——你认识哪个北佬吗？”

“不，太太。可是我听人说起过他们。我听人说起过他们总是不安分，爱管闲事。我讨厌爱管闲事的人。他们在佐治亚州干什么呢？解放我们的黑鬼，烧我们的房子，杀我们的牲口！说那个监狱长吧，他说部队非常需要更多的士兵；不管是谁，只要我们参军，战争结束后，就会获得自由——要是我们还活着的话。可是我们这些判无期徒刑的犯人——我们这些杀人犯，监狱长说，部队不要我们。我们要被送到另一个地方的监狱去。可是我跟监狱长说，我跟大多数判无期徒刑的犯人不一样。我是因为杀了自己的妻子才关进来的，而她确实该杀。再说，我要去打北佬。那个监狱长他倒跟我一样看法，把我悄悄地塞在别的犯人一起，放了出来。”

他停顿一下，哼了一声。

“嘿。说也奇怪。他们因为我杀人，把我关进了监狱，可又让我出来，拿着枪杀更多的人，却赦免我无罪。手里拿着步枪，又做个自由人，那敢情好。我们从米勒奇维尔监狱出来的人打得狠，杀了不少敌人——我们也有许多人给杀死了。我从来没有听说有一个开小差的。南方投降后，我们就自由了。我被打断了这条腿，打瞎了这只眼睛。可是我不后悔。”

“啊，”斯佳丽有气无力地说。

她设法回想在顶住谢尔曼的部队的潮水似的进攻的时候所作的绝望的努力中，她听到过的有关释放米勒奇维尔监狱囚犯的消息。弗兰克在1864年那个圣诞节说过。他说了些什么呢？可是她对那段时间的回忆太混乱了。她又感到那些日子里的疯狂的恐怖景象，听到攻城的炮声，看到一溜儿大车滴着鲜血，滴进红色的大路，看到自卫队开拔；年轻的军校学员和像菲尔·米德那样的孩子，还有像亨利伯伯和梅里韦瑟爷爷那样的老人。囚犯们也出发，在南部邦联摇摇欲坠的时候去送死，去打田纳西州最后一个战役，在雪中和雨中冻得浑身僵硬。

有那么短短一会儿，她想那个老头儿多蠢，为一个剥夺了他四十年生活的州去打仗。佐治亚州为了一件对他来说丝毫无罪的罪行夺去了他的青春和中年，然而他大方地把一条腿和一只眼睛给了佐治亚州。她记起了在战争初期瑞特说的那些辛辣的话，她还回想起他说过他绝不会为一个把他唾弃的社会去打仗。可是情况一紧急，他却去为那一个社会打仗了，就像阿尔奇干的那样。在她看来，所有的南方男人，不管是上等人，还是下等人，都是感情用事的蠢货，把自己的性命看得比毫无意义的语言轻。

她望着阿尔奇的尽是骨节的苍老的手、他的两把手枪和一把猎刀，又吓得忐忑不安了。到底还有多少像阿尔奇那样的其他以前的囚犯、杀人犯、暴徒、贼，以邦联的名义被赦免了罪行？唷，街上任何一个陌生人都可能是个杀人犯！弗兰克要是知道了阿尔奇的真相的话，那还了得。或者要是佩蒂姑妈——可是这震惊会要了佩蒂的命。至于玫兰妮——斯佳丽几乎希望她能把阿尔奇的真相告诉玫兰妮。这是她捡来下三滥塞给她的亲戚和朋友应得的报应。

“我真——我真高兴，你告诉我，阿尔奇。我——我不会告诉任何人的。这会使韦尔克斯太太和别的太太们大吃一惊的，要是知道了的话。”

“嗐。韦尔克斯太太知道的。那夜她过分关心，非要让我睡在她的地窖里不可，我就告诉她了。你想，我会让一位好心的太太把我带进她的房子而不告诉她吗？”

“圣徒保佑我们！”斯佳丽喊叫起来，吓得愣住了。

玫兰妮知道这个人是杀人犯，而且杀的是女人，她却没有拒绝他进入她的房子。她把她的儿子、她的姑妈、她的小姑和她所有的朋友托付给他。她，是女人当中最胆小的，却不怕独自个儿跟他一起待在她的房子里。

“就一个女人来说，韦尔克斯太太是挺有头脑的。她认为我不会再干坏事了。她认为一个撒谎的人会一直撒谎，一个小偷会一直偷，可是人们一辈子顶多杀一回人。她相信任何人只要为南部邦联打过仗，他干的坏事就都抵消了。尽管我认为我杀了自己的妻子，并没有干什么坏事……可不是，就一个女人来说，韦尔克斯太太是挺有头脑的……我可以肯定地对你说，哪一天你租用囚犯，哪一天我离开你。”

斯佳丽没有回答，可是她想：

“你越早离开我，我越称心。一个杀人犯！”

玫荔怎么能这么——这么——得了，简直找不出一个词儿来形容玫兰妮接受这个老流氓而不把他是个囚犯告诉朋友们的行为。在部队里服役过就能抵消过去的种种罪孽！玫兰妮把当兵跟受洗礼混为一谈了！不过，玫荔一遇到南部邦联、它的老战士和任何有关他们的事情，就变得傻呵呵了。斯佳丽暗暗地诅咒北佬，又给他们记上一笔欠账。他们强迫一个女人在她身旁安排一个杀人犯当保镖，应该为这样的情况负责。

斯佳丽在寒冷的暮色中跟阿尔奇一起坐着马车回家的途中，在现代女郎酒馆门外看到乱糟糟地停着上了鞍韂的马、轻便马车和大车。阿希礼骑在马上，脸上流露出紧张和警惕的神色；西蒙斯家弟兄从马车里探出身子来，强调地打着手势；休·艾尔辛，他的一绺棕色头发披在眼睛上，挥舞着双手。梅里韦瑟爷爷的送糕饼车停在混乱的局面中心；斯佳丽的马车驶近些，她看到汤米·韦尔伯恩和亨利伯伯跟他一起挤在座位上。

“我希望，”斯佳丽恼火地想，“亨利伯伯别坐那个新鲜玩意儿回家。让人看到他坐在那里面，他应该感到害臊。好像他自己没有马似的。他这样干，他和爷爷就可以一起夜夜上酒馆了。”

当她来到那群人旁边的时候，尽管她并不敏感，她也感到了他们的紧张的气氛，恐惧揪住了她的心。

“啊！”她想。“我希望没有人遭到强奸！三 K 党要是再用私刑处死一个黑人的话，北佬会把我们消灭的！”接着她跟阿尔奇说。“停住，出事了。”

“你不该停在一家酒馆外面，”阿尔奇说。

“你照我说的办。停住。各位，你们好。阿希礼——亨利伯伯——出什么事了吗？你们大伙儿看起来都那么——”

那群人向她转过脸去，抬起手碰碰帽边，流露出微笑，可是在他们的眼睛里有一种强烈的激动神情。

“是好事情，又是坏事情，”亨利伯伯吼叫。“那取决于你怎么看待它。照我估计州议会不可能另搞一套。”

州议会？斯佳丽想，舒了一口气。她对州议会没有一点儿兴趣，觉得它的所作所为对她几乎不可能有什么影响。她怕的是北佬又要来一回无法无天的蛮干。

“现在州议会干了什么事儿？”

“他们直截了当地拒绝批准修正案，”梅里韦瑟爷爷说，他的声音里显示出骄傲。“这样就向北佬提出了一个有说服力的证明。”

“这会他妈的闹得吃不了兜着走的——对不起，斯佳丽，”阿希礼说。

“啊，修正案？”斯佳丽问，设法装出聪明的模样。

政治跟她不搭界，她难得浪费时间去想什么政治。以前什么时候，批准过一个第13号修正案[1]，或者也许是第16号修正案，可是修正案的内容是什么，她一点儿也不知道。男人总是为这种事情激动。她的脸上现出不理解的神情。阿希礼微笑了。

“那是一个让黑人投票的修正案，你知道，”他作了说明。“递交给了州议会去，可是他们拒绝批准它。”

“他们多么傻！你知道北佬会强迫我们接受的！”

“所以我说他们会他妈的闹得叫人吃不了兜着走的，”阿希礼说。

“我会为州议会感到骄傲，为他们的勇气感到骄傲！”亨利伯伯喊叫。“我们要是不接受的话，北佬就没法强迫我们接受。”

“他们能，而且他们会这么干的。”阿希礼的声音平静，可是眼睛里现出担心的神情。“那样，我们的情况还要困难得多。”

“啊，阿希礼，绝不会！情况不可能比现在更困难啦！”

“可能，情况可能更糟，甚至可能比现在更糟。要是我们有一个黑人的州议会呢？一个黑人的州长呢？要是我们有比现在更坏的军事统治呢？”

斯佳丽总算听懂了一点儿，害怕得眼睛越睁越大。

“我一直在动脑筋想，怎样才对佐治亚州最好，对我们最好。”阿希礼拉长着脸。“像州议会所干的那样对这件事情硬顶，激怒北方来对

---

①该修正案宣布解放黑奴。

付我们，不管我们要不要，他们派出所有的北军来，把黑人选举权硬塞给我们，这是不是最聪明的办法呢。或者——尽最大可能忍气吞声地收起我们的尊严，体面地屈服，虽然心里不愉快，却尽可能顺利地把事情办妥。到头来，结果反正是一样的。我们没有办法。我们只得吞下他们决定塞给我们的苦药。也许我们还是老老实实地接受的好。”

斯佳丽几乎没有听到他的话，但是说话的整个意义当然在她的脑子里掠过。她知道阿希礼一向从两面看问题。她总是只看一面——这样给北佬一个耳刮子以后对她可能有什么影响。

“要转变为激进分子，投共和党的票吗，阿希礼？”梅里韦瑟爷爷尖刻地嘲笑说。

一阵紧张的沉默。斯佳丽看到阿尔奇的手迅速地向手枪伸去，接着停住了。阿尔奇认为，而且还经常说，爷爷是个喜欢多嘴的老头儿。阿尔奇不打算让他侮辱玫兰妮小姐的丈夫，哪怕玫兰妮小姐的丈夫说话傻里傻气。

阿希礼的眼睛里的困惑的神情一下子化为乌有，顿时冒出炽烈的怒火。可是他还来不及开口，亨利伯伯冲着爷爷骂开了：

“你他妈的——你该死——对不起，斯佳丽——爷爷，你这蠢驴，你这么跟阿希礼说话！”

“阿希礼可以照顾自己，用不着你保卫他，”爷爷冷冷地说。“可他说话像个参加共和党的南方人。屈服，活见鬼！对不起，斯佳丽。”

“我不相信有可能脱离联邦，”阿希礼说，他气得声音发抖。“可是佐治亚州既然脱离了联邦，我就支持它。还有，我从前不相信战争，可是我参加了战争。北佬现在已经够疯狂的了，我也不相信那种使他们更疯狂的做法。可是州议会要是作出了决定，要这么干的话，我就拥护。我——”

“阿尔奇，”亨利伯伯突然说，“把斯佳丽小姐送回家去。这儿不是她待的地方。不管怎样，政治不是女人过问的事情，再说，这儿马上就要骂脏话了。去吧，阿尔奇。再见，斯佳丽。”

马车驶到桃树街，斯佳丽吓得心怦怦地跳得很快。州议会这个愚蠢的行为会对她的安全有任何影响吗？他们惹得北佬冒火后，她会失去她的锯木厂吗？

“喂，这倒好啊，”阿尔奇瓮声瓮气地说，“我听人说过兔子冲着叭喇狗的脸吐唾沫，可是在这以前，我还从来没有看到过。州议会里的那些人既然这么干了，还是为他们——还有我们将会遇到的一切好事儿高呼‘杰夫·戴维斯和南部邦联万岁’的好。喜欢黑鬼的北佬他们已经让黑鬼当我们的主子了。可是你得佩服州议会的人有胆量！”

“佩服他们？那伙能干的家伙！佩服他们？他们应该枪毙！那会使北佬来对付我们，像鸭子对付无花果虫那样。他们干吗不能批[①]——批——干他们应该干的任何事情，使北佬心情平静，而又要去惹火他们呢？他们会使我们屈服的，我们与其将来屈服，倒不如现在就屈服的好。”

阿尔奇的那只独眼冷冷地盯着她看。

“不打一仗就屈服？女人跟山羊一样没有自尊心。”

斯佳丽租用了十个囚犯，每个锯木厂各五个，阿尔奇说话算数，拒绝再干任何跟她有关的事情。尽管玫兰妮一再恳求，或者弗兰克答应提高他的工资，都没法说服他再为斯佳丽赶马车。他心甘情愿地保护玫兰妮、佩蒂、印第亚和她们的朋友在城里各处走动，可是斯佳丽不行。要是马车里有斯佳丽的话，他甚至不给别的太太们赶车。让那个老暴徒这么毫不留情地指责她，这个局面真尴尬，可是更尴尬的是，知道她家里的人和朋友们竟然都同意那个老头儿的看法。

弗兰克求她别走这一步。阿希礼起先拒绝安排囚犯工作，可是斯佳丽哭哭啼啼，苦苦哀求，还答应时势一好转，她就会雇用被解放了的黑人的；他终于违背自己的意愿，被说服了。邻居们直言不讳地表示他们不赞成，弗兰克、佩蒂和玫兰妮感到简直抬不起头来。甚至彼得和黑妈

---

① 此处斯佳丽想说的是“批准”这个词儿，因为她不熟悉这个词儿，所以说不全。

妈都说，让囚犯干活是不吉利的，这样干不会有好结果。人人都说，从别人的苦难和不幸中得到好处，是不正当的。

“你们对让奴隶干活儿可一点也不反对啊！”斯佳丽气呼呼地喊叫。

啊，可是这不一样。奴隶们既没有苦难，也没有不幸。黑人们当奴隶那会儿比现在自由了要好得多。她要是不信的话，看看她周围就行！可是跟往常一样，越是有人反对，斯佳丽就越是坚定地按原来的计划进行。她把休从锯木厂的经理的位置上调开，让他赶运木材的大车，定下了雇用约翰尼·加勒吉尔的最后的细节。

她认识的人当中，他似乎是唯一赞成租用囚犯的人。他略略点点他的圆脑袋，说这一着干得很漂亮。斯佳丽望着这个以前当骑师的小个子，只见他用两条短短的罗圈腿稳稳地站着，他的侏儒似的脸上带着冷酷而讲究实际的神情，她心里想：“凡是把马让他骑的人都是不怎么爱惜他们的马的身子骨的。我不会让他走到离开我的任何一匹马十英尺以内的。”

可是她毫不犹豫地把一拨囚犯交给他。

“我可以自由地调派那拨人吗？”他问，他的眼睛像灰玛瑙那样冰冷。

“可以自由地调派。我所要求的是你要保持这个锯木厂正常开工，我要木材的时候就送来，而且要多少送多少。”

“我是你的人了，”约翰尼短短地说。“我会告诉韦尔伯恩先生，我不为他干了。”

他摇摇摆摆地穿过那群泥瓦工、木工和运灰浆的杂务工走去的时候，斯佳丽感到松了一口气，她的心情又好起来了。约翰尼确实是她的人。他强硬、冷酷，决不容许胡闹。“一心往上爬的棚户区出身的爱尔兰人，”弗兰克这样轻蔑地称呼他，但是就是为了这个缘故，斯佳丽才看重他。她知道一个决心要出人头地的爱尔兰人是一个值得雇用的、有用的人，不管他个人可能是怎样的品性。她感到同许多和她自己同一个阶级的男人相比，她同他有一种更密切的类似亲属的关系，因为约翰尼懂得钱的价值。

他接管锯木厂的第一个礼拜，就证明她的希望是有道理的，因为他用五个囚犯干的活儿比休用他的十个被解放了的黑人干的更多。还不仅仅是这样，他使斯佳丽得到了自从去年来到亚特兰大以来比以前更多的空闲时间，因为他不喜欢她到锯木厂去，而且非常坦率地说出来。

“你照管你的销售一头，我照管我的锯木一头，”他简短地说。“囚犯营可不是太太来的地方。要是没有别人会告诉你的话，那么约翰尼·加勒吉尔现在告诉你了。我一直把木材运送给你，对不对？好了，我不打算每天有人来纠缠我，像韦尔克斯先生那样。他需要纠缠。我可不。”

斯佳丽只得少去约翰尼的那个锯木厂，生怕她去得太经常，他可能辞职，那就一塌糊涂了。他那句阿希礼需要纠缠的话刺痛了她的心，因为这话里所包含的真实性，已经超过了她愿意承认的限度。阿希礼用囚犯干活儿比他过去用自由劳工干活儿好不了多少，尽管他也说不出那是什么原因。而且他看来好像对安排囚犯干活感到害臊；这些日子里，他对她的说话也很少。

斯佳丽对他发生的变化感到担心。现在他的油光水滑的头发中出现了白头发，肩膀老是疲劳地耷拉着。他的脸上难得有笑意。他不再是许多年以前使她着迷的那个和蔼可亲、彬彬有礼的阿希礼了。他看来好像在被一种难以忍受的痛苦暗暗地折磨着，嘴边显出一副使她沮丧和痛心的严酷、紧张的神情。她真想使劲地把他的头拉到她的肩膀上，抚摸他的花白的头发，喊叫：“告诉我你担忧什么！我会处理的！我会为你解决的！”

可是他的拘谨的、疏远的神态使她保持一定的距离。

第43章

这是十二月里难得的天气，那天，阳光几乎暖和得像小阳春天气。干枯了的红叶仍然留在佩蒂姑妈的院子里那棵橡树的枝头上。将要枯死的小草仍然泛出淡淡的黄绿色。斯佳丽抱着娃娃，走到旁侧的门廊上，坐在阳光中的一张摇椅里。她穿着一件新的饰有一码码黑色波状花边的绿衣服，戴着一顶佩蒂姑妈为她做的新的抽花便帽。衣服和帽子对她都很合宜，她也知道，所以她很喜欢。有好长的几个月，她变得丑死了，重新显得漂亮，真是好事情！

她一边坐着摇晃娃娃，一边对自己哼着歌，听到旁街上传来得得的马蹄声，好奇地从缠绕在门廊上的枯死的藤蔓后面望出去，她看到瑞特·巴特勒骑着马向这所房子驰来。

他在杰拉尔德刚去世后在埃拉·洛雷纳出生好久以前，就离开亚特兰大，已经有几个月了。她一直惦记他，可是现在她热切地希望有什么办法避免见他。事实上，一看到他那张黑黝黝的脸，她的胸中就涌起一阵内疚的恐慌。一件牵涉到阿希礼的事情压在她的良心上。她不想跟瑞特谈论这件事情，可是她知道不管她多么不想谈，他会逼她谈论的。

他在大门前停住马，麻利地翻身下马。她一边神经质地盯着他看，一边在想他的外貌好像韦德老是缠着她念的一本书中的一张插图。

“他只缺少一副耳环和嘴里衔一把短剑了，”她想。“好吧，管他是不是海盗，我要是对付得好的话，今天他不会割断我的喉咙的。”

他从人行道上走来，她招呼他，装出最可爱的微笑。真幸运，正好她穿着新衣服，戴着合适的帽子，显得漂亮！他的眼光一下子看遍了她全身，她知道他也认为她漂亮。

“一个刚生的娃娃！唷，斯佳丽，这真出乎意料！”他笑着说，弯下身去，揭开埃拉·洛雷纳那张小小的丑脸上的毯子。

“别说傻话！”她说，涨红了脸。“你好吗，瑞特？你离开好久了。”

“是好久了。让我抱抱娃娃，斯佳丽。啊，我知道怎样抱娃娃。我有许多希奇古怪的本领。唷，他当然长得像弗兰克喽。样样都像，就是没有络腮胡子，不过到时候也会有的。”

“我希望没有。她是个女孩。”

“女孩？那就更好了。男孩实在麻烦。别再生男孩了，斯佳丽。”

她话都到嘴边了，准备尖刻地回答，她再怎么也不打算再生孩子，不管男的还是女的，可是她及时忍住了，露出笑意，在脑子里搜寻一些话题来拖延她害怕的那件事情被提出来讨论。

“你这次出门愉快吗，瑞特？你那些日子上哪儿去了？”

“啊——古巴——新奥尔良——别的地方。喂，斯佳丽，把娃娃接过去。她开始淌口水了，我没法拿手绢。她是个好娃娃，真的，可是她把我的衬衫胸部都弄湿了。”

她把娃娃接回来，把她抱在膝上。瑞特懒洋洋地坐在栏杆上，从银烟匣里取出一支烟卷。

“你老是到新奥尔良去，”她说，微微撅起嘴。“可你从来不告诉我你上那儿去干什么。”

“我是个工作勤奋的人，斯佳丽，也许是我的业务需要我到那儿去。”

“工作勤奋！你！”她放肆地哈哈大笑。“你一辈子没有干过活儿。你太懒了。你所干的只是，提包客在偷窃的时候，帮他们把钱弄到手，然后分一半利润，还向北佬的官员行贿，让你参加剥夺我们纳税人的勾当。”

他把头一仰，哈哈大笑。

“你是多么喜欢有足够的钱去贿赂官员啊，那你就也能这么干啦！”

“这个想法——”她开始冒火了。

“可是也许有一天，你会挣足够的钱去大规模地行贿官员的。也许你会靠你租用的囚犯发财。”

“啊，”她说，有一点儿窘，“你怎么这样快就知道我的那拨囚犯？”

“我昨夜到的，在现代女郎酒馆里消磨了一个黄昏，那儿可以听到这个城里的一切新闻。那是一个流言蜚语的交换所。比太太们的缝纫会消息更灵通。人人告诉我，你租用了一拨囚犯，让那个小个子恶棍加勒吉尔管他们干活儿，简直要把他们干得活活累死。”

“这是谎话，”她气愤地说，“他不会把他们活活累死的。我会过问的。”

“你会吗？”

“我当然会！你怎么能拐弯抹角地居然谈起这些事情来？”

“啊，实在对不起，肯尼迪太太！我知道你的动机总是无可非议的。不过，在我看到的人中，约翰尼·加勒吉尔是个冷酷的小暴徒，我绝不会看走眼。还是注意着他的好，要不，检查员来了，你会有麻烦的。”

“你管好你的事情，我会管好我的，”她愤怒地说。“我不想再谈囚犯了。人人都讨厌他们。我那拨囚犯是我的事情——你还没有告诉我，你在新奥尔良干什么呢。你经常上那儿去，人人说——”她停住嘴。她不打算说得太多。

“他们说什么？”

“好吧——说你在那儿有个情人。说你要去结婚。对吗，瑞特？”

她对这件事情有好奇心已经好久了，所以她忍不住直截了当地提出了这个问题。一想到瑞特结婚，有一种小小的古怪的忌妒刺痛她，尽管那是什么原因，她也说不清楚。

他那双神情温和的眼睛突然变得警惕起来，接着他发觉她在盯着他看，就也看着她的眼睛，直到她的脸颊上稍微泛出一点儿红晕。

“那对你很重要吗？”

“这个嘛，我不愿失去你的友谊，”她装出一本正经的模样说，接着故意现出不关心的神情，弯下身去，把埃拉·洛雷纳的头旁的毯子拉拉好。

他突然短促地笑笑说：“望着我，斯佳丽。”

她不愿意地抬眼望着他，脸涨得越来越红。

“你可以告诉你那些好奇的朋友们，我有一天结婚的话，那是因为我没有别的办法得到我要的那个女人。我至今还没有遇到过一个我爱得那么深，竟然想要跟她结婚的女人。”

这会儿，她确实慌张和困窘了，因为她记得在围城期间，那一夜，就在这个门廊上，他说过："我不是个适合结婚的人"，接着挺随便地暗示她做他的情妇——还记得他在监狱里的那个可怕的日子，对这个回忆感到耻辱。他从她的眼睛里看出了她的心思，脸上慢慢地流露出恶毒的微笑。

"不过你既然这么直截了当地提出了问题，我会满足你的庸俗的好奇心的。那是一个宝贝儿促使我到新奥尔良去的。那是一个孩子，一个小男孩。"

"一个小男孩！"这个出乎意料的消息所引起的震惊消除了她的慌张。

"可不是，他是我的合法的被监护人，我对他负有责任。他在新奥尔良上学。我经常上那儿去看他。"

"还带给他礼物？"她想，他一直知道韦德喜欢怎样的礼物，原来这就是原因！

"是的，"他带着不情愿的神情简短地回答。

"唷，真想不到！他长得漂亮吗？"

"太漂亮了，对他自己可没有好处。"

"他是个好男孩吗？"

"不是。他是个十足的淘气鬼。我巴不得没有生下他来。男孩子都叫人伤脑筋。你还有什么事情想要知道吗？"

他看上去好像突然发火了，眉毛皱紧着，好像他已经着实懊悔他刚才所说的事情似的。

"算了，你要是不想再告诉我什么的话，那就没有了，"她装出一副高傲的样子说，尽管她巴不得知道更多的消息。"可是我就是想象不出你当保护人这个角色的模样，"接着她哈哈大笑，希望使他狼狈。

"对，我也认为你想象不出。你的想象力相当差。"

他不再说话，默不作声地抽了一会儿烟卷。她在搜索一句跟他一样生硬的话，可是想不出。

"你要是不把这情况告诉任何人的话，我会领情的，"他最后说。"虽然要求一个女人闭嘴不谈是不可能的事情。"

“我能保守秘密，”她带着被损伤了的尊严说。

“你能吗？听到朋友的以前不知道的事情是有趣的。得了，别撅着嘴不高兴了，斯佳丽。对不起，我说话生硬，不过你既然要打听隐私，受到这样对待也不冤。对我笑笑，在我提起一件不愉快的话题以前，让我们高兴一下。”

唷，天啊！她想。喂，他就要谈阿希礼和锯木厂啦。她赶紧微笑，露出她的酒靥，逗他高兴。“你还上哪儿去过，瑞特？你不是一直在新奥尔良吧，是不是？”

“不是，我上个月在查尔斯顿。我爹去世了。”

“啊，我很难受。”

“别难受。我可以肯定他对去世并不难受，而且真的，我对他的去世也不难受。”

“瑞特，你这话说得多糟！”

“要是我不难受，却假装难受的话，那就更糟了。我们两人从来没有互相爱过。我记不得什么时候那位老先生对我没有不满意过。我太像他自己的爹了，而他从心底里对他爹不满。我年纪渐渐大起来，他对我的不满干脆变成讨厌，我承认，我也没有干什么要改变他对我的态度。我爹要我干的一切都是叫人腻烦的事情。最后，他把我撵到社会上去，我身上没有一个子儿，也没有一技之长，什么也干不了，只能当个查尔斯顿绅士、高明的手枪手和呱呱叫的扑克赌徒。在他看来，我没有挨饿，反而巧妙地利用我玩扑克的本事，靠赌博过着豪华的生活，是对他个人的当众侮辱。他认为巴特勒家的人去当赌徒，是一种不可容忍的侮辱，我第一次回家，他不许我妈见我。整个战争期间，我在查尔斯顿城外酿私酒，妈只得撒谎隐瞒，溜出来看我。自然，这不会增加我对他的爱。”

“啊，这一切我以前都不知道啊！”

“他被人认为是一位旧式的老绅士，那就是说，他无知无识、蠢头蠢脑、缺乏度量，除了按照其他旧式绅士那样思想外，就没有任何别的思想方法了。人人都对他大为敬仰，因为他跟我断绝了关系，在他的眼里，我这个人已经不在世上了。‘若是你的右眼叫你跌倒，就剜出来丢掉。’①我是他的右眼，他的长子，他狠狠地把我挖掉。”

他流露出一点儿笑意，他的有趣的回忆使他的眼光冷酷。

“得了，我能宽恕这一切，可是我不能宽恕战争结束后他对妈和妹妹的所作所为。他们确实穷得丁当响了。庄园里的房子已经烧掉，肥沃的田地又变成沼泽地。城里的房子卖掉了付税款，她们住在两间给黑人住也不合适的房间里。我寄钱给妈，可是爹把钱退了回来——肮脏的钱，你瞧——有几回，我到查尔斯顿去，偷偷地把钱给我妹妹。可爹总是能发现，对她大发脾气，骂得她简直不想活下去，可怜的姑娘。钱呢，还是退给了我。我不知道，她们怎么过日子的。不，我确实知道。我弟弟尽可能地拿出钱来，可是他拿不出多少，他也不愿接受我的任何东西——投机商的钱是不吉利的钱，你瞧！还得靠她们的朋友救济。你的姨妈尤拉莉，她一直心很好。她算得上妈的最好的朋友，你也知道。她给她们衣服，还有——老天爷啊，我妈靠救济过日子！”

她看到过几回他的真面目，这是其中一回，他对他爹的露骨的憎恨和为他妈感到的痛苦使他的脸上流露出冷酷的神情。

“尤拉莉姨妈！可是，天啊，瑞特，除了我寄给她的东西以外，她也没有什么东西啊！”

“啊，原来是从你那儿来的！你的教养真差，我亲爱的，我为这事儿丢人现眼，你却当着我的面夸耀。你一定要让我偿还你钱！”

“好吧，”斯佳丽说，她的嘴突然扭出一个龇牙咧嘴的微笑，他也用微笑回报。

“啊，斯佳丽，只要一想到钱，你的眼睛就多么亮啊！除了爱尔兰人血统，你真的没有苏格兰人或是犹太人的血统吗？”

“别有怨气！我并不是有意当你面谈尤拉莉姨妈的事情的。可是，老实说，她以为我钱多得不得了。她老是写信给我要钱，天知道，我手头虽然有钱，也不见得能养活查尔斯顿所有的人啊。你爹是害什么病

① 见《圣经 · 新约 · 马太福音》第5章第29节。

死的？”

“摆架子饿死的，我想——也这么希望。他活该这样。他情愿让妈和罗斯玛丽跟他一起挨饿。既然他死了，我能接济她们了。我给她们在炮台区买了一所房子，还雇了佣人照顾她们。不过，当然喽，她们不能让人知道钱是我出的。”

“干吗不能？”

“我亲爱的。你肯定了解查尔斯顿的情况！你去过那儿。我家里的人也许穷，可是她们要维持一种地位。要是她们让人知道这是赌博赢来的钱和投机商挣来的钱，而那后面是提包客的钱的话，那么地位就维持不成了。不行，她们告诉别人爹有一笔数目很大的人寿保险金——他情愿自己过穷日子，活活饿死，却不让钱少下去，这样，在他身后，她们就不愁没钱过日子了。这样，他就被看作是一位比从前更了不起的旧式绅士了……事实上，是他一家子的牺牲者。尽管他当时作了种种阻挠，妈和罗斯玛丽现在过得挺舒服哩，我希望他知道这情况后在坟墓里翻身……从某个方面来说，我为他的死感到难受，因为他想死——对死是那么高兴。”

“为什么？”

“啊，他确实在李投降那会儿死的。你知道那种类型的人。他永远不能调整自己，适应新时势，总是把时间花在谈论他从前的好时光上面。”

“瑞特，难道所有的老人都是那样的吗？”她想到杰拉尔德和威尔告诉她的话。

“天啊，哪儿的话！只要瞧瞧你的亨利伯伯和那个强悍的老头儿梅里韦瑟先生，就只说两个名字吧。他们跟自卫队一起出发后，好像获得新生似的；在我看来，从那以后，他们变得更年轻了，更泼辣了。我今天早晨遇见梅里韦瑟爷爷赶着勒内的送糕饼车，像个驯军骡的那样咒骂那匹马。他跟我说，自从他逃出那所房子和她的儿媳妇的精心照顾，干起赶大车这个活儿，觉得年轻了十年。还有你的亨利伯伯乐于在法庭上和法庭外跟北佬作斗争，卫护寡妇、孤儿——恐怕是免费的吧——反对提包客。要不是发生了那场战争，他早就退休，养他的风湿病了。他们又年轻了，因为他们又有用了，觉得他们被人需要。他们喜欢这个再给老人一次机会的新时代。不过，有许多人，年轻人，他们跟我爹和你爹的想法一样。他们不能，也不愿调整，这样就把我引到我想要跟你讨论的不愉快的话题上了，斯佳丽。”

他突然把话题一转，使她不知怎么应付才好，她结结巴巴地说：“什么——什么——”她的内心却在呻吟：“啊，天啊！嘿，要来了。我拿不准我能不能靠花言巧语平息一场风波？”

“我对你那么了解，原不该指望你会说真话、讲信誉或是公平地对待我。可是我真蠢，信任了你。”

“我不懂你这话是什么意思。”

“我想你懂。不管怎样，你看来挺心虚。刚才我从常春藤街一路骑马赶来看你，有人在树篱后面叫住我，原来是阿希礼·韦尔克斯太太！当然喽，我停住马，跟她聊起来。”

“真的？”

“可不是，我们谈得挺愉快。她告诉我，她一直想要让我知道，她认为我是多么勇敢，甚至在最后危急关头，我去为邦联斗争。”

“啊，乱弹琴！玫荔是个傻瓜。正因为你那夜的行为那么英勇，她很可能送命的。”

“我想，要是那样的话，她会认为她的生命是为正义的事业牺牲的。接下来，我问她，她在亚特兰大干什么，她对我的毫不知情显得非常惊奇，告诉我他们现在住在这儿了，说你人真好，让韦尔克斯先生当你的锯木厂的合伙人。”

“是啊，那又怎么样？”斯佳丽简短地问。

“我当初借钱给你买锯木厂的那会儿，可有一条规定，而你是同意了的，那就是，厂子不可以用来养活阿希礼·韦尔克斯。”

“你太霸道了。我已经把钱还给了你，厂子是我的，我要怎么办，那就是我自己的事情了。”

“劳驾告诉我你是怎样挣钱还清我的借款的，好不好？”

“那不用说，我靠卖木材还清的。”

“你靠我借给你的钱给你开了个头，你才挣钱。你的话就是这个意思。我的钱却给用来养活阿希礼。你是个很不讲信誉的女人，你要是没有归还我的借款的话，我现在就会从追回这笔钱中得到很大的乐趣；你要是付不出的话，那我就要用公开拍卖的方式把你卖掉。”

他说话的口气倒轻松，可是眼睛里却闪烁着怒火。

斯佳丽赶紧把战争引到敌人的领土上去。

“你干吗这么恨阿希礼？我想你是忌妒他。”

她话一说出口，就恨不得咬自己的舌头，因为他把脑袋向后一仰，哈哈大笑，直笑得她带着羞辱的心情脸涨得通红。

“不讲信誉，还加上骄傲，”他说。“你永远也不会忘掉你是这个县里的美人儿，对不对？你会永远自以为是最逗人爱的、穿着皮鞋的小姑娘，你遇到的人个个都爱得你命都不要。”

“我并不这么想！”她发火地嚷着说。“可是我就是不明白你干吗这么恨阿希礼，这是我唯一能想到的解释。”

“得了，想想别的吧，漂亮的美人儿，因为这个解释不对。至于说到恨阿希礼——我并不恨他，我也不喜欢他。事实上，我对他和他那样的人只有一种感情，那就是可怜。”

“可怜？”

“对，还有一点儿轻蔑。来吧，像一只公火鸡那样昂起了头，神气活现地跟我说，他抵得上一千个我这样的浪荡子，我不该这么放肆，竟然觉得他可怜，还轻蔑他。你神气活现地说完以后，我就会把我说的话的意思告诉你，要是你感兴趣的话。”

“得了，我不感兴趣。”

“我可还是要告诉你，因为我受不了你继续紧紧地抱着那个可爱的幻想：我忌妒。我可怜他，因为他应该死了，可是没有。我轻蔑他，因为他的世界既然不再存在，他就不知道现在自己该怎么办才好了。”

他所表示的看法她觉得有点儿熟悉。在她的混乱的记忆中，她听到过类似的话，但是她记不起什么时候和在哪儿了。她并没有费很大的劲儿去想，因为她火透了。

“你要是能为所欲为的话，那么所有正派的南方人都要活不成啦！”

“他们要是能为所欲为的话，我想，那么阿希礼那样的人就会情愿不活下去了。死后在整整齐齐的墓碑上刻着：‘一个为南方牺牲的邦联战士长眠于此’，或是‘Dulce et decorum est①——’或是任何其他流行的墓志铭。”

“我看不出为什么是这样！”

“不管什么东西，只要字母写得不到一英尺高，而且不塞到你鼻子底下，你就从来看不到，对不对？他们要是死了的话，他们的烦恼就没有了，就不需要面对那些问题了，那些他们解决不了的问题。再说，他们的家族会数不清有多少代为他感到骄傲。我听说死了的人是快活的。你认为阿希礼·韦尔克斯快活吗？”

“唷，当然喽——”她开始说，接着她记起了最近阿希礼的眼睛里的神情，停住了嘴。

“他，或是休·艾尔辛，或是米德大夫快活吗？有哪一点儿比我爹和你爹快活呢？”

“好吧，也许他们是不如从前快活，那是因为他们都没有钱了。”

他哈哈大笑。

“不是因为没有钱，我的宝贝儿。我可以肯定地告诉你，是失去了他们的世界——他们是在那个世界上被抚养成人的。他们好像离开了水的鱼，或是长了翅膀的猫。他们被抚养成某种人，干某种事情，占有某种地位。李将军抵达阿波马托克斯后，那些人、那些事情和那些地位永远消失了。啊，斯佳丽，别显得那么蠢头蠢脑！阿希礼·韦尔克斯的家已经没有了，他的庄园已经卖掉付了税款，呱呱叫的绅士二十个只值一便士，他还有什么事情可干呢？他能靠头脑或是双手工作吗？我敢断

① 拉丁语，古罗马诗人贺拉斯的诗句，巴特勒未引全，全句是“为祖国而牺牲是愉快和光荣的”。

定，自从他经管那个锯木厂以来，你已经亏了不知多少钱了。”

“我没有！”

“太好了。哪个星期天黄昏，你有空的话，我可以查查你的账本吗？”

“你可以见鬼去了，而且用不着等你有空的时候。你现在可以走了，这跟我可毫不相干。”

“我的宝贝儿，魔鬼那儿我倒是去过的，他是个乏味的家伙。我不愿再到那儿去了，甚至为了你……你急需钱用的那会儿，拿了我的钱，而且你用了。我们有过协议，那笔钱该怎么用，可你破坏了协议。记着吧，我的可爱的小骗子，你要向我借更多的钱的日子会来的。你会要我以低得没法相信的利息向你提供资金，那样你可以去买更多的锯木厂和骡子，盖更多的酒馆。那你就别痴心妄想，指望我再借给你了。”

“我什么时候需要钱，会向银行去借的，谢谢你，”她冷冷地说，可是满腔怒火，胸脯剧烈地起伏。

“你会？去试试看。我在银行里有许多股子。”

“你真的有？”

“可不是，我对一些正当的企业感兴趣。”

“还有别的银行——”

“银行多的是。我要是有办法的话，你就甭想从哪一家银行中借到一分钱。你要是需要钱的话，可以去找放高利贷的提包客。”

“我会高高兴兴地去找他们的。”

“你会去的，可是听到了他们的利率，就不会高兴了。我的漂亮的妞儿，在商业界中做买卖的手段不正当是要受到惩罚的。你应该对我老老实实。”

“你是个好人，是不是？这么有钱，又这么有权有势，却跟潦倒得一塌糊涂的人，就像我和阿希礼，过不去！”

“别把你自己算在他那一类人当中。你没有潦倒。没有什么能叫你潦倒。可是他却潦倒得一塌糊涂了，而且他会一直潦倒下去，除非有个精力充沛的人在背后，指导和保护他一辈子。我才不愿把我的钱用来对这样的人做好事哩。”

“当时你不反对帮我忙，而我正潦倒得一塌糊涂，而且——”

“当时你是个好样的冒险家，我亲爱的，一个有趣的冒险家。为什么呢？因为你当时没有靠在你的男亲戚的身上，抽抽搭搭地哀求过从前的日子。你走出家，忙忙碌碌地奔波，现在你的财产牢固地扎根在从一个死人的钱包里偷来的钱上和从邦联偷来的钱上。你已经够光荣的了，杀过人，偷过别人的丈夫，试图私通，撒谎，做买卖不择手段，只要有空子可钻，就在账目上耍那种经不起仔细检查的花招。这些事情件件叫人钦佩。这些事情表明你是个干劲足而且有决断力的人，在金钱方面是个好样的冒险家。只有使别人高兴帮助别人的人才能帮助自己。我借过一万块钱给那个信天主教的老太婆梅里韦瑟太太，连借据也没有写。她从一篮饼开始，瞧瞧她现在吧！一个雇了六七个人的面包房，老爷爷快活地赶着送货车，那个懒骨头，小个子克里奥尔人勒内勤奋地干活儿，而且干得挺乐意哪……或者说那个可怜虫汤米·韦尔伯恩，他只有半个身子，却干着两个人的活儿，而且干得那么好，或者说——好了，我不再说下去了，叫你厌烦。”

“你确实叫我厌烦。你烦得我简直要发疯了，”斯佳丽冷冷地说，希望惹得他恼火，把阿希礼这个永远不幸的话题岔开。可是他只是无礼地笑笑，拒绝接受挑战。

“像他们那样的人是值得帮助的。可是阿希礼·韦尔克斯——呸！在我们所处的这个翻天覆地的世界上，他那种人是没有用的，或者说是无足轻重的。不管什么时候，只要世界上一发生翻天覆地的变化，首先被消灭的就是他那种人。为什么不是呢？他们不配活下去，因为他们不愿战斗——不懂得怎样战斗。这不是第一回世界翻天覆地，也不是最后一回。以前发生过，以后还会发生。发生这样的变化的时候，人人失去了一切，所以人人平等了。然后，他们都什么也没有，再从起跑线开始。那就是说，除了灵活的头脑和坚强有力的双手以外，什么也没有。可是有些人，就像阿希礼，既不灵活，也没有力气，或者两样都有，却有所顾忌，不敢使用。所以他们就沉下去，他们也应该沉下去。

这是一条自然规律；没有他们，世界会好些。可是有一些吃得起苦的硬汉子熬过来了，经过一定的时候，他们又回到了世界上发生翻天覆地的变化以前的老地位上。”

“你原来也很穷！你刚才说过你爹把你撵出了家，身上一个子儿没有！”斯佳丽说，气呼呼的。“我原以为你会了解和同情阿希礼呢！”

“我确实了解，”瑞特说，“可我要是同情的话，那才该死哩。投降以后，阿希礼比我给撵出来那会儿要有办法得多。至少，他有朋友们收留他，而我却是以实玛利[①]。可是阿希礼为他自己干了些什么呢？”

“你要是拿他和你自己比较的话，你这个骄傲的东西，喂——他跟你不一样，感谢上帝！他不会像你那样弄脏自己的双手，跟提包客、叛贼和北佬一起捞钱。他洁身自好，行为可敬！”

“可是并不太洁身自好和行为可敬啊，没有拒绝接受一个女人的救济和钱嘛。”

“他还能干什么别的呢？”

“为什么要由我来说？我只知道我干的事情，在我给撵出来那会儿和现在所干的一切。我只知道别人干了什么事情。我们在一个文明的毁灭中看到了机会，而且尽量利用了这个机会；有些人用正当的手段，有些人用不正当的手段；而且我们仍然在尽量利用这个机会。可是在这个世界上，阿希礼那样的人有同样的机会，而他们却白白放过。他们就是不精明嘛，斯佳丽，可只有精明的人才配活下去。”

她几乎没有听到他正在说的这些话，因为几分钟前，他一开始说话的时候，有件往事隐隐约约闪现在她的脑子里，现在清清楚楚地重现出来了。她记起了那虎虎吹过塔拉庄园的寒风，阿希礼站在一堆圆木条旁，他的眼睛望着她身后。接着他说话了——说的是什么？某个古怪的外国名字，听起来好像是渎神的，还提到世界末日。她当时不知道他的话是什么意思，可是现在她渐渐有个模模糊糊的了解，而且带着腻烦、厌倦的心情。

---

① 《圣经》中人物，被他父亲亚伯拉罕所摈弃。

“哦，阿希礼说过——”

“什么？”

“有一回，在塔拉庄园，他说了一些关于众神的——没——没落的话、关于世界末日的话和诸如此类的蠢话。”

“啊，众神的末日！”瑞特的眼光带着兴趣尖利起来了。“还说了些什么？”

“啊，我没法确切地记得。当时我不怎么注意。可是——对了——还说了坚强的熬出头活下来，软弱的被淘汰。”

“啊，原来他知道。那么，对他来说，就更艰难了。他们大多数人不知道，而且永远不会知道。他们会一辈子纳闷那失去了的魅力是消失在哪儿的。他们只会在骄傲和没有用的沉默中痛苦。可是他懂。他知道自己被淘汰了。”

“啊，他没有。只要我还有一口气，他就不会。”

他默默地望着她，他的棕色的脸看上去好像很平静。

“斯佳丽，你用什么法子使他同意上亚特兰大来，并经管那个锯木厂的？他剧烈反对过你的想法吗？”

她一下子回忆起杰拉尔德葬礼后跟阿希礼在一起的情景，接着就把回忆撇开。

“呃，当然没有喽，”她气愤地回答。“我一向他说明我需要他的帮助，因为我不信任那个小窝囊废经管我的厂子，而弗兰克太忙，帮不了我的忙，我又马上要——哦，生埃拉·洛雷纳，你瞧。他就很高兴来帮助我解决困难了。”

“运用做妈妈的权利是愉快的！原来你是这么说服他的。好吧，你现在已经把他摆在你要他担任的位置上了，可怜的人，被你用欠你的情束缚着，好像你的那些囚犯被他们的铁链束缚着那样。我希望你们两位快活。不过，我在一开头讨论这件事情的时候说过，不管你多么不爱惜你的体面的太太的身份，再要什么小小的鬼花招，却没法从我这儿弄到一分钱，两面三刀的太太。”

她既愤怒又失望，心里感到痛苦。她已经盘算了一些日子了，计划再向瑞特借些钱，在城里商业区买一块地，在那儿兴办一个堆木场。

“没有你的钱，我也行，”她嚷着说。“我从约翰尼·加勒吉尔管的锯木厂里赚钱，赚得很多，因为我不雇用被解放了的黑人，我还把一些钱放出去，作抵押借款，我们的铺子还从跟黑人的交易里赚大量的现钱。”

“可不是，这我听说过。你真聪明，骗走投无路的人、寡妇、孤儿和无知无识的人的钱！可是你要是一定要偷的话，干吗不偷有财有势的人的钱，而偏偏要偷穷人和软弱的人呢？从罗宾汉起，一直到现在，那一直被认为是合乎崇高的道德的。”

“因为，”斯佳丽马上说，“偷——这是你的说法——穷人要容易和安全得多。”

他默不出声地笑着，笑得肩膀都摇晃了。

“你真是个好样的、诚实的无赖，斯佳丽！”

一个无赖！说也奇怪，这个词儿要刺痛人。她不是无赖，她感情激动地对自己说。至少，她不是存心想要做个无赖。她要做一位身份高贵的太太。有一刹那，她一下子回想起多少年前的情景；她看到她妈，走来走去，裙子发出好听的窸窸窣窣的声音，身上有一股淡淡的香粉的香气，她那双忙碌的小手不知疲倦地为别人服务，受到别人的喜爱、尊敬和怀念。她的心里突然感到难受。

“你要是想惹我冒火的话，”她疲倦地说，“那没有用。我知道这些日子来，我是没有像应该的那样——循规蹈矩。也不像我所受的教养所要求的那样心眼好和可爱。可是我没办法，瑞特。真的，我没办法。我还能干别的什么呢？北佬来到塔拉庄园的时候，我要是——斯斯文文的话，那我、韦德、塔拉庄园和我们大伙儿会有什么遭遇呢？我原该——可是我甚至想都不愿想。乔纳斯·威尔克森要霸占那片家园的时候，要是我当时——心眼好和循规蹈矩，那我们现在会在哪儿呢。要是我性情温和、头脑简单，不跟弗兰克软缠硬磨，逼着他了清那笔讨厌的债务的话，我们就会，不说也罢。也许我是个无赖，可是我不愿永远做个无赖，瑞特。可是在过去的几年里——甚至现在——我能干些什么别的呢？我怎么能做另一种人呢？我一直感到我是在暴风雨中划一条载得重重的船。我只是为了让船继续航行，就得应付许多烦恼，我不能让那些无关紧要的事情，那些我能轻易摆脱的事情，来打搅我，而且顾不上考虑像礼貌周到和——呃，诸如此类的事情。我太害怕我的船会沉没，所以我把看来不那么重要的东西都从船上扔下去了。”

“自尊心啊、信誉啊、真理啊、德行啊，还有仁慈，”他沉着脸一一列举。“你说得对，斯佳丽。在一条船要沉没的时候，那些都不重要了。不过，瞧瞧你周围的朋友们。他们要么带着整船的货，一点也不缺，安全地把船靠岸，要么甘心情愿地坚持战斗，毫不屈服地沉没。”

“他们是一群蠢货，”她直截了当地说。“这个时代干什么都行。等我有了许多钱，我也会按照你喜欢的那样变好的。我会变得正正经经的。那时候我能做个正经人了。”

“你能——可是你不愿。打捞扔在海里的货物是困难的，即使打捞了上来，往往坏得没法修补了。我担心等你能有条件把你扔在海里的信誉啊、德行啊、仁慈啊，打捞起来，你会发现那些东西都被海水泡得变样了，没有用了，我担心，都变成叫人发笑的、奇形怪状的东西了……”

他突然站起身来，拿起他的帽子。

“你要走了？”

“对。你松一口气了吧？我让你的残余的良心来处置你。”

他停顿了一下，低头望着那个娃娃，伸出一个手指头给她抓。

“我想弗兰克乐坏了？”

“啊，当然喽。”

“他对这个娃娃有许多计划吧，我想？”

“啊，唷，你知道男人对他们的娃娃有多傻。”

“那么，告诉他，”瑞特说，接着突然停住嘴，脸上显出古怪的神情，“告诉他，他要是想看到他对娃娃的那些计划实现的话，他还是在夜晚经常待在家里的好，别像现在那样老往外面跑。”

“你这话是什么意思？”

“就是我说的意思。告诉他待在家里。”

“啊，你这个坏家伙！暗示可怜的弗兰克会——”

“啊，老天爷啊！”瑞特突然哈哈大笑起来。“我的话里并没有说他跟女人混在一起的意思！弗兰克！啊，老天爷啊！”

他一路走下台阶，仍然在哈哈大笑。

第44章

三月里的下午，风刮得很猛，天气寒冷。斯佳丽把车毯拉到胳肢窝底下，赶着马车从迪凯特的公路上向约翰尼·加勒吉尔管的那个厂子驶去。这些日子，独自个儿赶车是危险的，而且她知道比以往任何时候更危险，因为现在黑人完全无法控制了。正像阿希礼所预言的那样，既然州议会拒绝批准修正案，他们已经他妈的闹得叫人吃不了兜着走了。斩钉截铁的拒绝好像掴了大发雷霆的北方一个耳刮子，报复马上就来了。北方决定在这个州强迫推行黑人选举，而且为了达到这个目的，佐治亚州已经被宣布发生叛乱，置于最严厉的军事管制法之下。佐治亚已经被取消作为一个州存在，它已经同佛罗里达和亚拉巴马一样，受一个联邦的将军控制，成为“第三军管区”了。

如果说在这以前，生活不安定，叫人提心吊胆的话，现在情况加倍糟糕了。上一年的军管法当时看来是那么严厉，但是跟波普将军颁布的一比，就显得温和了。一想到将来难免出现黑人统治，前途就变得暗淡和没有希望，而人们面对这个苦恼的状况，只能无可奈何地感到痛心和咽不下这口气。至于那些黑人，他们感到自己变得前所未有的重要，明白有北佬的军队支持他们，他们越发横行霸道。没有一个人敢说黑人不会找他麻烦。

在这个混乱和可怕的时代里，斯佳丽感到害怕——虽然害怕，可是已经下定了决心，她仍然独自个儿来来去去，把弗兰克的手枪塞在轻便马车的垫子内。她默默地诅咒州议会给他们大伙儿招来了更重大的灾难。这么干到底有什么好处呢，这个勇敢透顶的立场，这个人人称之为英勇的姿态？它只是把事情闹得越发糟糕了。

她得驶过一条小路，那条小路穿过光秃秃的树林，往下通往小河尽头，贫民区就在那儿；每次驶近小路，她就发出咯咯的声音，催马加快速度。她每次驶过这个由废弃了的军用帐篷和木板小屋组成的肮脏、破烂的地区，总是感到不自在。这一带是亚特兰大市内和附近名声最坏的地方，因为住在这片污秽的土地上的是无家可归的黑人、黑种妓女和零零落落的处于社会最底层的穷白人。谣传这儿是黑人和白人罪犯的避难所。北方士兵要通缉一个人，总是首先到这地方来搜查。开枪和捅刀子的事情在这儿是那么频繁，当局都很少费事去调查了，通常让贫民区的居民们自己去解决他们的见不得人的勾当。树林深处，有一个酿造劣质威士忌的酿酒场；夜晚，小河尽头的那些小屋里充满着醉汉们的嚷叫和诅咒。

甚至北佬也承认，这是个藏垢纳污的地方，应该清除掉，但是他们没有在这方面采取行动。那些不得不使用那条大路在亚特兰大和迪凯特之间来往的、两个城市的居民都嚷嚷咧咧地发泄他们的火气。男人经过那个贫民区，都解开他们手枪的皮套；正派的女人，哪怕在她们的男人保护下，也决不心甘情愿地经过那儿，因为通常有喝得醉醺醺的黑种妓女坐在路旁，恶狠狠地辱骂和嚷着粗话。

阿尔奇陪在斯佳丽身旁的那会儿，她压根儿不把贫民区摆在心上，因为甚至最放肆的黑种女人也不敢在她面前发出笑声。不过，自从她不得不独自个儿赶车以来，却发生了不少叫人生气和恼火的事情。每一次她坐马车经过那儿，那些黑种婊子就惹是生非。她不得不只当没有这回事，憋着一肚子火，除此以外，别无他法。她甚至没法把她的麻烦告诉她的邻居或是家里人，从中得到一点安慰，因为她的邻居会得意扬扬地说：“得了，你还指望别的什么呢？”而她的家里人又会大惊小怪，设法阻止她去锯木厂。可是她不想就此罢休。

感谢老天，今天路旁没有穿得破破烂烂的女人。她的马车驰过那条向下通往居住地的小路的时候，她厌恶地望着那批在下午的叫人沮丧的斜阳照耀下挤在洼地上的小屋。寒冷的风吹着；她经过那儿的时候，鼻子里闻到木柴烟、炸猪排和没有打扫的厕所的混合气味。她鼻子一侧，避开气味，使劲地用缰绳抽着马背，催那匹马赶快驰过公路拐弯处。

她刚开始松一口气，突然吓得心跳到了喉咙口，因为一个身材巨大的黑人正默默无声地从一棵大橡树后面走出来。她吓了一大跳，可是没有吓得神志不清。一下子马被拉停，她已经手里拿着弗兰克的手枪。

“你要干什么？”她吆喝，尽可能显出最严厉的神情。那个高大的黑人一下子躲到橡树后面去，回答的声音是害怕的。

“老天爷啊，斯佳丽小姐，别向大个儿山姆开枪！”

大个儿山姆！有这么一会儿，她没法懂得他的话。大个儿山姆，塔拉庄园的工头，她最后看到他是在围城期间。到底……

“走出来，让我看看你是不是真的是山姆！”

他勉勉强强地从躲藏的地方悄悄走出来，一个穿得破破烂烂的、身材像巨人的高大个儿，赤着脚，身上穿一条斜纹布裤子和一件合众国军服上衣，那件上衣对他的高大的躯体来说，实在太短和太紧了。她看清那人真的是大个儿山姆后，把手枪插进车垫，愉快地微笑了。

“啊，山姆，看到你多么高兴啊！”

山姆一溜烟似的跑到那辆轻便马车前，快活得眼睛骨溜溜地乱转，露出两排闪闪发亮的白牙齿，用两只大得像野兽的后掌似的黑手紧紧地抓住了她伸出来的那只手。他伸出像西瓜瓤般红的舌头，整个身子在扭动，那副喜悦的动作像一只猛犬在戏耍那样滑稽。

“我的老天爷啊，再看到一个家里人，那敢情好！”他一边嚷着说，一边捏紧她的手，直到她的骨头几乎要断了。“你怎么变得像坏人，随身带起手枪来了，斯佳丽小姐？”

“眼下，坏人可多哩，我只得带枪了。你到底在贫民区这么污七八糟的地方干些什么呢，你，一个体面的黑人？你干吗不到城里来看我？”

“天啊，斯佳丽小姐，我不住在贫民区。我只是暂时待在这儿。给我白住，我也不会住在这个地方的。我这辈子从来没有看到过那么下流的黑人。我不知道你在亚特兰大。我原以为你在塔拉庄园哪。我打算等我一有机会，就回塔拉庄园家里去。”

“自从围城以来，你一直住在亚特兰大吗？”

“不，小姐！我到外地去过！”他松开了手；她的手好痛，弯曲了几下，试试骨头有没有出毛病。“还记得你最后看到我是在什么时候吗？”

斯佳丽记起来了，那一天很热，围攻还没有开始，她和瑞特坐在马车上，一伙黑人在大个儿山姆的带领下，一边唱着《去吧，摩西》，一边沿着那条尘土飞扬的街道向防御阵地走去。她点点头。

“嘿，我拼命干活儿，挖胸墙，装沙袋，直到南军撤出亚特兰大。那个叫我负责的上尉军官，他给杀死了，也没有人来告诉大个儿山姆该怎么办，所以我干脆低低躺在树丛下。我想我会想办法回到塔拉庄园的家里去的，可是当时听到塔拉那一带的房子都烧掉了。再说，我也没有办法回去，我怕巡逻队逮住我，因为我没有通行证。后来，北军进城了。一个北方军官，他是个上校，喜欢我，把我留下，照顾他的马和皮靴。

“可不是，小姐！我当然觉得神气喽，跟波克一样是贴身的佣人了，而我原来却是在地里干活的嘛。我没有告诉那上校，我原来是干地里活儿的，而他——对了，斯佳丽小姐，北佬个个啥也不懂！他看不出有什么不同！这样，我就跟他待在一起；谢尔曼将军去萨凡纳的时候，我也跟随上校去那儿了。天啊，斯佳丽小姐，我从来没有看到过在去萨凡纳的一路上看到的种种事情！到处是偷啊，烧啊——他们把塔拉烧掉了吗，斯佳丽小姐？”

“他们放了火，可是我们把火救灭了。”

“好啊，小姐，我听到这消息，当然高兴喽。塔拉庄园是我的家，我打算回到那儿去。战争结束后，上校对我说：‘你这个山姆！你跟我回北方去。我会付给你高工资的。’跟所有的黑人一样，我希望在回家以前尝尝所向往的自由，所以我跟上校到北方去了。是啊，小姐，我们去了华盛顿、纽约和上校住的波士顿。是啊，小姐，我是个出过远门的黑人！斯佳丽小姐，北方的街上马和马车多得没个数，你就是吓唬它们，也没法让它们停住！我老是害怕自己会给撞倒！”

“你喜欢北方吗，山姆？”

山姆搔搔他的长满鬈发的脑袋。

“我喜欢——又不喜欢。上校，他是个大好人，也了解黑人。可是他妻子，她却是另一种人。他妻子，她第一回看到我，竟然管我叫‘先生’。可不是，小姐，她是这么叫的，可是她叫我的时候，我觉得比死还难受。上校，他跟她说，管我叫‘山姆’，她才这么叫我。可是所有的北佬，他们第一回看到我，都管我叫‘奥哈拉先生’。他们还要我跟他们坐在一起，好像我跟他们一样有身份似的。得了，我从来没有跟白人一起坐过，我太老了，没法学了。他们把我当作跟他们同样身份的人那样对待我，斯佳丽小姐，可是在他们的心里，他们不喜欢我——他们不喜欢黑人。他们还怕我，因为我的个子这么高大。他们还老是问我那些追赶我的凶恶的猎狗和我挨的打。老天爷啊，斯佳丽小姐，我可从来没有挨过打！你知道杰拉尔德先生从来不会让哪一个人来打我这样值钱的黑人的！

“我把这告诉了他们，还告诉他们埃伦小姐待黑人多么好，我生肺炎那会儿，她坐着照顾了我一星期，他们听了，都不信我的话。斯佳丽小姐，我终于想念埃伦小姐和塔拉庄园了，我好像再也忍受不了啦，有一夜，我乘天黑动身回家，一路上搭货车来到亚特兰大。你要是给我买一张到塔拉去的车票的话，我很高兴回家。我很高兴再见到埃伦小姐和杰拉尔德先生。我已经有过足够的自由了。我要有个人给我一天三餐，美美地吃饱，告诉我该干什么，不该干什么，在我生病的时候照看我。我要是再害肺炎呢？那个北方太太会照看我吗？不，小姐！她会管我叫‘奥哈拉先生’，可是她不会护理我的。可是埃伦小姐，我害了病，她会护理我，还——怎么啦，斯佳丽小姐？”

“爹和妈都死了，山姆。”

“死了？你跟我开玩笑吧，斯佳丽小姐？这样对待我可不应该啊！”

“我没有开玩笑。这是真的。谢尔曼的士兵经过塔拉庄园的那会儿，妈死了；爹呢——他去年六月去世的。啊，山姆，别哭。请别哭！你一哭，我也要哭了。山姆，别哭！我简直受不了。我们现在别谈这事了。我以后会源源本本地告诉你的……苏埃伦小姐在塔拉，她嫁给了一个大好人儿，威尔·本蒂恩先生。还有卡丽恩小姐，她在——”斯佳丽停住嘴。她再怎么也没法让那个在呜呜哭的巨人弄明白什么是修道院。“现在她住在查尔斯顿。可是波克和普莉西在塔拉……好了，山姆，擦擦鼻子。你真的要回家吗？”

“是的，小姐，可是那跟我原来想的跟埃伦小姐在一起不一样了，还有——”

“山姆，你待在这儿亚特兰大，为我干活儿，怎么样？我需要一个赶车的；眼下，有这么许多坏人，所以我非常需要一个。”

“可不是，小姐。你是需要。我早就打算跟你说你独自个儿赶着马车在这一带来往，要吃亏的，斯佳丽小姐。你不知道，眼下有些黑人是多么不像话，尤其是那些住在这儿贫民区的。你不安全。我到贫民区里才来了两天，可是我听到他们谈起你。昨天，你赶车路过，那些下流的黑人冲你喊叫，我认出了你，可是你的马车过去得太快，我赶不上你。可是我当然狠狠地揍了那些黑人！我当然揍过了。你没有注意到，今天他们没有一个在这一带了吗？”

“我注意到了，不用说，我谢谢你，山姆。好吧，你喜欢给我赶马车吗，怎么样？”

“斯佳丽小姐，谢谢，小姐，可是我想我还是到塔拉庄园去的好。”

大个儿山姆的眼光向下，他的赤着的脚趾头毫无目的地在路上划出一道道痕迹。他现出一种鬼鬼祟祟的不自在的神情。

“喂，为什么呢？我给你大工资。你一定要跟我在一起。”

他那张现出一副愚蠢相而又像孩子那样藏不住心事的大黑脸抬起来了，脸上带有恐惧的神情。他走近些，在马车的一边探出身子，低声说：“斯佳丽小姐，我非离开亚特兰大不可。我非去塔拉庄园不可，他们在那儿找不到我。我——我杀了一个人。”

“一个黑人？”

“不是的，小姐。一个白人。一个北方士兵；他们在找我。这就是我待在贫民区的原因。”

“事情是怎么发生的？”

“他喝醉了，说了一些眼下我忍受不了的话，我就用双手掐住了他的脖子——我不是有意要杀死他的，斯佳丽小姐，可是我的手太强壮有力了；我还没有发觉，他已经咽气了。我吓坏了，不知道该怎么办才好！所以我溜到这儿躲起来。昨天，我看到你路过这儿，我说‘上帝保佑！斯佳丽小姐！她会照顾我的。她不会让我给北佬抓去的。她会打发我回塔拉庄园去。’”

“你说他们在追捕你。他们知道是你干的？”

“不错，小姐，我的个子这么大，他们不会认错我的。我想我是亚特兰大个子最大的黑人了。昨夜，他们已经到这儿来抓过我了，多亏一个黑人姑娘，她把我藏在树林中一个洞里，直到他们走掉。”

斯佳丽皱着眉头，坐了一会儿。她一点儿也不为山姆杀了人而感到惊慌，或者担忧，而是因为她没法留住山姆给她赶车而感到失望。有一个像山姆那样的大个儿黑人当保镖，跟有阿尔奇完全一样。好吧，不管怎样，她一定要把他安全地送到塔拉庄园去，当然喽，绝不能让当局逮住他。他是个太宝贵的黑人了，决不能被绞死。可不是，他算得上是塔拉庄园最好的工头！在斯佳丽的心中，一点也没有想到他已经被解放了。他仍然是属于她的，像波克、黑妈妈、彼得和普莉西。他仍然是“我们家里的人”，既然是这样，就该受到保护。

“今夜，我送你到塔拉庄园去，”她最后说。“我说山姆，我得再赶一程路，不过在太阳下去以前，我可以回到这儿。我回来的时候，你要在这儿等我。别告诉任何人，你要上哪儿去。你要是有帽子的话，戴着遮住你的脸。”

“我没有帽子。”

“这是两毛五分钱。你去向哪个穷黑人买一顶帽子，在这儿跟我见面。”

“是，小姐。”既然又有人告诉他该怎么办了，他宽慰地舒了一口气，眉开眼笑了。

斯佳丽一边赶车，一边想。威尔当然会欢迎一个好手在塔拉庄园干地里活儿。波克过去不是，将来也不会是好手。山姆接替了波克，波克就能到亚特兰大，跟迪尔西在一起了，这是杰拉尔德去世后，她答应过他的。

她来到锯木厂的时候，太阳快要落下去了，这比她愿意在外面逗留的时间晚了一点儿。约翰尼·加勒吉尔站在一所破烂的棚屋的门洞子里，那所房子是用来作那个伐木区的食堂的。在那所给囚犯睡觉的狭长的棚屋前面，放着一根圆木；斯佳丽交给约翰尼管的那家锯木厂的五个囚犯，倒有四个坐在那上面。由于出汗，他们的囚衣很脏，还有臭味。他们疲劳地走动的时候，脚镣的铁链在脚踝中间当啷当啷地响着。他们现出冷漠和绝望的神情。他们是一伙瘦削而不健康的人，斯佳丽心里想，狠狠地盯着他们看，但是她租用他们的时候，那只是不久以前，他们却是个个结实的。她跨下马车的时候，他们甚至不抬起眼来，但是约翰尼却向她转过身来，大大咧咧地脱掉帽子。他招呼她的时候，那张棕色的脸紧绷着，没有一点儿表情。

“我不喜欢这拨人变成这副模样，”她突然说。“他们看起来身子不好。另一个人在哪儿？”

“他说生病了，”约翰尼简短地说。“他在棚屋里。”

“他生什么病？”

“主要是懒。”

“我去看看他。”

“别去。他也许精赤着身子。我会照看他的。他明天就会来干活儿的。”

斯佳丽犹豫不决，看到一个囚犯疲劳地抬起脑袋，瞪了约翰尼一眼，眼光里流露出强烈的憎恨，然后他又望着地面。

“你鞭打这些人吗？”

“我说，肯尼迪太太，对不起，谁在管这个厂？你交给我负责，吩咐我经管。你说过我可以自由自在地干。你没有什么对我抱怨的理由吧，对不对？我不是比艾尔辛先生为你多采了一倍木材吗？”

“是的，确实是这样，”斯佳丽说，可是她打了个冷战，好像一个蠢女人走过她的坟墓似的[①]。

这个盖着难看的棚屋的伐木区有一种阴森森的气氛，有一种休·艾尔辛在管的时候所没有的气氛。有一种使她心里发凉的荒凉、隔离的气氛。这些囚犯同一切都隔绝了，全凭约翰尼·加勒吉尔摆布。他要是乐意鞭打他们，或是用别的办法虐待他们的话，她也许永远不会知道。囚犯们不敢向她诉苦，只怕她走后会受到更重的惩罚。

“这些人看来很瘦。你给他们足够吃的吗？天知道，我在他们的伙食上花了足够的钱，好让他们吃得跟阉猪一样胖。上个月，单单面粉和猪肉就花掉了三十元。你给他们吃什么晚饭？”

她走到那间作厨房的棚屋前，一个黑白混血的胖女人探出身子，站在一个铁锈的旧炉子前，她看到斯佳丽的时候，稍微弯了弯膝盖，行了个礼，然后继续搅锅里正在滚的煮豇豆。斯佳丽知道约翰尼·加勒吉尔跟她同居，但是认为最好还是只当不知道这事情。她看到除了豇豆和一盘玉米饼以外，没有准备别的饭菜。

“你没有别的东西给他们吃了吗？”

“没有了，太太。”

“你没有在这锅豇豆里放一些咸肋肉吗？”

“没有，太太。”

“豇豆里没有煮咸肉？可是豇豆里不放咸肉不行。他们吃了没有力气。干吗不放咸肉？”

“约翰尼先生说放咸肉没有用。”

“你要放咸肉。你把供应的食品放在哪儿？”

那个混血的女人带着害怕的神情转动着眼睛，向那个作食品贮藏室

---

①这是西方人无故打冷战时的一种迷信说法，有时也说“有人在我坟头走动”。

用的小间望去。斯佳丽砰的一声把门打开。小间的地板上摆着一桶已经开了盖的玉米粉，还有一小袋面粉、一磅咖啡、一点糖、一加仑壶高粱糖浆和两个火腿。架上有一条火腿是新近煮熟的，只切掉了一两块。斯佳丽气坏了，向约翰尼·加勒吉尔猛地转过身去，正迎上他盯着她看的冰冷的、愤怒的眼光。

“我上星期送来的五袋白面在哪儿？还有那袋糖和咖啡呢？我还送来过五个火腿、十磅咸肉和天知道有多少红薯和白土豆。说呀，东西在哪儿？哪怕你一天给这些人吃五餐，一星期内也用不完这么许多啊。你把它们给卖了！这就是你干的好事，你这个贼！把我供应的食品给卖了，把钱放进你自己的兜里，给这些人吃干豆子和玉米饼。怪不得他们变得这么瘦。滚开。”

她怒气冲冲地从他身旁走过，来到门洞子里。

“喂，你，那边的那个人——对，就是你！上这儿来！”

那个人站起身来，笨拙地向她走来，脚镣发出当啷当啷的响声。她看到他赤着的脚踝子被铁镣擦伤，红肿着，弄得皮开肉绽的。

“你最近一回是什么时候吃的火腿？”

那个人看着地面。

“尽管大胆地说！”

那个人站着，仍然默不作声。最后，他抬起眼，流露出恳求的神情看着斯佳丽的脸，然后眼光又向下了。

“不敢说，呃？好吧，走进食品贮藏室去，把那个火腿从架上拿下来。丽贝卡，把你的刀给他。把火腿拿去给那些人，把它给分了。丽贝卡，给那些人做些软饼和咖啡。多加些高粱糖浆。马上动手，这样我才能亲眼看到你是干了。”

“那是约翰尼先生私人的面粉和咖啡，”丽贝卡害怕地咕哝。

“约翰尼先生的，见鬼！我想那也是他私人的火腿吧。你照我说的做。快。约翰尼·加勒吉尔，跟我一起到外面马车旁去。”

她大模大样地走过木材堆得乱糟糟的场地，登上轻便马车，看着那些人扯下一块块火腿，不要命似的塞进嘴去，觉得出了一口恶气，心里满意了。他们那副急相，好像他们的火腿随时会被取走似的。

“你是个少见的恶棍！”她冲着约翰尼喊叫，他站在车轮旁，帽子推在耷拉着的脑袋后面。“你得把我供应的食品钱交还我。将来，我一天天把食品给你，而不是按月定购。那样，你就不能欺骗我了。”

“将来，我不会待在这儿了，”约翰尼·加勒吉尔说。

“你的意思是说，你要不干了！”

有那么一刹那，斯佳丽的话都已经到了她发烫的舌尖上了：“走吧，那才好哩！”可是经过冷静而慎重的考虑，她的话没有出口。约翰尼要是不干的话，她怎么办呢？他交的木材比休交的多一倍。眼下，她正好接了一大笔定货，是她接到过的定货中数目最大的一笔，而且交货的日期很紧。她得把那批木材运到亚特兰大去。要是约翰尼不干的话，她去找谁经营这个锯木厂呢？

“是的，我不干了。你是把这儿交给我全面负责的，你跟我说过，你对我的要求是我尽可能地多出木材。你当时并没有跟我说怎样管理事务，我现在也不打算让你来限制我。我怎样出木材用不着你管。你没法抱怨我不按照协议办事。我为你赚了钱，我挣到了工资——另外顺手捞一点儿我能捞到的外快。可是你到这儿来，插上一手，提出种种问题，当着那些人的面破坏我的威信。以后，你怎么还能指望我维持纪律呢？即使那些人偶尔挨一下揍，那又怎么样呢？下贱的懒骨头应该受到更重的惩罚。即使他们的营养不怎么好，伙食的味道也比较差，那又怎样呢？他们不配吃得更好。要么你管你的事情，让我管我的事情，要么我今夜就走。”

他那张冷酷的小脸比任何时候神情更强硬。斯佳丽感到犹豫不决。他要是今夜就走的话，她怎么办呢？她不能通宵待在这儿，看管囚犯呀！

她的眼睛流露出了左右为难的神情，约翰尼的表情顿时微妙地变化了，他脸上的冷酷的神情有所缓和。他说话的时候，声调变得从容悦耳了。

“时间已经晚了，肯尼迪太太，你还是回去的好。我们不会为了这么一丁点儿小事情闹翻的吧，对不对？你在我下个月的工资里扣掉十块钱，我们的账就算结清了。”

斯佳丽不情愿地望着那伙可怜巴巴地在啃火腿的人，还想到那个躺在透风的棚屋里的病人。她应该把约翰尼·加勒吉尔撵走。他是个贼和人面兽心的东西。没有人揭发，她不在场的时候，他是怎么对付那些囚犯的。但是，从另一方面说，他精明强干，天知道，她需要一个精明强干的人。得了，她眼下不能跟他分手。他在为她赚钱。她只要保证让那些囚犯吃上像样的伙食就行了。

“我要从你的工资中扣掉二十块，”她没好声气地说，“明天早晨我会再来讨论这件事情的。”

她拿起缰绳。但是她知道不会再讨论了。她知道这件事情到此结束了；她知道约翰尼也知道。

她赶着马车向那条小路驶去，那条小路通往到迪凯特去的大路；一路上，她的良心跟她爱钱的欲望在斗争。她知道她没有权利让那几个人的性命听凭那个狠心的小个子男人摆布。他要是把其中一个人整治死了的话，她将跟他一样有罪，因为她在知道他的种种野蛮的行为后，继续交给他负责。可是，另一方面——对了，另一方面，人不该为非作歹，变成囚犯嘛。他们要是犯了法，被逮住了的话，那他们就应该由人摆布了。这个想法多少使她的良心得到安慰，但是一路上，那些囚犯的没精打采的瘦脸一直在她的脑子里出现。

“啊，我以后再想他们的事儿吧，”她作出了决定，然后把念头转到木材上去，把别的事情都抛在脑后。

她来到贫民区上面大路拐弯的地方，太阳已经完全落下去了，她周围的树林是昏暗的。太阳落下去以后，透骨的寒冷笼罩着这个暮色苍茫的世界，冷风刮过昏暗的树林，光秃秃的树枝啪啪作响，枯叶发出沙沙的声音。她从来没有独自个儿这么晚在户外，她感到不自在，希望回家了。

到处看不到大个儿山姆；她勒住缰绳等他，因为他不在场而感到担心，只怕北佬也许已经把他逮住了。后来，她听到从那片居住地的小路上有脚步声传来，不由得宽慰地舒了一口气。她一定要为山姆让她等候而把他狠狠地骂一顿。

可是来到大路拐弯处的不是山姆。

是一个穿得破破烂烂的大个儿白人和一个矮胖的黑人，那个黑人的胸脯和肩膀都像大猩猩。她赶快用缰绳在马背上抽了一下，接着紧紧握住手枪。那匹马开始小跑，但是突然惊得往后倒退，原来那个白人猛地举起一只手来。

“太太，”他说，“你能给我二毛五分钱吗？我实在饿了。”

“滚开，”她回答，尽可能使自己的声音平稳。“我一个子儿也没有。驾。”

那个男人的手突然飞快地抓住马笼头。

“抓住她！”他向那个黑人喊叫。“她的钱也许放在胸口！”

接下来发生的事情，对斯佳丽来说，是一场梦魇，而且所有的事情都发生得那么快。她迅速举起手枪，某种本能告诉她，不要向那个白人开枪，因为怕打中马。那个黑人冲到马车旁来了，他那张黑脸上五官扭曲，龇牙咧嘴地现出嘲弄的笑意，她向他近距离平射。到底她有没有打中他，她始终不知道，但是接下来她的手腕被紧紧抓住，差一点没被扭断，手枪被抢走了。那个黑人就在她身旁，隔开得那么近，他使劲把她拉到马车一边的时候，她能闻到他身上的臭味。她用那只没被抓住的手疯狂地搏斗，抓他的脸，接着她感到他那只大手掐住了她的喉咙，紧跟着哗啦一声，她的紧身上衣从脖颈裂到腰部。然后那只黑手在她的乳房中间乱摸，她产生一种从来没有经受过的恐怖和厌恶的感觉，像个疯女人似的尖叫。

“堵住她的嘴！把她拉出来！”那个白人嚷着说，那只黑手从斯佳丽的脸上摸到嘴上。她不顾死活地狠狠地咬，接着又尖叫。透过她的尖叫声她听到那个白人在咒骂，发觉在那条昏暗的路上又来了一个人。堵在她嘴上的那只黑手移开了。大个儿山姆向那个黑人扑过来的时候，他跳开了。

"快跑，斯佳丽小姐！"山姆一边大叫，一边跟那个黑人扭打。斯佳丽浑身颤抖，尖声喊叫，抓起缰绳和马鞭，都打在马身上。马猛地一跳，出发了。她感到车轮碾过一件柔软的东西，一件妨碍轮子前进的东西。是那个白人，他躺在山姆把他揍倒的地方。

她几乎被恐怖吓疯了，一次又一次地鞭打着那匹马，马飞快地跑着，使马车摇晃和颠簸。她在恐怖中意识到背后有奔跑的声音，尖叫着吆喝马跑得更快。要是那个猩猩似的黑人再赶上她的话，甚至不等他的手碰到她的身子，她就会没命。

她背后传来大声喊叫："斯佳丽小姐！停车！"

她没有放松缰绳，哆哆嗦嗦地回头看，只见大个儿山姆在她后面的大路上跑来，两条腿像运动迅速的活塞那样挥动。她拉紧马缰绳，让他跳上车；他一下子扑进马车，巨大的身子把她挤到一边。汗和血从他的脸上淌下来，他喘着粗气说：

"你受伤了吗？他们伤害了你吗？"

她说不出话来，可是他的眼光向她一看，急忙就避开，从他这个举动中，她才明白她的紧身上衣已经裂到了腰部，她的赤露的胸部和紧身胸衣露在外面。她用哆哆嗦嗦的手把两片衣襟紧紧地抓在一起，低着头，开始用吓坏了的声音抽抽搭搭地哭起来。

"把缰绳给我，"山姆一边说，一边从她的手里一把抢过缰绳。"马儿，跑吧！"

鞭子啪啪地响着，受惊了的马发疯似的飞跑，差一点没把马车翻到沟里去。

"我希望我已经干掉了那头黑狒狒。可是我没有查清楚就来了，"他喘着粗气。"不过，他要是伤害了你的话，我就赶回去，一定要他的命。"

"别——别——快赶车，"她抽抽搭搭地哭着。

第45章

那天夜晚，弗兰克把她、佩蒂姑妈和孩子安置在玫兰妮家里，跟阿希礼一起，骑上马，沿着街道走了。斯佳丽又是冒火，又是伤心，简直肺都要气炸了。他怎么能竟然偏偏要在今夜去开一个政治会议呢？一个政治会议！就在今天夜晚，她刚受到过袭击，当时她什么事情都可能遇上啊！他实在无情和自私。再说，山姆扶着哭哭啼啼的她进屋的时候，她的紧身上衣一直裂到腰部，从那以后，他对整个事情的态度沉着得简直要把人气疯。她哭着说出事情经过的时候，他甚至一回胡子也没有搔过。他只是温和地问："宝贝儿，你是受伤了——还是吓坏了？"

她又是火，又是掉泪，没法回答；山姆代她说，她是吓坏了。

"他们刚扯开她的衣服，我就赶到了那儿。"

"你是好样的，山姆，我不会忘掉你干的事情的。要是有什么事情我能为你办的话——"

"是，先生，请你送我到塔拉庄园去，越快越好。北佬在追捕我。"

弗兰克也同样沉着地听着山姆的叙述，什么也没有问。他的神情很像那夜汤尼来敲他们的门的时候所显示的那种神情，好像这是一件完全该由男人去处理的事情，是一件该用最少的语言和流露出最少的感情去处理的事情。

"你坐到轻便马车上去。我会派彼得今夜把你送到马虎村，你可以躲在树林里，等到早晨，然后乘火车到琼斯博罗。这样安全些……我说，宝贝儿，别哭了。现在事情全都过去了；你确实没有受伤。佩蒂小姐，请你把嗅盐给我好吗？还有黑妈妈，给斯佳丽小姐倒杯酒来。"

斯佳丽又突然淌眼泪了，这一回是冒火的眼泪。她要的是安慰、愤怒和报复的威胁。她甚至情愿他冲她大发脾气，说他早就提醒过她的，她会遇上这样的事情的——不管怎样，都比他对这一切那么漫不经心，把她遭受的危险当作一件无足轻重的小事情要好。不用说，他是亲切而温和的，但是心不在焉，好像他的脑子里有什么重要得多的事情似的。

而那件重要的事情原来是一个小小的政治会议！

他告诉她换件衣服，做好准备，他要护送她到玫兰妮家去度过那个黄昏。当时，她简直不能相信她的耳朵。他应当知道她那场飞来横祸是多么叫人苦恼，应当知道她不想到玫兰妮家去度过黄昏，而是迫不及待地需要躺在床上，盖上毯子，放松身子——还要一块烫砖使她的脚趾头有刺痛的感觉，一杯兑水的热酒消除她的恐惧。他要是真的爱她的话，在这样一个夜晚，不管什么事情都没法强迫他从她身旁离开。他原该待在家里，握着她的手，一遍又一遍告诉她，万一她有个三长两短，他不愿活下去了。等他今夜回来，她单独跟他一起，就一定会对他这么说的。

玫兰妮家的小客厅跟往常夜晚弗兰克和阿希礼出去后一样，显得宁静；女人们待在一起做针线活儿。在炉火光中，房间里温暖而愉快。摆在桌子上的那盏灯射出的柔和的黄光，照亮着四个垂着的油光水滑的脑袋，她们的脑袋都凑在她们的针线活儿上。四条裙子微微翻动；八只小巧的脚优雅地搁在低低的膝垫上。韦德、埃拉和博的平静的呼吸声从开着门的育儿室里传出来。阿尔奇坐在炉火旁的凳子上，背靠着壁炉，嘴里在嚼烟叶，所以脸颊鼓出着，他在使劲地削一根木头。这个肮脏的、头发和胡子都很长的老头儿同那四位衣着整洁、讲究的太太小姐形成的对照是那么大，好像他是一条毛色灰白的、凶恶的看门狗，而她们是四只小猫咪。

玫兰妮的带有一丝火气的柔和的声音说啊说的，说个没完，她在讲妇女竖琴演奏会最近闹别扭的事情。太太们对男子合唱队关于下一个演奏会的节目有不同的意见，那天下午，她们来找玫兰妮，宣布完全脱离音乐社的意图。玫兰妮施出了她所有的外交手腕，才使她们推迟了这个决定。

斯佳丽过度紧张，恨不得嚷叫："啊，该死的妇女竖琴演奏会！"她想要讲她自己的可怕的遭遇。她迫不及待地要详详细细地叙述经过的情形，这样她就能用使别人害怕来减轻她自己的害怕。她要表明她当时是多么英勇，只是为了要用她自己说话的声音来向她自己证实，她当时确实是英勇的。但是她每一回提起这个话题，玫兰妮总是巧妙地把谈话引向其他不关痛痒的渠道。这使斯佳丽恼火，几乎要憋不住了。她们跟弗兰克一样自私。

她刚刚逃避掉一场那么可怕的劫难，她们怎么能这么沉着和平静呢？她们甚至不讲一般的礼貌，不让她谈谈这件事情，宽宽心。

下午的遭遇所产生的震动，比她自己愿意承认的，甚至比对她自己所愿意承认的，更大。每一回，她想起那张表情恶毒的黑脸从暮色苍茫的树林里那条大路的阴影中盯着她看的情景，就忍不住直打哆嗦。她想起那只黑手摸她的胸脯和山姆要是不来的话，那会发生什么事情，这当儿，她的头就垂得更低，眼睛闭得紧紧的。她默不作声地坐在平静的房间里，一边勉强做着针线活儿，一边听玫兰妮说话的声音，时间越长，她的神经越紧张。她觉得随时都确实会听到砰的一声，神经绷断，那声音跟班卓琴弦突然绷断的声音是一模一样的。

阿尔奇削木头的声音使她烦恼，她向他皱皱眉头。突然，她觉得这情形有点怪：他坐在那儿，摆弄一块木头。他在夜晚守卫的时候，通常直挺挺地躺在沙发上睡觉，他打呼噜的时候每次带着响亮的声音，呼出来的气是那么厉害，把他的长胡子直吹到空中。更怪的是，不管是玫兰妮，还是印第亚，都没有婉转地提醒他，在地上铺一张纸，接住削下来的碎木片。他已经把壁炉前的那张小地毯弄得一塌糊涂了，但是她们似乎都没有注意到。

她望着他的时候，他突然向壁炉转过身去，把一嘴烟汁喷在炉火上面，使的劲儿是那么大，印第亚、玫兰妮和佩蒂都吓得直跳起来，好像一颗炸弹爆炸似的。

“你需要吐得那么响吗？”印第亚叫起来，声音粗嗄得刺痛神经。斯佳丽惊奇地望着她，因为印第亚一直非常沉得住气。

阿尔奇的眼睛直盯着她望着他的眼睛，一眨也不眨。

“我想确实需要，”他冷冷地回答，接着又吐了一口。玫兰妮微微皱着眉头，瞟了印第亚一眼。

“我一直很高兴，亲爱的爹从来不嚼烟叶，”佩蒂开始说；玫兰妮的眉头皱得更紧了，猛地向她转过身去，说出了以前斯佳丽从来没有听到过的尖利的话。

“啊！还不闭嘴，姑妈！你真不懂事。”

“啊呀！”佩蒂把针线活儿放在膝上，气得撅起了嘴。“真奇怪，我不知道今儿夜晚什么事情叫你们不舒服？你和印第亚两个像发神经病似的心惊肉跳和性子暴躁。”

没有人回答她的话。玫兰妮甚至没有为她的顶撞赔不是，而是又做起针线活儿来，下针比刚才重了一些。

“你的针脚有一英寸长了，”佩蒂满意地说。“你以后不得不都把它们拆掉。你怎么啦？”

可是玫兰妮仍然不回答。

她们到底出了什么事儿？斯佳丽拿不准。她那会儿的心思太集中在她自己的恐惧上，没有察觉吗？可不是，尽管玫兰妮想方设法地使这个黄昏显得跟她们一起度过的五十个黄昏中任何一个一样，但是气氛却不一样，总有一种神经紧张，不能完全把原因说是因为她们听到下午发生的事情所引起的恐慌和震惊。斯佳丽偷偷地瞟她的同伴，还截住了印第亚的眼光。印第亚的眼光使她不自在，因为那长久的、估量的眼光，在那冷冷的、深沉的眼光中带着一种比憎恨更强烈、比轻蔑更富于侮辱性的神情。

“倒好像她认为我该为发生的事情受到责怪似的，”斯佳丽气愤地想着。

印第亚的眼光从斯佳丽的脸上移开，转向阿尔奇，她脸上对他恼火的神情都没有了，她向他投去的眼光中带着隐蔽而焦急的询问的表情。但是他的眼光并不同她的相遇。然而，他倒望着斯佳丽，用同印第亚一样冷冰冰的眼光盯着她看。

玫兰妮不再开口，寂静沉闷地笼罩着房间。在寂静中，斯佳丽听到外面在起风了。突然，这个黄昏变得极不愉快。她开始感到这种气氛的压力；她拿不准是不是整个黄昏一直存在着压力——当时，她心里太乱，没有注意到。阿尔奇的脸上现出警惕、戒备的神情；他那双毛茸茸的、还有一簇长毛的老耳朵似乎像猞猁的耳朵那样，一直在留神倾听。玫兰妮和印第亚现出一种好不容易才抑制住的不自在的神情，她们每次听到路上得得的马蹄声、光秃秃的树枝在呼啸的风中的吱吱嘎嘎声、枯叶在草坪上翻滚的沙沙声，就从针线活儿上抬起头来。壁炉中燃烧着的木头每次发出轻轻的毕剥声，她们都吓一跳，好像那是偷偷走近的脚步声。

出事了，可是斯佳丽拿不准是什么事。在发生什么事情，可是她不知道。她向佩蒂姑妈瞟了一眼，她的胖胖的、毫无心机的脸、撅起着的嘴告诉她，那位老太太跟她一样一无所知。但是阿尔奇、玫兰妮和印第亚知道。在寂静中，她几乎能感觉到印第亚和玫兰妮的思想像笼子里的松鼠那样发疯似的打转。她们知道那件事情，在等候那件事情，尽管她们作出种种努力，使情况显得好像跟往常一样。她们不由自主地把内心里的不自在传递给了斯佳丽，使她比刚才更神经紧张。她笨拙地做着针线活儿，把针刺进了大拇指，轻轻地叫了一声，表示疼痛和恼火；把他们吓得都跳起身来。她紧紧地捏紧大拇指，直到一滴鲜红的血冒出来为止。

“我的神经太紧张了，没法做针线活儿，”她一边说，一边把她在缝补的东西扔在地上。“我神经紧张得简直要叫起来了。我要回家去睡觉。弗兰克知道这情况，所以他不应该出去。他谈啊，谈啊，谈论保护妇女不受黑人和提包客的侵犯，可是轮到他该为保护干些事情的时候，他在哪儿呢？在家里，照顾我？不，跟许多人一起闲逛，那些人什么都不干，只是谈论和——”

她那双气得发亮的眼睛终于对着印第亚的脸看了，接着她停住了嘴。印第亚的呼吸急促，她的没有眼睫毛的灰眼睛带着冷酷得叫人难以忍受的神情狠狠地盯着斯佳丽的脸看。

“印第亚，你要是不太痛苦的话，”她突然挖苦地停住嘴。“你要是告诉我，干吗整个黄昏你总是盯着我看的话，那我会非常感谢的。我的脸大概变成绿色的了吧？”

“告诉你我并不会感到痛苦。我会高兴地这么干的，”印第亚说，她的眼睛闪闪发亮。“我讨厌看到你贬低肯尼迪先生这样一位好人，你要是知道这时候——”

“印第亚！”玫兰妮提醒印第亚，她的双手握得紧紧的，搁在她的针线活儿上。

“我以为我对自己的丈夫比你更了解，”斯佳丽说，眼看要吵起来了，这是她第一回公开跟印第亚吵架，她的劲儿上来了，神经也不紧张了。玫兰妮的眼光截住了印第亚的眼光；印第亚不甘心地闭上了嘴。可是她几乎马上又说话，冷冰冰的声音里带着憎恨。

“你叫我恶心，斯佳丽·奥哈拉，竟然谈什么受保护！你哪儿有一点儿想要受到保护的心思！你要是想要的话，就再怎么也不会像这几个月来所干的那样，抛头露面了，打扮得花枝招展地在这个城里转悠，在陌生男人面前卖弄自己，希望他们个个都喜欢你！你今天下午遇到的事情真是活该；要是世界上还有公道的话，你将会遇上更糟的事情。”

“啊，印第亚，闭嘴！”玫兰妮嚷着说。

“让她说，”斯佳丽嚷着说。“我喜欢听。我一直知道她恨我，可是她是个非常虚伪的人，不敢承认。她要是认为有谁喜欢她的话，那她就会赤身露体地在街上从一大早走到天黑。”

印第亚站起身来；她受到了侮辱，瘦削的身子气得直打哆嗦。

“我确实恨你，”她用清晰而颤抖的声音说。“不过，并不是我虚伪才一直不说出来。是出于你不懂得的道理，你连一星——一星半点普通的礼貌、普通的教养都没有。因为我认识到我们大伙儿要是不团结在一起，不消除小小的憎恨的话，我们就不能指望打败北佬。可是你——你——你干尽了降低正派人的声望的勾当——做买卖，给一个好丈夫带来耻辱，让北佬和下三滥有权利笑我们，用侮辱性的言论说我们缺乏文雅的教养。北佬不知道，你不是我们的自己人，而且从来都不是。北佬不够聪明，不知道你没有文雅的教养。你赶着马车在树林子转来转去，把自己暴露在外，受人攻击的那会儿，你已经对黑人和下流的穷白人产生了诱惑力，所以把城里每一个品行端正的女人都暴露在受人攻击的危险之下。你还使我们的男人处在危险的境地，因为他们得——”

“我的上帝啊，印第亚！”玫兰妮嚷着说；斯佳丽即使在愤怒中，听到玫兰妮亵渎主的名字，也震惊得愣住了。“你一定要闭上嘴！她不知道，她——你一定要闭上嘴！你答应过——”

“啊，姑娘们！”佩蒂帕特恳求地说，她的嘴唇哆嗦着。

“我不知道什么？”斯佳丽站起身来，怒气冲冲，面对着冷冷地发火的印第亚和在恳求的玫兰妮。

“母珍珠鸡，”阿尔奇突然说，他的声音是轻蔑的。哪一个还来不及斥责他，他的灰白的脑袋猛地一抬，他很快地站起身来。“有人在小路上走来。那不是韦尔克斯先生。你们别咯咯咯地吵了。”

他的声音中带有男性的权威；女人们站着，突然默不作声，脸上的怒火很快地平息下去。他一瘸一拐地穿过房间，向门口走去。

“谁在那儿？”甚至上门来的人还没有敲门，他就问了。

“巴特勒船长。让我进来。”

玫兰妮急忙穿过房间；她走得那么快，使裙箍剧烈地摇晃，她的长裤一直露到膝部。阿尔奇还来不及伸手抓住球形把手，她已经把门砰的一声打开。瑞特·巴特勒站在门洞子里，一顶黑色阔边软呢帽低低地压在他的眼睛上；狂风把他身上的那件斗篷吹出明显的褶子。就这么一回，他顾不得显示周到的礼貌。他既不脱帽子，也不跟房间里的其他人说话。他看也不向别人看一眼，眼光盯着玫兰妮，招呼也不打，突然说：

“他们上哪儿去了？快告诉我。这是人命关天的事儿。”

斯佳丽和佩蒂吓了一大跳，却摸不着头绪，互相惊奇地望着。像一只精瘦的老猫，印第亚飞快地穿过房间，来到玫兰妮身旁。

“什么也别告诉他，”她很快地嚷着说。“他是奸细，是叛贼！”

瑞特连瞟也不瞟她一眼。

“快，韦尔克斯太太！也许还有时间。”

玫兰妮看来好像吓瘫了，只是盯着他的脸看。

“到底是什么——”斯佳丽开始说。

“闭上你的嘴，”阿尔奇简短地发号施令。“你也闭嘴，玫荔小姐。滚出去，你这个叛贼。”

“别，阿尔奇，别！”玫兰妮喊道，她把一只颤抖的手按在瑞特的胳膊上，好像是保护他不受阿尔奇的伤害似的。“出了什么事儿？你怎么——你怎么知道的？”

瑞特的黑黝黝的脸上流露出的不耐烦的神情在同礼貌搏斗。

“老天爷啊，韦尔克斯太太，他们一开头就受到怀疑——不过，他们一直太自作聪明了——直到今夜！我怎么知道的？我刚才在跟两个喝得醉醺醺的北军上尉打扑克。他们泄露了真情。北军知道今夜要闹乱子，他们已经做好准备。那伙蠢货已经踩进了圈套。”

一刹那，玫兰妮好像重重地挨了一拳似的，摇晃着身子。瑞特伸出一条胳膊挽住她的腰，让她站稳。

“别告诉他！他在引你进圈套！”印第亚嚷着说，瞪出了眼盯着瑞特看。“你没听他说，他今夜还跟北军军官在一起吗？”

瑞特仍然不看她。他的眼光始终逗留在玫兰妮那张煞白的脸上。

“告诉我。他们哪儿去了？他们有一个集会的地方吗？”

斯佳丽尽管害怕和不理解，却在想她从来没有看到过比瑞特的脸更呆板、更没有表情的了，可是玫兰妮显然看到了别的，终于信任瑞特。她挺直她的小小的身子，摆脱扶着她的腰的那条胳膊，神态平静然而声音却在颤抖，说：

“在往迪凯特去的大路上，贫民区附近。他们在老沙利文的庄园的地窖里集会——那个烧掉了一半的庄园。”

“谢谢你。我会马不停蹄地赶去的。北军上这儿来，你们个个都要说什么都不知道。”

他走得那么快，他的黑斗篷消失在黑夜中，他们简直拿不准他到底有没有来过，直到他们听到小路上沙砾有溅出来的声音，和接下来一匹马飞快地跑过所发出的发疯似的马蹄声。

“北佬要来了？”佩蒂嚷着说。她那双支撑着她身子的小小的脚一移动，她就瘫倒在沙发上了，吓得哭都不敢哭。

“到底是怎么一回事？他刚才的话是什么意思？你要是不告诉我的话，我会急疯的！”斯佳丽把双手拖住玫兰妮的身子，使劲地摇她，好像她靠用力气摇她，能摇出一个回答似的。

“意思？意思是说，你可能是断送阿希礼和弗兰克先生的性命的罪魁祸首！”印第亚尽管受到恐惧的煎熬，她的声音中却有得意的调子。“别摇玫荔，她要晕过去了。”

“不，我不会的！”玫兰妮一边低声说，一边紧紧地抓住椅子背。

“我的上帝，我的上帝！我真不明白！杀死阿希礼？请说啊，告诉我啊——”

阿尔奇的声音像铁锈的铰链，打断了斯佳丽的话。

“坐下，”他简短地下命令。“拿起你们的针线活儿来。像什么也没发生过似的干活儿。说不准北佬也许太阳下山以后，就一直在这所房子周围暗中监视哩。喂，坐下，做针线活儿。”

她们打着哆嗦，顺从地照办，甚至佩蒂也拣起一只袜子，用颤抖的手指头拿着，而她的眼睛像一个吓慌了的孩子的眼睛那样睁得大大的，东张西望，找寻解释。

“阿希礼在哪儿？他出了什么事儿，玫荔？”斯佳丽嚷着说。

“你的丈夫在哪儿？你不关心他吗？”印第亚把她刚才在补的那条破毛巾团皱又捋直，她那双灰眼睛带着疯子似的恶意冒出怒火。

“印第亚，请别这样！”玫兰妮控制住她的声音，但是她的煞白的、哆嗦的脸和流露出极度痛苦的眼神，表明她被紧张的心情折磨着。“斯佳丽，也许我们应当告诉你，可是——可是——你今天下午经历了那么许多事情，我们——弗兰克认为不——你以前一直那么毫无保留地反对三K党——”

“三K党——”

起先，斯佳丽说这个词儿，好像她以前从来没听到过，也不懂得这个词儿的意思似的，接着：

“三K党！”她几乎是叫出来的。“阿希礼不是三K党！弗兰克也不可能是！他答应过我！”

“当然喽，肯尼迪先生是三K党；阿希礼呢，也是；还有我们认识的所有男人，”印第亚嚷着说。“他们是男人嘛，对不对？又是白人和南方人。你原该为他感到骄傲，而不应该使他那么偷偷摸摸地出去，好像那是一件见不得人的事情似的，还有——”

“你们一直都知道，而我却不——”

“我们怕这会叫你心烦，”玫兰妮悲伤地说。

“这么说，他们被认为去开政治会议的时候，是上那儿去了？啊，他答应过我！这下好啦，北佬会来抢走我的锯木厂和铺子，把他关进监狱——啊，瑞特·巴特勒的话是什么意思？”

印第亚和玫兰妮的眼光在失魂落魄似的恐惧中相遇了。斯佳丽站起身来，把她的针线活儿撂在地上。

“你们要是不告诉我的话，那我就到热闹的市区去查明情况。我看到一个人就问，直到我查清——”

“坐下，”阿尔奇说，眼光盯着她看。“我来告诉你。因为你今天下午出去闲逛，由于你自己的过错，惹出了麻烦，韦尔克斯先生、肯尼迪先生和别的男人今夜出去，要是在那儿找到了那个黑鬼和那个白人的话，就把他们干掉，还要把那个贫民区整个儿消灭掉。要是那个叛贼说的是真的话，北佬产生了怀疑，要不，就是不知怎样得到了风声，他们已经派出了部队，埋伏着等候他们。我们的人已经踩进了一个圈套。要是巴特勒说的不是真的话，那么他是个奸细，他就要把他们的行踪报告北佬，他们还是免不了被干掉。他要是确实去报告他们的行踪的话，那我就要干掉他，哪怕那是我这辈子最后一件事情。他们要是没有被干掉的话，就不得不逃离这一带，到得克萨斯州去，隐姓埋名，躲藏起来，也许永远回不来了。这都是你的过错；你的两只手上沾着鲜血。”

玫兰妮看到斯佳丽的脸上渐渐流露出理解的表情，接着很快地理解变成了恐惧；在她自己的脸上，愤怒的表情驱散了害怕的神色。她站起身来，把一只手放在斯佳丽的肩膀上。

“你再说这种话，就离开这所房子，阿尔奇，”她严肃地说。“那不是她的过错。她不过是干了——干了她觉得她不得不干的事情。而我们的男人干的也是他们觉得他们不得不干的事情。人们一定要做他们一定要做的事情。我们大家的想法并不都是一样的，行为也不是一样的，所以拿我们自己去判断别人，是——是错误的。你和印第亚怎么能说这么狠心的话呢，这时候我的丈夫和她的丈夫也许——也许——”

“注意！”阿尔奇低声打断她的话。“坐下，太太们。有马蹄声。”

玫兰妮靠在一张椅子上，拿起阿希礼的一件衬衫，头垂在衬衫上面，无意识地开始把褶边扯成小布条儿。

那群马向房子一路跑来的时候，马蹄声越来越响了。传来了马嚼子的丁当声、勒缰绳的声音和说话声。马蹄声在房子前停住了；有一人的声音比其他人的高，在下命令；在房子里听的人听到了脚步声从旁边的院子向后门廊走来。她们感到有一千只充满敌意的眼睛在没有拉下遮光帘的前窗外望着她们。四个女人心里充满恐惧，垂着头，不停地做着针线活儿。斯佳丽的心在她的胸脯里面尖叫：“我害死了阿希礼！我害死了他！”在这个急死人的时刻，她甚至没有想到她也可能害死弗兰克。她的脑子里都被阿希礼的幻象占据了，再也没有余地容纳别人的了：阿希礼躺在北方骑兵的脚旁，金发上沾着斑斑点点的血迹。

门上响起了刺耳而急促的砰砰声，她向玫兰妮望去，只见她那张紧张的小脸上出现了新的表情，一种刚才她在瑞特·巴特勒的脸上看到的呆板的表情，一个打扑克的赌徒手里只有一对“两点”，却要吓得对手认输的时候所显出的那种平淡而呆板的神情。

“阿尔奇，开门，”她平静地说。

阿尔奇把刀子悄悄地插进靴筒，解开他插在皮带上的手枪，一瘸一拐地走到门口，砰的一声把门打开。佩蒂看到门洞子里挤着一个北军上尉和一队士兵，轻轻地发出一声尖叫，像一只老鼠感到捕鼠笼的门啪地关上了那样。不过，其他的人什么也没有说。斯佳丽发觉她认识那个军官，稍微松一口气。那人是汤姆·贾弗里上尉，瑞特的一个朋友。她卖过木料给他盖房子。她知道他是个有教养的人。既然他是个有教养的人，也许他不会拉她们去坐牢吧。他一眼就认出了她，脱掉帽子，鞠了一个躬，有点儿窘。

“晚上好，肯尼迪太太。你们哪一位是韦尔克斯太太？”

“我是韦尔克斯太太，”玫兰妮一边回答，一边站起身来；尽管她个子小，却浑身显得庄严。“你们凭什么这样闯进来找我呢？”

那个上尉的眼睛很快地眨着，看着房间里的情况，眼光在每个人的脸上逗留一下，接着很快地从他们的脸上转到桌子和帽架上，好像在找男人居住的迹象似的。

“对不起，我想跟韦尔克斯先生和肯尼迪先生谈话。”

“他们不在，”玫兰妮说，柔和的声音里带着冷淡的意味。

“你能肯定吗？”

“你不是怀疑韦尔克斯太太的话吧，”阿尔奇说，他的火气上来了。

“请原谅，韦尔克斯太太。我没有一点儿不敬的意思。你要是向我保证的话，我就不搜查了。”

“我向你保证。不过，你要是高兴的话，尽管搜查。他们在肯尼迪先生的铺子里集会。”

“他们不在那个铺子里。他们今夜没有集会，”那个上尉严厉地回答。“我们等在外面，直到他们回来。”

他微微鞠了个躬，走出屋去，随手关上了门。待在房间里的人透过风声听到一道严格的命令：“包围房子。每个窗口和门口都站一个。”一阵噔噔噔的脚步声。斯佳丽模模糊糊地看到每扇窗外有长着胡子的脸在盯着他们看，好不容易才控制住自己，没有吓得跳起身来。玫兰妮坐下，用一只并不颤抖的手拿起桌子上的一本书。那是一本破旧的《悲惨世界》，这部小说得到南军士兵的喜爱。他们就着营火光阅读，还苦中作乐地管它叫“李的悲惨的部下”①。她把书翻到当中，用清晰、单调的声音开始念。

“做针线活儿，”阿尔奇用粗嗄的声音轻轻地说；三个女人受到了玫兰妮的平静的声音所鼓舞，拿起针线活儿，垂下头去。

玫兰妮在那圈人监视下到底念了多久，斯佳丽永远不知道，但是似

①《悲惨世界》的法语发音和英语中“李的悲惨的部下”的发音相似。

乎有几个钟头。玫兰妮念的，她甚至一个字也没有听到。这会儿，她不但想阿希礼，而且也想弗兰克了。原来这就是今天黄昏他表面上显得平静的原因！他答应过她，他不会跟三K党有丝毫牵连的。啊，这正是她过去担心他们会遇上的麻烦！去年的一切心血都白费了。她在雨中和寒冷中的一切挣扎、担心和苦干，都将化为泡影。谁想得到没精打采的弗兰克会搅和在三K党的不顾死活的行动中呢？甚至这时候，他可能已经死了。要是他没有死的话，北佬逮住了他，他也要被绞死的。还有阿希礼！

她的手指甲掐进手掌心，直到出现四道鲜红的月牙痕迹。阿希礼正处在被绞死的危险中，玫兰妮怎么能这么平静地念啊念的，念个没完？在他可能死去的时候？但是，在玫兰妮念着让·冉阿让①的种种不幸的平静而柔和的声音中，有一股力量支持着她，使她不至于跳起身来尖叫。

她的思想一下子回想起，那天夜晚，汤尼·方丹被人追捕，筋疲力尽，身上没有钱，来到他们家。要不是他来到他们家，得到了钱和一匹精神饱满的马，那他早就被绞死了。要是弗兰克和阿希礼这会儿还没有死的话，那他们正处在汤尼的境地，只有更糟。房子已经被士兵包围，他们没法回家来取钱和衣服而不被逮住。可能这条街上的所有的房子前都有一队士兵，这样他们就没法去求朋友们帮忙了。甚至就在现在，他们也许骑着马，在黑夜中拼命地向得克萨斯州奔去。

但是瑞特——也许瑞特及时撵上了他们。瑞特的身上总是带着大量现钱。也许他会借给他们足够的钱，帮他们渡过难关。但是那真怪。干吗瑞特要不嫌麻烦地关心阿希礼的安全呢？不用说，他不喜欢他；不用说，他表示轻蔑他。那么，干吗——可是这个谜被一阵新涌起来的、为阿希礼和弗兰克的安全担心的心情淹没了。

“啊，那全是我的过错！”她对自己悲叹，“印第亚和阿尔奇说的是真话。那全是我的过错。可是我从来没有想到他们两人这么蠢，竟然

① 《悲惨世界》中的主人公。

去参加三K党！我也从来没有想到我真的会出乱子。可是我没有别的办法。玫荔说的是实话。人们不得不干他们不得不干的事情。我不得不维持锯木厂开工嘛！我不得不有钱嘛！可我可能会失去所有的钱了；而且不管怎样，那全是我的过错！”

过了好久，玫兰妮的声音哆哆嗦嗦了，变低了，静下来了。她向窗口扭过头去，盯着看，好像没有北军士兵隔着玻璃在盯着她看似的。其他人看到她注意倾听的姿势，也听起来。

传来了马蹄声和歌唱声，因为门窗都关着，所以声音显得闷，声音还被风吹往相反的方向，但是仍然听得出。那是所有的歌中最可恨和可恶的歌，那首关于谢尔曼的士兵的歌——《进军佐治亚》，而唱歌的却是瑞特·巴特勒。

他还没有唱完第一段，另外两个人的声音，醉汉的声音，数落他唱歌唱得实在不行，那是愤怒的、傻呵呵的声音，说起话来结结巴巴，字句变得模糊一片，无从分辨了。贾弗里上尉在前门廊上很快地下命令，接着是迅速跑动的脚步声。但是在响起这些声音以前，那几位太太小姐看着，愣住了。因为那两个说瑞特唱得不行的声音原来是阿希礼和休·艾尔辛的。

前面小路上，声音越来越响了：贾弗里上尉的简短的讯问的声音、休的夹着傻呵呵的笑声的尖叫、瑞特的深沉而满不在乎的声音和阿希礼的古怪的、不真实的喊叫："到底怎么回事啊！到底怎么回事啊！"

"那不可能是阿希礼！"斯佳丽急切地想。"他从来不喝醉！还有瑞特——咦，瑞特喝醉后，他的话越来越少——从来不这么嚷嚷咧咧！"

玫兰妮站起身来；阿尔奇也随她站起身来。他们听到那个上尉的尖利的声音："这两人被捕了。"阿尔奇的手紧紧地按在他的手枪柄上。

"别动，"玫兰妮神态坚决地低声说。"别动，让我来处理。"

她的脸上的神情跟那天斯佳丽在塔拉庄园看到玫兰妮站在最高一磴台阶上，看着那个北佬的尸体的时候显出的神情一模一样，当时她手里拿着的那把沉重的马刀压得她的瘦削的手腕子也抬不起来了——一个温和而腼腆的女人被环境所逼，鼓起勇气，现出母老虎那样的谨慎和愤怒。她猛地把门打开。

“把他带进来，巴特勒船长，”她用清晰的、咬牙切齿的、恶毒的声调喊叫。“我想你又把他灌醉了。把他带进来。”

那个北军上尉从黑暗、刮风的小路上说：“对不起，韦尔克斯太太，可是你丈夫和艾尔辛先生被捕了。”

“被捕？为什么？喝醉酒吗？要是每个亚特兰大人为了喝醉酒而要被捕的话，那整个北方驻军都会陆续关进监狱了。好吧，把他带进来，巴特勒船长——那是说，你自己要是能走的话。”

斯佳丽的脑子动得不快；有短短一会儿，她什么也没有弄懂。她知道，不管是瑞特，还是阿希礼，都没有喝醉；她也知道，玫兰妮知道他们没有喝醉。然而，往常那么温和而文雅的玫兰妮却在这儿，还当着北佬的面，像泼妇似的尖叫着说他们醉得路也走不成。

传来一阵短短的、含含糊糊的争论，其中还夹着咒骂，接着不稳定的脚步从台阶上走上来了。门洞子里出现了阿希礼，脸色煞白，脑袋耷拉着，一头金发乱蓬蓬，他的高高的身子从脖子到膝盖裹在瑞特的黑斗篷里。休·艾尔辛和瑞特，站得也不大稳，在他左右扶着他。显而易见，要不是他们帮忙，他就会倒在地板上。在他们身后，站着那个北军上尉，他的脸上现出既怀疑又觉得有趣的神情，这种混合的表情真有意思。他站在门开着的门洞子里；他的部下在他的后面好奇地张望；寒风猛吹着这所房子。

斯佳丽感到害怕，困惑，向玫兰妮瞟了一眼，眼光又落到衰弱的阿希礼身上，然后她有点儿懂了。她差一点没叫出声来：“可他不可能是喝醉了！”她硬是把话憋回去。她察觉她在看戏，一场有关人命的危险的戏。她知道，她不是，佩蒂姑妈也不是戏中的角色，可是其他人是；他们在互相提示，像演员们在常常预演的一出戏里那样。她只懂得一部分，可是懂得这些已经足够使她默不作声了。

“把他放在椅子上，”玫兰妮愤怒地嚷着说。“而你，巴特勒船长，马上离开这屋子！你怎么敢又把他灌成这副样子后，在这儿露面！”

那两个男人把阿希礼小心地安置在一张摇椅上，接着瑞特摇摇晃晃地抓住椅子背，使自己站稳，然后向那个上尉说话，声音里带着痛苦。

“这就是我得到的呱呱叫的感谢，对不对？帮他避免了给警察抓走，把他带回家，他却嚷啊、叫啊，还硬是要抓我！”

“而你，休·艾尔辛，我为你感到害臊！你那可怜的妈会怎么说？喝得烂醉，跟一个——一个巴特勒船长那样的、北佬喜欢的叛贼一起出去！啊，韦尔克斯先生，你怎么能做这样的事情呢？”

“玫荔，我喝得不怎么醉，”阿希礼咕哝，说罢，身子往前一倒，脸贴在桌子上，双手捧着脑袋。

“阿尔奇，把他扶进他的卧房，放在床上——跟往常一样，”玫兰妮吩咐。“佩蒂姑妈，请去整理床铺，哇，”她突然哭起来。“啊，他怎么能这样呢？他答应过的嘛！”

阿尔奇已经把他的胳膊伸到阿希礼的肩膀下；佩蒂站着，感到害怕和心里没数；这时候，那个上尉干预了。

“别碰他。他被捕了。中士！”

那个中士提着步枪，走进房间，瑞特显然为了要稳住自己的身子，把一只手放在那个中尉的胳膊上，好不容易才集中眼光。

“汤姆，你干吗要逮捕他？他醉得不算厉害嘛。我看到过比他更醉的模样哩。”

“喝醉酒，去他妈的，那算得了什么，”那个上尉嚷着说。“他躺在沟里，我也管不着。我不是警察。他和艾尔辛先生被捕是因为他们今夜共同参加三 K 党的一次对贫民区的袭击。一个黑人和一个白人被杀死了。韦尔克斯先生是头儿。”

“今夜？”瑞特开始哈哈大笑了。他笑得那么厉害，终于坐在沙发上，双手捧着脑袋。“不可能是今夜，汤姆，”等他缓过气来后说。“这两个人一直跟我在一起——从八点钟起，他们被认为在开会。”

“跟你在一起，瑞特。可是——”那个上尉的眉头皱起来了，他拿不准地望着打呼噜的阿希礼和他的哭哭啼啼的妻子。“可是——你刚才在哪儿？”

“我不愿说，”瑞特的那双机灵的醉眼很快地向玫兰妮望了一眼。

“你还是说的好！”

“我们到门廊上去，我会告诉你我们刚才在哪儿的。”

“你现在就告诉我。”

“当着太太小姐的面，怎么好意思说呢。你们这些太太小姐要是走出房间去的话——”

“我不走，”玫兰妮嚷着说，气呼呼地用手绢擦眼睛。“我有权利知道。我丈夫刚才在哪儿？”

“在贝尔·沃特林的妓院里，”瑞特说，显出害臊的神情。“他刚才在那儿，还有休、弗兰克·肯尼迪和米德大夫，还有——还有许多人。刚才有一个酒会。盛大的酒会。香槟酒。姑娘们——”

“啊——在贝尔·沃特林那儿？”

玫兰妮的声音响起来了，直到强烈的痛苦使她的声音变得粗嗄，人人都害怕地扭过头向她看去。她的手紧紧抓住她的胸脯，阿尔奇还来不及拉住她，她已经晕过去了。接着是嚷嚷咧咧，一片混乱，阿尔奇把她扶起来，印第亚赶紧跑到厨房里去拿水，佩蒂和斯佳丽给她打扇，敲她的手腕子，而休·艾尔辛呢，一遍遍地喊叫：“瞧，这下你称心啦！瞧，这下你称心啦！”

“嘿，这下全城都会知道了，”瑞特恶狠狠地说。“我希望你感到满意了，汤姆。明天，亚特兰大没有一个妻子会对她丈夫说话。”

“瑞特，我想不到——”尽管寒风穿过开着的门，吹到那个上尉的背上，他却在淌汗。“喂！你起誓他们刚才在——呃——在贝尔那儿？”

“见鬼，可不是！”瑞特吼叫。“你要是不相信我的话，去问贝尔本人就是。得了，让我把韦尔克斯太太抱到她的房间去。把她交给我，阿尔奇。可不是，我抱得动她。佩蒂小姐，掌着灯，走在前面。”

他从阿尔奇的胳膊上从容地接过玫兰妮的软弱的身躯。

“你扶韦尔克斯先生上床去，阿尔奇。过了今夜，我再也不愿看到他，或是碰到他的身子了。”

佩蒂的手哆嗦着，那盏灯对房子的安全是个威胁，但是她总算拿住了，迈着快步走在前面，向黑沉沉的卧房走去。阿尔奇哼了一声，把一条胳膊伸到阿希礼的胸前，把他扶起来。

“可是 —— 我得逮捕这些人啊！”

瑞特在幽暗的穿堂里转过身来。

“那明天早晨逮捕吧。在这样的情况下，他们不可能逃掉的 —— 再说，我以前从来不知道，在妓院里喝醉酒是犯法的。老天爷啊，汤姆，有五十个证人证明他们刚才在贝尔那儿。”

“总是有五十个证人证明一个南方佬在一个他压根儿没去过的地方，”那个上尉憋着一肚子气说。“你跟我走，艾尔辛先生。有人起誓作保，我就假释韦尔克斯先生 —— ”

“我是韦尔克斯先生的妹妹。我保证他到案，”印第亚冷冷地说。“好了，请你走吧，行不行？这一夜你惹的麻烦也够多了。”

“我万分抱歉。”那个上尉尴尬地鞠躬。“我只是希望他们能证明他们是在 ——呃 ——沃特林小姐 ——沃特林太太那儿。请你告诉你哥哥，他明天早晨一定要向宪兵司令报到，接受讯问，好不？”

印第亚冷冷地鞠躬，把一只手放在球形门把手上，不出声地表示他走得越快越好。那个中尉和中士退出去；休 · 艾尔辛跟他们一起离开；她随即砰的一声把门关上。她甚至不向斯佳丽望一眼，迅速走到各个窗口去拉下遮光帘。斯佳丽的膝盖直打哆嗦，她抓住刚才阿希礼坐过的那张椅子，稳住她自己的身子。她向下看，看到椅背垫上有一个黑糊糊的潮湿的渍子，比她的手大。她感到迷惑，用手摸了一下，她吓坏了，她的手掌上显出一抹湿糊糊的红色黏液。

“印第亚，”她低声说，“印第亚，阿希礼 ——他受伤了。”

“你这蠢货！你以为他真的喝醉了？”

印第亚啪地拉下最后一道遮光帘，开始一溜烟似的向卧房跑去；斯佳丽紧紧地跟在她后面，她的心跳到了喉咙口。瑞特的高大的身子挡住了门口，但斯佳丽从他肩膀上看到阿希礼躺在床上，脸色煞白，一动不动。玫兰妮刚才还晕过去了，这会儿却动作麻利得异乎寻常，正在用绣花剪刀剪开他那件泡满了血的衬衫。阿尔奇把灯光低低地照在床上，这样好亮一点儿；他的一只尽是骨节的手指头按在阿希礼的手腕上。

“他死了吗？”两个姑娘一起嚷着问。

“没有，只是晕了过去，因为失血过多。子弹打穿了他的肩膀，”瑞特说。

“你干吗把他带到这儿来，你这蠢货？”印第亚喊道。“让我走到他那儿去。让我走过去。你干吗把他带到这儿来被逮捕呢？”

“他刚才已经太衰弱，不可能上外地去了。没有别的地方可以带他去，韦尔克斯小姐。再说——难道你要他像汤尼·方丹那样当逃犯吗？难道你要你的十几个邻居住在得克萨斯州，顶着假名度过余生吗？有个机会使他们都逃掉罪名，要是贝尔——”

“让我走过去！”

“不行，韦尔克斯小姐。你还有活儿要干哩。你一定要去请个大夫——米德大夫不行。他牵连在这场乱子中，眼下很可能在向北军辩解哩。另外去请个大夫。你独自个儿在夜晚出去害怕吗？”

“不怕，”印第亚说，她的灰眼睛闪闪发亮。“我不怕。”她一把抓起挂在穿堂里一个钩子上的玫兰妮的那件带兜帽的斗篷。“我去找老迪安大夫。”她努力强制自己平静下来，她的声音里也就没有兴奋的调子了。“我管你叫过奸细和蠢货，请原谅。我以前不了解。我非常感激你为阿希礼干的事情——可是我仍然瞧不起你。”

“我欣赏坦率——我为你的坦率表示感谢。”瑞特鞠了一个躬，嘴唇向下一扭，挤出一个有趣的微笑。“好吧，赶快去吧，要走小路。你回来的时候，要是看到附近有士兵的行迹的话，别走进这所房子。”

印第亚心情痛苦地又很快向阿希礼瞟了一眼，裹上斗篷，利索地穿过穿堂，走到后门口，然后静悄悄地跨出门，走进黑夜。

斯佳丽睁大了眼，从瑞特的肩膀上注意看着；她看到阿希礼的眼睛睁开了，心又怦怦地跳起来了。玫兰妮从脸盆架上抢过一条折叠的毛巾，紧紧地按住他的流血的肩膀；他对着她的脸软弱地、叫人放心地微笑了。斯佳丽感到瑞特的尖锐的、刺透人心的眼光盯着她在看，知道她脸上的表情明显地泄露了她的心情，但是她不在乎。阿希礼在流血，也许要死了，而她这个爱他的人害得他的肩膀给子弹穿了个窟窿眼。她要跑到床旁，弯下身去，把他紧紧搂住，可是她的膝盖直打哆嗦，所以她没法走进房间。她一只手捂住嘴，盯着看玫兰妮又拿起另一条毛巾按住他的肩膀，按得那么重，好像她能把他的鲜血重新压进他的身子似的。但是毛巾好像被魔法染红了。

一个人怎么流了这么许多血还活着呢？可是，感谢上帝，嘴唇上还没有血泡——啊，对那些血泡，死亡的预兆，她从桃树溪战斗起就知道得很清楚了，那一天真可怕，受伤的人都死在佩蒂姑妈的草坪上，嘴上都是血。

"打起精神，"瑞特说，他的声音里有冷酷而稍微带着嘲笑的意味。"他死不了的。喂，去为韦尔克斯太太掌灯，把灯拿住。我需要阿尔奇去办事。"

阿尔奇隔着灯看瑞特。

"我不听从你的命令，"他简短地说，把嘴里的嚼叶挪到另一面脸颊后面。

"你按照他说的去办，"玫兰妮严肃地说，"赶快去办。凡是瑞特船长说的，你件件都要照办。斯佳丽，接过灯。"

斯佳丽走上前来，接过那盏灯，两只手拿着，免得掉下来。阿希礼的眼睛又闭上了。他的赤露着的胸膛缓慢地隆起，很快地下陷；鲜红的血从玫兰妮的小小的、激动得发狂似的手指头中间渗出来。她模模糊糊地听到阿尔奇一瘸一拐地穿过房间，走到瑞特面前，接着听到瑞特在急促地低声说话。她的心思都在阿希礼身上，所以只听到瑞特压低了声音的说话的开头部分："骑我的马去……拴在外面……拼命地骑。"

阿尔奇嘟嘟囔囔地在问什么；斯佳丽听到瑞特回答："老沙利文的庄园。你会找到塞在那个烟囱里的长袍。都烧掉。"

"嗯，"阿尔奇哼了一声。

"有两个——人在地窖里。尽力把他们弄到马背上，把他们送到贝尔家后面的那片空地上——就是在她那所房子和铁路中间的那一片。千万要小心。万一有哪一个看到你的话，你跟我们其余的人一样也要被绞死。把他们放在那片空地上，把手枪放在他们附近——手里。给你——把我的手枪拿去。”

斯佳丽从房间的一头望过去，看到瑞特把手伸到他的夜礼服下面去，掏出两把左轮手枪；阿尔奇接过手枪，插在他的腰带上。

“每把手枪开一枪。得布置得像一场明显的枪杀案。你懂吗？”

阿尔奇点点头，好像他完全懂得似的，接着他那只冷冰冰的独眼中不甘心地闪出尊敬的光芒。但斯佳丽一点也不懂。刚过去的半个钟头简直像一场梦魇，她觉得没一件事情再是明白和清楚的。然而，看来好像瑞特完全掌握着这个叫人摸不着头绪的局面，这是个小小的安慰。

阿尔奇转身要走了，接着猛地转过身来，他的那只独眼带着询问的神情盯着瑞特的脸看。

“他？”

“对。”

阿尔奇哼了一声，向地板上吐了口唾沫。

“真糟糕，”他一边说，一边一瘸一拐地从穿堂里走到后门口。

最后那场低声对话中有些什么在斯佳丽的心中引起了新的恐惧和怀疑，像一股不断往上冒泡的冰凉的涌泉。等那股涌泉一冲出来——

她嚷着说：“弗兰克在哪儿？”

瑞特迅速地穿过房间，来到床前，他那个高大的身子像只猫那样转来转去，毫无声息。

“一切都干得挺及时，”他说，短短一笑，“拿稳灯，斯佳丽。你不见得要烧掉韦尔克斯先生吧。玫荔小姐——”

玫兰妮抬起头来看，好像是个等待命令的好士兵；局面是那么紧张，她压根儿没有想到这是瑞特第一回用她的名字的爱称在称呼她，那个爱称只有亲戚和老朋友才用。

“我请你原谅，我的意思是说，韦尔克斯太太……”

“啊，巴特勒船长，别请我原谅！你要是管我叫‘玫荔’而不加上小姐的话，我将感到光荣！我觉得你好像是我的——亲哥哥，或者说——或者说堂哥哥。你的心是多么好，人又多么聪明！我该怎么感谢你才好啊？”

“谢谢你，”瑞特说；有那么一刹那，看来他几乎有点窘。“我哪儿敢这么放肆，可是玫荔小姐，”他的声音里带着抱歉的调子，“对不起，我不得不说韦尔克斯先生刚才是在贝尔·沃特林的房子里。对不起，我把他和其他人牵连在这样一个——一个——可是我从这儿骑马出发的时候，我不得不匆匆地考虑，这是我想出的唯一计划。我知道我的话是会被接受的，因为我在北方军官中有那么许多朋友。他们几乎把我当作他们的自已人，使我的名声受到怀疑，因为他们知道，我在这个城里的人们中间——我们不妨说是‘不受欢迎’吧？——你瞧，今天黄昏早些时候，我是在贝尔的酒吧里打扑克。有十几个北佬可以证明这是事实。而贝尔和别的姑娘们会争得脸红耳赤地撒谎，说韦尔克斯先生和其他人——整个黄昏都在楼上。北佬会相信她们的话的。北佬就是那么怪。他们想不到干——那一行的女人也可能有强烈的忠诚，或者说爱国心的。北佬不会相信亚特兰大的一位无比正派的女人的话，那些今夜应该在开会的男人在哪儿，可是他们却会相信那些——以卖笑为生的姑娘的话。我想靠了一个叛贼和十几个以卖笑为生的姑娘的保证，我们也许可能使那些人不至于判罪。”

他说到最后那些话的时候，脸上流露出龇牙咧嘴的讥嘲的微笑，可是玫兰妮抬起头来看着他，脸上充满了感激的神情，他的讥笑收敛起来了。

“巴特勒船长，你真机灵！哪怕你说今晚他们去过地狱，我也不在乎，只要能救他们！因为我知道，每一个有关的人也知道，我丈夫从来不到那么可怕的地方去！”

“这个——”瑞特尴尬地说，“事实上，他今夜去过贝尔那儿。”

玫兰妮冷冷地挺直身子。

“你再怎么也没法让我相信这样的谎话！”

“对不起，玫荔小姐！听我说！今夜，我赶到老沙利文那儿的时候，发现韦尔克斯先生受了伤，跟他在一起的有休·艾尔辛、米德大夫和梅里韦瑟老头儿——”

“那位老先生不可能！”斯佳丽嚷着说。

“男人不会因为年老而不干蠢事的。还有你的亨利伯伯——”

“啊，天啊！”佩蒂姑妈嚷出声来。

“跟部队发生接触以后，其他人分散了；这伙没有打散的人已经来到沙利文的庄园，把长袍藏在烟囱里，察看韦尔克斯先生受的伤到底有多重。要不是他受了伤，他们——他们大伙儿——这会儿早已直奔得克萨斯州而去了，可是他没法骑着马赶那么远的路，而他们又不愿撇下他。必须证明他们是在别的地方，而不是在他们逗留过的那个地方，所以我把他们从小路带到贝尔·沃特林那儿。”

“啊，我明白了。请原谅我的失礼，巴特勒船长。我明白了必须把他们带到那儿去的原因，可是——啊，巴特勒船长，他们走进去免不了会给人们看到的啊！”

“没有人看到我们，我们走的是那扇朝铁路的、不让人知道的后门。门一直是黑沉沉，上着锁的。”

“那怎么——”

“我有个钥匙，”瑞特简短地说，他的眼光平静地同玫兰妮的相遇。

玫兰妮被这话里的意思震动得心神不安，笨拙地系着绷带，结果绷带完全从伤口上滑下来了。

“我不是有意打听——”她用含含糊糊的声音说，她那张白脸涨得通红，她急忙把毛巾重新按在伤口上。

“我真抱歉，不得不跟一位太太谈这种事情。”

“那么，是真的喽，”斯佳丽带着奇怪的痛苦想。“那么，他确实跟那个坏女人沃特林同居喽！他确实是她的房东！”

“我见到了贝尔，把一切跟她讲清楚。我们给了她一张今夜出去的人的名单；她和她的那些姑娘会作证，他们今夜都在她那个地方。接着，为了使我们的离开更惹人注意，她叫来两个在她那儿维持秩序的保镖，把我们拉下楼来，一边扭打，经过酒吧，推到街上，就像对付那些搅乱那个地方的闹事的醉汉那样。”

他一边回忆，一边龇牙咧嘴地笑了。“米德大夫扮演的醉汉不怎么像。甚至在那样的地方，他都觉得扮醉汉有损尊严。可是你的亨利伯伯和梅里韦瑟老头儿倒演得呱呱叫。他们不干演戏这一行，舞台上可少了两个伟大的演员哩。看来他们好像对这件事儿还感到挺有趣。由于梅里韦瑟先生热心地扮演他的角色，我怕亨利伯伯的一只眼圈给打得发紫了。他——”

后门砰的一声打开；印第亚进来了，后面跟着老迪安大夫，他的长长的白头发乱蓬蓬，他的破旧的皮袋鼓出在他的斗篷底下。他略略点点头，但是没有跟在场的人说话，很快地揭掉阿希礼的肩膀上的绷带。

“部位太高，不可能伤着肺，”他说。“要是他的锁骨没有打碎的话，那就不严重。给我多拿些毛巾来，太太小姐们，还有棉花，你们要是有的话，还要白兰地。”

瑞特从斯佳丽的手中接过灯，摆在桌子上。玫兰妮和印第亚听从大夫的吩咐，动作麻利地跑来跑去。

“你在这儿什么也干不成。到客厅里壁炉旁去吧。”他挽着她的胳膊，把她扶出房间。他的手和声音都现出一种他以前没有的温柔的情意。“你这一天真够呛，对不对？”

她让自己被扶到前房；尽管她站在壁炉前的小地毯上，人却开始在打哆嗦了。她胸中那股怀疑的涌泉这会儿冒的气泡越来越大了。已经不止是怀疑。几乎是确实无疑的事情了，可怕的确实无疑的事情。她抬起头，盯着瑞特的纹丝不动的脸看；有一刹那，她说不出话来。接着：

“弗兰克刚才——在贝尔·沃特林那儿吗？”

“没有。”

瑞特的声音生硬了。

“阿尔奇把他送到贝尔家附近的空地上去了。他死了。脑袋上给打了个窟窿眼。”

第46章

那一夜，这个城市的北区，没有几家人家睡觉，因为印第亚·韦尔克斯把三K党遭到围剿和瑞特的策略这个消息迅速地传播开了，她像个幽灵似的悄没声息地穿过一个个后院，急切地低声传进一家家厨房间，然后又溜进刮风的黑夜中。她一路上给人带去恐惧和渺茫的希望。

从外面看，一所所房子黑沉沉，寂静无声，裹在睡意中；房子里，人们压低了声音在热烈地讲话，一直讲到天亮。不仅仅那些参加夜间袭击的，而且每一个三K党员都准备远走高飞；几乎桃树街上每个马厩里，马都备上了鞍站在黑暗中，手枪都插在皮套中，粮食装在干粮袋中。印第亚低声传递的信息才阻止了一次大逃亡："巴特勒船长说不要逃。大路上有人监视。他已经跟那个女人沃特林安排好了——"在一个个黑暗的房间里，男人们低声说："可我干吗要相信巴特勒那个该死的叛贼的话呢？那也许是个圈套！"女人们的声音在恳求："别走！他要是救了阿希礼和休的话，他可能救所有的人的。印第亚和玫兰妮要是相信他的话——"他们半信半疑，停住不走了，因为他们没有别的出路。

在夜晚早些时候，士兵们敲了十几家人家的门。那些说不出或是不愿说出那夜他们到哪儿去过的人，都被逮捕带走了。不少人在监狱里过夜，其中有勒内·皮卡尔、梅里韦瑟太太的一个侄儿、西蒙斯家弟兄和安迪·邦尼尔。他们参加了那次倒霉的袭击，但是在枪战以后，跟别人分散了，他们骑着马拼命赶回家，还没听说瑞特的计划，就被捕了。幸亏他们在受到讯问的时候都说，那一夜他们去过哪儿是他们自己的事情，跟该死的北佬毫不相干。他们给关起来，等到早晨再受审讯。梅里韦瑟老头儿和亨利伯伯却毫不害臊地说，他们在贝尔·沃特林的妓院里过夜。贾弗里上尉恼火地指出，他们干这种事情，年纪太大了，他们却要打他。

贝尔·沃特林接到贾弗里上尉的传讯通知，亲自来到。他还来不及说明他的使命，她就嚷着说今夜妓院关门。一批爱吵架的醉汉在昨天晚上早些时候闯进来，互相扭打，把那个地方打得稀巴烂，打碎了她那些最好的镜子，把那些年轻的姑娘吓坏了，所以一切业务今夜暂停。不过，贾弗里上尉要喝一杯的话，酒吧倒仍然开着——

贾弗里上尉敏锐地意识到他手下人的龇牙咧嘴的笑容，束手无策地感觉到他在跟迷雾搏斗，愤怒地说他既不要年轻的姑娘，也不要喝一杯，还查问贝尔是不是知道她那些砸坏东西的顾客的姓名。啊，可不是，贝尔认识他们。他们是她的老主顾。他们每个星期三夜晚都来，管他们自己叫“星期三的民主党人”，不过他们这样说是什么意思，她既不知道，也不关心。要是他们不赔偿楼上穿堂里那些给打碎了的镜子这个损失，她就要跟他们打官司。她开了一家挺像样的妓院，却——啊，他们的姓名？贝尔毫不踌躇地一气儿写出十二个受怀疑的人的姓名。贾弗里上尉只有苦笑。

“那些该死的南方叛乱分子组织得跟我们的特务机构一样效率高明，”他说。“你和你的那些姑娘明天早晨得来见宪兵司令。”

“宪兵司令会叫他们赔我的镜子吗？”

“让镜子见鬼去吧！让瑞特·巴特勒去赔吧。那地方是他的，对不对？”

天亮以前，城里以前是邦联分子的人家一切都知道了。他们家里的黑人，尽管什么也没有对他们说过，也一切都知道了。他们是通过白人不懂得的秘密传递信息的途径知道的。人人都知道那次袭击的细节，弗兰克·肯尼迪和瘸腿的汤米·韦尔伯恩被杀，阿希礼在运走弗兰克的尸体的时候受伤。

女人们本来恨透了斯佳丽，因为那场悲剧里有她的份儿，但是听说她的丈夫已经丧命，尽管她已经知道，却不能承认，连认尸那一点可怜的安慰也得不到，憎恨的情绪也有所缓和。在晨光显露那两具尸体，当局通知她以前，她得装作什么也不知道。弗兰克和汤米，冰凉的手里拿着手枪，僵硬地躺在空地上的枯草丛中。北佬会说他们是在一场共同的酒醉后的争吵中为了贝尔那儿的一个姑娘互相杀死了对方的。人们非常同情芳妮，汤米的妻子，她刚生了孩子，可是没有人能在黑夜中溜到她那儿去安慰她，因为一队北军包围着房子，等候汤米回来。另一队士兵守在佩蒂姑妈家周围，等着弗兰克。

天亮以前，消息慢慢地传开去，当天要进行军事讯问。城里的居民由于缺乏睡眠，又一直焦急地等待着，个个耷拉着眼皮，知道他们的几个最著名的公民的性命取决于三件事情——阿希礼能站直身子出现在军事委员们面前，好像他只是早晨过后害上头痛罢了，压根儿没有剧烈的痛苦；贝尔·沃特林作证那些男人整个黄昏都在她的屋里；瑞特·巴特勒作证当时他一直跟他们在一起。

城里的人对后面两件事情着实苦恼！贝尔·沃特林！她们的男人的性命得靠她救！真叫人受不了！女人们以前看到贝尔走来，就神气活现地穿到对面的街上去，现在不知贝尔是不是还记得她们干的事情，心里正为干过这种事情而感到担惊受怕。男人们不像女人那样因为靠贝尔救命而感到那么丢脸，因为他们有许多人认为她是好样的。但是他们为不得不靠瑞特·巴特勒，一个投机商和叛贼，救命和获得自由而感到痛苦。贝尔和瑞特，城里最著名的妓女和最被人讨厌的男人。可他们得欠这两个人的恩情。

另一个使他们痛苦得有火没处发的念头是，知道北佬和提包客会嘲笑！他们会笑得多么高兴啊！城里十二位最著名的公民被揭露出来，竟然是贝尔·沃特林的妓院里的老主顾！其中两个人在一场抢夺一个下三滥的小姑娘的争斗中送了命；其他的人醉得太不像话了，甚至被贝尔从她那儿给撵了出来；有几个尽管人人知道他们在那儿，却拒绝承认，被逮捕了！

亚特兰大担心北佬会嘲笑，这估计是正确的。他们在南方人的冷淡和轻蔑下苦恼得太久了，现在他们乐得发狂了。军官们叫醒他们的伙伴，源源本本地传播消息。丈夫们在天亮的时候推醒妻子，把凡是能体面地告诉女人的都告诉她们。那些女人急忙穿上衣服，敲开她们的邻居的门，传播这个故事。北方的太太小姐被这个故事陶醉了，笑得直淌眼泪。这就是你们的南方骑士风度和侠义精神。也许那些把头抬得那么高、对一切友好的打算都冷冰冰地拒绝的女人，不会那么盛气凌人了，因为人人都知道她们的丈夫应该在开政治会议的时候，却在那儿消磨时光。政治会议！行了，真有意思！

不过，即使她们在嘲笑的时候，她们也表示为斯佳丽和她的悲剧感到遗憾。归根结蒂，斯佳丽是位太太，而且是亚特兰大几位跟北方人友好相处的太太之一。她已经赢得了她们的同情，因为事实上她丈夫不能或是不愿像样地供养她，她不得不去做买卖。尽管她丈夫很差劲儿，那个可怜的人儿发现他对她不忠实，总是件糟透了的事情。更糟的是，他的死亡和不忠实的消息同时来到。归根结蒂，一个不行的丈夫总比没有丈夫好，所以那些北方太太小姐打定主意，要待斯佳丽特别好。不过，对别人，米德太太、梅里韦瑟太太、艾尔辛太太、汤米·韦尔伯恩的寡妇，特别是对阿希礼·韦尔克斯太太，她们每次见到那些女人，就要嘲笑她们。她们要教她们学得谦虚一点儿。

那夜晚，这个城市的北区的一个个黑沉沉的房间里不断在低声谈论的大多数也是同样的话题。亚特兰大的太太们情绪激烈地告诉她们的丈夫，北佬怎么想她们一点也不在乎。可是在心底里，她们觉得情愿挨一次夹道鞭打[①]，也不愿看到北佬龇牙咧嘴的讥笑，而不能说出她们的丈夫的真相，挨鞭打不知要比这种折磨好受多少。

米德大夫因为瑞特把他和别人哄得落入这样的处境，尊严受到了损害，所以气得发狂；他告诉米德太太，要不是这件事情牵连着别人，他倒不如吐露真相而被绞死，免得说他当时在贝尔那儿。

“这对你是个侮辱，米德太太，”他气得吹胡子瞪眼。

“可是人人都知道你不在那儿，因为——因为——”

“北佬不会知道。要是我们保住性命的话，他们就得相信这话。他们就会嘲笑。一想到哪个人相信这话和嘲笑，我就要冒火。而且那对你是侮辱，因为——我亲爱的，我一直对你是忠诚的。”

“这我知道，”在黑暗中，米德太太微笑了，悄悄地把一只瘦削的

① 这是旧日西方军队里的一种酷刑。行刑者们手持皮鞭排成两列，相对而立。受刑者从两列中走路，一路受到鞭打。

手放在大夫的手中。“不过，我情愿你的确在那儿，而不愿你的一根头发遭到危险。”

“米德太太，你知道你在说些什么吗？”大夫嚷起来了，他万万没想到他妻子变得那么现实，吃惊得愣住了。

“是啊，我知道。我失去了达西，失去了菲尔，我只有你了。与其失去你，我倒不如让你永远住在那个地方。”

“你急得失魂落魄了。你简直不知道自己在说些什么。”

“你这老蠢货！”米德太太温柔地说，把她的头靠在他的袖子上。

米德大夫气呼呼地不做声了，抚摸她的脸颊，接着又发作了。“欠下了那个巴特勒的恩情！跟这比，还不如给绞死了还好受些。不行，哪怕他对我有救命之恩，我也不可能对他有礼貌。他傲慢得目空一切，他的恬不知耻的投机倒把的行为叫人冒火。欠下一个从来没有参过军的人的救命之恩——”

“玫荔说过，亚特兰大沦陷后，他入过伍。”

“那是撒谎。任何一个花言巧语的恶棍说的话，玫荔小姐都会相信的。我闹不懂的是，他干吗要干这一切呢——要揽下这一切麻烦呢。我不愿意提，可是——嘿，一直有人在议论他和肯尼迪太太。去年，我时常看到他们坐着马车同出同进，次数着实不少。他一定是为了她才干的。”

“要是为了斯佳丽的话，那他手都懒得动弹哩。他会高兴地看到弗兰克·肯尼迪给绞死。我想他是为了玫荔——”

“米德太太，你不可能是暗示他们两人有什么事情吧！”

“啊，别说蠢话！不过，自从他设法在战争期间把阿希礼交换出来后，她一直对他好得没法说。不过，我也得为他说明，他跟她在一起的时候，从来不那样色迷迷地微笑。他尽可能地显得态度文雅，考虑周到——确实是换了另一个人。你看到他跟玫荔在一起的时候的行为，不妨说，只要他愿意，他是可以做个正派人的。对了，我对他干吗干这一切倒有个想法——”她停顿了一下。“大夫，你不喜欢听我的想法。”

“我对这整个儿事情一点都不喜欢！”

“得了，我想他一部分是为了玫荔，可是主要是因为他想这是对我们大伙儿开了个大玩笑。我们是那么恨他，而且都是明摆在脸上的，这下他使我们陷入了困境，你们大伙儿不得不挑选，要么说你们当时在那个女人沃特林的屋里，在北佬面前让你们自己和你们的妻子丢脸——要么说出真相，受绞刑。他知道我们都欠下了他和他的——情妇的恩情，也知道我们几乎都情愿被绞死，而不愿欠他们的情。啊，我敢担保，他正感到有趣哩。”

大夫呻吟了一声。“他在那地方带我们上楼的那会儿，倒并不显得高兴。”

“大夫，”米德太太犹豫不决，“那儿是什么模样？”

“你在说什么，米德太太？”

“她屋里。那儿是什么模样？有雕花玻璃的枝形吊灯吗？有红长毛绒的帷幕和十几面跟人一样高的镜子吗？那些姑娘——都不穿衣服吗？”

“老天爷啊！”大夫嚷着说，吓坏了，因为他从来没有想到过一个正派女人对她那些不正派的姐妹的好奇心是那么强烈。“你怎么会问这么不正经的问题呢？你的神经出毛病了。我要给你调一杯镇静剂。”

“我不要镇静剂。我要知道。啊，亲爱的，这是我唯一的机会可以知道一所不正派的房子是什么模样，可是你却扭扭捏捏地不肯告诉我！”

“我什么也没注意。我向你保证，我一发现自己在那个地方，就窘坏了，压根儿没有去注意周围的环境，”大夫拘谨地说，他在无意中认清了他妻子的品德，这比他在那天黄昏所经历过的种种事情更使他心烦意乱。“现在，你要是不反对的话，我想要睡一会儿了。”

“好吧，那就睡吧，”她回答，声调中，却带有失望。接下来，大夫在弯着身子脱靴子，她的声音在黑暗中重新带着愉快的心情说话了。“我想多莉已经从梅里韦瑟老头儿那儿把一切都打听到了，她会告诉我的。”

“天啊！米德太太！你的意思是在告诉我，正经女人们在一起的时候谈论这种事情——”

“啊，上床吧，”米德太太说。

第二天，下雨夹雪，但是冬天的暗淡的暮光渐渐逼近的时候，雪珠不下了，刮起了冷风。玫兰妮裹在斗篷中，莫名其妙地跟在一个陌生的黑人马车夫后面，从她家前面的小路上走出来，她被神秘地叫到一辆停在她家面前的门窗紧闭的马车前。她一走到马车旁，车门就打开了。她看到幽暗的车厢里坐着一个女人。

玫兰妮凑近身子，一边仔细向里面看，一边问：“是谁？你不进屋去？天气那么冷——”

“请上车，跟我一起坐一会儿，韦尔克斯太太，”车厢深处传来一阵亲切得像亲戚的声音，一阵困窘的声音。

“啊，你是沃特林小姐——太太！”玫兰妮嚷着说。“我的确很想见你！你一定要进屋去坐。”

“这我可不行，韦尔克斯太太，”贝尔·沃特林的声音听起来好像感到震惊。“你上车来，跟我一起坐一会儿。”

玫兰妮跨进车厢；那个马车夫马上关上车门。她坐在贝尔身旁，伸出手去握住她的手。

“为了你今天干的事情，我不知道要怎么感谢你才好啊！我们哪一个都不知道要怎么感谢你才好啊！”

“韦尔克斯太太，你今天早晨不该派人把那张便条送给我。我收到你送来的条子是感到骄傲的，可是那样不好，因为可能条子落在北佬的手里。至于说你要来拜访我表示感谢——唷，韦尔克斯太太，你一定失去理智啦！想得出这个主意！等天一黑，我马上赶到这儿来告诉你，你千万别想这种事情。呃，对你——呃，对我——都压根儿不合适。”

“拜访一个救了我丈夫的性命的好心的女人，向她表示感谢，不合适？”

“啊，乱弹琴，韦尔克斯太太！你知道我的话是什么意思！”

玫兰妮沉默了一会儿，被她话中的暗示窘住了。不管怎样，这个坐在黑沉沉的马车厢里、相貌漂亮、衣着大方的女人的模样跟她想象中的坏女人，妓院老鸨的模样和谈吐不一样。她的话听起来——嗯，有点儿粗俗和乡气，可是亲切而热心。

“你今天在宪兵司令面前真是了不起，沃特林太太！你和其他——你的——那些年轻的小姐确实救了我们那些男人的命。”

“韦尔克斯先生才了不起。我真不知道他到底怎么站得起来，讲他那一套编好的话的，至于神情是那么冷静就不用提了。昨夜晚，我看到他那会儿，他一定流了不知多少血哪。他人好吗，韦尔克斯太太？”

“好，谢谢你。大夫说尽管他确实流掉了大量的血，只是皮肉受伤，今天早晨，他——唔，他喝了许多白兰地提精神，要不，他再怎么也不会有精力这么顺利地应付过去的。不过，是你，沃特林太太，救了他们。你气得发狂似的谈到打碎了的镜子的那会儿，你说得那么——那么叫人相信。”

“谢谢你，太太。不过，我——我想巴特勒船长也干得呱呱叫，”贝尔说，声音里带着腼腆的骄傲。

“啊，他真了不起！”玫兰妮充满热情地嚷着说。“北佬不得不相信他的证词。他把整个儿事情处理得那么巧妙。我真不知道怎么感谢他——还有你——才好！你们真是人也好，心眼儿也好！”

“非常感谢，韦尔克斯太太。我很高兴干这件事情。我——我希望，我在说韦尔克斯先生经常上我那儿去的时候，没有把你给窘住了。他从来没有，你知道——”

“对，我知道。不，我一点也不窘。我只是感激你。”

“我敢断定，别的太太们不会感激我的，”贝尔突然恶狠狠地说。“我敢断定她们也不会感激巴特勒船长的。我敢断定，她们只有更恨他了。我敢断定你是唯一向我表示谢意的太太。我敢断定她们在街上看到我的时候，甚至不会朝我的眼睛看。可是我不在乎。她们的丈夫要是都被绞死的话，我也不会摆在心上。可是我的确关心韦尔克斯先生。你瞧，我忘不了你在战争期间待我多好，把我捐的钱送到医院去。城里没有哪个太太小姐像你待我那么好，我绝不会忘掉别人的恩情。我想到了要是韦尔克斯先生被绞死的话，你就成了寡妇，还有一个孩子，而——他是个好孩子，我是说你的孩子，韦尔克斯太太。我自己也有个孩子，所以我——”

“啊，你有孩子？他住在——呃——”

“啊，不，太太！他不在亚特兰大。他从来没有到这儿来过。他在上学。他很小的时候，我就跟他分开了。我——嘿，不管怎样，巴特勒船长要我为那些男人撒谎的时候，我就要知道那些人是谁；我一听到其中有韦尔克斯先生，我就不再犹豫了。我对我那些姑娘说，我说：‘你们要是不特别说明整个晚上你们跟韦尔克斯先生在一起的话，我就要把你们揍得死去活来。’”

“啊！”玫兰妮说，她听到贝尔随口说出她的“姑娘”，越发窘了。“啊，那是——呃——你的心眼儿好，也是——她们心眼儿好。”

“为你干是应该的，”贝尔充满热情地说，“为别人，不管是谁，我才不干哩。要是只有肯尼迪太太的丈夫一个人的话，不管巴特勒船长怎么说，我一个手指头也不会动。”

“为什么？”

“是这样的，韦尔克斯太太，干我这一行的人知道的事情可多哩。许多名门的太太小姐要是知道我们对她们的事情知道得那么多的话，那她们会感到惊奇和震惊的。她的行为太不好了，韦尔克斯太太。她害死了她丈夫和那个好小伙子韦尔伯恩，简直就好像她亲手开枪把他们打死似的。她是这场乱子的罪魁祸首，独自个儿神气活现地在亚特兰大来来往往，惹得黑鬼和穷白人干坏事。唷，我的姑娘们也没有一个——”

“你千万不能说我嫂子坏话。”玫兰妮冷冰冰地变得强硬了。

贝尔热切地把一只手放在玫兰妮的胳膊上安慰她，接下来赶快缩回去。

“请别冷淡我，韦尔克斯太太。你刚才待我那么亲切和友好，我受不了冷淡啦。我忘了你多么喜欢她；我对我刚才说的话感到遗憾。我也为肯尼迪先生的去世感到遗憾。他是个好人。我从前常向他买一些我屋里需要的东西，而他总是待我挺客气。可是肯尼迪太太——嗯，她跟你不是一路的，韦尔克斯太太。她是个非常冷冰冰的女人，所以我要是那么想的话，实在没办法……他们什么时候埋葬肯尼迪先生？”

“明天早晨。而你对肯尼迪太太的看法不正确。唉，就在眼下，她悲痛得支撑不住了。”

“也许是这样，”贝尔带着明显的不信任的表情说。“好了，我得走了。我要是待得更久的话，只怕有人也许认出这辆马车，那就会对你不好了。我说，韦尔克斯太太，你要是在街上看到我的话，你——你用不着跟我说话。我懂得。”

“我将为跟你说话而感到骄傲。为欠你的恩情而感到骄傲。我希望——我希望我们再见面。”

“不，”贝尔说。“那不合适。再见。”

第 47 章

斯佳丽坐在卧房里，一边挑挑拣拣地吃着黑妈妈送来的一托盘晚餐，一边倾听着在外面黑夜里呼啸的狂风。房子里寂静得吓人，比几个钟头以前弗兰克的尸体停在客厅里的时候更静。那会儿，还有踮着脚走动的声音、压低了的说话声音、模模糊糊的敲前门的声音，邻居们急匆匆地来低声吊慰，和从琼斯博罗赶来参加葬礼的弗兰克的妹妹偶尔发出的哽咽声。

但是，现在房子笼罩在一片寂静中。虽然她的房门开着，她听不到楼下有一点儿声音。自从弗兰克的尸体运到家里后，韦德和娃娃一直待在玫兰妮家。她惦记着那个男孩的脚步声和埃拉的笑声。厨房里也休战了；没有彼得、黑妈妈和厨娘争吵的声音传上楼来。甚至佩蒂姑妈在楼下藏书室里，为了不打搅斯佳丽的悲伤，也不摇晃她那张吱吱嘎嘎的椅子了。

没有人闯进来看她；人人都认为她希望带着悲痛独自个儿待着，可是斯佳丽最不愿意的却是独自个儿待着。要是只有悲痛陪伴她的话，她还能忍受，就像她能忍受其他的悲痛。但是除了弗兰克的死亡使她产生的那种不知所措的失落感外，还得加上恐惧、怨恨和突然觉醒的良心的折磨。在她的一生中，她第一次懊悔她干的事情，带着无限的迷信的恐惧懊悔那些事情，她忍不住乜斜着眼向她和弗兰克一起睡的那张床瞟上几眼。

她害死了弗兰克。她确实害死了他，好像是她的手指头扳的扳机似的。他求她别独自个儿到处转悠，可是她不听他的话。由于她的固执，他已经送了命。上帝会为这事惩罚她的。还有一件事情压在她的良心上，比促使他送命这件事情更沉重、更可怕——那件事情以前从来没有使她苦恼过，直到她望着他躺在棺材里的那张脸，才动心。那张一动不动的脸上有一种无可奈何和可怜巴巴的神情在谴责她。当时他确实是爱苏埃伦的，她却嫁给了他，上帝会为这事惩罚她的。她会不得不哆哆嗦嗦地缩在审判座旁，交代她那次从北军的兵营里坐着他的马车回家的时候对他所说的谎话和承担责任。

现在，她即使振振有词地说，她是要达到目的，所以不择手段；说她迫不得已，才使他落入圈套，说太多的人的命运依靠着她，她没法考虑他的或是苏埃伦的权利和幸福，那也没有用了。实际情况是那么明显、突出，她只得哆哆嗦嗦地缩着身子躲开。她冷淡地嫁给他，冷淡地利用他。最近的六个月，她本来是可以使他很快活的，却使他很不快活。上帝会为她不待他好一些而惩罚她的——她欺侮他，刺激他，大发脾气，说话尖刻，疏远他的朋友，还经营锯木厂，盖酒馆，租用囚犯，让他丢脸，为了这一切，上帝会惩罚她的。

她使他不快活，这她知道，但是他像个有教养的人那样忍受一切。她干的唯一的使他真正快活的事情是给他生了个埃拉。而且她知道要是她有办法不生埃拉的话，那埃拉就永远不会生下来。

她颤抖，吓坏了，希望弗兰克还活着，那她可以好好地待他，可以很好地待他，弥补以前的一切。啊，只要上帝看来不那么愤怒和施加报复就好了！啊，只要时间不要一分分地过得那么慢，房子里不那么寂静就好了！只要她不是独自个儿就好了！

只要玫兰妮跟她在一起，玫兰妮就能使她的恐惧平静下来。但是玫兰妮在家里，在照料阿希礼。有一会儿，斯佳丽想到把佩蒂帕特叫来做伴，好分散一些良心对她的折磨，但是她感到踌躇。佩蒂也许会把情况搞得更糟，因为她真心地为弗兰克哀痛。与其说他是斯佳丽的同时代人，倒不如说他是她的同时代人。她一向对他很忠实。他作为“家里的一个男人”，可以说是十全十美地满足她的需要，他送给她小礼物，跟她无伤大雅地闲聊，开玩笑和讲讲故事，在夜晚她给他补袜的时候，读报给她听，还向她讲解当天的话题。她过去一直格外关心他，为他动脑筋烧特别的饭菜；他害过不知多少回感冒；在他病中，她尽心地照料他。眼下，她非常想念他，一边轻轻地擦她那双红肿的眼睛，一边一遍又一遍地重复着说：“他要是不跟三K党一起出去的话，那有多好！”

只要有个人能安慰她，使她的恐惧平静下来，向她解释清楚这种使她的心带着冷冰冰的恶心感觉往下沉的、叫人惊慌失措的恐惧是怎么回事，那有多好！要是阿希礼——可是她一下子从这个念头缩回去。她差一点没害死阿希礼，就像她害死弗兰克那样。要是阿希礼知道了那些真相：她是怎样用谎话欺骗了弗兰克才得到他的，知道了她一向待弗兰克是多么刻薄，他就再也不可能爱她了。阿希礼是那么正直、那么诚实、那么和气；他看事情是那么有条理、那么清晰。他要是知道了整个真相的话，会懂得的。啊，可不是，他会彻头彻尾地懂得的！不过，他再怎么也不会爱她了。所以她永远也不能让他知道事实真相，因为一定要让他一直爱她。他的爱情是她的精力的秘密的来源，要是这个来源被剥夺了的话，那她怎么还能活下去呢？但是，把她的头靠在他的肩膀上哭泣，吐露真情，卸下内疚的负担，那是多么舒心的事情啊！

笼罩着沉甸甸的死亡感的寂静的房子把孤独紧紧地裹住她，直到她觉得没有援助她再也忍受不了。她小心谨慎地站起身来，把门半关着，然后在她放内衣的衣柜底层抽屉里翻寻。她掏出了佩蒂姑妈那个盛白兰地的“头晕药瓶”。瓶是她藏在那儿的。她举起瓶，凑近灯光。几乎只剩半瓶了。那不过是上一夜到现在，她当然不可能喝那么多！她着实倒了不少在她的喝水的玻璃杯里，咕嘟一口吞了下去。她在天亮以前得在酒瓶里兑满了水，放回到盛酒的橱里去。在葬礼前，那些抬棺材的人想喝一杯，黑妈妈已经找过这瓶酒了，而且在厨房里黑妈妈、厨娘和彼得中间已经互相猜疑，气氛变得紧张了。

白兰地带给她一种火辣辣的快感。你需要这玩意的时候，没有别的东西能代替它。事实上，白兰地几乎在任何时候都给人一股劲儿，比淡而无味的果子酒要好得多。那到底为什么女人喝果子酒而不喝烈酒，才算合乎体统呢？梅里韦瑟太太和米德太太在葬礼上极明显地在闻她的口气，接着她看到她们得意扬扬地交换了一个眼色。那两个老婆子！

她又倒了不少。今夜，她就是喝得有一点儿迷迷糊糊也没关系，因为她很快就要上床了；在黑妈妈来给她宽衣以前，她可以用花露水漱口。她希望她能像从前杰拉尔德在开庭日那样，喝得酩酊大醉，没有思想。那么，她也许能忘掉弗兰克那张凹陷的脸，那张脸上的神情在谴责她毁掉了他的一生，然后害死了他。

她拿不准是不是城里的人个个都认为她害死了他。不用说，出席葬礼的人对她是冷淡的。只有那些跟她做买卖的北方官员的妻子们才在她们的同情的表情中显露一些温暖。得了，她才不在乎城里的人说她什么呢。跟她不得不要向上帝交代和承担责任的那些事情一比，人们说些什么看来是多么无关紧要！

她想到这儿，又干了一杯，火辣辣的白兰地在她的喉咙里淌下去，人却在打冷战。这会儿，她挺暖和了，可是仍然没法把对弗兰克的想念从脑子里排除出去。男人真是大蠢货，他们怎么竟然说出酒能叫人忘掉一切这样的话来！除非她喝得失去知觉，她仍然会看到弗兰克的脸，那张脸上带着腼腆、责备和抱歉的神情，就像他最后一回求她别独自个儿赶马车出去的时候那样。

前门的门环响起一阵沉闷的声音，使那所寂静的房子产生回声，接着她听到佩蒂姑妈摇摇晃晃地走过穿堂的脚步声和开门声。传来招呼的声音和听不清楚的低语声。是某个邻居来谈论葬礼，或送来了一杯牛奶冻。佩蒂会高兴的。她一直从跟来吊慰的客人的谈话中得到很大的、忧郁的乐趣。

她并没有好奇心，只是想知道那是谁，可是一个洪亮而慢腾腾的男人声音盖过了佩蒂的低低的、悲痛的声音，她知道来的是谁了。那是瑞特。她的心中一下子洋溢着喜悦和宽慰的感情。自从他向她透露了弗兰克已经死亡那个坏消息后，她还没有见过他。她的心底里马上知道，他是今夜唯一能帮助她的人。

“我想她会见我的，”瑞特的声音传到楼上她的耳中。

“可是眼下她已经睡了，巴特勒船长，不管是谁，都不会见了。可怜的孩子，她已经支撑不住了。她——”

“我想她会见我的。请告诉她我明天早晨要走了，也许要离开一些日子。事情很重要。”

“可是——”佩蒂帕特姑妈心神不定。

斯佳丽赶紧跑到穿堂里来看，为她自己的脚步有一点不稳稍微感到惊奇，就靠在楼梯栏杆上。

“我一准下楼来，瑞特，”她嚷着说。

她向佩蒂帕特姑妈那张胖胖的、仰着的脸瞟了一眼，只见她那双眼睛带着惊奇和不赞成的神情睁得像猫头鹰的眼睛。这下会传遍全城了，在我丈夫举行葬礼的那一天，我的行为就极不像话，斯佳丽一边赶快回进卧房，开始梳头发，一边想。她把身上那件黑色紧身上衣的钮扣一直扣到下巴底下，用佩蒂帕特的服丧的饰针把领子别住。她凑近镜子看，心里想，我看起来好像不怎么漂亮，脸色太苍白，神情太惊慌。有一刹那，她的手向她藏胭脂的带锁的小箱伸去，但是她决定不用了。她要是脸色红润、满面春风地下楼去的话，可怜的佩蒂帕特会心慌意乱得没命的。她拿起花露水瓶，喝了一大口，仔细地漱漱口，然后吐在污水罐内。

她急急忙忙地奔下楼去，那两个人仍然站在穿堂里，因为佩蒂帕特被斯佳丽的举动弄得心烦死了，没有请瑞特去坐。他有礼貌地穿着黑礼服，他的衬衫有饰边，还浆过；他的举止完全符合习俗的要求，他是以老朋友的身份前来吊慰一个遗孀的。事实上，他扮演得太尽善尽美，有点儿像演滑稽戏了，不过佩蒂帕特并没有发觉。他得体地为打扰斯佳丽表示歉意，还为不能出席葬礼感到遗憾，因为他在离城以前忙于结束业务。

“他到底为什么才来的？”斯佳丽在纳闷。“他说的那些话全都是借口。”

“我不愿这时候闯进来看你，可是我有一件不能等的业务要讨论。原来肯尼迪先生和我在计划——”

“我不知道你和肯尼迪先生有业务来往，”佩蒂帕特姑妈说，对弗兰克的活动她竟然不知道感到气愤。

“肯尼迪先生是个兴趣广泛的人，”瑞特尊敬地说。“我们到客厅去好不？”

“不，”斯佳丽嚷着说，向关着的折叠门瞟了一眼。她仍然能看到那个房间里停放着棺材。她巴不得自己永远不再进去。佩蒂这一次总算领会了这个暗示，可是心里不大情愿。

“到藏书室去吧。我一定——一定要上楼去，把我要缝补的活计取来。啊呀，最近这个礼拜，我把这件事儿忘了。真怪——”

她上楼去，回头带着责备的神情看了一眼。不管是斯佳丽还是瑞特，都没有注意到她这一眼。他站在旁边，让她先走进藏书室去。

“你跟弗兰克有什么业务？”她突然问。

他走近些，低声说：“什么也没有。我不过是要把佩蒂小姐打发走罢了。”他停住嘴，向她探出身子。“这样没用，斯佳丽。”

“什么？”

“花露水。”

“我可以肯定地说，我不懂你的话是什么意思。”

“我可以肯定地说，你懂。你喝得着实不少哩。”

“好吧，我喝得多怎么样？这跟你有什么关系吗？”

“甚至在悲痛的深渊里，也要注意礼貌。别独自个儿喝酒，斯佳丽。人们总是会发现的，这样就把名声毁了。再说独自个儿喝醉，也不是件好事情。怎么啦，宝贝儿？”

他把她领到花梨木沙发前；她默不作声地坐下。

“我可以关上门吗？”

她知道黑妈妈要是看到门关着的话，就会大为吃惊，会为这事训斥和咕哝好几天。不过，要是黑妈妈无意中听到在谈论喝酒的话，尤其是考虑到那瓶不见了的白兰地，那就更糟了。她点点头，瑞特把两扇拉门合上。他回过来，坐在她身旁，两只黑眼睛机灵地在她的脸上搜寻。在他显示出来的活力面前，笼罩着的死亡的阴影退却了；房间里看来好像又变得愉快和像个家了，灯光映出玫瑰色和温暖。

“怎么啦，宝贝儿？”

世界上没有人能像瑞特那样把那个愚蠢的表示亲热的词儿说得那么甜，哪怕是他在开玩笑的时候，可是这会儿他看来好像不在开玩笑。她抬起她的神情痛苦的眼睛向他的脸看，不知什么缘故，她看到那张毫无表情的、谜一样的脸却得到安慰。她不知道为什么会有这种感觉，因为他是这样一个没法预言、冷酷无情的人。也许那是因为像他经常说的，他们太相像了。有时候她想，除了瑞特以外，所有她认识的人都是陌生人。

“你不能告诉我？”他握着她的手，温柔得叫人奇怪。“不仅仅是因为老弗兰克撇下你去世了？你需要钱吗？”

“钱？上帝啊，不。啊，瑞特，我实在害怕。”

“别蠢里蠢气，斯佳丽，你这辈子从来没有害怕过。”

“啊，瑞特，我害怕！”

她的话不停地往上冒，快得她没法说出口。她可以告诉他。她什么都可以告诉瑞特。他自己一向那么坏，所以他不会审判她的。世界上充满了为了挽救灵魂而不肯撒谎的人，情愿挨饿而不肯做丢丑的勾当的人，知道有一个人行为不端，声名狼藉，知道他是骗子，说谎话，那真是太好啦！

“我怕我死后要下地狱。”

他要是嘲笑她的话，她当时就会活不下去的。可是他没有嘲笑。

“你很健康——也许归根结蒂没有什么地狱。”

“啊，是有的，瑞特！你知道有！”

“我知道是有的，不过地狱就在这个世界上。不是在我们死后。我们死后，什么也没有了，斯佳丽。现在你却在尝下地狱的滋味了。”

“啊，瑞特，这是亵渎上帝的话！”

“可是异乎寻常地给人安慰。告诉我，你为什么打算下地狱？”

他这会儿在取笑，她可以看到他的眼睛里隐隐约约地闪烁着亮光，但是她不在乎。他那双手是那么温暖和结实，紧紧地握着是那么叫人宽慰。

“瑞特，我不应该跟弗兰克结婚的。那件事干得不对头。他原来是苏埃伦的情人，而他爱的是她，不是我。可是我跟他撒谎，告诉他她就要跟汤尼·方丹结婚了。啊，我怎么能干这样的事情呢？”

“噢，原来是这么一回事！我一直在纳闷。”

“后来，我使他过得很不愉快。我硬逼他干一切他不愿干的事情，譬如说，让一些人在确实付不出账的时候付账。而我经营锯木厂，盖酒馆和租用囚犯，这些事情确实伤了他的心。他感到丢脸，简直抬不起头来。瑞特，是我害死了他。可不是，确实是我！我当时不知道他参加了三K党。我再怎么也想不到他胆子这么大。可是我应该知道的。是我害死了他。”

“‘伟大的尼普顿的所有海洋能洗清我手上的鲜血吗？’”①

“什么？”

“没什么。往下说。”

“往下说？就是这些。还不够吗？我嫁给了他，我使他日子过得不快活，我害死了他。啊，我的上帝！我真不明白我怎么能干出这样的事情来！我跟他说了谎话，嫁给了他。我在干这件事情的时候，在我看来，一切都是正确的，可是我现在明白干得多么不对头。瑞特，这一切事情似乎都不是我干的。我对他那么刻薄，可是我并不真正刻薄。我受的不是那样的教养。妈——”她停住嘴，抑制强烈的感情。她整天一直避免想到埃伦，可是她再也不能抹去她的形象了。

---

① 尼普顿是罗马神话中主管海洋的神。此句出自莎士比亚的《马克白》。

“我经常拿不准她是个怎样的人。在我看来，你很像你爹。”

“妈是——啊，瑞特，我第一回为她的去世感到高兴，那样她就看不见我了。她并不要把我养成一个刻薄的人。她对人都那么和气，那么好。她情愿我挨饿，也不愿我干这样的事情。我从前非常想在各方面都像她，可我一点也不像她。我以前从来没有想到过这件事儿——总是有那么多的事情要想——可是我想要像她。我不想要像爹。我爱他，可是他是——那么——那么——没脑筋。瑞特，有时候，我想尽办法要待人宽厚，对弗兰克好，可是那场梦魇又会出来，吓得我没命，我直想跑出去，从别人的手里把钱抢过来，不管是不是我的。”

眼泪从她的脸上滚滚直流也顾不上了。她紧紧地抓着他的手，指甲都掐到他的肉里去了。

“什么梦魇？”他的声音是平静的，起着安慰作用。

“啊，我忘了你不知道。是这样，每当我想要待人好，跟自己说钱不是一切的时候，我上床后就会做梦，梦见我在妈刚去世后，北佬刚来过后，回到塔拉庄园。瑞特，你没法想象——我一想起那光景，就浑身发冷。我能看到的是一切都烧光了，是那么寂静，而且没有东西吃。啊，瑞特，在梦中，我又饥饿了。”

“往下说。”

“我肚子饿，而且人人都在挨饿，爹、女孩子们、黑人们，他们一遍遍地说：‘我们肚子饿，’而我的肚子里空得疼痛，而且吓得没命。我的脑子里一直在想：‘我要是终于摆脱这光景的话，就永远，永远不会再饿肚子，’接着梦境变成一片灰蒙蒙的雾，我在雾中跑啊跑的，那么拼命地跑，差一点心都要炸开了；有什么东西在撵我，我气都透不过来，可是我一直在想我要是赶到那儿的话，就安全了。可是我不知道自己要赶到哪儿去。接着我醒了，吓得浑身发冷，是那么害怕，我又肚子饿了。我从梦中醒来，似乎世上没有足够的钱可以消除我对再挨饿的害怕。而弗兰克说话是那么拐弯抹角、慢条斯理，他简直要使我急得发疯，我就忍不住要发脾气了。我想，他不理解，而我又没法使他理解。我一直在想，有一天，等我们有了钱，我不怕饿肚子了，我会报答他的。现在，他已经死了，太晚了。我在干那件事情的时候，好像非常正确，可是那一切都压根儿不对头。我要是得再干一回的话，就会干得完全不一样。”

“别说了，”他一边说，一边把手从她紧紧握着的双手中抽出来，从兜里掏出一条干净的手绢。“擦擦你的脸。你这样没完没了地掉眼泪，没有道理。”

她接过他的手绢，擦她那张潮湿的脸，不知不觉地感到心里轻松一些了，好像她把她的一些负担转移到他的宽阔的肩膀上去了似的。他显得那么能干和沉着，甚至他的嘴微微一扭也使人得到安慰，好像那证明她的苦恼和慌乱是没有根据的。

“现在觉得好些吗？那么，我们来彻底地谈谈这件事情。你说你要是得再干一回的话，就会干得完全不一样。可是你会不？喂，想想看。你会不？”

“这个——”

“不，你会再干同样的事情。你有别的选择吗？”

“没有。”

“那么，你干吗那么难受呢？”

“我以前那么刻薄，他现在已经死了。”

“他要是没有死的话，你仍然会刻薄的。我了解，你并不是真的为了嫁给弗兰克，欺侮他，无心断送了他的性命而感到难受。你只是因为怕下地狱而感到难受。这话对吗？”

“这个——这话听起来好像很混乱。”

“你的道德观也相当混乱。你跟一个当场被逮住的小偷的处境一模一样，不是为你偷东西感到难受，而是为了要蹲监狱才感到非常，非常难受。”

“一个小偷——”

“啊，别那么拘泥字眼！换句话说，你要是没有这个永远罚入地狱，被烈火焚烧的蠢念头的话，就会想这样摆脱弗兰克，着实不坏。”

“啊，瑞特！”

“啊，得了。你在忏悔，你还是把实际情况忏悔成一个得体的谎言的好。你那一回建议把——我们说说那件事儿好不好——那件比生命还珍贵的宝石首饰换三百块的时候，你的良心——呃——使你大为烦恼吗？”

白兰地这会儿在她的脑子里发挥作用了。她感到头晕，有一点儿什么也不在乎的感觉。对他撒谎有什么用呢？他似乎总是看透她的心。

“当时我确实没有很多地想到上帝——或者地狱。我想到的时候——噢，我只是料想上帝会了解的。”

“可是你认为上帝不了解你为什么跟弗兰克结婚吗？”

“瑞特，既然你知道你自己不相信有上帝，怎么还能这么谈论上帝呢？”

“不过，你相信一个要惩罚的上帝，而这在现在是关系重大的。主干吗不了解呢？塔拉庄园仍然归你所有，那儿没有住着提包客，你为这感到难受吗？你为没有挨饿、没有穿得破破烂烂，而感到难受吗？”

“啊，不！”

“得了，除了跟弗兰克结婚以外，你当时有什么别的选择吗？”

“没有。”

“他并不是非跟你结婚不可，对不对？男人是自由自在地发挥主动作用的。尽管你硬逼着他去干那些他不愿干的事情，可他并不是非干不可的，对不对？”

“这个——”

“斯佳丽，干吗为这件事情发愁呢？你要是得再干一回的话，你还会迫不得已说谎话的；他呢，还是会不得不跟你结婚的。你仍然会到处乱跑，遭到危险；他呢，就非为你报仇不可了。他要是跟苏妹妹结了婚的话，她也许不会断送他的性命，可是她很可能比你加倍使他不快活。事情不可能变得不一样。”

“可是我原可以对他好一些。”

“你原可以——要是你是另一个人的话。可是你天生就是要欺侮任何让你欺侮的人的。强者生来就是要欺侮弱者，而弱者生来就是屈服的。弗兰克不拿赶马车的皮鞭揍你，那完全是他的过错……斯佳丽，你到了这把年纪，居然长出了良心，这真叫我惊奇。像你这样投机取巧的人是不应该有良心的。”

“什么是机——你管那叫什么来着？”

“利用机会的人。”

“那样干不对吗？”

“那样干一向被人认为是声名狼藉的——尤其是有同样机会而不干的人都有这种看法。”

“啊，瑞特，你在开玩笑，我原以为你会好些！”

“我一直很好——拿我来说。斯佳丽，宝贝儿，你喝醉了。这就是你现在这副模样的原因。”

“你敢——”

“可不是，我敢。你快要，用俗话说，‘哭鼻子’了，所以我要换个话题，告诉你一些你感兴趣的消息，让你高兴起来。事实上，这就是我今晚上这儿来的原因，在我出门以前，告诉你关于我的消息。”

“你要上哪儿去？”

“去英国，也许要去几个月。忘掉你的良心，斯佳丽。我不想进一步跟你讨论你的灵魂的幸福。你要听我的消息吗？”

“可是——”她有气无力地开始说。白兰地缓和了她的强烈的怨恨；瑞特的话尽管带着讥讽，却给人安慰；在两面夹攻下，弗兰克的苍白的幽灵渐渐退入黑影中。也许瑞特的话是对的。也许上帝确实了解。她的心情已经相当平静，能把她的苦恼撇在脑后了，打定主意：“这一切等我明天再考虑吧。”

“你有什么消息？”她费劲地说，用他的手绢擦擦鼻子，把她开始散乱的头发捋捋平。

“这就是我的消息，”他说，嬉皮笑脸地低头望着她。“我仍然需要你，胜过我看到过的任何女人。既然弗兰克已经去世，我想你知道了会感兴趣的。”

斯佳丽把被他握着的手猛地抽出来，一下子跳起身来。

“我 —— 你是世界上最没有教养的人，偏偏在这个时候上这儿来，带着你的下流的 ——我原该知道你是永远不会改变的。弗兰克的尸体还没有冷哪！你要是懂得一点儿礼貌的话 ——你离开这 —— ”

“安静些，要不，佩蒂帕特小姐马上会下楼的，”他说，并没有站起身来，但是伸出手去，握住她的两个拳头。“我怕你误会我的意思了。”

“误会你的意思？我什么也没有误会。”她在拉她那双被他紧紧地握着的双手。“放开我，滚出去。我从来没有听到过这么不得体的话。我 —— ”

“别作声，”他说，“我在向你求婚。你要我跪下来，才相信我的话吗？”

她气喘吁吁地“啊”了一声，接着直挺挺地坐在沙发上。

她盯着他看，嘴张着，拿不准是不是白兰地在她的脑子里跟她开玩笑，毫无道理记起他的嘲笑话：“我亲爱的，我是个不结婚的男人。”她喝醉了，要不，是他疯了。不过，看来他好像没有疯。他显得挺平静，好像他在谈论天气似的，他的声音平稳的、慢腾腾的话传到她的耳中，丝毫没有强调的声气。

“我第一次是在十二棵橡树庄园看到你的，当时你扔了一个花瓶，赌咒发誓地证明你不是小姐，从那以后，我一直打算不管怎样都要把你弄到手。可是你和弗兰克已经攒了一点儿钱，我知道你再也不会迫不得已地来向我提出任何借款和担保品那种有趣的建议了。所以我明白我不得不跟你结婚了。”

“瑞特 · 巴特勒，你这是在恶毒地开玩笑吗？”

“我在吐露真心话，而你却在怀疑！不，斯佳丽，这是真诚、体面的声明。我承认这样干不是最得体，这时候上这儿来，可是我对自己这种缺乏教养的行为有一个很好的借口。我明天早晨要出门，要去好久。我怕等到我回来后再说，你也许已经嫁给另一个有一点儿钱的男人了。所以我想干吗不嫁给我，花我的钱呢？说真的，斯佳丽，我不能那么过一辈子，老是等着在你的前后两个丈夫中间逮住你啊。”

他是认真的。这毫无疑问了。她细细辨别这些话，抑制着感情，盯着他的眼睛看，想要找到一些暗示，她的嘴里干巴巴。他的眼睛里充满笑意，可是除此以外，在眼睛深处还有别的表情，那种神情她以前从来没有看到过，一种难以分析的微光。他自在地、大大咧咧地坐着，可是她感到他机警地注视着她，好像一只猫注视着一个耗子洞那样。在他的平静的外表底下，有一股在使劲挣扎要摆脱束缚的力量，使她退缩，稍微有一点害怕。

他确实在向她求婚；他在干叫人没法相信的事情。从前，她计划过，要是有一天他向她求婚的话，她要折磨他。从前，她想过，他要是说这些话的话，她要煞煞他的气焰，而且从中得到恶意的乐趣。好了，他说这些话了，可是她甚至没有想到那些计划，因为跟过去一样，她控制不了他。事实上，他完全掌握着局面，她像个第一回听到别人求婚的小姑娘那样心情慌张，只能脸涨得通红，说话结结巴巴。

“我—— 我再也不结婚了。”

“啊，会的，你会结的。你生来就是结婚的料。干吗不跟我结呢？”

“可是瑞特，我——我不爱你。”

“那不该是个障碍。我记得你的另外两回担风险的尝试中并没有显著的爱情。”

“啊，你怎么能这么说？你知道我喜欢弗兰克！”

他什么也没有说。

“我喜欢！我喜欢！”

“得了，我们不用为这争论了。我不在的时候，你会考虑我提出的要求吗？”

“瑞特，我不喜欢事情拖着不解决。我情愿现在就告诉你。我不久就要回到塔拉庄园去；印第亚 · 韦尔克斯跟佩蒂帕特姑妈待在一起。我要回家去待很长一阵子；而且——我——我再也不结婚了。”

“胡说。为什么？”

“啊，得了——别管为什么吧。我就是不喜欢结婚。”

“可是可怜的孩子，你从来没有真正结婚过。你怎么能知道呢？我承认你一直运气不好——一次为了出气结婚，一次为了钱结婚。你从来没有想到——光是为了乐趣结婚吗？”

“乐趣。别像个傻瓜那样说话。结婚没有乐趣。”

“没有？为什么没有？”

她的神态稍微平静了一些，白兰地使她说话干脆的天性完全暴露出来了。

“对男人来说，是有乐趣——不过只有上帝知道为什么。我却再怎么也没法懂得。不过，所有的女人从结婚得到的是，一天三餐，有许多活儿要干，不得不忍受男人的愚蠢——还有一年生一个娃娃。”

他哈哈大笑，笑声是那么响亮，在寂静中回荡。接着斯佳丽听到开厨房门的声音。

“别做声！黑妈妈的耳朵灵得像猞猁；刚举行过——就笑得这么早，是不合乎礼节的——别笑。你知道这是真的。乐趣！乱弹琴！”

“我刚才说过，你一直运气不好；你的话证明我没说错。跟你结婚的一个是孩子，另一个是老头。再说，我敢断定，你妈妈跟你说过，女人不得不忍受‘这种事情’，因为有做妈妈的乐趣作补偿。得了，这完全不对头。干吗不试试看，跟一个名声不好，可是有对付女人的本事的呱呱叫的年轻人结婚呢？那就会有乐趣了。”

“你粗鲁、骄傲。我想这场谈话扯得够远了。这——这样谈很粗俗。”

“也很有趣，是不是？我敢打赌，你以前从来没有跟一个男人谈过婚姻关系，甚至查尔斯或者弗兰克。”

她皱起眉头，气呼呼地看着他。瑞特知道得太多了。她感到惊奇，他从哪儿听来他所知道的那一切关于女人的事情。这不正派。

“别皱眉头。说个日子吧，斯佳丽。为了你的名声，我并不催你马上结婚。我们要等到合适的时间。顺便问一下，‘合适的时间’要多久？”

“我没说过要嫁给你。在这样的时候，甚至讨论这样的事情，都是不合适的。”

“我已经告诉过你，我干吗要现在谈这件事情。我明天早晨要出门；我是个实在热情的情人，再也没法抑制我的激情了。不过，也许我的求婚方式太鲁莽了。”

他突然用快得使她吓一跳的动作，从沙发上滑下来，跪在地上，一只手姿势美妙地按在心口，他急促地说起来：

“请原谅我，我的感情过于强烈，把你吓了一大跳，我亲爱的斯佳丽——我的意思是说，我亲爱的肯尼迪太太。这逃不过你的眼睛，我过去藏在心里的、对你的友谊已经发展为一种更深沉的感情，一种更美、最纯洁、更神圣的感情。我敢向你吐露吗？啊！是爱情使我的胆子这么大！”

“你起来，”她恳求地说。“你显得像个傻瓜，要是黑妈妈进来看到你这副模样的话，怎么办？”

“她一看到我的文雅的动作，会吃惊得愣住，感到难以相信，”瑞特一边说，一边麻利地站起来。“嗨，斯佳丽，你不是个孩子，也不是女学生，怎么用什么合适等等愚蠢的借口来搪塞我。说等我回来，跟我结婚，要不，上帝在上，我不走了。我会待在这儿附近，天天夜晚在你的窗下一边弹吉他，一边扯着嗓门唱歌，使你的名声遭受损害，这样你为了挽救你的名声，就只得嫁给我了。”

“瑞特，你得讲道理嘛。我不想跟任何人结婚了。”

“不想？你没有跟我说真正的理由。那不可能是女孩子的腼腆。是什么？”

她突然想起了阿希礼，清晰地看到了他，好像他就站在他身旁似的，金灿灿的头发、带着瞌睡神情的眼睛，一副高贵的气派，跟瑞特完全不一样。他就是她不想再结婚的真正的理由，尽管她并不讨厌瑞特，有时候还真心喜欢他。她属于阿希礼，永远，永远。她从来没有属于查尔斯或是弗兰克过，也绝不可能真正属于瑞特。她的每一部分，几乎她干的每件事情，她所追求的、所得到的，都属于阿希礼；她干那一切，因为她爱他。阿希礼和塔拉庄园，她属于他们。她给查尔斯和弗兰克的微笑、大笑和吻，是阿希礼的，尽管他从来没有说过，也永远不会说是属于他的。在她的内心深处，她藏着把自己留给他的心愿，尽管她知道他永远不会接受。

她不知道自己的脸色变了，也不知道她想得出了神，脸上显出一种瑞特以前从来没有见过的温柔的神情。他望着那双斜斜的绿眼睛，睁得大大的，却神情蒙眬；他望着她的嘴唇的柔和的曲线，有一刹那，她停住了呼吸。接着他的一个嘴角剧烈地往下一撇，他带着暴躁的、不耐烦的神态咒骂。

“斯佳丽·奥哈拉，你是个傻瓜！”

她还来不及从遥远的所在收回她的心思，他的两条胳膊已经把她搂住，搂得又紧又结实，就像很久以前在那条通往塔拉的黑沉沉的公路上那样。她心中又涌起那种无可奈何的激动的感觉、那种不能自拔的屈服的感觉、那种使她浑身发软的像波涛起伏似的暖洋洋的感觉。阿希礼·韦尔克斯那张平静的脸变得模糊了，被淹没了，无影无踪了。他把靠在他胳膊上的她的头往后仰，吻她，起先挺温柔，很快地越来越热烈，使她紧紧地抓住他，好像他是这个叫人头昏眼花的摇晃的世界上唯一靠得住的东西。他的嘴在坚持分开她的哆嗦的嘴唇，使她的神经发狂似的颤抖，使她产生一种感觉，这是一种她以前从来不知道她自己可能产生的感觉。一种使人眩晕的旋转的感觉不断地转动着她的身子，可是在这以前，她知道她在回吻他了。

“别——请别，我要晕过去了！”她低声说，软弱地把头从他身前转开。他紧紧地把她的头往后仰，贴在他的肩膀上；她头昏眼花地看了他一眼。他的眼睛睁得大大的，发出古怪的光芒，他的索索发抖的胳膊使她害怕。

“我要使你晕过去。我要使你晕过去。你经过了几年才尝到了这滋味。没有一个你认识的蠢货这样吻过你，是不是？你的亲爱的查尔斯或是弗兰克，或是你的愚蠢的阿希礼——”

“请别——”

“我说你的愚蠢的阿希礼。他们都是绅士——可他们对女人了解些什么呢？他们对你了解些什么呢？我了解你。”

他的嘴又贴在她的嘴上了。她毫不挣扎地投降了，软弱得头也不转动了，甚至转动的愿望也没有，她的心怦怦地直跳，使她浑身直打哆嗦，对他的力气和她自己软弱得一点没有力气感到害怕。他要干什么？他要是不停住吻她的话，她就要晕过去了。但愿他停住——但愿他永远不停住。

“说同意！”他的嘴停留在她的嘴上方，他的眼睛凑得那么近，看来大得异乎寻常，填满了整个世界似的。“说同意，你这该死的东西，要不——”

她甚至想都来不及想，就低声说：“同意。”好像这话是出于他的意愿，而她并不是出于自己的意志才说这话的。但是就在她说这话的时候，她的心情突然平静下来，她的头也不再晕了，甚至白兰地所造成的眼花缭乱的感觉也有所减弱。她在不打算答应嫁给他的时候，竟然答应了。她简直不知道这是怎么一回事，可是她并不后悔。这会儿，看来她说同意是非常自然的——几乎可以说是上帝的安排，一种比她强的力量在处理她的事情，在为她解决问题。

她说这话的时候，他很快地吸了一口气，弯下身去，好像又要吻她似的。她闭上了眼睛，头往后仰。但是他缩了回去。她轻微地感到失望。这使她感到这样接吻非常陌生，然而又感到有点叫人激动。

他有一会儿把她的头贴在他的肩膀上，一动也不动。好像经过一番克制，他的胳膊不再哆嗦了。他从她身旁挪开一会儿，俯视着她。她睁开眼睛，看到刚才他脸上显出的那种吓人的激情已经消失了。但是不知什么缘故，她没法正视他的盯着她看的眼光，激动得心慌意乱，眼睛往下看。

他说话了，声音很平静。

“你刚才的说话是算数的吧？你不会收回的？”

“不会。”

“不是因为我——该怎么说来着？——用我的——呃——热情弄得你心慌意乱，缺乏主意了吧？”

她没法回答，因为她不知道说什么才好，她也没法正视他的眼光。他伸出一只手，托住她的下巴，抬起她的脸。

“我从前跟你说过，不管你干什么，我都受得了，只有撒谎除外。现在我要你说真话。就是你干吗说同意？”

她仍然不说话，但是她作出了一些反应，她拘谨地让眼睛继续往下看，嘴角一扭，流露一丝笑意。

“望着我。为了我的钱？”

“嗨，瑞特！怎么提这样的问题！”

“抬起头，看着我，别跟我花言巧语地来这一套。我不是查尔斯和弗兰克，或是县里哪个会被你的忽闪忽闪的眼睑迷得上当的小伙子。是为了我的钱？”

“好吧——是的，有一部分是这样。”

“有一部分？”

他看来并不恼火。他很快地吸了一口气，费劲地消除了她的话在他的眼睛里所引起的渴望的神情；她的心里太乱，没有看到那种情绪。

“得了，”她无可奈何地、慌慌张张地说，“钱确实大有用处，你知道，瑞特，天知道，弗兰克没有留下多少。可是另一方面——对了，瑞特，我们的确合得来，你知道。你是我遇到过的男人中唯一受得了女人说真话的人；再说，有个丈夫并不认为我是傻呵呵的蠢货，不指望我说谎话，总是件好事情——而且——好吧，我喜欢你。”

“喜欢我？”

“得了，”她烦躁地说，“我要是说我爱你爱得发疯的话，就是在撒谎了，何况你也会知道。”

“有时候，我想你说真话说得太过分了，我的宝贝儿。难道你不认为，哪怕是撒谎吧，你说‘我爱你，瑞特’才得体，哪怕你说的不是心里话？”

她拿不准他这话是什么意思，心里更乱了。他显得那么古怪，一副充满渴望、受到伤害和冷嘲热讽的神情。他把双手从她身上收回，深深地塞进裤兜。她看到他的手捏成拳头。

“要是说真话要失掉一个丈夫的话，我也照样会说的，”她冷酷地想，血直往上涌，瑞特捉弄她的时候，她总是会这样。

“瑞特，那就是撒谎，我们干吗要干那种蠢事呢？我喜欢你，像我所说的那样。你知道是这么回事。你从前跟我说过，你不爱我，可是我们有许多共同的地方。两个人都是无赖，是你这么——”

“啊，上帝！”他很快地低声说，把头转过去。“掉在我自己设下的陷阱里了！”

“你在说什么？”

“没什么，”他望着她，哈哈大笑，不过这不是愉快的笑。“说个日子吧，我亲爱的，”接着又笑了，弯下身去，吻她的双手。她看到他的情绪过去，心情好转，她心里也就宽松了，所以她也流露出微笑。

他抚弄了一会儿她的手，抬起头来，嬉皮笑脸地望着她。

“你在小说中有没有看到过没有感情的妻子爱上了她自己的丈夫那种古老的场面？”

“你知道我不看小说，”她说，接着为了要跟他比一比揶揄的心情，继续说，“再说，你从前说过夫妻相爱是最最有失体统的。”

“妈的，我从前说过的话太多了，”他突然反唇相讥，站起身来。

“别咒骂。”

“你会不得不习惯而且也学会咒骂的。你会不得不习惯我的一切坏习惯。这是你——喜欢我和把你的漂亮的双手抓住我的钱的一部分代价。”

“得了，别因为我没有撒谎，所以你没法自以为了不起，就这么大发脾气。你并不爱我，是不是？我干吗要爱你呢？”

“对，我亲爱的。我不爱你，跟你不爱我一样。即使我爱你，我也绝不会告诉你的。愿上帝保佑那个真正爱过你的人吧。你使他的心都碎了。我的亲爱的、狠心而富于破坏性的小猫，你是那么满不在乎和充满自信，甚至懒得遮盖你的爪子。”

他猛地一把拉她站起身来，又吻她了，不过这一回他的嘴唇跟刚才吻得不一样，因为他似乎并不在乎是不是弄痛她——似乎有意要弄痛她，折磨她。他的嘴唇往下滑到她的喉咙，最后贴在她的胸脯前的塔夫绸上，贴得那么紧、那么久，他的呼吸使她的皮肤都发烫了。她挣扎着把双手举了起来，摆出一副端庄而气愤的模样把他推开。

“你不该这样胡来！你怎么敢！”

“你的心怦怦地乱跳，像野兔的心，”他嘲讽地说。“我要是骄傲自大的话，就会以为心跳得太快了，不仅仅是喜欢嘛。收起你这种横眉竖眼的凶相吧。你不过是摆出一副纯洁的处女派头罢了。告诉我，我该从英国给你带什么回来。一个戒指？你喜欢哪一种？”

她踌躇了一下，不知怎么回答才好，因为她对他最后的那些话感到了兴趣，同时作为女人的愿望，又想带着气愤和冒火的心情延长这个场面。

“啊——一个钻石戒指——瑞特，买一个很大很大的。”

“这样，你就可以在你那些穷朋友面前炫耀了，说：‘瞧，我得了什么！’很好，你会有一个大戒指，大得你那些运气不好的朋友只能低声说戴这么大的钻石戒指真俗气，用这样的话来安慰她们自己。”

他突然迈开脚步，穿过房间，走到关着的房门前，她跟在他后面，闹不清他要干什么。

“怎么啦？你要上哪儿去？”

“回自己的房间去拾掇行李。”

“啊，可是——”

“可是，什么？”

“没什么。我希望你旅途愉快。”

“谢谢你。”

他打开门，走到穿堂里；斯佳丽跟在他后面，稍微有点困惑，对这种出人意料的近乎虎头蛇尾的行为有一点失望。他穿上大衣，戴上手套和帽子。

“我会写信给你的。让我知道你有没有改变主意。”

“你不——”

“什么？”他好像急着要走。

“你不跟我接吻告别吗？”她低声说，注意不让房子里别人听到。

“难道你一个黄昏接了那么许多吻还感到不够吗？”他回嘴说，嬉皮笑脸地低头望着她。“想想看，一个端庄的、有教养的年轻女人——噢，我刚才跟你说过，这会有乐趣的，对不对？”

“啊，你这人讨厌透顶！”她愤怒地喊叫，不顾黑妈妈是不是听到。“哪怕你永远不回来，我也不在乎。”

她转过身去，猛地向楼梯走去，指望感到他的温暖的手抓住她的胳膊，阻止她走开。但是他只是打开前门。一阵冷风顿时吹进来。

“可是我会回来的，”说罢，他就走出门去，撇下她站在最低一级楼梯上，望着关着的门。

瑞特从英国带回来的那个戒指确实大，大得斯佳丽不好意思戴。她喜欢华丽而昂贵的珠宝，可是有一种不自在的感觉，人人会说，而且说的是千真万确的话，这个戒指俗气。戒指中间是一颗四克拉的钻石，周围是许多绿宝石。戒指大得盖住她的指关节，使她的手有被压得抬不起来的样子。斯佳丽怀疑，瑞特费了许多心思才镶成这个戒指，而且完全是出于趣味低劣，才吩咐把戒指镶得尽可能的炫耀。

在瑞特回到亚特兰大，她的手指戴上那个戒指以前，她没有把她的意图告诉过一个人，甚至她家里的人。她一宣布她的婚约，一场尖刻的说长道短的风波就爆发了。自从发生那个三 K 党事件以来，除了北佬和提包客以外，瑞特和斯佳丽是城里的最不受欢迎的居民。好久以前，她不为查理 · 汉密顿穿丧服，从那以后，人人都不赞成她。他们的不赞成越来越强烈，因为她开锯木厂这件事情不合妇道，她怀孕的时候不讲礼貌地抛头露面，还有许多其他的事情。但是她给弗兰克和汤米招来了杀身之祸，还使其他十几个人的性命遭到危险后，他们在怒火的煎熬下，厌恶变成公开的谴责了。

至于瑞特，他在战争期间做投机买卖，从那以后，他就一直遭到全城的人憎恨；从那以后，他跟共和党人一鼻孔出气，他越发没法讨他的老乡们的喜爱了。但是说也奇怪，他救了亚特兰大一些最显赫的居民的性命这个事实，反而激起了亚特兰大的太太小姐们的最强烈的憎恨。

并不是她们对她们的男人仍然活着感到懊恼。而是对那些男人居然欠了瑞特那样的人救命之恩而且他要的又是那么叫人尴尬的花招，她们都有刻骨的憎恨。几个月来，她们在北佬的嘲笑和轻蔑下，受尽煎熬。那些太太小姐认为，而且说出口来，瑞特要是真正把三 K 党干的好事摆在心上的话，就会用比较得体的方式来处理这件事情。她们说，他故意把贝尔·沃特林拉进去，使城里那些正派的男人都陷入丢丑的处境。所以他不该因为救了那些人而得到感谢，也不该得到对他过去的为非作歹的宽恕。

那些女人动不动就会发善心，一遇到伤心的事情，心就会软下来，在时势艰难的时候，又是那么不屈不挠，但是任何叛徒违背了她们那部没有形成文字的法典中的一条小小的法规，她们就会像泼妇那样咬牙切齿，绝不饶恕。这部法典是简单的。对南部邦联表示崇敬，对老战士尊重，忠于老派的生活方式，为贫穷感到骄傲，对朋友慷慨，对北佬怀有刻骨仇恨。斯佳丽和瑞特这两个人违反了这部法典中的每一条。

那些受过瑞特救命之恩的男人出于礼貌和感激，劝他们的女人不要说长道短，可是他们的劝阻并不收效。在他们宣布即将结婚以前，这两个人尽管相当不受欢迎，可是人们还能按照正规的礼节对待他们。这会儿，甚至那冷冰冰的礼貌也不可能再保持了。他们订婚的消息像爆炸那样传来，出人意料和惊天动地，把整个城市震得摇摇晃晃，甚至态度最温和的女人也气呼呼地说出她们的心里话。弗兰克去世才一年就要结婚，而且是她害得他送命的！再说，偏偏是嫁给那个巴特勒，他拥有一家妓院，还跟北佬和提包客勾结在一起，干着种种骗钱的勾当！他们两人不勾搭在一起，倒还可以容忍，可是斯佳丽和瑞特竟然要厚着脸皮结合了，这可实在叫人受不了！恶劣而下流，他们两个人是一路货！应该把他们撵出这个城市去。

订婚的消息传出来的时候，恰巧瑞特的那些老朋友，提包客和叛贼，在亚特兰大体面的居民看来，比以往任何时候更讨厌。要不是这样的话，亚特兰大也许对这两个人还会容忍些。这个城市知道他们这个婚约的时候，恰巧公众对北佬和跟他们一鼻孔出气的人的恶感正达到白热化的程度，因为佐治亚州抵抗北佬的统治的最后一个堡垒陷落了。四年前，谢尔曼从多尔顿南下，这场漫长的斗争就开始了，最后达到了顶点，这个州遭到了彻头彻尾的耻辱。

三年重建时期过去了，他们遭受了三年恐怖统治。人人都认为情况已经坏得不能再坏。但是现在佐治亚州发现重建时期最坏的情况只是刚开始。

三年来，联邦一直想方设法把不同的想法和不同的统治强加给佐治亚州，而且用一支部队强迫统治，它在很大的程度上获得了成功。但是只是靠军事力量支持这个新政权。这个州在北佬的统治下，但是并没有得到州里的人们的同意。佐治亚州的领导阶层一直在斗争，争取这个州能获得按照自己的想法来治理的权力。他们不断地抵制强迫他们屈服、把华盛顿的命令当作他们那个州的法律的一切手段。

佐治亚州政府从来没有正式停止抵抗，但是它进行的是一场劳而无功的战斗，一场永远打败仗的战斗。这是一场不可能获胜的战斗，可是至少推迟了那些不可避免的事情。已经有其他许多南方的州让没有受过教育的黑人在政府机关中担任高级职位，和让州议会被黑人和提包客控制。但是佐治亚州顽强地抵制，迄今还没有落到一败涂地。这三年中的大部分时间里，州议会始终掌握在白人和民主党人的手里。由于处处都是北军，州里的官员除了抗议和抵制以外，无事可干。他们的权力是有名无实的，但是他们至少能让州政府仍然掌握在土生土长的佐治亚人的手中。现在，甚至最后一个堡垒也陷落了。

就像四年前约翰斯顿和他的部队被迫节节败退，从多尔顿退到亚特兰大那样，佐治亚州的民主党人，从1865年起，也被迫节节败退。联邦政府处理州里的事务和州里的公民的性命的权力却稳步上升，越来越大。压力接连不断；越来越多的军管法令使文职官员变得越来越不起作用。最后，佐治亚州的地位变成一个军事管制区，不管州里的法律是不是允许，对黑人的投票已经奉命取消限制了。

斯佳丽和瑞特宣布他们的婚约一个礼拜以前，举行过一次州长选举。南方民主党人推举约翰·布·戈登将军，佐治亚州最受爱戴和最受尊敬的公民之一，作他们的候选人。同他对抗的是共和党人布洛克。选举持续了三天，而不是一天。一列列火车把满载着的黑人从一个城市匆匆送到另一个城市，在沿路的每一个选举区投票。不用说，布洛克获得了胜利。

如果说谢尔曼占领佐治亚州叫人痛苦，那么提包客、北佬和黑人占领州议会给人的强烈的痛苦是这个州以前从来没有尝到过的。亚特兰大和佐治亚闹得沸沸扬扬，人人冒火。

而瑞特·巴特勒却是那个被人憎恨的布洛克的朋友！

斯佳丽跟往常一样，对一切不直接发生在她眼前的事情漠不关心，几乎不知道在举行选举。瑞特并没有参加选举，他跟北佬的关系跟以前也没有一点两样。不过，事实总是事实，瑞特是个叛贼，是布洛克的朋友。要是举行了婚礼的话，那斯佳丽也要变成叛贼了。亚特兰大的人心境恶劣，对敌人阵营里的任何人都绝不会容忍和宽恕的。订婚的消息一传出来，城里的人记起了这一对男女的一切坏处，好处却一点也记不得了。

斯佳丽知道城市受到了震动，却没有察觉公众已经愤慨到了什么程度，直到梅里韦瑟太太在她的教堂里的那伙朋友的一再鼓动下，才同意为了她好，去跟她谈谈这件事情。

“因为你亲爱的亲生母亲已经去世，而佩蒂小姐没有结过婚，没有资格——呃，好吧，跟你谈这件事情。我想我应该提醒你，斯佳丽。任何好人家出身的女人不该嫁给巴特勒船长那种人。他是个——”

“他设法救了梅里韦瑟爷爷的命，还有你的侄儿哩。”

梅里韦瑟太太生气了。将近一个钟头以前，她跟爷爷有过一场叫人恼火的谈话。那个老人说，她要是对瑞特·巴特勒没有一点儿感激之情的话，哪怕那个人是叛贼和恶棍，她一定不怎么重视他那条老命了。

“他只是对我们开了一个下流的玩笑，斯佳丽，使我们在北佬面前感到困窘，”梅里韦瑟太太接着说。“你跟我都知道，这个人是个无赖。他一向这样，现在可坏得没法说了。他就是正派人没法接受的那种男人。”

“不见得吧？这倒奇怪了，梅里韦瑟太太。在战争期间，他是经常在你的客厅里出现的。他送给梅贝尔那件白缎结婚礼服，对不对？要不，是我记错了？”

“战争期间，情况就大不一样了。好人跟许多不怎么样——的人联合起来。那是为了事业，那是很正当的。你当然不可能想嫁一个没有入过伍的男人，一个讥笑应征入伍的人的男人吧？”

“他也入过伍。他在部队待了八个月。他参加了最后的战役，在富兰克林战斗，是跟约翰斯顿将军一起投降的。”

“我以前没听说过，”梅里韦瑟太太说，她的神情好像在表示她也不相信这话。“可是他没有负过伤，”她得意扬扬地加了一句。

“许多人没负过伤。”

“人人，凡是好样的人，都负过伤。我认识的人没有一个不负过伤。”

斯佳丽给惹火了。

“那么我想你认识的一切男人都是地道的蠢货，他们不知道什么时候进屋去躲避阵雨——或是步枪子弹。听着，我可以肯定地告诉你，梅里韦瑟太太，你可以把我的话带回去，传给你那些爱管闲事的朋友听。我就要跟巴特勒船长结婚了，哪怕他在北佬一边打过仗，我也不在乎。”

那位受人尊敬的老太太怒气冲冲地走出屋去，气得她戴着的那顶帽子也一晃一晃的；斯佳丽知道她有了一个公开的敌人，而不是对她不满的朋友。不过，她不在乎。梅里韦瑟太太的言语和行动都没法对她有一点儿损伤。不管任何人说三道四，她都不在乎——任何人，只有黑妈妈除外。

斯佳丽忍受了佩蒂听到这个消息后的昏厥；她硬着心肠看着阿希礼突然现出一副老相，避开她的眼光，祝愿她幸福。她看到宝莲姨妈和尤拉莉姨妈从查尔斯顿寄来的信，既感到有趣，又恼火，她们被这个消息吓坏了，阻止这门亲事，告诉她那样不但会毁掉她的社会地位，而且还会危害她们的。玫兰妮担心地皱紧眉头，一片真心地说："当然喽，巴特勒船长比大多数人了解的要好得多。他想出那套办法救阿希礼，表明他心地好，人聪明。再说，他毕竟为邦联打过仗。可是斯佳丽，你不认为你还是别这么匆促就决定的好吗？"她听了，甚至忍不住笑出声来。

不错，不管是谁说，除了黑妈妈以外，她都不在乎。黑妈妈的话使她最火，最伤她的心。

"我看到你干了一大堆会使埃伦小姐伤心的事情，要是她知道的话。这使我实在难受。不过，这件事儿你干得最糟了。嫁给一个下三滥！是的，小姐，我说是个下三滥！别跟我说他是好人家出身的。那样也不可能有什么不同。上等人家出身的下三滥，跟低三下四的人家出身的一个样，而他是个下三滥。是的，小姐，斯佳丽小姐，我看到你从霍妮小姐那儿抢走查尔斯先生，而你压根儿不爱他。你从你亲妹妹那儿抢走弗兰克先生。你干了一大堆事儿，我可一直闭着嘴，什么也不说，就像卖坏木料挣钱啊、欺骗其他的木料商啊、独自个儿坐着马车到处转悠，把自己暴露在那些到处流浪的黑人面前，害得弗兰克被枪弹打死啊、不给那拨可怜的囚犯吃饱，饿得他们浑身没有力气啊。我一直闭着嘴，什么也不说，哪怕埃伦小姐在天堂里说：'黑妈妈，黑妈妈！你没有把我的孩子照顾好！'可不是，小姐，我忍受了那一切，可是这一回我可忍受不了，斯佳丽小姐。你不能跟那个下三滥的白人结婚。只要我身子里还有一口气就不行。"

"我爱跟谁结婚，就跟谁结婚，"斯佳丽冷冰冰地说。"我想你是忘掉你的身分了。"

"还忘了现在是什么时候！我要是不跟你说这些，那还有谁说呢？"

"我已经把事情考虑过了，黑妈妈，我已经决定，对你来说，最好是回塔拉庄园去。我会给你一些钱和——"

黑妈妈带着一副庄严相挺了挺身子。

"我是自由的，斯佳丽小姐。你不能把我打发到我不愿意去的地方去。要我回塔拉庄园，你就得跟我一起去。我不会撇下埃伦小姐的孩子的，不管用什么办法，也甭想撵我走。我也不会撇下埃伦小姐的外孙女，去让一个下三滥的后爹去养的。我在这儿，我要待在这儿！”

“我不会让你待在我的家里，对巴特勒船长粗暴无礼的，我要跟他结婚，这没有什么可谈了。”

“可谈的多着哩，”黑妈妈慢腾腾地、针锋相对地说，她那双昏花的老眼中闪烁着战斗的光芒。

“可是我过去从来没有想到过会跟埃伦小姐的亲骨血讲这话。可是，斯佳丽小姐，听我说。你无非是头套着马挽具的骡子罢了。你可以擦亮一头骡子的腿，把它的毛皮擦得亮晃晃，在它的挽具上满满地装饰了铜，给它套一辆漂亮的马车。可是骡子仍然是骡子。它骗不了任何人。你就是这个样子。你穿着绸衣服，拥有锯木厂、店铺和钱，你给自己装出的派头好像一匹好马，可是你照样还是一头骡子。你也骗不了任何人。还有那个家伙巴特勒，他好人家出身，打扮得漂漂亮亮，像一匹赛马。可是他跟你一样，是一匹套着马挽具的骡子。”

黑妈妈用尖锐的眼光看着她的女主人。斯佳丽默不作声，受到了这样的侮辱，气得浑身直打哆嗦。

“你要是要嫁给他的话，那就嫁吧，因为你跟你爹一样固执。不过，记住我的话，斯佳丽小姐，我不会撇下你的。我会待在这儿，瞧这件事儿落得什么结局。”

黑妈妈不等回答，就转过身去，撇下斯佳丽走了，好像她刚才说的是“瞧着吧，我不会放过你的！”她的声调不可能更明显地表示不祥的预兆了。

斯佳丽和瑞特在新奥尔良度蜜月的期间，她把黑妈妈的那些话告诉了他。使她惊奇和气愤的是，他听罢黑妈妈那个骡子套着马挽具的譬喻，却哈哈大笑。

“我从来没有听到过用这么简明的方式深刻地表达了一个实际情况，”他说。“黑妈妈是个聪明的老人。有几个人的尊敬和好意我是很想得到的，她就是其中一个。不过，既然我是头骡子，只怕从她那儿我是什么也得不到了。我举行罢婚礼，正陶醉在做新郎的狂热中，拿出十块金币，送给她做礼物，她甚至都不肯收下。我看得多了，很少人见了钱不软下来的。可是她盯着我的眼睛看，谢谢我，说她不是一个新近获得自由的黑人，所以不需要我的钱。”

“她干吗这么气人呢？干吗人人都要像一群母珍珠鸡那样冲着我叽叽喳喳地叫呢？我跟谁结婚，我干吗老是要结婚，这都是我自己的事情。我一向不管闲事。干吗别人不能不管闲事呢。”

“我的宝贝儿，世界上什么事情几乎都能得到宽恕，只有不管闲事的人除外。可是你干吗像只烫痛的猫似的尖叫。你经常说不管别人说你什么，你都不摆在心上。干吗不用事实证明你的话呢？你知道，你一直毫无戒心地让你自己在一些小事上遭人批评，你没法指望在这件大事情上能逃过别人的说长道短。你也知道，你嫁给一个我这样的无赖，是免不了会有闲话的。要是我是个出身低微，穷得丁当响的恶棍的话，人们倒不会这么气得像发疯似的。可是一个有钱的、越来越兴盛的无赖——那当然是不可饶恕的了。”

“我希望你有时候说话正经些。”

“我是正经的。歪门邪道的人像棵青枝绿叶的月桂树那样越来越兴盛，总是叫正儿八经的人恼火。要心情高兴嘛，斯佳丽，你从前不是跟我说过，你要许多钱的主要理由是，那样你可以跟每个人说见鬼去吧吗？现在你有可能了。”

“不过，我主要就是要跟你这个人说见鬼去吧，”斯佳丽说，说罢，哈哈大笑。

“你仍然要跟我说见鬼去吧吗？”

“噢，不像过去那么经常了。”

“你什么时候想说就说吧，只要那使你快活。”

“那并不特别使我快活，”斯佳丽说，接着弯下身去，漫不经心地吻他。他的黑眼睛在她的脸上很快地闪闪烁烁，在她的眼睛里寻找什么，却没有找到。他短促地笑起来。

“忘了亚特兰大。忘了那些生性恶毒的老婆子。我带你到新奥尔良来是来玩的，我打算让你玩得高高兴兴。”

5

第48章

她确实过得很快活，自战前的那年春天以来她还从未像现在这么快活过。新奥尔良真是个光怪陆离、纸醉金迷的地方，而斯佳丽就像个获赦的无期徒刑囚徒一头栽入了逍遥津，恣意消受着此间的种种异趣。提包客在城里巧取豪夺，许多老实人流离失所，衣食无着，而一个黑人竟然坐上了副州长的交椅。但是瑞特让她看到的那个新奥尔良，却是她有生以来所见到过的最繁华的欢乐之乡。她所遇到的那些人，似乎兜里揣着用不完的钱财，快乐逍遥，什么也毋须操心。瑞特介绍她认识的几十位妇人都打扮得很漂亮，人也长得很美，一双双白白嫩嫩的手，不带半点操劳干粗活的痕迹，对任何事情，都付之一笑，从不谈及严肃的话题，更不说“时世艰难”之类的傻话。还有她所遇到的那些男人——那才叫够刺激呢！和亚特兰大那儿的男子全然不一样。他们争着同她跳舞，天花乱坠地恭维她，仿佛她是个艳压群芳的妙龄少女似的。

这些男人也像瑞特那样，一副曾经沧海、无所顾忌的神情。他们那一双双眼睛却始终警觉得很，就像有些人成年累月和危险打交道，心存戒意已成了习惯。他们这些人似乎既无过去，也无将来；每逢斯佳丽为了寻找话头，随口问起他们在来新奥尔良之前有些什么样的经历时，他们总是彬彬有礼地把话头扯开去。这情况说来还真有点蹊跷，在亚特兰大，凡是新来乍到的体面人士，无不急于亮出自己的身份证明，颇为自豪地交代自己的身世和家系，细细描述自己家族如何源远而流长，亲属关系如何盘根错节地遍及整个南方。

然而眼前的这些人却不大愿意多开口，讲起话来也是字斟句酌的。有时候瑞特单独和他们在一起，斯佳丽留在隔壁房间里，听到他们不时哄然大笑，偶尔还捕捉到他们谈话的片言只语，中间夹杂着一些令她惑然不解的人名和地名：什么封锁时期的古巴和拿骚啦，淘金热和非法强占啦，枪支偷运和在国外煽动叛乱啦，尼加拉瓜和威廉·沃克[1]以及此人如何在特鲁希略被枪决，等等，这些在她听来全是毫无意义的废话。有一回他们在谈论康特里尔[2]手下的游击队员究竟出了些什么事，斯佳丽冷不防闯了进去，谈话随即戛然而止，她无意中听到了弗兰克和杰西·詹姆士[3]的名字。

但是他们全都彬彬有礼，穿着漂亮时髦，再说他们显然都很崇拜她，所以就算他们净顾着眼前的生活，斯佳丽也不怎么在乎。他们是瑞特的朋友，他们拥有宽大的住宅、精致的马车，经常带她和瑞特乘车兜风，请他俩去吃饭，专为他俩举行晚会，这些才是最要紧的。斯佳丽很喜欢他们。当她把心里的想法一五一十讲出来时，瑞特听了煞是觉得有趣。

“我料到你会喜欢他们的，”说罢他哈哈大笑。

“干吗不喜欢他们？”每回他哈哈大笑，她心里总要犯嘀咕。

“他们全是些二流角色，害群之马，流氓。他们全是冒险家，提包客里的贵族。他们这些人要么像你的宝贝丈夫那样靠搞粮食投机发了大财，要么是同政府签定暧昧的合同而中饱了私囊，再不就是专干一些见不得人的勾当暗中捞足了钱财。”

“我才不信呢。你在拿我打哈哈。他们是些最出色的人物……”

“本城最出色的人物全在饿肚子，”瑞特说，“而且斯斯文文地住在棚屋里；我怀疑他们是否愿意在棚屋里接待像我这样的人。你知道，亲爱的，打仗期间我在这儿参与过好几起罪恶阴谋，这些人好记性，才不会忘掉我呢！斯佳丽，你始终让我感到有趣。中你心意的，偏偏是些不该看中的人，不该中意的事，而且绝无例外。”

“可他们都是你的朋友啊！”

---

① 威廉·沃克（1824—1860），美国人，多次在南美洲煽动叛乱，1856 年 7 月“当选”为尼加拉瓜总统，1857 年向美国海军投降，于洪都拉斯特鲁希略被枪决。

② 康特里尔（1837—1865），南部邦联游击队领导人，以凶残著称。

③ 弗兰克·詹姆士（1843—1915），杰西·詹姆士（1847—1882），美国十九世纪著名的亡命之徒。

“哦，我喜欢与流氓为伍。我年轻时就在内河小船上靠赌博混日子，所以我了解那号人物。但是对于他们的真实面目，我是看得很清楚的。而你呢——”他又哈哈一笑，“生来就不具备识别人的能力，分不清渺小人物和杰出人物的界限。有时候我在想，你生平所接触到的杰出女性，不外乎你母亲和玫荔小姐两人，而她俩似乎都没在你心目中留下什么深刻印象。”

“玫荔！嗨，她就像旧靴子那样不起眼，穿的衣服老是一副寒酸相，对任何事情没有自己的看法！”

“收起你那分嫉妒心吧，太太。貌美未必成淑女；锦衣也造就不了出色的女性！”

“哦，是吗！你等着吧，瑞特·巴特勒，我就是要让你看看，既然我现在——我们现在有了钱，我一定要做个你生平所见到过的最杰出的女人。”

“那我就拭目以待吧，”他说。

比起这些新结识的人来，更让斯佳丽感到兴奋的是瑞特为她添置的那些衣服。从颜色到衣料以至式样，全是瑞特亲自负责选定的。裙箍已经过时了，眼下流行的新款式是把裙面从前身围至后身，叠盖在后腰的裙撑上，式样挺迷人；后腰的裙撑上还饰有花圈、蝴蝶结和纹状花边等玩意儿。想到战争年代穿的那种朴实无华的撑有藤箍的裙子，再看看眼前这些新式裙子，穿到身上小肚子便轮廓分明显露出来，还真有点难为情。还有那种小巧玲珑的软帽，说实在的根本算不上什么软帽，就那么扁扁的一块小玩意儿，斜覆在一只眼睛上，上面插满了装饰品，花花草草啦，翩翩起舞的羽毛啦，还有随风飘飞的绸带！（瑞特愚蠢透顶，竟把她买来用以丰富自己直发的假发卷全给烧了，否则，一绺绺假发卷现在就会从小软帽后沿偷偷向外张望，那该有多好！）还有那些由修女们手工缝制的精致内衣！好漂亮，一套又一套，数不胜数，全供她一人享用！宽松衣、睡衣、衬裙，全都是用上等亚麻布料缝制的，上面镶有考究的刺绣和玲珑剔透的饰纱。还有瑞特给她买的那些缎子便鞋，后跟足足有三英寸高，人造宝石鞋扣又大又亮。还有真丝长袜，一买就是一打，没有一双袜头是用棉布织的！多阔绰呀！

她毫不在乎地花钱给家里人购置礼物。给韦德买的是只毛绒绒的圣伯纳德小狗，他早就盼着有这样的一条小狗了；给小博的，是只波斯猫；给小埃拉的，是枚珊瑚手镯；给佩蒂姑妈的，是串沉甸甸的、镶有宝石垂环的项链；给玫兰妮和阿希礼的，是一套莎士比亚全集；给彼得大叔的，是一副精致马具，包括一顶专供马车夫戴的丝质大礼帽，上面插着根刷子；给迪尔西和厨娘的是整匹衣料。她给塔拉庄园的每个人差不多都准备了一份厚礼。

“可是你给黑妈妈买了点什么呢？”瑞特一边望着摊放在旅馆房间大床上的一堆堆礼物，一边这么问；他把小狗和小猫挪到更衣间里去。

“什么也没买。她这个人真可恨。她把我们叫作骡子，我干吗还要给她买礼物？”

“我的宝贝，你干吗一听到有人说了大实话就火冒三丈？你一定得给黑妈妈准备样礼物。你不给她准备一份，她可要伤心透了——像她那样高贵的心地，可不该让它伤着哩。”

“说什么我也不给她买。她不配有礼物。”

“那就让我给她准备一份。我记得黑妈妈经常唠叨，说她升天的时候要穿件塔夫绸的衬裙，衣料骨子要挺括，不走样，而且还要窸窣作响，让上帝以为那是用天使的翅膀做成的。我要给黑妈妈买段红塔夫绸，让人替她做件漂漂亮亮的衬裙。”

“她才不会要你送的衬裙呢！她宁死也不会穿在身上。”

“这我不怀疑。可我总得表示一下心意呀。”

新奥尔良的商店里，商品琳琅满目，真够刺激的，而和瑞特一起逛商店购物，可算是一种身历奇境的探险。和他上馆子吃饭，也是种异趣横生的出游，比逛商店购物更够刺激：他知道要点些什么，点的菜又该是怎么个烧法。新奥尔良的各种葡萄酒、佐餐酒和香槟酒，她从未品尝过，以前喝的，无非是家里酿制的草莓酒、佳酿酒，还有佩蒂姑妈调制来吃“头晕”的白兰地，现在喝着这些美酒，让人心摇神曳，兴奋不已。哦，瑞特点的那些食物，真是没说的。新奥尔良这地方本来就数食品最为出色。回想起在塔拉庄园忍饥挨饿的苦日子，还有前一阵子捉襟见肘的窘困境遇，斯佳丽面对眼前的丰盛佳肴，觉得怎么吃也吃不够。秋葵荚烧克里奥尔虾、醉鸽、奶油牡蛎馅饼、蘑菇拌牛胰火鸡肝、用油纸和石灰巧妙熏烤的嫩鱼。她的食欲始终旺盛不衰，因为她只要一想到过去在塔拉庄园一成不变地老是吃花生、干豆子和红薯，她顿时食欲大增，恨不得把克里奥尔法式名菜一口全吞进肚子。

“瞧你这副德行，吃每顿饭都像以后再也吃不着似的，”瑞特说。“别刮盘子，斯佳丽。我相信厨房里有的是。你只要叫侍者送来就是了。要是你再这么狼吞虎咽下去，保管你会胖得像古巴婆娘，那时候我可得跟你离婚了。”

但她只是冲着他吐吐舌头，转身又要了客蛋白馅饼，上面涂了厚厚一层巧克力。

能像现在这样随心所欲地花钱，而毋须锱铢必较，以图省下几个子儿来付税或添置骡子，这真是人生一大快事。能和眼下这些既快活又阔绰的人士结伴为伍，这有多痛快！他们可不像亚特兰大那儿的人，既穷又酸，硬要充当什么绅士。穿着窸窣作响、袒胸露臂、充分显示婀娜腰肢的绸缎衣裙，心里明白周围的男子都愿拜倒在你裙下，这多惬意！要想吃什么就吃什么，而不必顾忌爱挑剔的人在一旁指责你有失淑女风度，这多自在！还有香槟酒，只要喜欢，喝多少都可以，这又多顺心！记得她第一回开怀痛饮，喝下那么多的酒，第二天醒来头痛欲裂，偏偏又忘不了前一晚回旅馆途中的情景，倒还真有点害臊：自己乘在敞篷马车上，一路高唱《美丽的蓝旗》，在新奥尔良大街上招摇而过。她生平从未见过有哪位大家闺秀贪杯忘形的，哪怕只是微带醉意而已。她只是在亚特兰大沦入北军之手的那一天才见到第一个喝醉酒的女人，就是那个滥女人沃特林。斯佳丽这下可觉得丢尽了丑，再也无颜面对瑞特了，可这件事在瑞特眼里似乎只是觉得有趣而已。她做的每件事，似乎都让他觉得有趣，仿佛在他眼里，她只是只调皮的小猫。

哪怕只是和他一块儿出外走走，也让人兴奋不已，因为他长得很帅。不知她以前怎么会压根儿没想到过他的相貌；在亚特兰大，大家一心想着他的种种毛病，没工夫谈论他的长相。但是在这儿新奥尔良，她注意到别的女人不住拿眼睛瞟他，而在他弯下腰去亲她们手的时候，她们的身子竟然紧张得簌簌颤动起来。一旦意识到别的女人都被自己的丈夫吸引住了——说不定她们还在暗暗嫉妒自己呢——而自己却能形影不离守在他身边，这顿时在斯佳丽心中涌起一股自豪感。

“嗨，我们可算男俊女俏的一对哩！”斯佳丽心中美滋滋地这么想。

是呀，正像瑞特当初预言的那样，结婚可以横生不少乐趣。其实又何止于乐趣，她还学到不少新东西。说来还真有点怪，斯佳丽本来认为自己涉世已深，生活已不能再教给她什么。而现在她却觉得自己还是个少不更事的小孩，每天都有新的发现。

首先，她发现和瑞特结婚同她以前和查尔斯或弗兰克的婚事大不相同。查尔斯和弗兰克都很尊重她，而且怕她发脾气。他俩都向她乞讨欢心，而她呢，高兴的时候也常迁就他们。瑞特可一点不怕她，而且她经常在想，甚至对她并不那么尊重。他要怎么做就怎么做，要是她表示不高兴，他就拿她打哈哈。她并不爱他，但是跟他这样的人一起过日子，无疑很有意思。最有意思的是，即使在他热情迸发的时候——有时还含带几分虐意，有时则让人觉得既气恼又好笑——他似乎也始终能克制住自己，始终能约束住自己的感情。

“我想，这是因为他并非真正爱我的缘故吧，”她想到这里，觉得这种事态正合她的心意。“如果他真的在我面前完全放纵自己的感情，我不恨死他才怪呢。”不过，她还是想到了这种可能性，于是她的好奇心又被激发了起来，遐想联翩。

和瑞特一起生活，她又了解到他的许多新情况，而她原以为对他已了若指掌了呢。她发现他说话时，此时此刻可以幽着嗓音，像猫皮一样柔滑如丝，可转眼间却拉大嗓门，恶声恶气，呵斥夹着咒骂。他可以用明显的真诚、赞同口吻，描述他个人的奇遇经历，对勇气、荣誉、美德和爱情推崇备至；紧接着，却会用最玩世不恭的冷酷言辞，讲述起淫秽下流的故事来。她知道没有哪一位丈夫会对妻子讲这类故事的，但是这些故事正好迎合了她性格中的某些粗俗成分，倒也让她听得津津有味。有时他会热诚、几乎竭尽温柔之能事地爱她，可一眨眼，却又变成个冷嘲热讽的恶棍，引逗她那炮筒子似的脾气，惹她发作，借以取乐。她知道他的每句恭维，往往话里有话，即使是最真挚温柔的言辞，出自他的口中，也颇值得怀疑。事实上，在新奥尔良小住的那两周里，她已洞悉了他的各种脾性，可就是摸不透他到底是个什么样的角色。

有几天早晨，他遣开女佣，亲自给她端来早餐盘，像喂小孩似的喂她吃；他从她手里拿过梳子，耐心地为她梳理那一头又长又黑的秀发，直到最后连梳子也给梳裂了。也有几天早晨，他把她身上的被子全掀掉，搔弄她的光脚板，硬是把她从酣睡中弄醒。有时她描述自己的生意经，他在一旁兴味盎然地洗耳恭听着，不时还点头称赞她精明能干；而有时，却对她不太诚实的经商手法大加挖苦，骂她是“吃死人肉”、“拦路抢劫”和“敲诈勒索”。他带她去看戏，却在她耳边絮聒上帝大概不会赞同这种娱乐之类的话，故意逗她恼火；他也带她上教堂，在她耳边悄悄说些滑稽可笑的下流话，随之又责备她不该笑出声来。他鼓励她有话直说，怂恿她轻率孟浪。她从他那儿学到了说刻薄话、挖苦别人的本事，也会伶牙俐齿地刺伤他人而从中取乐。然而，她却缺少他那份借以缓和恶毒口吻的幽默感，脸上也无法露出那种在嘲弄别人的同时也讥讽自己的笑意。

他让她做游戏，而在她，已忘掉如何游戏取乐了。多年来，生活一直既严肃又辛酸。他知道如何做游戏，也硬拉她做伴。但是他决不像小孩子那样玩耍嬉戏，他的一举一动都不会让她忘记他是个成年男子。有些男人童心未泯，他们做的滑稽游戏免不了要引得妇女们在一旁发笑，让她们觉得女性自胜男性一筹，可斯佳丽却没法这么看待瑞特，也没法露出那种发自女性优越感的微笑。

每当她想到这一点，总不免有点气恼。要是自己能觉得胜于瑞特一筹，那该有多痛快。对她所认识的其他男子，她都能带点鄙夷的神气说声“真是小孩子气！”把他们打发掉。她自己的父亲，塔尔顿家那两个喜欢开玩笑的、挖空心思捉弄人的孪生兄弟，方丹家那些粗鲁的、爱赌孩子气的小伙子，还有查尔斯和弗兰克，以及战争期间向她献过殷勤的那些男子，事实上，几乎所有的男子她都能用这种态度对待。只有阿希礼一人不在其列。阿希礼和瑞特高深莫测，她没法理解，也驾御不了，因为他俩是成年人，他们身上缺少童心和稚气。

她不了解瑞特，也不想费神去了解他，虽说他有些地方着实使她不胜困惑。譬如，瑞特有时会在一旁偷偷打量她，以为她并没留神到这一点。她当即转过脸去，和他的眼光撞个正着，他正用一种既警觉、又热切的期待眼神打量着她呢。

“你干吗要那样望着我？”有一回她气恼地问。“就像馋猫盯着耗子洞似的。”

但他早已迅速变换了一副面容，笑而不答。没多久，她就把这事儿忘了，不再费神去解开这个疑团，不再费神去思考任何有关瑞特的事儿。此人高深莫测，不值得为他劳神费心，反正日子过得挺顺心——只是有时还惦着阿希礼。

瑞特也让她忙得够呛，没时间常去惦念阿希礼。白天，有关阿希礼的念头很少钻入她的思绪中来，可等到晚上，她跳舞跳累了，或是由于灌了过量的香槟酒，脑子直打转，这时候她就会暗暗思念起阿希礼来。她昏昏欲睡地躺在瑞特的怀里，月光流水般地泻到床上，脑子里往往会闪出这样的想法，如果是阿希礼这么紧紧地把她搂在怀里，如果是阿希礼拿她的乌发贴住自己面孔并用它裹住自己的颈项，那生活就算得上十全十美了。

有一回她这么想着想着，情不自禁地叹了口气，把脸转朝窗口，过不多久，她突然觉得她颈部下面的那条胳膊，变得像铁棍一样坚硬，静夜之中响起瑞特的话音：“愿上帝惩罚你那爱欺骗的小心灵，让它永堕地狱！”

说罢，他起床穿上衣服，径自离开了卧房，不理睬她那一连串出于惊恐的抗议和质问。第二天她正在自己房里吃早餐，他又出现了，蓬着头，醉醺醺的，满脸挖苦鄙夷的神色，心情坏透了，既不辩解，也不说明夜里去哪儿了。

斯佳丽也不发问，神色冷峻，俨然一副受了冤屈的妻子的架势；她吃完早饭，任凭瑞特在一旁瞪着一双充血的眼睛，径自穿好衣服，上街买东西去了。等她回到住处，他也出去了，直到吃晚饭的时候才见他回来。

他俩吃晚饭时，谁也不吭声，斯佳丽尽量克制住自己的脾气，因为这是她在新奥尔良消受的最后一顿晚餐，她得充分领略一下龙虾的风味。可他在一旁瞪着眼，自己又怎能好好消受呢？不管怎么说，她还是吃了一只大龙虾，又喝了不少香槟。也许正因为在这种气氛下又吃又喝，结果那天晚上做起了以前常做的那个恶梦；她醒来时一身冷汗，伤心地低声啜泣。她梦见自己又回到了塔拉庄园，庄园满目荒凉。母亲撒手去了，带走了人世间的力量和智慧。在这茫茫的大千世界，举目无亲，无依又无靠。同时又有个可怕的异物在她身后追逐着，她跑呀跑呀，跑得心都炸裂开了，最后跑进了飘浮游动的浓雾里。她大声呼喊，盲目地搜寻那个深藏在周围漫天大雾里的、既不知其名又不为人知晓的栖身之所。

她醒过来时瑞特正俯身望着她。他默然无语地把她像孩子似的抱起来，搂进怀里；他那结实的肌肉让她感到宽慰，他无言的呢喃之声也起到安抚镇痛的效用，她终于止住了抽泣。

“哦，瑞特，我又冷又饿，我累极了，可就是没法找到，我在雾里跑呀跑呀，可就是找不着。”

“找什么呢，宝贝？”

“我也不知道。我能知道就好了。”

“这是你以前常做的梦？”

“哦，是呀！”

他轻轻地把她放回床上，摸黑点了根蜡烛。烛光下，只见他眼睛里布满血丝，那张线条轮廓粗犷冷峻的脸庞，就像石雕似的不露半丝情感。他的衬衫没扣上扣子，腰部以上全敞开着，露出了长满黑毛的棕色胸膛。斯佳丽仍惊魂未定，浑身筛糠似的发抖，觉得那黑呼呼的胸膛多么坚强壮实；她轻声说：“抱住我，瑞特。”

“亲爱的！”他急忙应了一声，把她抱起，在一张大靠椅上坐定，像兜抱小孩似的把她的身子贴紧自己。

“哦，瑞特，挨饿的滋味不好受呀。”

“吃完了七道菜的一顿晚餐，包括那只硕大无比的龙虾，还做梦挨饿，这滋味想必也不好受。”他口角上挂着微笑，但目光很柔和。

“哦，瑞特，我一个劲儿跑呀，跑呀，四下寻找，就是发现不了我要寻找的究竟是什么。那东西就一直隐藏在浓雾里。我知道只要找到它，我就能永远安全了，再也不会受冻挨饿了。”

“你要找的是人还是物？”

“我不知道。我从未想过。瑞特，你认为我总有一天会在梦里找到个安全处所吗？”

“不会，”他一面捋平她蓬松的头发，一面说，“我想不行。没法做那种梦的。不过我倒觉得，如果你在日常生活里安全惯了，穿得暖暖的，吃得饱饱的，你就不会再做那种恶梦了。再说斯佳丽，我一定设法让你生活得很安全。”

“瑞特，你真好。”

“财主①太太，谢谢你饭桌上剩下的面包屑。斯佳丽，我要你每天早上一醒来就对自己说：‘我再也不会挨饿了，只要瑞特守在这儿，只要合众国政府能站住脚，任什么也动不了我一根毫毛。’”

“合众国政府？”斯佳丽高声问道，惊讶得直起身子，腮帮子上还挂着泪花。

“以前从南部邦联政府那儿搞来的钱，现在总算用在正道上了。我把大部分都用来买了政府公债。”

“活见鬼！”斯佳丽大声叫道，一骨碌坐直在他的膝上，忘记了刚才的恐惧。“你是要告诉我，你把钱借给北佬了？”

---

① 《圣经》故事中一个财主，每日奢华宴乐。又有一乞丐，每日靠其餐桌上掉下来的面包屑充饥（见《圣经·新约·路加福音》第16章第19—31节），这里瑞特用此典故，语含讥讽之意。

“利息挺不错的。”

“哪怕是百分之百的利息，我也不在乎！你得马上把公债卖了。让北佬用你的钱，亏你想得出来！”

“那我该拿它干什么呢？”他笑着反问了一句，注意到她的眼睛不再由于惊恐而睁得溜圆的了。

“该——该去五角场买地皮呀。凭你手里的钱，包你能买下五角场那儿所有的地产。”

“谢谢，我可不想买下五角场。现在提包客的政府实际上已经控制了佐治亚，谁也说不准今后会怎么样。现在一大群贪婪成性的鹰鹫，打四面八方扑到佐治亚来，我可躲不开那种势头。你知道我得像叛贼那样，同他们四下周旋，巧于应付；但是我不信任他们。我不会拿钱去购置房地产。我宁可买公债。你可以把债券藏起来，房地产可不容易躲过他人的耳目。”

“你认为——”她想到了自己的锯木厂和铺子，脸色刷地煞白了。

“我不知道。不过别吓成这副模样，斯佳丽。我们那位风度迷人的新州长，可是我的好朋友哩。只是眼下时局太不稳定，我不想把太多的钱财捆绑在房地产上。”

他把斯佳丽挪到另一个膝头上，身子往后一靠，拿过支雪茄，随手将雪茄点上。她坐在瑞特的膝头上，晃荡着一双光脚，注视着他那棕色胸膛上肌肉的一起一伏，她的种种恐惧全都置诸脑后了。

“既然我们谈起了房地产这个话题，斯佳丽，”他说，“那我要告诉你；我想造幢房子。你可以吓唬弗兰克，逼他住进佩蒂小姐家去，我可不吃你那一套。那老小姐一天要吹三次牛，我受不了；再说，彼得大叔见我要住进汉密顿家圣殿，不悄悄把我宰了才怪呢。佩蒂小姐嘛，可以让印第亚·韦尔克斯小姐去陪她住，魔鬼就不会找上门来了。我们回亚特兰大之后，可以先住在国民饭店的新婚套房里，等我们自己的房子造好了再搬进去住。在我们离开亚特兰大的时候，我已经打算买下桃树街的那一大块地皮，就是靠莱登宅院的那块地皮。你知道我说的那块地？”

“哦，瑞特，好极了。我确实想要一幢自己的房子，一幢了不起的大房子。”

“我们总算在某件事上有了一致的看法。造幢白灰泥的，栏杆什么的一律用熟铁制品，就像这儿的一些克里奥尔式住房，你意下如何？”

“哦，不，瑞特。可不能按这种格局来造，新奥尔良的这些房子太老式了。我知道要造什么样的房子。要造就造最新式的，我在什么杂志里看到过一张照片——让我想想——哦，是在《哈泼氏周报》里看到的。那是按瑞士农舍风格建造的别墅。”

“按什么风格造的？”

“瑞士农舍。”

“瑞士农舍？”

“不错。”

“噢，”他一面说，一面捻唇上的小胡子。

“可爱着呢。上面是高高的复斜屋顶，顶部围有一圈尖桩栅栏，两端竖有塔楼，是用最上乘木瓦砌盖的。塔楼窗户用的是红蓝两色玻璃。式样看上去挺时髦的。”

“我想门廊栏杆是呈锯齿状的吧。”

“不错。”

“门廊屋顶还挂有一行木质涡形缘饰，是吗？”

“对呀，想必你也看到过这种房子啰。”

“见过，不过不是在瑞士。瑞士人是个聪明绝顶的民族，对建筑美别具慧眼。你真的想要幢这样的房子？”

“哦，那还用说。”

“我原希望你同我过了一段日子，你的趣味爱好会有所改进呢。干吗不要一幢克里奥尔式的房子？要不，就造座竖有六根白柱子的殖民地式房子？”

“我对你说，凡是样子难看、款式过时的玩意儿我一概不要。我们还要在房子里面的墙壁上贴上红色墙纸，所有折门上一律挂上红天鹅绒门帘；哦，还要摆上许许多多豪华的胡桃木家具，铺上华丽的厚地毯。哦，任谁看了我们的住宅，都会嫉妒得脸色发青！”

“有必要让人人都嫉妒吗？好吧，要是你喜欢，就让他们嫉妒得脸色发青吧。不过，斯佳丽，你可曾想到过，眼下人人都一贫如洗，而你却大讲排场，把家里搞得这么富丽堂皇，趣味未免有欠高雅吧？”

“我就要那么办，”她执拗地说。“我就是要让过去说我坏话的人，个个心里不好受。我们要举行大型宴会，把全城的人全请来，让他们懊悔当初不该说那种难听的话。”

“可是谁会来参加我们的宴会呢？”

“这还用问！当然谁都会来的。”

“我不信。顽固派宁死不屈。”

“嗨，瑞特，瞧你说到哪儿去了。只要你有钱，大家就会巴结你的。”

“南方人才不哪。投机商人的钱想进入上流人士家的客厅，要比骆驼穿过针眼还难。至于你我之流的叛贼嘛，我的宝贝儿——他们没朝你脸上吐唾沫，已属万幸了。如果你真想试一试，我一定为你撑腰，亲爱的，我相信，我一定会从你展开的攻势中汲取到莫大的乐趣。现在我们既然在谈钱，不妨让我把情况给你讲清楚。造房子，穿着打扮，你想花多少钱，你尽管向我要。如果你喜欢珠宝首饰，你也可以买，不过得由我替你挑选。你的趣味糟得很哩，我的宝贝。给韦德或埃拉买东西，买什么都行。如果威尔·本蒂恩种棉花不顺手，我也乐意助一臂之力，帮他在克莱顿县把那批大而无当、却被你视为至宝的货色推销掉。你觉得这么做是不是很公平？”

“当然，你挺慷慨的。”

“不过，你可听仔细了。你的那爿铺子，还有你的锯木厂，别想让我花一个子儿。”

“哦，”斯佳丽沉下脸应了一声。整个蜜月期间，她一直在想怎么把这个话题提出来。她需要一千元钱，买五十英尺地皮扩大她的堆木场。

“我想你一直夸口说自己胸襟开阔，不在乎人们对我做生意开厂说什么闲话，看来你和其他人一个样——也那么害怕人家说三道四，说是我在当家呢。”

“巴特勒家里是谁在当家，任谁也不会对此产生什么疑问的，”瑞特慢吞吞地说。“傻瓜们说些什么，我不在乎。事实上，我谈不上有什么教养，家里有个精明的老婆，我颇引以为荣的呢。我要求你继续维持铺子和厂子。那是你孩子的产业。等韦德长大了，要是还由继父供养，他不会感到自在的；他可以把铺子和厂子接过去经营。可在这宗产业上，我不会投进一个子儿。”

“为什么？”

“因为我不想出钱帮助供养阿希礼·韦尔克斯。”

“你是有意要旧事重提了？”

“不。是你在问我理由，我就得说说清楚。还有一点，你别想在我面前报花账，虚报买衣服、维持家用的开销，以便给阿希礼多添置几头骡子，或是盘下别家厂子。我要亲自过问，仔细查阅账目；而且我知道各样东西的价格。哦，别以为我是有意侮辱你。你会那么干的。我绝不会放手不管。事实上，凡是涉及到塔拉庄园或阿希礼的事儿，我绝不会给你任何松动的余地。塔拉庄园还可以有所通融。但是对阿希礼，必须泾渭分明，不得有半点含糊。你现在由我驾御着，我手里的缰绳不会拉得很紧的，但是我的宝贝，你别忘了，我还可动用马勒和马刺来个双管齐下呢。”

第49章

艾尔辛太太竖起耳朵听穿堂里的动静。她听到玫兰妮的脚步声渐渐远去，随之厨房里响起了盆碟的劈啪声和银器的叮咚声，知道马上要上点心了；她转过脸，压低嗓门同客厅里的女士们交谈起来。女士们在客厅里坐成一圈，各人膝头上放着一只针线筐子。

“就我个人来说，现在也罢，将来也罢，决不打算去拜访斯佳丽的，”她说话时，冷峻的高雅神情显得比往常更为寒峭。

这些女士都是妇女缝纫会的会员，该会是为赈济南部邦联阵亡士兵家属而成立的。她们听到艾尔辛太太开腔了，赶紧放下手里的针线活，心情热切地摇动身下的摇椅围拢了过来。所有在场的女士早就迫不及待地想谈论斯佳丽和瑞特的事儿，只是碍于玫兰妮在场不便启口。就在前一天，这对夫妇从新奥尔良回来了，眼下住在国民饭店的新婚套房里。

“可是休对我说，看在巴特勒船长曾搭救过他性命的分上，我该去拜访一次，”艾尔辛太太继续说。“可怜的芳妮站在休一边，也说要去看他们。我对她说：‘芳妮，要不是斯佳丽，说不定汤米此刻还活在世上呢。你现在要去看他们，岂不有辱于汤米的亡灵！’而芳妮鬼迷了心窍，竟然说：‘妈妈，我不是去看斯佳丽，而是去拜访巴特勒船长。他竭尽全力搭救汤米，最后没救成，这可不是他的过错。’”

“眼下的年轻人傻透了！”梅里韦瑟太太说。“去拜访他们！还真说得出口！”当初她好意规劝斯佳丽别嫁给瑞特，结果反被抢白了一顿，现在一想到这件事，就忍不住气得胸脯直发胀。“我们家的梅贝尔和你女儿芳妮一样傻。她说她和勒内要一起去拜访，因为多亏巴特勒船长营救，勒内才没有被吊死。我说，要不是斯佳丽自己招摇过市，勒内根本不会有什么危险。还有我们家的那位梅里韦瑟爷爷也说要去；他大概是老糊涂了，竟说如果我不感激那个恶棍，他可感激得很呢。我敢说，梅里韦瑟爷爷自从去了一趟沃特林那个婊子家，就开始变得不正不经，言行举止都有失检点。去拜访他们，还真说得出口！说什么我也不去。斯佳丽嫁了这么个男人，简直是存心糟蹋自己。战争中他昧着良心搞投机，靠囤积粮食发横财，已经够坏的了，而现在他又变本加厉，勾结北佬提包客，同叛贼狼狈为奸，而且还成了那个臭名昭著的混账州长布洛克的朋友——一个货真价实的朋友。去拜访他们，真说得出口呢！”

邦尼尔太太叹了口气。她是个富态女人，一脸的和气，活像个胖鼓鼓的棕色鹪鹩。

“他们无非是出于礼节偶然拜访一次而已，多莉。我想也不必责怪他们。我听说，凡是参与那天晚上行动的人都打算上门去拜访。而我觉得他们也该去。说到斯佳丽嘛，不知怎么的，我很难想象她母亲竟会生下这么个女儿。当年在萨凡纳，我和埃伦·罗比亚尔同窗共读，再没有比她更可爱的女孩子了。我们俩亲同姐妹。要是当初她父亲不竭力反对她同堂兄菲利普·罗比亚尔结婚就好了。其实那孩子也没什么大不了的问题——年轻小伙子总难免要寻欢作乐放荡一下的嘛。结果倒好，埃伦离家跑了，跟奥哈拉老头结了婚，生下了斯佳丽这么个女儿。话得说回来，出于对埃伦的怀念，我觉得也该去看望他们一次。”

“哼，一通无端伤感的废话！”梅里韦瑟太太用力哼着鼻子说。

“基蒂·邦尼尔，丈夫死了还不到一年她就又改嫁了，你打算去看望这样的女人？一个这样的贱——”

“而且还是杀死肯尼迪先生的真正凶手！”印第亚插嘴说。她的话音冰冷尖酸。她每想到斯佳丽，总免不了要联想起斯图特·塔尔顿，说话时也就很难顾及分寸。“我始终认为她和巴特勒那家伙，在肯尼迪先生被打死之前就勾搭上了，他俩之间的关系要比大多数人怀疑的还密切。”

这番话，这种事儿，出于一个老处女之口，不禁叫那些老太太大为震惊，可她们还未从震惊之中恢复过来，已见玫兰妮悄然出现在客厅门口。她们只顾一个劲儿议论斯佳丽，全然没注意到女主人的轻盈的脚步声，此刻在她面前，她们就像说悄悄话的女学生被老师一头撞着那样尴尬。再看到玫兰妮脸色大变，仓惶之余又横生几分惊恐。玫兰妮气得双颊绯红，原来挺温和的一双眸子现在直冒怒火，鼻孔在一张一翕地不住颤动。以前谁也没见她有过这般盛怒的神态。在场的女士压根儿没想到她竟会这样发火。大家都疼爱她，认为在年轻妇人中数她最温和、最柔顺，对长辈既尊重又顺从，从未表示过什么不同的看法。

“你怎么敢这样信口雌黄，印第亚？”她用低弱而颤抖的声调质问说。“你的嫉妒心把你引到哪儿去了？真为你害臊！”

印第亚脸色煞白，但仍然傲然昂首。

“我不想收回我说过的话，”她短短地回了一句，但脑子里却是思潮起伏。

“我真的嫉妒了吗？”她这么想。对斯图特·塔尔顿的事，对霍妮和查尔斯的事，她记忆犹新，难道她没有充分的理由记恨斯佳丽？特别是眼下她怀疑斯佳丽正设下圈套试图勾引阿希礼呢！她暗暗对自己说：“关于阿希礼和你那宝贝斯佳丽，我可以提供你好多好多情况呢。”印第亚心情矛盾，两种愿望在相互冲突，既想把话闷在肚子里，以维护阿希礼的名声，又想把自己的种种怀疑向玫兰妮和世人一吐为快，免得阿希礼落入圈套。如果她真的把这些捅出来，斯佳丽就不得不有所收敛，不敢再对阿希礼存非分之想。但是这么做，时机还未成熟。她还没抓住确切的把柄，只是怀疑而已。

“我不想收回说过的话。”她又重复了一句。

“那你现在幸亏没再住我家里，”玫兰妮说，言辞冷冰冰的。

印第亚蓦地跳了起来，一张黄脸涨满了红潮。

“玫兰妮，你——你是我的嫂子——为了那个骚货，你要同我翻脸？”

“斯佳丽也是我的嫂子，”玫兰妮说，同印第亚双目对视，形同陌路。“她对于我，胜过亲生姐妹。她对我的情义你可以忘得一干二净，我却不能忘恩负义。北军围城期间，她原可以回家去，连佩蒂姑妈也逃到梅肯去了，但她却守在我身边。在北佬差不多快打进亚特兰大城里的时候，她还在为我带孩子；后来，她要回塔拉庄园，她完全可以把我丢在这儿医院里，听任北佬摆布，可她却不顾风险，不顾一路劳累颠簸，带着我和小博一起去。她自己操劳挨饿，却悉心照料我，供养我。由于我体弱多病，她让我享用塔拉庄园里最好的一张床垫。我能起床走动时，她就把家里唯一的一双鞋拿给我穿。她为我做的这些事，你可以不放在心上，我可没法忘掉。阿希礼回家来时，身体有病，心情沮丧，没了家，身无分文，可她像亲妹妹一样接待他。后来，我们考虑不得不去北边谋生，可又舍不得离开这儿佐治亚州，这时又是斯佳丽挺身相助，让他去照管锯木厂。还有巴特勒船长，他救阿希礼的性命，完全出于热心肠，他又不欠阿希礼什么情意。我很感激斯佳丽，感激巴特勒船长。

但是你印第亚！你怎么能忘掉斯佳丽对我和阿希礼的这番深情厚意呢？你就把你哥哥的命看得那么不值钱，拼命在他救命恩人的脸上抹黑？你就是跪在巴特勒船长和斯佳丽面前，也不足以还清他们那一片情的。”

“好了，好了，玫荔，”梅里韦瑟太太口气轻快地说，她已经恢复了镇静，“别这么冲着印第亚来嘛。”

“你刚才说斯佳丽的话我也听到了，”玫兰妮立即冲着那位身材敦实的老太太大声说，她说话时的那副神情活像在同人决斗似的，刚把一个对手击倒在地，又抽剑扑向另一个对手。“还有你，艾尔辛太太。你那小心眼里对斯佳丽怎么个看法，那本是你的事，我管不着。可你在我家里说她闲话，而且偏偏让我听见了，我就不能不管。你脑子里怎么能装着那种可怕的想法，更不用说竟然还亲口讲了出来？你家男人的命，你就那么不当回事，难道你不愿意他们活着，而愿眼睁睁看着他们死去？对甘冒生命危险救他们性命的恩人，竟毫无感激之情？如果真相暴露以后，北佬很容易也把他看成是三 K 党的成员，将他吊死。他冒了生命危险来救你家的那些人。救你梅里韦瑟太太的公公，你的女婿，还有你的两个侄儿；救你邦尼尔太太的兄弟；还有你艾尔辛太太的儿子和女婿。忘恩负义之徒，这就是你们的本色。我要你们大家都为自己说过的话表示道歉。”

艾尔辛太太紧抿着嘴巴，站起身，把针线活儿往筐子里塞。

“如果有人对我说你竟会如此缺乏教养，玫荔——哦，不，我绝不会道歉的。印第亚说得对，斯佳丽是个轻浮的、爱要弄手段的骚货。我忘不了她在战争期间的所作所为，也忘不了她眼下的所作所为，自从手里稍微有了点钱，就仗势欺人，成了叛贼——”

“你耿耿于怀的，”玫兰妮打断了艾尔辛太太的话，握起两个小拳头，紧贴住身子的两侧，“是斯佳丽降了休的职；其实这只能怪休没本事，管不了她的厂子。”

“哦，玫荔！”在场的人异口同声地悲叹道。

艾尔辛太太把头一扬，跨步朝门口走去。她的手已触到了前门的门把，又站住身子回过头来。

“玫荔，”她开腔说，口气已缓和多了，“亲爱的，这真让我伤心。我是你母亲最要好的朋友，是我帮助米德大夫把你接到这世界上来的，我爱你如同亲生女儿。要真是为了什么重要的事，那听你说出这样的话来，倒也不会太让人难受。可只是为了斯佳丽·奥哈拉这样的女人，要知道，她最想伤害的首先是你，我们还在其次——”

玫兰妮听到艾尔辛太太开头说的那几句话，忍不住涌出了眼泪，可是等这位老太太把话说完，她的脸色沉了下来。

“我要你们把话听清楚了，”她说，“你们当中要是有谁不去拜访斯佳丽，以后也就不必再上门来看我了。”

客厅里响起一阵嘁嘁喳喳声，女士们轰地全站了起来，屋里乱作了一团。艾尔辛太太的针线筐子掉到了地板上，她又回进屋里来，头上的假发套也被颠歪了。

“这条件我不接受！”她嚷道，“这条件我不接受！你一定是疯了，玫荔，我不会把你这话当真的。你永远是我的朋友，我也永远是你的朋友。我决不愿为了这件事而使我们之间产生隔阂。”

说罢，她放声大哭，不知怎么一来，玫兰妮倒在她怀里，也哭了起来，可是她一面呜咽一面声称，她说的一字一句都是算数的。其他好几位太太也都泪流满面，梅里韦瑟太太一面用手绢捂住脸号啕痛哭，一面抱住艾尔辛太太和玫兰妮。佩蒂姑妈一直呆若木鸡似的看着这幕景象，这时突然一下子瘫倒在地，昏厥了过去，这是属于她有生以来为数不多的一次不掺假的阵发性昏厥。于是，哭的哭，接吻的接吻，找嗅盐的在找嗅盐，寻白兰地的在寻白兰地。而在这开了锅似的屋子里，唯有一张脸始终保持着镇静，唯有一双眼睛里不含一点眼泪，这就是印第亚·韦尔克斯，她趁这忙乱当口，悄然抽身离去。

几个钟头之后，梅里韦瑟爷爷在现代女郎酒馆里遇到亨利·汉密顿伯伯，把早上发生的事原原本本地说了，他是从梅里韦瑟太太那儿听来的。他讲得津津有味，心里着实高兴，自己媳妇算得厉害的了，可这回竟然有人把她给制服了，说实在的，他本人可没有这种胆量。

“噢，这伙傻婆娘到底打算怎么干呢？”亨利伯伯不无气恼地问。

“这个我不清楚，”爷爷说，“但是从情况来看，这一回合似乎玫荔占了上风。我敢说她们包管会去的，至少去一回。人家很买你侄女儿的账呢，亨利。”

“玫荔是个傻瓜；倒是太太们说得对。斯佳丽是个狡诈的骚货，我不明白当初查尔斯怎么会娶她的，”亨利伯伯神情忧郁地说。“不过，玫荔的话也有点道理。巴特勒船长救过那些人的命，按情理他们的家眷也的确该去拜访一次。说到底，我也讲不出巴特勒船长有什么不好。那天晚上，他救了我们大家的命，这说明他是个好人。就是斯佳丽倒像根粘在尾巴上的芒刺，让人感到不自在。这小妞聪明过了头，反害了自己。好吧，管他们是不是叛贼，反正我得拜访他们。毕竟，斯佳丽算是我的侄媳妇。我打算今天下午就去。”

“那我跟你一起去，亨利。要是多莉听说我也去了那儿，不大恼其火才怪呢。等一下，让我喝了两口再走。”

“别喝了，到了巴特勒船长那儿，会有你喝的。到时候我会开口要的，他那儿总备着各色好酒。”

瑞特说顽固派绝不会屈膝投降，这话果然没说错。他心里明白，他们上门拜访一两回，根本没多大意义，而且他也知道他们为什么要上门拜访。起初，三 K 党那次倒霉袭击事件的参加者的女眷果然一一来访，打那以后来访的次数就明显减少了。他们从不请瑞特·巴特勒夫妇去他们家作客。

瑞特说，他们要不是慑于玫兰妮的绝交手段，压根儿就不会来。他是从哪儿打听到这些的，斯佳丽不知道，也不屑理会，她才不把这当回事呢。对艾尔辛太太、梅里韦瑟太太这样一些人，玫兰妮怎么会有左右她们的力量呢？她们以后再没来过，这也没让她感到不安；事实上，她们来还是没来，她压根儿就没注意到。她那一套新婚套间里终日高朋满座。只不过那是另一种类型的人，按亚特兰大当地人较为委婉的说法，那是些“外来人”。

在国民饭店里住着很多这号“外来人”，他们也像瑞特和斯佳丽一样在等他们的新宅落成。他们很像瑞特在新奥尔良结交的那些朋友，花天酒地，腰缠万贯，衣饰穿着极为讲究，用起钱来大手大脚，至于他们的家世出身，那就很暧昧了。这些人全是共和党人，在亚特兰大从事着“与州政府有关的公务”。至于他们究竟从事着什么样的“公务”，斯佳丽不甚了了，也不想费心去弄个明白。

要是她果真追问一下，瑞特是会向她和盘托出的——他们干着鹰隼对付死兽的那种行当。他们老远就能嗅到死兽的气息，而且准确无误地朝它扑来，以便一饱肚腹。由当地公民推举出来的佐治亚州政府，已经死亡，佐治亚州已无力自立，于是各方冒险家们便蜂拥而来。

瑞特那班提包客和叛贼朋友的女眷，成群结队地来拜访他们，来访的还有斯佳丽兜售木料时结识的那些“外来人”。瑞特说，既然同他们做生意，就该接待他们，而一经接待之后，就发觉同他们结伴为伍也不无乐趣。他们衣着漂亮，从不谈及战争或抱怨时世艰难，谈话内容不外乎时尚、丑闻以及惠斯特牌经。斯佳丽从没打过纸牌，现在打得津津有味，没多久就成了好手。

只要她待在饭店里，她房间里总聚集着一伙惠斯特牌牌友。不过近来她并不常待在饭店里，因为她正忙于建造新宅，无暇顾及那些客人。这些天她也不操心是否有客人上门。她想暂时停止一切社交活动，等到新宅落成，她会以亚特兰大第一大公馆的女主人身份，用最讲究的方式款待本城客人。

这些天，白昼长，气候也暖和，她眼看着她那红墙灰瓦的新宅平地拔起，高耸于桃树街周围住房之上。她忘掉了铺子和木料厂，心思全扑在工地上，整天和木匠口角争执，同石工讨价还价，不让承包商过太平日子。随着基墙迅速升高，她心里暗暗得意地说，等竣工之后，这将是全城最大、最出色的宅第。甚至比近旁的詹姆斯府邸更有气派。这府邸刚被政府买下用作布洛克州长的官邸。

州长官邸的栏杆和屋檐，都镶有华丽的锯齿形装饰物，但是和斯佳丽宅第的栏杆和屋檐上的涡形装饰物相比，未免黯然失色。官邸内有个舞厅，但地盘似乎只有台球台面那么大，岂能和她斯佳丽宅第的舞厅相比？她把新屋三楼的整个楼面都辟作舞池。事实上，她房子里的各种装饰、各类设施，全都在数量上胜过州长官邸，胜过城里任何一家公馆。圆顶、角塔、塔楼、阳台、避雷针，全比别人家的多，至于彩色玻璃窗，那更要多上好几倍。

整幢房子四周围有回廊，屋子四侧筑有四层梯级，通向回廊。庭院宽大，满眼滴翠，到处散放着铁制长椅，还竖有一座铁柱凉亭，按时髦的说法叫“送爽阁”，斯佳丽相信那是纯粹哥特式风格的凉亭；还有两尊铁铸动物。一尊牡鹿，一尊大如雪特兰马驹似的猛犬。对韦德和埃拉来说，这么一幢洋洋大观、气势堂皇、影影绰绰的时髦新宅，只能让他们感到迷惑不解，而只有这两尊铁铸动物，才给整幢宅第添上几分欢快的生气。

房子内部的装饰和摆设完全符合斯佳丽的心愿，竭尽铺排奢华之能事。地上铺有严严实实的大红厚地毯，门上挂有红天鹅绒门帘；涂有清漆的黑胡桃木家具簇崭全新，凡是可供雕刻的地方全都雕上了花纹；椅座上都铺了溜光滴滑的马鬃垫子，女士们坐在上面得格外当心，否则身子就要滑下来。墙上到处挂满镀金框的大镜子和落地穿衣镜，其数量之多，瑞特曾懒洋洋地评论过一句，堪与贝尔 · 沃特林的窑子相媲美。在各面镜子之间，还挂上配有厚实框架的钢板画，其中几幅长达八英尺，全是斯佳丽特地写信去纽约定购的。墙壁上裱有华丽的深色墙纸，天花板很高，房间里的光线幽暗，因为窗户上都严严实实地挂上梅红色的长毛绒帘帷，大部分阳光都被挡在外面了。

总之，这一幢府第，谁看了都会叹为观止的；斯佳丽跨步在柔软的地毯上，拥卧在厚厚的鸭绒床褥中，情不自禁地回想起昔日塔拉庄园冷冰冰的地板和填满干草的褥套。她心满意足，踌躇满志，认为这是她生平见到过的最漂亮、摆设最雅致的一座住宅，可瑞特却说是场梦魇。梦魇就梦魇吧，只要能使她感到快乐，梦魇她也欢迎。

“如果来了个陌生人，即使只字不提我们的情况，他也能一眼看出这座房子是用不义之财建造起来的，”他说。“你要知道，斯佳丽，有句格言：来路不明的钱财，绝不会结出正果，这幢房子就是明证。只有暴发户才会造这样的房子。”

但是，斯佳丽心里又自豪又高兴，一心筹划如何大开宴会，款待各方宾客，所以只是调皮地拧了一下他的耳朵，说：“信口开河！瞧你说到哪儿去了！”

现在她已经摸透了瑞特的脾气，他专以下她的面子为乐事；如果留心听他信口胡诌，他就要想尽办法使她扫兴。而要是拿他的话当真，又非得跟他口角不可；她可不想跟他要弄舌剑唇枪，因为到头来总是她占下风。所以她现在根本不去听他胡诌，要是她非听不可，就拿他的话当笑话听。这个对策，至少某些时候还管用。

在蜜月期间，以及后来在国民饭店下榻的那段时间里，他们客客气气，大体上还算相安无事。但是一搬进新居之后，斯佳丽常把那些新朋友邀集在自己身边，他俩就动不动爆发一场争吵。争吵的时间并不太长，因为和瑞特吵架，要吵也吵不长：她火发得再大，话讲得再难听，瑞特总是耐着性子冷眼相待，随后瞅准时机，冷不防朝她的痛处猛刺一句。所以真正吵嘴的是斯佳丽，而不是瑞特。他只是对她本人、对她的举动、对她的房子以及对她的新朋友，发表自己毫不含糊的见解。而他发表的有些见解，性质极其恶劣，逼得她再无法装聋作哑，把他的话当作一般的笑话看待。

例如有一回，她决定给“肯氏杂货铺”换个有点气派的新店名，就请瑞特给她想一个，最好用上“Emptorium①”这个字眼。于是瑞特建议用“Caveat Emptorium”，并说这样的店名和店内出售的货色完全般配。她觉得这个店名叫得响，颇有点气势，就决定采用，甚至还让人油漆了店号招牌，等到阿希礼·韦尔克斯脸有难色地告诉她，这两个字凑在一起的意思是“凡进本商场购物，一律出门不认货”，她顿时暴跳如雷，火冒三丈，可瑞特却在一旁乐个不止。

还有他对黑妈妈的百般迁就，也让她发火。黑妈妈从没改变自己的

---

①意即商场。

立场，认定瑞特是头配上马鞍的骡子。她对瑞特虽然客气，却是冷冰冰的，始终称他“巴特勒船长”，从不改口叫“瑞特先生”。瑞特送她那件红衬裙，她连谢也没谢一声，始终没穿上身。尽管韦德很崇拜瑞特叔叔，而瑞特也疼这个孩子，但是黑妈妈尽量不让韦德、埃拉同瑞特多接触。瑞特不但没辞退黑妈妈，也不对她发脾气板面孔，反而对她毕恭毕敬，要比对斯佳丽最近结交的那些女士尊敬多了。事实上，他对黑妈妈的尊敬程度更甚于对待斯佳丽本人。他带韦德去遛马，总要事先征得黑妈妈的同意；给埃拉买洋娃娃，也事先征求她的意见。然而黑妈妈始终不给他面子。

斯佳丽觉得瑞特对黑妈妈应该硬一点，这才能显示出一家之主的威严，但是瑞特听了只是哈哈一笑，说真正的一家之主是黑妈妈。

又有一回，瑞特口气冷静地对斯佳丽说，他很为她几年以后的前途担忧，到那时，共和党人在佐治亚州失势了，民主党人又要重新上台。这番话也使斯佳丽大为恼火。

“等到民主党人选出自己的州长和州议会，你那班俗不可耐的共和党人新朋友就会统统从棋盘上刷掉，仍旧回去干他们管酒吧、倒厨房下脚的老本行。到那时候，你既没有民主党人朋友，也没有共和党人朋友，只剩下你孤家寡人一个。不过嘛，又何必为明日操心呢。”

斯佳丽听了哈哈大笑，当然也笑得不无道理，因为眼下，布洛克稳稳地坐在州长的交椅上，州议会里有二十七名黑人议员，而在佐治亚州，成千上万的民主党人被取消了选民资格。

“民主党人再也无法东山再起了。他们现在干的，只能让北佬更加疯狂，推迟他们重新上台的日子。他们现在只会说大话，晚上跑出来搞些三 K 党的恐怖活动。”

“他们会东山再起的。我了解南方人，了解佐治亚人。他们都是些倔脾气的硬汉。如果他们非得打一仗才能重新上台，那么他们就会再打一仗。如果他们非得像北佬那样收买黑人选票，那么他们也会来这一手。如果他们非得学北佬的样把成千上万的死人列入选民册，那么他们就会把佐治亚州每个公墓的每具尸体都抬到选民站来。在我们那位好朋友鲁弗斯·布洛克的仁政之下，情况越来越糟，总有一天他会被佐治亚州人唾弃。”

“瑞特，别用这种庸俗的字眼跟我说话！”斯佳丽大声嚷嚷。“你说话的口气，好像我不乐意看到民主党人重新当政似的！你知道我不存这样的心眼！我巴不得他们能重新上台呢。你以为我喜欢这些大兵在这儿四下逛荡，提醒我——你以为我喜欢这样？嗨，别忘了我也是佐治亚人哩！我很乐意看到民主党人重新上台，可他们上不了，永远上不了。退一步说，即使他们重新上台，对我的那些朋友又有何妨呢？他们的钱仍归他们所有，不是吗？”

“要是他们能守住钱财就好了。但是我怀疑他们中谁有这份能耐。按他们现在这样的花钱速度，没一个能维持得了五年。来得快，去得快。他们的钱不会给他们带来任何好处。就拿你说吧，我漂亮的骡太太，钱肯定没能让你变成一匹马，是吗？”

他最后的这句话，又惹起了一场口角，而且一连几天双方都在怄气。到了第四天，斯佳丽还是满脸怒气，一声不吭，分明是要瑞特向她赔不是。可瑞特不顾黑妈妈一迭连声的抗议，带着韦德径自去了新奥尔良，一直等到斯佳丽气消了才回来。她始终未能杀一杀瑞特的威风，解一解心头之恨。

他从新奥尔良回来时态度冷静，和颜悦色，她也只好拼命吞下那口怒气，把这件事暂且搁置脑后，等日后再想法治他。眼下，她不愿费神去考虑让人扫兴的事。她正一心一意考虑如何在新居举行首次晚会，不想败坏自己的兴致。那将是一次盛况空前的晚会，宴会厅里摆上棕榈树盆栽，请一支管弦乐队奏乐助兴，整个回廊都用帆布蒙上；至于招待客人的点心，连她自己想到了也直流口水。凡是她在亚特兰大认识的人，所有老朋友，还有蜜月旅行回来后所结识的那些迷人的新朋友，她打算一个不漏地全都请来。筹办晚会的兴奋使她无意追想瑞特那些带刺的话。她在操办张罗这次宴会的时候，心里好不痛快，多年来都没像现在这么痛快过。

哦，有钱真痛快！举办宴会根本不必计较花费，购置豪华的家具和服饰，购买美味可口的食品，毋须考虑账单！现在拿起笔来，可以信手签发一张张数额可观的支票，寄给查尔斯顿的宝莲姨妈和尤拉莉姨妈，寄给塔拉庄园的威尔，简直妙不可言！哦，那些爱嫉妒的傻瓜，竟然胡说什么金钱不是万能的！瑞特说什么金钱没给她带来任何好处，纯粹是在颠倒黑白！

斯佳丽不但给所有的旧友新朋，就连那些她不喜欢的人，也都一一发送了请帖。甚至像梅里韦瑟太太，上回她来国民饭店看她时近乎于粗暴无礼，还有冷若冰霜的艾尔辛太太，也在邀请之列。她给米德太太和惠丁太太也发出邀请，尽管她明知这两位太太不喜欢自己，也知道她俩收到请帖之后会左右为难，因为即使她俩想参加如此高雅的盛会也无适当的衣服可穿。斯佳丽这次祝贺乔迁之喜的庆典，或者按眼下时髦的说法这次“社交盛会”，既是宴会，又是舞会，其场面之豪华，安排之巧妙，堪称亚特兰大社交史上的一绝。

那天晚上，屋里屋外，以及在帆布盖没的回廊上，都挤满了宾客，他们喝着她精心调制的香槟混合饮料，吃着她亲自订制的小馅饼和奶油牡蛎，随着乐队奏起的音乐翩翩起舞(她特地用一道由棕榈和橡胶树组成的屏风墙，将乐队和人群隔开)。但是出席宴会的宾客之中，除了玫兰妮、阿希礼夫妇，佩蒂姑妈、亨利伯伯、米德大夫夫妇和梅里韦瑟爷爷外，瑞特所说的那些顽固派成员一个也没来。

本来，许多顽固派尽管不太情愿，还是决定来参加这次“社交盛会”的。有的慑于玫兰妮的强硬态度，有的是觉得欠着瑞特的情，因为他救过他们自己或是亲戚的性命。但是就在举行盛典的前两天，亚特兰大城里谣传纷纷，说布洛克州长也收到了邀请。于是这些老顽固借用一叠明信片以示不满，纷纷婉言谢绝了斯佳丽的盛情邀请。而应邀前来赴宴的寥寥无几的老朋友，当州长在斯佳丽的宅第一露面时，尽管有些为难，但还是坚决地退场离去。

对于这些表示蔑视的举动，斯佳丽既感到惶惑，更觉得恼火，不管怎么说，她举办这次聚会的雅兴全给他们败坏掉了。“高雅的社交盛会”！这次聚会，在她精心张罗之下，开得这么别致动人，而看到这种豪华场面的，却只有为数不多的几个老朋友，而她的死对头却一个也没有。等到第二天天明最后一个客人离去时，她真恨不得大哭大闹一场，可是她怕瑞特哈哈狂笑，怕他虽然嘴里可能不说，但他那双扑闪扑闪的黑眼珠里却会冒出“我早就对你说过了”的表情来，所以她只得强咽下满腔怒火，勉强装出一副洒脱自如、毫不在乎的神态来。

一直到第二天上午，她才冲着玫兰妮痛痛快快地发泄出她那一肚子的怨气。

“你有意侮辱我，玫荔·韦尔克斯，还让阿希礼和其他人一起来侮辱我！你心里有数，要不是你硬把他们拉走，他们绝不会那么早就回家的。哦，我亲眼看见的。就在我领着布洛克州长过来把他介绍给你的时候，你像野兔子那样溜走了！”

“我一直不相信——我简直不能相信，他真的会来参加宴会，”玫兰妮闷闷不乐地说。“尽管所有的人都说——”

“所有的人？这么说，所有的人都在背后叽里咕噜说我的坏话啰？”斯佳丽怒气冲冲地大声说。“你是想对我说，如果你早知道州长要参加晚会，你也不来了。”

“是的，”玫兰妮低声说，眼睛望着地板。“亲爱的，我实在是不能来的呀。”

“活见鬼！所以你也要像所有的人那样来欺侮我了！”

“哦，天哪！”玫荔万分苦恼地喊道，“我不是有意要伤你心的。你我情同手足，亲爱的，你是我哥哥查尔斯的遗孀，我——”

她战战兢兢地把手搁在斯佳丽的胳膊上，但是斯佳丽用力把它甩开了，她恨不得像父亲杰拉尔德那样使性子大叫大吼一通。但是玫兰妮面对盛怒的斯佳丽，毫不畏缩。她紧盯着斯佳丽那一双怒火直冒的绿眼珠，瘦弱的双肩挺得笔直，摆出一副凛然不容冒犯的神态，这和那带点稚气的脸庞和身段怪不相称的。

“亲爱的，伤了你的心，我很难过。但是我没法结识布洛克州长，也没法结识共和党人和那些卖身投靠他们的南方人。不管是在你家里或是在别人家里，我都不愿结识他们。不行，即使我不得不——我不得不——”玫兰妮左顾右盼，要想搜索出个最不堪忍受的词儿来。“即使我不得不表现得十分粗鲁无礼，我也不愿结识他们。”

“你是在批评我的朋友啰？”

“不，亲爱的。他们是你的朋友，可不是我的朋友。”

“你是在批评我不该请州长来我家做客吗？”

玫兰妮这下给问住了，但是仍毫不退缩地迎对斯佳丽的目光。

“亲爱的，你做什么，总有充分的理由要那么做的。我爱你，信任你，我不会来批评你的。而且，我不允许任何人当着我的面批评你。但是，哦，斯佳丽！”说到这里，她的话语突然如泉水喷涌，言辞锋利而激烈，声音虽不高昂，却饱含着刻骨铭心的仇恨。“这些人对我们干了些什么，你能忘掉吗？亲爱的查尔斯怎么死的，阿希礼的健康被谁毁掉的，十二棵橡树庄园的房地被谁烧光的，这一切你能忘记吗？哦，斯佳丽，你不会忘记那个手里捏着你母亲的针线盒被你开枪打死的可怕歹徒！你不会忘记谢尔曼手下的人在塔拉庄园的所作所为；他们甚至偷我们的内衣！甚至还想把那个地方烧个精光，而实际上已经在舞弄我父亲的那把军刀了！哦，斯佳丽，正是你请来作客的那些人，抢劫过我们，折磨过我们，让我们忍饥挨饿！正是那伙人，把黑人煽动起来，让他们骑在我们头上作威作福；那伙人现在还在洗劫我们，不让我们的人投票选举！我没法忘掉。我也不会忘掉。我也不让我的小博忘掉，我要教会我的孙儿孙女去恨这些人，如果上帝允许我长生不老，我还要教我的子孙万代去恨这些人！斯佳丽，你怎么能把这一切都忘记了呢？”

玫兰妮停下来，吸了口气；斯佳丽直愣愣地望着玫兰妮，玫兰妮说话时的那种颤抖却愤恨有力的声调把她吓了一跳，把她那一肚子怒气也吓跑了。

“你以为我是傻瓜吗？”她不耐烦地反问了一句。“我当然记得！但是这一切都过去了，玫荔。我们得顺应逆境，随遇而安，我现在就在尽量做到这一点。只要我们应付得当，布洛克州长和共和党里的一些好人会尽量帮助我们的。”

“共和党里没一个好人，”玫兰妮断然地说。“我不需要他们的帮助，我也不打算顺应逆境，顺应北佬布下的逆境。”

“我的老天呀，玫荔，干吗发那么大的火气？”

“哦！”玫兰妮颇感内疚地喊了一声。“瞧我说到哪里去了！斯佳丽，我并不是有意要伤你的感情，或是有意要批评你。各人有各人的想法，各人都有权利保留自己的意见。听我说，亲爱的，我爱你，你也知道我是爱你的，无论你做什么，都不会改变我对你的爱。你也还是爱我的，不是吗？我没惹你恨我，是吗？斯佳丽，要是你我之间存有任何隔阂，那我可受不了——我们毕竟一起共过患难的！现在你说：好了，一切完好如初。”

“乱弹琴，玫荔，你实在是在小题大做呢，”斯佳丽不无勉强地说，但是在玫兰妮悄悄伸手挽住她那腰杆的时候，她并没把玫兰妮的手甩开。

“好了，我们现在言归于好了，”玫兰妮高兴地说，但是又委婉地加了一句，“亲爱的，我希望我们还像以往那样彼此经常往来。你不妨预先告诉我一下，有哪些日子共和党人和叛贼要来看你，逢到那些日子，我就呆在家里。”

“你是不是来看我，我才一点不在乎呢，”说着，斯佳丽戴上软帽，怒气冲冲地回家了，看到玫兰妮脸上伤心委屈的神情，她自己受伤的虚荣心似乎从中得到了某种程度的满足。

以后的那几周内，她很难再故作镇静，对公众舆论装出一副全然无所谓的样子来。除了玫兰妮、佩蒂姑妈、亨利伯伯和阿希礼，别的老朋友一概不上门拜访她了，也没再收到邀她去参加他们小型家宴的请帖，这时候，她真正感到困惑，感到痛心了。尽管他们这些人在她背后说三道四，飞短流长，她不是已作出努力愿化干戈为玉帛，表示自己对他们不存恶意吗？他们当然也知道，她也像他们一样，对布洛克州长一无好感，对他表示亲善，无非是不得已的一种权宜手段嘛！这些白痴！要是大家都对共和党人作出亲善姿态，佐治亚州会很快摆脱目前的困境的。

她当时还没意识到她和旧时代、旧朋友之间的那条脆弱纽带，已被她那一招，永远地割掉了。甚至玫兰妮运用自己的影响，也无法修复那条游丝般的断线。惶惑、伤心、却仍忠心耿耿的玫兰妮，也不想设法去修复这层破裂的关系。即使斯佳丽回心转意，想回到老路上来，回到老朋友身边，现在也绝无回转的余地了。全城像花岗石似的铁面无情。封裹布洛克政权的那股仇恨，同样也把她围在其中。这种仇恨既不冒火星，也不含带愤怒，却是冷峻肃杀，难以平息。斯佳丽把自己的命运与敌人捆绑在一起，不管她有什么样的身世，有什么样的家系，她现在已被归在变节分子、亲黑人分子、叛徒、共和党人那类人里面——一个叛贼！

熬过了一段苦恼的日子，斯佳丽不再一味强作泰然，而开始认真面对现实。对她来说，如果某种行动方针不顶事，她绝不会长时期为人类行动的反复无常而苦恼，也不会就此一蹶不振。所以过了没多久，她便不再考虑人们是怎么看待她的了。梅里韦瑟家、艾尔辛家、惠丁家、邦尼尔家，还有米德家，等等，等等，他们有什么看法，她才不在乎呢，至少，玫兰妮还常来看她，而且还把阿希礼带来，阿希礼才是她最在乎的人。再说，亚特兰大还另有他人，他们会来参加她的晚会的；他们比那些刻板的老母鸡更投合她的情趣。任何时候她希望宾客盈门，就都能如愿以偿；比起那些一味和她作对的、拘谨、古板、束围腰裙的老傻瓜来，这些客人要有趣得多，衣饰也漂亮得多。

这些人是新近才迁居亚特兰大的。其中有些是瑞特的老相识，有的以前还一起合伙干过那些神秘营生（按瑞特的说法，“就是一般的生意呗，宝贝”）。还有的是住在国民饭店时认识的那些夫妇，以及布洛克州长任命的一些下属。

现在与她终日为伍的，三教九流各色人等都有。譬如其中有这样一些人物——格勒特夫妇：曾混迹于十几个州，而每回照例是在他们布设的骗局快暴露之前匆匆离开某个州的；康宁顿夫妇：原住在某个偏远的州，靠了同解放了的黑人事务局的关系，拼命盘剥那些该属他们保护的无知黑人而从中发了大财；迪尔夫妇：由于把“纸板”糊的假靴子卖给南部邦联政府，后来不得不逃到欧洲去避了一年的风头；亨顿夫妇：许多城市的警察局里都存有他们的档案，不过他们在投标承包政府工程时，往往胜券在握；卡拉汉夫妇：他们靠赌博起家，现在又在用公家钱财修建子虚乌有的铁路方面投下更大的赌注；弗拉赫蒂夫妇：他们在1861年以每磅一美分的价格囤积了大量食盐，而到1863年盐价涨至五十美分，自然发了财；巴特夫妇：内战期间他们在北边某都会开设了一家规模最大的妓院，眼下他们迁徙南下，混入提包客的第一流社交圈子。

这些人就是斯佳丽眼下的挚友，不过参加她家的大型宴会的，也还有一些有教养的人士，其中不少还出身名门。除开提包客中的上层人物，还有相当一部分人从北边涌至亚特兰大，因为这个城市处于重建开发时期，百废俱兴的局面对他们颇有吸引力。一些富有的北佬家庭，把年轻的儿子送到南方来开拓新边疆，而北佬军官退役以后，就在他们曾为之激战并加以占领的城市里永久定居下来。陌生人新到一座城市，起初因为人生地不熟，当然很乐意应邀出席富有而又好客的巴特勒太太举行的豪华家宴活动，但是他们很快就不愿再与她那一伙人为伍。他们是些规矩人，同提包客及其政权打交道无须多久，就像当地的佐治亚人一样对他们感到深恶痛绝。许多人成了民主党人，较之南方人更具南方色彩。

也有一些与斯佳丽社交圈子格格不入的人，他们暂时还留在那儿，只是因为他们在别的地方得不到人们的欢迎。他们更喜欢顽固派家的气氛安静的客厅，但是顽固派却不愿接纳他们。这些人里面有些是北佬女教师，他们来到南方，是出于提高黑人道德与文化水平的愿望；还有些是同北佬同流合污的人，他们原是好端端的民主党人，但投降以后却摇身一变成了共和党人。

一时也说不清，本地市民更痛恨的究竟是那些不切实际的北佬女教师，还是那些叛贼，比较起来，可能更痛恨后者。对于那些女教师，只需说一声“唉，对那些支持黑人的北佬，你能作何指望？他们当然认为黑人同他们一样出色啰！”然后就把她们置诸脑后。至于那些为了个人私利而投靠共和党的佐治亚人，没有任何可以原谅的理由。

“挨饿的滋味，既然我们可以忍受，那你也该忍受得了。”这就是顽固派的思想逻辑。许多以前曾在南军里当过兵的人，亲身体验过眼看家人忍饥挨饿时的那种极度恐惧心理，所以对于那些曾一度是战友的变节者持宽容的态度，因为他们变换政治旗号，主要是让他们的家人能有口饭吃。但顽固派妇女可不是这样的态度；她们是支撑社会权力的一股无法通融的坚定力量。在她们心目中，已告失败的事业，比处于鼎盛时期的事业更为有力、更为珍贵，现在则成了她们崇拜的偶像。凡是与此有关的事物，一概焕发神圣的华光：捐躯者的墓地、战场、破损的战旗、挂在堂屋里的十字形军刀、已褪色的前方来信，还有退伍的老兵。对于以前的敌人，这些妇人不给予任何帮助和安慰，不给予任何容身之地，而现在斯佳丽已被划在敌方的营垒里了。

在这样一个各式人等混杂、迫于各种政治形势的需求而汇集在一起的社会群体里，只在一件事情上有着共同之处，这就是钱。他们中大部分人，打仗前的全部家财从未超过二十五美元，而眼下他们却一掷千金，挥霍无度，构成了亚特兰大闻所未闻的怪现象。

共和党人执掌大权之后，亚特兰大城进入一个以浪费铺张为荣的时代，而附庸风雅的薄薄一层虚饰，掩盖不了实际的邪恶和庸俗。豪富与赤贫之间的沟壑从未像时下这样分明。上层人物从不考虑下面时运不济的芸芸众生，当然，黑人不在此列。他们必须给予最好的待遇。学校住所，衣服和娱乐，都必须是第一流的，因为他们是左右政局的力量，每一张黑人选票都至关重要。至于那些新近身陷贫困的亚特兰大市民，他们尽可饿毙在大街上，那些共和党人暴发户才不在乎呢。

正是在这股人欲横流的庸俗浪尖上，斯佳丽得意洋洋，锋芒毕露：新婚不久的新嫁娘，衣着华丽，光彩照人，她仗着瑞特的钱财而有恃无恐。这个时代也正迎合她的口味——粗俗、花哨、卖弄；满目皆是过分讲究穿戴的妇人，过分讲究排场的住宅；太多的珠宝首饰，太多的骏马良驹，太多的精馔佳肴，太多的琼浆美酒。偶然斯佳丽也驻足思考眼前的事，她心里明白，目前这些新交如按母亲埃伦的严格标准来衡量，没一个可以算得上是上等女人的。但是，自从她站在塔拉庄园的客厅里决定做瑞特太太的那天起，她已经不知有多少次冲破了埃伦定下的规矩，眼下她已很少受到良心的责备了。

也许严格说来，这些新朋友算不得绅士淑女，但他们也像瑞特在新奥尔良的朋友那样有趣。比起早年她在亚特兰大结交的那些温和、虔诚、爱读莎士比亚的朋友来，现在这些朋友要有趣多了。长久以来，除了在她短暂的蜜月期间，她还未有过这么痛快的日子，也不具有任何安全感。而眼下已全无冻馁之虞，她要跳舞、游乐，要放纵自己，要大嚼畅饮，要披缎穿绸，要盖鸭绒被、挂天鹅绒毯。而现在这一切她都已如愿以偿。现在既无孩提时代的种种约束，也不必害怕贫困的煎熬，再加上瑞特的宽容和怂恿，她尽可以享受她经常梦想的那种豪华生活——她爱怎么干就怎么干，谁要是看不惯，就让他见鬼去。

她开始领略到那种只有赌徒、骗子、女冒险家们才能感受到的陶然忘情的滋味，所有这些人都是靠了自己随机应变的本事才获得成功的，他们的生活就是蓄意要给按部就班的社会迎面一记耳光。现在，她爱怎么说就怎么说，爱怎么干就怎么干，没多久，她就变得飞扬跋扈，目空一切了。

她对那一帮共和党人和叛贼新朋友，固然无所顾忌地表现出一股傲气；而对本城卫戍部队的北佬军官及其家属，则更是蛮横而粗鲁。在那一大批涌至亚特兰大的良莠不齐的人群里面，唯有军方人士她不愿接待或是容忍。她甚至还故意在他们面前摆架子，耍态度。蓝军服意味着什么，并非只有玫兰妮一个人无法淡忘。对斯佳丽来说，那种军服以及上面的镀金钮扣，始终意味着围城的恐怖和逃难的仓惶，意味着烧杀掳掠，意味着令人绝望的贫困和塔拉庄园的苦役。现在她阔了，还有州长和许多共和党头面人物做自己的靠山，她尽可以对她所见到的每一套蓝军服嗤之以鼻。实际上她也真这么做了。

有一回瑞特漫不经心地指出，现在来他们家作客聚会的男子中，十有七八不久前都曾穿过那种蓝军服；但是她反驳说，北佬只有穿上了那套蓝军服，才真正像个北佬。对此高论，瑞特耸肩回了一句："始终不渝，你真不愧是块瑰宝。”

斯佳丽痛恨北佬军官那身蓝得刺眼的军服，同时正由于北佬军官们对此茫然不解她就格外冷淡怠慢他们，越发觉得这么做够刺激。驻军军官及其家属感到困惑也不无道理，他们性格文静，出身良好，在此充满敌意的异乡客地深感孤寂，同时对于自己被迫来扶持这帮社会渣滓也有点感到可耻，巴不得能回北方去。就社会阶层来说，他们不知比斯佳丽的那班狐朋狗友强多少倍了。军官太太看到，这位光彩照人的巴特勒太太，故意冷落她们，却将红头发的布丽奇特·弗拉赫蒂这等平庸女子引为知己，当然要感到迷惑不解了。

其实，甚至被斯佳丽引为知己的那些太太，也得忍受她的蛮横无礼。不过，她们也挺心甘情愿。对她们来说，她不仅代表了财富和风雅，而且还代表了旧政权以及她们一心想攀附的名门世家和古老传统。其实她们竭力想巴结的那些古老家族，差不多已把斯佳丽驱逐在外，可惜这些女流新贵还蒙在鼓里。他们只知道斯佳丽的父亲是个奴隶主，她母亲出自萨凡纳的罗比亚尔望族，她的丈夫是查尔斯顿的瑞特·巴特勒。这些对他们来说已经足够了。她是她们能实现夙愿跻身于上流社会的一个楔子，这个社会圈子里的人轻视她们，从不登门回访，在教堂里遇到了只是冷淡地一躬身。事实上，斯佳丽还不单单是她们借以打入上流社会的一个楔子。对这些出身微贱的新贵来说，她就代表了上流社会。斯佳丽缺少自知之明，不知自己拿腔作势不过是个冒牌货，而那些冒牌女士也无辨明真伪的眼力。她们是按她的自我评价来看待她的，在她面前曲意承欢；她的装腔作势，她的脾气，她的简慢，她的赤裸裸的粗鲁，还有她对她们缺点的直言指责，凡此种种，她们全都一一忍受了下来。

她们都是新近才发迹的，不知该如何待人接物，所以格外在人们面前表现得温文尔雅，不敢发脾气，更不敢顶嘴反驳，唯恐别人说她们缺少上流女士的气派。她们不惜一切代价，一定要使自己成为上流女人。她们竭力装出一副弱不禁风、温良谦恭、天真无知的神态。听她们说话，还真以为她们是缺少胳膊、机体功能不全、对罪恶的世界茫然无知的呢。布丽奇特·弗拉赫蒂长着一身不畏太阳曝晒的白皮肤，说一口经得起奶油刀切割的爱尔兰土腔，谁也不会想到这位红发妇人，当年竟是偷了父亲密藏的钱财偷偷来到美国，在纽约一家旅店当了好一阵子侍女。望着西尔维亚·康宁顿（以前叫大美人赛迪）和梅米·巴特那两位患忧郁症的妇人，有谁会疑心前者是在纽约鲍里街她父亲的酒吧里长大的，生意忙了还帮着招待顾客；而后者据说原是她丈夫开设的一家妓院里的姑娘。不！她们现在可都是藏于金屋的娇贵妇人呢！

男人们虽然发了财，却不容易学会新的生活方式，也许是不太愿意恪守新的绅士阶层的那一套繁文缛节。他们在斯佳丽的晚会上开怀豪饮，而晚会结束以后，往往免不了有一两位酩酊大醉的客人不得不留下来在主人家过夜。过去斯佳丽当姑娘时候的那些男人，喝得斯文而有节制，可眼前这些人，灌饱了酒，不是呆头呆脑一副傻相，就是丑态百出，满嘴脏话。更有甚者，不管她在显眼的地方摆上多少只痰盂，第二天早上总会在地毯上发现烟渍。

她瞧不起这些人，却觉得他们有趣；正因为觉得他们有趣，所以她家里总是宾客盈门。由于她瞧不起他们，有时她感到心烦了，就叫他们滚蛋。可他们倒也忍受得住。

对于瑞特，他们也照样忍受得了。瑞特更难应付，因为他看透他们是哪号人物，而他们也明白这一点。瑞特毫无顾忌地当众揭他们的痛疮疤，哪怕他们是来他家作客的，而他的言辞往往一针见血，说得他们瞠目结舌，无言以对。他毫不愧色地大谈自己是靠什么发财的，于是装作他们也不怕让人知道他们的底细；一有机会，他总要把一些大家心照不宣、认为还是避而不谈为好的个人隐私，端出来横加评论一番。

所以，当他举杯呷饮混合甜酒时，谁也不知道他什么时候会忽发奇兴，满面春风地说出这样一些话来："拉尔夫，想当初我要是有头脑的话，我一定不去闯封锁线，而是像你老兄那样向寡妇孤儿兜售金矿股票，这种发财方式要稳妥多了。""哎，比尔，我看你又添置了一对好马。想必你又为那些子虚乌有的空头铁路工程推销掉几千股股票了？干得真出色，老兄！""恭喜你，阿莫斯，你又把那份州政府包工合同揽到了手里。只是为了打通关节而破费了那么许多，有点划不来呢。”

太太们觉得他俗不可耐，简直令人作呕。男人们在他背后骂他是猪猡、流氓。亚特兰大的外来人同当地老居民一样不喜欢他，而他仍一如既往，无意于博取这些新来人的好感。他照旧我行我素，有关他的种种议论，他根本不放在眼里，只是觉得有趣或是嗤之以鼻；有时他在人们面前极其谦恭，让人觉得他那谦恭仪态本身就是一种当众侮辱。对斯佳丽来说，他仍是个谜，是个不再费神去解开的谜。她相信过去从没有什么事让他高兴过，今后也不会有；要么是他拼命想得到什么可偏偏到不了手；要么就是他一无所求，所以对什么都无所谓。对她干的一切，他都付之一笑；他纵容她肆意挥霍、目空一切，讥讽她装腔作势，同时为她付清所有的账单。

第50章

即使在他俩最亲昵热乎的时刻，瑞特也始终保持着那种平静、沉着的态度。但斯佳丽始终有这样一种感觉：他一直在暗中观察自己；如果自己冷不防转过脸去，准会捕捉到他那沉思而有所等待的目光——那种令斯佳丽无法理解的、显示极度忍耐的特殊神情。

尽管瑞特习惯古怪，不允许任何人在他面前撒谎、装假，或是夸夸其谈，不过和他在一起过日子，有时倒也挺让人觉得舒心的。斯佳丽同他谈起铺子、锯木厂和酒吧里的事儿，谈到雇用囚犯干活以及他们的伙食开销等情况，他一面耐心听着，一面还给她出些精明而又切合实际的点子。她爱开晚会和舞会，他也似乎乐此不疲地帮忙应酬；偶尔有几个晚上他俩单独在一块用餐，等到桌子收拾干净，面前放着白兰地和咖啡，他会给她讲些粗俗的故事，这样的故事他肚子里有的是。她发现只要自己直截了当地提出来，瑞特对她总是有求必应，有问必答；如果她拐弯抹角地作些暗示，或是用撒娇的办法想得到些什么，他总是一口予以回绝。他就喜欢让她难堪，一眼看出她的心思之后，就粗鲁地冷嘲热讽一番。

每当斯佳丽想到他平时对待自己的那种文雅而又漠然的态度，她总不免犯嘀咕——他干嘛要娶自己做老婆，不过并不真正感到好奇。男人结婚嘛，不外乎出于爱情，或是为了成家养孩子，再不就是看在钱财份上，而瑞特所以娶她，她知道，这几条哪一条也套不上。他肯定不爱她。她造了这么幢漂亮的房子，可他却称之为建筑上的怪物，说什么宁可住在饮食起居得当的饭店里，也胜过住在这样的家里。再说，他也不像查尔斯和弗兰克，从未暗示说想要孩子。有一回她故意卖弄风情，问他干吗和她结婚来着，谁知他竟眯细着眼睛调皮地回答了这么一句："亲爱的，我娶你是为了收养一头宠物！"结果把她气得够呛。

是的，一般男子娶亲的理由，一条也安不到瑞特头上。他和她结婚，无非是想要她，而非此又不能把她搞到手。那天晚上他在向她求婚时差不多已供认不讳，他需要她，就像要贝尔·沃特林一样。这个想法并不怎么中听。事实上简直是对她的赤裸裸的侮辱。但是她听了以后只是耸耸肩，她现在已经学乖了，凡遇到不愉快的事情就耸耸肩膀把它打发掉。反正他俩算是成交了一笔交易，而就她这一方来说，对这笔交易相当满意，希望他那一方也同样满意才好；至于他是否真正满意，她并不怎么在乎。

可是一天下午，她因肠胃不适去看米德大夫，却听到一件让人极不愉快、却又无法耸耸肩膀回避掉的事实。黄昏时分，她眼露凶光，气呼呼地冲进自己的卧室，告诉瑞特她有孩子了。

瑞特此时正穿着件丝织睡衣，懒洋洋地躺在床上吞云吐雾，她说话的当儿，他只是用眼睛紧盯着她的脸，什么话也没说。他默默打量她，神情显得有点紧张，等着她把话说下去，但是她根本没注意到瑞特的神情。她只感到愤慨、绝望，再也顾不到周围的一切了。

"你知道我再不要孩子了！再也不要孩子了！事情稍微顺利些，我就要怀上孩子。嗨，你不要坐在那儿只顾傻笑！你也是不要孩子的。哦，我的天哪！"

刚才瑞特是在等她把话说完，可这些并不是他想要听的话。他微微沉下脸，眼神有些惘然。

"嗯，干吗不去送给玫荔小姐？你不是对我说过，她不听大夫忠告还想要个孩子吗？”

“哦，我真恨不得把你宰了。我是在对你说，我不要这孩子，我就是不要！”

“不要？请往下说呀！”

“哦，有办法对付的。我已不再是过去那样的乡下傻瓜蛋了。现在我知道，要是女人不要孩子，不一定非养不可。有办法把——”

他一跃而起，一把搂住她的腰杆，他形容大变，脸上布满了急切的恐惧。

“斯佳丽，你这个傻瓜，对我说实话！你没有做什么吧！”

“不，还没呢，不过我打算这就去做！你以为我还会让我的体形再白白毁掉，现在我的腰身好不容易细瘦了些，好日子刚刚在冒头，可——”

“你从哪儿拣来的这个馊主意？谁告诉你这些个事情的？”

“梅米·巴特——她——”

“只有妓院的鸨母才懂这套把戏。那个婆娘今后再也不许跨进这个家门，你可听明白了？这毕竟是我的家，我是一家之主，我以后甚至不许你再跟她说话。”

“我爱怎么干就怎么干。放开我。你干吗要操这份心？”

“你养一个还是养二十个孩子，我才不在乎呢；要是你死了，我哪能不在乎。”

“死了？我？”

“是的，你会死掉的。女人干那玩意儿要冒多大风险，我想梅米·巴特没对你说吧？”

“没有，”斯佳丽不无勉强地说。“她只是说，这办法挺管用。”

“老天呀，我非宰了她不可！”瑞特大声嚷嚷，气得脸都发黑了。他俯身望着斯佳丽满是泪痕的脸庞，气稍许消了些，但还是铁板着脸。他突然一把将她抱起，在椅子上坐下，他紧紧地搂着她，生怕她会逃走似的。

“听我说，小乖乖，我可不想让你去玩命。你听见了吗？我的老天，我跟你一样不想要孩子，但有了孩子我还是负担得起的。我不想再听到你说那些傻话；要是你真敢试一下——斯佳丽，有一回我就亲眼看到一个姑娘那么白白把命送掉的。她才——嗯，而且人还长得挺漂亮。这种死法可不舒服。我——"

"瑞特，你怎么啦？"听到他话音里充满了柔情，她猛吃一惊地嚷了起来，把自己的苦恼给吓跑了。她从未见过他这么动过感情。"在哪儿？是谁？"

"在新奥尔良——哦，好多年以前了。那时我还年轻，很容易动感情。"他突然低下头，把嘴唇埋在她头发里。"你得把孩子养下来，斯佳丽，即使今后几个月里得用手铐把你铐在我腕子上，我也在所不惜。"

她在他膝头上坐直了身子，诧异地盯着他那张脸。在她凝视的目光下，那张脸突然变得平静而温和，似乎那一脸的怒气全被人用魔术抹去了。他眉角竖起，嘴角下挂着。

"我真的对你那么重要？"她垂下眼睑问道。

他盯了她一眼，似乎在估量这句话里含有多少卖弄风情之意。等他悟出了她这番举止的真实涵义，他就漫不经心地回答了句：

"嗯，可不。你瞧，我在你身上投下那么一大笔资本，当然不愿白白丢掉啰。"

玫兰妮走出斯佳丽的房间，虽然身子累坏了，却为斯佳丽生了个女儿快乐得流出了眼泪。瑞特心情紧张地站在穿堂内，脚下围了一圈雪茄烟蒂，精致的地毯上留下了一个又一个烙洞。

"现在你可以进去了，巴特勒船长，"她羞涩地说。

瑞特快步走过她身边，进了房间，玫兰妮朝房里望了一眼，只见他躬下身，去亲那抱在黑妈妈膝头上的浑身赤裸的婴儿，随后，米德大夫把门关上了。

玫兰妮颓然跌坐在椅子上，她由于无意间目击了刚才那一幕亲昵场面，窘得满脸绯红。

“啊！”她想。“多好呀！可怜的巴特勒船长一直在担惊受怕！这阵子他滴酒不沾！真多亏他了。好多男人未等妻子把孩子养下来，早已喝得酩酊大醉了。我想他现在很需要喝口酒。可我怎么敢向他提此建议呢？不行，太冒失了。”

玫兰妮惬意地瘫倒在椅子里，近来她一直腰酸背痛，觉得自己的脊背仿佛拦腰折成了两段似的。斯佳丽真是好福气，在她生孩子的时候巴特勒船长就这么一直守在门外！想当初小博来到世上，如果有阿希礼在场，她大概就不会受那份活罪了！要是那几扇紧闭的房门后面的小女孩儿是自己的，而不是斯佳丽的，那该有多好！“哦，我这个人心肠太坏了，”她内疚地责备自己。“斯佳丽一直待我那么好，而我竟巴不得要她的孩子。主啊，饶恕我吧。我并不是真想要斯佳丽的孩子，但是——但是我多想自己有个孩子呵！”

她的背脊在阵阵酸痛，她一面把一个小坐垫挪到身背后，一面如饥似渴地在想自己能有个女儿该多好。但是在这个问题上，米德大夫一直坚持自己的意见。虽然她自己甘冒生命危险再养个小孩，但阿希礼硬是不肯依从。一个女儿，唉，要是真有个女儿，阿希礼不知会怎么疼爱她呢！

一个女儿！天呀！她突然惊骇得坐直了身子。我可没告诉巴特勒船长那是个女孩子！他当然是巴望有个小男孩的。哦！太可怕了。

玫兰妮知道，对女人来说，不管养男养女都同样高兴，可对男人来说，特别是对巴特勒船长那种刚愎自用的男人来说，养个女孩无疑是当头一棒，有失他男子汉的体面。哦，真该感谢上帝，幸亏她的独生孩子是个儿子！她想如果自己是那个吓人的巴特勒船长的妻子，头胎养了个女儿，那她宁愿在生产时死去也不敢把这孩子交给他的。

但是，看到黑妈妈咧嘴笑嘻嘻、一摇三摆地打房里出来，她放心了——同时又暗暗纳闷，巴特勒船长究竟是个什么样的人物。

“刚才我在给娃娃洗澡的时候，”黑妈妈说。“我抱歉地对瑞特先生说，可没给你养个小子呢。但是，老天呀，玫荔小姐，你知道他怎么说？他说：‘嘘，轻声点，黑妈妈！谁要男娃娃呀！男娃娃没意思，只会给你惹麻烦。女娃娃才有意思呢。拿一打男娃娃来换这个女娃娃，我也不肯换呢。’说着，他想从我手里把小娃娃抱过去，可小娃娃赤条条的，光着身子，我拍他手腕子，说：‘放规矩些，瑞特先生！我在等那一天，在我告诉你添了个胖小子的时候，看你会不会乐得哇哇大叫呢。’他笑嘻嘻地摇摇头：‘黑妈妈，你是个傻瓜。男娃娃对谁也没用，我不就是个证据吗？’说真的，玫荔小姐，在这件事儿上，他的举动倒挺像个上等人呢。”黑妈妈颇有雅量地说完这句话。玫兰妮是个细心人，明白瑞特这回的举止极为得体，居然能让黑妈妈对他另眼相看。“也许我以前有点冤枉瑞特先生了。今天对我来说真是个快活日子，玫荔小姐。我一连给罗比亚尔家三代女娃子换过尿布；今天真是个快活日子。”

“哦，是呀，是个快活日子，黑妈妈！凡是有孩子来到世上的日子，都是最最快活的日子。”

这幢房子里有一个人可不觉得今天是个快活日子，这就是韦德·汉普顿。他一个人可怜巴巴地呆在餐厅里，闷得发慌；他先是挨大人骂，随后被人撇在一边，几乎整天没人来理睬他。那天，黑妈妈一大早就猛地把他叫醒，急急忙忙地给他穿好衣服，然后送他和埃拉去佩蒂姑妈家吃早饭。大人也不给他解释清楚，只说他妈妈病了，他在屋子里闹出声音来会让妈妈难受的。佩蒂姑妈家里乱哄哄的，因为老太太一听到斯佳丽闹病的消息，就躺倒在床上，还得由厨娘在一旁侍候。早饭是彼得大叔给孩子们做的，食物少得可怜。随着上午的时间一点一点过去，韦德渐渐害怕起来。要是妈妈死了怎么办？有的小朋友就死过妈妈。他看到过柩车从那些人家院子里拉出来，还听到小朋友尾随在后低声抽泣。万一妈妈也死了呢？韦德非常害怕妈妈，但是他也是很疼爱妈妈的呀。一想到她也会装在黑乎乎的柩车里，被几匹马勒上插着羽毛的黑马拉着就走，他那小胸口就隐隐疼痛起来，痛得几乎没法呼吸了。

中午时候，彼得忙着在厨房里做饭，韦德悄悄地打正门溜了出去，然后撒开两条小腿拼命地往家里跑去，心里的恐惧不断在驱策他向前。瑞特叔叔、玫荔姑姑或是黑妈妈，肯定会把实情告诉他的。但是哪儿也找不到瑞特叔叔和玫荔姑姑；而黑妈妈和迪尔西，手里拿着毛巾和一盆盆热水，沿着后楼梯奔上奔下，根本没注意他在前屋的穿堂里。偶尔楼上的房门开了，可以听到米德大夫简短的话音。有一回他听到母亲在呻吟，不由得抽噎起来。他知道母亲快死了，为了寻求点安慰，只好去逗弄那只躺在穿堂窗台上晒太阳的浅色猫。但是汤姆有了点年纪，不喜欢有人来打扰，它摆动着尾巴，呼噜呼噜地低声怒叫。

后来，黑妈妈总算从前楼梯走了下来，围裙皱成一团，上面满是斑斑点点，头巾也裹歪了；她一看到韦德，就皱起了眉头。黑妈妈一向是他的主要靠山，现在见她皱起了眉头，韦德不由得哆嗦起来。

“你是我见到过的最不乖的孩子，”她说。“我不是送你到佩蒂小姐那儿去了？快回那儿去。”

“是不是妈妈快要——她会死吗？”

“你是我见到过的最让人头痛的孩子！会死？老天呀，才不会哪！天呀，男孩子真会折磨人。不知道老天爷干吗把男孩子送到人世间来。喂，快离开这儿。”

但是韦德没有走开。他躲在穿堂门帘后面，对黑妈妈说的话还是半信半疑。至于说男孩子让人头痛，这可刺痛他了，因为他总是尽最大努力学好的。半小时以后，玫荔姑姑匆匆下楼来，脸色苍白，样子很累，却独自微笑着。她一眼看到掩藏在门帘暗影里的那张哭丧着的脸，像遭雷击似的大吃一惊。平时，玫荔姑姑总是不惜花时间来陪他，从不像妈妈那样冲着他说：“别来烦我，我有急事要干呢！”或者：“快走开，韦德。我忙着呢！”

可是今天玫荔姑姑却说：“韦德，你太淘气了。你为什么不呆在佩蒂姑婆那儿？”

“是不是妈妈快死了？”

“天呀，怎么会呢，韦德！别做傻孩子！”随后用温和的口吻接着说：“刚才米德大夫给你妈妈接生了一个挺可爱的小娃娃，是个挺可爱的小妹妹，你可以逗她玩呢；如果你真的听话，今天晚上你就可以看到她。现在你出去玩吧，别在屋里闹出声音来。”

韦德溜进静悄悄的餐室里，他周围那一方本来就不太安全的小天地，现在快要塌下来啦。在这么个阳光灿烂的日子里，大人们的举动那么奇怪，竟然不让一个忧心忡忡的七岁小男孩有容身之地！他在凹室的窗台上坐下，看见阳光下放着一株栽在盆子里的秋海棠，凑近叶片咬了一口。只觉一阵火辣，辣得他眼泪也掉下来了，他索性啼哭起来。妈妈可能快死了，没人来理会他，屋子里上上下下，所有人都为了一个新来的小娃娃，一个女娃娃忙个不停。韦德对小娃娃不感兴趣，更不用说女孩子了。同他比较亲近的小女孩，就只有埃拉一个，而迄今为止她还未做出过什么值得他尊敬和喜欢的事儿来。

隔了好久，米德大夫和瑞特一块儿下楼来了，站在穿堂里低声交谈。瑞特叔叔送走大夫，关上门，快步走进餐室，拿起酒瓶给自己斟了满满一杯酒，这时才看到了韦德。韦德把身子缩成一团，心想又要怪他调皮不听话，得回佩蒂姑婆那儿去才是；不料瑞特叔叔却冲着他微微一笑。韦德还从未见到他那样微笑过，也从未见到他这么快活过。于是他壮起胆子，从窗台上一跃而下，朝瑞特叔叔身边跑来。

“你有妹妹了，”瑞特叔叔一把抓住他，说。“我敢说，你还没见过这么漂亮的小娃娃呢！哎，干吗哭鼻子呀？”

“妈妈——”

“你妈妈正美美地吃着一顿丰盛的午餐，鸡肉、米饭、肉汁和咖啡；再过一会儿我们还给她吃点冰淇淋，要是你也想要，你也可以吃上两盘。我还要领你去看看你妹妹呢。”

韦德放心了，可身子却软得没一点劲儿，他想就这位新妹妹说几句客气话，可就是办不到。大家都对这个女孩子感兴趣。对他的事儿，再没谁来关心了，甚至玫荔姑姑、瑞特叔叔也不例外。

“瑞特叔叔，”他开腔道，“比起男孩子来，大家更喜欢女孩子，是吗？”

瑞特放下手里的酒杯，盯着那张小脸蛋端详了一会儿，立即流露出领悟的眼神。

“我看不见得吧，”他神色严肃地回答说，好像在作认真考虑似的。“这无非是因为女孩子比男孩子更给人添麻烦。对于那些给人惹麻烦的孩子，大家往往要多操心些。”

“黑妈妈刚才说，男孩子就爱给人惹麻烦。”

“唔，黑妈妈心绪不好，那话只是随口说说的。”

“瑞特叔叔，你是想要个小女孩，不想要小男孩的吧？”他有所期待地这么问。

“是呀，”瑞特不假思索地回答说，看到小孩脸色沉了下来，他赶紧接口说，“哎，我已经有了一个男孩，我干吗还再要一个呢？”

“你已经有了一个？”韦德叫了起来，听到这消息他惊讶得张大了嘴。“他在哪儿呀？”

“就在眼前嘛，”瑞特把他一把抱起，放在自己的膝头上。“有你这么个小男孩，我已经足够了，儿子。”

顿时，那种还有人要的安全感和幸福感涌上韦德的心头，他几乎又要哭了。他转动喉头，硬把眼泪熬住，一头栽进瑞特怀里。

“你是我的小孩，是吗？”

“一个人能——嗯，能同时做两个人的孩子？”韦德问。两种感情在他心里冲突着：一是对那位从未见过的亲生父亲的忠诚，一是对眼前这个如此体贴他的继父的爱。

“能，”瑞特口气肯定地说。“就像你既是妈妈的孩子，同时又是玫荔姑姑的孩子一样。”

韦德仔细辨别这句话的意思。他悟出了其中的含义，微微一笑，忸怩不安地在瑞特怀里扭动身子。

“你很懂得小孩子，是吗，瑞特叔叔？”

瑞特黝黑的脸膛沉了下来，又现出那一道道年深日久的深粗皱纹，嘴唇歪扭了起来。

“是呀，”他沉痛地说，“我很懂得小孩的。”

韦德有点害怕起来，害怕之中又掺杂几分突如其来的妒意。瑞特叔叔此刻心里想到的肯定不是韦德，而是别的什么孩子。

“你可有别的孩子？”

瑞特把他放到地板上。

“我想喝点酒，你也喝点，韦德，这是你第一回喝酒，为你的新妹妹干一杯。”

“你可有别的——”韦德想问下去，后来看到瑞特伸手去拿装有葡萄酒的长颈瓶，想到自己也能像大人那样举杯祝贺，兴奋得无心再发问了。

“哦，我不能喝，瑞特叔叔！我答应过玫荔姑姑，在我大学毕业之前我决不喝酒，而如果我真的做到了，她要奖给我一块表呢。”

“那我再给你配一根表链，如果你要的话，就把我现在挂在表上的这一根给你。”瑞特说话时脸上带着微笑。“玫荔姑姑的话很对。但是她说的是烈酒，而不是葡萄酒。你得像上等人那样喝葡萄酒，儿子，现在就是学着喝的最好时刻。”

他拿起玻璃瓶，很熟练地往红葡萄酒里掺水稀释，等到酒液里呈现淡淡的粉红色，才把酒杯递给韦德。就在这当儿，黑妈妈走进餐室里来。她换上了星期日才穿的黑色盛装，连围裙、裹头巾也焕然一新。她扭动身子，一摇三摆地走着，衣裙里不断发出窸窸窣窣的丝绸声音。她脸上那种焦灼不安的神情一扫而光，她咧着那张牙齿几乎已全部掉光的大嘴，满脸堆笑。

“来份生日礼物，瑞特先生！”她说。

韦德已把酒杯凑到唇边，这时猛地停住。他知道黑妈妈从来就不喜欢这位继父。她一成不变地称他为“巴特勒船长”，而且在他面前，总是冷冰冰的摆出一副不可侵犯的架势。而现在，她满脸发光，忸忸怩怩的，还称他“瑞特先生”！今天一切都乱了套了！

“我想，你更喜欢来点朗姆酒吧，”瑞特说着，伸手从酒橱里拿出一只胖墩墩的酒瓶来。“是个挺漂亮的女娃娃，对不，黑妈妈？”

“那还用说，”黑妈妈应和一声；她一面端起酒杯一面在咂嘴。

“你可曾见过更漂亮的女娃娃？”

“哦，当然见到过啰，斯佳丽小姐养下来的时候，差不多也是这么漂亮。”

“再来一杯，黑妈妈。我说黑妈妈，”他声调严厉，可眼睛却在忽闪扑闪，“我听到窸窸窣窣的声音，那是什么呀？”

“老天，瑞特先生，没什么，是我那件红绸衬裙呀！”黑妈妈格格傻笑，还不住扭动身子，最后连那整个巨大身体都晃动起来。

“就只是你那件衬裙！我不信。你身上的响声好像是一堆干树叶在那儿沙沙磨擦个不停呢。让我瞧瞧。把衣裙撩起来。”

“瑞特先生，你真坏！唷，哦，天呀！”

黑妈妈微微尖叫一声，忙不迭往后退了一码的距离，然后稍稍将衣裙撩起几英寸，露出那件红丝绸衬裙的褶边。

“这衬裙你搁了这么久才穿上身，”瑞特咕哝着说，但他那双黑眼睛却掩盖不住笑意，在忽忽闪动。

“是呀，搁得太久了。”

接下来说的一句话，韦德可听不懂了。

“不再是套着马鞍的骡子了？”

“瑞特先生，斯佳丽小姐真坏，竟把这个也给你说了。你不会记恨黑老妈子的这句话吧。”

“不会的，我只是随口问问罢了。再喝一杯，黑妈妈。把一瓶都喝了。干呀，韦德！为我们干一杯。”

“为小妹妹，干杯，”韦德大声说，随后把酒咕嘟咕嘟地大口往下灌。他喝得太快，呛住了，于是又是咳嗽，又是打呃，另外两个看了禁不住哈哈大笑，连忙替他抹胸又捶背。

自从女儿来到世上的那一刻起，瑞特的行为举止旁人看了真有点迷惑不解；对他的看法已成定论，不仅是全城的人，而且连斯佳丽也决不愿轻易放弃的，可现在却开始动摇了。世上做父亲的多的是，可谁会想到他竟在大庭广众之下公然炫耀父亲的身份，而且一点也不觉得难为情。再说，头胎生的又不是个小子，而是个女孩子，这情况本身就够寒碜的了。

当上父亲的这种新鲜感，在他似乎有增而无减。这不免使某些妇人暗暗产生了几分妒意，她们的丈夫早在小孩受洗之前，就不把这当回事了。而他走在路上逢人就拦，不厌其烦地向他们大谈自己女儿有了哪些奇迹似的进步；换上其他人，一上来至少先说上句虽属虚假却符合礼貌的客套话：“我知道大家都以为自己的孩子很聪明，但是——”。可他连这句也不说。他认为自己的女儿就是了不起，岂能同别人家不起眼的小娃子相提并论；他也不怕让人知道自己的这种想法。那位新来的保姆喂了婴儿一点点肥肉，结果引起了腹痛，而瑞特对这件小事的处置却被传为笑柄，让一些有经验的父母笑痛了肚子。他把米德大夫和另外两位大夫召来会诊，随后又要用马鞭子抽打保姆，别人费了九牛二虎之力才好不容易把他拦住。保姆被解雇了，接着就像走马灯似的一连换了不少保姆，其中呆得最长的也只不过一个星期。瑞特很苛刻，没有一个奶妈能符合他立下的那套规矩。

同样，黑妈妈对那些来而复去的一个又一个保姆，也是横看竖看不顺眼；对外面雇来的黑人保姆，她嫉妒得要命，她不明白干吗不让她在带领韦德、埃拉的同时照应小婴儿。其实，黑妈妈上了年纪，再加上风湿病，行动迟钝，步态龙钟。瑞特不敢把这一点提出来作为另雇保姆的理由。只是对她说，像他这种地位的人，家里可不能只雇用一个保姆。这显得太寒碜。他要再雇两个下手给她打杂，由她当女仆领班。对于这种想法，黑妈妈表示完全理解，家里仆人多，不但使瑞特，而且也使她自己脸上有光；但是她语气坚定地说，那些新解放的黑人废物休想进她的育儿室来。结果，瑞特只得派人去塔拉庄园把普莉西找来。他知道她有很多缺点，但毕竟是个家养的黑奴。彼得大叔推荐了一个侄孙儿，名叫洛儿，是佩蒂小姐表兄伯尔家的一个女黑奴。

斯佳丽在她还没能下床走动的时候，就注意到瑞特的心思全扑到这个娃娃身上了，不知怎么的，看到他在客人面前如数家珍似的夸耀自己女儿，总感到心里不自在，甚至有点气恼。做爸爸的爱自己孩子固然不错，但是像他这样煞有介事地炫示自己的父爱，未免缺少点男子气概。他应该像其他男人一样，态度随便些，不把它当回事儿才是。

“你简直是在装疯卖傻，”她气恼地说，“我真不明白你干吗要这样。”

“你不明白？嗯，你不会明白的。干吗要这样，因为她是第一个完全属于我的人。”

“她也是属于我的呢。”

“不，你有另外两个孩子。她是我的。”

“见鬼！”斯佳丽说，“小孩是我养的，不是吗？再说，亲爱的，我也是属于你的呢。”

瑞特的目光越过小孩长满乌发的脑袋，停在斯佳丽身上，脸上露出异样的微笑。

“真的，亲爱的？”

就在这当儿，玫兰妮走了进来，阻断了这场眼看要触发的口角，近来他们之间动辄发生类似的争吵。斯佳丽强按住心头的恼气，望着玫兰妮将小孩抱过去。本来他俩已商定给小孩取名欧仁妮·维多利亚，但是那天下午玫兰妮无意间说起的一句话，倒给小孩定下了名字，就像大家一直用小名称呼佩蒂姑妈，现在反而谁也不记得她的原名叫莎拉·琪恩了。

原来，瑞特在俯身端详小孩的时候随口说了一句：“她的这双眼睛将来准是蓝青色的。”

“才不会呢，”玫兰妮气愤地反驳说，忘了斯佳丽的眼睛差不多也是这种色泽。“将来准是蓝湛湛的，就像奥哈拉先生的那样，蓝湛湛的——蓝得跟美丽的蓝旗一样。”

“好呀，就叫她美蓝·巴特勒，”瑞特笑着从玫兰妮手里接过小孩，更加仔细地审视那双小眼睛。小孩就此叫美蓝了，最后，甚至连她的父母也忘了，当初曾想以皇后和女王[①]的名字给她取名的呢。

第51章

斯佳丽终于能外出走动了，她让洛儿帮她束腰，要她尽量收紧腹

---

①欧仁妮（1826—1920）是拿破仑三世之后；维多利亚（1819—1901）是英国女王。

带，然后她拿皮尺量了一下自己的腰围。二十英寸！她禁不住呻吟了一声。唉，这就是生孩子的结果，身段全给毁了。现在她的腰围同佩蒂姑妈和黑妈妈一样粗了！

“再收紧些，洛儿，看看是否能收到十八英寸半，否则现在的衣服全穿不上了。”

“再收紧，带子要崩啦，”洛儿说，“腰身变粗了，斯佳丽小姐，这你也拿它没办法。”

“总有办法对付的，”斯佳丽一边狠狠撕开线缝，放宽衣裙，一边这么想。“我以后再不养小孩了。”

女儿美蓝长得很漂亮，她当然脸上也有光彩，而瑞特更是喜欢得什么似的，但她以后再不要孩子了。至于怎么才能做到这点，她心里可没数，因为她无法用对付弗兰克的办法来对付瑞特。瑞特一点不怕她。尽管瑞特说过要是她生下的是儿子，不把他淹死才怪，但是瞧瞧眼下瑞特爱美蓝爱得发痴的模样，没准来年他又想要个儿子了。儿子也罢，女儿也罢，反正以后再不为他养了。有了三个孩子，已够她受的了。

洛儿把撕开的缝隙缝好，用熨斗熨平，然后再给斯佳丽穿戴整齐。斯佳丽让下人备好马车，自己驱车去锯木厂。她一上了路兴致也就来了，把腰围的事儿丢置脑后，因为她马上就能在场子里见到阿希礼，并同他一起核查账本。如果运气好，说不定还可以同他单独待在一块。在美蓝出世以前，她就已经有好长一段时间没见着他的面。当时她挺着个大肚子，根本不想见到他。在此之前，她差不多每天都能同他接触，就算周围总有其他人在场，但这种接触机会毕竟是很难得的。想当年，锯木厂在她的生活中占有多么重要的位置，自己要照管厂子，整天忙于应付木材生意，但此中未尝没有让人留恋的乐趣。现在她当然无须再操劳奔波，完全可以把厂子盘给别人，为韦德、埃拉搞点别的投资。但是这一来，她除了在一些宾朋满座的正式社交场合外，就很少再有其他机会见到阿希礼了。在阿希礼身旁工作，在她有着莫大的乐趣。

当马车驶近锯木厂时，她兴致勃勃地看到山一般高的一堆堆木料，许多顾客站在木料堆中间同休·艾尔辛谈话。还有骡子和大车，黑人车夫正往上面装木料。她颇为得意地暗暗自语："有六组骡车！这些都是我一手拉扯起来的呢！"

阿希礼走到事务室小屋门口，看到斯佳丽又来到锯木厂，眼睛里露出喜悦的神情；他上前搀她跨下马车，又将她迎进事务室，好像她是个皇后似的。

但是，她在查阅他的账本并同约翰尼 · 加勒吉尔的账本加以比较时，心里的喜悦消减了许多。阿希礼管的锯木厂收支勉强相抵，而在约翰尼 · 加勒吉尔管的厂子里却有大宗盈余。她嘴里虽然什么也没说，只是看着两方的账页，但是阿希礼却从她的脸色里看出她心里的想法。

"斯佳丽，真抱歉。我要说的是，希望你能让我辞退这些犯人，雇些黑人来干活，我相信我能干得好些。"

"黑人！嗨，单单他们的工钱开支，就会把我们压垮的。雇犯人做工便宜多了。如果约翰尼能从他们身上挤出那么多——"

阿希礼的目光越过她的肩膀，茫然地望着什么发愣，他眼睛里的喜悦光芒消失了。

"像约翰尼 · 加勒吉尔那样驱使犯人干活，我可干不了。我没法强迫别人干活。"

"见鬼！约翰尼干得很出色。阿希礼，你太心慈手软了。你得逼他们多干点活才是。约翰尼告诉过我，每回哪个懒鬼不想干活，来你面前说他病了，你就会给他一天病假。天呀，阿希礼。这可赚不了钱的。你狠狠揍他们两下，他们什么病也没了，只要不打断他们的腿——"

"斯佳丽！斯佳丽！快别说了！我受不了你说话的那种口吻，"阿希礼大声说，他的目光回到她身上，那股恶狠狠的眼光使她骤然住了口。"难道你没意识到他们也是人！他们中有的人有病，营养不良，够惨的，而且——哦，亲爱的，你一向那么温柔可爱，我真不忍心看到他把你教唆得这么野蛮——"

"你说谁呀？"

"这话我不得不说；虽然我没这份权利，但我还是非说不可。就是你的——你的那位瑞特 · 巴特勒。凡是他沾碰过的东西，没一样不遭他毒害的。你原来虽然性子野了点，但心地善良，为人慷慨；现在他把你弄到手，就对你施加毒害——在他的熏陶之下，你就变得这么冷酷，这么野蛮了。”

“哦，”斯佳丽喘着气说，心里虽有几分内疚，却抵挡不住阵阵喜悦：阿希礼对自己怀有如此深情，依然认为她本性温柔善良。感谢上帝，她锱铢必较，阿希礼却将此归咎于瑞特。当然，瑞特与此毫无关系，全是她自己的过错，不过，反正瑞特已是声名狼藉，再给他脸上抹一层黑，也损不着他什么。

“要是换个别的什么人，我绝不会这么担心——可偏偏是瑞特·巴特勒！他对你干了些什么，我全看得清楚。你还没明白过来，他已扭曲你的思想，把你引到他自己所走的那条邪路上去了。哦，不错，我知道自己不该这么说——他救了我的命，我很感激他，可是我暗中祈求上帝，但愿做你丈夫的是别的什么人，而不是他！我实在没权利这样对你说话……”

“哦，阿希礼，你有这份权利——除了你，还有谁有这权利！”

“我对你说了，眼睁睁看着你的天生丽质听凭他玷污，知道你的美貌、你的妩媚全然托付给这么一个人，自己却无能为力，我心里实在受不了。每回我一想到是他在触摸你，我——”

“他马上要来亲我啦！”斯佳丽欣喜若狂地这么想。“这可不是我的过错！”她扭动着身子向他凑过去。可他却猛地往后退缩，似乎意识到自己说得太多了——说了一些从不打算要说的话。

“我极其诚恳地向你道歉。我——我一直在向你暗示你的丈夫不是个正人君子，可我自己说的这番话，恰恰证明我自己不是个正人君子。我无权在一个妻子面前批评她丈夫。我找不出任何理由，除非——除非——”他嘴里结结巴巴，面孔也扭歪了。她凝神屏息地等他把话说完。

“我根本没有任何理由。”

回家途中，斯佳丽坐在马车里一路胡思乱想。没有任何理由，除非——除非是因为他爱着她。阿希礼一想到她斯佳丽躺在瑞特怀里，竟会在心里激起满腔怒火，这简直不可思议。嗯，这原可理解的嘛。要不是她知道他现在和玫兰妮必然只是种兄妹间的关系，那她也会觉得现在的生活是一场折磨。瑞特的拥抱是对她的玷污，使她变得冷酷无情！好吧，如果阿希礼存这种想法，今后她完全可以不要这种拥抱。她想，她和阿希礼尽管在名义上同旁人结了婚，但如果能在肉体上相互保持忠诚，那该有多美，多么富有浪漫色彩！这个念头使她遐想联翩，给她带来了新的乐趣。从另一方面说，这种做法也有其实际意义，因为这一来，她就不会再养儿养女了。

她回到家里把马车打发走以后，开始想到自己面临的现实问题，阿希礼刚才一番话在她心头激起的无限欢欣顿时消散了大半。首先她得向瑞特提出分室居住的要求，说明其中包含的全部内容。这很难做到。再说，她日后又怎么能启口对阿希礼说，由于考虑到他的愿望她已不再与瑞特同房共枕了呢？自己作出了牺牲，可别人一无所知，这种牺牲又有何意义。庄重与娇弱，真是压在上流女性肩上的一副重担！要是她对阿希礼也能像对瑞特那样，心里有什么就直截了当地说出来，那该多好。嗯，没关系。她总有办法在阿希礼跟前作些暗示，让他知道内中真情的。

她上了楼，推开育儿室的门，看见瑞特坐在美蓝的小床旁边，埃拉坐在他膝头上，而韦德把兜里的东西一一掏出来给他看。瑞特喜欢孩子，关心孩子，真是件幸事，不像有些继父把前夫的孩子看作眼中钉。

“我有话对你说，”她一面说一面继续往前朝卧室走去。与其迟说不如早说，趁现在心中那股决意不再生孩子的劲头还没冷下来，而阿希礼的爱情也在给她鼓气。

“瑞特，”她一等他把卧室门掩上忙不迭开腔道，“我已决定以后再不生孩子了。”

听了这句突如其来的言词，瑞特没动一点声色，也不知他是否真感到吃惊。他懒洋洋地在椅子上坐下，把身子往后一靠。

“宝贝，在美蓝出世以前我就对你说过，你是养一个孩子还是养二十个孩子，于我都无所谓。”

他这人真鬼，这么轻轻松松的一句话，就巧妙地回避了问题的要害。好像要不要孩子和孩子实际来到世上这两者之间毫无关系似的。

“我想三个孩子尽够了。我可不打算一年养上一个。”

“三个似乎是很适当的数目。”

“你心里很明白——”她欲言又止，下面的话实在羞于出口，窘得她一时涨红了脸。“你明白我说这话的意思？”

“明白。不过你是不是知道，我也可以提出同你离婚，理由是你无端拒绝我享受婚姻的合法权益。”

“你这个人又粗又俗，竟然想到那种事儿上去了，”她大声嚷嚷，看到这场谈话完全越出了她原定的轨道，不觉有些懊恼。

“如果你有点骑士气概，你就会——你就会为别人多方着想，就像——嗯，瞧瞧人家阿希礼·韦尔克斯。玫兰妮不能再养孩子，他就——”

“阿希礼，那么个微不足道的谦谦君子，”瑞特说这话时眼睛里闪烁着异样的光彩。“请接着往下说。”

斯佳丽一口气憋住了，她的话已经讲完，没什么再要说的了。这会儿她才意识到自己有多愚蠢，竟然希望能客客气气解决这样一件至关重要的大事，何况对手又是瑞特这样一个见色忘义的下流坯。

“今天下午你去过锯木厂办事处了，是吗？”

“这和我们谈的事有什么关系？”

“你是喜欢狗的吧，斯佳丽？你宁愿让狗待在养狗场里还是让狗赖在马槽里[①]？”

她内心正泛起一腔愤怒和失望，顾不上品味这句引喻的含义。他站起身，轻轻走到她身边，用手托住她的下巴颏，猛地一转，让她的脸贴对自己。

“你真是个少不更事的小孩！你前前后后已经跟三个男子在一起生活过，还不知道男人的脾性。你似乎认为男人都像过了绝经期的老太

---

① “狗赖在马槽里”是“占着茅坑不拉屎”的意思。

太吧。”

他逗乐似的拧了一下她的下巴颏，然后把手一放。他扬起一条黑眉，冷冷地冲着她的脸凝视了许久。

“斯佳丽，你听明白了。果真你和你那张床还对我具有魅力，你给门上锁也罢，你苦苦哀求也罢，都别想拦得住我。我什么事都干得出来的，而且绝不会为此感到羞耻，因为我和你达成了一笔交易，我始终信守契约，是你在食言毁约。你就守住你那张贞洁的床吧，亲爱的。”

“你是想告诉我，”斯佳丽嚷道，“你不在乎——”

“你已经对我感到腻烦了，是吗？嗯，比起女人来，男人往往更容易感到厌腻。你就守住你那份节操吧，斯佳丽。这并不会让我吃什么苦头。没什么大不了的，”他耸耸肩，咧嘴一笑。“好在世界上有的是床，而大部分床上都睡着女人。”

“你是说，你真会那么——”

“我亲爱的小天真！那还用说！如果在这以前我一直规规矩矩，那才是怪事呢。我从不认为忠贞不二是种美德。”

“以后每天晚上我都要关门上锁。”

“何必费此手脚呢？我果真需要你，什么锁也别想把我拦在门外。”

说罢他一扭身径自离开了屋子，仿佛这场讨论已告结束。斯佳丽听到他回进育儿室，孩子发出欢迎的欢呼声。她颓然坐下。她已如愿以偿。这是她的愿望，也是阿希礼的愿望。但并没有让她觉得快活。她的虚荣心受到了伤害；想到瑞特竟然对此事这么满不在乎，还说不再需要她了，把她同那些淫床上的荡妇相提并论，她不能不感到屈辱。她本希望能够想出个巧妙的法子告诉阿希礼：她同瑞特的夫妻关系已名存实亡；可现在她知道自己是讲不出口的。事情全搞糟了，她还真有点后悔根本不该提起这件事。过去她同瑞特睡在床上，谈着讲不完的各种有趣的话题，雪茄烟头在黑暗中闪闪发光，今后，这种亲热的时刻不会再有了。以往，每当她梦见自己在冷雾中没命奔跑而惊醒过来时，瑞特的胳膊总能给她以安慰，今后也再没有这福分了。

她突然感到无限怅惘，禁不住伏在椅子扶手上失声痛哭起来。

第52章

美蓝满周岁后不久的一天下午，外面下着雨，韦德闷闷不乐地待在起居室里，不时走到窗前，把脸紧贴在滴有水珠的窗玻璃上，向外张望。他身体瘦弱，细高个儿，今年八岁了，看上去似乎还不到这个年纪。他文静得近乎羞涩，如果别人不跟他说话，他是绝不会先开口的。此刻他闷得发慌，不知该作何消遣是好。埃拉在角落里，一个劲儿摆弄她的洋娃娃，斯佳丽坐在写字台前，搬加一长串数字算账，嘴里还不时在咕哝；瑞特躺在地板上，晃动着怀表上的表链，逗美蓝伸手来抓表。

韦德拣好了几本书，又让书乒乒嘭嘭地掉在地上，然后重重地叹了口气，斯佳丽气恼地转过身冲着他说：

“老天呀，韦德！快到外边玩去！”

“不行呀。外面在下雨呢。”

“是吗？我倒没注意。嗯，找点事做做吧。你在这儿站也不是，坐也不是，搞得人挺心烦的。去叫波克套上车，送你到小博那儿去玩吧。”

“他不在家，”韦德叹了口气。“他去参加拉乌尔·皮卡尔的生日聚会了。”

拉乌尔是梅贝尔·皮卡尔的小儿子，在斯佳丽眼里他是个挺讨人嫌的小家伙，三分人形，七分猴相。

“好吧，你要找谁就找谁去。快跟波克说去。”

“谁也不在家，”韦德回答说，“所有的人全去参加生日聚会了。”

这句“所有的人——就我例外”的言外之意，那是再清楚不过的；可斯佳丽的心思全扑在她的账本上，竟然没听出来。

瑞特一骨碌坐起身子，接口说：“那你干吗不也去参加生日聚会呢，儿子？”

韦德侧着身子，愁眉苦脸地朝他这边挪动步子。

“他们没有邀请我哪，先生。”

瑞特把怀表给了美蓝，任她用小手去抓弄。他轻轻地站起身子。

“别再算你那该死的账了，斯佳丽。他们这次生日聚会怎么没邀请韦德？”

“看在老天的分上，瑞特，现在别来打扰我。阿希礼记的真是一笔糊涂账——哦，这次生日聚会？嗯，我想，他们没邀请韦德，这有什么好大惊小怪的，他们来请，我还不让他去参加呢。别忘了，拉乌尔是梅里韦瑟太太的外孙；梅里韦瑟太太宁可把一个获得自由的黑奴请进她家神圣的客厅，也不愿让我们中的任何人进去。”

瑞特带着若有所思的神情端详着韦德的脸，看到这孩子在往后退缩。

“上这儿来，儿子，”说着，他把孩子拉到自己身边。“你很想参加那个生日聚会？”

“不想，先生，”韦德说话的口气很硬，眼皮子却耷拉着。

“嗯。告诉我，韦德，乔·惠丁家的聚会，弗兰克·邦尼尔家的聚会，还有别的小朋友家的聚会，你都去参加吗？”

“没去，没几家肯请我去的。”

“韦德，你在撒谎哪！”斯佳丽掉转身子大声说。“上星期你不是参加过三次聚会！巴特家孩子的聚会，格勒特家的，还有亨顿家的。”

“你尽可以把各种配上马鞍子的骡子都拉来凑数，”瑞特不紧不慢地拉长着声调说。“你在那些人家里聚会觉得快活吗？说吧。”

“不快活，先生。”

“为什么？”

“我——我不知道，先生。黑妈妈——黑妈妈说他们都是白人里面的垃圾。”

“待会儿看我不去剥黑妈妈的皮！”斯佳丽噔地跳了起来。“还有你，韦德，竟敢对你妈妈说这种话——”

“孩子讲的是实情，黑妈妈讲的也是实情，”瑞特说。“当然啰，即使把实情明明白白地摊在你面前，你也会只当看不见的。……别担心，儿子。有些聚会你不想去，你尽可以不去。哎，给，”他从口袋里掏出张钞票来，“去让波克套车，带你上城里去。你自己买点糖果——买好多好多，让你放开肚子吃，吃到肚子发胀为止。”

韦德绽出了笑容，将钞票塞进兜里，随后又焦灼不安地朝母亲望望，想征得她的同意。但是她正紧蹙双眉望着瑞特。他伸手将美蓝从地板上抱起，偎在怀里，让小脸蛋贴住自己的面颊。她看不清他脸上的表情，但隐隐感觉到他眼睛里有种近乎恐惧的异样神情——近乎恐惧和自责的神情。

继父的慷慨给了韦德很大的鼓舞，他腼腆地走到继父面前。

“瑞特叔叔，我可以问你件事吗？”

“当然可以啰，”瑞特显得有点焦灼不安，又有点心不在焉，他把美蓝的小脑瓜儿贴得更紧。“你要问什么呢，韦德？”

“瑞特叔叔，你以前是不是——你打过仗吗？”

瑞特回过神来，目光警觉而锐利，但是说话口吻仍显得漫不经心。

“你干吗要问这个呢，儿子？”

“嗯，乔·惠丁说你没打过仗，弗兰克·邦尼尔也是这么说的。”

韦德一脸的苦恼神情。

“我——我说——我对他们说我不知道。”然后他急促地继续说，“不过我没理会他们，我揍了他们一顿。你到底打过仗没有，瑞特叔叔？”

“打过的，”瑞特的声调突然变得激昂起来。“我打过仗，我在军队里呆了八个月。我从洛夫乔伊一路打到田纳西州的富兰克林。约翰斯顿投降时我正和他在一起。”

韦德听了骄傲得扭起了身子，斯佳丽在一旁哈哈大笑。

“我以为你对自己的这段作战经历挺感惭愧的呢，”她说，“你不是要我别张扬出去的吗？”

“嘘，”他不去理会她的话。“这回答让你满意了，韦德？”

“哦，当然，先生！我早知道你打过仗的。我知道你不像他们说的那样是个胆小鬼。不过——你怎么不和其他小朋友的爸爸在一块儿的呢？”

“因为那些小孩的爸爸都是些傻瓜蛋，只能编在步兵队里。我在西点军校念过书，所以我进了炮兵部队。是正规炮兵部队，韦德，不是自卫队。脑子清醒机灵才能当炮兵呢，韦德。”

“没错儿，”韦德满脸发光地说。“你受过伤、挂过彩吗，瑞特叔叔？”

瑞特沉吟不语。

“把你生疟疾的事给他说说吧，”斯佳丽在一旁挖苦地说。

瑞特把手里的娃娃轻轻地放在地板上，随后从裤腰带里拉出衬衫和内衣。

“过来，韦德，让你看看我身上哪儿受过伤。”

韦德兴奋地走上前去，目不转睛地盯着瑞特所指的那块地方。只见他褐色胸膛上隆起一条长长的疤痕，一直拖到肌肉发达的小肚子上。那是在加利福尼亚产金地持刀同人格斗时留下的纪念，韦德当然不知道，他快活地喘着大气。

“我敢说你和我爸爸一样勇敢，瑞特叔叔。”

“差不多，但不完全一样，”瑞特说着，重新把衬衫塞进裤腰里。“好啦，现在去把这块钱花掉，要是以后有哪个孩子说我没打过仗，你就给我狠狠揍他一顿。”

韦德高兴得连蹦带跳地走出去，高声唤叫波克，瑞特重新将娃娃抱在手里。

“嗨，干吗要编造这些个谎话，英勇的军人小伙子？”斯佳丽问。

“小孩总要以自己的父亲或者继父自豪的。我不能让他在别的小家伙面前感到难为情。小孩儿有时残酷得很哩。”

“哦，乱弹琴！”

“我以前从没想到过这一切对韦德意味着什么，”瑞特慢吞吞地说。“我从没想到过他会那么难受。将来可不能让美蓝也落入这样的境地。”

“什么境地？”

“你以为我会甘心让美蓝因为有我这样的父亲而感到羞愧？甘心让

她在八九岁的时候被人拒于生日聚会之外？他们蒙受羞辱并非由于他们的过错，而完全是你我的过错。”

“哦，就为了这些孩子们的聚会？”

“现在是孩子们的聚会，日后就成为少女初入社交界的聚会。你以为我会听任女儿在她成长期间，完全被排斥在亚特兰大体面人士的生活圈子之外？我不打算把她送到北边去求学，去游访，就因为怕她将来在这儿、在查尔斯顿、在萨凡纳，或是在新奥尔良不为当地的体面人士所接纳。我可不愿眼睁睁地等到那一天，就因为母亲是个糊涂虫、父亲是个恶棍，没一个南方体面人家肯娶她做媳妇，最后只好被迫嫁个北佬或是外国人。”

这时韦德已折回到门口，对他们俩的谈话既听得津津有味，又觉得迷惑不解。

“美蓝可以嫁给小博嘛，瑞特叔叔。”

瑞特转过身面对小韦德的时候，一脸的怒气已荡然无存。他似乎在认真考虑韦德的话，他在同孩子打交道的时候，孩子们的一言半语他总是认真看待的。

“说得一点不错，韦德。美蓝可以嫁给博·韦尔克斯，但是你会娶谁呢？”

“我谁也不娶，”韦德信心十足地说，他觉得自己能像大人似的跟面前这个人自由交谈简直是种享受。平时，除了玫荔姑姑，就只有这个人从不对他厉声训斥，始终给他以安慰和鼓励。“我要去哈佛念书，像父亲那样当个律师，然后，我也像他那样做一名勇敢的士兵。”

“但愿玫荔别在孩子面前乱嚼舌头才好呢，”斯佳丽嚷道。“韦德，你别想去哈佛念书。那是北佬办的学校，我绝不会让你进北佬的学校去念书的。你该进佐治亚大学，毕业后就回来替我照料那家铺子。至于你父亲是个勇敢士兵的这个说法嘛——”

“嘘，”瑞特打断了斯佳丽的话头，因为他看到韦德刚才讲到那位从未见到过的生父时兴奋得眼睛发亮。“你长大以后，做个像你父亲那样勇敢的士兵。尽量效法你的父亲，因为他是个英雄。如果别人的说法不一样，你就让那人把嘴闭上。你父亲娶了你母亲，可不是吗？嗯，这就足以证明他的英雄气概。我一定要让你进哈佛，当律师。现在，快去吧，叫波克带你进城去。”

“要是你能让我管教我的孩子，我会很感激你的，”斯佳丽等韦德顺从地快步跑出屋子，立即大声嚷嚷起来。

“你的管教糟糕透了。你已经把埃拉、韦德所曾有的各种机会全破坏掉了，我可不让你再在美蓝身上来这一手。美蓝一定要成为个小公主，世上所有的人都争着要她。普天之下没有一处地方是她不能去的。老天呀，你以为我会听任她自生自长，同挤满这屋子的社会渣滓打交道？”

“他们对你来说够好的了——”

“对你确是再好不过的呢，亲爱的。但是对美蓝，那可不行。与你终日为伍的尽是一帮子来路不明的家伙：野心勃勃的爱尔兰人、北佬、穷白佬、提包客、暴发户。你以为我会把美蓝嫁到那种人家去当儿媳妇？我的美蓝有着巴特勒家族的血统，还有罗比亚尔家族的血缘——”

“还有奥哈拉家族的血缘——”

“奥哈拉家族也许一度曾是爱尔兰的王室，但你父亲却不过是个精明的、利欲熏心的爱尔兰佬，如此而已。你也不见得更高明——话得说回来，我也有过失。我像个有眼无珠的蝙蝠在过日子，什么也不放在眼里，什么也不在乎。但是美蓝对我至关重要。天呀，我一直好糊涂呀。任我母亲、你的尤拉莉姨妈或是宝莲姨妈能耐再大，美蓝也绝不会被查尔斯顿的上流社会所接纳的——显然，她也不会为这儿的体面人家所接纳，除非我赶快采取行动补救——”

“哦，瑞特，你把这种事儿看得过于顶真，实在有点可笑。凭我们手里的钱——”

“让我们的钱见鬼去！我们钱再多，也买不到我想给美蓝的东西。我宁可让皮卡尔那种穷苦人家请她去啃干面包，或是艾尔辛太太请她到摇摇欲坠的谷仓里作客，也不愿看到她成为共和党要员就职典礼舞会上艳压群芳的大美人。斯佳丽，你一直好糊涂啊！几年前你就该为儿女打算，保证他们在社会体制中有个稳妥的立足之地——但是你没这么做。你甚至不愿费心保住你既有的社会地位。到现在这个时候即使你打算改邪归正，也只是非分之想。你贪求钱财，一味恃强欺弱，唬弄别人。”

“我觉得你啰嗦了大半天，纯属小题大做，”斯佳丽冷冷地说。她啪嗒啪嗒翻弄账页，表示就她这方来说，这场讨论已告结束。

“现在愿意帮助我们的，只剩下韦尔克斯太太一个人，而你却在尽量疏远她，侮辱她。哦，请你别再在我面前说什么她穷呀，穿得寒酸呀。她是亚特兰大一切正气的灵魂和核心。感谢上帝，幸亏有她这么个人。她会在这方面助我一臂之力的。”

“你打算干什么呢？”

“我吗？我要费尽一切心机，同本城顽固派中的各个母夜叉交往，特别是梅里韦瑟太太、艾尔辛太太、惠丁太太和米德太太。如果那些对我恨之入骨的老恶婆非要我趴在她们面前，我也照办不误。对她们的冷淡我要逆来顺受，还要摆出痛悔前愆的样子。对她们该死的慈善事业，我要解囊捐助，还要上她们那些鬼教堂去做礼拜。我不但要公开承认我曾为南部邦联多方出过力，而且要在人前背后吹嘘一番；如果万不得已，我还要参加他们该死的三K党——不过，我想慈悲的上帝，还不至于会罚我以这种苦行来赎罪。我会毫不迟疑地提醒那些我曾搭救过的傻瓜，说他们还欠我一份人情呢。而你，我的夫人，请高抬贵手，别在我背后捣鬼拆台：对我所拼命巴结的那些人，你也要宽宏大量些，别取消他们的抵押品赎回权，别把烂木料卖给他们，也别用其他方法侮辱他们。布洛克州长今后再也别想跨进这所房子。你听明白了没有？你所结交的那一帮狐朋狗友，谁也别想再跨进我的大门。如果你盗用我的名义请他们来，到时候别怪我不赏脸，有意让你下不了台。他们一来，我就去贝尔·沃特林的酒吧消磨时间，如有人问我为什么不待在家里招待客人，我就老老实实告诉他们，我不愿同那帮狐朋狗友待在同一个屋顶下。”

斯佳丽听他说这番话时，心里像针扎似的难受；等他说完了，她嘿嘿一声冷笑：

“这么说来，河船上的赌棍和投机商，现在想改恶从善当正人君子罗！哎，依我看，你果真想改恶从善当正人君子，第一步最好先把贝尔·沃特林的那幢房子卖掉。”

这纯属试探性的一击。她从没有确凿的证据敢肯定瑞特是那幢房子的主人。瑞特似乎全然识透了她的心思，突然大笑着说：

“谢谢你的高见。”

瑞特算是选准了一个最困难的时刻来实现他改恶从善、恢复体面人士地位的计划。共和党人和叛贼的声名之臭，已达到了空前绝后的程度，因为眼下提包客的政权已腐败到了极点。而自从南军投降以来，瑞特的名字已同北佬、共和党人和叛贼水乳般地融合在一起了。

亚特兰大的居民在1866年曾愤怒而又无可奈何地想，大概没有比此刻的暴虐军事管制更糟的事儿了，可时下在布洛克的统治之下，他们方始明白过来什么才是最糟的。由于有了黑人的选票，共和党人及其盟友牢牢地占据了这个州的地盘，作威作福，任意欺凌无权却不愿逆来顺受的少数派。他们在黑人中间散布谣言，说《圣经》里只提到两大政治派别：逐出教会者①和罪人。没有哪个黑人愿意加入一个完全由罪人组成的政党，所以他们忙不迭地加入了共和党。他们的新主子唆使他们一而再、再而三地投票，让一些白人穷光蛋和叛贼，甚至一些黑人，担任了重要职务。这些黑人坐在州议会里，大部分时间不是在吃花生，就是在穿脱脚上的新鞋，因为他们一时还穿不惯这种皮鞋。他们中的绝大多数是目不识丁的文盲，刚刚离开棉花田和藤蔓丛，现在却有权投票决定税金的征收和债券的发行，批准为自己及其共和党人朋友提供巨额费用开支。他们还投票推举共和党人。佐治亚州快被沉重的苛捐杂税压垮了，纳税人怀着满腔怒火交纳税金，知道这些钱财名义上是用于公众服

①英语中“逐出教会者”是 publicans；而共和党人则为 Republicans。

务，而大部分实际上都落入了私人腰包。

一大帮推销商、投机商、承包商，以及企图从恣意挥霍中捞取好处的形形色色人物，把州议院围得水泄不通；他们中好多人通过巧取豪夺而大发其财。他们不费吹灰之力就从州政府那儿弄到了大笔资金，去修筑子虚乌有的空头铁路，去购置永远到不了手的车子和发动机，建造仅仅存在于发起人头脑中的公共建筑物。

公债的发行量数以百万计，而大部分都是用欺骗手段非法发行的，可就是一次次照发不误。该州的财务主管是共和党人，为人还算诚实，他抗议公债的非法发行，拒绝在上面签字。他同其他一些人虽想制止各种滥用职权的现象，但在这股滚滚浊流前面只得自叹无能为力。

州属铁路原是该州收益颇丰的一宗资产，现在却成了财政上的一大包袱，债务达到了百万元的警戒线。铁路也不再成其为铁路，而是一条深不见底的巨大沟槽，青蛙可以在里面纵情豪饮、打滚。铁路官员的聘用，大多出于政治上的原因，根本不考虑他们是否懂得铁路的经营管理；人浮于事的现象极为严重，雇员超过必要人数达三倍之多；共和党人可以凭证免费乘车；一车车黑人打着选举的旗号，免费在州内各处巡游、兜风；在同一次选举中他们可以重复投票数次。

州属铁路的管理不当，特别惹纳税人恼火，因为开办公立学校的资金均来自铁路部门的收益，现在非但生不出盈利反而背上了债务，所以也谈不上开办公立学校了。眼下很少人有钱供孩子上学，整整一代儿童将在无知无识中成长，继而他们又为日后的年代播下不学无术的种子。

但是比共和党的挥霍浪费、管理不善和贪污受贿更让人感到气愤的，是州长在北边对南方人士的恶意中伤。正当佐治亚举州上下怒斥州政府的腐败之际，州长匆匆北上去国会告状，说什么南方白人对黑人恣意逞凶，佐治亚州正酝酿着另一场叛乱，因而有必要对该州实施严厉的军事管制。佐治亚人谁也不想自找麻烦，去同黑人闹什么纠纷。谁也不想再打一次内战，谁也不希望或需要刺刀下的强权统治。佐治亚人只要求没人来打扰他们，让该州逐步恢复元气。但是在这位州长“造谣工厂”的运转之下，北方政府看到的乃是个蓄意谋反的南方州，需要用强硬手段加以弹压，于是佐治亚州就置于高压统治之下了。

对那帮紧扼佐治亚喉管的团伙来说，这正是大显身手的绝好机会。他们恣行无忌，竭尽巧取豪夺之能事，而政府中那些身居要职的官员，更是明目张胆地公开劫掠，其寡廉鲜耻的程度让人不寒而栗。抗议和抵制，一无用处，因为州政府受到合众国陆军部队的保护和扶持。

亚特兰大市民诅咒布洛克的名字，诅咒他手下的共和党人和那些叛贼，诅咒所有同他们有联系的人。而瑞特恰恰同他们有着千丝万缕的联系。人人都说瑞特同他们是一伙的，各种阴谋诡计都有他瑞特的份。前不久他还在随波逐流，现在却要转身逆流而回，所以，一上来他游得很艰苦。

他慢慢地、不动声色地在展开这场收买人心的攻势，以免引起亚特兰大市民的疑心，因为他们如果看到一头美洲豹一夜之间竟然改变了全身的斑状花纹，不起疑心才怪呢。他有意避开原先一些形迹可疑的老朋友，不让人再看到他同北佬军官、叛贼以及共和党人混在一起。他参加民主党人的集会，故意让人看到自己在投民主党候选人的票。他戒绝了一掷千金的豪赌，酒也喝得很有节制。有时难免还要去贝尔·沃特林那儿，但他也像当地体面市民那样，总是在晚上悄悄儿去的，再不像过去那样有意招摇，大白天把马拴在她屋门口，生怕别人不知他在里面似的。

星期天做礼拜，他先要等圣公会教堂里差不多坐满了人，礼拜仪式开始了，这才搀着韦德，踮着脚尖走进去。人们见到韦德来这儿教堂做礼拜，其惊讶程度不亚于见到瑞特，因为大家都认为这小孩是信天主教的。至少斯佳丽是天主教徒；或者说，她应该算是个天主教徒。多年来她一向不涉足于教堂，宗教对她已没有什么影响，就像埃伦的许多训戒早已对她不起作用一样。大家认为她忽略了孩子的宗教教育，而瑞特现在插手来管这件事了，就算他没领孩子去天主教堂，而是上圣公会教堂来了，也还是值得嘉许的嘛。

瑞特只要管住自己那条刻毒的舌头，不让那双黑眼珠恶意地转动，就能显示出一副庄重、潇洒的绅士气派。多年前他早有意要这么做，可一直到现在才付诸行动；他现在连马甲也要挑些素净的颜色，以增加他的庄重和魅力。同那些被自己搭救过的人，不难重新建立友好联系。要不是瑞特骄矜简慢，没把他们的感激之意当成一回事，他们早会对他有所表示了。现在休·艾尔辛、勒内、西蒙斯兄弟、安迪·邦尼尔，还有其他一些人，都发现他并不那么令人讨厌：当他们提到不知该如何报答他救命之恩的时候，他反而显得有点局促不安，不愿突出自己的作用。

“算不得什么，”他总要谦虚一番。“换了你们，也同样会那么干的嘛。”

他为装修圣公会教堂奉上一大笔捐款，还给阵亡将士墓地美化协会捐了一笔款子，款数可观，却又不至于给人造成有意炫耀的印象。他特意请艾尔辛太太转交捐款，而且还讷讷地央求她严守秘密，其实他心里明白，越是求她保密，她越会迫不及待地把这件事张扬开去。艾尔辛太太本人当然极不愿接受这笔钱——“投机商的钱”嘛，但是装饰协会急需钱用！

“别人捐钱倒也罢了，我不明白怎么你也要来凑热闹呢，”她尖酸地说。

瑞特以恰如其分的庄重神态对她说，他捐这笔款子，是出于对以前战友的怀念，他们比他更勇敢，却没有他那么幸运，现在他们默默无闻地躺在墓地里快被人遗忘了。听了这番解释，艾尔辛太太那副富有贵族气概的下颚拉挂了下来。多莉·梅里韦瑟曾私下告诉过她：据斯佳丽说，巴特勒船长曾入伍打过仗。这种说法，她当然不相信，也没人会相信。

“你入伍打过仗？你编在哪个连？哪个团？”

瑞特一一报给她听。

“哦，炮兵团！我认识的人要么在骑兵团，要么在步兵团。啊，这就对啦——”她猛然打住，显得有点张皇失措，心想他肯定会投来含带恶意的眼光。哪料他却低头不语，只是摆弄着表链。

“我原打算进步兵团的，”他装作完全没领会她的言外之意，径自这么说，“可是他们发现我还进过西点军校——我由于要孩子气，没在那儿待到毕业——他们就把我编在炮兵团里了，是正规炮兵部队，不是自卫队。在最后那次战役里，他们需要懂点专业知识的人员。你知道，部队损失惨重，好多炮兵都牺牲了。待在炮兵团里怪冷清的，见不到一个熟人。在我整个服役期间，我想我没见到过亚特兰大地方的人。”

“嗯！”艾尔辛太太一时不知该作何反应。如果他真在军队待过，那她就错怪他了。她曾说过不少尖刻的话，骂他是胆小鬼，现在回想起来不免觉得有点内疚。“嗯！那你干吗不把在部队服役的事儿告诉大家呢？好像这给你丢脸似的呢。”

瑞特直愣愣地盯着她一双眼睛，脸上一副怅然若失的神情。

“艾尔辛太太，”他热切地说，“请你相信，我能为南部邦联效劳，这是我一生最引以为豪的一段经历。我只是觉得——只是觉得——”

“嗯，那你干吗要瞒着不说呢？”

“鉴于——鉴于我过去的所作所为，我觉得羞于出口。”

艾尔辛太太把捐款的事儿和这段谈话的内容，详详细细告诉了梅里韦瑟太太。

“多莉，他说到羞于出口那句话时，眼睛里含着泪珠呢！是呀，千真万确，含着泪珠！连我也差不多要流眼泪了。”

“胡说八道！”梅里韦瑟太太不信地嚷道，“我不相信他那号人会流眼泪，我同样不相信他曾入伍打仗。我马上可以搞个水落石出。要是他真在炮兵团里待过，我马上可以打听出来，指挥炮兵团的卡尔登上校是我姑婆的女婿，我要给他写信。”

她真的给卡尔登上校写了信，上校的回信让她惊呆了，来信中以毫不含糊的措词，把瑞特在部队的表现着实表彰了一番，夸他是天生的炮兵、勇敢的战士、坚韧的绅士，而且为人十分谦逊，上级授予他军官衔，他却不肯接受。

“嗯！”梅里韦瑟太太一面让艾尔辛太太看这封信，一面说，“这太让人吃惊了！说这坏蛋没打过仗，也许是冤枉他了。也许我们应该相信斯佳丽和玫兰妮的说法，他是在本城陷落那天报名参军的。不管怎么说，他毕竟是个叛贼，是个流氓；说什么我也不喜欢他！”

“不知怎么的，”艾尔辛太太犹豫不决地说，“不知怎么的，我总觉得他不至于那么坏吧，为南部邦联打过仗的人，不会坏到哪儿去的。真正坏的，是斯佳丽。你知道吗，多莉，我敢说他现在——嗯，他现在为斯佳丽感到害臊了，他所以没这么说，只是碍于绅士的体面和教养。”

“害臊？啐！他们是同一块料子上剪下来的两块布。你怎么会冒出这么个傻念头？”

“这可不是个傻念头，”艾尔辛太太气愤地反驳说。“昨天他冒着大雨，领着那三个小孩，听着，甚至连那个小娃娃在内，乘着马车在桃树街上来回转悠；他还让我搭车回家呢。我说：‘巴特勒船长，你疯啦！干吗让三个孩子在外面淋雨？干吗不带他们回家去？’他不言语，露出一副尴尬相。但是黑妈妈在一旁忍不住说：‘我们家里来了满屋子的白人垃圾，让孩子在外面淋雨也比待在家里干净！’”

“他说什么呢？”

“他能说什么呢？他只是瞪了黑妈妈一眼，对她说的话不置一词。你知道，昨天下午斯佳丽举行大型惠斯特牌聚会，把那一帮子三姑六婆全邀到家里来了。我想他不愿让那些婆娘亲他女儿吧。”

“嗯！”梅里韦瑟太太当然有些动摇，可还是固执己见。然而到了下个星期，她也缴械投降了。

眼下，瑞特在银行里设置了一张办公桌。至于他来银行有什么公好办，银行职员可感到纳闷；不过他是银行的大股东，他们也不敢表示异议赶他走。过了一阵子，他们反而忘掉他们原是反对他来这儿的，因为他文文雅雅地坐在那儿，挺安分，再说他对银行业务和投资还很在行。至少，他整天坐在办公桌旁，看上去工作得勤勤恳恳；他说本城的体面的市民都在兢兢业业地工作，他无意于养尊处优吃闲饭。

梅里韦瑟太太想进一步扩充她那家业务蒸蒸日上的面包房，来这家银行商借两千美元的贷款，就用自己的房子作为抵押，结果遭到了拒绝，因为她已用房子押借了两笔款子。就在这位身材敦实的老太太气呼呼地冲出银行的时候，瑞特上前将她拦住，知道她碰了钉子，于是抱歉地说："肯定是出于误会，梅里韦瑟太太，不该有的误会。凭你的身份，贷款还需要什么抵押品！嗨，你只需口头说一声，我就会把钱借给你的。像你那样善于经营的太太，实在是世界上最不可多得的客户。银行就是要给你这样的人发放贷款。现在请你在这儿，就在我的椅子上稍坐片刻，这件事由我替你去操办。"

他回来时满面春风、笑容可掬地连声说，正如他所想的，纯粹出于误会。两千美元已拨到她账户上，她随时可以提取使用。至于她的房子——"嗯，请在这儿签个字好吗？"

梅里韦瑟太太既觉得愤慨，又感到羞辱，她竟然不得不从一个她既不喜欢又不信任的人那儿接受帮助，所以她在道谢的时候并没有显示应有的文雅风度。

瑞特装作没注意到。他一面送她到银行门口，一面说："梅里韦瑟太太，我一向对你的见多识广十分钦佩，现在我有件事想向你请教，不知你是否愿意指点我一下。"

她点头的时候，帽子上的那根羽毛几乎没有抖动。

"你女儿梅贝尔小时候大概也常吮吸大拇指的吧，当时你是怎么让她改掉这习惯的？"

"你说什么？"

"我的小美蓝常常用嘴吮吸大拇指。我想不出办法来制止她。"

"你一定得想法制止她，"梅里韦瑟太太有力地说。"要不然她的口形就毁啦！"

"我知道！我知道！她的嘴长得很美。但是我不知该怎么办才好。"

"嗯，斯佳丽应该知道的，"梅里韦瑟太太冷冷地说。"她已经带过两个孩子。"

瑞特垂下眼帘望着自己的鞋子，叹了口气。

"我试着在美蓝指甲缝里涂上些肥皂，"瑞特这么说，不理会她对斯佳丽的看法。

“肥皂！呸！肥皂管什么用。我在梅贝尔的大拇指上涂上奎宁，嘿，让我告诉你，巴特勒船长，她马上就不再吮吸大拇指了。”

“奎宁！你不说，我是怎么也不会想到的呢！不知该怎么感谢你才好，梅里韦瑟太太。这事儿让我好操心呀。”

他冲着她微微一笑，笑得那么甜，含带那么深的感激之意，反而使梅里韦瑟太太站在那儿不知所措了。她不愿在艾尔辛太太面前承认她确实冤枉了这个人，但她毕竟是个诚实之辈，所以就说：一个人这么爱女儿，绝不会是一无是处的。斯佳丽对美蓝这么个可爱的小天使竟然毫不关心，太遗憾啦！一个大男人要完全靠自己领养小女儿，真有点可怜。瑞特深知这种戏剧性场面会激起什么样的同情效果，即使让斯佳丽背黑锅也在所不惜。

自从小孩学会走路以后，他就带她外出，或是一块儿乘马车，或是让她坐在马鞍前面。下午他从银行下班回家，就搀着她的手在桃树街上散步，他放慢脚步以配合她的小步子，耐心地回答她的各种问题。日落时，人们总是待在院子或门廊里，他们看到美蓝这样可爱的孩子，长着一头乌黑的卷发，一双蓝湛湛的明亮眸子，没一个不想同她拉扯两句。瑞特从不擅自插嘴，而是静静地站在一边，见女儿这么招人喜爱，做父亲的不禁流露出既自豪又感激的神情。

亚特兰大市民不容易忘却旧事，疑心重重，一时很难改变成见。大家日子不好过，对凡是与布洛克州长和他手下那帮人有瓜葛的人，无不恨得咬牙切齿。但是在美蓝身上，却集合着斯佳丽和瑞特两人身上的迷人之处，所以她成了瑞特打入亚特兰大那堵冷冰冰的墙壁的一个楔子。

美蓝一天天长大，而且越来越像她外公杰拉尔德·奥哈拉了。两条小腿短而结实，一双爱尔兰人所特有的圆溜溜的蓝眼睛，方方正正的小下巴颏，再加上那一副爱怎么干就怎么干的倔劲儿。脾气也像杰拉尔德，发作起来直嚷嚷，但是只要依顺了她，火气转眼就烟消云散。只要父亲在身边，她的愿望总会很快得到满足。尽管黑妈妈和斯佳丽多方劝阻，但是瑞特还是百般宠爱，对她百依百顺，因为在他眼里，女儿事事都讨人喜欢，只有一件事让他感到头疼，就是女儿害怕黑暗。

她在两周岁以前，同韦德和埃拉一起睡在育儿室里，一上床很快睡着了。打那以后，不知是什么原因，黑妈妈提着灯摇摇晃晃地一走出屋子，她就嘤嘤抽泣起来。后来，半夜里还突然醒来，由于害怕而哇哇尖叫，不但把育儿室里的另外两个孩子吓醒了，而且还惊动了全家的人。有一回还不得不把米德大夫请了来，大夫诊断以后说是因为做了恶梦，没什么大不了的，瑞特对这个诊断很不满意。家里人不管怎么问美蓝，她只是说一声，“黑呀！”

斯佳丽对女儿一向很不耐烦，主张揍她一顿屁股。她觉得在育儿室里放一盏灯，太迁就孩子了，而且搞得韦德和埃拉都睡不着觉。瑞特心里也很着急，但是态度比较温和，不主张蛮干，而是试图再从女儿那儿进一步摸些情况。他冷冷地对斯佳丽说，真要打屁股，得由他亲手来打，而且是打她斯佳丽的屁股。

最后的解决办法是把美蓝从育儿室搬进瑞特的房间，现在他已与斯佳丽分开来住了。美蓝的小床就放在他的大床旁边，桌上通宵点着灯，上面蒙了层灯罩。这件事传开以后，全城的人议论纷纷：一个小女孩睡在父亲的卧室里，终究有失体统，尽管小女孩才两岁。而对斯佳丽的闲话就更多了。首先，她同丈夫分房居住的说法完全得到了证实，这事态本身就骇人听闻。其次，如果孩子害怕单独睡，就该跟母亲睡一房才是。而斯佳丽又无法向人辩解，说屋里点了灯她没法安睡，或是说瑞特不同意让孩子跟她睡。

“你睡得很死，不到孩子尖声大叫你是不会醒来的。等你被吵醒了，你说不定会揍她一顿呢，”瑞特冷冷地说。

瑞特把美蓝怕黑的毛病那么当回事，斯佳丽心里很不痛快，按她的想法这事迟早总能解决，该把她重新送回育儿室。所有的小孩都怕黑，解决的办法只有一个：态度要坚决。瑞特对这件事的处置分明有其恶毒用心，当初她把他赶出卧房，现在他就乘机报复，让大家知道她是个不称职的母亲。

自从那天晚上她扬言不愿再生小孩以后，瑞特从未再跨进她卧房一步，甚至连她门上的门把也没碰一下。在美蓝怕黑的事情发生之前，他很少待在家里吃晚饭，有时候甚至彻夜不归。斯佳丽躺在房门紧锁的卧室里，睡不着，耳边听到时钟敲一点、两点，心里嘀咕他究竟上哪儿去了。她回想起瑞特说的话："还有别的床铺呢，亲爱的！"这想法虽使她苦恼不安，但也无能为力。要是她当面说他几句，十有八九要口角一场，而他一定会在分房锁门的事儿上大做文章，说不定还要把阿希礼牵扯进来。是啊，现在他装疯卖傻，硬让女儿睡进点着灯的房间里——在他的房间里——分明是一种卑劣的报复手段。

直到一天晚上出了点乱子，斯佳丽才明白瑞特对美蓝的荒唐习性何等重视，他爱女儿爱到了何种痴情的程度。全家上上下下再也忘不了那个可怕的夜晚。

那天，瑞特遇到了过去在一块儿闯封锁线的伙伴，他俩阔别叙旧有着谈不完的话题。斯佳丽拿不准他俩在哪儿喝酒聊天的，但她怀疑多半是在贝尔·沃特林那儿。他下午没回来领美蓝散步，也没回家吃晚饭。整整一个下午美蓝眼巴巴守在窗口，等爸爸回来，急着想让他看看自己收集的一大堆断腿少脚的甲虫和蟑螂。最后洛儿不顾她又叫又闹把她抱上了床。

也不知道是洛儿忘了点灯，还是灯自行熄灭了。谁也不清楚是怎么回事，反正在瑞特带着几分醉意、似乎也带了点脾气回到家里的时候，举宅上下像开锅似的乱作一团。甚至在马厩那儿也能听到美蓝的尖叫声。她在半夜里醒过来，四周一片漆黑，她连声唤爸爸，爸爸不在。于是，她那小脑瓜里能够想象出来的各种无名恐惧一齐向她袭来。不管斯佳丽和仆人怎么哄她，把楼上楼下的灯全都点上，也没法让她安静下来，这时瑞特冲进门，一跳三级地奔上楼梯，煞白的脸色，像见到了死神似的。

等他把女儿搂在怀里，从她抽抽搭搭的哭喘声里听出了"黑呀"这个词，他立即怒不可遏地转身冲着斯佳丽和黑人仆人喝问：

"是谁把灯吹熄掉的？是谁把她一个人丢在黑洞洞的屋子里的？普莉西，看我不把你的皮剥掉，你——"

“万能的上帝，瑞特先生！不是我呀！是洛儿！”

“看在上帝分上，瑞特先生！我——”

“住嘴！你知道我定下的规矩。天呀，我恨不得——给我滚出去。别再回来了。斯佳丽，给她点钱，在我下楼之前把她打发走。现在，统统给我出去！统统出去！”

仆人吓得逃出屋子，那个倒了大霉的洛儿用裙边捂着脸直嚎啕。斯佳丽留下没走。刚才斯佳丽把宝贝女儿抱在手里，她仍然可怜巴巴地哭个不停，可现在躺在瑞特怀里却渐渐安静下来，看到这副光景，她心里真不好受。刚才她斯佳丽怎么也没法从女儿嘴里问出点连贯的话来，可现在却看到那两条小胳膊搂着父亲的脖子，听着女儿呜咽着诉说是让什么吓着了，这也让斯佳丽感到不是滋味。

“所以那东西就堵在你胸口上了？”瑞特柔声细气地说。“那东西很大，是吗？”

“哦，可不！大得很哪。还长着爪子。”

“呀，还长着爪子。好了，听着。我夜里就守在这儿，它来了，我就用枪打死它。”瑞特的语音满含关切之意，让人感到宽慰，美蓝的抽搭声渐渐止住了。她的声音渐渐恢复了正常，她用只有瑞特才听得懂的语言，细细描述着刚才突然闯来的那头怪物。而瑞特竟也煞有介事地同她认真讨论了起来，这可惹得斯佳丽火了。

“看在老天的分上，瑞特——”

但是瑞特一抬手，冲着她做了个噤声的手势。美蓝终于睡着了，他把女儿放到小床上，给她盖上被子。

“我要活剥那黑鬼的皮，”他轻轻地说。“这也是你的不是。你为什么不上来看看灯是否还亮着？”

“别说傻话了，瑞特，”她压低嗓门说。“就因为你老是依她，才把她宠成这个样子。好多孩子开始都怕黑，可后来不就克服过来了？韦德就怕过，可我没迁就他。如果你任她哭上一两夜——”

“任她哭叫！”瞧他那架势，斯佳丽还真以为他要上来揍她呢。“你要不是傻瓜，就是我所见到过的最没人性的婆娘！”

“我可不想让她长大以后，又有神经质，又胆小懦弱。”

“胆小懦弱？活见鬼了。在这孩子身上连一块软弱的骨头也找不着！你这个人毫无想象力，当然你没法体会那些富有想象力的人所受的折磨——特别是想象力丰富的小孩。要是有个头上长角、脚上有爪子的怪物压在你胸口，你会大声嚷嚷要它滚开的，不是吗？你要嚷得震天价响呢。请别忘了，夫人，我就亲眼见过你醒来时，像只烫伤了的猫咪哇哇尖叫，就因为你梦见了自己在雾里奔跑。这不是很久以前的事吧？”

斯佳丽猛地一惊，她绝不愿意再想起从前的恶梦。此外，她想到瑞特当年就像安慰美蓝那样安慰自己，不禁觉得窘困难当。于是她赶紧岔开话题，从另一方面发起反击。

“就因为你对她百依百顺，所以才——”

“今后我还要对她百依百顺。只要我样样依她，她就不会再那么怕黑，就会慢慢把它忘掉。”

“好吧，”斯佳丽尖酸地说。“如果你真打算当她的奶娘，就最好换副德行，晚上尽量守在家里，也别拼命灌酒。”

“我会早早回家来的，至于酒嘛，我照喝不误，只要高兴，我还会喝个痛快。”

打那以后，他果真回来得很早，没到美蓝上床睡觉的时候，早就守在家里了。他坐在她身边，握住她的小手，一直等她睡着了才松手。然后他踮着脚尖轻轻来到楼下，房间里的灯点得亮亮的。房门半开着，万一她醒来害怕了，他在楼下能够听到。他不愿让女儿再受到上回那样的惊吓。全家人对她屋子里的灯再不敢掉以轻心，斯佳丽、黑妈妈、普莉西，还有波克，不时要踮着脚尖蹑手蹑脚地上楼去，看看灯是不是还亮着。

他回家来时也不再带酒意了，这倒不是斯佳丽的功劳。过去几个月来，他一直拼命喝酒。不过他从未真正喝醉过。有一天黄昏，他回家时灌饱了威士忌，酒气熏人。他抱起美蓝，让她贴近自己的肩膀，同时问她说：“和你亲爱的爹爹亲个嘴行吗？”

她皱起朝天小鼻子，拼命扭着身子要下地来。

“不行，”她实话实说。“臭死了。”

“你说我什么？”

“有股臭味。阿希礼叔叔就没有这股臭味。”

“哦，我真该死，”他一面懊丧地说，一面把女儿放到地板上。“想不到偏偏在自己家里冒出个鼓吹戒酒的宣传家了。”

打那以后，他大大限制了自己的酒量，晚饭以后只喝一杯葡萄酒。他也让美蓝喝几滴残留在酒杯里的葡萄酒，这样她就不讨厌葡萄酒的酒味了。结果，他那张已经开始虚胖的脸盘，渐渐恢复了原先的粗犷轮廓，眼窝下面的黑圈也逐渐暗淡柔和了。因为美蓝喜欢骑在他马鞍前面，他就花更多的时间到户外去遛马，他那张黝黑的脸膛晒得更黑了。他显得更精神，笑脸常开；他又恢复了青春和锐气，就像战争初期闯荡封锁线、轰动亚特兰大的那个瑞特·巴特勒。

原先一直讨厌他的人，现在看到他常常带着小不丁点的女儿骑在马背上，也都冲着他微微一笑。以前一直视他为危险人物而唯恐避之不及的妇人，也在大街上开始驻足和他交谈，说几句称赞美蓝的言词。甚至最古板拘谨的老太太也改变了看法，认为一个能在小孩生病和坏习惯之类的问题上同她们交换意见的大男人，绝不会坏到一无是处的吧。

第53章

这天是阿希礼的生日，玫兰妮准备出其不意，在晚上为他举行一次生日酒会。酒会的事大家都知道了，唯独瞒着阿希礼一人。就连韦德和小博都知道了，他们俩心里美滋滋的，感到莫大的荣耀，发誓一定严守秘密。亚特兰大所有体面人物都受到了邀请，他们也都答应来参加酒会。戈登将军阖家愉快地接受了邀请。亚力山大·史蒂文斯回信说，他近来身体时好时坏，若是健康状况允许，一定前来赴会。甚至在南部邦联中享有“暴风雨中的海燕”之称的鲍勃·图姆斯也将光临。

整个上午，斯佳丽、玫兰妮、印第亚和佩蒂姑妈四个人在那幢并不宽敞的房子里忙得团团转，指挥黑人挂上洗涤一新的窗帘、擦拭银器、给地板上蜡，烹饪、配制、品尝各种点心。斯佳丽还是头一回见玫兰妮这样兴高采烈、喜气洋洋。

“你知道，亲爱的，阿希礼好久没有做生日了，自从——自从，你还记得那次在十二棵橡树庄园举行的烤肉野宴吗？也就是我们听到林肯先生招募志愿兵消息的那一天？唉，打那以后，他一直没有做过生日。他工作太辛苦了，回到家总是精疲力竭，根本没有想到今天是他的生日。等吃过晚饭，客人们接踵而来，他准会大吃一惊！”

“草坪上的那些灯笼怎么办？有什么办法不让韦尔克斯先生回家吃饭时看到灯笼？”阿尔奇粗声粗气地问。

整个上午大家都忙着准备酒会，他却一直坐在一旁观看，完全被眼前的景象吸引住了，但又不愿承认。他从来没有见过城里人大宴宾客前的幕后准备，这回可真是大开眼界。尽管他直言不讳，说这些女人为了请几个客人，竟然像家里着了火似的急得团团转，可真要让他离开，就是用野马也休想把他拖走。他对艾尔辛太太和芳妮为这次宴会特地赶制的几只绘画彩纸灯笼特别感兴趣。他以前从来没有见过“这类奇妙的玩意儿”。灯笼就藏在地下室他的房间里，所以他早就把它们仔仔细细看了个够。

“哎呀！我怎么没想到这一点！”玫兰妮嚷道。“阿尔奇，幸亏你提醒了我。哎呀，哎呀！这可怎么办？这些灯笼要挂在树枝上，装上蜡烛，等客人一到，马上就要点起来的。斯佳丽，你能叫波克在我们吃晚饭的时候把这件事办妥吗？”

“韦尔克斯太太，你比大多数女人都有头脑，可聪明一世糊涂一时，”阿尔奇说。“怎么能让那个混小子黑鬼波克去摆弄那些玩意儿？不给他一下子烧个精光才怪呢。那些灯笼——太漂亮了，”他总算承认了。“等你和韦尔克斯先生吃饭时，我来替你挂吧。”

“哦，阿尔奇，你真好！”玫兰妮充满孩子气的眼睛里流露出感激和信赖的神采。“没有你我真不知道该怎么办才好。你能不能现在就去把蜡烛装上，这样等会儿就省事多了？”

“这个嘛，也许我能做，”阿尔奇似理非理地应付了一下，便瘸着腿朝地下室的楼梯走去。

"这就叫请将不如激将，"玫兰妮等这位胡子拉碴的老头步履沉重地走下楼梯之后吃吃笑着说。"我本来就想叫阿尔奇去挂那些灯笼，可他的脾气你们是知道的，你要他做的事，他偏不肯做。现在我们总算把他打发走了，省得他在这儿碍手碍脚。那些黑人见着他就害怕，一个个缩起脖子连大气都不敢出，根本做不出活来。"

"玫荔，换了我根本就不会让这种老混蛋待在我家里，"斯佳丽气呼呼说。她和阿尔奇两人积怨颇深，几乎从不说话。要不是在玫兰妮家里，阿尔奇绝不会与斯佳丽共处一室，早就会拂袖而去了。即使在玫兰妮家里，他对她也是冷眼相觑，侧目而视。"他会给你捅娄子的，不信你等着瞧。"

"哦，他并没有恶意，只是要人家捧他几句，装出没有他不行的样子，"玫兰妮说。"再说他对阿希礼和小博真是忠心耿耿，所以有他在家我总是觉得很放心。"

"你是说他对你忠心耿耿吧，玫荔，"印第亚说。她深情地凝视着她的嫂子，冷漠的脸上绽开一丝淡淡的，暖人心窝的微笑。"我相信，自从他老婆——嗯——自从他老婆死后，你是那个老鬼所爱的第一个女人。我想他心里巴不得有人来侮辱你，这样他就可以杀死他们，以显示他对你的敬意了。"

"天哪！看你胡扯些什么，印第亚！"玫兰妮的脸涨得通红。"在他的心目中我是一个大傻瓜，这你又不是不知道。"

"我看根本没必要去理会这种浑身恶臭的乡巴佬心里怎么想，"斯佳丽突然冒出了这么一句。一想到阿尔奇在雇用囚犯做工问题上对她严加指责，她心中的怒气便不打一处来。"我得走了。我先去吃午饭，随后去一趟铺子，把给伙计们的工资结清，再去锯木厂，把工资发给车夫和休·艾尔辛。"

"哦，你要去锯木厂？"玫兰妮问。"阿希礼下午晚些时候去锯木厂找休，你能不能想办法把他拖住，留他到五点？要是他在这之前回家，准会撞见我们在做蛋糕什么的，到时候就不会感到惊奇了。"

斯佳丽一听这话，不由心花怒放，转怒为喜。

“好吧，我来拖住他，”她说。

就在她说这话的时候，印第亚抬起她那对睫毛稀疏的淡灰色眼睛瞥了她一眼，正好同她的目光相遇。我每次提到阿希礼，她总是这么古怪地看着我，斯佳丽心想。

“嗯，要尽量把他留到五点以后，”玫兰妮说。“到时候印第亚会赶车来接他的……斯佳丽，晚上一定要早点来。今晚的酒会我可不愿意你耽误一分钟。”

斯佳丽在赶车回家的路上一直闷闷不乐，心想：“她真的不愿我耽误一分钟？那为什么不让我和她、印第亚，还有佩蒂姑妈一起接待客人？”

要是在往日，玫荔设宴请客，请不请她接待客人，斯佳丽根本就无所谓。可这一回是玫兰妮举办的最大的一次宴会，更何况又是阿希礼的生日宴会，斯佳丽多么希望能站在阿希礼身边，和他一起接待来宾呀。不过，她心里明白，为什么自己没有被邀请去接待客人。即使她不明白，瑞特对此事所讲的一番话也够坦率了。

“以前的邦联分子和民主党内所有的名流显赫都要去参加酒会，让一个叛贼来接待客人？你的想法虽然迷人，但却愚蠢透顶。你之所以被邀请参加酒会，完全是因为玫荔小姐讲义气。”

下午斯佳丽去铺子和锯木厂时，她的衣着打扮异乎寻常地讲究。她身着一件簇新的变色塔夫绸上衣，到了亮处，衣服的颜色就由苍绿色变成淡紫色。头戴一顶淡绿色的新软帽，周围缀上一圈翠绿色的羽毛。要是瑞特同意她把前额头发剪成刘海式，再卷上几圈，那该多好啊，戴上这顶软帽就甭提有多美了！可是瑞特早就有言在先，要是她敢卷刘海，就把她的头发全部剪光。近来他的脾气暴烈得很，说不定真的会做出这种事来。

午后的天气令人心旷神怡。阳光洒满大地，和煦而不太热，明媚而不耀眼。暖洋洋的微风徐徐吹过桃树街，掀动起斯佳丽软帽上的羽毛在空中跳荡。她的心也在跳荡。每次要见阿希礼，她的心总是这样欢蹦乱跳。也许，要是她早点把工资交给车夫和休，他们就会早点回家，留下她和阿希礼单独呆在锯木厂中央的那间小小的正方形办公室里。近来单独见到阿希礼的机会真是太少了。这次玫兰妮居然要求她把阿希礼拖住！真好笑！

她兴冲冲地来到铺子里，把工资交给威利和另外几个柜台伙计就走了，甚至连今天的生意如何都没问一声。今天是星期六，对铺子来说是一周中最重要的一天，因为农民这一天都要进城来买东西，可她却什么也没问。

在去锯木厂的途中，她一路停车十几次，同北佬暴发户的阔太太们频频打招呼。她们的穿戴虽说光彩夺目、绚丽多姿，可跟她的一比却又稍逊一筹，这使她心里乐滋滋的，颇为得意。她还不时向那些顶着街上飞扬的红色尘土，手持礼帽站在路边向她致敬的男人们还礼。这是个美丽的下午，她快活极了。她显得那么漂亮，一路上真是气派非凡。这样一来耽搁了不少时间，到达木料厂时已经很晚了，只见休和车夫们正坐在一小堆圆木上等她。

“阿希礼在这儿吗？”

“在，他在办公室里，”休说。一见到她那双神采飞扬、欢乐异常的眼睛，他那时常挂在脸上的忧虑便一扫而光。“他正在——我是说，他正在查账呢。”

“哦，他今天不必操那份心，”她说。接着又压低了嗓门说，“玫荔让我来稳住他，等他们把今晚的酒会全准备好了才放他回去。”

休微微一笑，因为他也要去参加今晚的酒会。他喜欢宴请聚会之类的活动，从斯佳丽今天下午的神态来看，他以为她也热中于此道。她发完工资后，突然撇下车夫和休，径直朝办公室走去，那神态分明是在告诉他们，她不愿有人跟她一起去。阿希礼站在门口迎接她，在午后的阳光照射下，他的头发熠熠闪光，嘴角上漾起一片几近咧嘴的微笑。

“哎呀，斯佳丽，你这个时候还进城来干吗？怎么不在我家里帮助玫荔准备酒会？”

“哎呀，阿希礼·韦尔克斯！”她气急败坏地嚷了起来。“你是不应该知道这件事的。要是你对酒会不感到大吃一惊，玫荔可就要大失所望了。”

“哦，我不会露馅的。我会成为全亚特兰大最最吃惊的男人，”阿希礼说，他的两只眼睛都在笑。

“得了，是谁这么缺德把这事儿告诉你的？”

“受玫荔邀请的男人差不多个个都对我说了。第一个告诉我的就是戈登将军。他说根据他的经验，女人往往挑男人决定把家里所有的枪支擦拭干净的夜晚出其不意地举行酒会。梅里韦瑟爷爷接着也向我发出了警告。他说有一次梅里韦瑟太太出其不意，悄悄为他举行酒会，结果大吃一惊的反倒是梅里韦瑟太太自己，因为爷爷偷着喝了一瓶威士忌治他的风湿病，结果喝得烂醉如泥，倒在床上爬不起来了——哦，凡是经历过这类酒会的男人都跟我说了。”

“这些人真是太缺德了！”斯佳丽嚷着，可脸上却是笑盈盈的。

阿希礼笑得这样开心，仿佛又像是从前在十二棵橡树庄园时她所认识的那个阿希礼了。近来他难得有这样的笑容。空气是这样轻柔，阳光是这样和煦，阿希礼谈笑风生，无拘无束，此景此情，使她也高兴得心儿狂跳起来，最后竟感到胸中隐隐作痛，两眼噙满了欣喜的热泪。蓦地，她仿佛又重新回到了十六岁的豆蔻年华，她欣喜、激动，甚至连呼吸都变得急促起来。她真想不顾一切，摘下头上的软帽，把它抛向空中，大叫一声“太棒了！”但转念一想，要是阿希礼见她这么疯疯癫癫，准会大吃一惊，于是便突然放声大笑起来，笑得两眼直淌泪水。阿希礼见她这样高兴，还以为斯佳丽是因为客人们善意地泄露了玫荔的秘密，才这样捧腹大笑，便也跟着扬起脖子纵声大笑起来。

“进来坐会儿吧，斯佳丽，我还要查账呢。”

她走进洒满阳光的小屋，在一张设有活动顶盖的写字台前的椅子上坐下。阿希礼跟着走进屋子，坐在一张毛坯桌子的一只角上，修长的双腿离开地面悠闲地摇荡着。

“唔，今天下午我们别把大好时光浪费在账目上，阿希礼！我可没那份心思。每逢我戴上一顶新的软帽，头脑中的数字就好像跑得无影无踪了。”

“戴上这样一顶漂亮的软帽，脑袋瓜里当然容不下数字了，”他说。“斯佳丽，你真是越来越漂亮了！”

他从桌子上溜下地，笑盈盈地握住她的双手，向两边展开，欣赏着她的衣裙。“你真美！我相信你永远不会变老的！”

两人的手一接触，不知怎的她便意识到，这正是她所希望的。整个幸福的下午，她都一直在盼望着握住他那双温暖的手，望着他那对温情脉脉的眼睛，听他说几句体己话。自从那个寒冷的冬日在塔拉庄园的果园里见面之后，他们俩还是头一回独处一室；除了那些正式社交场合外，他们还是第一次握住对方的手。在这漫长的几个月里，她一直渴望着能够同他有更密切的接触。可现在——

他握着她的手，但她却不感到激动，真是奇怪！从前只要他一靠近她身边，她就会浑身颤抖；而现在她只感到一种奇妙而温馨的友情和满足。他的手掌没有向她传递狂热，而她的心中唯有一种幸福的宁静感。她感到惘然，甚至有点不安。他还是她的阿希礼，还是她所钟爱的人，聪明过人、光彩夺目，她爱他，胜过爱自己的生命。那为什么——

但她还是把这一想法暂时抛开了。只要能和他在一起，让他握着自己的手，喜笑颜开，亲密无间，既不紧张，也不狂热，也就足够了。当她想到他们之间那些一直未曾说出口的事情，现在居然还能这样，真像是奇迹一般。他凝视着她，眸子清澈、明亮，脸庞依然是她所喜欢的那样笑容可掬，似乎他们之间除了幸福之外从未发生过什么别的事情。现在他们的目光之间已经没有任何障碍，没有一丝一毫令人不解的隔膜。于是她笑了。

“哦，阿希礼，我年纪大了，衰老了。”

“啊，那完全是表面现象！不，斯佳丽，即使你到了六十岁，在我的眼里你还是老样子。那次野宴，你坐在橡树底下，周围团团围着一群小伙子，你的风采我将永远铭刻在心。我甚至还记得你当时穿的是什么衣服。你身上穿着一条白底绿色的碎花衣裙，肩上披着一条白色滚边的围巾。脚下是一双小巧玲珑的绿色舞鞋，配着黑色的鞋带。头戴一顶意大利大草帽，拖着两根长长的翠绿飘带。我所以记得这么清楚，是因为在监狱里的时候，有时实在挺不过去了，我就像翻阅一幅幅照片一样，回忆往事，回想着其中的细枝末节——”

他蓦然收住话头，渴望之光从他的脸庞悄然褪去。他轻轻放下她的双手，她坐在那儿等待着，等待着他的下文。

“从那以后，我们俩都走过了一条漫长的道路，是不是，斯佳丽?我们所走的道路完全出乎我们的意料，只是你疾步如飞，径直走去，而我却慢吞吞的，步履勉强。”

他重又坐回那张桌子，两眼望着她，脸上又悄然漾起一丝笑意。然而这笑容跟刚才的迥然不同，不再使她感到快乐。这是一种凄凉的笑。

“是的，你飞驰向前，我在你车后被你拖着前进。斯佳丽，我有时会无端产生一种奇想，要是没有你，我真不知会落到什么地步！”

斯佳丽赶紧开口安慰他，她的反应如此敏捷，主要是因为他的话使她突然想起了瑞特在谈到这一问题时所说的那番话。

“我可根本没有为你做什么，阿希礼。没有我，你还不照样是你。总有一天，你会成为一个有钱的人，一个大人物。”

“不会的，斯佳丽，我身上根本就没有大人物的细胞。我想，要是没有你，我早就湮没无闻、销声匿迹了——落到同可怜的凯思琳·卡尔弗特以及其他许许多多曾经有过显赫、古老姓氏的人们一样的下场。”

“哦，阿希礼，快别这么说。这话听起来太忧伤了。”

“不，我并不忧伤。再也不会忧伤了。以前——以前我曾经忧伤过。现在，我只是——”

他停住不说了，突然她明白他是在想些什么了。当他那双晶莹清澈、惘然若失的眼睛扫视她的时候，她第一次领悟到阿希礼在想些什么。当爱的激情撞击她的心扉时，他的心是向她关闭的，而如今，他们俩之间只有一种平静的友情，她可以举步跨进他的心扉，对他的心思稍微有了一点理解。他不再忧伤了。南方投降后，他曾一度感到黯然神伤，当她恳求他返回亚特兰大时，他心中苦涩难言。现在他只是听天由命。

“我不愿听你说这些话，阿希礼，”她忿忿地说。“你的话同瑞特如出一辙。他满嘴尽是些‘物竞天择、适者生存’之类的话，老是对我唠唠叨叨个没完没了，惹得我厌倦透了，对着他大声尖叫，他才住口。”

阿希礼微微一笑。

“你是否平心静气地想过，斯佳丽，我和瑞特从本质上来说是很相似的？”

“哦，不一样。你是那么优雅、体面，而他——”她戛然而止，不知如何说才好。

“我们的确很相似。我们的家庭背景相同，生活模式也一样，所受的教育也使我们的想法一致。只是在人生旅途的某个地方我们走上了不同的岔道。然而，至今我们还是想到了一块，只是所作出的反应各不相同罢了。比如，我们俩都不相信战争，但我应征入伍，南征北战，而他却直到战争快结束的时候才入伍。我们俩都明白，这是一场完全错误的战争，必输无疑。我情愿去打一场必败无疑的仗，而他却不愿意。有时候，我觉得他是对的，但是，话又——”

“哦，阿希礼，你什么时候能够不再患得患失？”她问，但是说话的口气并不像以前那样不耐烦。“患得患失必然一事无成。”

“话是不错，但——斯佳丽，你到底想得到什么？我经常感到纳闷。你也知道，我根本就不想得到什么。我只是想成为我自己。”

她想得到什么？这个问题真问得愚蠢透顶。当然是金钱与保障啰。然而——她的心里却翻腾开了，她有钱，也有保障，是在一个动荡不安的世界上一个人所能希望得到的最大限度的保障。但现在想来，光有这些还不够。细细想来，有了金钱和保障固然可以省去不少烦恼，也不必为明天担惊受怕，但这并没有使她感到特别幸福。“要是除了金钱、保障，还有你，那才美呐，你才是我一直想要得到的，”她心里想着，双眼如饥似渴地望着他。不过，她没有把话说出来，担心一张口他们之间的亲密关系就会被打破，担心他的心扉又会重新向她关闭。

“你只想成为你自己？”她微带苦涩地笑着说。“不能成为我自己一直是我最大的苦恼。至于我想得到什么，嗯，我想我已经得到了我想要的东西。我希望富有、安全，还有——”

“可是，斯佳丽，你有没有想过，我对自己是不是富有并不在乎？”

不，她压根儿就没有想到有人会不希望自己富有。

“那么，你想要什么？”

“现在我不知道，以前我是知道的，但差不多都忘记了。大致是这样的：清静、不要让我不喜欢的人来打扰我、不必被迫去做我不想做的事。也许——我希望旧时代重新回来，但它是一去不复返了。往昔的回忆一直萦绕在我的心头，我的耳边一直回荡着旧世界崩溃时的阵阵轰鸣声。”

斯佳丽双唇紧抿。她并不是不理解他这番话的含义。再也没有比他说话时的语调更能激起她对旧时的回忆了。她突然感到心中一阵酸楚，因为她也记起了过去的一切。那回她病倒在十二棵橡树的花园里，孤独一人，无依无靠，她曾说过，“我决不回首往事。”从此她对往昔一无留恋之情。

“我更喜欢现在的日子，”她说，说话时眼睛没有看着他。“现在常有一些激动人心的事，比如聚会什么的。一切都那么光彩夺目，而过去那些日子太乏味了。”（哦，那悠悠的岁月，温馨、宁静的乡间黄昏！从庄园的屋宇里时高时低传来阵阵笑声！那时的生活真是金光灿烂，充满温情。想到明天的一切均在料想之中，心中有多么快慰！我怎能对你否认这一切？）

“我更喜欢现在的日子，”她说，可她的声音却在颤抖。

他顺着桌边溜下地，轻轻一笑，显然是不相信她的话。他伸手托起她的下巴，把她的脸庞对着自己。

“哦，斯佳丽，你说谎的本事还没学到家呢！不错，如今的生活确实有它光彩的一面，然而问题恰恰就出在这儿。过去的日子没有光彩，却有一种魅力，一种美感，一种悠然自得的情趣。”

她双目低垂，心潮起伏，思绪万千。他的声音，他的触摸，把她永远关闭的大门又轻轻打开了。在这些门的后面展现出旧时代的美，使她心中涌起了对旧时代的一种凄凉的渴望。但她知道，不管门后的景致多么美妙，它也只能留在那儿。任何人也无法背负着令人痛苦的回忆走向未来。

他放下那只托着她下巴的手，抓起她的一只手，轻轻握在手中。

“你还记得吗，”他说——突然她的脑海中响起了警钟：莫回首！莫回首！

然而一股幸福的暖流流遍全身，使她很快忘记了这一警钟。她终于理解了他，他们俩的心终于撞击在了一起。这珍贵的时刻决不能轻易错过，不管事后会带来怎样的痛苦。

“你记得吗，”他说，他的话仿佛具有某种魔力，声音所至，狭小的办公室光秃秃的四壁悄然隐去，时光倒流，仿佛又回到了很久很久以前他们俩在乡间小径上并辔而骑的那个春天。他一边说着，一边紧紧握着她的手，他的声音里饱含着那些早已被人忘怀的古老歌曲中特有的忧伤魅力。她仿佛又听到他们在骑马去塔尔顿家野餐的路上，山茱萸树林里玉辔珑璁，马蹄声声，听到自己无忧无虑的欢笑声，看到他的满头银发在阳光的照耀下熠熠闪光，目睹他跨在坐骑上那种踌躇满志、怡然自得的英姿。他的声音优美动听，宛如那小提琴和班卓琴演奏出来的悠扬乐声，而在这种醉人的乐声中，他们曾在如今已化为乌有的白房子里翩翩起舞。在清冷的秋月下，黑影绰绰的沼泽地里远远传来几声狗吠；圣诞节，桌子上摆满一杯杯香气四溢的蛋酒，周围冬青环绕，不管白人黑人，个个笑容满面，喜笑颜开。亲朋老友接踵而来，欢声笑语不绝于耳，仿佛这些年来他们还活在人世间：长着修长的腿、满头红发、喜欢恶作剧的斯图特和布伦特；像野马一样桀骜不驯的汤姆和博伊德；有着一对布满血丝的黑眼睛的乔·方丹，以及行动迟钝、做事蔫呼呼的凯德和赖福兄弟俩。还有约翰·韦尔克斯，嗜酒如命、爱喝白兰地的杰拉尔德，以及说话轻声轻气，浑身香气袭人的埃伦。就是这一切给人一种安全感，使人意识到今天所有的快乐明天也一定会存在。

他的声音停止了，接着他们俩长时间地四目对视着，重温着那失去的充满了阳光的青春年华，当初他们共同享有这段青春年华时是多么漫不经心啊。

“我现在知道你为什么高兴不起来了，”她黯然神伤地想道。“以前我一直不明白其中的道理，就连对我自己为什么不快活也不明白。可是——瞧，我们说话的口气活像老头老太！”想到这里，惊讶之余不免有些沮丧。“就像老人在回顾五十年以前的往事！其实我们都还没有老呢！只是这些年来发生的事太多了。一切都变得面目全非，真的好像经过了五十年光阴似的。其实我们并不老！”

然而当她望着阿希礼的时候，发现他已经不年轻了，失去了往日的光彩。他低着头，心不在焉地看着被他紧紧握住不放的她的手，她注意到阿希礼那一头本来光泽耀人的秀发如今已是一片灰白，宛如照在一摊死水上的月光，呈现出银灰色。蓦地，春日融融的四月的下午失去了光彩，她心中美好的情愫也不知怎地烟消云散了，只剩下忧伤而甜蜜的回忆所带来的一片苦涩。

“真不该让他惹我回首起往事，”她倍觉悲怆。“我说过永不回首往事，看来那是对的。回忆太让人痛苦了，它时时牵扯着你的心，让你什么也做不成，只好借回忆度日。阿希礼错就错在这儿。他已无力展望未来。他既不能正视现实，又害怕未来，所以只好回忆往昔。以前我一直不明白这个道理，也不真正了解阿希礼。哦，阿希礼，我亲爱的，你不该回忆过去！回忆会有什么好处呢？我真不该让你引诱我谈起过去。你的痛苦、你的悲伤、你的不满，都是你回忆过去的幸福时光所带来的后果。”

她站起身，一只手仍然被阿希礼握着。她必须走了。她不能留在这儿回忆过去的日子，看他那张已经变得疲惫、忧伤、凄苦的脸。

“那些时光已经离开我们很遥远了，阿希礼，”说着她心里一酸，喉咙哽咽起来，但她竭力克制住自己，使声音保持平静。“我们有过种种美好的愿望，不是吗？”接着她又急忙说，“哦，阿希礼，只是到头来却没有一样如愿以偿！”

“事情从来就是这样的，”他说，“生活没有义务让我们要什么就有什么。我们只有安于现状，只要不再变得更糟，就该感激不尽了。”

她一想到自那以来自己所走过的漫长道路，心中便涌起一种不可名状的惆怅、辛酸与倦意。她的脑海里又浮现出那个喜欢男孩子向她献殷勤、爱穿漂亮衣服、幻想有一天能够像埃伦一样做个贵夫人的斯佳丽·奥哈拉来。

泪水不知不觉夺眶而出，顺着脸颊缓缓流下。她直愣愣地站在那儿望着他，就像一个受了委屈不知所措的孩子一样。阿希礼默默无言，将她轻轻搂在怀里，把她的头紧紧靠在自己的肩膀上，又低下头把脸紧贴在她的脸上。她浑身酥软地倚靠在他身上，双臂环抱住他的身体。在他的怀抱中，她感到十分舒坦，很快那突如其来的泪水便干了。啊，偎依在他的怀里真是太美了，既没有激情，也不感到紧张，而是作为一个被人爱的好朋友偎依在他的怀里。只有阿希礼能够理解这一切，因为他跟她有着同样的回忆，同样的青春，了解她的过去和她的现在。

她听见屋外传来脚步声，但并没有把它放在心里，还以为是车夫们准备回家呢。她屏息凝神倾听着阿希礼的心脏在缓缓地跳动。突然，阿希礼挣脱开她的搂抱，用力之猛使她困惑不解。她惊讶地抬起头来看他的脸，可他并没有在看她。他的目光越过她的肩膀投向门口。

她转过身去，只见印第亚站在门外，她脸色铁青，灰白的眼睛里喷射出怒火。她的边上是阿尔奇，虎视眈眈，活像一只独眼鹦鹉。在他俩身后站着艾尔辛太太。

她是怎么跑出办公室的，自己也记不得了。她按照阿希礼的吩咐急急忙忙离开办公室，阿希礼自己留在那间小屋里同阿尔奇进行严肃的谈话，印第亚和艾尔辛太太则背对着她站在屋外。她又羞又怕，恨不得赶快跑回家。在她的脑海中，留着一把大胡子的阿尔奇突然摇身一变，成了《旧约》中的复仇天使。

家里空无一人，整幢房子寂静地沐浴在四月夕阳的余辉之中。仆人们都到一家人家去参加葬礼了，孩子们还在玫兰妮家的后院里玩耍。玫兰妮——

玫兰妮！斯佳丽在上楼回自己的房间时一想到玫兰妮，便觉得浑身冰凉。玫兰妮会得知这件事的。刚才印第亚说了，她会告诉玫兰妮的。哦，印第亚会得意洋洋地把这事儿对玫兰妮描述一番，至于是否会败坏阿希礼的名声，是否会伤玫兰妮的心，她才不在乎呢，只要这么做能够伤害斯佳丽就行！艾尔辛太太也是个长舌妇，尽管她当时站在印第亚和阿尔奇的背后，什么也没看见，但她照样会四处张扬。到吃晚饭的时候，这消息就会传得满城风雨。等到明天吃早饭的时候，全城所有的人，甚至连黑人都会知道这件事儿。今晚的酒会上，妇女们准会聚集在各个角落，窃窃私语，幸灾乐祸。斯佳丽·巴特勒栽了大跟头，丢尽了脸！这件事儿会越传越离谱，即使有天大的本事也没法制止。人们绝不会只满足于这个简单的事实：她哭了，阿希礼把她搂在怀里。用不着到天黑，人们就会纷纷扬扬地在说，斯佳丽在跟人通奸时被逮着了。其实他们的拥抱是那么纯洁，那么甜蜜！斯佳丽突发奇想：要是那年圣诞节他休假结束我同他吻别时被人发现该有多好啊！要是在塔拉庄园我求他和我一起私奔时被人发现又该多好！——哦，有几次我们倒真是心中有愧的，倘若其中有一次被人发现，也决不至于这么令人伤心！而这一次！这一次！我是作为一个朋友扑向他的怀抱的——

但这话谁也不会相信。她没有一个朋友肯替她出面，没有一个人会站出来说："我不相信她有错。"她早已把那班老朋友一个个都得罪了，再也找不到一个斗士为她仗义执言了。至于那帮新朋友，他们平时吃尽了她盛气凌人、蛮横霸道的苦头，敢怒而不敢言，巴不得借此机会骂她个狗血喷头。是的，无论怎么说她，大家都会信以为真，诚然，他们也许会感到遗憾，像阿希礼·韦尔克斯这样高尚的人居然也会卷入这样肮脏的丑事之中。照例，他们会把一切罪恶归咎于女人，而对于男人的过失则一笑置之。更何况，在这件事上他们是对的，是她投入了他的怀抱。

哦，那些攻击、蔑视、窃笑，还有满城的闲言碎语，她都能忍受，如果她不得不忍受的话——可玫兰妮不行！哦，玫兰妮不行。她不知道为什么自己单单想到玫兰妮，对她听到这件事后会有怎样的反应这么关心。负疚之感像块巨石沉重地压在她心头，致使她不愿去想出个所以然来。但一想到，一旦印第亚告诉玫兰妮，她亲眼看见阿希礼和斯佳丽在一起卿卿我我，玫兰妮的眼睛会有什么样的神情，她便不知不觉潸然泪下。玫兰妮知道后会怎么样呢？离开阿希礼？为了不至于失去尊严，她还会做些什么呢？要是这样的话，我和阿希礼又该怎么办呢？她拼命思索着，泪水止不住刷刷往下淌。哦，阿希礼肯定会无地自容，怨恨我害了他。想到这儿，她心里突然感到一阵极度的恐惧，泪水一下子竟止住了。还有瑞特呢？他会干出什么事来呢？

也许他永远不会知道。那句古老的俏皮话是怎么说的？“做丈夫的总是最后一个才知道。”也许没有人会告诉他。瑞特常常遇事不问青红皂白，先干上一仗再说，这已是远近闻名众人皆知的。有人要想对瑞特透露这种事，还真要有点胆量才行。上帝啊，千万别让任何人有这份胆量。但她想起了在锯木厂办公室里阿尔奇的那张脸，特别是那只冷酷、灰白的独眼，无情无义，充满了对她和所有女人的仇恨。阿尔奇不怕天，不怕地，谁也不怕，对行为不端的女人深恶痛绝，恨不得杀死她们中的一个以解心头之恨。他说过要告诉瑞特，不管阿希礼怎样劝阻，他都会这么做的。除非阿希礼把他杀了，否则他一准会对瑞特说的，他觉得这是他作为一个基督徒应当履行的职责。

她匆匆脱下衣服，一头倒在床上，思绪万千。要是她能够锁上房门，永远待在这个安全的地方，永远永远不再见任何人该有多好！也许瑞特今晚还不会知道，她可以借口头疼不去参加酒会。到了明天早上，她就能想出一些理由来，也许能够把这件事掩饰过去。

“我现在不去想它，”她沮丧地自言自语道，把头深深埋进枕头里。“我现在不去想它。等到我能够忍受时再去想。”

夜幕降临，她听见仆人们回来了，正四下走动准备晚餐，可她觉得今天他们好像特别安静。也许是她疑神疑鬼？黑妈妈上来敲过门，但斯佳丽把她打发走了，说她不想吃晚饭。时间在流逝，终于她听到了瑞特上楼来的脚步声。当他走到二楼穿堂时，她浑身紧张，鼓起全部勇气准备摊牌，但他却走过去，进了自己的房间。她大大松了一口气，看来他还不知道这事。幸好有言在先，不准他再踏进她的房间，感谢上帝，对她提出的这项冷酷无情的要求，他还恪守不渝，不然要是此刻他进屋看见她的话，一定会从她的脸上看出破绽来。她不得不鼓足全部勇气对他说，她病得很厉害，不能去赴宴。现在好了，总算有足够的时间让自己平静下来。真的有时间吗？从下午那个可怕的时刻起，生活似乎已失去了时间概念。很长一段时间她听见瑞特在自己的房间里走动，偶尔还能听见他同波克的说话声。她终于没有勇气去叫他进来。四周一片漆黑，她静静地躺在床上，簌簌发抖。

过了很久，他来敲她的门，她竭力控制住自己的声音，说：“进来。”

“你真的是在邀请我进入这一圣殿吗？”他一边问，一边推开房门。屋里很黑，没法看清他的脸。从他的声音里也听不出有什么异样。他走进屋，关上门。

“要去参加酒会你都准备好了吗？”

“真糟糕，我头疼。”真奇怪，她的声音听上去多么自然！幸亏天黑看不见脸！“看来我是去不成了。你去吧，瑞特，代我向玫兰妮表示歉意。”

一阵长久的沉默，最后才从黑暗中传来他拖长着调子、咬牙切齿的骂声。

“没见过像你这样胆小如鼠的骚货。”

他知道了！她躺在床上浑身直抖，无言以对。只听他在黑暗中摸索了一阵，划着一根火柴，屋里顿时亮堂起来。他走到床边，低头看着她。她看见他身上穿着夜礼服。

“起来，”他说，声音里毫无一点感情色彩。“我们去参加酒会。你得赶快了。”

“哦，瑞特，我不能去。你知道——”

“我知道。起来。”

“瑞特，阿尔奇竟敢——”

"阿尔奇有胆量。一个非常勇敢的人，阿尔奇。"

"你应该宰了他，他满口胡言——"

"我有一种怪脾气，不杀讲实话的人。我现在没工夫跟你争，起来。"

她从床上坐了起来，紧紧裹住身上的睡衣，定睛细细观察他的脸。他黝黑的脸上毫无表情。

"我不去，瑞特。我不能去，除非这种——误解得到澄清。"

"如果你今晚不露面，那你今生今世就甭想再在这座城市里抛头露面了。老婆不守贞操我或许还能容忍，老婆是个窝囊废，我万万不能容忍。今晚你非去不可，哪怕从亚力山大·史蒂文斯一直到底下的仆人，全都对你侧目而视，哪怕韦尔克斯太太对我们下逐客令，你也一定要去。"

"瑞特，你听我解释。"

"我不想听。没时间了。快穿上衣服。"

"他们误会了——印第亚、艾尔辛太太，还有阿尔奇。再说他们都恨我。印第亚对我更是恨之入骨，为了在我脸上抹黑，她竟然不惜把谣言造到自己的亲哥哥头上。你能不能听我解释——"

"哦，圣母马利亚，"她蓦地想到，"要是他说，'那好，你就讲吧！'我又能说些什么？我该怎样解释呢？"

"他们一定会拿这些谎话到处宣扬。今晚我不能去。"

"你会去的，"他说，"我会卡着你的脖子，皮靴对准你那十足迷人的臀部，走一步踢一脚，一直把你踢到那儿。"

他眼中闪着冷冷的寒光，一伸手把她猛地拖下床，随后捡起紧身褡扔到她面前。

"系上。我来替你系扣子。系扣子可是我的拿手好戏。我可不愿叫黑妈妈来帮你的忙，免得让你趁机反锁房门，像个胆小鬼一样龟缩在这里。"

"我可不是胆小鬼，"她被激怒了，大声叫道，全然没有半点惧怕。"我——"

“得了，别再吹嘘你当年如何开枪打死北佬，如何面对谢尔曼的部队面不改色的英雄故事了。别的不说，你就是一个胆小鬼。即使不为你自己，看在美蓝的份上，你今晚也一定要去。你怎么能忍心再次断送她的前程？快系上紧身褡。”

她急忙脱去睡衣，上身只穿一件紧身胸衣。要是此时他对她穿着胸衣的优美身段看上一眼，也许满脸气势汹汹的样子就会一扫而光。毕竟，他已经好久好久没有看见她身穿胸衣的模样了。但是他没有看她，只顾自己在壁橱里匆匆寻找她的裙子。过了一会儿，他从里面翻出一条新做的碧玉色波纹绸衣裙。低低的领子，巨大的裙撑托着向后高高挽起的裙边，上面缀着一朵硕大无朋的粉红色天鹅绒玫瑰花结。

“就穿这件，”说着他一边把衣裙扔到床上，一边向她走来。

“今晚你不能穿鸽子灰或淡紫色的裙子，那太朴素，太庄重了。你的大旗必须牢牢钉在桅杆上，不然旗帜必倒无疑。还要浓妆艳抹，我敢肯定，同道貌岸然的法利赛人通奸的女人，脸色准不会这样惨白。转过身去。”

他把束腰的绳扣使劲一勒，疼得她直叫唤。对于他这般粗野的举动，她既感到恐惧、羞辱，又觉得无可奈何。

“觉得疼，是吗？”他冷笑几声，但她看不见他的脸。“可惜这玩意儿不是绕在你的脖子上。”

玫兰妮家所有的房间都灯火通明，老远从街上就能听到音乐声。将近大门口时，只听到里面飘出来一阵阵欢声笑语和嘈杂的人声。屋里高朋满座，就连门廊里也挤满了人，许多客人只好伴着半明半暗的灯笼，坐在院子里的长椅上。

我不能进去——我不能，斯佳丽坐在马车上心里不住地在想，手里紧紧攥着早已揉成一团的手绢。我不能。我不去。我要跳下车逃走，逃到别处去，回到老家塔拉庄园去。瑞特为什么一定要逼我到这儿来呢？大家会怎样对待我呢？玫兰妮又会怎样对待我呢？她会摆出一副什么样的面容？哦，我没脸见她。我要逃走。

瑞特好像看穿了她的心事，便伸手牢牢抓住她的手臂，粗暴蛮横，简直就像个毫无顾忌的陌生人一样。她的手臂上肯定会留下一大块乌青。

“我还不知道爱尔兰人竟然这样窝囊。平时你总是吹嘘自己如何勇敢，现在你的胆量都到哪里去了？”

“瑞特，求求你让我回家给你解释。”

“你想解释，有的是时间，然而上竞技场当殉难者可就只有今天一个晚上。下车，亲爱的，让我看看狮子怎样把你吃掉。下车。”

不知怎么地她走上了石径，她觉得自己挽着的不是手臂而是一块坚硬的花岗岩，这反倒给她增添了一点勇气。老天爷在上，她能够正视他们，她会做到的。他们算什么东西，不就是一窝妒火中烧、光会在一旁聒噪、伸出爪子来抓人的野猫吗？她要给他们一点颜色看看。她才不管他们会怎么想。她关心的只有玫兰妮——只有玫兰妮。

他们踏上门廊，瑞特手持礼帽，向左右频频点头打招呼，他的声音冷淡而轻微。他们进屋时，音乐声戛然而止，斯佳丽脑中顿时一片混沌，她仿佛觉得人群突然变成了一阵阵海啸，向她涌来，随后又退了回去，呼啸声也随之渐渐消失。不是大家都要对她侧目而视吗？哼，见鬼，随他们去吧！她高高昂起头，笑逐颜开，笑得连眼角都皱了起来。

还没等她侧过身子同站得离门边最近的一个人打招呼，只见人群中挤过来一个人。周围顿时变得异常安静，斯佳丽不由心头一怔。人群让出一条狭长的通道，玫兰妮迈着一双玲珑的小脚，匆匆挤出人群，来到门口迎接斯佳丽，她要抢在别人前面同斯佳丽说话。她挺直瘦削的肩膀，紧抿着两片薄薄的嘴唇，仿佛她的眼中没有别的客人，只有斯佳丽。她来到她身边，伸手搂住了她的腰。

“这裙子太漂亮了，亲爱的，”她的声音虽小，却非常清晰。“你愿意做天使吗？今晚印第亚不能来帮助我了。你和我一起接待客人好吗？”

第54章

斯佳丽回到自己的房间，才感到了安全。她不顾那身波纹绸衣裙、裙撑和玫瑰花结，一头倒在床上。有一段时间，她只能一动不动地躺在那儿，回想着刚才站在玫兰妮和阿希礼之间迎接客人的情景。太可怕了！她宁愿再次面对谢尔曼的部队，也不愿再去重演这出戏！过了一会儿，她从床上爬了起来，紧张不安地在房间里来回走着，一边走，一边脱去身上的衣服。

她浑身哆嗦，开始感受到高度紧张所带来的反应。发夹明明拿在手里，也会不知不觉地滑落，掉在地板上。她拿起梳子，想像往常一样把自己的头发梳上它一百下，不料竟把梳子的背面重重地敲在太阳穴上，疼痛难忍。她不下十次踮起脚走到门边，想听听楼下有没有动静，但楼下穿堂里就像一座黑暗的深渊，一片死寂。

酒会结束时，瑞特把她送上马车，让她独自回家，对上帝赐予的这个缓刑令，她感激不尽。瑞特到现在还没有回来。感谢上帝，他还没有回来。她现在既羞愧又害怕，身子不住地哆嗦，今晚决不能见他。可是他现在在哪儿呢？大概又是到那个妓女那儿去了。斯佳丽第一次为有一个像贝尔·沃特林这样的人而感到高兴。幸亏除了这个家，瑞特还有一个去处，可以让他把那股子咬牙切齿、杀气腾腾的怒气慢慢平息下去以后再回来。丈夫去找妓女，做妻子的居然感到高兴，岂不荒谬绝伦，然而此刻她也只能如此。即使他现在死了，她也同样会感到高兴的，只要这意味着她今晚不必见到他就行。

明天——对了，明天就是另外一天了。明天她就会想好借口，甚至还可能以攻为守，想办法编排瑞特的不是。明天再回想这个令人可怕的夜晚她就不会这样难受、浑身哆嗦了。明天她就不会老想着阿希礼的脸、他那受到损害的自尊和他的耻辱了。阿希礼的耻辱都是她一手造成的，他自己几乎没有一点责任。是她使亲爱的、令人尊敬的阿希礼蒙受了耻辱，他现在会恨她吗？他现在肯定恨死她了——幸亏玫兰妮挺直瘦弱的双肩，面对着那些充满好奇、怀有恶意和敌意的人们，穿过草地向她走来，挽起她的手臂，声音里饱含着爱和毫不掩饰的信任，从而挽救了她和阿希礼。在这个可怕的晚上，玫兰妮自始至终让斯佳丽站在自己身边，极其出色地制止了这场丑闻！参加晚会的客人们稍稍有点神情冷淡，甚至多少有点迷惑不解，不过大家都还彬彬有礼。

哦，她感到最大的耻辱莫过于借助玫兰妮的衣裙作屏障，躲避开冤家对头的攻击，不然的话他们几声窃窃私语就足以将她撕个粉碎！用其盲目的信任庇护了她的不是别人，竟偏偏是玫兰妮！

想到此，斯佳丽不禁打了个寒战。她一定要去喝杯酒，甚至几杯酒才行，否则今晚就休想躺下来睡个安稳觉。她在睡袍外披上一件晨衣，疾步走进穿堂，周围寂然无声，只听到她那双便鞋卡嗒卡嗒的声音特别响。楼梯已经下了一半，她才发现餐室的门关着，但从门底下却透出一道亮光。她不由一怔，心脏也仿佛停止了跳动。也许她回来时餐室里的这盏灯就已经亮着，只因当时自己心烦意乱没有注意到？还是瑞特已经回家来了？他可能是走厨房门悄悄进来的。要是瑞特已经回来了，她只好再蹑手蹑脚地折回自己的房间而不喝白兰地，尽管她非常需要它。这样她就不必与他照面了。一旦回到自己的房间，她就安全了，因为她可以把房门锁上。

她正弯下腰去脱掉脚上的便鞋，以便悄没声息地赶紧退回去，不料餐室的门突然打开，昏暗的烛光烘托出了瑞特的身影。他显得身材魁梧，个子比她平时看惯的还要高大些，活脱脱像个摇摇晃晃、没鼻子没眼、面目可憎的凶神恶煞。

“劳驾你进来陪陪我，巴特勒太太，”他说，声音已经有点含糊不清。

他喝醉了，而且醉态毕露，以前不管他喝多少，都从未见他喝醉过。她犹豫了一下，收住脚步，嘴里却没吭声。他挥手做了个命令的姿势。

“上这儿来，你这该死的！”他粗声粗气地说。

他一定喝了很多酒。她心头不禁怦怦一阵狂跳。平时他喝得越多，举止越斯文。虽然他会更喜欢讥笑损人，说的话也变得更加刻薄，但举止却总是一板一眼、无可挑剔——无可挑剔到了极点。

“决不能让他知道我怕见他，”她心里想，于是把披在身上的晨衣往脖子处紧了紧，昂首挺胸走下楼梯，还故意将脚后跟踩得啪啪直响。

他让在一边，低头鞠躬，一直把她迎进屋内，脸上带着一副嘲弄的神气，让她感到有点畏畏缩缩。她见他没穿外衣，衬衫领子敞着，脖子两边垂着一条领带，露出黑乎乎、毛茸茸的胸膛。头发乱蓬蓬的像是一窝杂草。两眼通红，布满血丝，眯成了一条缝。桌上点着一支蜡烛，微弱的烛光把轩敞的房间照得鬼影憧憧，偌大的餐具柜和餐具架就像一只只蹲在那儿一动不动的巨兽。桌上还有一只银盘，盘子中间放着一只细脖子酒瓶，瓶子的雕花玻璃盖已经打开，周围都是玻璃杯。

“坐下，”他跟着她走进屋子，干巴巴地说。

这时一种新的恐惧爬上她的心头，相比之下，刚才为避免同他见面而感到的惊慌就显得微不足道了。瑞特现在的神态、言语、举动都像是个陌生人。眼前的这个举止粗鲁的瑞特是她从未见过的。以前，即使是在他们最亲昵的时刻，他也是不苟言笑，从不激动的。即使在发怒时，他也显得挺文雅，最多说些刻薄话。而几杯威士忌一落肚，他的这些特点往往会更加突出。起先她对此很恼火，曾经想过要改变他的这种阴阳怪气的脾气，但不久她就发现，这对她来说倒也挺方便，于是就不把它放在心上。多年来，她一直觉得瑞特对任何事情都抱着无所谓的态度。在他看来，生活中的一切，包括斯佳丽在内，都是一种令人啼笑皆非的玩笑。但是，此时此刻，当她隔着桌子望着他时，斯佳丽却忐忑不安地意识到，终于有件事让他觉得重要，而且十分重要了。

“就算我不知趣回到家里来了，这也不应妨碍你在临睡前喝上一杯吧，”他说。“要我替你斟酒吗？”

“我没打算喝酒，”她绷着脸说。“我是听到动静才下来——”

“你没有听到动静。你要是知道我回家的话，压根儿就不会下楼来。我一直坐在这儿听着你在楼上来来回回地走动。你一定是很想喝一杯的。喝吧。”

“我不——”

他拿起酒瓶，摇摇晃晃地倒了满满一杯，还溢出了许多，弄得里里外外都是酒。

“接着，”他把酒杯塞到她手里。“你浑身都在哆嗦。哦，别装蒜了。我知道你背着我偷偷喝酒，也知道你的酒量不小。我早就想告诉你，要喝就公开喝，不必费尽心机躲躲藏藏。你以为你喜欢喝白兰地我会在乎？”

她接过湿漉漉的酒杯，一边在心里诅咒着他。他彻底了解她，对她的心思了如指掌；而在这个世界上，她想隐瞒自己的真实思想，唯一的对象恰恰就是他。

“我说，喝下去。”

她举起酒杯，挺直手腕，猛地把杯中之物一饮而尽，动作娴熟自如，同当年她父亲杰拉尔德喝纯威士忌的动作如出一辙，但她却没有想到，这一举动在她身上多么有失体统。果然，瑞特把这一切都看在眼里，他的嘴角顿时拉了下来。

“坐下，我们开个家庭讨论会，好好谈一谈刚才参加的那个无与伦比的酒会。”

“你喝醉了，”她冷冷地说。“我也要去睡觉了。”

“我是醉了，但今晚我非要喝个烂醉方休。你不能去睡——现在还早。坐下。”

尽管他说话时，往日那种不急不躁、拖长调子的口吻依稀可辨，但她却感觉到了弦外之音。那是一种急欲向外喷发的狂暴，其残忍不亚于劈啪作响的皮鞭。她刚摇摇晃晃地站立起来，他已走到她身边，一把抓住她的手臂。他只轻轻一拉，她便痛得哎唷一声又坐了下来。现在她可真的害怕了，比过去任何时候都害怕。当他俯身看着她时，她发现他黝黑的脸庞涨得通红，眼睛依然闪烁着令人心悸的寒光，眼睛深处有着某种她既不熟悉、也不理解的东西，它比愤怒更深沉，比痛苦更强烈，它紧紧地逼迫着他，直到他的两眼像两块熊熊燃烧的木炭一样喷射出怒火。他低头盯着她看了很久，直把她看得双目低垂，败下阵来，他才颓然坐回她对面的椅子上，又给自己倒了一杯酒。她迅速思考着，竭力想筑起一道防线，可是她并不知道他打算怎样指责她，所以在他开口之前，她竟不知道该说什么才好。

他一面慢慢喝着酒，一面从酒杯上面打量着她。斯佳丽绷紧全身神经，尽力不让自己哆嗦。他的面部表情曾一度毫无改变，但最后他却发出一阵大笑，目光仍盯着她，一听到这笑声她便不由得浑身颤抖起来。

"今晚上可真像一出有趣的喜剧，是不是？"

她一声不吭，只在宽松的便鞋里把脚趾使劲缩拢了一下，想控制住全身的颤抖。

"真是一出角色齐全的好喜剧啊。全体村民聚集在一起向不守妇道的女人投掷石块，[①]戴了绿头巾的丈夫像个绅士似的维护着妻子的面子，奸夫的妻子出于基督教的精神，仗着自己平日洁白无瑕的名声，展开她的衣裙把事情掩盖起来。而那个奸夫——"

"求求你别说了。"

"不敢领情。今晚上不行。这出戏太有趣了。那个奸夫却像个十足的大傻瓜，巴不得赶快死掉。亲爱的，让一个你所痛恨的女人站在身边替你掩盖罪孽，你心里有种什么样的滋味？坐下。"

她坐下了。

"我想你未必因此就会改变对她的态度。你心里在嘀咕，她是不是知道你和阿希礼的事——如果知道的话，她为什么还要这样做——她这样做是不是为了保全自己的面子。你心里在想，她这样做简直是个大傻瓜，尽管这使你免遭声名狼藉的下场，然而——"

"我不要听——"

"不，你要听的。我把这一切告诉你，是为了使你宽心。玫荔小姐确实是个大傻瓜，但并不是你所想象的那一种。显然已经有人事先把这事告诉了她，可她并不相信。即使她亲眼目睹，她也不愿相信。她洁身自好，自尊自重，根本无法想象她所爱的人会干出这等寡廉鲜耻的勾当。我不知道阿希礼拿什么样的谎话哄了她——但是再拙劣的谎话她也会相信的，因为她爱阿希礼，同时也爱你。我怎么也弄不明白她为什么会爱你。可她确实爱你。就让这作为你的十字架吧。"

---

① 典出《圣经·旧约全书》，按以色列习俗，凡女子犯淫乱罪，就要将女子带到她父家的门口，本城的人要用石头将她打死。

“如果你没有醉成这个样子，恶语伤人，我可以把一切和盘托出，向你解释清楚，”斯佳丽说，稍稍恢复了一点尊严。“可现在——”

“我对你的解释并不感兴趣。我对事情的真相了解得比你还清楚。我发誓，要是你再从那张椅子上站起来一次——

“我还发现了一桩比今晚的喜剧更有趣的事，这就是你一方面以我犯有种种罪恶为由，正义凛然地拒绝与我同床共眠，另一方面却一直在心里同阿希礼·韦尔克斯奸淫。‘心里动淫念’，这个词挺传神的，是不是？那本书[①]里确实妙语连珠，对不对？”

“什么书？什么书？”她心乱如麻，满脑子尽是一些可笑而不相干的事。她急切地环视四周，只觉得在昏暗的烛光下，眼前的那只巨大的银盘子黯然无光，屋子的各个角落黑魆魆的阴森可怖。

“我之所以被你甩在一边是因为你觉得我粗俗，配不上你的高雅，也因为你不想再要孩子。这使我太难受了，我的心肝！心里像是刀割一般！于是我只好到外面去另找安慰，让你守着你的高雅。可你却趁机朝思暮想，追逐起那位久经磨难的韦尔克斯先生来了。该死的混蛋，他倒是犯了什么毛病？他既不能在精神上忠于自己的妻子，又不敢在肉体上背弃她。他为什么不下定决心？你大概不会反对为他生儿养女——然后当作我的孩子蒙混过关吧？”

她大叫一声，从椅子上跳了起来，他也跟着从座位上站起来，嘴里轻轻一声冷笑，直把她吓得魂飞魄散。他伸出一双褐色的巨掌，用力一按又把她重新按回到椅子上，然后俯身站在她面前。

“仔细看看我的这双手，亲爱的，”他一边说，一边在她眼皮底下把手攥了几下。“我可以毫不费力地把你撕个粉碎，要是这么做能够把阿希礼从你的脑子里赶走，我会这么做的。但是这不可能。所以我想换个方式，把他从你的脑子中永远清除掉。就用这种方式。你看，我要用两只手夹住你的脑袋，像夹核桃一样把你的脑壳碾碎，把他给挤

---

① 《圣经·新约·马太福音》第5章第28节论奸淫中说，“凡看见妇女就动淫念的，这人心里已经与她犯奸淫了。”

出来。”

他双手捧住她鬓角以下的脸庞，重重地抚摸着，然后扭过她的脸来对准自己。她看到的是一张陌生人的脸，一个酩酊大醉、说话拖长调子的陌生人的脸。她从未缺乏困兽犹斗的勇气，在紧急关头，这种勇气又重新涌入她的血管中，使她挺起腰杆，眯起眼睛。

“你这醉鬼，”她说，“把手拿开。”

说也奇怪，他竟真的松了手，倚坐在桌子的边角上，又给自己斟了一杯酒。

“我一向佩服你的勇气，亲爱的。尤其是现在，因为你走投无路了。”

她裹紧身上的晨衣。哦，她真巴不得现在就能回到自己的房间，锁上门，独自待在屋里。无论如何要设法脱身，要迫使他就范。瑞特醉成这个样子她还是头一回见到。她不慌不忙地站了起来，两腿却止不住直哆嗦。她裹紧身上的晨衣，又把前额的头发往脑后一捋。

“我还没到走投无路的地步，”她针锋相对地说。“你永远别想叫我走投无路，瑞特，也别想威胁我。你是个嗜酒如命的衣冠禽兽，就知道寻花问柳，除了邪恶，别的你一概不懂。你不理解我，也不理解阿希礼。你陷在污泥中太久了，根本不知道世界上还有一片净土。你嫉妒，因为你不能理解。晚安。”

她若无其事地转过身去，正要举步朝门口走去，突然听到身后传来一阵大笑，便又停了下来。她转过身去，只见瑞特摇摇晃晃，从屋子那一头朝她走来。天哪，但愿他别再发出这种可怕的笑声！究竟有什么东西值得他这样狂笑呢?

斯佳丽见他朝自己走来，便一步步向门口后退，不料却退到了墙上。他伸出双手，用力抓住她的肩膀，把它们按在墙壁上。

“别笑了。”

“我笑是因为我为你感到难过。”

“难过——为我? 还是为你自己难过吧。”

“是的，上帝可以作证，我是为你难过，亲爱的，我漂亮的小傻瓜。这刺痛了你，是不是？你既不能忍受笑，也无法容忍怜悯，是不是？”

他止住笑声，身体前倾，使劲按住她的双肩，使她感到肩膀很疼。他的脸变了形，他靠得越来越近，嘴里喷出一股浓烈的威士忌气味，直冲她的鼻子，熏得她不得不扭过脸去。

“嫉妒，我？”他说。“我怎么能不嫉妒呢？哦，是的，我嫉妒阿希礼·韦尔克斯。怎么能不嫉妒呢？哦，别分辩，也别解释。我知道你在肉体上是忠于我的。你想说的不就是这些吗？哦，这个我一向清楚。这些年来我一直都很清楚。我是怎么知道的？哦，我了解阿希礼，了解他这种人。我知道他是个很体面的人，一个上等人。亲爱的，对你，或者对我，我就不能这么说了。我们不是上等人，不讲廉耻，是不是？唯其如此，我们才能像绿色的月桂树那样郁郁葱葱，兴旺发达。”

“放开我。我可不愿站在这儿受你侮辱。”

“我没有侮辱你。我是在赞美你肉体上的贞节。不过你别想糊弄我。你以为男人都是十足的大傻瓜，斯佳丽。低估你的对手的力量与智慧，是要吃大亏的。我可不是傻瓜。你躺在我的怀里，心里却把我当作阿希礼·韦尔克斯，你以为我不知道？”

她张口结舌，又惊又怕，面无人色。

“这真有趣，而且简直神奇之极。一张本该只睡两个人的床上，现在却有了三个人。”他微微摇晃了一下她的双肩，一边打着饱嗝，一边讥讽地微笑着。

“哦，是的，你一直在肉体上忠于我，因为阿希礼不要你。见鬼，他要你的肉体我是绝不会吝惜的。肉体算什么——尤其是女人的肉体。但是我可不愿你把你的心，你那颗可爱、冷酷、无耻而固执的心交给他。可那个大傻瓜却不要你的心，而我又不要你的肉体。我可以廉价买到女人。可我要的是你的情，你的心，但我却永远得不到，就像你永远得不到阿希礼的心一样。这就是我为你难过的原因。”

斯佳丽虽然又害怕，又惶惑，但他的讥讽仍深深刺痛了她。

“难过——为我？”

“是的，我为你难过，因为你真是个孩子，斯佳丽。一个哭着要把天上的月亮摘下来的孩子。即使那孩子摘到了月亮，他又拿它怎么样呢？你又能对阿希礼怎么样呢？是的，我为你难过——因为我看到你双手抛弃了现有的幸福，却伸出手去捞取永远不会使你幸福的东西。我为你难过，因为你真是个大傻瓜，你连惺惺惜惺惺，乌龟配王八这样简单的道理都不懂。就算我一命呜呼，玫荔小姐也魂归黄泉，你得到了你尊贵无比、可亲可敬的情郎，你以为你和他在一起就会幸福？哼，才不会呢！你永远也不会了解他，永远也不会知道他在想些什么。对于他，你就像对音乐、诗歌、书籍以及除了金钱以外的一切一样，一无所知。而我们俩，我的爱妻啊，只要你肯给我们半个机会，就可以幸福美满，因为我们俩太相似了。我们是一对无赖，斯佳丽，想要什么就有什么，什么也难不倒我们。我们本来可以很幸福的，因为我爱你，斯佳丽，对你了解得非常透彻，这是阿希礼永远也做不到的。一旦他真了解了你，他就会鄙视你。……可是你偏偏要一辈子这样痴心去想一个你无法理解的男人。而我呢，亲爱的，也只好继续从臭婊子们身上求得安慰。我敢说，只要你愿意，我们可以比大多数夫妻生活得好。”

他突然放开她，转身摇摇晃晃地向酒瓶走去。半晌，斯佳丽像脚下生了根似的站在那儿一动不动，脑海中思潮翻滚，浮想联翩，然而真要抓住其中一个念头仔细思索一番，却又枉然。瑞特说他爱她。这是他的真心话？还是酒后胡言？抑或是又在恶作剧，拿她寻开心？阿希礼——月亮——哭着要摘月亮。她飞也似的朝黑魆魆的穿堂奔去，仿佛是在逃避恶魔的追赶。哦，但愿能够马上回到自己的房间！奔跑中她把脚脖子扭了，便鞋开了绽，半只脚露在外面。她收住脚步，拼命甩着脚想把便鞋踢掉。这时瑞特一个箭步冲到她身边，动作敏捷得像个印第安人。他气喘吁吁，呼出的气流像一股股热浪，对着她迎面扑来。他把手伸进她的睡衣，碰到她的光滑的肌肤，粗暴地将她拦腰搂住。

“你为了追求他，把我甩在一边，逼我去寻花问柳。上帝，今晚我的床上只能容下两个人。”

他将她凌空抱起，朝楼上走去。她的脑袋被紧紧压在他的胸口上，她听到就在她的耳朵下面他的心脏在坚实有力地怦怦跳动着。她被他夹疼了，不由得大声叫了起来，然而嘴却被堵住了，因而声音显得沉闷而慌乱。他只管一步一步走上楼去，走向那伸手不见五指的黑暗。斯佳丽惊恐万状，因为他简直就像个发了疯的陌生人，而周围的黑暗也是她所不熟悉的，仿佛比地狱还黑十分。他就像个死神，张开双臂抱着她，夹得她好疼。她尖叫着，就像快要被他闷死一样。爬到楼梯拐弯处时，他突然停住脚步，把她迅速翻过身来，低下头便狂吻不止。这阵狂吻是如此粗野，如此完满，竟使她忘记了一切，只觉得自己正在深深地坠入黑暗之中，只觉得他的双唇同自己的双唇紧紧地贴在了一起。他颤抖着，仿佛置身于狂飙之中。他的双唇从斯佳丽的嘴唇开始，沿着她身上渐渐滑落下去的晨衣往下移动，亲吻着她柔嫩的肌肤。他喃喃自语，说些什么她却一句也听不清，只觉得他的狂吻激起了阵阵她所从未感受过的情感。她在黑暗中，他也在黑暗中，仿佛在此之前从未有过什么东西，只有茫茫的黑夜，只有他的狂吻。她想张口说什么，然而嘴巴又被他的嘴堵住了。突然，她感到了一种从未体验过的强烈刺激；仿佛欢乐、恐惧、疯狂与亢奋都交织在了一起，她终于屈服于那双强劲有力的手臂，屈服于不顾一切的狂吻，屈服于瞬息万变的命运了。她平生第一次遇到了一个比她更强的人，这人她既不能驾驭也无法打垮，反而被他所驾驭，被他所打垮了。不知怎的，她的双手已经搂住了他的脖子，她的双唇已经在他的嘴唇下颤抖了。接着，他们又一步步向楼上的黑暗走去，走向那温馨柔软、令人晕眩、笼罩一切的黑暗。

第二天早上醒来时，他已经走了，若不是边上那只皱巴巴的枕头，她还真不敢相信昨晚发生的事是真的，还以为是自己的一场春梦呢。此刻回想起来，她不由羞得满脸通红，忙不迭拉上被子遮住脖子，让自己沐浴在明媚的阳光之中，把头脑中纷乱的记忆理出个头绪来。

她首先想到了两件事。她与瑞特共同生活已经有许多年了，和他同床共寝、同桌吃饭、拌嘴吵架，还为他生过孩子——然而，她却不了解他。那个抱着她上楼去的男人是个陌生人，她从未想到世上会有这样的人。此时此刻，尽管她想迫使自己恨他，激起满腔义愤，却怎么也做不到。他羞辱了她，伤害了她，整整一个疯狂的夜晚，他通宵达旦，对她肆意凌辱，而她却感到心花怒放。

哦，她应该感到羞愧，不该再去回味黑暗中那些炽热而令人晕眩的情景！在经历了这样一个夜晚之后，一个有身份的女人，一个真正的大家闺秀，恐怕这辈子再也抬不起头来了。然而，回味那销魂摄魄的满足，那屈服于强者的狂喜，却远远胜过了羞愧之感。她平生头一次感到了自己的活力，感受到激情的力量。这激情就像她那晚逃离亚特兰大时心中的恐惧一样，原始质朴、不可阻挡；这激情又像她开枪打死那个北佬时心中的憎恨一样，迷惘而甜蜜。

瑞特是爱她的！至少他亲口说过，他爱她，现在她还有什么可怀疑的呢？这位同她冷冰冰生活在一起的野蛮的陌生人竟会爱她，这真叫人感到奇怪，百思不解，真是不可思议！怎样看待这一新发现，她还没有十分的把握，但是她的脑海中突然闪过一个念头，不由叫她笑出声来。他爱她，这么说她终于得到了他。为了使这颗目空一切、长着乌发的脑袋乖乖听自己的指挥，她以前曾想方设法，渴望能诱使他爱上自己，这事儿她差不多早已忘得一干二净，可现在回想起来，不觉沾沾自喜，颇为得意。昨晚整整一夜，她任凭他随意摆布，但现在她终于掌握了他的弱点。从现在起，她要把他置于她所希望的位置。长久以来，她吃够了他冷嘲热讽的苦头，现在她可以任意摆布他了，就像马戏班里的猴子那样，只要她举起一只铁圈，他就得跳过去。

想到又要与他相逢，在青天白日下面对面相见，她一方面感到紧张不安、有点难为情，一方面又感到一种兴奋的快感。

“我紧张得就像个新嫁娘，”她想，“而且是为了瑞特！”想到这一层，她不禁吃吃傻笑起来。

但瑞特却没有回来吃午饭，晚餐桌上也未见他的踪影。这天晚上似乎特别漫长，她彻夜未眠，直到天亮还竖着两只耳朵倾听着锁孔里是否有钥匙转动的声音。结果动静全无。他没有回来。第二天过去了，还是没有他的消息，斯佳丽焦急万分，内心充满了失望和恐惧。她来到银行，但瑞特没在那儿。然后她来到铺子里，对谁都要发一通脾气，因为每当店门打开，走进一位顾客，她都焦躁不安地抬头观看，希望来者是瑞特。接着她又到了锯木厂，大声呵斥休，弄得休只好藏在木堆后躲了起来。但是瑞特并没有到锯木厂来找她。

她不愿低声下气去询问朋友们是否见到过瑞特，更不能向仆人们打听他的下落。但是她隐隐约约地觉得，有件事她还不知道，而他们都已经知道的。黑人们一向无所不知。这两天，黑妈妈异乎寻常地沉默。她不时向斯佳丽瞥上一眼，但嘴里却一声不吭。第二个晚上过去了，斯佳丽打定主意去找警方报案。也许他出事了，也许他从马背上摔了下来，此刻正躺在水沟里孤独无助，等待着人来营救。也许——哦，太可怕了——也许他已经死了。

早晨，斯佳丽吃过早饭，回到自己的房间，正要戴上软帽出门，突然听到一阵急促的脚步声走上楼来。她心里稍稍感到一丝宽慰，一头倒在床上，这时瑞特走了进来。他刚理过发，修过脸，做过面部按摩，不像是喝醉的样子，但他的眼睛里却充着血，他的脸因酗酒过度而略显浮肿。他轻松自如地向她挥了挥手，说，"哦，哈罗。"

一个男人怎么可以不打一声招呼就离开家，两天两夜不归，回来后竟只是一句"哦，哈啰"？他们度过如此不寻常的夜晚之后，他怎么竟然还这样若无其事？他不该这样——除非——除非——她的脑海里蓦地闪现出一个可怕的念头。除非这种不寻常的夜晚对他来说已是司空见惯。她半晌说不出一句话来，原先处心积虑，想好要向他撒娇、卖俏，这会儿全忘得一干二净了。他甚至没有上前一步，像往常一样漫不经心地亲吻她一下，却远远地站在一边，手里夹着一支青烟缭绕的雪茄，咧嘴笑嘻嘻地望着她。

"你——你到哪里去啦？"

"你还会不知道！我以为全城的人现在都知道了呢。也许你是个例外。这真是应了那句老话：'做老婆的总是最后一个才知道。'"

"你这话是什么意思？"

"我以为警察前天晚上光临贝尔那里之后——"

“贝尔——就是那个——那个女人！你一直跟——”

“当然。我还能去哪儿？我想你不至于为我担心吧。”

“你离开了我就——哦！”

“得了，得了，斯佳丽！别再扮演受骗妻子的角色了。贝尔的事你早就知道了。”

“你离开了我就去找她，在——在——”

“哦，那件事啊，”他做了个满不在乎的手势。“有时我不免会忘了规矩。上次我们见面我是有失体统，请多多原谅。你一定知道，我当时喝醉了，再说你当时又那样楚楚动人，我实在控制不住了——要不要我把你的动人之处一一列举出来？”

她突然想哭，想躺在床上尽情地痛哭一场。他没有变，一点都没有变。她是个大傻瓜，一个无知、自负而愚蠢的大傻瓜，竟一心一意以为他是爱她的。这不过是他酩酊大醉后开的又一个令人厌恶的玩笑罢了。他借着酒劲，拿她发泄情欲，跟对贝尔妓院的那些女人没有什么两样。现在他回来了，肆意污辱、满口讥讽、不可理喻。她暗暗把眼泪往肚里咽，强打起精神。永远不能让他知道自己的心思。要是他知道了，他一准会对她大大耻笑一番！不！他永远不会知道。她迅速向他投去一瞥，只见他眼睛里闪烁着过去常见的那种难以捉摸、虎视眈眈的目光——热切、渴望，似乎眼巴巴盼着她开口说话，期望她会说些——他到底在期望什么呢？期望她装疯卖傻、大吵大闹、授他以笑柄？她才不是那号人！她剑眉高耸，愀然作色。

“你同那臭女人的关系我当然早已有所怀疑。”

“只是怀疑？你为什么不直接问我，以满足你的好奇？我会向你坦白的。自从你和阿希礼串通一气，要求我同你分房而居之日起，我就跟她同居了。”

“你竟敢厚着脸皮在你妻子的面前吹嘘——”

“得了，别跟我装出那副恼羞成怒的样子了。只要我把家中的账单付清，你才不在乎我干些什么呢。你心里明白，我近来并不是个守身如玉的天使。你是我的妻子——可自从有了美蓝，你哪点像个做妻子的？我在你身上投资太差劲了，斯佳丽。贝尔可是强得多。”

“投资？你是说你给了她——？”

“我想，正确的说法是‘资助她开张营业’。贝尔是个精明的女人。我愿意看到她有所作为。她只要有钱买幢房子，就能发起来。你应该知道，一个女人只要有一小笔钱，什么样的奇迹也能创造出来。不信看看你自己。”

“你拿我来比——”

“这个嘛，你们俩都是精明能干的女生意人，也都很成功。不过，当然贝尔要略胜你一筹。她心慈面软，性情温和——”

“请你离开这个房间好吗？”

他悠然自得地朝门口走去，不无嘲讽地扬起半边眉毛。他竟敢对她这样肆意污辱，气得她七窍生烟，痛不欲生。他是存心变着法儿来伤害她、羞辱她的，这些天来，她眼巴巴地盼着他回来，可他倒好，喝得酩酊大醉，在妓院里同警察纠缠不清，想到此她真是伤透了心。

“你给我滚出去，以后永远不许你进来。我早就有言在先，而你却充耳不闻，你根本就不配做绅士。从今以后我可要把门锁上了。”

“犯不着劳神。”

“我要锁上。那天晚上，你的行为——喝得烂醉，令人恶心——”

“得了，亲爱的！恶心断断不会！”

“滚出去！”

“别着急。我会走的，而且保证以后决不再来打搅你。这是最后一次了。我只是想告诉你，如果你认为我名声太臭，无法忍受，我会让你离婚的，只要把美蓝给我，我绝不会提出异议。”

“我可不愿离婚，干出这种败坏门风的事。”

“要是玫荔小姐死了，你就顾不得门风了，是不是？想到你会迫不及待地同我离婚，我就头晕目眩。”

“你走不走？”

“是的，我这就走。我回家来就是要告诉你这件事。我准备去查尔斯顿、新奥尔良和——哦，嗯，作一次漫长的旅行，今天就动身。”

“哦？”

“我准备带美蓝一起去。吩咐那个傻呵呵的普莉西把她的衣服收拾一下。普莉西也跟我一起去。”

“你不能把我的孩子带走。”

“她也是我的孩子，巴特勒太太。你总不至于反对我带她去查尔斯顿看望她的祖母吧？”

“看望祖母，谁信你的鬼话！你每天喝得烂醉，你以为我会让你把这么个不懂事的孩子带走，好让你带她去贝尔妓院那种地方——”

他猛地使劲扔掉手中的雪茄，雪茄在地毯上嗤嗤冒烟，羊毛被烤焦了，散发出一阵阵刺鼻呛人的气味。他气得满脸铁青，一个箭步冲到她跟前。

“如果你是个男人，说出这种话来，我非把你的脑袋拧下来不可。念你是个女人，我只能说，闭上你那张该死的嘴。你以为我不爱美蓝，我会带她去——我的女儿！天哪，你真是愚蠢透顶！你现在倒好，煞有其事摆起做母亲的架子来了。得了，要说做母亲，连猫都比你强！你为孩子做了些什么？韦德和埃拉都被你吓得半死不活，要不是玫兰妮·韦尔克斯，他们就根本不知道世界上还有母爱和体贴。美蓝可是我的孩子！你以为我照料美蓝还不如你？你以为我会让你像对韦德和埃拉一样，对美蓝任意呵斥，弄得她整天死气沉沉，萎靡不振？见鬼，我决不允许。快给她去收拾行装，一个小时之内给我准备停当，不然我警告你，那天晚上发生的事同将要发生的事相比，可是小巫见大巫了。我心里一直在想，如果用马鞭子狠狠抽你一顿，对你肯定大有裨益。”

他不容她开口说话，便一个急转身疾步走出房间。她听他穿过穿堂，来到育儿室，推开房门，里面顿时响起三个孩子欢快、清脆、稚嫩的声音。她听见美蓝的声音特别响亮，盖过了埃拉。

“爸爸，你上哪儿去啦？”

“爸爸在寻找一块兔子皮，好把我的小美蓝包起来。来，亲亲你最最可爱的人，美蓝——还有你，埃拉。”

第55章

“亲爱的，我不需要、也不愿听你的解释，”玫兰妮一面斩钉截铁地说，一面伸出一只小手轻轻捂住斯佳丽撅得老高的嘴，不让她往下说。“如果你认为我们之间还需要任何解释，那岂不玷污了你自己，也玷污了我和阿希礼。真是的，我们三个人一直——一直就像与世人浴血奋战多年的战友一样，倘若你认为几句流言蜚语就可以离间我们，那我可真要替你害臊了。你以为我会相信你和我的阿希礼——哎呀，这怎么可能！世界上没有人比我更了解你了，这你还不知道？你对我们一家三口，我、阿希礼和小博，真是恩重如山，不仅救了我的命，还使我们免受饥饿，你以为我会忘恩负义，把这一切统统忘记？那一年，为了我和小博有口饭吃，你几乎赤着脚跟在那匹北佬的马后扶犁，双手布满了血泡，这一切我都铭记在心，你以为我会以怨报德，相信那些可怕的谣言不成？我不想听你解释，斯佳丽·奥哈拉。一句都不要听。”

“可是——”斯佳丽讷讷难言，欲言又止。

一个小时以前，瑞特带着美蓝和普莉西出了城，这在斯佳丽羞愧与愤恨的心头又平添了一层寂寞。此外，对阿希礼、对玫兰妮的袒护，她深感愧疚，无地自容。要是玫兰妮相信了印第亚和阿尔奇的话，在酒会上对她视而不见，故意冷落，或者即使打招呼也是态度冷淡，那她反而能昂首挺胸，使出浑身解数奋力反击了。可是现在，一想到玫兰妮就像一把刀刃闪光的利剑，在她与名誉扫地之间傲然屹立，两眼炯炯有神，斗志昂扬，充满对她的信任，她就觉得自己唯有忏悔才是诚实之举。是的，从很久以前在塔拉庄园斜阳夕照的门廊里所发生的事说起，原原本本，和盘托出。

她受到了良心的谴责。尽管她的良知长期以来受到压抑，可最终还是能得到萌发，天主教徒的良知真是充满活力。“忏悔你的罪孽，在悔恨与自责中苦行赎罪，”这话埃伦对她不知说过多少遍，在这紧要关头，埃伦向她灌输的宗教意识又被重新唤起，牢牢地攫住了她的心。她要忏悔——是的，把一切的一切，一笑一颦、一言一语，以及屈指可数的几次拥抱，和盘托出——这样上帝就会平息她的痛苦，给她以安宁。作为惩罚，她将面临一幅可怕的景象，目睹玫兰妮满脸的慈爱与信任变成恐惧与厌恶。哦，这种惩罚太残酷了，她将不得不一辈子铭记玫兰妮脸上的这种表情，念念不忘玫兰妮知道她是一个猥琐、卑鄙、当面一套背后又是一套的伪君子，想到这一切，她心如刀割。

曾几何时，一想到有朝一日能够当着玫兰妮的面不无嘲笑地说出真相，亲眼看到她的天堂倒坍，美梦化为泡影，斯佳丽心里便喜不自胜，即使因此而失去一切她也在所不惜。然而现在一夜之间一切都变了，这竟成了她最不愿意做的事。究竟为什么会这样，她自己也弄不明白。此刻她心乱如麻，无法理出个头绪来。但有一点她是明白的，就像从前渴望母亲始终把她看成是个谦虚、善良、心地纯洁的人一样，她现在也热切渴望玫兰妮不要改变对她的好感。她只知道，无论世人怎样看待她，无论阿希礼和瑞特怎样看待她，她都可以置之不理，唯独不能让玫兰妮改变对她的看法。

一方面，她害怕把真相告诉玫兰妮，另一方面却无法遏止内心仅存的那点诚实的本能。本能不允许她继续戴着假面具欺骗这位曾经孤军奋战，竭力袒护她的女人。于是，这天上午等瑞特和美蓝一离开家，她便急急忙忙赶来找玫兰妮。

谁知她刚开口说了一句："玫荔，我必须解释那天——"玫兰妮便不容分辩地打断了她的话。斯佳丽望着她那双闪烁着爱与怒的黑眼睛，只觉得羞愧难当，心情沮丧，她知道，一旦忏悔，和平与安宁就永远同她无缘了。玫兰妮才说了几句话，就把她忏悔的念头一扫而光。斯佳丽平素很少讲人情世故，此时也动了感情，她意识到，把自己心中承受的折磨转嫁到他人头上，无疑是种十足自私自利的行径。她这么做分明是为了解脱自己的心理负担而嫁祸于一个洁白无辜、对自己十分信任的人。对于玫兰妮的袒护，她深受其惠，而这种恩惠只能用沉默来报答。如果对她讲，她的丈夫移情别恋，而女方恰恰又是她的挚友，这不受欢迎的消息准会毁了她的一生，如此以怨报德，岂不太残忍了！

“我不能说出来，”她凄惨地想道。“不能，即使良心受到谴责也决不能说。”这时她突然想起了瑞特喝醉后讲的那句话：“她无法想象她所爱的人会做出这等寡廉鲜耻的勾当……就让这作为你的十字架吧。”

是的，她将终生背着这个十字架，内心默默忍受着痛苦的熬煎，羞愧难当。从今往后，玫兰妮每个体贴的眼神，每个温存的表示，都会叫她坐立不安，每时每刻都得提防自己，免得一时冲动、脱口而出：“别对我这样好！别为我袒护！我不配！”

“要是你不是这样一个大傻瓜，一个讨人喜欢、轻信他人、头脑简单的大傻瓜，事情就不会这么难了，”她绝望地想。“我曾挑过许多重担，可从来没有哪副担子像现在这样重，这样令人烦恼。”

玫兰妮面对着她坐在一张矮椅子上，双脚像生了根似的踏在一张垫脚凳上，凳子很高，以致她像个小孩一样双膝高高突起。若不是盛怒之下忘了礼仪，她是绝不会摆出这种姿势的。她正在织着一条花边，只见她手里拿着一根明晃晃的银针，使劲地上下穿梭，仿佛那不是针而是一把决斗用的利剑似的。

要是斯佳丽气到这种程度，她准会跺着双脚，像当年杰拉尔德年富力强时那样，扯着嗓门吼叫，让上帝来看一看人类的这种该诅咒的欺骗和奸诈行径，咬牙切齿地发誓一定要以牙还牙。但是玫兰妮只是用飞针走线和两道细眉眉尖紧锁来表示她内心的愤恨。她说话口气冷静，措词比平时更洗练。平时玫兰妮很少直抒己见，从来不说一句伤人感情的话，刚才那番措词强硬的话更是与她格格不入。斯佳丽突然意识到，韦尔克斯和汉密顿家跟奥哈拉家的人一样，也挺能发火，甚至有过之而无不及。

“人们经常对你说三道四，那些话我都听厌了，亲爱的，”玫兰妮说。“这回我可决不能容忍了，我要采取行动。出现这种情况，完全是因为他们嫉妒你，因为你这么聪明、事业上很成功。有些事就连许多男人都干不了，而你却获得了成功。亲爱的，我说这话你可别生气。许多人说你不像个妇道人家，不男不女，我可不是这个意思。因为这不是事实。他们根本不理解你，不能容忍聪明能干的女人。但是他们有什么权利因为你的聪明和成功就在一旁风言风语，说你和阿希礼——真见鬼！”

她最后这句咒语口气并不强烈，然而即使出自一个男人之口，无疑也会被认为是毫无情由的一句粗话。斯佳丽被她突如其来的诅咒惊得目瞪口呆。

“他们三个人——阿尔奇、印第亚和艾尔辛太太居然在我面前编出这些无耻的谎言！他们怎么竟敢如此胆大妄为？当然，艾尔辛太太没有来过。她没有胆量来找我。不过她一直忌恨你，亲爱的，因为你比芳妮更讨人喜欢。你把休从工厂管理部门撤了下来，她对此一直耿耿于怀。不过你这样做是对的。休只知道鬼混，是个吃饱了不干事的饭桶！”玫兰妮一下子就把她孩提时代一起玩耍的伙伴、少年时代的好友抛到了脑后。“阿尔奇的事说来要怪我自己。我不该收留这个老混蛋。原先大家都劝我别收留他，可我就是不听。亲爱的，就因为用囚犯做工的事他一直不喜欢你。不过他有什么资格对你指手画脚？他是个杀人犯，而且他杀害的是个弱女子！我对他也算是仁至义尽了，可他却跑来对我说——即便阿希礼开枪打死他，我也绝无丝毫歉意！现在我可以告诉你，我狠狠奚落了他一顿，叫他卷铺盖滚蛋！他已经不在城里了。

“印第亚，这个下流坯！亲爱的，我第一次看到你们俩在一起，就注意到她嫉妒你，憎恨你，因为你长得比她漂亮，又有这么多小伙子向你献殷勤。在斯图特·塔尔顿这件事上，她对你更是恨之入骨。她对斯图特一片痴情，因此——咳，我不愿对阿希礼的妹妹说长道短，不过我想她是因为朝思暮想，把脑子搞坏了！要不然根本无法解释她的行为……我告诉她以后再也不许踏进这幢房子，要是我再听到她含沙射影、说出这样无耻的话来，我就——我就要在大庭广众之中骂她造谣惑众！”

说到这儿玫兰妮戛然而止，脸上的怒气蓦然消失，呈现出满面愁容。玫兰妮具有佐治亚人特有的强烈的家族观念，一想到这场家庭纠纷，她就感到自己的心像是被撕裂了一般。她迟疑了片刻。但是斯佳丽毕竟是她最最亲爱的人，斯佳丽在她的心里占据着首位，于是她便毅然决然地说了下去：

“我最喜欢你，亲爱的，就因为这个她一直很嫉妒。她再也不会进这个家门了，无论什么地方，只要有她在场我就决不踏进大门半步。阿希礼同意我这样做，尽管他心里很不好受，自己的亲妹妹竟然说出这种——”

玫荔一提到阿希礼的名字，斯佳丽绷紧的神经终于断裂了，她不禁潸然泪下。难道自己就不能不再刺伤他的心？她一心一意只想让他幸福、安全，可每一次似乎都以伤害他而告终。她毁了他的生活，破坏了他的自尊，打碎了他建立在忠实基础上的内心平静，而现在又离间了他和他亲爱的胞妹。为了保全她的名誉和妻子的幸福，他只能让印第亚成为牺牲品，让众人把她看成是一个喜欢造谣生事、近似疯癫、醋心极重的老处女——其实印第亚所有的怀疑、指责，字字句句都是绝对公正的。每当阿希礼正视印第亚的双眸，他都会看到真理之光在她的眼中闪耀。韦尔克斯家的人都是直言不讳、疾恶如仇、冷眼蔑视的大师。

斯佳丽知道阿希礼把名誉看得高于生命，此刻他一定痛不欲生。他也像斯佳丽一样被迫求助于玫兰妮的保护。尽管斯佳丽知道他这样做是出于无奈，也知道他蒙受这不白之冤主要罪责在她，但是——但是——他也太没有男子汉气概了，要是阿希礼开枪打死阿尔奇，把一切都向玫兰妮坦白，公之于世，她对他的敬意只会增加。她知道自己这样要求阿希礼不公平，但她此刻肝肠寸断，黯然神伤，根本顾不了这些细微之处了。她又想起了瑞特说的一些充满鄙视的讥讽话，对阿希礼在这件事上是否真的表现出一个男子汉应有的气概开始有所怀疑。自从她爱上阿希礼之日起，斯佳丽看阿希礼，总觉得他身上笼罩着一层光晕，现在这层光晕不知不觉地开始消褪了。她不仅为自己感到羞愧和内疚，也为他感到羞愧和内疚。她竭力想排除掉这一念头，但结果却适得其反，她哭得更伤心了。

“别这样！别这样！”玫兰妮大声说着，放下手中的花边，一屁股坐到沙发上，将斯佳丽搂在怀里。“我真不该说起这件事，看把你伤心成这个样子。我知道你心里很不好受，我们以后再也不提这件事了。不光相互之间不说，也不跟别人说。就当这件事没有发生过一样。但是，”她口气平稳而又强硬地补充说，“我要让印第亚和艾尔辛太太知道点厉害，不要以为她们可以随意搬弄是非，在我丈夫和你身上造谣生事。我要让她们在亚特兰大抬不起头来。谁要是相信她们，拿她们当朋友，谁就是我的仇敌。”

想到今后漫长的岁月，斯佳丽不禁忧心忡忡，她知道，在今后几十年内，这座城市和这个家庭将因为她而分裂为长期不和的两大阵营。

玫兰妮言而守信，以后果然没再跟斯佳丽和阿希礼提起这件事，也不愿和任何别的人讨论这件事。她对此显得神情冷淡，漠不关心，但是若有谁斗胆稍稍暗示这件事，她便立即愀然作色，摆出一副冷若冰霜、正颜厉色的面容。那次酒会后的几个星期里，因为瑞特神秘地失踪，全城流言四起，群情激动，两派的观点泾渭分明。玫兰妮对诋毁斯佳丽的人，无论是至爱亲朋，还是本家宗亲，都毫不留情，决不宽恕。她没有空谈，而是积极行动。

她像一棵欧龙牙草一样同斯佳丽牢牢粘在一起，形影不离。她逼着斯佳丽一如既往，每天上午去铺子、去木料厂，而且她也同行。她坚持要斯佳丽下午驱车外出，尽管斯佳丽对此很不乐意，因为她不愿意让满城的人用渴望、好奇的目光盯着自己看。玫兰妮同她一起端坐在马车里。下午外出正式拜访朋友时，玫兰妮总是带着她，把她轻轻推着走进那些她已经两年多没有涉足的客厅。在同惊愕不已的女主人们说话时，玫兰妮脸上总是带着一种“爱屋及乌”，凛然不可冒犯的神情。

午后外出拜访她总是让斯佳丽早早到场，一直等到最后一批客人都走了，她们才离开，从而使那些太太们没有机会在一起津津乐道地谈论各种传闻和小道消息。这颇使那些太太们感到愠怒。对斯佳丽来说，这些拜访无疑是活受罪，但她又不敢拒绝与玫兰妮同行。那些女人其实心里都在暗暗捉摸，她是否真的与人偷过情，所以斯佳丽真不愿意坐在她们这些人中间。她知道，这些女人之所以跟她说话，完全是出于对玫兰妮的爱，不想失去同她的友情，想到这一点，她的心里便不是个滋味。但斯佳丽明白，一旦她们招待过她一次，以后就不可能再故意冷落她了。

人们在怎样看待斯佳丽的问题上有一个共同的特点，这就是他们对她或是袒护，或是批评，很少是根据她本人在这件事上的是非行事的。“我可不愿多管她的闲事，”这就是人们的普遍态度。斯佳丽平日树敌太多，拥护她的人寥若晨星。她的言语、行动伤过许多人的心，积怨甚深，以致大多数人对这一丑闻是否伤害到她并不关心，但大家对玫兰妮或印第亚是否受到了伤害却焦虑不安，因此风暴是环绕着她们俩而不是斯佳丽展开的，中心问题只有一个——“印第亚是否真的在造谣？”

那些坚定不移站在玫兰妮一边的人得意洋洋地指出，这些天玫兰妮一直和斯佳丽在一起。像玫兰妮这样一个有着高度道德原则的人难道会支持一个有罪的女人，特别是此事还牵连到自己的丈夫？不，绝对不可能！印第亚只不过是个疯疯癫癫的老处女，出于对斯佳丽的忌恨才编造出这番谎言，并且诱骗阿尔奇和艾尔辛太太相信了她的谎言。

但是，印第亚的维护者们反问道，要是斯佳丽果真清白无辜，那巴特勒船长到哪儿去了呢？他为什么不留在妻子身边，助她一臂之力呢？这是个无法回答的问题。几个星期之后，斯佳丽怀孕的消息传开了，这下子，亲印第亚的人们更是摇头晃脑，好不得意。这不可能是巴特勒船长的孩子，他们说。他们夫妻俩一直关系不好，这事儿人人皆知。他们分室而居，这早就是人们街谈巷议的话题了。

于是流言蜚语到处传播，全城陷入了分裂之中，连汉密顿、韦尔克斯、伯尔、惠特曼和温菲尔德这些原来紧密团结的家族也陷入了分裂。家庭中的每个成员都被迫作出抉择，没有中间道路可走。玫兰妮以她冷峻的尊严，而印第亚则以她的疾恶如仇迫使人们不得不作出抉择。但是这些亲属不管站在哪一边，心里都忿忿不平，因为引起这场家庭纠纷的根源竟然是斯佳丽。他们觉得她根本不配担任这一角色。无论他们站在哪一边，他们都从心底里憎恨这一事实：印第亚公然揭了家丑，把阿希礼卷入了如此有失体面的丑闻之中。但是既然她已经把话说出来了，许多人便只有匆忙为她辩护，站在她的一边反对斯佳丽，而另外一些喜欢玫兰妮的人则支持玫兰妮和斯佳丽。

亚特兰大城有一半居民与玫兰妮和印第亚沾亲带故，或者自称与她们有着这样那样的亲戚关系。什么叔伯姐妹、姑表姨表、姻娅连襟、葭莩之亲，关系真可谓错综复杂，除非土生土长的佐治亚人，不然就甭想理清他们之间的血缘关系。他们的宗族观念一向很深，在以往时世艰难的岁月里，尽管有的人对同族中个别成员的行为私下里不以为然，但他们总是抱成一团，相互保护，一致对外。佩蒂姑妈不时同亨利伯伯发生一些小冲突，这两老的事多年来一直是大家取乐的笑柄，除此之外，整个家族一向和和睦睦，从未发生过公开的裂痕。他们这些人个个举止文雅，说话轻声轻气，不善言笑，甚至连亚特兰大多数家庭常见的那种亲热的小口角也很少听到。

但这次他们却分裂成势不两立的两大阵营，使全城得以目睹家族中所有成员在这场亚特兰大最惨痛的丑闻面前纷纷表态，就连五服以外的亲戚也不例外。这给城里另一半与她们家不沾亲带故的人带来极大的麻烦，因为印第亚与玫兰妮之争在几乎所有社交团体中都引起了不和。女神社、为南部邦联孤儿寡母服务的妇女缝纫会、阵亡将士墓地美化协会、周末夜音乐社、妇女考蒂伦舞蹈晚会、青年图书协会等组织都被卷进了这场纠纷。甚至连四个教会及它们下面的妇女赈济会也未能幸免。这些社团在分组活动时必须十分小心，决不可把敌对派别的成员分在同一个小组内。

每逢午后家庭聚会，从下午四点到六点，亚特兰大的主妇们总是苦恼万分，生怕玫兰妮和斯佳丽来时印第亚及其心腹伙伴还在自己的客厅里。

全家人当中要数可怜的佩蒂姑妈日子最不好过。佩蒂别无他求，只希望亲人和睦相爱、生活安逸舒适，也就心满意足了。因此在这件事上，自然希望两边都不得罪。然而两边都不允许她保持中立。

印第亚同佩蒂姑妈住在一起。佩蒂希望站在玫兰妮一边，但是如果真这样去做，印第亚就会搬走。要是印第亚搬走了，可怜的佩蒂以后可怎么办呢？她不能独自生活，要么找个陌生人来同住，要么索性关起大门，搬到斯佳丽那儿去住。佩蒂姑妈隐隐约约地觉得，巴特勒船长对此是不会喜欢的。再不然就只好搬到玫兰妮家，在充作小博育儿室的那间鸽笼似的小屋里搭个床铺。

佩蒂不喜欢印第亚那种冷冰冰、犟头犟脑的态度，她的狂妄自信使佩蒂感到战战兢兢；不过，佩蒂之所以能够维持住自己安逸的小天地，还多亏了印第亚，况且佩蒂一向只注重个人的安逸，很少考虑道德问题。于是，印第亚就留了下来。

由于印第亚住在她家，佩蒂姑妈自然就成了风暴的中心，因为斯佳丽和玫兰妮都认为，这意味着她站在印第亚一边。斯佳丽曾直言不讳地表示，只要她和印第亚住在一起，就决不再向她捐款。阿希礼每周都派人送钱给印第亚，但每次印第亚总是一言不发、傲慢地将款子原笔退还。这使老太太既感到恐慌又感到遗憾。要不是亨利伯伯雪中送炭，住在这所红砖房子里的人肯定会在经济上陷入绝境。但从亨利伯伯那儿要钱，佩蒂又感到很丢脸。

在这个世界上，除了她自己，佩蒂最爱的人就是玫兰妮了，可现在玫荔却像个态度冷漠、客客气气的陌生人。尽管她的家近在咫尺，几乎就在佩蒂家后院，可她一次也没有穿过冬青树篱上她家来串门，而从前她可是每天要来回跑上十几次的。佩蒂上她家哭诉自己对她的爱和忠诚，但是玫兰妮拒绝谈这些事，也从不到佩蒂家回访。

佩蒂心里非常明白，她欠斯佳丽的东西实在是太多了——就连自己这条老命也是她给的。毫无疑问，在战后的那些艰难的日子里，当佩蒂面临着要么同哥哥亨利住在一起要么忍饥挨饿的选择时，是斯佳丽把她收留在自己家里，供她吃、供她穿，使她得以在亚特兰大社交界抬起头来。斯佳丽结婚后，搬进了自己的家，但她对佩蒂还是很慷慨。还有那位既令人害怕又让人捉摸不透的巴特勒船长，每次他和斯佳丽来访后，佩蒂总是发现，不是在墙边的蜗形腿狭台上有一只鼓鼓囊囊塞满了钞票的崭新钱夹，就是在她的缝纫盒子里有用花边手帕包起来的几块金币，这都是趁她不注意时偷偷放进去的。瑞特总是一口咬定，他对这些东西一无所知，甚至还会粗俗地指责她有一个秘密的爱慕者，这通常是指那位长着络腮胡子的梅里韦瑟爷爷。

是的，玫兰妮给了她爱，斯佳丽给了她安全，印第亚又给了她什么呢？什么也没有，唯一的好处就是和她住在一起，使她不必中断目前这种安逸的生活，不必凡事由自己决定。眼下这件事太令人扫兴，趣味太低下了，佩蒂一生从未为自己作过决定，所以现在也只好听其自然，因而难免不时地暗自流下伤心的泪。

最后，一些人终于真心诚意地相信斯佳丽是无辜的，但这绝不是因为她个人有什么美德，而是因为玫兰妮相信她是无辜的。有些人尽管思想上还有所保留，但他们对斯佳丽却挺有礼貌，甚至登门去拜访她，这也是因为她们爱玫兰妮，希望能够保持同她的友情。印第亚的维护者们同她相遇时只是冷冷地点点头，有些人甚至对她视而不见，公然冷落她。这些人确实令人难堪，甚至让人恼火，但斯佳丽意识到，若不是玫兰妮袒护她并迅速采取了上述行动，恐怕全城的人都会对她怒目而视，她也早就被人们所遗弃了。

第56章

瑞特离家已经三个月了。在这段日子里，斯佳丽没有收到他的片言只字。她既不知道他在哪儿，也不知道他还要等多久才会回来。事实上，她对他会不会回来也毫无把握。在这三个月里，她虽然趾高气扬地在处理各种业务，但内心却很不是个滋味。她身体不大舒服，但在玫兰妮的督促下，她还是每天去铺子，对那几家厂子也装出一副关心的样子来。她第一次对那爿铺子感到了厌倦，尽管那儿的营业额比上一年增加了两倍，金钱滚滚而来，可她对它已毫无兴趣，到了店里总是怒气冲冲，动不动就跟伙计们发脾气。由约翰尼·加勒吉尔经管的那家厂子生意兴隆，锯木厂很容易就能把他提供的产品销售一空，可不管约翰尼做什么，说什么，都不能使她称心如意。约翰尼和她一样也是个脾气暴躁的爱尔兰人，因无法忍受她那种没完没了的唠叨，终于按捺不住而大发了一通雷霆，临了还说了一句：“我手脚干干净净，没多沾你一分一厘，夫人；但愿你像暴君克伦威尔一样不得好死。”并威胁要辞职。结果她不得不再三表示道歉才算平息了这场风波。

她没有再去过阿希礼管的那家厂子。即使去锯木厂办公室也是专挑她认为阿希礼不在的时候。她知道阿希礼在躲着她，也知道由于玫兰妮不容拒绝的邀请，她经常到他家里，这对他实在是种折磨。他们俩再也没有单独交谈过，她急切地想向他问个明白。她想知道他现在是不是恨她，他对玫兰妮究竟是怎么说的；但他对她却敬而远之，默默无言地恳求她不要问他。眼看着他的面容因悔恨而变得苍老、憔悴，她心里十分难受，再加上他的厂子每周都在赔钱，她更是心烦意乱，却又不能一吐为快。

面对当前这种形势阿希礼显得束手无策，一筹莫展，这使她颇为恼火，然而对他应该采取什么行动来扭转这种局面，她也心中无数，只是觉得他应该有所行动。换了瑞特也许早已有所作为了。瑞特一向不甘坐以待毙，即使是错的也要一干到底，对此她尽管心里很不情愿，但还是感到钦佩。

一开始她对瑞特，对他那些无礼的行径怒不可遏，但现在气已经消得差不多了，她反倒惦记起他来。随着时间一天天的流逝，而他却音讯杳无，这种惦念之情竟变得越来越强烈了。他走时，只给她留下狂怒、怨恨、心碎和受到伤害的自尊，而现在这一切竟变成极度的沮丧在蚕食着她的心。她惦念他，惦念他讲述轶闻趣事时常常插科打诨，逗得她捧腹大笑、用揶揄的讥笑使她消除烦恼的情景。她甚至惦念起他说的那些惹得她火冒三丈、反唇相讥的刻薄话来。最令她惦念的是她少了一个可以说话的人。在这一方面瑞特真是太令人满意了。斯佳丽可以厚颜无耻，甚至不无自豪地讲述如何神不知鬼不觉地盘剥别人，而他听了却抚掌大笑，连声喝彩。要是换了别人，哪怕她只是提到这些事，他们也会感到震惊的。

现在身边少了他和美蓝，她就感到寂寞了。她没想到自己竟会这么惦记孩子。她想起了瑞特临行前针对韦德和埃拉对她说过的那番刺耳的话，便试图多用一些空闲时间和两个孩子待在一起。但结果却毫无用处。瑞特的话和孩子们的反应使她发现了一个触目惊心、令人烦恼的事实。在两个孩子的婴儿期间她太忙了，整天关心的只是金钱上的事情，加之脾气太躁，动不动就发火，所以根本就没有赢得他们的信任和爱戴。事到如今，一切都太晚了，而且她也没有那份耐心，没有那份聪明才智去探寻他们幼小心灵的秘密了。

埃拉！斯佳丽一想到埃拉是个傻孩子就不胜烦恼，但她的的确确是个傻孩子。叫她比较长时间地全神贯注于某一件事，就像叫一只小鸟在一根树枝上站立很久一样，根本就不可能，甚至在斯佳丽给她讲故事的时候，埃拉也会一个劲地打岔，提出一些跟故事毫不相干的问题，而且还没等斯佳丽张口解释，她已经把刚才提的问题忘得一干二净了。至于韦德——也许瑞特是对的。也许他确实怕她。这真有点奇怪，也叫她感到伤心。为什么她的亲生儿子、她的独生儿子会怕她呢？有时她试图逗他说话，他却瞪着一双同查尔斯一模一样的淡褐色的眼睛望着她，尴尬得两只脚直动。可是跟玫兰妮在一起，他却滔滔不绝地说个不停，还会把自己的裤兜翻个底朝天，把里面的东西，什么蚯蚓、烂绳子之类的统统倒出来给她看。

玫兰妮管孩子确实有一套办法。这一点谁都无法否认。她的儿子小博就是亚特兰大最乖、最讨人喜爱的孩子。斯佳丽跟他相处比跟自己的儿子相处要好得多，因为小博在大人面前从不感到拘谨。每次小博见到她，总是不等招呼就爬上她的膝头。这真是一个漂亮的金发男孩，长得跟阿希礼一模一样！要是韦德像小博就好了——当然，玫兰妮只有一个孩子，也用不着像斯佳丽那样工作、操心，所以她能带好孩子。至少，斯佳丽曾试图以此为自己辩解，但诚实的天性又迫使她不得不承认，玫兰妮确实是疼孩子，就是有十几个孩子她也同样欢迎。她在韦德和邻居们的孩子身上便倾注了全部柔情。

斯佳丽永远不会忘记有一天她所经历的震惊。这天，她驾着马车路过玫兰妮的家来接韦德回家。当她踏上门前的石径时，只听到她的儿子扯着嗓门惟妙惟肖地模仿着南军的呐喊声，而平时韦德在家里总是闷声不响，安静得像只耗子。韦德的喊声刚落，又传来小博的尖叫声。当她走进起居室时，只见两个孩子正手持木剑向沙发发起冲锋。一见她进来，两个孩子顿时吓得闭紧了嘴巴，这时玫兰妮却手握发夹和卷发器，大声笑着从沙发后面站了起来。

“这里是葛底斯堡，”玫兰妮解释说。“我是北佬，当然已经被打得一败涂地。这位是李将军，”说着用手指了指小博。“这位是波克特将军，”说着伸手搂住了韦德的肩膀。

是的，玫兰妮哄孩子确实有一套斯佳丽永远也学不会、摸不透的办法。

“至少，”她想，“美蓝是爱我的，喜欢跟我一起玩。”但诚实的天性又迫使她不得不承认，美蓝一向更喜欢和瑞特而不是和她在一起。也许她再也见不到美蓝了。因为她猜想，瑞特也许已经到了波斯或者埃及，并且要一直待在那边不回来了。

当米德大夫告诉她，她已经怀孕时，她大吃了一惊。因为她原以为诊断结果会是肝气不和或神经衰弱。她脑海里顿时闪现出那狂欢之夜的情景，不觉满脸涨得绯红。尽管对那夜狂欢的回忆被后来发生的事情蒙上了一层阴影，但这孩子毕竟是那些销魂时刻的结晶。她平生第一次为自己怀孕而感到高兴。但愿这是个男孩！别像韦德那样是个精神萎靡不振的小不点儿，而是一个活泼可爱的大胖小子。她一定会好好抚养他的！现在她已经有空闲来照料孩子，也不愁没钱培养他，她该会多么幸福啊！她突然想到要给瑞特写封信，由住在查尔斯顿的他的母亲转给他，把这个消息告诉他。天哪，他必须马上回到家里来！万一他一直等到孩子出生后才回来，那时她可就有口难辩，永远也解释不清了！但是如果给他写信，他一定会以为她是巴望着他回来，那他就会扬扬得意了。决不能让他觉得她需要他，离不开他。

她终于打消了给他写信的念头。就在她为此感到高兴之时，却收到了查尔斯顿宝莲姨妈的来信。从信的内容看，瑞特似乎正住在查尔斯顿他母亲那儿。这是三个月来她第一次听到瑞特的消息。尽管她对宝莲姨妈信中提到的一些事大为不满，但是得知瑞特还在美国，她顿时大大松了一口气。宝莲姨妈在信中说，瑞特曾带美蓝去看过她和尤拉莉姨妈，信中充满了赞美之词。

“小家伙真是漂亮极了！长大后准是个美人。不过依我看来，不管哪个男人想追求她，必得先过巴特勒船长这一关才行，因为我还从未见过哪个做爸爸的像他这样疼爱女儿。亲爱的，我现在要向你忏悔一件事。在见到巴特勒船长之前，我一直认为你嫁给他是辱没了家门，因为在查尔斯顿没有人听到过一句赞扬他的话，而对他的家族大家都感到很差劲。所以起先我和尤拉莉对是否要接待他还犹豫不决。但最后还是接待了他，因为不管怎么说，美蓝毕竟是我们的甥外孙女。等见到了他，我们真是又惊又喜，喜出望外，这才意识到轻信无聊的流言蜚语多么有悖于基督教教义。他风度翩翩，魅力十足，人也长得英俊，而且举止稳重，礼貌周全。对你和孩子疼爱到了极点。

“现在，亲爱的，有件事我要对你讲讲。这事我们是听别人说的——开始我和尤拉莉还不肯相信。我们听说你有时亲自管理肯尼迪先生死后留给你的那爿铺子。这话我们以前就听人说起过。但我们都没有理会。我们知道在战后初期，日子不好过，这样做也许是必要的。但现在已经没有这个必要了。据我所知，巴特勒船长境况相当不错，再说他完全有能力替你经营你所有的产业。我们有必要了解这些传闻是否属实，因此不得不向巴特勒船长直截了当地问个究竟。尽管这对我们大家来说都是十分痛苦的。

“他很不情愿地告诉我们，你每天上午都在铺子里忙活，还不许别人插手账目的事。他还承认，你拥有一家或几家工厂的股权（由于我们是头一次听说这事，只顾为这事烦恼，便没有追问他），使你不得不一个人赶车外出，或者由一个流氓替你赶车，而据巴特勒船长断言，那个人竟是个杀人犯。这件事很伤他的心，这点我们看得很清楚，我们觉得他对你一定是百依百顺，十分溺爱——事实上是过于溺爱了。斯佳丽，这种情况决不能再继续下去了。你母亲已不在人世，不会再来命令你如何行事了。我作为你的姨妈，必须代她负起责任来。你要想一想你那些年幼的孩子们，当他们长大后知道他们的母亲做过买卖，他们会怎么想！当他们知道你曾抛头露面，开厂经商，终日耳闻那些粗鄙不堪的男人们的污言秽语，置身于肆无忌惮的流言蜚语的危险之中，他们会感到何等的屈辱！这种不守妇道的——”

斯佳丽不等读完便咒骂了一句，随手把信摔在地上。她完全可以想象宝莲姨妈和尤拉莉姨妈两人坐在炮台区那幢摇摇欲坠的房子里对她评头论足的情景。若不是她斯佳丽每月给她们寄钱，她们还不是只有挨饿的份儿？不守妇道？天哪，若是她不这样，此时此刻宝莲姨妈和尤拉莉姨妈恐怕早已上无片瓦下无立锥之地了。还有该死的瑞特，竟然把店铺、管账、还有工厂的事儿都对她们说了！难道真就那么不情愿？他哄得老太太们信以为真，把他当作一个举止稳重、礼貌周全、充满魅力的人，一个忠于妻子的丈夫、钟爱子女的父亲，这会儿还不知怎么兴高采烈呢。对他这一套，她可是看得一清二楚。他肯定津津乐道地向她们叙述她在店铺、工厂和沙龙酒吧里的种种行为，以折磨她们为乐。真是个魔鬼！为什么干这般邪恶的事会让他这么开心呢？

但很快，连这阵愤怒也变得麻木了。近来炽热的激情已经从她的生活中消失了许多。她多么希望自己能够重新唤起这种激情，重新见到阿希礼容光焕发的脸庞——多么希望瑞特能够回到家来，逗得她捧腹大笑！

事先也没打个招呼，他们就回来了。他们回来的第一个暗示是行李包放在穿堂地板上发出的砰砰声和美蓝的大声叫喊：“妈妈！”

斯佳丽急忙走出房间来到楼梯口，只见女儿抬着一双胖乎乎的腿儿，用力地一步步爬上楼来，怀里还抱着一只温顺的、毛色呈条纹状的小猫。

“这是姨婆送我的，”她一边兴奋地高喊，一边揪着猫的后颈把它拎了起来。

斯佳丽一把把她抱在怀里，使劲亲了亲她的脸，心中暗自庆幸有孩子在场，使她避开了同瑞特久别重逢、单独相见的难堪场面。她的目光越过美蓝的头顶，看见他在楼下的穿堂大厅里正在给马车夫付车钱。他抬起头来，看见了她，一边动作潇洒地摘下礼帽，一边弯腰致礼。当她接触到他那双黑眸子时，心儿不禁怦怦直跳。不管他为人如何，也不管他做了哪些事，他毕竟回家来了，这使她感到高兴。

“黑妈妈呢？”美蓝一边问，一边扭着身子想挣脱斯佳丽的搂抱，斯佳丽只得把孩子放下。

看来事情要比她原来料想的困难，以不卑不亢、恰如其分的方式同瑞特打招呼本来就够难的了，更何况还要把自己怀孕的事儿告诉他！他上楼时，她望着他的脸，只见那张黝黑的脸还是那么冷漠、无动于衷、毫无表情。不，她还得等些时候才能告诉他，不能马上就说出来。照理，这种消息应该首先让丈夫知道，因为做丈夫的总是乐意听到这种消息的。但是她觉得，瑞特恐怕不会对此感到高兴。

她站在楼梯顶，倚身斜靠着扶手。心想他也许会来吻她。不料他没有这样做，只是说道：“你脸色很苍白，巴特勒太太。难道胭脂都用光了？”

竟然没有一句思念她的话！即使心里不想，嘴里也该有个表示吧。至少他也可以当着黑妈妈的面吻她一下以示亲热吧。黑妈妈在给他行了屈膝礼后便领着美蓝下楼去育儿室了。他同她一起站在楼梯顶上，他的两眼漫不经心地上下审视着她。

“瞧你这么憔悴，是不是因为一直在想念我？”他问这话时嘴角上露出了一丝微笑，可眼睛里却笑意全无。

看来他还是这副德性。还是像以前一样可恶。突然，她觉得自己怀着的这个孩子一下子变成了一个令人讨厌的累赘，不会再给她带来欢乐；而眼前站着的这个男人，这个满不在乎地把一顶宽大的巴拿马礼帽放在臀部的男人也一下子变成了不共戴天的仇敌，成了她一切苦难的根源。她回答时两眼充满了恶毒的目光，这恶毒是那样的显而易见、不容置疑，以致他脸上的那一丝笑容也突然消失了。

“如果我脸色苍白，那也是你的过错，而不是因为我想念你，你这自命不凡的家伙。这是因为——”哦，她根本没打算以这种方式告诉他，但那些让人面红耳赤的话却不由自主地涌到嘴边，她也顾不得仆人们是否会听到，便劈头盖脸地冲着他吼叫起来。“这是因为我身上有了孩子！”

他突然倒抽了一口冷气，双目迅速地在她身上扫了一遍。他一个箭步跨到她身边，好像是要伸手去挽她的手臂，然而她却一扭身躲开了。看到她两眼充满了仇恨，他的脸顿时沉了下来。

“真的吗！”他冷冷地说。“那么，谁是那位幸福的父亲呢？阿希礼？”

她紧紧抓住扶手，直到扶手上那只雕刻的狮子的耳朵突然刺痛了她的手心她才放开。她对他的了解可谓深矣，可她却未料到他居然会说出这种污辱她的话来。当然他是在开玩笑，可这玩笑太恶毒了，简直让人无法忍受。她恨不得伸出尖尖的五指，抠出他的眼珠子，把里面那股阴阳怪气的目光彻底捣毁。

“你这该死的混蛋！”她气得七窍生烟，说话的声音直打颤。“你——你明明知道这是你的孩子。我并不比你更想要这个孩子。像你这样一个无赖，没有哪个女人愿意替你生孩子。我希望——哦，上帝啊，我真希望这不是你的孩子！”

她看见他黝黑的脸突然变了颜色，愤怒和一种她无法理解的东西使他的面部抽搐起来，就像被蜇了一下似的。

“太好了！”她心花怒放。“太好了！这下我可伤着他了！”

可是转眼间他又恢复了往日那种满不在乎、无动于衷的老样子。他伸手捋了捋一边的小胡子。

“别垂头丧气，”说着他便转身要上楼。“说不定你会流产的。”

突然她感到一阵头晕目眩，生孩子会带来的种种痛苦一起涌上心头：撕心裂肺的呕吐、漫长而令人厌倦的等待、身子日渐臃肿、数小时的阵痛，这些都是男人们永远无法体会的。他倒好，竟然还敢拿她开玩笑。她真想狠狠抓他一把。此刻最能平息她心头痛楚的莫过于亲眼看到他黑不溜秋的脸上流出鲜红的血来。于是她敏捷得像只猫似的向他猛扑过去，瑞特微微吃了一惊，身子往边上一闪，同时伸出一只手臂来抵挡。地板前不久刚打过蜡，她又正好站在最高一级楼梯的边缘，就在她扑向他的时候，整个身子的重量全都集中到那只向前伸出的手臂上，经他一挡，身体便失去了平衡。她拼命去抓楼梯的扶手，结果却扑了个空，于是一个倒栽葱摔了下去，倒在楼梯上，只觉得肋骨一阵钻心似的疼痛。她感到头晕目眩，两眼直冒金星，再也控制不住自己，骨碌碌一直滚到了楼梯脚下。

除了那几次生孩子，斯佳丽这次还是头一回病倒，再说生孩子也算不上什么大病。那时她并不感到孤独凄凉，也没有一点害怕的感觉，可现在她却感到浑身无力，疼痛难熬，脑子昏沉沉的一片混沌。她知道自己病势不轻，周围的人都不敢把真情告诉她，她隐隐约约感到自己也许不行了。肋骨摔断了，一呼吸就像刀割似的疼痛不堪。脸上青一块紫一块的，头疼欲裂，浑身上下好像有许多恶魔拿着火热的铁钳烙她的皮，用钝刀子割她的肉，把她折磨得精疲力竭，一阵剧痛刚刚过去，还没等她缓过劲来，又一阵剧痛便又向她袭来。不，生孩子也没有这样难受。她生下韦德、埃拉和美蓝后两个小时，就能饱餐一顿，而现在不管想到吃什么都会感到恶心。

孩子得来全不费功夫，失去时却要忍受这般痛苦。奇怪的是，当她得知孩子保不住时，就像剜了她的心头肉一样，竟顾不上浑身剧痛了。更奇怪的是，这是她头一回真心实意地想要个孩子。她极力想弄明白自己究竟为什么一定要这个孩子，然而她的脑子太累了，除了对死亡的恐惧竟想不出任何别的东西来。死神就在这间屋子里，而她没有力量与之抗衡，没有力量击退它，她只感到恐惧。她渴望有个强壮的人站在她身边，抓住她的手，把死神击退，直到她恢复健康，有足够的力量自己来进行战斗。

她心头的怒火被疼痛淹没了，她希望见到瑞特，但瑞特却不在屋里，她又不好意思让人去把他叫来。

她还记得最后一次看到他的情景：他从漆黑一团的穿堂的楼梯底下把她抱了起来，他面如死灰，往日那种满不在乎的神情已荡然无存，只剩下恐惧的表情，扯着嘶哑的嗓子叫唤黑妈妈。她依稀记得自己后来被人抬上了楼，以后的事就什么也不记得了。她醒来只觉得浑身一阵紧似一阵的疼痛，满屋子回荡着嗡嗡的说话声、佩蒂姑妈的抽泣声和米德大夫粗声粗气的命令声。时而还传来急匆匆上楼下楼的脚步声和人们在楼上穿堂里踮着脚尖走路的声音。这时，宛如天空中现出一道令人目眩的闪光一样，她突然意识到死亡与恐惧，她拼命尖叫着一个人的名字，然而这叫声到头来却只是一种低低的耳语。

但这几乎是无望的耳语却马上得到黑暗中坐在床边的一个人的响应。她轻声叫唤的那个人用行云流水般轻柔圆润的声音回答道："我在这儿，亲爱的，我一直都在这儿。"

玫兰妮握住她的一只手，把它轻轻地贴在自己冰凉的脸颊上，死亡与恐惧慢慢地退却了。斯佳丽想扭过头来看着她的脸，却怎么也转不动。玫兰妮快要临产了，北佬的军队马上就要打进城来。全城变成了一片火海，她必须赶快离开，赶快离开。但是玫兰妮要临产了，她不能走。她必须和她在一起，直到孩子出生。一定要坚强，因为玫荔需要她的力量。玫荔在忍受着痛苦——一阵又一阵的疼痛，仿佛有许多人拿着通红的铁钳和钝刀对她施以毒刑。她必须握住玫荔的手。

但是米德大夫毕竟还在，尽管兵营内的士兵需要他，他还是来了，因为她听到他在说："神志昏迷。巴特勒船长在哪儿？"

那天晚上她觉得周围忽明忽暗，有时好像是自己在生孩子，有时又好像是玫兰妮在呼喊。在这期间，玫荔一直守候在她的身边。她的双手冰凉，却丝毫没有做出任何于事无补的焦虑的举动，也没有像佩蒂姑妈那样一味抽泣。每当斯佳丽睁开眼睛说，"玫荔？"她都立刻回答。每次她正要开口轻轻叫一声："瑞特——我要瑞特。"但马上就像大梦初醒一样，想起瑞特并不要她，想起瑞特那张同印第安人一模一样的阴沉漆黑的脸，想起他那口总是流露出讥讽模样的白牙。

有一次她说："玫荔？"回答的却是黑妈妈的声音："她马上就来，孩子。"她一面把一块冷毛巾放在她的额头上，一面焦急地叫喊："玫荔——玫兰妮，"但玫兰妮过了好久才来。原来玫兰妮此刻正坐在瑞特的床边，而瑞特喝得烂醉，头枕着她的膝盖，瘫倒在地板上，呜呜地哭泣。

每次走出斯佳丽的房间她都看到他坐在床边，房门洞开，眼巴巴地望着穿堂对面的房门。他的屋子里乱糟糟的，到处是雪茄烟蒂和一盘盘没有动过的饭菜。床上也是凌乱不堪，被子也不叠，而他就坐在上面，一刻不停地抽着雪茄，他满脸胡子拉碴，脸庞一下子消瘦了许多。他见到她时，从来不问问题。她总是在门口站立一会儿，把情况告诉他："我很难过，她的病情恶化了，"或者是："不，她还没问起你。你知道，她还神志昏迷呢。"或者是："你决不可失去希望，巴特勒船长。我来给你煮点热咖啡，做点吃的。你这样会弄出病来的。"

尽管她又累又困，几乎什么感觉也没有了，但看到他这副样子，心里总是充满了怜悯、痛苦之情。她明明亲眼看着他一天天消瘦下去，看见他满脸愁容、痛苦不堪，怎么别人还会说他那些卑鄙无耻的闲话，说他没有心肝、邪恶狠毒、对斯佳丽不忠呢？尽管她疲惫不堪，但她在传达病房里的情况时总尽力使自己的态度比平时还要和蔼几分。他看上去就像一名在等候宣判、即将被打入地狱的死囚，又像一个突然置身于敌人包围中的孩子。不过在玫兰妮看来，所有的人都只是个孩子。

当她终于喜滋滋地来到他的房门口，准备告诉他斯佳丽的病情已经好转的时候，她所看到的情景竟完全出乎她的意料。床边的桌子上放着一个已经喝掉一半的威士忌酒瓶，满屋里酒气熏天。他抬起头来望着她，明亮的眼睛像是蒙上了一层薄翳。尽管他咬紧牙关，可嘴角的肌肉还是不住地颤抖着。

"她死了？"

"哦，不。她好多了。"

他说："哦，我的上帝，"说着便用双手捂住了脸。她看见他宽阔的肩膀在发抖，像是在打摆子。她不胜怜悯地注视着他，但当她发现他在痛哭时，她的怜悯顿时变成了恐怖。玫兰妮从来没见过一个男人哭泣，更万万没想到像瑞特这样温文尔雅、这样爱嘲弄人、这样能永远把握住自己的男人会抱头痛哭。

听到他嘴里发出绝望的哽咽，她真给吓了一大跳。起先她还以为是他喝醉了，心中不免有点着慌，因为玫兰妮一向害怕别人喝醉后发酒疯。但是在他抬起头的当儿，她瞥见了他的眼睛，才知道他并没醉，于是便疾步走进屋子，轻轻关上房门，向他走了过去。她虽然从未见过大男人痛哭流涕，却曾哄过许多哭泣的孩子，帮他们抹去脸上的眼泪。当她刚把一只手轻轻搁在他的肩上，他便突然用双臂抓住了她的裙子。还没等她反应过来，她已坐在了床沿上，而他已跪在地板上，把头埋在她的膝头上，用双臂、双手发狂似的紧紧抓住她，抓得她疼了好一会儿。

她轻轻抚摸着他满头乌发的脑袋，安慰他说："好了！好了！别这样了！她很快就要好了。"

一听到她的话，他的手抓得更紧了，接着便语气急促、嗓音嘶哑、喋喋不休地讲了起来，仿佛是对着一座永远不会把其秘密泄露出来的坟茔在讲一样，生平第一次掏出了心里话，无情地剖析着自己，把自己的思想赤裸裸地暴露在玫兰妮面前。玫兰妮开始时完全不明白他在说些什么，只是像个慈母般地静静听着。他把头深深埋在她的双膝之间，拼命扯动着她的裙子的皱褶，说话声断断续续，毫不连贯。有时候他的话含糊不清，声音低沉；有时候却十分清晰，字字进入她的耳中。这都是些严厉、痛心的忏悔和谦恭之词。他所讲到的一些事情，就是一个女人也从来没有在她面前提到过，这些秘密的事情只羞得她满脸通红，幸亏他是低着头讲这些话的。

她像对待小博一样拍拍他的头说："别说了，巴特勒船长！你不该对我说这些事的！你现在不舒服，就别说了！"但他依旧滔滔不绝地说个没完，一边仍旧抓住她的裙子，仿佛这就是他的生命希望之所在。

他口口声声地责备自己的行为，但这些都是她所不能理解的；他含糊不清地提到贝尔·沃特林，接着便拼命摇晃着她，大声嚷道："是我杀死了斯佳丽，是我杀了她。你是不懂的。她本来不想要这个孩子，是——"

"你快别说了！你真是发疯了！不想要孩子？女人哪有不想要——"

"不！不！你想要孩子。可她不想要。不想要我的孩子——"

"你别说了！"

“你不懂。她本来是不想要孩子的，是我逼着她有的。这个——这个孩子——全是我的过错。我们已经好久没有同床——”

“嘘！巴特勒船长！你这话不会——”

“那天我喝醉了，昏头昏脑的，一心想伤害她——因为她伤害了我。我想——我也这样做了——可她并不要我。她从来就没要过我。她从来不要我，我作过努力——我作过很大的努力，可是——”

“哦，别说了！”

“我根本就不知道她有孕在身，直到那天——她从楼上摔下来。她不知道我在什么地方，没法写信告诉我——即使她知道我在什么地方，她也不会写信给我的。不瞒你说——不瞒你说，我要是事先知道了这事，肯定会马上赶回家来的——不管她要不要我……”

“哦，是的，我知道你会马上赶回来的！”

“老天啊，这几个星期我都干了些什么蠢事啊！整天神魂颠倒，喝得烂醉！那天在楼梯上她把孩子的事告诉我时，——你猜我干了什么？说了什么？我大笑着对她说：‘别垂头丧气。说不定你会流产的。’而她——”

玫兰妮低下头，只见巴特勒满头乌发的脑袋正在她的膝盖上痛苦地扭动，顿时吓得脸色发白，两眼瞪大。午后的阳光从敞开的窗口泻入屋内，蓦地，她好像才第一次发现，他的那双手是那么大，那么黑，那么结实有力，手背上的黑毛长得那么浓。她不由自主地把身子往后一缩。这双手看上去那么凶狠，那么残忍，然而眼下却死死抓住她的裙子，显得那么虚弱、无力。

难道当初关于斯佳丽与阿希礼的那番荒诞无稽的谣言真的传进他的耳朵被他信以为真，因而妒火中烧？不错，那些流言蜚语刚一传出他便离城出门去了，但是——他，他绝不是为这事出走的。巴特勒船长向来是行色匆匆，说走就走的。他绝不会相信那些闲言碎语。他这人很聪明。如果问题真是由此而引起的，那他为什么不想法开枪打死阿希礼呢？至少也会要求阿希礼作一番解释吧？

不，不会是这样的。他只是喝醉了，加上极度的紧张才生了病，满脑子胡思乱想，就像一个神志不清满口呓语的人，尽说一些不着边际的胡话。男人在经受极度的紧张方面不如女人。他大概是受了什么刺激，也许只是同斯佳丽发生了一场小小的口角，而他却把它看得过重了。也许他说的那些可怕的事情中有一些确有其事，但不可能全部属实。哦，最后那句话绝不会是真的，断断不会！任何一个像他这样深深爱着斯佳丽的男人绝不会对他所爱的女人说出这种话来。玫兰妮从未见过邪恶的事，从未见过残忍的事，而今她平生第一次正视它们，她觉得这一切根本无法想象、难以置信。他一定是喝醉了，生了病。而对生了病的孩子只能好言相劝。

“好啦！好啦！”她语调委婉地说。“别说了。我都明白了。”

他猛地抬起头来，瞪着一双布满血丝的眼睛看着她，同时用力甩开了她的双手。

“不，天哪，你并没有明白！你不可能明白！你——你心地太善良了，不可能明白这些东西。你不相信我，可我说的每句话都是真的。我是一只狗。你知道我为什么那么做吗？我疯了，忌妒得发疯了。她对我一向无情无义。我本以为可以让她回心转意的，可她却依然如故。她并不爱我。她从来就没爱过我。她爱的是——”

当他那充满激情、醉意蒙眬的目光同她的目光相遇时，他突然收住了话头，嘴巴却依然张开着，好像到这会儿才刚刚意识到自己是在跟谁说话。她的脸色苍白，显得十分紧张，可她的目光依然是那样坦然、亲切，充满了怜悯与决不信邪的神情。那双温柔的褐色眼睛中闪烁着宁静安详的光芒，目光深处流露出来的纯真对他不啻是一记响亮的耳光，把他满脑子里的酒精一下子打掉了不少，把原来那些就要冲口而出的疯话一下子打了回去。他嘴里喃喃自语地咕哝了几句，垂下头去避开了她的目光，同时急速地眨着眼睛，尽力使自己清醒过来。

“我是个卑鄙的小人，”他嘴里嗫嚅着，脑袋重又颓然埋在她的膝间。“但我还没有卑鄙到不可救药的地步。我刚才对你讲的那些话，你是不会相信的，是不是？你心地太善良了，绝不会相信我的话。我从来没有见过像你这样真正的好人。你不会相信我的话，是不是？”

“是的，我不会相信的，”玫兰妮一面安慰他，一面重又抚摸起他的头发来。“她很快就要好了。别哭了，巴特勒船长！别哭了！她很快就要好了。”

第 57 章

一个月后，瑞特把斯佳丽送上了开往琼斯博罗的火车。斯佳丽面色苍白，身体十分瘦弱。韦德和埃拉与她同行。面对着母亲那张毫无生气的、苍白的脸，两个孩子局促不安，默默无言。他们紧紧偎依在普莉西身边，因为即使在他们幼小的心灵里，也已经感受到母亲同继父之间那种冷冰冰、毫无感情的气氛中有着某种可怕的东西。

斯佳丽不顾身体虚弱，坚持要回塔拉老家。近来她已经心力交瘁，虽明知于事无补，可还在一遍又一遍地苦苦思索着她所深深陷入的困境，她感到哪怕再在亚特兰大呆上一天，也会闷死。她身体羸弱，黯然神伤，就像一个迷路的孩子孤零零地站在一片只有在恶梦中才会出现的荒野上，周围找不到任何熟悉的路标指引她走出迷津。

如同北佬攻城时她曾逃离过亚特兰大一样，这一次她又逃离了这座城市，把一切烦恼忧虑丢到脑后，重又祭起她惯用的法宝：“我现在不去想它。再想就受不了啦。明天到了塔拉我再去想它。明天毕竟是新的一天了。”仿佛只要她能回到老家那幽静的环境，置身于绿油油的棉田之中，一切烦恼就会烟消云散，她就会有办法把她支离破碎的思路理顺，成为她赖以生存的支柱。

瑞特目送着火车远远驶去直至消失。他满面愁容，怏怏不乐，显得心事重重，痛苦不堪。他长叹一声，打发走马车，然后跨上坐骑，策马沿着常春藤街朝玫兰妮家疾驰而去。

这是个温暖和煦的早晨，玫兰妮坐在葡萄藤遮荫的门廊上，身边的针线篓里堆着满满一篓破袜子。当她看到瑞特下了马，一扬手把缰绳扔给站在人行道上、像铁塔一般结实的黑人男仆时，心里不禁一阵慌乱，不知如何是好。那天真是太可怕了，斯佳丽大病不起，他又喝得——喝得烂醉。自那天以来，她就再没有单独跟他见过面。玫兰妮甚至不愿去想“烂醉”这个词。在斯佳丽恢复期间，她偶尔见过他几次，也只是随便跟他打个招呼，根本不敢去正视他的目光。好在她每次见到他，他都是那副和蔼可亲的老样子，神色谈吐之间都没显示出他们之间曾经发生过那回事。阿希礼曾对她说过，男人往往不记得他们喝醉酒后所说的话、所做的事，所以玫兰妮便在心中暗暗祈祷，希望巴特勒船长也已忘记了那天发生的事。她宁愿去死也不愿他还记得他说过的那些流露出真实感情的话。当他沿着门前小路走来时，她只感到战战兢兢，十分尴尬，两颊不禁泛起阵阵红晕。也许他只是来叫小博去跟美蓝作伴的。他总不至于那么不知趣，会亲自跑来为她那天所做的事向她道谢的吧!

她站起身来迎接他。见他身材这般魁梧，走起路来竟如此轻快，又不免像往常一样感到一阵惊讶。

“斯佳丽走了?”

“走了。塔拉庄园会对她有好处的，”他笑盈盈地说。“有时候我觉得她就像神话中的巨人安泰①一样，只要一接触大地母亲就会力量倍增。斯佳丽离开她眷恋的那片红土地太久就要浑身不自在。对她来说，看一眼茁壮生长的棉花，比吃米德大夫开的种种补药还灵。”

“你请坐，”玫兰妮说，她的手有些发抖。他长得魁梧高大，极富男子气概，在这样的男人面前，她总感到心绪不宁。他们似乎散发出一种力、一种活力，令她感到自己越发渺小、软弱。他脸色黝黑、威严，宽厚的肩膀把他的亚麻布白上装撑得鼓鼓的，那样子让人感到害怕。她曾亲眼看到他的这种威力与目空一切的傲慢消失殆尽，想来真是不可思议。更何况她还捧着他那满头乌发的脑袋放在自己的膝间!

“哦，天哪!”她心中忐忑不安地想道，不觉又涨红了脸。

“玫荔小姐，”他轻轻说道，“是不是我这一来惹你不高兴了?你是不是希望我走开?请坦率地说吧。”

“哦!”她心里想。“他确实记得!而且连我现在心里感到不安他也知道!”

---

① 安泰是希腊神话中地神之子，打仗时只要身体不离地面就可以百战百胜。

她抬起头来看着他，分明是在恳求，但突然她的窘迫与惶惑消失了。他的目光是那样安详，那样和蔼，那样宽容，以至她不明白自己这样慌张是不是太愚蠢了。他的神色疲惫不堪，而且令她感到惊讶的是，他还显得很悲伤。她怎么竟然会生出这样的念头，认为他会粗鄙不堪，把他们俩都想忘掉的旧事重新提起呢?

“可怜的人，他一直都在为斯佳丽担心呢，”她想，于是微微一笑说，“请坐吧，巴特勒船长。”

他重重地坐下，望着她重新拿起了缝补的袜子。

“玫荔小姐，我是来请你帮个大忙的，”他咧咧嘴笑着说。“请你帮我设个骗局，不过我知道你是不愿这么做的。”

“一个——骗局?”

“是的。事实上，我是来跟你谈一笔生意的。”

“哦，天哪。你最好还是找韦尔克斯先生去谈。我对生意上的事可是一窍不通。我可不像斯佳丽那么精明。”

“我觉得斯佳丽太精明，对她反而不利了，”他说。“我正是为了这事来跟你商量的。你知道她——病得多么厉害。从塔拉庄园回来以后，她又会重新开始风风火火地大干一场，经营那爿铺子和那些工厂。我真心希望哪一天晚上，这些工厂、铺子会轰隆一声炸个精光。我着实为她的健康担心，玫荔小姐。”

“是的，她实在是太劳神了。你一定要说服她别干了，让她好好当心自己的身体。”

他哈哈大笑。

“你知道她这人有多么固执。我甚至从来不敢跟她争辩。她就像一个任性的孩子一样。她不愿让我帮助她——也不愿让任何人帮助她。我曾想说服她把工厂的股份卖掉，可她就是不听。好了，玫荔小姐，我们来谈正经事吧。我知道，除了韦尔克斯先生以外，斯佳丽绝不会把工厂的剩余股权出售给任何人，所以我希望韦尔克斯先生把她的产权全部买下来。”

“啊，天哪！能这样当然是太好了，可是——”玫兰妮突然收住话头，紧紧地咬住嘴唇。她可不能对外人谈到钱的事。尽管阿希礼在厂子里有薪金可拿，可不知怎么搞的，他们手头一直很拮据。而且令人烦恼的是，他们的积蓄也少得可怜。她自己也不知道钱都花到哪里去了。阿希礼交给她的钱足够维持家中的日常开销，可一旦遇到什么额外开支，他们往往就会捉襟见肘。当然，她请大夫来看病的费用就很可观，阿希礼从纽约定购的书籍和家具也是一大笔支出，另外还要供养那些住在他们家地下室的流浪汉。此外，凡是参加过邦联军的人来借钱，阿希礼从来不忍心加以拒绝。还有……

“玫荔小姐，我愿意借给你们这笔钱，”瑞特说。

“你真是太好了，可我们也许永远还不起这笔债。”

“我不要你们还。别生我的气，玫荔小姐！请听我把话说完。只要斯佳丽不必每天赶着马车行驶几英里去工厂奔波劳累，就足以抵了这笔债。单单那爿铺子就够她忙活，让她感到愉快了……你还不明白吗？”

“嗯——明白——”玫兰妮迟疑不决地说。

“你不是希望你的孩子能有一匹小马吗？你不是还希望他能进大学、进哈佛、到欧洲去观光游览吗？”

“哦，那当然啦，”玫兰妮顿时神采飞扬地大声说道。“我希望他样样东西都能得到，可是——嗯——眼下大家都很穷，所以——”

“只要韦尔克斯先生买下那些工厂，总有一天他会赚到一大笔钱的，”瑞特说。“我真心希望你们小博能得到他应该得到的一切机会。”

“哦，巴特勒船长，你可真是诡计多端！”她笑盈盈地大声说道。“你知道我为儿子感到骄傲，便来向我进攻。我可是看透了你的用心。”

“不见得，”瑞特说，他的眼睛里第一次闪出了喜悦的光芒。“好了，你愿不愿意我把钱借给你们？”

“可那骗局又是怎么回事？”

“我们俩必须串通一气，瞒住斯佳丽和韦尔克斯先生两个人。”

“哦，天哪！这我可不行！”

“要是斯佳丽知道我在背后算计她，即使是为了她好——嗯，你是知道她的脾气的！而且，我担心韦尔克斯先生也不会接受我提供的任何贷款。因此，决不能让他们俩知道这钱是从哪里来的。”

“不过，如果韦尔克斯先生知道了事情的真相，我敢肯定他是不会拒绝的。他对斯佳丽可喜欢了。”

“是的，他确实喜欢她，”瑞特心平气和地说。“不过即使如此，他也还是会拒绝的。你知道所有韦尔克斯家的人有多么高傲。”

“哦，天哪！”玫兰妮痛苦地低声说道。“我希望——真的，巴特勒船长，我不能欺骗我的丈夫。”

“即使为了帮助斯佳丽也不行吗？”瑞特显得十分伤心。“她可喜欢你了！”

泪水在玫兰妮的眼睑上颤抖着。

“你知道，为了她，即使赴汤蹈火我也心甘情愿。她待我的种种好处，我一辈子也报答不了。这你是知道的。”

“是的，”他淡淡地说。“我知道她为你做的那些事。你能不能对韦尔克斯先生说，钱是你的一个亲戚在遗嘱里留给你们的？”

“哦，巴特勒船长，我可没有哪个亲戚拿得出一个子儿给他！”

“那么，要是我把钱通过邮局寄给韦尔克斯先生，不让他知道是谁寄的，你能不能保证这笔钱用来买工厂，而不是——嗯，施舍给那些贫困的以前的邦联分子？”

听到他最后半句话，她起先还有点不快，觉得这些话好像隐含着对阿希礼的批评，但是见他那张笑盈盈的脸是那样充满了理解，她也报之以微微一笑。

“我当然能。”

“那就这么讲定了？你可要保守秘密哟？”

“我可是从来没有向丈夫隐瞒过什么！”

“我相信这一点，玫荔小姐。”

她望着他，心想自己平时对他的看法全然没错，而众人对他的看法却大错特错了。人们都说他残酷、傲慢、没有礼貌，甚至认为他不诚实。诚然，许多最体面的人现在已经承认，他们当初错了。嗬！她可是从一开始就认为他是个好人的。他对她一向和气、体贴、毕恭毕敬，而且非常理解她！再说，他对斯佳丽爱得多深！他用这种迂回曲折的办法来减轻斯佳丽的负担，真也亏他想得出来！

她心中涌起一股暖流，不禁脱口而出："斯佳丽有一个对她这样体贴的丈夫真是好福气！"

"你这样认为？如果她听到你这么说，恐怕不会同意的。再说，我也希望对你好，玫荔小姐。我给你的要比给斯佳丽的还多。"

"我？"她迷惑不解地问道。"哦，你是指小博吧？"

他拿起帽子，站了起来。他站在那儿凝神注视着她那张朴实的、圆形的脸庞，只见她额前的 V 形发尖长长的，一对黑黑的眼睛端庄而持重。这真是一张不谙世故，对生活毫无戒心的脸。

"不，不是指小博。我要给你一样比小博更为珍贵的东西，但愿你能想象得出。"

"不，我想象不出，"她说，又一次感到了迷惑不解。"对我来说，世界上再也没有比小博更为珍贵的了，除了阿希——除了韦尔克斯先生以外。"

瑞特没有吱声，只是低头看着她，他黝黑的脸上一片平静。

"你想为我做些事，真是太感谢了，巴特勒船长，但是说真的，我也够幸运的了。一个女人在这个世界上想要得到的东西我已经都有了。"

"那很好，"瑞特说，脸色突然变得阴沉起来。"我希望你能永远保住它们。"

斯佳丽从塔拉庄园回来时，一改原先病恹恹面色苍白的样子，两颊也红扑扑变得丰满了。她那双绿眼睛重又闪现出往日机警聪明、光彩照人的神韵。当瑞特和美蓝到车站去接她、韦德和埃拉时，她几个星期来头一次纵声大笑——这笑声里既有烦恼也有欢乐。瑞特的帽檐上斜插着两根火鸡羽毛，美蓝身上穿的是她最好的一件上衣，竟然会破得不成样子，小脸蛋上画着两条靛蓝色的斜线，鬈发上插着一根有她身高一半长的孔雀羽毛。显然，他们在来车站前正在做一个印第安游戏。从瑞特躲躲闪闪无可奈何的脸色以及黑妈妈勉强憋着一肚子火气的样子来看，不用说美蓝准是不肯卸妆就来接妈妈了。

“看你真像个小叫化子！”斯佳丽一面吻她一面说，然后转过脸去让瑞特在自己的面颊上亲了一下。车站上人很多，不然她是绝不会主动做出如此亲热的举动的。尽管美蓝这副模样使她很尴尬，但她还是注意到，周围所有的人见了他们父女俩这般打扮都冲着他们直笑，这微笑丝毫没有嘲讽的意味，而完全是出于真诚的欢乐与善意。瑞特对斯佳丽的小女儿百依百顺，这在亚特兰大早已人人皆知，传为美谈。他如此疼爱孩子已经使他在公众心目中的形象大为改观。

在回家的路上，斯佳丽滔滔不绝地讲述着乡下的新闻。由于气候炎热、干燥，棉花一个劲儿地直往上蹿，简直可以让人听到它们吱吱拔节长高的声音，不过威尔说今年秋天棉花的价格要下跌。苏埃伦又快要生孩子了——这句话她是一个个字母拼出来说的，这样孩子们就听不懂了。埃拉有一回竟一反常态咬了苏埃伦的大女儿一口。不过，斯佳丽认为，这也是小苏茜自讨苦吃，因为她跟她妈妈小时候一模一样，蛮不讲理。但这下子可把苏埃伦惹火了，因此又像从前一样，找上门来跟斯佳丽大吵了一场。韦德打死了一条水蛇，而且是他一个人干的。塔尔顿家的兰德和卡米拉在学校里教书，这不是开玩笑吗？从前塔尔顿家的人个个目不识丁，连个“猫”字都写不出！贝特西·塔尔顿嫁给了一个从洛夫乔伊来的独臂胖男人，他们和塔尔顿家的赫蒂还有吉姆在费尔希尔种棉花，看来收成不错。塔尔顿太太养了一匹母马和一匹小马，日子过得挺开心，就像拥有百万家产似的。卡尔弗特家的老房子里住进了黑人！他们有一大帮子人，而且真的把房子给占了！他们是在镇上大拍卖时把它买下的。那地方现在简直是千疮百孔，让人看了都要掉泪。谁也不知道凯思琳和她那个无用的丈夫跑到哪里去了。亚力克快要同他守寡的嫂子萨丽结婚了。想想也好笑，他们俩在一个屋檐下共同生活了这么多年，居然要结婚了！大家都说这是一门权宜婚姻，因为他们家的老小姐和小小姐都已去世，只剩下他俩住在一起，闲言碎语就开始多了起来。

迪米蒂·芒罗为这事伤透了心，可她也是活该。要是她有头脑的话，早该另外为萨丽找个男人改嫁，何必等亚力克攒够了钱来娶她呢。

斯佳丽一路上兴致勃勃，喋喋不休说个没完，可是乡下还有许多事情她却讳莫如深，只字未提，因为一想到这些事她就要伤心。她曾和威尔一起赶着马车在乡下转了一圈，一路上她竭力不去追忆往日这片绵延数千英亩的肥沃棉田里遍地绿油油的情景。而今这些种植园都一个个重新变成了森林，静寂的废墟四周和荒芜的棉田里杂草丛生，就连矮橡树矮松也悄悄地繁衍开来。从前的棉田，现在大概只剩下百分之一还在耕种。他们一路走去，就像进入了死国一般。

“这片土地就算能恢复元气，起码也要有五十年才行，”威尔当时曾这样断言。“亏了你我努力，斯佳丽，塔拉庄园现在是全县数一数二的庄园，可它也只是一座庄园而已，总共才有两头骡子，算不上种植园。塔拉之后便是方丹家的庄园，然后是塔尔顿家的庄园。他们虽然挣钱不多，但还能维持，也会动脑筋想办法。可其余的人家，其余的庄园——”

不，斯佳丽不愿去回想乡下那番满目凄凉的情景。现在回到了喧闹、繁华的亚特兰大，再去回想那番情景，更会让人倍感伤心。

“这边的情况怎么样？”当他们终于回到家，在门廊里坐定以后，她问道。一路上，她嘴里说个没完，话说得又急又快，生怕一停下来就会冷场。自从那天从楼梯上摔下来以后，她就没有单独同瑞特说过一句话，现在她根本不急于同瑞特单独在一起。她不知道瑞特心里对她究竟怎么样。在她病后调养的那段痛苦的日子里，他对她确实很好，但那不过是一种毫无感情色彩的、陌生人的好意。她需要什么，他都能事先考虑到，安排好，并管好孩子，不让他们来打搅她，另外还替她照管铺子和工厂。但他从未说过一声：“对不起。”大概他根本就不认为有什么对不起她的地方。也许他还以为那个不曾出生的孩子不是他的。她怎么能猜透，在那张毫无表情的黑脸后面，他的脑袋瓜子里在想些什么呢？但自从他们结婚以来，他却第一次表现出彬彬有礼的举止，渴望着让生活继续下去，仿佛他们之间从来没有发生过任何不愉快的事情——仿佛，斯佳丽怏怏不乐地想道，仿佛他们之间从来没有发生过什么事情一样。好吧，如果这就是他所希望的，那她也可以把自己的角色扮演下去。

“这里一切都好吗？”她又问了一遍。“铺子里要换的新屋板你都买好了吗？骡子交换了没有？看在老天爷分上，瑞特，把你帽子上的那些羽毛拿掉吧。看你这番傻样，也许等会儿你进城时会忘记把它们拿下来呢。”

“不嘛，”美蓝说着，便拿过父亲的帽子，用手护着它。

“这儿一切都很正常，”瑞特回答说。“美蓝和我过得很开心，我想你走后她就没有梳过头。别去吮那些羽毛，宝贝，它们也许脏得很。是的，屋板已经换好了，骡子交换得挺合算。说实在的，这里没有什么新闻。一切都很单调乏味。”

不过，他想了想，又加了一句：“尊敬的阿希礼昨晚到这儿来过。他想问问我你是否愿意把你的工厂和你在他厂里拥有的那部分股权卖给他。”

斯佳丽正坐在一把摇椅里，手里拿着一把火鸡尾毛扇，一边摇一边扇着风，听到这话便突然停住了。

“卖给他？阿希礼倒是从哪儿弄来的钱？你知道，他们穷得连一个子儿也没有。他挣的钱，玫兰妮一下子就花个精光。”

瑞特耸了耸肩。“我一向以为她是个勤俭持家的人，看来我对韦尔克斯家的家底远不如你了解得清楚。”

这番刺人的话听起来像是瑞特又故态复萌了，这使斯佳丽有些恼火。

“你走开，亲爱的，”她对美蓝说。“妈妈有话要跟你爸爸说。”

“不，”美蓝断然拒绝，接着一下子爬到了瑞特腿上。

斯佳丽朝孩子皱起眉头，美蓝也绷起脸回敬她，那模样活像她外公杰拉尔德·奥哈拉，惹得斯佳丽差一点笑出声来。

“就让她待在这儿吧，”瑞特平心静气地说。“说到他从哪儿弄到的钱，好像是一个什么人送给他的。在罗克艾兰时，那人害天花，是阿希礼护理了他。这件事使我重新唤起了对人性的信念，感恩戴德之心毕竟还未泯灭。”

“那个人是谁？我们认识吗？”

“信上没有署名，是从华盛顿寄来的。阿希礼也猜不透是谁寄给他的。但话又说回来，阿希礼为人忠厚无私，走过这么多地方，积下这么多功德，怎能指望他把所有的人都一一记住呢？”

倘不是斯佳丽为阿希礼的这笔意外之财感到喜出望外，面对瑞特的这一挑战，她早就会奋起应战了，虽然在塔拉庄园时她就已打定主意，以后凡是涉及阿希礼的事决不同瑞特斗嘴。她对自己在这件事上所处的地位还毫无把握，在她确确实实弄清楚自己在这两个男人之间所处的地位之前，她不愿贸然出击。

“他想买下我的股权？”

“是的，不过当然啰，我告诉他你是不会卖的。”

“我希望我的事你不要插手。”

“不过，我知道你是不愿意卖掉那些工厂的。我对他说，他同我一样清楚，你不插手管别人的闲事就心里难受。如果你把工厂卖给他，你就不能插手去管他的事了。”

“你怎么胆敢对他这样谈论我？”

“为什么不敢？这难道不是事实？我相信他从心底里同意我的看法，不过他是个地地道道的绅士，绝不会直言不讳，实话实说的。”

“你瞎说！我会把工厂都卖给他的！”斯佳丽怒气冲冲地扯着嗓子大声说。

直到这时以前，她还根本没想过要卖掉工厂。她所以要保留它们固然有好几个原因，但钱的问题却是最次要的。过去几年里，她如果要把工厂卖掉，随时都能赚上一大笔钱，可她拒绝了所有买主的报价。因为这些工厂是她多年来惨淡经营的确证，是她在极为不利的环境下单枪匹马创下的家业，她为这些工厂，也为她自己感到骄傲。最重要的是，她之所以不愿出卖工厂，因为它们是她跟阿希礼接触的唯一途径。一旦失去了对这些工厂的控制，就意味着她将很少见到阿希礼，也许从此再也不能同他单独见面了。而她必须同他单独见面。她很想知道阿希礼现在对她的感情到底怎么样了，很想知道在玫兰妮举行宴会的那个可怕的夜晚之后，他所有的爱是不是因为羞愧已完全消失；现在这种蒙在鼓里的状况再也不能继续下去了。在做生意的过程中，她可以找到很多适当的机会同他交谈而不至于让人觉得她是在有意找他。而且，她知道，经过一段时间之后，她一定能收复她在他心中的失地。可是，如果她把工厂卖掉——

不，她并不想卖，可想到瑞特竟在阿希礼面前直言不讳地把她说得这样不堪，她一下子被激怒了，当即便下了决心。她将把工厂卖给阿希礼，而且价钱要非常便宜，好让他充分意识到她是多么慷慨大方。

“我卖！”她恼羞成怒地大声喊道。“你现在还有什么想法？”

瑞特眼中闪过一丝微弱的胜利之光，他忙弯下腰去给美蓝系好鞋带。

“我想你会后悔的，”他说。

其实她已经在为刚才话说得太急而感到后悔了。如果听到这话的是别人而不是瑞特，她定会死皮赖脸地把它收回。她干吗要这样急急忙忙，脱口而出呢？她皱紧眉头，怒气冲冲地看着瑞特，只见他也在注视着她，依旧是那副猫守在耗子洞口的机警神态。瞧见她双眉颦蹙的样子，他突然大笑起来，一口洁白的牙齿在熠熠闪光。斯佳丽有一种不安的感觉，疑心自己受骗上当，落入了他的圈套。

“你在这里面搞了什么鬼吧？”她疾言厉色地问。

“我？”他扬起双眉，作了一副不胜惊讶的样子。“你对我还不了解吗？四处奔波行善积德的事，除非万不得已，我是从来不沾边的。”

当天晚上，她便把工厂和她在其中的全部股份卖给了阿希礼。她并没有因此而受到损失，因为阿希礼不肯接受她一上来提出的很低的开价，最后是以别人出过的最高价成交的。她在契约上签过字后，便无可挽回地失去了这些工厂。当玫兰妮给阿希礼和瑞特各端来一小杯葡萄酒，以庆祝成交时，斯佳丽只觉得心如刀割一般，仿佛她卖掉的是自己的亲骨肉。

工厂一直是她心爱的宝贝，她的骄傲，是她用自己勤劳的双手创造出来的成果。在那些黑暗的日子里，当亚特兰大尚未从战争的废墟和灰烬中挣扎着站立起来时，她在极其困苦的条件下先办起了一家小厂。但她不畏艰苦、奋勇拼搏、精心筹划、惨淡经营，在北佬大肆没收财产、银根奇紧、许多精明之士纷纷破产的艰难时期却稳稳地站住了脚跟。现在，亚特兰大正在医治好战争创伤，到处在大兴土木，每天有无数的外乡人拥入城里，她已经拥有了两家盈利甚丰的工厂，还有两家木材厂和十多支骡车队，雇佣着一批犯人劳工，以很低的成本经营着这些产业。跟这一切告别，犹如把她一部分生活的大门永远关紧，这部分生活尽管饱含着辛酸与苦涩，但回想起来，却有一种依依不舍的满足感。

她亲手创建了这份产业，现在又亲手把它卖掉了；她心情沉重，因为她十分清楚，没有她在后面掌舵，阿希礼准会把它——把她辛辛苦苦创建起来的一切——丧失殆尽。阿希礼对任何人都深信不疑，而且至今还分不清各种木材的大小规格。现在她再也不能向他提出有益的建议了，这全是因为瑞特已对阿希礼说过，她对什么事情都爱指手画脚。

“哦，该死的瑞特！”她心里暗暗诅咒着。她注视着瑞特，心里越来越坚信不疑，这一切都是他在幕后策划的。至于他是怎样策划的，为什么要这样策划，她还不清楚。这时瑞特正在跟阿希礼谈话，他的话又把她的火气引了上来。

“我想你会马上把那些犯人辞退吧？”他说。

辞退犯人？怎么会想到要辞退犯人呢？你瑞特明明知道，工厂的巨额利润靠的就是这些廉价的犯人劳工。你在谈到阿希礼将来要采取的行动时语气为什么这么肯定呢？你对他了解多少呢？

“是的，他们马上就走，”阿希礼回答说，竭力避开斯佳丽惊讶的目光。

“你发昏了？”她大声叫了起来。“这样合同期内的佣金就全完了，再说你还能找到什么人来做工呢？”

“我可以找自由黑人，”阿希礼说。

“自由黑人！胡扯！你该知道他们的工资有多高吧，而且那些北佬时时刻刻都会盯住你，看你是不是每日三餐给他们鸡吃，晚上睡觉给他们鸭绒被子盖。要是你用鞭子把哪个偷懒的黑人抽上两下子，让他快点干活的话，从亚特兰大到多尔顿的北佬就会齐声尖叫，非把你关进牢房不可。犯人是唯一——”

玫兰妮低下头去，凝视着十指交叉放在膝头的双手。阿希礼面有愠色，显得很固执。他半晌没有吱声。过了一会，他的目光同瑞特的目光相遇了，仿佛从他的眼神中发现了理解与鼓励——这一切斯佳丽都看在了眼里。

“我不愿意用犯人，斯佳丽，”他心平气和地说。

“好吧，先生！”她大吃一惊。“不过，为什么不愿意呢？是不是害怕别人像议论我一样地议论你？”

阿希礼抬起头来。

“只要我做得对，我就不怕别人怎么说我。而且我始终认为，用犯人充当劳工是不对的。”

“可为什么——”

“我不能靠强制别人劳动受苦来赚钱。”

“可你从前却养过奴隶！”

“从前奴隶的生活并不悲惨。而且，即使这场战争没有使他们获得解放，我也会在父亲死后解放他们的。至于用囚犯做工，那就是另一回事了，斯佳丽。这种制度的弊端太多了。也许你不了解，可我是了解的。我知道得清清楚楚，约翰尼·加勒吉尔在他的工棚里至少杀死过一个犯人。也许更多——有谁关心犯人的死活呢？他说那人是因为想逃跑才被杀死的，可我从别处听到的却不是这么回事。我知道有些人病得很厉害，实在做不动了，可他还逼着他们干活。你也许会说这是迷信，可我认为，靠别人的痛苦赚来的钱是不会带来幸福的。”

“活见鬼！你的意思是说——天哪，阿希礼，华莱士牧师关于金钱肮脏的说教你全都接受了吧？”

“我用不着接受他的说教。在他布道之前很久我就相信这一点了。”

“那你一定认为我所有的钱都是肮脏的了，”斯佳丽厉声说道。“因为我雇佣犯人，开设酒馆，而且——”她戛然而止。韦尔克斯夫妇俩面容尴尬，而瑞特则在一旁咧着嘴嘻嘻直笑。该死的瑞特，斯佳丽心里骂道，又是气又是恨。他一定在想，我又在指手画脚管人家的闲事了，阿希礼一定也在这样想。我真恨不得把他们俩的脑袋砸个粉碎！她强忍住怒火，极力装出一副超然的神态，然而装得一点也不像。

“当然，这事跟我毫不相干，”她说。

“斯佳丽，不要以为我是在批评你！不是的。只不过我们对事物的看法不同而已。你认为对的东西也许我并不认为就对。”

她突然希望这儿就只有她和阿希礼两个人，希望瑞特和玫兰妮离开他们远远的，这样她就可以大声喊道：“可我希望我对事物的看法跟你的看法一样！告诉我你到底是什么意思，让我好理解你，跟你保持一致的看法！”

可玫兰妮就在眼前，正为这一场面深感不安，浑身发抖，而瑞特则懒洋洋地冲着她咧嘴直笑，所以她只能尽量保持冷静，冠冕堂皇地说道：“当然这是你自己的事了，阿希礼，用不着我来告诉你如何去做。但是，我必须告诉你，我真不理解你的态度，也不明白你的话是什么意思。”

哦，要是他们俩单独在一起就好了，这样她就不必对他说这些冷冰冰的话了，这些话一定使他感到不快了！

“我的话惹你生气了，斯佳丽，可我并不是有意的。请你一定相信我，原谅我。我的话里没有什么猜不透的哑谜。我只是认为，以某些方式赚来的钱很难带来幸福。”

“但你这种想法不对！”她大声喊道，因为她再也控制不住自己了。“看着我！你知道我的钱是怎么来的。你知道我在赚到钱之前是怎么样的情况！你总记得那年冬天，在塔拉庄园，天气冷极了，我们把地毯剪开做鞋子，粮食不够吃，我们还常常为小博和韦德受教育的事发愁。你还记得——”

“我都记得，”阿希礼厌倦地说，“可我宁愿把它们忘掉。”

“那你总不能说当时我们哪个人是幸福的吧？可你看看我们现在！你有了一个美满的家，有了一个美好的未来。还有谁的房子比我的漂亮，谁的衣服比我的好，谁的马儿比我的骏？谁家的餐桌都不如我家的餐桌丰盛，谁家的招待会都比不上我家的招待会体面排场。我的孩子要什么有什么。那么，我这些钱都是怎么得到的呢？是从树上摘下来的吗？不，先生！是靠犯人、酒馆的租金以及——”

“不要忘记你还杀死了那个北佬，”瑞特轻声说道。“实际上你是在杀了他以后才开始踏上发家之路的。”

斯佳丽突然转过身来面对着他，满腔怒火正要发作，又被瑞特抢先开了口。

“而且你的钱使你非常、非常幸福，是不是，亲爱的？”他问，这话听上去甜丝丝的，实则恶毒之极。

斯佳丽顿时语塞，她张着嘴，眼睛飞快地扫了另外三个人一眼，只见玫兰妮窘得几乎要哭出来了，阿希礼突然变得面色苍白，一声不吭，而瑞特却叼着雪茄，自得其乐地注视着她。她真想大声叫喊：“当然啰，我的钱的确使我感到幸福！”

可不知怎么，她却没有喊出来。

第58章

在她刚生病的那段时间里，斯佳丽便注意到瑞特身上发生了一种变化。她并不能完全肯定自己是不是喜欢这一变化。他酒喝得少了，不那么吵闹了，一天到晚像有什么心事似的。现在他回家来吃晚饭的次数比过去多了，对仆人们更和气了，对韦德和埃拉也更疼爱了。对于他们过去的事儿，不管是愉快的还是不愉快的，他都没有再提起过，而且似乎认为她也没有勇气重提这些话题，虽然这话他并没有明说。斯佳丽的确一声不响，保持着沉默，因为这些事儿，还是不提为好，所以从表面上看，日子倒也过得挺平稳。在她恢复期间，他开始对她表现出一种不带感情色彩的谦恭态度，现在他仍然保持着这种态度，而不再像过去那样对她讽刺挖苦、冷嘲热讽了。她现在才认识到，过去他用恶言毒语把她激怒，惹得她反唇相讥，那是因为他关心她的言行举止。现在她却怀疑他对自己所做的任何事情是否还在关心。现在他客客气气的，对什么事情都不闻不问，这反倒使她怀念起过去他那种刚愎任性的关心，怀念起过去那些争吵、斗嘴的日子来了。

现在在她面前，他竟变得文雅起来，好像她是个陌路人一样。过去他的眼睛曾一刻不离地追随着她，现在这对眼睛却一刻不离地追随起美蓝来了，仿佛他生命的激流已经折入一条狭窄的河道。有时候斯佳丽想，如果瑞特把倾注在美蓝身上的关注和柔情分一半在她身上，生活就会大不一样。有时候听到人们在说："巴特勒船长对这孩子真疼爱！"她都很难装出一个笑脸来。但如果她不笑，别人又会觉得奇怪；而即使对自己，斯佳丽也极不愿意承认她是在嫉妒一个小女孩，特别是这女孩又是自己的掌上明珠。斯佳丽总希望自己在周围人们的心目中占据着首位，而现在很明显，瑞特和美蓝将永远把对方看作是第一重要的人物了。

近来瑞特常常很晚才从外面回来，但回来时从不醉醺醺的。她常听到他轻轻吹着口哨，沿着穿堂从她关着的房门走过。有时候深更半夜还有人跟着他一起回家，坐在餐室里一边喝着白兰地一边聊天。这些人已经不是他们婚后第一年和他在一起喝酒的那些人了。那些有钱的提包客、叛贼和共和党人现在再也不被他邀请到家里来了。斯佳丽常常踮着脚尖，轻轻走到楼梯扶手处偷听，使她大为惊讶的是，她所听到的竟是勒内·皮卡尔、休·艾尔辛、西蒙斯兄弟和安迪·邦尼尔等人的声音。而梅里韦瑟爷爷和亨利伯伯则每次都在。有一次，竟连米德大夫也在，真使她大吃一惊。因为这些人过去都以为，即使绞死瑞特也是便宜了他！

在她的心目中，这伙人一直是跟弗兰克的死联系在一起的，而这些天瑞特直到半夜才回家，更使她联想起导致弗兰克丧生的那次三 K 党人袭击事件之前的那些日子。她不无恐惧地想起了瑞特曾经说过的话：

虽然他希望上帝不会让他承受这么重的苦刑，但为了受人尊敬，他甚至愿意去参加他们那个该死的三K党。假定瑞特真像弗兰克那样——

一天夜里，当他超过了平时的时间仍在外面迟迟未归时，她再也忍受不住这种极度的紧张了。一听到他的钥匙在门锁中转动的声音，她便披上一件晨衣，走进点着煤气灯的前穿堂，在楼梯口上截住了他。他一看到她站在那儿，原来那副心不在焉，沉思默想的表情突然变成了满脸的惊讶。

“瑞特，我一定要知道！我一定要知道你是不是——是不是三K党——这是不是你待在外面这么晚的理由？你是不是属于——”

在闪烁的煤气灯光下，他随便看了她一眼，然后微微一笑。

“你大大落后于时代了，”他说。“现在亚特兰大已经没有三K党了，说不定整个佐治亚州都没有了。你听到的那些有关三K党暴行的谣言，都是你的那帮提包客和叛贼朋友制造出来的。”

“没有三K党了？你是为了安慰我而在说谎吧！”

“亲爱的，我什么时候想着要安慰过你呢？现在真的没有三K党了。我们认为搞这种活动好处不多，坏处却不少，因为它只会激怒那些北佬并为布洛克州长的造谣工厂提供更多原料。这位州长大人知道，只要他能使联邦政府和北佬的报纸相信整个佐治亚州到处都在叛乱，每棵小树后面都埋伏着一个三K党人，他就能保住他的宝座。为了保住宝座，他一直在无中生有，拼命制造三K党暴行的谣言，说什么忠诚的共和党人双手捆着被吊起来，正直的黑人因莫须有的强奸罪被私刑处死。但他自己也知道他是在无的放矢。谢谢你为我担忧，但自从我离开了那帮叛贼成为一名恭顺的民主党人以后不久，这里就没有什么三K党人活动了。”

他说的关于布洛克州长的那番话，她大半是一个耳朵进，一个耳朵出的，因为她主要关心的是三K党，现在听说已经没有了，便松了一口气。瑞特不会像弗兰克那样被杀害了；她也不会失去她的铺子或者是他的钱了。但是他的话中有一个词却引起了她的注意。他刚才说的是“我们”认为怎么样，怎么样，这就很自然地把他和那些他过去称作

“顽固派”的人联系在一起了。

“瑞特，”她突然问道，“三 K 党的解散跟你有什么关系吗？”

他久久地看着她，眼睛开始闪动起来。

“亲爱的，跟我有关系。这事儿的主要负责人就是我和阿希礼·韦尔克斯。”

“你—— 和阿希礼？”

“是的，政治使陌路人结为同盟，这话虽是陈词滥调，但却千真万确。我和阿希礼都不怎么喜欢对方，但是——阿希礼一直不相信三 K 党，因为他反对任何形式的暴力。我也一直不相信三 K 党，因为我认为他们的做法是一种愚蠢透顶的蛮干，绝不会达到我们的目的。它只会使北佬永远骑在我们头上作威作福。我和阿希礼一起说服了那些头脑发热的鲁莽家伙：密切的注视，耐心的等待和积极的工作比身穿蒙头长袍、手举燃烧的十字架更能使我们取得进展。”

“你是说那帮年轻人真的接受了你的劝告？像你这样—— ”

“像我这样一个投机家？一个叛贼？一个跟北佬朋比为奸的家伙？你忘记了，巴特勒太太，现在我是一名模范的民主党人，为了从强夺者手中收回我们可爱的领土，愿意献出最后一滴鲜血！我的意见都是些很好的意见，所以他们都接受了。我就其他政治问题发表的意见也同样很好。现在我们民主党已在州议会中占了多数，是不是？用不了多久，亲爱的，我们就会让我们的一些共和党的好朋友去尝尝铁窗风味了。他们近来贪得无厌得太过分了点，太明目张胆了点。”

“你要帮着把他们关进牢房？哎呀，他们过去可是你的朋友！他们让你参加了铁路公债那笔交易，让你赚了几千块呢！”

瑞特咧开嘴笑了，这是他过去那种表示嘲弄的笑法。

“哦，我对他们并没有什么恶意。但我现在站在了另外一边，如果我有办法帮着自己人把他们关进他们该被关进去的地方，我当然要这样干。这对提高我的信誉帮助可大呢！对他们有些交易的内幕我了如指掌，如果州议会开始进行调查，我掌握的这些情况就非常有价值了——从现在的情况来看，开始进行调查已经为期不远了。他们对州长也要开始调查了，如果可能的话，他们还要把他也关进监狱呢。你最好告诉你那些好朋友——像格勒特夫妇和亨顿夫妇——叫他们随时做好准备，一有风声就马上离城，因为如果州长会被逮捕，他们也会被逮捕。”

这许多年以来，斯佳丽见共和党人在北军的支持下一直掌握着佐治亚州的大权，所以对瑞特这番轻率的话她根本就不相信。州长的地位牢固之极，任何州议会都奈何他不得，更别说把他关进监狱了。

“你可真是滔滔不绝啊，”她说。

“就算他不被关进监狱，至少他也不会再次当选了。下一次我们要有一个民主党的州长了，换换花样嘛！”

“看来这事儿你又要去出把力了？”她话中带刺地问道。

“是的，宝贝儿，我会的。这些晚上我一直很晚才回来，原因就在这儿。现在我干得很卖力，比当年拿着铁锹淘金时还要卖力，为的是帮着把这次选举工作组织好。另外，我还给我们的组织捐了很多钱，我知道你听了这话会伤心的，巴特勒太太。不过，你还记得好多年之前，在弗兰克的铺子里，你曾经对我说，藏着邦联政府的金币是不正当的吗？现在我终于跟你的看法一致了，所以邦联政府的金币正被用来使邦联分子重新掌权。”

“你这是在把钱往耗子洞里倒！”

“什么！你把民主党叫做耗子洞？”他两眼狠狠地瞪着她，接着又平静下来，没有表情了。“谁将赢得这次选举，对我无关紧要。重要的是人人都将知道我为这次选举出过力，花过钱。人们记住这一点对美蓝的未来是有利的。”

“听了你刚才那番虔诚的话，我还担心你已经换了一副心肠呢。现在看来，你对民主党也像对别的任何东西一样，并没有多少真心实意。”

“心肠毫无改变，只是换了一层皮。就像一只豹，也许你可以刮掉它的豹斑，但它还是一只豹。”

他们在穿堂讲话的声音把美蓝吵醒了。她虽然睡意仍浓，但还是急切地叫了一声："爸爸！"瑞特一听到女儿在喊，便从斯佳丽身边走过，朝女儿房间走去。

"瑞特，等一下。我还有话要对你说。以后你下午出去参加政治会议，绝不可再把美蓝带在身边。把一个小女孩带到这种地方去，实在太不像话了！让人看上去连你也像个傻瓜。我从没想到你会带她去，后来亨利伯伯提起这事儿我才知道，他好像还以为我知道这事儿，而且——"

他突然转过身来面对着她，脸色非常阴沉。

"怎么你连一个小女孩坐在她爸爸怀里听他跟朋友讲话也觉得不像话呢？你可以认为这看上去不像样，但实际上这并没有什么不好。很多年以后，人们还会记得，当我帮着把共和党人赶出佐治亚州的时候，美蓝曾经坐在我怀里。很多年以后人们还会记得——"这时他脸上的阴沉表情已慢慢消失，但眼睛里却闪动着恶毒的目光。"你知道吗，人们问她最爱谁，她就说'最爱爸爸和民主党人'，问她最恨谁，她就说'最恨叛贼'。感谢上帝，人们最容易记住这类东西。"

斯佳丽气急败坏地提高了嗓门。"我看你还会告诉她，我也是个叛贼吧！"

"爸爸！"这次，小孩子的声音有点愤怒了。瑞特一边仍在吟吟笑着，一边沿着穿堂向女儿走去。

那年十月，布洛克州长果然辞职，逃离了佐治亚州。因为在他任职期间，滥用公款、挥霍浪费和贪污受贿都达到了登峰造极的地步，以致彻底倒了台。由于公众义愤填膺，连他自己本党也已分崩离析。这时，民主党人已在州议会中占了多数，这意味着他迟早要下台。他知道自己要受审查，又担心遭到弹劾，所以他没有坐以待毙，而是匆匆忙忙地悄然出逃了。出逃前还做好了安排，要等他安全抵达北方之后，再宣布他辞职的消息。

在他逃走一周后宣布他辞职的消息时，亚特兰大群情激昂，欣喜若狂。人们纷纷拥向街头，男人们欢笑着互相握手庆贺；女士们欢呼着相互亲吻。家家户户都举办了晚会；喜气洋洋的男孩子们燃起篝火，引起了一些火灾，害得消防局一直忙着在灭火。

差不多就要渡过难关了！重建时期也差不多要结束了！不错，代理州长仍是一名共和党人，但到十二月就要举行选举，人们对选举结果都毫不怀疑。当选举的日子来到时，尽管共和党人进行了疯狂的挣扎，佐治亚还是再次选出了一名民主党州长。

于是又有一番欢乐和激动的场面，但其性质却与布洛克逃之夭夭时的举城欢腾有所不同。这是一种更为清醒、更为沁人心脾的欢乐，一种发自内心深处的感激之情；所有教堂都挤得满满的，牧师们虔诚地感谢上帝拯救了佐治亚州。在人们的兴高采烈和欢欣鼓舞之中，还交织着一种自豪感，因为尽管华盛顿的联邦政府设置了重重障碍，尽管有北军驻守在这里，尽管有提包客、叛贼和当地的共和党人从中破坏，佐治亚州还是回到了自己的人民手中。

国会曾七次通过强制性的法令对付佐治亚州，企图使它一直保持被占领地区的地位。北军曾三次宣布取消民法。黑人们曾肆无忌惮地欢聚在州议会。政府中那些贪婪成性的外乡人曾滥用职权以饱私囊，一些没有担任公职的人也侵吞公款变成了富翁。佐治亚无依无靠，受尽了折磨、凌辱和欺压。但现在，这一切都已成了过去，佐治亚通过自己人民的努力终于又属于她自己所有了。

共和党人的突然被推翻并没有给所有的人带来欢乐。那帮提包客、叛贼和共和党人一片惊慌。在布洛克辞职的消息公布之前，格勒特夫妇和亨顿夫妇显然对他的出逃已有耳闻，所以他们也突然离城，不知去向了。那些留下来的提包客和叛贼则心神不定，惶惶不可终日。他们常聚在一起寻求安慰，一面又忧心忡忡，不知道州议会的调查会不会把他们的什么隐私暴露在光天化日之下。他们再也不像过去那样目空一切了。他们被吓得呆若木鸡，手足无措，终日提心吊胆。那些来拜访斯佳丽的太太们翻来覆去总是说：

“谁会想到世道竟会变成这副样子呢？我们本来以为州长的权力很大，本来以为他会在这儿一直干下去的，本来以为——”

尽管瑞特事先曾就事态的发展趋势警告过她，斯佳丽对时局的变化也同样迷惑不解。这倒不是因为她对布洛克的下台感到惋惜，对民主党人的重新上台感到难过。虽然说来没人会相信，其实她对北佬统治终于被推翻也是感到高兴的。对于自己在重建初期的拼搏，对于因担心北军和提包客会把她的钱充公而受的那份折磨，她都还记忆犹新。她也还记得当时自己多么无依无靠、多么恐慌、多么恨那些北佬，因为正是他们把这一令人恼火的制度强加给了南方。她一直恨着北佬。但为了随遇而安，为了得到充分的安全，她却又跟那些征服者打得火热。尽管她不喜欢他们，她却让他们簇拥在自己周围，而抛弃了自己的老朋友和原来的生活方式。当时，她把赌注压在布洛克政权的长治久安上，结果却输了个精光。如今，征服者的权势已寿终正寝了。

1871 年的圣诞节，是佐治亚人十多年来最快乐的一个圣诞节。但斯佳丽环顾四周，却不胜烦恼。尤其是见瑞特这个当年在亚特兰大最让人厌恶的家伙，现在竟摇身一变，成了最受欢迎的人物，她更是耿耿于怀；因为瑞特走红完全是由于他低声下气地宣布放弃他的共和党邪说，把他的时间、金钱、精力和思想全用来帮助民主党在佐治亚重新掌权的结果。当他怀里揽着身穿一身蓝的美蓝骑马走在街上，微笑着轻触帽檐向路人致意时，人们也都微笑作答，热情地跟他搭话并充满爱怜地望着小女孩。然而，她，斯佳丽——

第 59 章

虽然人人都觉得，美蓝·巴特勒这孩子近来变得越来越野，需要好好管一管了，但因为大家都宠爱她，所以谁也不忍心去管她。她是跟着爸爸在外面旅行的那几个月里开始变野的。当她跟着瑞特住在新奥尔良和查尔斯顿时，她晚上可以随心所欲一直玩到很晚才去睡觉，而且跟着瑞特去戏院、去餐馆、去赌台，要睡觉就睡在他怀里。从那以后，要想让她跟听话的埃拉同时上床睡觉，那就非得用武不可。在她跟着爸爸在外面时，瑞特总是让她愿意穿什么就穿什么；所以从那以后，每当黑妈妈让她穿凸纹条格细布上衣和围涎而不让她穿蓝色塔夫绸的衣裙和饰有花边的衣领时，她总要大发一通脾气。

这孩子离家在外时养成的这些坏习惯，后来在斯佳丽生病期间以及回到塔拉庄园小住期间更是变得根深蒂固，所以现在要想纠正看来是毫无办法了。在美蓝年纪稍大一点时，斯佳丽曾试图对她进行管教，使她不至于变得太任性、太娇纵，但结果却收效甚微。因为不管这孩子的要求多么荒谬，行为多么蛮横，瑞特总是站在她那一边袒护她。他一直鼓励她讲话，把她当作一个大人，煞有介事地听她讲述自己的意见，并装出一副照着她的意见行事的样子。这样一来，大人讲话时，美蓝想到插嘴就插嘴，有时还要反驳爸爸的话，杀杀他的威风。而瑞特只是哈哈一笑，连斯佳丽要打美蓝几下手心作为惩戒也不允许。

“好在这孩子还漂亮、可爱，不然可真让人受不了，”斯佳丽不胜悲哀地想道。她已经看出她的女儿跟她一样倔强任性。“她崇拜瑞特，要是他想管教，他是有办法让她守点规矩的。”

但是瑞特却毫无使美蓝循规蹈矩的意思。她做的事儿样样都对，即使她想要天上的月亮，只要他能摘得下来，她也能得到。她那俏丽的容貌、鬈曲的头发、惹人喜爱的酒窝和优美动人的举止都使他感到无比自豪。他爱她无拘无束的天真、兴致勃勃的劲头以及向他撒娇时的那种奇特而可爱的方式。尽管她受到娇惯，很任性，但她太可爱了，他真不忍心去管束她。他是她的上帝，是她那个小小世界的中心，他在她心目中的这一地位对他太珍贵了，以致他不敢冒着失去它的危险去惩戒她。

她像影子一般追随着他。早晨他还想多睡一会儿，她却把他叫醒了；吃饭时总是坐在他身边，轮流着从他的盘子里和自己的盘子里夹菜吃；骑马出门总坐在他前面；晚上睡觉时只让瑞特替她脱衣服，然后把她放在他床边的小床上让她入睡。

斯佳丽见自己的小女儿竟把她爸爸这么牢牢地捏在手心里，既觉得有趣，又深受感动。谁会想到，像瑞特这样一个轻狂浮躁的家伙，做起父亲来竟会这样认真呢？但有时候，斯佳丽又会突然感到一阵嫉妒，因为美蓝才只有四岁，对瑞特的了解已超过了她多年的了解，对瑞特的控制也超过了她以往任何时候对他的控制。

美蓝四岁的时候，黑妈妈便开始嘟嘟囔囔，说什么一个女孩子家

“叉开腿骑着马，坐在爸爸前面，让裙子都飞起来”，实在太不像话。瑞特对黑妈妈所说的有关教育小女孩的话一向认真听取，这次也不例外。于是，他便去买来一匹棕白两色的雪特兰种小马，鬃毛和马尾长长的，又柔软又光滑，还配上了一副小小的、镶银边的侧坐马鞍子。名义上，这匹小马是为三个孩子共同买的，而且瑞特为韦德也配了一副鞍子。但韦德更喜欢跟他那只圣伯纳德狗一起玩，而埃拉是什么动物都怕的。所以这匹小马就成了美蓝一个人的了，而且取名为“巴特勒先生”。美蓝得到这匹小马，当然非常高兴，唯一感到美中不足的是她不能再像爸爸那样跨马而骑了；但在瑞特对她说明侧坐而骑更加难学以后，她便心满意足，而且很快就学会了。美蓝坐在马上英姿飒爽，缰绳抓在手中稳稳当当，这使瑞特感到无比自豪。

“等她再大几岁就可以去打猎了，”瑞特夸口说。“任何猎场上都没有人比得上她。到那时候我要带她去弗吉尼亚。那才真是打猎的地方。还要去肯塔基，因为只有那儿的人才会欣赏好骑手。”

到了要替她做骑装的时候，照例又是由她自己挑选颜色，而她照例又选了蓝色。

“可是，亲爱的，不要选那种蓝天鹅绒！蓝天鹅绒是我做宴会服用的，”斯佳丽笑着说。“黑细平布才是小姑娘穿的。”她见那对小黑眉毛皱在一起，忙又说道，“看在上帝分上，瑞特，请你告诉她蓝天鹅绒对她不合适，而且很容易弄脏。”

“哦，让她做蓝天鹅绒的吧。如果弄脏了，我们就替她再做一套好了，”瑞特轻松地说。

于是美蓝便做了一套蓝天鹅绒的骑装，一条裙子一直拖到小马的腹部，一顶黑帽子上面插着一支红羽饰，这是因为玫荔姑姑曾说起杰布·斯图亚特的帽子上插有羽饰，使她也想如法炮制。从此，每当天气晴朗的日子，人们总能看到他们父女俩在桃树街上并辔而骑，瑞特勒紧缰绳让他的大青马缓步而行，以便与美蓝那匹膘肥滚圆的小马步调一致。有时候，他们在镇上的僻静街道上狂奔，惹得鸡飞狗跳，小孩子四散奔逃。只见美蓝用她的短柄马鞭抽打着“巴特勒先生”，蓬松的鬈发高高飞起；而瑞特则紧紧勒住自己的马，以便让美蓝觉得是她的“巴特勒先生”一直在领先。

当瑞特确信女儿的坐势已稳，两手已能把牢缰绳，对骑马已经毫无畏惧时，他便认为时机已到，可以让她开始学习跳低栏了。于是，他便在后院子里架起一个低栏，并以每天二角五分的工钱把彼得大叔的一个小侄子沃什雇来教“巴特勒先生”跳栏。开始时用的栅栏离地只有二英寸高，后来便逐渐增高到一英尺。

但这一安排却引起有关三方——沃什、“巴特勒先生”和美蓝的不满。沃什是怕马的，只是因为给他的工钱优厚才揽下这份差使，每天教那匹倔强的小马从栅栏上跳过去几十次。“巴特勒先生”虽对小女主人经常拉它的尾巴，检查它的蹄子处之泰然，但却认为造物主把它送到这个世界上来，并没有要它挪动膘肥滚圆的身躯越过栅栏。说到美蓝，她简直就没法容忍别人骑她的小马，所以在“巴特勒先生”学习跳栏时，她总是不耐烦地站在一旁指手画脚，跳个不停。

当瑞特认定小马已训练有素，可以放手让女儿骑上去跳栏时，美蓝真是兴奋无比。她第一次试跳就极为成功，从那以后，她便只想跳栏，连跟着爸爸骑马外出对她也失去了吸引力。斯佳丽见他们父女俩得意扬扬、劲头十足，禁不住感到好笑。不过她又觉得，一等这股新鲜劲儿过去，美蓝的兴趣就会转到别的东西上去，街坊邻居也就可以清静几天了。但是这项运动却没有让美蓝感到厌腻。从院子那一边的凉亭到栅栏处已经跑出了一条光秃秃的小路，整个上午满院子里都回响着激动的叫喊声。据曾在1849年穿越北美大陆到过阿帕契①部落境内的梅里韦瑟爷爷说，这种叫喊声跟阿帕契人把敌人头上的带发头皮剥下来时发出的欢呼声一模一样。

第一个星期过后，美蓝便要求把栅栏加高，加高到离地面一英尺半。

“这要等你到六岁的时候才行，”瑞特说。“到那时候你长高了就

---

①阿帕契，美洲印第安人部落，曾长期居住在美国西南部和墨西哥北部一带。

可以跳高栏了。我还要给你买一匹大点的马才行。巴特勒先生的腿不够长。”

“已经够长了。玫荔姑姑家的蔷薇树丛我也跳过了。它们可高啦！”

“不，你一定要等，”瑞特说，这回他的口气很坚定。但美蓝一会儿纠缠不休，一会儿又不停地发脾气，他的口气便渐渐软了下来。

“好吧，好吧，”一天早晨他终于笑着同意了，把狭长的白色栏杆提高了一些。“要是你摔下来，可不要哭，也不要怪我。”

“妈妈！”美蓝转过头去朝上对着斯佳丽的卧室尖声喊道。“妈妈！看着我！爸爸说我可以了！”

斯佳丽正在梳头，听到美蓝喊便走到窗口，微笑着朝下看着女儿娇小激动的身影，只见她穿着那身沾满泥土的蓝色骑装，显得很可笑。

“我真该替她做一套新的骑装才是，”她想。“不过，只有上帝知道，我怎么才能让她舍弃那套旧的。”

“妈妈，看好！”

“我在看着呢，亲爱的，”斯佳丽微笑着说。

当瑞特把女儿举起，放上小马时，斯佳丽见她挺直腰杆，昂首前视，一副英姿勃勃的样子，心中油然升起一阵得意之感，情不自禁地喊道：

“漂亮极了，宝贝儿！”

“你也漂亮极了，”美蓝大大方方地赞美了妈妈一句，然后用脚后跟对着“巴特勒先生”的两肋用力一蹬，便向着院子里的凉亭疾驰而去。

“妈妈，瞧我跳过去！”她一面大声喊着，一面用力抽打着马鞭。

瞧我跳过去！

斯佳丽的记忆深处突然响起了这声叫喊，好像从前在哪儿听到过似的。这句话里有一种不祥之兆。什么不祥之兆呢？她怎么记不起来了呢？她朝下看了看女儿，见她那么轻巧地坐在疾驰的小马上，突然一股冷气扫过心头，她皱起了眉头。美蓝急速地飞驰而来，鬈曲的黑发一甩一甩的，蓝色的眼睛闪闪发光。

“她的眼睛活像爸爸，”斯佳丽想道。“完全是爱尔兰人的蓝眼睛，别的地方也和爸爸一模一样。”

因为想到杰拉尔德，她的脑海中突然浮现出刚才一直在搜寻而没有捕捉到的记忆，这记忆来得清晰异常，就像夏夜的闪电一下子把整个田野照得通亮一样。她仿佛听到一个爱尔兰人在唱歌，听到马蹄在塔拉牧场上飞跑的嗒嗒声，听到一个满不在乎的声音在喊，就像她女儿刚才那一声一样：“埃伦，瞧我跳过去！”

于是她急忙喊道：“不！不！哦，美蓝，快停下来！”

就在她探身窗外的一刹那，突然下面传来了木头劈裂的可怕声响，和瑞特嘶哑的叫喊，只见地上摊着一团蓝天鹅绒，“巴特勒先生”已四脚朝天。接着，那匹小马一翻身站了起来，驮着一副空鞍子小跑而去。

美蓝死后的第三天晚上，黑妈妈一摇三摆地慢慢走上玫兰妮家的厨房台阶。她身穿丧服，从脚上穿的那双男人的大鞋（为了让脚自由舒展已特意割破）到头上披的头巾全是黑的。一双模糊不清的老眼睛充着血，眼皮红肿着，高大的身躯处处显示出痛苦。她的脸因悲伤迷惑而紧紧皱缩在一起，活像只老猿猴，但她的下颚却透着坚毅。

她对迪尔西轻轻说了几句话，迪尔西和蔼地点点头，仿佛两人已经达成默契，把过去的积怨一笔勾销了。迪尔西放下手中的盆子，轻轻地穿过餐具室向餐室走去。过了一会儿，玫兰妮就来到了厨房间，手里拿着餐巾，脸上带着忧虑。

“斯佳丽小姐没有——”

“斯佳丽小姐倒是挺住了，又像往常一样了，”黑妈妈语气沉重地说道。“没想到你在吃饭，打扰你了，玫荔小姐。可我有话要对你说，等不及了。”

“我吃饭可以等一会，”玫兰妮说。“迪尔西，把别的菜端上去吧。黑妈妈，跟我来。”

黑妈妈一摇三摆地跟在她后面，顺着过道走过餐室时，见阿希礼坐在餐桌上首，旁边是他的小博，再下去是斯佳丽的两个孩子韦德和埃拉，他们相对而坐，正把汤匙敲得丁当作响。整个餐室里都是他俩欢快的声音。对他们来说，到玫荔姑姑家来住上这么长的一段时间，就像外出野餐一样开心。玫荔姑姑一向待他们很好，现在尤其如此。妹妹的死并没有给他们带来多大影响。他们只记得美蓝从马上摔下来，妈妈哭了很久，然后玫荔姑姑就把他们带回家来，在后院子里跟小博一起玩儿，想吃点心随时可以吃。

玫兰妮将黑妈妈领进那间四周摆满书的小起居室，关上门，指指那只沙发让黑妈妈坐下。

“我本来打算吃好晚饭就过去的，”她说。“既然巴特勒船长的老太太已经来了，想来明天上午要举行葬礼了吧。”

“葬礼！我就是为了这事儿来的，”黑妈妈说。“玫荔小姐，我们都不知道该怎么办才好，所以我才来找你帮个忙的。现在家里乱了套了，亲爱的，乱了套了。”

“是斯佳丽小姐身体垮了吗？”玫兰妮焦急地问道。“自从美蓝——这个——我就一直没见过她。她一直关在自己房里，巴特勒船长又一直不在家，而且——”

突然，黑妈妈的眼泪开始流了出来。玫兰妮在她身边坐下，轻轻拍拍她的手臂。过了一会儿，黑妈妈撩起黑裙子的折边，把眼泪擦干。

“你一定要来帮帮我们，玫荔小姐。我已经想尽了一切办法，可是一点用也没有。”

“斯佳丽小姐——”

黑妈妈挺直了腰板儿。

“玫荔小姐，你跟我一样了解斯佳丽小姐。那孩子该是那么个命，仁慈的主已给了她力量去忍受。虽说这事儿伤透了她的心，可她还能挺得住。我来是为了瑞特先生。”

“我一直很想见到他，可每次我去你们那儿，他不是进城就是把自己锁在屋子里——斯佳丽看上去就像着了魔一样，一句话也不肯说——快告诉我，黑妈妈。你知道，只要能帮上忙，我是一定帮忙的。”

黑妈妈用手背抹了抹鼻子。

“我说过了，对主的安排，斯佳丽小姐还能受得住，因为她已经受得多了。可瑞特先生——玫荔小姐，他可是从来没有受过啊，从来就没受过。我来看你为的就是他。”

“可是——”

“玫荔小姐，你今儿晚上一定要跟我一起回去，”黑妈妈的声音很急迫。“瑞特先生也许肯听你的话。他一向很看重你的意见。”

“哦，黑妈妈，到底是怎么回事？你的意思到底是什么？”

黑妈妈挺了挺胸。

“玫荔小姐，瑞特先生他——他神经错乱了。他不肯让我们给小小姐下葬。”

“神经错乱！哦，黑妈妈，不会的！”

“我可没有瞎说。这是千真万确的。他不准我们埋葬那孩子。这话他是亲口对我说的，说了还不到一个钟点呢。”

“可他不会——他不是——”

“所以我才说他神经错乱呀。”

“可是为什么——”

“玫荔小姐，让我都告诉你吧。这种话我不该对别人说的。不过你是我们自己家里人，只有你我可以说。我就全都告诉你吧。你知道，他对那孩子是多么看重。我可从来没有看到过哪个男人家，不管是黑人还是白人，像他那样对孩子那么看重。一听见米德大夫说孩子的脖子摔断了，他马上就发起疯来了。他抓起枪，跑到外面就把那匹可怜的小马给打死了。看他那样子，我怕他还要把自己打死呢。当时斯佳丽小姐已经晕过去了，所有的街坊邻居都来了，里里外外都是人。瑞特先生疯疯癫癫的，只是抱住那个孩子，连我要给孩子洗洗小脸，把划破的地方流出来的血揩干净，他都不让。等斯佳丽小姐醒过来时，我想，上帝保佑！现在他们可以互相安慰安慰了。”

说着说着，她的眼泪又流了出来，可这一次黑妈妈连擦也没擦。

“可是她一醒过来，马上就走进他抱着美蓝小姐的那个房间，对他说：‘你杀死了我女儿，你还我女儿。’”

“哦，不！她不会这么说的！”

“是的。她是这么说的。她说：‘你杀死了她。’我真替瑞特先生难过，一下子就哭起来了，因为他看上去就像一只被鞭子抽过的猎狗。我就说了：‘把孩子交给黑妈妈吧，让我去给小小姐料理料理去。’我把孩子从他手里接过来，抱着她走进她的房间去给她洗脸。我听着他俩还在争吵，他们说的那些个话真叫我心寒哪。斯佳丽小姐骂他是凶手，存心让美蓝小姐跳那么高的栏杆摔死；他说斯佳丽小姐从来就不关心美蓝小姐，也从来不关心她别的孩子……”

“别说了，黑妈妈！别再对我说了。你不该对我说这些话！”玫兰妮大声说道。她的心因黑妈妈所描绘的这番景象而一阵阵抽搐。

“我知道不该给你讲这些话，可我心里憋着的话太多了，我也闹不清楚哪些话不该说了。后来，瑞特先生自己抱着孩子到了办丧事的人那儿，又抱着她回来放在自己房间她那张小床上。当斯佳丽小姐说孩子应放进棺材停在客厅时，我看瑞特先生的架势就好像要去打她一样。他摆出一副冷冰冰的面孔说：‘孩子要放在我的房间里。’接着，他又转过身来对我说：‘黑妈妈，我现在出去一下，你一定要看好让她一直放在这里。’说完他就骑上马出门了，直到太阳下山了才回来。等他回到家，我看他喝了不少酒，可他却像往常一样，并没有醉得东倒西歪。他冲进门来，对斯佳丽小姐、佩蒂小姐和来访的太太们一句话也没说，就奔上楼梯，打开他的房门，然后就大声喊我，我急急忙忙跑上去，只见他站在床边，可因为百叶窗已经拉好了，房间里黑咕隆咚的，我也看不大清楚他脸上是什么表情。

“他凶狠地对我说：‘快把百叶窗打开，里面太暗了。’我赶紧把百叶窗打开，他瞪着眼睛看着我。天哪，玫荔小姐，我两腿直打哆嗦，差一点没吓瘫，因为他看上去太怕人啦。接着他说：‘把灯拿来。多拿些灯来。让它们一直点着。不准拉窗帘，也不准拉百叶窗。你难道不知道美蓝小姐怕黑吗？’”

玫兰妮惊恐的目光碰到了黑妈妈的目光，黑妈妈伤心地点了点头。

“他是这么说的。‘美蓝小姐怕黑。’”

黑妈妈哆嗦了一下。

“我给他拿去了一打蜡烛，他说：‘出去！’然后他就锁上门，一个人坐在里面陪着小小姐。连斯佳丽小姐上去敲门，对着他直喊，他也不给她开门。像这个样子已经有两天了。关于下葬的事他提也不提。一大早他就锁上门，骑上马进城，一直到太阳下了山才醉醺醺地回来，然后就把自己再锁在屋里，饭也不吃，觉也不睡。现在他妈妈，巴特勒老太太，从查尔斯顿赶来参加葬礼，苏埃伦小姐和威尔先生也从塔拉庄园来了，可瑞特先生竟然对谁也不讲一句话。嗨，玫荔小姐，真是糟透了！而且会越来越糟，人家也要说三道四、议论纷纷了。

“到了今天晚上，”黑妈妈停了一下，又用手背擦了擦鼻子。“今天晚上，他回来的时候，斯佳丽小姐在楼上穿堂里截住他，跟着他走进屋子说：‘葬礼定在明天早上。’可是他却说：‘你敢下葬我明天就宰了你。’”

“唉，他一定是疯了！”

“一点儿不错。后来他们的话说得低了一些，我没有全都听见，只听到他又说起美蓝小姐怕黑，坟墓里黑得厉害。过了一会儿，斯佳丽小姐说：‘你真是好样的，自己杀死了孩子还这么趾高气扬，盛气凌人。’他说：‘你就一点怜悯之心都没有了吗？’‘我连孩子也没有了，还有什么怜悯之心？对美蓝死后你的所作所为，我已经忍无可忍了。现在满城都在议论你。你整天喝得烂醉，如果你以为我不知道你这些天都在哪里鬼混，那你就是个傻瓜。我知道你这几天一直在贝尔·沃特林那个婊子家里。’”

“哦，黑妈妈，不会的。”

“斯佳丽小姐就是这么说的。而且，玫荔小姐，这事儿也是真的。很多事儿，我们黑人比白人知道得快。我知道瑞特先生是到那儿去的，不过我一句话也没漏出去过。他自己也不否认。他说：‘是的，我是在她那儿，这你也不必激动，因为你一点都不在乎。这边家里成了地狱，婊子家里自然就成了天堂。而且，贝尔的心肠也最好。她从来不唠唠叨叨，说我杀死了自己的孩子。’”

“哦，”玫兰妮痛心地喊道。

因为她自己过得那么愉快，那么风平浪静；她周围的人都对她充满了仁慈和爱，所以黑妈妈讲给她听的这些话简直让她无法理解，也无法相信。突然，她想起一件事，但接着又赶紧把它赶跑了，就像她一想到某人的裸体马上就把这想法赶跑一样。原来那天瑞特把头伏在她膝盖上痛哭时确实提到过贝尔·沃特林。但他的的确确是爱斯佳丽的呀。那天她是绝对不可能搞错的。当然，斯佳丽也是爱他的。那他们之间怎么会弄成这个样子呢？夫妻之间怎么能这样剑拔弩张，势不两立呢？

黑妈妈又心情沉重地讲了下去。

“过了一会儿，斯佳丽小姐从房间里走了出来。她脸色煞白，可是下巴颏一动也不动，像是下定了决心。她看见我站在那儿就对我说：‘明天下葬，黑妈妈。’说完，她就像个鬼似的从我身边走了过去。我一听这话，心里便怦怦地乱跳起来，因为斯佳丽小姐说话是算数的。可瑞特先生说话也是算数的。他说过，要是她把孩子下葬，他就要宰了她。这一下子我心里可就完全乱了套了，玫荔小姐，因为我一直感到心里有愧，压得我心神不定。玫荔小姐，小小姐怕黑都是我吓出来的呀。”

“哦，不过黑妈妈，这没有什么关系——现在已经没有什么关系了。”

“可有关系了。糟糕就糟糕在这里。我想我最好是把这事儿对瑞特先生讲明，哪怕是他宰了我也行，因为我心里有愧。于是，趁着他还没锁房门，我就赶紧溜了进去。我说：‘瑞特先生，我来向你认罪来了。’他一下子转过身来，像个疯子似的对我喊道：‘滚出去！’天哪，真把我吓了一大跳！可我还是说了：‘瑞特先生，请你听我说给你听。小小姐怕黑是让我吓出来的，你要宰就宰了我吧。’说完，玫荔小姐，我就低下头，等着他来打我。可是他一句话也没说。我又说：‘我当时也不是有什么恶意。只是，瑞特先生，那孩子胆子太大了，什么也不怕。别人都睡着以后，她总要从床上爬起来，光着脚丫子围着房子乱跑。我很担心，生怕她摔着碰着的。所以我就吓唬她，说那些黑糊糊的地方有鬼，有妖怪。’

“听了我的话——玫荔小姐，你知道他怎么啦？他的脸马上和气起来，走到我身边，把手放在我胳膊上。他对我这么亲热，这还是头一回。他说：‘她非常勇敢，是不是？她除了怕黑别的什么都不怕。’我一听这话，就哭了起来。他一边拍着我一边说：‘好了，黑妈妈，好了，黑妈妈，别哭了。你告诉我这些话，我很高兴。我知道你是爱美蓝小姐的。你是因为爱她才讲那些话的，所以不要紧。要紧的是看一个人的心好不好。’他这么一说，我就高兴了，于是便壮起胆子说道：‘瑞特先生，下葬的事儿怎么说呢？’谁知他一下子对我又翻了脸，像个疯子似的，两只眼睛忽闪忽闪地看着我说：‘天哪，我本来还以为，哪怕别人都不理解我，你总会理解我呢！既然我孩子那么怕黑，你以为我还会把她下葬吗？我现在就好像听见了她在黑暗里醒来时发出的尖叫声。我绝不会让她吓着。’玫荔小姐，听他这么一说，我才知道他真的发了疯。他光喝酒，觉也不睡，饭也不吃，这还不够。他简直是疯了。他一把把我推出门，一边嚷嚷着：‘你给我滚出去！’

“我只好下了楼，一边心里还在想：他说不能下葬，斯佳丽小姐说明天上午一定要下葬，可他又说要是下葬就宰了她。家里的那些亲戚和街坊邻居都已经像珍珠鸡那样叽叽咕咕的乱了套，不知道该怎么办才好。我这才想到了你，玫荔小姐。你一定得去帮帮我们呀。”

“哦，黑妈妈，这事儿我可不能插手！”

“你要是不能插手，还有谁能插手呢？”

“可我有什么办法呢，黑妈妈？”

“玫荔小姐，我也不知道。不过你总能想点办法的。你可以跟瑞特先生谈谈，说不定他会听你的。他一向挺看重你的，玫荔小姐。你自己也许不知道，但他的确挺看重你。我就听他说过不知道多少回，说他认识那么些小姐太太，就数你最最贤惠。”

“可是——”

玫兰妮心慌意乱地站了起来，因为想到要去面对面地跟瑞特打交道，心里不禁一阵胆怯。一想到要去劝说一个像黑妈妈所描述的那样因悲伤而发了狂的人她已经不寒而栗；再想到要走进那间烛火通明，里面放着她那么喜爱的那个女孩子的尸体的房间，她更是心如刀割一般。她能做些什么呢？她能对瑞特说些什么话去减轻他的悲痛，使他恢复理智呢？她站在那儿犹豫了片刻，就在这时，从关着的餐室门里面传来了小博的欢笑声。犹如一把冰冷的尖刀插入心窝，她突然想到她的小博死了。假如她的小博冷冰冰、直挺挺地躺在楼上，再也发不出欢快的笑声，她会怎么想呢？

“哦！”她一惊之下，不禁大声喊了出来，而在她的想象中，她已经把小博紧紧地抱在怀中。她突然理解了瑞特的心情。假如她的小博死了，她怎么能舍得把他埋掉，让他一个人孤零零地在黑暗中听任狂风暴雨肆虐侵扰呢？

“哦，可怜的，可怜的巴特勒船长！”她喊道，“好吧，我现在就去看他，马上就去。”

她急忙回到餐室里，跟阿希礼轻轻地说了几句话，然后紧紧地搂住小博，动情地吻着他鬈曲的头发，倒把那孩子给吓了一大跳。

她帽子也没戴，餐巾还抓在手里就匆匆离开了家，速度之快把个年迈的黑妈妈远远地甩在了后面。走进斯佳丽家的前穿堂，她只向聚集在藏书室里的一群人，还有受惊的佩蒂帕特小姐、仪容威严的巴特勒老太太、威尔和苏埃伦微微点了点头，便快步走上楼梯，后面跟着气喘吁吁的黑妈妈。她在斯佳丽关着的房门外面停了一会儿，但黑妈妈喘着粗气嘶嘶地说：“不，不要进去。”

玫荔沿着穿堂走下去，这时她已放慢了步子。到了瑞特的房门前，她停了下来。她站在那儿犹豫了一会儿，仿佛是在想回头逃跑似的。然后，她下定了决心，就像一名年轻的新兵投入战斗一样，敲了敲门，轻声喊道：“请让我进去，巴特勒船长。我是韦尔克斯太太。我要看看美蓝。”

门很快打开了，黑妈妈连忙躲进穿堂的暗处，只见瑞特巨大的身影从满屋灯光的背景中走了出来。他摇摇晃晃，站立不稳，黑妈妈能闻到他嘴里的威士忌酒味。他低下头看了一会儿玫荔，然后抓住她的手臂，把她拉进房间，关上了门。

黑妈妈偷偷地蹭到门边的一把椅子旁边，疲倦地坐了进去，她那肥壮的身躯把椅子塞得满满的。她一动不动地坐在那里，一边默默地流着眼泪，一边在祈祷。她不时地把裙子折边撩起来擦眼睛。尽管她紧张地竖起耳朵，屋里说的话她却一句也听不见，只听到一种很轻的、断断续续的嗡嗡声。

过了很久很久，房门才开了一条缝，露出了玫荔苍白而紧张的脸。

“快去给我拿壶咖啡来，再拿一些三明治。”

碰上紧急事儿，黑妈妈的动作可以像个十六岁的小姑娘那样灵巧，而现在她又极想走进瑞特的房间看看，所以动作就更快了。但是，玫荔只把房门开了一条小缝，把托盘接了进去，这就把黑妈妈的希望一下子变成了失望。尽管她竖起灵敏的耳朵紧张地听了很久，但除了银刀叉碰着瓷盘子的声音和玫兰妮压低了嗓门的柔和声音之外，她却什么也分辨不出。过了一会儿，她听到一个沉重的身躯砰地一声倒在了床上，把张床弄得吱嘎作响，接着是靴子嘭嘭落在地板上的声音。又过了一会儿，玫兰妮出现在了门口。黑妈妈虽然很想从她身旁看进去，但门堵得严严的，她什么也看不见。玫兰妮看上去很疲倦，眼睫毛上闪动着几颗泪珠，但脸上重又显出了安详的神色。

“去告诉斯佳丽小姐，就说巴特勒船长已同意明天早上举行葬礼了，”她轻声说道。

“感谢上帝！”黑妈妈突然喊道。“你到底是怎么——”

“声音轻一点，他快睡着了。还有，黑妈妈，要告诉斯佳丽小姐，我今晚就留在这儿不回去了，请你给我拿点咖啡来。送到这儿来。”

“送到这间房间里？”

“是的，我已经答应了巴特勒船长，如果他肯睡觉，我就在这儿坐一晚上给小小姐守夜。现在你去告诉斯佳丽小姐吧，免得她再担心。”

黑妈妈沿着穿堂向前走去，把个地板踩得直响；但她的忧愁已经消除，于是心里唱起了“哈利路亚！哈利路亚！”走到斯佳丽的房门外面，她停下来考虑了一会儿，心里充满了感激和好奇。

“真不知道玫荔小姐是用什么办法说服了瑞特先生的。我猜想准是天使们站在她一边帮了她的忙。明天下葬的事儿我要告诉斯佳丽小姐，但玫荔小姐为小小姐守夜的事儿，我看最好还是瞒着她。斯佳丽小姐才不会喜欢这事儿呢。”

第60章

这世界出了毛病。这是一种令人忧郁、令人恐怖的毛病，它犹如一阵阴森森四处弥漫的浓雾，把斯佳丽悄悄地团团围住了。这毛病甚至比美蓝的死还要让她难受，因为最初无法忍受的丧女之痛现在正慢慢消失，变成了对天命无可奈何的屈从。而现在这种灾难将临的奇异感觉却一直困扰着她，仿佛有个黑糊糊、戴头罩的怪物就站在她身边，又仿佛她脚下的地面，只要用力一踩就会变为流沙把她吞没一般。

她过去从未经历过这种恐惧。在她的一生中，她一直牢牢地立足于切合实际的判断能力，她所恐惧的仅仅限于她能够看到的东西，如伤害、饥饿、贫穷、失去阿希礼的爱等等。她一向不善于分析，现在也试图作些分析了，但却毫无结果。她虽然失去了最亲爱的女儿，但她还能经受得住这一打击，正如她曾经受住别的沉重打击一样。她的身体还很健康，钱也多得不必发愁，而且她还有阿希礼在，虽然近来她见到他的机会越来越少了。即使是玫兰妮为阿希礼举行的那次倒霉的生日酒会以来，他们之间一直存在着的紧张关系也不再使她烦恼，因为她知道这会过去的。不，她的恐惧并不是对悲痛、饥饿或失去爱的恐惧。这些恐惧从来没有像现在这种可怕的感觉使她这样焦虑不安，忧心忡忡。奇怪的是，现在这种折磨人的恐惧竟像她以前在恶梦中感到的那种恐惧一样。那是一阵四处弥漫的浓雾，她心惊胆战地在浓雾中奔跑着，像个迷路的孩子想找个安全的地方，却到处找不到。

她想起从前瑞特总是哈哈一笑就能把她的恐惧一下子驱散。她想起他宽阔的褐色胸膛和强壮的胳臂常可以给她带来安慰。于是她又转向瑞特，用几个星期以来从未用过的目光仔细地端详着他。谁知这一端详竟使她大吃一惊，原来瑞特已经完全变成了另一个人。这个人再也不会笑，再也不会给她带来安慰了。

在美蓝死后的一段时间里，她一直很生他的气，一直陷在自己的悲痛之中，所以对瑞特，只是当着仆人的面才客气地讲上几句话。她一直在回忆美蓝两脚飞奔时发出的嗒嗒声和开心时发出的格格笑声，所以根本没想到瑞特也可能在回忆，而且回忆时的痛苦比她的痛苦还要大。在那几个星期里，他们相互碰见或交谈，就像两个陌路人在旅馆里碰见交谈时一样客气；他们同住在一幢房子里，同在一张餐桌上进餐，但却从来没有交流过思想。

现在她因感到恐惧和孤独，所以只要能冲破这重障碍，她是很想这样做的，但是她却发现瑞特始终对她敬而远之，似乎不想跟她说一句知心的话儿。现在她已经不再生他的气，所以很想告诉他，她认为他对于美蓝的死是没有罪的。她很想倒在他怀里痛哭一场，告诉他，对于女儿的骑马技术她也是很自豪的，对于女儿骗取欢心的鬼花招她也是纵容的。现在她很愿意低声下气地承认，她当时之所以口出恶言，骂他杀死了女儿，是因为她当时痛苦之极，希望刺痛他来减轻自己的痛苦。但她却始终找不到一个机会。他总是用一种毫无表情的目光看着她，使她没有机会开口。而赔礼道歉这种事儿，一旦拖下来就会变得越来越困难，最后就完全不可能了。

事情竟然变成这样，连她自己也感到奇怪。瑞特是她的丈夫，他们曾经同床多年，生过一个可爱的女儿，而且一起埋葬了这一夭折的孩子，按说他们之间应该存在着一种牢不可破的关系才对。她也唯有在孩子父亲的怀抱里才能找到安慰，唯有和他才能一起回忆往事，互相倾诉内心的悲伤。虽然这些回忆和倾诉开始时也许令人伤心，但最终却有助于创伤的愈合。但从他们现在的情况看，他们竟像完全不认识的路人一般。

现在他很少在家。当他们偶尔坐在一起吃晚饭时，他总是喝得烂醉。他现在喝酒已经不像从前那样了。过去他一喝醉，举止就会越来越文雅，话说得越来越尖刻，总是说一些逗趣儿的、恶毒的话，惹得她不由自主地笑起来。现在他喝醉了，竟是愁眉苦脸，一声不响，喝到后来甚至变得呆头呆脑。有时候，到了后半夜三、四点钟，她会听到他把马骑进后院子，砰砰地敲仆人的房门，把波克叫起来，扶他走上后台阶，服侍他上床睡觉。现在瑞特竟要让别人服侍他上床睡觉！而过去他总是不费吹灰之力就能把别人灌醉，然后再把他们送上床去睡觉的。

现在他变得衣冠不整，邋里邋遢了，而从前他总是修饰得整整齐齐。甚至为了让他晚饭前换件衬衫，现在也要波克跟他争论半天才行。威士忌的影响已经在他的脸上显露出来，一种不健康的浮肿、两只充血的眼睛下面的肿块正在使他长下颚上的坚实轮廓变得模糊不清。原来肌肉结实而隆起的身躯现在看上去已松弛不堪，腰围也开始变粗了。

他常常不回家来过夜，甚至也不派个人回来说一声。当然，他可能是在哪家酒馆里喝得烂醉，就在楼上找个房间打着呼噜睡着了。可斯佳丽总觉得他是在贝尔·沃特林那里。有一次，她在一家商店里碰到贝尔，见她已是一个粗俗臃肿的女人，昔日的美貌丰韵早已不复存在。尽管她浓妆艳抹，衣着华丽，但身体已经发胖，看上去再也不是个妙龄女郎了。一般轻浮的女人见到贵妇人，要么垂下双眼，要么就挑衅般地怒目而视，可贝尔见到斯佳丽却目不转睛地跟她对视着，以一种近乎怜悯的目光察看着她的脸色，竟使斯佳丽脸红起来。

但现在她已不能责备他，不能对他发脾气，不能要求他忠实或者想办法羞辱他，正像她不能因错怪他杀死女儿而向他道歉一样。她只感到一种莫名其妙的冷漠，一种无法理解的愁苦，一种从未体验过的、深沉的愁苦。她感到孤独，从未有过的孤独。也许在这之前她从来没有时间去感到孤独吧。她又孤独又害怕，而且除了玫兰妮以外，再也没有人可以来安慰她了。就连她的老靠山黑妈妈也已回塔拉庄园去了，而且再也不回来了。

黑妈妈走的时候连个理由也没说。她来要回家的盘缠时，只把一双疲倦的老眼凄惨地看着斯佳丽。斯佳丽流着眼泪求她留下来，黑妈妈只回答说："我就像是听到了埃伦小姐对我说：'黑妈妈，回家来吧。你的活儿已经干完了。’所以我要回家了。”

瑞特一直在旁听着她们说话，他听到黑妈妈这么说，就把车费给了她，还拍了拍她的手臂。

“你说得对，黑妈妈，埃伦小姐也说得对，你在这儿的工作已经干完了。回家吧。如果你还需要什么，尽管对我说好了。”当斯佳丽突然又气呼呼地发号施令时，他便大喝一声：“住嘴！你这个蠢货！让她走！现在还有谁想待在这所房子里呢？”

他在说这话的时候，眼睛里闪着凶狠的亮光，吓得斯佳丽往后直缩。

“米德大夫，你看他会不会——会不会真的精神错乱了？”后来她觉得不知如何是好，只得到米德大夫那儿去求教。

“我看不会，”大夫说。“只是他现在这样拼命喝酒太让人担心了。如果他这样喝下去，命也要送掉的。他太爱那孩子了，斯佳丽，我看他是想喝醉了把她忘掉吧。所以我劝你，小姐，尽快再给他生个孩子。”

“哈！”斯佳丽离开他的诊所时不胜辛酸地想道。这事儿说起来容易，做起来可就难了。只要有人能把瑞特眼中的那副神色去掉，把她自己心中的痛处填平，她是愿意再生个孩子的，甚至多生几个也心甘情愿。她可以生个男孩像瑞特一样英俊潇洒，还要再生个女孩。哦，再生个漂亮的、快乐的、任性的、笑声不断的女孩，决不像埃拉那样没头脑的。既然上帝非要夺走她的一个孩子，为什么，啊，为什么不把埃拉夺走呢？在美蓝死后，埃拉一点安慰都不能带给她。但瑞特似乎并不想再要孩子了。至少他一直没到她的卧室来过，虽然现在她的房门从来不锁，而且通常还故意半开着想引他进来。他似乎毫不在意。现在除了威士忌和那个红头发的邋遢女人外，他似乎对什么东西都毫不在意了。

过去他虽然喜欢嘲弄别人、刺痛别人，但那嘲笑往往使对方也发笑，那刺人的刻薄话中也带点幽默。现在他却变得冷酷无情、蛮横凶狠了。过去他宠爱女儿的迷人风度曾赢得四邻那些好心的太太们对他倍加赞许，美蓝死后，她们很多人都很想对他表示善意友好。她们在街上喊住他向他表示同情，隔着树篱笆跟他讲话，说她们理解他的心情。但现在美蓝已经死了，他已经没有必要再那么彬彬有礼了，他的礼貌也随之而去了。太太们为哀悼美蓝之死向他表示慰问，他不等人家说完便粗鲁地打断人家。

但奇怪的是，这些太太们并不感到生气。她们理解他，或者自以为理解他。每当他在晨曦中骑着马回家，因为喝得烂醉连在马鞍上也坐不稳，对跟他说话的人都板着脸怒目而视时，这些好心的太太们便摇头叹息地说："可怜的人！"并加倍努力对他表现出仁慈和宽容。她们为他感到难过，知道他心里难受，回到家里也得不到斯佳丽的安慰。

大家都知道斯佳丽有多么冷酷无情。大家见她在美蓝死后不久就显出若无其事的样子都大为惊讶，其实她们并没有意识到或者根本也不想意识到，在她那种若无其事的后面是何等的痛苦。瑞特得到了全城人最深切的同情，但他既不知道，也不在乎。斯佳丽遭到全城人的厌恶，但这一次她却极想得到老朋友们的同情。

现在，除了佩蒂姑妈、玫兰妮和阿希礼以外，她的老朋友们没有一个到她家里来了。只有那些新朋友坐着锃亮的四轮马车前来拜访。她们急于向她表示同情，很想讲些其他新朋友的闲话来排遣她的寂寞和烦恼。但她对这些新朋友却毫无兴趣。所有这些"外来人"统统是局外人，没有一个不是！她们不了解她。她们永远也不会了解她。她们对她在桃树街的宅第中过上平安显赫的生活之前所经历的一切一无所知。她们不愿意谈论她们在得到价格昂贵的绫罗绸缎和配有一组骏马的双座四轮敞篷马车之前曾经过过怎样的生活。她们不知道她以前经历过怎样的拼搏，经历过何等的困苦才有了这座大宅第，才有了这些漂亮的衣服，这些银器，才能这样招待宾客。她们对这些一概不知。而且她们也不在乎。她们这些不知从哪儿冒出来的人好像一直生活在事物的表面上。她们跟她没有对于战争、饥饿和战斗的共同回忆；她们跟她没有深植于佐治亚同一红土中的共同的根。

因为孤独，她真希望能跟梅贝尔、芳妮、艾尔辛太太、惠丁太太一起聊聊天把漫长的下午打发过去，甚至于那个凶神恶煞般的梅里韦瑟太太也行。或者是邦尼尔太太也可以，再不就是——随便哪个老朋友或老邻居。因为她们了解她的过去。她们也经历过战争、恐怖和大火，她们也经历过亲人夭折的悲痛，她们也曾挨过饿，也曾破衣烂衫过过极其艰苦的生活。而且她们也都在废墟上重建起了家业。

跟梅贝尔坐在一起会使她得到一种安慰，因为她记得梅贝尔也曾埋葬过一个婴儿，那婴儿是在谢尔曼率北军进攻亚特兰大之前的仓皇逃难时死的。跟芳妮在一起也会得到安慰，因为她知道她和芳妮都在实施军事管制法时的那些黑暗的日子里失去了丈夫。跟艾尔辛太太在一起回忆亚特兰大陷落那天，老太太用鞭子抽着马穿过五角场时的面部表情，以及她从军粮库抢来的食品从马车上撒落下来的情景而哈哈大笑，也会有一种悲凉的乐趣。跟梅里韦瑟太太在一起比比谁讲的故事更有趣也是开心的。梅里韦瑟太太现在靠着面包房的收入，日子过得挺安稳。她会说："你还记得刚投降那阵子，日子有多难过吗？还记得那时候，我们穿破了鞋还不知道下一双在哪里吗？瞧瞧我们现在！"

是的，跟她们在一起会使她感到愉快的。现在她明白了，为什么两个以前的邦联分子碰在一起，总是那么津津有味地、自豪地、怀恋地谈论起那场战争。因为那些战争岁月考验了他们的内心感情，而他们熬过来了。他们是些身经百战的老兵。她也是一名老兵，但她却没有老朋友来跟她一起重温过去的战斗经历。啊！如果能跟和她一样的人，跟那些与她有着同样的经历，知道这些经历多么艰苦然而又是他们生活中多么了不起的一部分的人欢聚在一起，该是多么开心啊！

但是，不知怎的，这些人都悄悄地离开了她。她也知道这都是自己不好。过去她从来不在乎这些，现在后悔已来不及了。因为现在美蓝死了，她又孤独又害怕，坐在锃亮的餐桌前总看见对面坐着一个皮肤黝黑，因饮酒过度而呆头呆脑、面无表情的陌生人，这人就在她的眼皮底下一天一天地垮了下去。

第61章

斯佳丽正在玛丽埃塔，突然收到瑞特拍来的一份急电。正好十分钟后有一班火车开往亚特兰大，为了赶上这班车，她什么行李也没带，只拎了一只拎包，还把韦德和埃拉都留在旅馆里托给普莉西照看。

虽说亚特兰大离玛丽埃塔只有二十英里，但在那个潮湿的、初秋的下午，火车却一直在慢吞吞地爬行，每到一个小站都要停下来让旅客上车。斯佳丽被瑞特的电报搅得心慌意乱，急着想赶回去，所以火车每次停下来，她差不多都要高声尖叫一番。火车隆隆地穿过一片片色彩暗淡的树林，经过一座座仍留有蜿蜒的胸墙残垣的红土山坡，经过一个个废弃的炮兵掩体和杂草丛生的弹坑。当年约翰斯顿手下的士兵曾沿着这条铁路一路苦战着撤退。列车员喊叫的每个站名、每个十字路口都是一场战役的名字或一次小规模战斗的场所。倘是过去，这些地方都会使斯佳丽回忆起许多可怕的往事，但现在她却没有心思去想这些。

原来瑞特的电报上写的是：

“韦尔克斯夫人病危。速归。”

当火车开进亚特兰大车站时，暮色已经降临；雾蒙蒙的细雨笼罩着整个城市。煤气街灯发出暗淡的昏光，在雾中成了一个个黄点。瑞特乘了一辆马车来车站接她。她一看到他的脸就吓了一跳，比接到他的电报时还要惊慌。过去她可从未见过他的脸像现在这样呆板。

“她还没有——”她大声问道。

“没有。她还活着。”瑞特搀着她坐进马车，接着命令车夫，“去韦尔克斯太太家，快！”

“她怎么啦？我不知道她生病啊。上个星期她看上去还好好的嘛。是出了什么意外吗？啊，瑞特，不会像你说的那样厉害——”

“她要死了，”瑞特说。他的语气也像他的脸一样呆板。“她想见见你。”

“不，玫荔不会死！哦，玫荔不会死！她到底是怎么啦？”

“她小产了。”

“小——小产——可是，瑞特，她——”斯佳丽语无伦次地说。瑞特讲的这一可怕的消息惊得她连话也说不出来了。

“你不知道她要生孩子吗？”

她甚至连摇头的力气也没有了。

“啊，是的。我想你是不知道的。她一定是对谁也没讲过。她想出其不意地让大家高兴高兴。不过我是知道的。”

“你知道？可她肯定没有告诉过你！”

“她用不着告诉我。是我看出来的。这两个月来她一直这么——开心，我就知道这决不可能是为了别的事。”

“可是瑞特，大夫说过她要再生孩子就会送命的呀！”

“真的要送她的命了，”瑞特说，接着又对车夫喊道：“哎呀，老天！你就不能再快点吗？”

“可是瑞特，她不会死的！我——我就没有，而我——”

“她没有你那样的精力。她从来就不怎么健壮。她只有一颗善良的心。”

马车摇晃了一下，停在一幢平顶房子门前。瑞特把她搀下车。她惊魂未定，浑身直抖，又突然感到一阵凄凉袭上心头，于是一把抓住了他的手臂。

“你也进去吗，瑞特？”

“不，”他说了一声，重又坐进了马车。

她匆匆奔上台阶，穿过门廊，突然打开房门，只见昏黄的灯光下坐着阿希礼、佩蒂姑妈和印第亚。斯佳丽心想：“印第亚怎么也来了？玫兰妮说过不许她再进这个门的呀。”里面的三个人一看见她都站了起来。佩蒂姑妈咬住嘴唇，想让它们不再颤抖，印第亚盯住她看，目光中充满了悲伤却毫无敌意。阿希礼神情呆滞，像个梦游人；当他走到她身边把手放在她手臂上时，他说起话来也像个梦游人。

“她说要见你，”他说。“她说要见你。”

“我现在能见她吗？”她转身对着玫兰妮的房门问，门是关着的。

“不。米德大夫现在在里面。你来了我很高兴，斯佳丽。”

“我是尽快赶来的，”斯佳丽一边脱帽子和斗篷一边说。“火车——她不是真的——告诉我，她好些了，是不是，阿希礼？快告诉我！别这么愣着呀！她不是真的——”

“她一直说要见你，”阿希礼盯着她的眼睛说。而从他的眼神中她已经看到了对她问题的回答。一刹那间，她的心跳停住了，接着便有一种奇异的恐惧，一种比焦虑和悲哀都更为强烈的恐惧在她的胸中跳动起来。这不可能是真的，她一边拼命压下这种恐惧，一边感情激动地暗自想道。大夫也常会弄错的。我决不相信这是真的。我决不让自己相信这是真的。如果我相信这是真的，我就会尖叫起来了。我一定要想点别的事情。

“我不相信！”她一边大声喊着，一边盯着那三张拉长的脸，仿佛在向他们挑战，看他们敢不敢反驳她的话。“玫兰妮为什么不告诉我呢？我要是早知道的话，就绝不会到玛丽埃塔去了！”

阿希礼好像清醒过来了，眼睛里露出了痛苦的神情。

“她谁都没有告诉，斯佳丽，特别是不会告诉你。她怕你知道了会责骂她。她想等上三个月，等到胎儿安稳了，肯定没事了，然后再出其不意地让你们大伙儿高兴高兴，这样她就可以哈哈笑着说大夫的话有多么不正确了。那阵子她真开心哪。你知道她是多么地爱孩子——多么想要个小女孩。开始那两个月都挺顺利，可是突然一下子就——真是毫无道理。”

这时玫兰妮的房门轻轻地打开了，米德大夫从里面走了出来，又随手关上了门。他低着头，把灰白的胡子埋在胸前，站了一会儿，然后抬起头来看了看那四个突然愣住的人，最后把目光停在斯佳丽身上。当他走近她时，她看到他的眼中满含着悲伤，同时又带有厌恶和轻蔑的神情，致使她惊慌的心中涌起一阵内疚。

“你总算来了，”他说。

还没等斯佳丽回答，阿希礼已向玫兰妮关着的房门走去。

“你先别去，”大夫说。“她要跟斯佳丽说话。”

“大夫，”印第亚把一只手放在他衣袖上说。她的声音虽平板，但却比言词更恳切。“让我去看她一会儿吧。我从一早就来了，一直等到现在，可她——让我见她一面吧。我要对她说——一定要对她说——有件事——是我错了。”

她说话时，既没有看阿希礼，也没有看斯佳丽，但米德大夫却冷冰冰地看着斯佳丽。

“等一会再看吧，印第亚小姐，”他简单地说。“不过你必须答应我，不要让她听你认错而耗尽她的气力。她知道是你错了，再听你道歉只会使她心烦。”

佩蒂也战战兢兢地开口了：“求求你，米德大夫——”

“佩蒂小姐，你知道自己会大声尖叫，甚至要昏过去的。”

佩蒂挺直了她那矮胖的身体，跟大夫眼对眼地瞪了一会。她的眼睛是干的，全身的每一条曲线都显示出尊严。

“那好吧，宝贝儿，稍等一会儿，”大夫说，语气和蔼了一些。“来吧，斯佳丽。”

他们踮着脚走过穿堂，来到关着的门前，接着大夫用手紧紧抓住斯佳丽的肩膀。

“听我说，小姐，”他简单地对她悄声说道。“不准歇斯底里大发作，不准对她作临终忏悔，不然的话，我就拧断你的脖子，不要这么盯着我装傻。你知道我是什么意思。玫荔小姐应该平静地死去。你决不能为了宽慰自己的良心而对她讲任何有关阿希礼的事情。我到现在还从来没有伤害过一个女人，可如果你现在讲了什么话——我就要跟你算账。”

还没等她来得及回答，他已打开房门，把她推进房间，然后又随手关上了房门。小小的房间里只有一些不值钱的黑胡桃木家具，灯用报纸罩着，使房间显得半明半暗。房间像女学生的宿舍一样，又小又古板；那张床头板很低的狭窄小床，那副用绳环系起来的素色网眼窗帘，那些洁净而褪了色的碎毡小地毯跟斯佳丽那间豪华卧室里那些精致壮观的雕花家具、桃红色的锦缎帷幕和绣花地毯真有天壤之别。

玫兰妮躺在床上，床罩下面的身躯已经萎缩扁平得像个小女孩。两条黑辫子披在脸的两边，闭着的双眼深深陷在两个紫色的圆圈里。斯佳丽一看到她，便背靠着门，站在那儿呆住了。尽管房间里很暗，她仍能看出玫兰妮面色蜡黄，没有一点血色，鼻子也已瘪了进去。在这之前，她一直盼着是米德大夫弄错了。但现在她明白了。战争期间她曾在医院里见过很多人脸上呈现出这种枯槁的面容，她完全知道这预示着什么不可避免的结局。

玫兰妮要死了，但斯佳丽一时却不肯相信这是真的。玫兰妮不会死。她是不可能死的。在她斯佳丽这样需要她的时候，上帝是不会让她死的。她过去从未想到过自己需要玫兰妮。可现在，这一事实却像汹涌的潮水一般来到她面前，一直涌入她的心灵深处。她一向依赖着玫兰妮，正像她依赖着自己一样，可她却从未意识到这一点。现在玫兰妮要死了，斯佳丽才意识到自己离了她是活不下去的。此刻，当她踮着脚心慌意乱地穿过房间向玫兰妮安静的身体走去时，她才意识到，玫兰妮一直是她的剑，她的盾，她的安慰，她的力量源泉。

“我一定要抓住她！决不能让她走掉！”她一边想着，一边在床边坐了下来，慌乱之中竟让衣裙发出了窸窸窣窣的声音。她急忙抓住放在床罩上的那只软弱无力的手，谁知那只手冰冰凉，把她吓了一大跳。

“是我，玫荔，”她说。

玫兰妮的眼睛睁开了一条细缝，接着，仿佛因为果真是斯佳丽而感到心满意足，便又重新合上了。停了一会儿，她才吸足一口气，轻声说道：

“答应我吗？”

“嗯，什么都答应！”

“小博——照料他。”

斯佳丽只觉得喉咙像被人掐住一样，只能点了点头，又轻轻捏了捏握住的那只手，表示同意。

“我把他交给你。”说着脸上闪过一丝微笑。“从前，我把他给过你——记得吗？——在他生下来以前。”

她还记得吗？她怎么会忘得了那个时刻呢？她记得清清楚楚，仿佛那可怕的一天重又回来了一般；她能感受到九月里那个中午的酷热，她记起了自己对北佬怀有的恐惧之感，她听得见士兵们撤退时的脚步声，她记起了当时玫兰妮曾乞求她，倘使她死了，请她把孩子抱走——她还记得那天自己怎样憎恨玫兰妮，盼着她死掉。

“是我杀死了她，”她因迷信而极度痛苦地想道。“我曾多次盼着她死，上帝都听到了，所以现在才来惩罚我。”

“哦，玫荔，不要这么说！你知道你的病会好——”

“不。你答应我。”

斯佳丽一下子哽住了。

“你知道我会答应的。我一定像对自己的孩子那样对待他。”

“大学呢？”玫兰妮用微弱而平板的声音问。

“嗯，是的！让他进大学，进哈佛，到欧洲去留学，他要什么有什么——还有——还有——一匹小马——还要给他上音乐课——哦，求求你，玫荔一定要挺住！一定要尽力挺住！”

又是一阵沉默，只见玫兰妮的脸上显出了拼命想挤点力气来说话的样子。

“阿希礼，”她说。“你和阿希礼——”没等说完，她的声音又颤颤抖抖地咽住了。

玫兰妮一提到阿希礼的名字，斯佳丽的心便突地停住了，只感到全身像花岗岩一般冰凉。原来玫兰妮早就知道了。斯佳丽把头伏在床罩上，想哭又哭不出来，像是有一只冷酷无情的手掐住了她的喉咙。玫兰妮并没有被蒙在鼓里！此刻斯佳丽已不再感到羞愧，也不再有别的什么感情，有的只是一种深深的懊悔，懊悔自己这些年来竟一直在伤害着这位温柔善良的女子。玫兰妮早就知道了——然而她却一直是自己的忠实朋友。啊，如果时光可以倒流，让她把这些年重新再过一遍该有多好！她将决不允许自己的目光再与阿希礼的目光相遇。

“啊，上帝，”她迅速地在内心祈祷着。“恳求你让她活下去吧！我要弥补对她的过失。我要对她非常好。我这辈子再也不跟阿希礼说一句话，只求你让她恢复健康！”

“阿希礼，”玫兰妮有气无力地说着，把手伸出来摸了摸斯佳丽伏在床罩上的头。她用拇指和食指拉了拉斯佳丽的头发，但却像个婴儿似的一点力气也没有。斯佳丽明白她的意思，知道玫兰妮想让她抬起头来。但她不敢抬头，不敢与玫兰妮的目光相遇，因为那目光早已看穿了她的秘密。

“阿希礼，”等玫兰妮又轻轻叫了一声，斯佳丽这才控制住自己。当她在上帝的最后审判日那天面对上帝，从他的目光中看出对自己的判决时，那情景也不会比现在更难受。她的灵魂在畏缩，但她还是把头抬了起来。

然而她看到的，仍然还是那对可爱的黑眼睛和那张温柔的脸，只是眼睛已经凹陷进去，现出了弥留时的呆滞神情，而那张嘴正在用力地喘息。脸上没有一丝非难和谴责之意，也没有一丝恐惧——只有一种焦虑，担心自己再也没有力气说话了。

这一切大大出乎斯佳丽的意料，竟使她一时不知所措，甚至没有感到如释重负。过了一会儿，当玫兰妮的手抓得更紧时，一股暖流涌上心头，使她对上帝充满了感激之情，接着便作了有生以来第一次谦恭而无私的祈祷。

“感谢你，上帝。我知道自己不配，但我还是感谢你没有让她知道。”

“阿希礼怎么样，玫荔？”

“你会——照顾他吗？”

“哦，会的。”

“他很容易——伤风。”

一阵停顿。

“照顾——他的生意——你懂吗？”

“是的，我懂。我会照顾的。”

她用足了力气说：

“阿希礼没有——实际经验。”

倘若不是到了临终之时，玫兰妮是绝不会这样评论自己的丈夫的。

“照顾他吧，斯佳丽——可是——不要让他知道。”

“我一定照顾他和他的生意，我也一定不让他知道。我只给他提些建议就是了。”

当玫兰妮的目光又跟斯佳丽的目光相遇时，她竭尽全力露出了一个小小的微笑，但这却是一个胜利的微笑。她们的目光使她们达成了默契，于是在这个极其严酷的世界上保护阿希礼·韦尔克斯的任务便从一个女人手中移交到另一个女人手中，而此事又绝不可让阿希礼知道，以免伤害了他作为一个男人的自尊心。

这时，玫兰妮疲倦的脸上慢慢失去了那种极力挣扎的神态，仿佛斯佳丽一答应下来，她就可以完全放心了。

“你是这么聪明——这么勇敢——对我一直这么好——”

斯佳丽一听到这些话，喉咙口一热便要哭出来，她连忙用手捂住嘴。此刻，她真想像个孩子似的痛哭一场，大声告诉玫兰妮：“我是个魔鬼！我一直在骗你！我从来没有为你做过任何事！那都是为了阿希礼。”

她突然站了起来，牙齿紧紧咬住大拇指，使自己重新镇定下来。这时，瑞特的话又在她耳边响起：“她是爱你的。让她的爱做你的十字架吧。”现在，这个十字架更加沉重了。她曾要尽一切手段想把阿希礼从她手中夺过来。这罪孽已经够深重了；而现在，盲目信任了她一辈子的玫兰妮，又在弥留之际，给予她同样的爱和信任，这就使她的罪孽更加深重了。不，她不能把真相说出来。她甚至不能再说：“要挺住，活下去！”她必须让她安安静静、毫不费力地死去，既没有眼泪也没有悲哀。

这时房门轻轻打开了，米德大夫站在门口，威严地招了招手。斯佳丽忍住眼泪，弯下身去，抓起玫兰妮的一只手，把它贴在自己的面颊上。

“晚安——”她说，声音比自己原来想象的要镇定一些。

“答应我——”玫兰妮轻声说道，声音已经非常微弱了。

“一切都答应，亲爱的。”

“巴特勒船长——要好好待他。他——那么爱你。”

“瑞特？”斯佳丽疑惑不解地想道，这些话对她毫无意义。

“好的，我会做到的，”她不假思索地说了一声，然后轻轻吻了吻她的手，又把手放回到床罩上。

当她走过房门时，大夫轻轻说道："告诉两位女士，让她们马上进来。"

透过模糊的泪眼，她看到印第亚和佩蒂撩起衣裙把手搭在腰间，使裙裾不致发出窸窣声，然后跟着大夫走进了房间。房门在她们身后一关上，整座房子里便静得没有一点声音了。阿希礼不知躲到哪儿去了。斯佳丽像个顽皮的孩子受罚立壁角似的把头倚在墙上，揉着发疼的喉咙。

在那扇房门后面，玫兰妮正在慢慢地死去，而随着她的去世同时消失的，则是多年来她一直在不知不觉中依赖着的那股力量。为什么，啊，为什么在这之前她不曾意识到自己是多么爱玫兰妮，多么需要玫兰妮呢？但是谁又会想到，身材娇小、普普通通的玫兰妮竟会是危难时可以信赖的支柱呢？平时的玫兰妮在生人面前会羞得满脸通红，表明自己的看法也胆战心惊，不敢提高嗓门，总担心老太太们会说三道四，就连对鹅喊一声"呸"的勇气也没有。然而——

斯佳丽又回想起多年前在塔拉庄园时的那个寂静、炎热的中午。当时那具北佬的尸体上灰烟还在缭绕，玫兰妮手里拖着查尔斯的军刀站在楼梯顶上。斯佳丽记得当时自己曾经想道："多么可笑！玫荔连那把军刀也举不起来！"但是现在，斯佳丽知道，如果当时有这个需要，玫兰妮定会从楼梯上冲下来杀死那个北佬——或者自己被杀死的。

是的，那天玫兰妮曾用那只小手拖着一把军刀赶到现场，准备为她而战。而现在，当斯佳丽痛心地回首往事时，她认识到，玫兰妮是一直手握着军刀，像她的影子一样，毫不引人注目地守卫在她的身边，爱着她，怀着无限的、盲目的忠诚为她在战斗，跟北佬斗，跟大火斗，跟饥饿斗，跟贫困斗，跟舆论斗，甚至跟自己心爱的亲骨肉斗。

当斯佳丽意识到，那把曾在她和这个世界之间闪闪发光的军刀即将永远地插入刀鞘时，只觉得自己的勇气和信心也在慢慢地消失着。

"玫荔是我唯一有过的女朋友，"她凄凉地想着，"是除了母亲外唯一真正爱过我的女人。她也像母亲一样。凡是认识她的人都依恋在她的身边不愿离开。"

突然，好像是埃伦一下子躺在那扇房门后面，正在第二次离开这个世界而去。突然，她好像又在乱世之中回到了塔拉庄园，她感到孤单凄凉，因为她知道，失去了这个身体虚弱、性格温柔、心地善良的女子，失去了她的巨大支持，她将无法面对生活。

她站在穿堂里，惶惶然不知所措；起居室里炉火的闪光在她周围的墙上投下了高大的阴影。整幢房子里寂静无声，像一场砭人肌骨的细雨浸透了她的全身。阿希礼！阿希礼在哪儿呢？

她向起居室走去，想在那儿找到阿希礼，就像一只受冻的动物要找到火一样。可是阿希礼不在那儿。她一定要找到他。她已经发现了玫兰妮的力量，发现了自己对它的依赖，可刚刚才发现就失去了它，但阿希礼还在。阿希礼身强力壮，有见识，能给人以安慰。在阿希礼身上，在他的爱中，有一种力量可以支撑她的软弱，有一种勇气可以消除她的恐惧，有一种舒适可以填补她的悲伤。

他一定是在自己的房间里，她想。于是，她便踮起脚轻轻走过穿堂，来到他的房门前轻轻敲了几下。里面没有人答应；她便推开了房门。阿希礼站在梳妆台前，正对着玫兰妮的一副补过的手套发呆。他先拿起一只手套在看，那神态就像他从未见过那手套似的。然后他把它轻轻放下，好像那手套是玻璃做的，接着又拿起了另外一只。

她用颤抖的声音叫了一声："阿希礼！"只见他慢慢转过身来看了她一眼。那副昏昏欲睡的冷漠神态已从他那双灰色的眼睛里消失，此刻它们睁得大大的，露出了本来的样子。她看到那里面也流露出恐惧、无奈和惶惑；那恐惧与她的不相上下，那无奈比她的还虚弱，那惶惑比她的更深切。再看到他那副面容，她就比刚才在穿堂时更感到恐惧了。她向他身边走了过去。

"我吓坏了，"她说。"啊，阿希礼，抱住我，我可吓坏了！"

他一动没动，只是双手紧紧抓住那只手套盯着她看。她把一只手放在他手臂上，轻轻说道："这是什么？"

他两眼热切地打量着她，拼命想从她身上搜寻到某样东西，但却一直没有找到。最后他才开了口，但那声音已不是他原来的声音了。

“我刚才正需要你，”他说。“我正打算像一个需要人安慰的孩子那样跑去找你呢，没想到你也是个孩子，受的惊吓比我还厉害，反而先跑来找我了。”

“不，你没有受惊，你是不会受惊的，”她大声喊道。“从来没有什么事情把你吓倒过。可我——你一向是很坚强的——”

“如果说我一向坚强，那都是因为有她在做我的后盾，”他声音嘶哑地说，说着又低下头看了看那只手套，用手把手套上的手指部位抚抚平。“可现在——现在——我所有的力量就要跟着她一起去了。”

他低沉的声音里带着一种极度绝望的调子，吓得她忙把手从他的手臂上缩了回来，往后退了一步。在一阵令人忧郁的沉默中，她觉得自己有生以来才第一次真正了解了他。

“噢——”她慢慢地说。“我明白了，阿希礼，你是爱她的，对吗？”

他好像费了很大的力气才说出话来。

“我有过许多梦想，但唯有她留存在我的记忆中，唯有她曾经呼吸生存过，唯有她不曾在现实面前破灭。”

“梦想！”她一边想着一边像过去那样感到一阵恼怒。“他总是梦想来梦想去！从来没有一点实际的判断能力！”

于是她怀着一颗沉重并稍感痛苦的心说道：“你一直是个大傻瓜，阿希礼。你为什么就一直看不出她比我要好一百倍一万倍呢？”

“求求你，斯佳丽，别说了。但愿你能理解这几天我所受的折磨——”

“你所受的折磨！难道你以为我——哦，阿希礼，几年之前你就应该知道，你所爱的是她而不是我！你为什么不早点知道呢？你要是早知道了，一切事情就会大不一样，大不——哦，你本该早点认识到这一点，而不该用你那些所谓名誉和牺牲之类的话把我一直吊在那儿。如果几年前你就对我挑明，我就——当然我会感到很伤心，但我总可以想办法挺过来。可你却一直等到现在，等到玫荔要死的时候，才如梦初醒，可现在为时已晚，做什么都来不及了。哦，阿希礼，这类事情应该是你们男人先知道，而不是我们女人先知道！你早就应该看清楚，你爱的一直是她，而你之所以需要我，只是像——像瑞特需要那个姓沃特林的女人一样！”

一听到她这几句话，他不禁向后退缩了一步，但他的眼睛仍注视着她的眼睛，仿佛在恳求她不要再讲下去，恳求她给他一些安慰似的。他脸上的每一根线条都承认她的话完全正确，而他低垂的肩膀也恰恰表明，他内心的自责比她的任何责备都更为严厉。他默默无言地站在她面前，手里抓着那只手套，仿佛它是一只能理解他的手似的。在讲完了那番话之后的一阵沉默中，她的怒气慢慢消了下去，代之而起的则是夹杂着几分轻蔑的怜悯。她的良心使她感到极度不安。她在踢打一个已被彻底击败而失去了防卫能力的人——而她刚刚才答应过玫兰妮要照顾他。

“我刚刚答应了她，就对他说了这许多惹他伤心的刻薄话。其实我根本就没有必要说这些话，任何人都没有必要说这些话。他自己全都知道，而且心里正难受着呢，”她凄凉地想道。“他还没有长大成人。他跟我一样还是个孩子，忧心忡忡，生怕失去她。玫荔知道他会这样的——玫荔对他的了解远远超过了我。所以她才要我同时照顾他和小博的。这么大的变故，阿希礼可怎么挺得住呢？我是挺得住的。我什么都挺得住。我遇到过那么多事情，不挺住能行吗？可他不行——离了玫兰妮他什么也挺不住。”

“原谅我，亲爱的，”她伸出双臂温柔地说。“我知道你很难受。不过你要记住，她什么都不知道——她甚至从未起过疑心——上帝对我们实在是太仁慈了。”

他迅速走到她身边，猛地把她抱住了。她踮起脚尖，把她温暖的面颊温存地贴在他的面颊上，并用一只手轻轻地抚摸着他后面的头发。

“不要哭，亲爱的。她希望看到你是勇敢的。过一会儿她就要见你了，你一定要勇敢些。决不能让她看出来你哭过。这会使她担心的。”

他紧紧地抱住她，使她呼吸都感到困难了，耳边只听到他哽咽的声音在说：

“我可怎么办呢？我——我离了她就活不下去啦！”

“我也活不下去啦，”她想。想到玫兰妮死后的漫长岁月，她不由得浑身颤抖起来。但她极力控制住了自己。因为阿希礼正依靠着她，玫兰妮正依靠着她。正像那次在塔拉庄园的月光下，喝得烂醉、精疲力竭的她曾想到过的那样：“挑重担需要强壮的肩膀才行。”是的，她的肩膀是强壮的，阿希礼的肩膀是软弱的。于是，她挺了挺肩膀，强作镇定地吻了吻他淌着泪水的面颊，这吻既没有兴奋，没有渴望，也没有激情，有的只是冷静的温柔。

“我们会有办法的，”她说。

这时穿堂里的一扇门猛地打开了，只听到米德大夫急切地喊道：

“阿希礼！快！”

“我的天哪！她去了！”斯佳丽想道。“阿希礼还没来得及去话别呢！可是也许——”

“快！”她一边大声喊着，一边用力推了他一把，因为他就像发了呆一样，站在那儿直发愣。“快！”

她拉开房门，示意让他出去。阿希礼听到她的话，浑身像通了电一般，连忙跑进穿堂，手里还紧紧攥着那只手套。她听到他的脚步声急促地走过穿堂，接着又听到房门关上的声音。

她又喊了一声：“我的天哪！”然后便慢慢走到床边坐下，用手抱住了头。她突然感到非常疲倦，比有生以来任何时候都更疲倦。因为随着那一声砰的关门声，刚才一直支撑着她苦苦挣扎、给她以力量的那根绷紧的弦儿突然一下子绷断了。她觉得全身的力气已经用完，所有的感情也已经枯竭。现在，她已感觉不到悲伤或懊悔，也感觉不到恐惧或惊慌了。她只感到精疲力竭，只感到自己的心就像壁炉架上的那只钟一样，在沉闷地、机械地跳动着。

在这种沉闷的气氛中，一个想法涌上了她的心头。阿希礼并不爱她，而且从来没有真正爱过她，而她得知了这一事实并不感到痛心。按说她应该感到痛心的，应该感到凄凉、伤心，应该对着命运大声尖叫的。因为长期以来，她一直依赖着他的爱才活了下来。是他的爱支撑着她熬过了这么多艰苦黑暗的岁月。然而，事实却明摆在那儿。他并不爱她，而她也不在意。她之所以不在意，因为她也并不爱他。因为她并不爱他，所以无论他做什么，说什么，也就不会使她感到痛心了。

她在床上躺了下来，把头埋在枕头里。她觉得没有必要去反驳这一想法，没有必要对自己说："可我的确是爱他的。我已经爱了他很多年。爱是不可能一下子变为冷漠的。"

因为它是能变为冷漠的，而且已经变成了冷漠。

"他从来就没有真正地存在过，除了在我自己的想象中，"她不无厌倦地想道。"我所爱的只是自己虚构的一尊偶像，一尊没有生命的偶像。我做了一套漂亮的衣服，然后就爱上了它。当阿希礼骑着马走来时，我见他那么英俊，那么与众不同，我便把那套衣服套在他身上让他穿上了，也不管他穿上是不是合身，而且我也不肯看清楚他到底是怎样一个人。我一直爱着那套漂亮的衣服——而根本不是他本人。"

现在她可以回想一下多年以前的事了。她想起那年在塔拉庄园，自己穿着一件绣有花纹的绿色衣裙，站在阳光下，一看到那位满头金发像戴着银盔的年轻骑手便怦然心动被他迷住了。现在她看得很清楚，得到他只是她的一种孩子气的幻想，就跟那年她缠着爸爸一定要给她买的那副蓝晶耳环一样。因为等到那副耳环一到手，它们便失去了原来的价值，就像除了金钱以外，不管是什么东西，只要一到了她手中便会失去原来的价值一样。同样的，如果当初阿希礼曾向她求婚而她又拒绝嫁给他，使自己的虚荣心得到满足，那阿希礼早就会变得一钱不值了。如果她能任意摆布阿希礼，看着他像别的男孩子那样，感情越来越炽热，纠缠不休，一会儿嫉妒，一会儿烦恼，一会儿又苦苦哀求，那么，只要她碰上一个新的男人，她对他的那一片痴情早就会消失了，就像薄雾一见阳光，或者轻风一吹就会散去一样。

"我真傻得够呛！"她不无辛酸地想道。"现在只好自作自受了。我一直盼着发生的事情现在发生了。我一直盼着玫荔死掉，让我可以得到他。现在她死了，我可以得到他了，可我又不要他了。他死要面子，一定会问我是不是愿意跟瑞特离婚然后再嫁给他。嫁给他？就是用银盘子托着他把他送给我，我也不会要他！然而就算是这样，我这后半辈子照样得把他套在脖子上。只要我活一天，我就得照顾他，不能让他饿着，也不能让别人伤害他。他就好像是我的另一个孩子，事事都得依赖我。我失去了一个爱人，却又多了一个孩子。要是我刚才没有答应玫荔要照顾他，哪怕我以后永远不再见他我也不在乎。”

第62章

她听到外面有人在嘁嘁喳喳低声说话，便走到门口，只见几个受惊的黑人正站在后穿堂里，迪尔西两臂下垂，吃力地抱着睡熟的小博，彼得大叔在哭，厨娘在用围裙擦着脸上的眼泪。三个人无言地望着她，仿佛在问他们现在该做什么。她把目光扫过穿堂，看进起居室，只见印第亚和佩蒂姑妈正手拉着手，相对无言地站在那儿，印第亚的脸上已经失去了那股倔强的傲气。她们也像那几个黑人一样，带着哀求的目光望着她，等着她发号施令。她一走进起居室，她们便向她围了过来。

“哦，斯佳丽，现在该——”佩蒂姑妈先开了口。她那张胖乎乎孩子似的嘴直哆嗦。

“别跟我说话，不然我就要尖叫了，”斯佳丽说。过于紧张的神经使她的声音变得很刺耳。两只手紧攥着插在腰间。一想到要讲起玫兰妮，一想到玫兰妮的后事免不了要她来料理，她便觉得喉咙口绷紧了。“你们俩谁都不要开口，我不要听。”

她们一听到她声音里带有这种命令式的口气，便不禁往后一缩，脸上露出了百般无奈、自尊心受到伤害的表情。“我决不能在她们面前哭，”她想。“我现在决不能哭，不然她们俩也会哭起来，这几个黑人也会跟着一起哭起来，那就要乱套了。我必须振作起来。我要做的事情太多了。要去找殡仪馆老板，要安排葬礼，要叫人把房子打扫干净，还要到这儿来接待那些来吊唁的人。这些事儿阿希礼都不会做，只好我来。哦，多么累人的重担啊！我是一向挑这种重担的，而且总是为别人挑！”

她看了看印第亚和佩蒂那两张茫然不知所措、受到伤害的脸，心中突然感到一阵懊悔。玫兰妮是不会希望她对爱她的那些人这样尖刻的。

“对不起，我刚才不该发火，”她说，好像很费力的样子。“这都是因为我——哦，实在对不起，姑妈。我要到外面门廊上去待一会儿。我想一个人清静一下。过一会儿我回来，我们再一起——”

她拍了拍佩蒂姑妈，便快步从她身边走过向前门走去。因为她知道，再在房间里多待一分钟，她就要忍不住哭出来了。她一定要离开她们。她一定要哭一场，不然她的心就要碎了。

她随手带上房门，走进了黑魆魆的门廊，只觉得潮湿的夜空气冷飕飕地向她迎面扑来。雨已经停了，除了偶尔有几滴雨水从屋檐上滴下来外，四下里静悄悄的没有一点声音。整个世界被浓雾笼罩着，稍带寒意的迷雾中弥漫着一种年终的气息。街对面的房子一片漆黑，只有一幢房子的窗口射出了微弱的灯光，挣扎着穿过浓雾，洒在街面上，形成一束束金色的光点。仿佛整个世界都被一床静止的灰色雾毯裹住了。整个世界寂然无声。

她把头靠在门廊的一根立柱上，准备痛痛快快地大哭一场，然而她却一滴眼泪也没有。这场灾难太深重了，眼泪已经不起作用。她浑身都在颤抖。她生活中的这两座坚不可摧的堡垒竟同时坍了下来，那巨大的声响还在她心中震荡，还在她耳边轰鸣。她站了一会儿，试图重新祭起她的法宝：“这一切等我明天再考虑吧，到了明天我就挺得住了。”然而这一法宝也已经失灵。现在她就必须考虑两件事。一是玫兰妮——为什么她一直没有意识到自己是多么爱她，多么需要她呢？一是阿希礼——为什么自己那么盲目，那么固执，一直不肯看清楚他的真实面目呢？她知道，不管是等到明天，还是等到以后的哪一天再想这两件事，都同样会使她深感痛心。

“现在我决不能再进去跟她们说话了，”她想，“今晚我决不能再见到阿希礼，也决不能再安慰他了。今晚绝对不行！明天一早我再过来，把该办的事儿办好，把该说的安慰话说掉。但今晚绝对不行！我吃不消了。我要回家了。”

家不远，只隔着五个街区。她不想等哭哭啼啼的彼得给她套车，也不想等米德大夫驾车送她回家。彼得的眼泪她吃不消，米德大夫的无声谴责她也受不了。所以她没有进去拿外套和帽子，就急忙走下黑魆魆的前台阶，冲进了浓雾笼罩的夜色之中。她拐过弯去，走上了通往桃树街的长斜坡。路面虽然潮湿，但万籁俱寂，连她的脚步也没有一点声音，恍如在梦中一般。

她顺着斜坡一路走上去，只觉得胸中涨满了泪水却又涌不上来。同时她又有一种恍恍惚惚的感觉，仿佛从前也曾经置身于这样一个又冷又暗的地方，置身于同样的环境之中——不止是一次而是很多次。我真傻，她不安地想着，一边加快了脚步。这是她的神经质在捉弄她，但这一恍恍惚惚的感觉却缠住她不肯离去，而且慢慢地渗透到她整个心中。她疑惑地看了看周围，这种可怕而熟悉的感觉更加强烈了，她突然像一只动物察觉到危险那样猛地抬起了头。这都是因为我精疲力竭的缘故，她试图安慰自己。今晚真怪，雾这么大。过去我从来没见过这么大的雾，除了——除了！

突然，她想起来了，同时恐惧也涌上了心头。她想起来了。在过去的无数次恶梦中，她就曾经在这样的雾中奔跑，穿过一个没有界标、常有鬼魂出没的地方，四周笼罩着冷森森的浓雾，到处都是张牙舞爪的幽灵和鬼怪。现在她是又在做梦呢，还是她的梦正在应验？

突然，她像是离开了现实世界，茫茫然不知到了什么地方。那种恶梦似的感觉重又向她袭来，而且比以往更加强烈，使她的心狂跳不已。她又一次陷入了死亡与寂静的深渊，就像有一次在塔拉庄园时那样。人世间的一切荣华富贵不复存在，生活变成了一片废墟，唯有恐慌像阵阵冷风似的在她胸中怒吼。迷雾引起的恐怖死死地抓住了她。她开始跑了起来。像过去在无数次的恶梦中奔跑一样，现在她也是被一种无名的恐惧驱赶着，没有目标地盲目乱跑，拼命想在那团团迷雾中找到一个安全的地方。

她顺着那条黑魆魆的街奔跑着，她的头低垂着，她的心在怦怦直跳，潮湿的夜空气沾在她嘴唇上，路边矗立的树木好像正对着她威逼过来。在这潮湿寂静的荒野之中必定有个藏身之处！她沿着那条长长的斜坡气喘吁吁地跑着，湿裙子冰冷地裹住了踝节部，两叶肺像要炸裂一般，带子束紧的胸衣压迫着肋骨顶住了心脏。

突然，眼前隐隐约约地出现了一盏灯光，接着是一排灯光。虽然灯光模模糊糊，摇曳不定，然而它们却是实实在在的。在她过去的恶梦中从来没有出现过灯光，有的只是灰蒙蒙的迷雾。她的心一下子抓住了这些灯光。因为灯光意味着安全、意味着有人、意味着现实。她突然停了下来，攥紧双拳，极力想把心中的恐惧赶跑。她两眼紧紧盯住了那排煤气灯，因为正是这些煤气灯向她表明，这里是亚特兰大的桃树街，而不是那个鬼魂常在的梦幻世界。

她喘着粗气在一个下车台上重重地坐了下来。她紧紧地抓住自己的神经，仿佛它们是些绳索，正从她手中迅速滑走似的。

“我刚才一直在跑——像个疯子似的一直在跑！”她想道，浑身仍在颤抖，只是不那么害怕了，可心里仍在怦怦乱跳，跳得她直想呕。“可是我在往哪儿跑呢？”

现在她的呼吸已经比较平稳，她双手叉着腰坐在那儿，眼睛望着前面的桃树街。在那边斜坡的尽头就是她的房子。那房子看上去好像每个窗口都有灯光，而且灯光都很明亮，足以驱散眼前的迷雾。啊，这就是家！实实在在的家！她望着远处房子的模糊轮廓，心中不禁涌起一股感激和渴望之情，精神上似乎也感到了一种平静。

家！这才是她想要去的地方。这才是她拼命跑着要去的地方。跑回家去找瑞特！

一经认识到这一点，她便像全身挣脱了锁链一般，同时也消除了她在梦中常常感到的那种恐惧。原来自从那天夜里她一路颠簸逃回塔拉庄园，发现世界已临近末日以来，这种恐惧便常常来侵扰她的梦境。那晚一到塔拉庄园，她便发现自己已失去了安全、失去了所有的力量、所有的智慧、所有的柔情、所有的理解——而所有这些体现在埃伦身上的东西都曾经是她少女时代赖以生存的保障。虽然后来她获得了物质上的安全，但在梦中她仍是一个受惊的孩子，仍要四处寻找那已经失去的安全和那个已经失去的世界。

现在她才认识到自己在梦中一直寻觅的那个避难处，那个一直被迷雾遮住的温暖而安全的地方。这温暖而又安全的地方并不是阿希礼——哦，绝不是阿希礼！阿希礼就像一盏沼气灯，身上并没有多少温暖；他又像一片流沙，一点也不安全。这温暖而又安全的地方乃是瑞特。因为瑞特有着坚实的臂膀可以把她抱在怀里，有着宽阔的胸膛可以让她把疲倦的头偎依在上面，有着嘲弄的笑声让她对一切事物保持着清醒的头脑。瑞特还有着充分的理解力，因为他也像她一样，看问题实事求是，不会被名誉、牺牲或对人性的高尚信念等等不切实际的观念蒙住眼睛。他是爱她的！为什么她一直没有意识到，尽管他常常对她冷嘲热讽，他却是爱她的呢？倒是玫兰妮早就看出了这一点，并在临终前还叮嘱她“要好好待他”。

“哦，”她想道。“我也跟阿希礼一样，又愚蠢又盲目。我本该早就看出来的。”

这些年来，她一直靠在瑞特的爱这堵石墙上，但对他的爱她却始终没放在心上，正像她始终没把玫兰妮的爱放在心上一样，自以为她的力量都来自她自身一人。今晚早些时候，她已经意识到，在她与生命的多次激烈搏斗中，玫兰妮一直与她肩并肩地站在一起；现在她又认识到，瑞特也一直默默地躲在幕后爱着她、理解她，随时准备着向她伸出援助之手。在义卖会上，是瑞特看出了她渴望跳舞的心情，带着她跳起了弗吉尼亚舞；是瑞特帮助她摆脱了居丧的束缚；在亚特兰大沦陷之夜，是瑞特冒着大火和枪林弹雨护送她脱险的；是瑞特借给她钱使她开始了自己的事业；每当她深更半夜从恶梦中吓得哭醒过来，又是瑞特在旁边安慰她——哦，如果不是对一个女人爱到发狂的地步，有哪个男人会做出这些事情呢？

树上的露水落在了她身上，但她毫无觉察。浓雾在她四周飞旋，她也毫不理会。因为，她一想到瑞特，一想到他那张黝黑的脸庞，他那口雪白闪光的牙齿，他那对机灵的黑眼睛，她便浑身颤抖起来。

“我爱他，”她想道。像以往一样，她毫不迟疑地接受了这一事实，就像一个孩子接受一件礼物一样。“我不知道我已经爱了他多久，但我的确是爱他的。要不是有阿希礼，我早就会意识到这一点了。对于世上的一切，我从来就没有看清楚过，因为阿希礼挡住了我的视线。”

她是爱他的，爱他这个流氓、恶棍，爱他的毫无顾忌，爱他的不讲名誉——至少是不讲阿希礼心目中的那种名誉。“让阿希礼所讲的名誉见鬼去吧！”她想道。“阿希礼所讲的名誉总是让我受骗上当。是的，从一开始他常来看我，我就受骗了，因为他明明知道家里是要他娶玫兰妮的。瑞特就从来没有让我上过当。即使在玫兰妮为阿希礼举行生日宴会的那个可怕的晚上，他本来应该拧断我的脖子的，但他还是拉了我一把。即使在亚特兰大沦陷之夜他把我撇在路上，那也是因为他知道我已脱离了危险，总有办法可以安全到家的。即使像那次在北军的战俘营里，我问他借钱，他要我以身体作担保时，他也只是在考验我，他是绝不会糟蹋我的。总之，他一直都在爱着我，而我对他却那么刻薄。我曾一再伤害他，而他为了顾全面子才没有发作。在美蓝死的时候，我竟然——哦，我怎么能那样不近人情呢？”

她站了起来，望了望斜坡上的房子。半个小时以前，她曾想到自己除了钱财以外，已经失去了世上的一切，失去了生活中可以留恋的一切：埃伦、杰拉尔德、美蓝、黑妈妈、玫兰妮和阿希礼。正是失去了这一切，才使她认识到，她是爱瑞特的——她爱他，因为他坚强而无所顾忌，感情炽热而又讲求实际，正像她自己一样。

“我要把一切都告诉他，”她想道。“他会理解的。他一向是理解的。我要告诉他我一直有多么傻，我要告诉他我是多么爱他，我一定要补偿他。”

突然，她觉得自己变得坚强了，快乐了。她不再害怕那黑暗或迷雾了。她的心在欢唱，因为她知道自己再也不会怕它们了。不管将来遇上多大的雾把她团团围住，她都知道可以到哪儿去寻求庇护了。她迈着轻快的步子沿着斜坡向家中走去。她恨不得能马上回到家里，只觉得这条街太长了，太长了。她把衣裙撩到齐膝处，轻快地跑了起来。但是这一次她并不是因为害怕才跑，而是因为到了家可以扑进瑞特的怀抱。

第63章

前门半开着，斯佳丽气喘吁吁地小跑着进了穿堂，在枝形吊灯五彩缤纷的灯光下停了一会儿。房子里尽管灯火辉煌，但却非常寂静。这寂静并不是人们都已入睡时的那种宁静，而是带有几分不祥之兆的那种疲倦而又无法入睡时的死寂。她一眼便看出瑞特不在客厅里，也不在藏书室里，当即她的心便往下一沉。要是他出去了呢——要是他到贝尔那儿去了，或是到他过去好多晚上不回来吃晚饭时去的什么地方去了呢？这一点可是她未曾料到的。

她正要上楼去找他，突然发现餐室的门是关着的。一看到那扇关着的门，她的心便羞愧地抽搐了一下，因为她想起了这年夏天的好多夜晚，瑞特就一个人坐在里面喝酒，一直喝到烂醉如泥，才由波克进来催他去睡觉。这都是她的过错，但她决心彻底改正。从现在起，一切都会变个样子——但是，求求你上帝，今晚可不要让他喝得烂醉。如果他今晚喝得烂醉，他就不会相信我的话，他就会嘲笑我，那我的心就要碎了。

她把餐室的门轻轻地开了一条缝，向里面看了一眼，只见他坐在餐桌旁，颓然倒在他那把椅子里，面前放着满满的一瓶酒，瓶塞没打开，酒杯也没用过。感谢上帝，他是清醒的！她拉开门，恨不得马上向他奔去。可是，当他抬起头来看她时，他目光中却有某样东西使她一下子愣在了门槛上，话到了嘴边也说不出来了。

他呆呆地望着她，那对黑眼睛已疲倦得耷拉下了眼皮，里面没有一点闪光。虽然她头发乱蓬蓬的披在肩上，胸口一起一伏地喘着气，衣裙上溅满了污泥，可他既没有显露出惊讶的表情，问她什么问题，也没有龇牙咧嘴地嘲笑她。他深深陷在他那把椅子里，衣服皱巴巴的裹着他那正在变粗的腰身，身上的每根线条都表明他原来那身健美的肌肉已经松弛，他原来那张结实的脸庞正在变得粗糙不堪。酗酒狂饮已经败坏了他原来优美整洁的外形，他现在已不再是新铸的金币上那位年轻英俊的异教徒王子，而成了因长久使用而降低了成色的一枚铜币上那位颓唐疲惫的恺撒大帝。当他抬起头来，见她一只手捂着胸口站在那儿时，他的目光非常平静，甚至非常和蔼，这反而把她给吓了一跳。

“进来坐下吧，”他说。“她死了？”

她点点头，犹豫不决地向他走了过去，因为看到他脸上那副从未见过的表情，她心里反而不踏实了。他没有站起来，只是用脚推出来一把椅子，她便坐了进去。她真不希望他一上来就提起玫兰妮。她现在不想谈她，不想重温刚才那一小时内经历过的悲痛。以后有的是时间谈论玫兰妮。而现在她正急于想大声对他说：“我爱你，”她觉得唯有今晚的这一时刻可以向瑞特倾吐衷肠。可他脸上那副漠然的神情却使她欲言又止，而且想到玫兰妮尸骨未寒，她就要在这儿谈情说爱，自己也突然感到羞愧不已。

“哦，愿上帝保佑她安息吧，”他心情沉重地说道。“她是我所认识的唯一十全十美的好人。”

“哦，瑞特！”她痛苦地喊道，因为他的这句话又使她清晰异常地想起了玫兰妮平日待她的种种好处。“你当时为什么不跟我一起进去呢？真可怕——我多么需要你啊！”

“我会受不了的，”他只说了一句就不响了。过了一会儿，他才又费力地轻声说了一句，“一个非常伟大的女人。”

他那忧郁的目光没有在她身上停留便移了过去，而他眼中所流露出来的正是亚特兰大沦陷之夜她在火光中所看到的那种神态，当时他对她说，他要跟着撤退的军队一起走了——这真有点出人意料，因为他这人很有自知之明，却意外地发现了自己身上还有忠诚和感情，并为了这一发现而感到自己颇有些好笑。

他忧郁的目光从她肩上看过去，仿佛在目送着玫兰妮默默地穿过餐室向房门走去。原来他正在想象中为玫兰妮送行，可他脸上既没有悲伤，也没有痛苦，有的只是对自己的沉思不解以及从小即已泯灭的内心感情的强烈震动，接着他又说了一句：“一个非常伟大的女人。”

斯佳丽见他这副神情，不觉浑身颤抖起来，刚才激励着她飞奔回家的那满腔的激情、温暖和灿烂的希望顿时化为乌有。她只能大致领会瑞特在向这个世界上他唯一尊敬的人告别时，心里在想些什么，因而感到一种可怕的、不再涉及个人感情的失落感，心中不觉又是一阵凄楚。她虽不能完全理解或分析清楚他此刻的心情，但她几乎可以肯定，是玫兰妮的死深深地撼动了他的心灵，因为这个柔声细语的女人在最后一次轻轻拥抱她时也曾深深地打动了她。透过瑞特的眼睛，她看到的并不是一个女人的死亡，而是一个传奇式人物的故世——正是靠了像她这样温柔、谦恭而又坚毅的一些女人，南方才在战争期间保住了家园，而在南方被打败之后，又是这些女人向她们归来的亲人张开了自豪、可爱的臂膀。

他的目光重又回到她身上，而他的声音也变了，变得轻松而冷漠了。

“她死了。这样一来你就可以称心如意了，是不是？”

“哦，你怎么可以说出这种话来呢？”她被刺痛得大声喊了起来，泪水一下子涌上了眼眶。“你知道我是多么爱她的！”

“不，我很难说我知道。考虑到你平时对穷白佬的态度，如果你终于认识到她的好处，这可真让我大感意外，同时这也是值得称赞的。”

“你怎么可以这样说话？我当然知道她的好处。你才不知道呢！你绝不会像我那样了解她！你这种人是不会理解她的，不会知道她是多么善良——”

“真的吗？不见得吧。”

“她时时想着别人，从不考虑自己——你知道吗，她死前最后讲到的就是你。”

他猛地转过身来，眼里闪动着真实的感情。

“她说什么来着？”

“哦，瑞特，我现在不说。”

“告诉我。”

他的口气虽冷淡，但抓住她手腕的那只手却把她捏得很痛。她不想说，因为在这种气氛下她没法把谈话引向她原先想好的话题，向他表白自己的爱，但他紧紧抓住她的手腕，硬要她说。

“她说——她说——‘你要好好待巴特勒船长。他那么爱你。’”

他瞪了她一眼，放下了她的手腕。他的眼睑垂了下来脸色阴郁而茫然。突然他站了起来，走到窗口，拉开窗帘，目不转睛地望着外面，仿佛外面除了迷雾还可以看到别的什么东西似的。

“她还说了些什么？”他问道，并没有转过身来。

“她要我照料小博，我说我会的，我一定把他当作自己的孩子看待。”

“还有呢？”

“她还说到——阿希礼——她还要我照顾阿希礼。”

他沉默了片刻，然后轻轻笑了起来。

“得到了前妻的许可，事情就方便了，是不是？”

“你这是什么意思？”

他转过身来，而她虽然有些慌乱，仍惊奇地发现他脸上没有丝毫嘲弄的意味。同时他脸上也没有显出多大的兴趣，就像一个人在看一出并不怎么有趣的喜剧，看到最后一幕时已经兴味索然。

“我想我的意思很明白。玫荔小姐已经死了。你无疑拥有跟我离婚所需要的一切证据，而你的名声也已所剩无几，离婚的事儿已不会对你造成多大危害。你已经没有什么宗教信仰，所以对教会方面也可以无所顾忌了。这样一来，阿希礼和你多年的梦想就可以在玫荔小姐的祝福下变为现实了。”

“离婚？”她大声喊道。“不！不！”她语无伦次地说着，突然一跃而起，跑过去抓住了他的手臂。“哦，你完全弄错了！大错特错了！我不要离婚——我——”她停了下来，因为她找不到别的话好说了。

他用一只手托住她的下巴颏，把她的脸轻轻抬起来对着灯光，凝视着她的眼睛。她也抬起头来看着他，眼中流露出她紧张的心情，嘴唇颤抖着想要说话。但她却说不出话来，因为她正试图在他脸上发现某种感情的反应，某种闪烁的希望之光、欢乐之光。她以为他现在肯定已经理解了！然而，她炽热、锐利的目光所发现的，仍然只是那张常使她望而生畏的光洁、阴郁而毫无表情的脸。这时，他放开她的下巴颏，转身回到椅子边，疲倦地倒下去，用下巴顶住胸口，从黑黑的眉毛下面抬起眼来漠然地打量着她。

她跟着他回到椅子边，双手交叉着站在他面前。

“你错了，”她重新找出了话来说。“瑞特，今天晚上，我一明白过来，便一路跑回家来想告诉你。哦，亲爱的，我——”

“你累了，”他说，仍旧看着她。“你还是去睡吧。”

“可我一定要告诉你！”

“斯佳丽，”他沉重地说。“我不想听——什么都不想听。”

“可是你还不知道我要说什么呢！”

“我的宝贝儿，你要说的话都清清楚楚地写在你脸上了。也不知道是什么事情，或是什么人让你明白了，原来你那位不幸的韦尔克斯先生是一只死海果子①，大得连你也嚼不碎。而同时它又突然把我的魅力呈现在你面前，使我对你产生了一种新的吸引力，”他轻轻叹了一口气。“现在谈论这些已经没有必要了。”

斯佳丽见他一语道破自己心中的秘密，不由吃惊得倒抽了一口凉气。当然，他一向都能毫不费力地看出她的心思。对此她一向忿恨不已，可现在，虽然一上来对自己被他点破还感到震惊，但接下来再一想，她却又感到了欣慰。他已经知道了，理解了，那她的任务就一下子变得轻松了。现在谈论这些已经没有必要！对她长期以来的怠慢他当然会怀恨在心，对她现在的突然转变他当然会半信半疑。但只要以后好好待他，真心实意爱他，他还是会相信的。而这会是多么让人开心的事啊！

“亲爱的，我要把一切都告诉你，”她一边说着，一边弯下身去，把手放在他椅子的扶手上。“我过去太不对了，简直是个大傻瓜——”

① 死海果子，据说死海附近产一种苹果，外观美丽，里面全是灰烬；常被用来喻指虚有其表的人或物。

“斯佳丽，别说了。不要在我面前这么低三下四的。我可受不了。你就少讲几句，给我们留下一点尊严，也算我们夫妻一场有个纪念。这最后一幕你就免了吧。”

她突然挺直了身子。免掉这最后一幕？他这“最后一幕”是什么意思？怎么是最后一幕呢？这是他们的第一幕，是他们的新开端呀！

“可我还是要告诉你，”她快速地说着，仿佛生怕他要捂住她的嘴不让她说下去似的。“哦，瑞特，我是多么爱你啊，亲爱的！我肯定已经爱了你多年了，可我太傻，竟一直不知道。瑞特，你一定要相信我！”

他把站在面前的她看了很久，一直看到了她的内心深处。从他的目光中，她看出他是相信她的，可是对她已经没有多少兴趣了。啊，难道他偏偏这时候要这么刻薄吝啬？难道他要折磨她，以牙还牙地对她进行报复？

“嗯，我相信你，”他终于说了。“可是阿希礼·韦尔克斯怎么办呢？”

“阿希礼？”她一边说着，一边做了一个不耐烦的手势。“我——我认为这些年来我一直对他并不怎么关心。那——嗯，只不过是从小就有的一种习惯。瑞特，如果我早知道他是怎样一个人，我甚至想都不会想到去关心他。尽管他满嘴的真理、名誉，可他完全是个软弱无能的懦夫。”

“不，”瑞特说，“如果你一定要看清楚他是怎样一个人，你就不能带有偏见。他倒的确是个正人君子，只是陷入了一个跟他格格不入的世界，可他还在用着旧世界的那套准则，在这个世界上苦苦挣扎，所以只能到处碰壁。”

“哦，瑞特，我们不要谈他吧！现在谈他还有什么意思呢？你难道不想知道——我是说，既然我——”

当他疲惫的目光与她的目光相遇时，她突然难为情地停了下来，羞答答的就像个初次与情人会面的少女一样。她真希望他能帮她一下，让她比较容易地把话说出来。她真希望他能伸出双臂让她倒进他怀里，把头偎依在他胸前。如果她的嘴唇贴上他的嘴唇，那她不需要结结巴巴地说那么些话就可以让他明白她的意思了。但是等她看了他一眼，她才意识到，他之所以与她保持着一定距离，并不是想使她难堪。他看上去已经疲惫不堪，她刚才说的那些话对他好像没有一点触动。

“不想知道？”他说。“如果在过去，听到你这些话，我会守斋祈祷来感谢上帝的。可现在，你这些话已经无关紧要了。”

“无关紧要？你在说些什么呀？这些话当然是重要的。瑞特，你是喜欢我的，是不是？你一定是喜欢的，玫荔说你喜欢的。”

“嗯，就她所了解的来说，她是对的。可是，斯佳丽，你可想到过没有，哪怕是最永恒的爱也会慢慢磨光的。”

她哑口无言地望着他，嘴巴变成了一个圆圆的 O。

“我的爱已经磨光了，”他继续说道。“被阿希礼·韦尔克斯磨光了，被你那愚蠢透顶的固执磨光了，因为你固执得就像一只叭喇狗，想到要什么就非弄到手不可……我的爱已经磨光了。”

“可是爱是磨不光的。”

“你对阿希礼的爱就磨光了嘛！”

“可我从来就没有真正爱过阿希礼！”

“这么说来，你的确扮演得很像——直到今天晚上。斯佳丽，我并不是在责备你、训斥你、谴责你。这种时候已经过去了。所以你尽可以不必辩护，也不必解释。如果你能听我讲几分钟，不打断我，我就可以把我的意思给你解释清楚。其实，上帝可以作证，我根本不需要做什么解释。事实明摆在那儿。”

她坐了下来，那刺眼的煤气灯光正好落在她苍白迷惑的脸上。她窥视着那双她非常熟悉又极为陌生的眼睛，倾听着他平静的声音说着一些开始时还没有什么意义的话。他这次讲话一反常态，既没有嘻嘻哈哈的嘲弄，也没有含沙射影的哑谜，就像一个人对另外一个人在说话，就像别的人在相互交谈时那样。他用这种态度跟她说话，这还是破题儿第一遭。

“你有没有想到过，我爱你已经达到了一个男人爱一个女人的极点？你有没有想到过，在我得到你之前，我已经爱了你多年？战争期间，我曾多次想远走高飞，把你忘掉，可我总是忘不掉，每次都要再回来。战后，我冒着被捕的危险赶回来，也是为了要找到你。可你却那么匆忙地就嫁给了弗兰克·肯尼迪。我真嫉妒死了。倘使那次弗兰克没死，我也会把他杀死的。我一直爱着你，可我又不能让你知道。你对那些爱你的人实在是太残酷了，斯佳丽。你会抓住他们的爱，把它像鞭子一样在他们头上挥舞。”

在这番话中，只有他爱她这一事实是有意义的。当她听到他声音中回荡着一丝微弱的激情时，她心中重又感到一阵高兴和激动。于是她屏气息声地坐在那儿，静静地听着，耐心地等待着。

“在我跟你结婚的时候，我知道你并不爱我。因为我知道你对阿希礼的感情。但是我真傻，我总以为有办法可以让你回心转意。你要想笑就笑吧，但我一直照料你，宠爱你，你要什么都给你。我想跟你结婚，保护你，让你处处自由、事事称心——就像后来对美蓝那样。因为你曾经历过一番拼搏，斯佳丽。没有谁比我知道得更清楚，你曾受过怎样的磨难，所以我希望你停止战斗而让我替你战斗下去。我想让你好好地玩耍，像个孩子那样玩耍——因为你的确是个孩子，一个受过惊吓但仍然勇敢而倔强的孩子。我觉得你现在仍然是个孩子，因为只有孩子才会这样任性，这样迟钝。”

他的声音是平静的、疲倦的，但其中的某种音质却在斯佳丽心中激起一丝朦胧的回忆。她从前也曾听到过这样一种声音，而且是在她一生的另外一个紧急关头听到的。那是在哪儿呢？她只记得那声音也是一个男人的声音，他面对着自己和世界，已经失去了感情、恐惧和希望。

噢——想起来了——那是阿希礼的声音。那年冬天，在塔拉庄园的果园里，树叶已被寒风吹得精光，阿希礼用疲倦而平静的声音跟她谈论着人生犹如一场任人摆布的皮影戏一般。当时他的声音虽然平静，但其音色中所流露出来的命运已定、不可改变的哀愁却超过了任何辛酸、绝望的抱怨。当年阿希礼讲的许多事情她虽然听不懂，但他的声音却使她毛骨悚然，不寒而栗，而现在瑞特的声音也同样使她的一颗心直往下沉。尤其使她感到心烦意乱的还不是他所讲的内容，而是他那种声音和态度；同时她也感到，自己刚才的那一阵高兴和激动未免来得过早了一点。情况有点不对头，很不对头。但哪里不对头，她又说不清楚，所以只好紧紧盯住他那张黝黑的脸，耐着性子听下去，希望能听到一些话把她的恐惧驱散。

“我们俩真可说是天生的一对，因为你和我一样，为人冷酷、贪婪而又无所顾忌，在所有认识你的人中，只有我在看清了你的真实面目之后还会爱你。我爱上了你，因为我想碰碰运气。我原以为你会把阿希礼慢慢忘掉的。但是，”他耸了耸肩膀，“我用尽了一切办法却毫无效果。我过去是那样爱你，斯佳丽，倘使你给过我一个机会，我本来可以非常温柔、非常体贴地爱你，超过任何一个男人对一个女人的爱。但我不能让你知道，因为我知道，你会因此而认为我软弱可欺，会利用我的爱来对付我。你心里总是——总是想着阿希礼。这真把我气疯了。晚上我没法在餐桌旁与你对面而坐，因为我知道你心里总盼着阿希礼坐在我的位子上。夜里我没法把你搂在怀里，因为我知道——好了，现在我已经无所谓了。我现在真不明白，当时我怎么会那么伤心。所以我才去找贝尔。尽管她是个不识字的妓女，可她真心实意地爱我，尊重我，把我看作一个有教养的好人。跟她在一起可以使我得到某种安慰，使我的虚荣心得到某种满足。而你就从来没有安慰过我，亲爱的。”

“哦，瑞特……”她一听到贝尔的名字便感到一阵难受，忍不住想插进来讲几句，但他挥了挥手让她住口，又继续讲了下去。

“后来，到了那天晚上，我把你抱上楼去——当时我想——我希望——我真是怀着满腔的希望啊，可第二天早晨我却不敢看你了，生怕我想错了，生怕你其实并不爱我。我真怕你会嘲笑我，所以我又溜出去喝了个烂醉。当我回来的时候，我两只脚直发抖，那时候你只要走到楼梯口来迎我一下，稍微给我一点暗示，我就会趴下去吻你的脚了。但是你并没有来。”

“哦，可是瑞特，那时候我的确是要你的，可你却那么让人恶心！那时候我的确是要你的！我想——是的，那一定是我第一次认识到我是爱你的。阿希礼——从那以后，我就一直没有因为阿希礼而高兴过，可你却那么让人恶心，我——”

“哦，好吧，”他说。“看来我们好像是彼此误会了，是不是？不过，现在我已经无所谓了。我只是想把这一切告诉你，省得你以后疑惑不解。后来你病了，那都是我不好，所以我站在你的房门外面，希望你会喊我一声，可你没有喊。这时我才知道自己傻得出奇，一切都完了。”

他停了下来，带着阿希礼常有的那种目光穿过她望着前面，仿佛看到了什么她所看不到的东西；而她却只能默默无言地盯住他那张沉思的脸。

“但那时候还有美蓝，所以我又觉得还没有一切都完。我喜欢把她想成是你，想象着你又成了一个没有经过战争磨难和贫困熬煎的小女孩。她是那么像你，那么任性，那么勇敢、欢乐、兴致勃勃，所以我可以宠爱她，纵容她——正像我想宠爱你一样。但她有一点不像你——她是爱我的。我能把你不要的爱拿去给她，这也算是我的一点福分吧……可她一死，就把一切都带走了。”

突然，她为他难过起来，难过得连自己的悲痛和对未来的恐惧也忘记了。这是她有生以来第一次为别人感到难过时没有同时感到轻蔑，因为这也是她有生以来第一次接近于理解了另外一个人。瑞特因怕遭到拒绝而不肯承认自己的爱，这种精明的戒心和顽固的自尊，她是完全能够理解的，因为她自己也是这样。

“哦，亲爱的，”她一边说着一边把身子向他凑了过去，希望他会伸出手臂来把她搂进怀里。“亲爱的，我真对不起你，但我以后一定补报你！现在我们已经相互理解了，以后我们完全可以过得非常幸福，而且——瑞特——看着我——瑞特！我们——我们还可以再生孩子——不像美蓝，而是——”

“谢谢你，不了，”他说，仿佛是在拒绝别人拿给他的一块面包。“我不想拿我的心作第三次冒险了。”

“瑞特，不要说这种话！哦，我该说些什么话才能让你理解呢？我已经对你说过我多么对不起你了。”

“亲爱的，你可真是个孩子。你以为只要说一声‘对不起’，就可以把多年来的错误全部纠正，把多年来的心灵创伤统统抹掉，把老伤口中的毒液一起吸光……把我的手绢拿去吧，斯佳丽，在你一生中的任何紧急关头，我从来没有见过你用过手绢。”

她接过手绢，擤了擤鼻子，又坐了下来。显然他是不会把她搂进怀里去的了。而且她也开始明白了，他所说的那些爱她的话都是没有意义的。那只是一个很久以前的故事了，而他讲述时的神态就好像这故事并不是他所亲身经历过似的。正是这一点使她感到害怕。他几乎是很和蔼地看了看她，眼中露出了沉思的目光。

“你今年多大了，亲爱的？你过去从来不肯告诉我的。”

“二十八，”她用手绢捂着嘴，声音沉闷地回答道。

“这还算不上是很大的年纪。对一个获得了整个世界而失去了灵魂的人来说，这年纪还很轻呢，是不是？你不要显出一副受惊的样子。我说的失去灵魂，并不是说你跟阿希礼私通就会受到地狱之火的煎熬。我这只不过是一种比喻的说法。自从我认识你以来，你一直想得到两样东西。一是想得到阿希礼；一是想得到很多很多钱，可以叫世上的人统统见鬼去。你现在已经有了很多钱，对世人说话也够尖刻了；阿希礼也可以得到了，如果你还要他的话。可现在看来这一切又不够了。”

斯佳丽只觉得心惊胆战，但这并不是因为她想到了地狱之火。她心里在想：“瑞特才是我的灵魂，可我就要失去他了。如果我失去了他，那其余的一切还有什么意义呢？无论是朋友，还是金钱，或者是——任何东西就都没有意义了。只要还能得到他，就是再让我穷困潦倒我也不在乎。是的，即使让我再去受冻挨饿我也心甘情愿。但他这些话不会是当真的吧——哦，不会的！”

她擦了擦眼睛，孤注一掷地说道：

“瑞特，如果你过去曾经那么爱我，那你一定对我还留有一点情意的吧。”

“我发现剩下的只有两种感情了，而这两种感情都是你最痛恨的———一是怜悯，另一样是一种奇怪的慈悲心肠。”

怜悯！慈悲！“哦，我的上帝！”她绝望地想道。她决不需要怜悯和慈悲。因为每当她对任何人怀有这两种感情时，她都同时对此人感到鄙视。难道他也鄙视她吗？再没有比这更糟糕的了。即使是战争时期他那种玩世不恭的冷漠，即使是那天晚上他喝醉后把她抱上楼去的那股疯狂劲，即使是那双把她抓得遍体鳞伤的无情的手，即使是他那些阴阳怪气的带刺的话，都比怜悯和慈悲要好，因为她现在已经认识到，在这些东西下面隐藏着一种充满了痛苦的爱。而此刻，瑞特脸上明明白白表露出来的正是那种毫不涉及个人感情的慈悲心。

“那么——那么你的意思是说我已经毁灭了你所有的爱——你已经不再爱我了？”

“是的。”

“可是，”她仍然固执地说，就像个孩子，以为只要说出自己的愿望就能如愿以偿似的。“可是我爱你！”

“那就是你的不幸了。”

她急忙抬起头来，想看看他这句话里是不是带有嘲弄的意味，结果发现没有。他只是在陈述一个事实。但这一事实她仍不愿相信——也无法相信。她斜着眼看了他一眼，眼睛里充满了绝望的固执，下巴颏突然往上一翘，把脸颊上柔和的线条一下子拉得硬邦邦的，活像她死去的爸爸杰拉尔德。

“别傻了，瑞特！我会——”

他突然装出一副吓坏的样子举起一只手来，并像过去对她冷嘲热讽时那样，把黑黑的眉毛往上一耸，形成了两个新月形。

“别摆出这么副坚定的面孔来吧，斯佳丽！你真把我吓坏了。我看你是打算把你暴风雨般的感情从阿希礼身上转移到我身上吧，可我却担心会失去自由和内心的平静。不，斯佳丽，我是不会像不幸的阿希礼那样被你死死缠住的。再说，我很快就要走了。”

她还没有来得及咬紧牙，下巴颏已经颤抖起来。要走？不，决不能让他走！他要是走了，她还怎么活下去呢？她身边的人都已走光，就剩瑞特一个人了。他可不能走。可她怎么能拦住他呢？面对着他那颗冷漠的心，面对着他那些失去了热情的话，她已经无能为力，无计可施了。

“我就要走了。本来我打算等你从玛丽埃塔一回来就告诉你的。”

“你是想遗弃我吗？”

“请你不要装得像戏里那种遭到遗弃的妻子一样吧，斯佳丽。这个角色跟你不相称。我想你是不想离婚，甚至不想分居的了！那好吧，以后我常常回来就是了，这样别人也就不会说什么闲话了。”

“让别人的闲话见鬼去吧！”她恶狠狠地说道。“我要的是你。你带我一起走吧！”

“不行，”他带着不容置辩的口气说道。有一刹那，她真想像个孩子似的大哭一场。她本可以摔倒在地板上，大叫大闹，一边跺着脚后跟一边骂个不停。但她仅剩的一点自尊心和常识却使她直挺挺地站在那儿没动。她想，如果我大哭一场，他只会嘲笑我，或者只是看着我。我决不能大哭大闹，我决不能乞求。我决不能做出任何让他看不起我的事情来。即使——即使他不爱我，我也一定要让他尊重我。

她扬起下巴颏，强作镇静地问道：

“你要到哪儿去呢？”

他回答时眼中微微露出一丝钦佩的目光。

“也许去英国——或者去巴黎，也许去查尔斯顿跟家里人谋求和解。”

“可你是恨他们的！我常听到你嘲笑他们，而且——”

他耸了耸肩。

“我仍在嘲笑他们——可我的流浪生活已经到头了，斯佳丽。我已经四十五了，一个人到了这把年纪，就会对他年轻时随意抛弃的一些东西开始感到珍惜了，比如家族观念啦、名誉啦、安全啦、祖先啦等等——哦，不！我并不是在公开认错，我也不是在对做过的任何事情感到懊悔。我一直过得非常开心——开心得都让我感到腻味了，所以我现在要换换口味了。我并不是想彻底改变，而只是想模仿一下我过去熟悉的一些东西，比如对体面的深恶痛绝——是对别人的体面，而不是对自己的体面；——上流人士那种不露声色的尊严和旧时代那种温文尔雅的风度。年轻的时候我没有认识到这些东西的淡雅魅力——”

这使斯佳丽又想起了那年冬天在塔拉庄园果园里的情景。当时阿希礼的目光跟瑞特现在的目光一模一样。她的耳边又清晰地响起了阿希礼的话，仿佛现在在说话的不是瑞特而是阿希礼。于是她把阿希礼说的一些片断鹦鹉学舌般地说了出来：“它具有无穷的魅力——像古希腊艺术一样，完美无瑕，匀称和谐。”

瑞特警觉地问道：“你怎么也说出这样的话来？这正是我要说的意思。”

“这话是从前——从前阿希礼说过的，关于旧时代。”

他耸了耸肩，眼中的闪光顿时消失了。

“又是阿希礼，”他说道。接下来他沉默了一会儿才又说道：

“斯佳丽，等你到四十五岁的时候，或许你就会明白我现在讲的意思了。到那时候，或许你也会厌恶那些冒牌的绅士，矫揉造作的举止和虚伪的感情了。但我对这一点仍有怀疑。我看你就是到死也只会迷恋漂亮的外表，而不会注重实际的。反正我是等不到那一天了，而且我也不想等了。我已经毫无兴趣了。现在我要到那些旧时代的城镇和乡村去搜寻，去寻找某些残存的旧时遗风。我现在很伤感。亚特兰大对我来说太粗俗，太时髦了。”

“别说了，”她突然说道。其实他说的话她几乎一句也没有听进去。但她知道，自己再也受不了他那种冷冰冰毫无爱的口气了。

他停了下来，带着疑惑的目光看着她。

“这么说，你已经明白我的意思了，是不是？”他一边说着一边站了起来。

她以一种古老的哀求姿势，掌心朝上向他伸出手去，脸上露出了一片真诚。

“不，”她大声说道。“我不明白。我只知道你已经不再爱我，你要走了！哦，亲爱的，如果你走了，我可怎么办呢？”

他犹豫了一会儿，仿佛在心里盘算着对她善意地说个谎好呢，还是实话实说好。然后他耸了耸肩。

“斯佳丽，我这个人从来没有那份耐心，把已经破碎的布再拣起来粘在一起，然后对自己说，这补好的衣服跟新的一样好。已经破碎的总是破碎的——我宁愿记住它破碎以前的样子也不愿意把它补好后一辈子看着那些补丁。如果我年轻一些，也许——”他叹了一口气。“可是我现在快老了，再也不会相信‘消释前嫌，一切重新开始’之类的说法，再也无力承受因为一直生活在温文尔雅的幻灭之中从而一直说谎的负担了。过去我跟你生活在一起，既不能对你说谎，也不能对自己说谎。就是现在，我也不能对你说谎。对你的未来，我要能继续关心就好了，可我不能了。”

他很快地吸了一口气，又轻松而柔和地说了一句。

“亲爱的，我才不在乎呢。”

她默默无言地望着他走上楼梯，只觉得喉咙口一阵阵剧痛就要把自己憋死了。随着他的脚步声在楼上穿堂里渐渐消失，她的最后一线希望也消失了。她现在才明白，任何感情或理性的呼吁都无法使他那冷静的大脑改变它的决定了。她现在才明白，虽然他刚才有些话说得很轻松，但句句都是当真的。她之所以明白，是因为她从他身上感受到一种刚强、不屈、毫不宽容的性格——这种性格正是她一直在阿希礼身上寻找而从未找到过的。

对于她所爱过的这两个男人，她谁都没有真正了解过，所以才双双失去了他们。现在她才模模糊糊地意识到，如果她真正了解过阿希礼，她就绝不会爱他了；如果她真正了解过瑞特，她也就绝不会失去他了。她不禁凄凉地疑惑起来，世界上有哪一个人是她真正了解过的呢?

这时她感到自己的头脑一下子变得迟钝了，而她根据自己的长期经验，知道这种迟钝很快就会引起剧痛，正像我们的肌肉组织，外科大夫的手术刀刚把它们切开时，先是一阵短暂的麻木，但接下来就会剧痛起来。

“我现在不去想它，”她重又祭起了自己惯用的法宝，狠狠地想道。“如果我现在还去想失去他的痛苦，我就要发疯了。我明天再想吧。”

“可是，”她的心却把老法宝丢在一边，开始痛得喊了起来，“我不能让他走！一定还有办法的！”

“我现在不去想它了，”她又大声说道，极力想把她的不幸置于脑后，极力想找个办法阻挡住汹涌而至的痛苦。“我——对了——明天我可以回到塔拉庄园去。”想到这儿，她的情绪才稍稍好了一点。

从前，她曾因恐惧和失败回过一次塔拉庄园，在那儿经过一段时间的休整，果然又变得身强力壮，为后来夺取胜利做好了准备。她上次能做到的——愿上帝保佑，这次她也一定还能做到！至于怎样才能做到，她现在还不知道。她现在也不愿去想它。她现在只需要一个可以从容呼吸的空间让她痛定思痛，一个安安静静的地方让她舔干净自己的伤口，一个安全的避难所让她制定下一步的作战计划。她一想到塔拉庄园，就仿佛有一只轻柔凉爽的手在抚慰着她焦灼的心。她仿佛看到了那幢白色的房子，掩映在正在变红的秋叶里，在那儿闪烁着向她表示欢迎；她仿佛感到了，在那片静谧的田野上，暮霭正在为她默默祝福；她仿佛感到了晶莹的露珠正落在几十英亩的绿色灌木丛和雪白的棉桃上；她仿佛看到了绵延起伏的山坡上那令人思念的红土和郁郁葱葱颇为壮观的松树林。

这幅美妙的图画使她模模糊糊地感到一阵快慰，增强了她的信心，把她心灵上的创伤和悔恨一下子驱散了不少。于是她索性站在那儿，怀念起那些可爱的东西来：那条通往塔拉庄园的古柏森森的夹道，小河两岸芳香扑鼻的素馨花，白墙外那片碧绿的草地，房间里那些随风飘扬的白色窗帘。而且黑妈妈也在那儿！突然她感到自己迫切地需要黑妈妈，就像小时候需要她那样，需要她那宽阔的胸膛把自己的头偎依在上面，需要她那只粗大的黑手抚摸自己的头发。黑妈妈是她跟旧时代相连的最后一个人了。

她的先人们一向是不怕失败的，即使失败死死地盯住他们的脸看个没完，他们也会面不改色的。正是抱着先人们这种大无畏的精神，斯佳丽终于抬起了头。她一定能够重新得到瑞特。她知道自己能够做到这一点！只要她一心想得到，从来还没有哪个男人她没有得到过。

“这一切等我明天回到塔拉庄园再考虑吧。到那时候我就能够忍受了。明天我要想出个办法来重新得到他。不管怎么说，明天就是另外一天了。”

译文名著精选书目

傲慢与偏见	〔英〕简·奥斯丁 著 王科一 译
简·爱	〔英〕夏洛蒂·勃朗特 著 祝庆英 译
基督山伯爵	〔法〕大仲马 著 韩沪麟 周克希 译
少年维特的烦恼	〔德〕歌德 著 侯浚吉 译
茶花女	〔法〕小仲马 著 王振孙 译
呼啸山庄	〔英〕艾米莉·勃朗特 著 方平 译
悲惨世界	〔法〕雨果 著 郑克鲁 译
堂吉诃德	〔西班牙〕塞万提斯 著 张广森 译
红与黑	〔法〕司汤达 著 郝运 译
雾都孤儿	〔英〕狄更斯 著 荣如德 译
欧叶妮·葛郎台／高老头	〔法〕巴尔扎克 著 王振孙 译
莎士比亚四大悲剧	〔英〕莎士比亚 著 孙大雨 译
泰戈尔抒情诗选	〔印〕泰戈尔 著 吴岩 译
乱世佳人	〔美〕玛格丽特·米切尔 著 陈良廷等 译
鲁滨孙历险记	〔英〕笛福 著 黄杲炘 译
安娜·卡列尼娜	〔俄〕托尔斯泰 著 高慧群等 译
十日谈	〔意〕薄伽丘 著 方平 王科一 译
福尔摩斯探案精选	〔英〕柯南·道尔 著 梅绍武 屠珍 译
老人与海	〔美〕海明威 著 吴劳等 译
漂亮朋友	〔法〕莫泊桑 著 王振孙 译
巴黎圣母院	〔法〕雨果 著 管震湖 译
双城记	〔英〕狄更斯 著 张玲 张扬 译
最后一片叶子	〔美〕欧·亨利 著 黄源深 译
瓦尔登湖	〔美〕梭罗 著 徐迟 译
一九八四	〔英〕奥威尔 著 董乐山 译
复活	〔俄〕托尔斯泰 著 安东 南风 译
三个火枪手	〔法〕大仲马 著 郝运 王振孙 译
苔丝	〔英〕哈代 著 郑大民 译
变色龙	〔俄〕契诃夫 著 汝龙 译
钢铁是怎样炼成的	〔俄〕奥斯特洛夫斯基 著 王志冲 译
浮士德	〔德〕歌德 著 钱春绮 译
太阳照常升起	〔美〕海明威 著 赵静男 译
莎士比亚喜剧五种	〔英〕莎士比亚 著 方平 译
理智与情感	〔英〕简·奥斯丁 著 武崇汉 译
罪与罚	〔俄〕陀思妥耶夫斯基 著 岳麟 译
羊脂球	〔法〕莫泊桑 著 郝运 王振孙 译
鼠疫	〔法〕加缪 著 刘方 译
青年艺术家画像	〔爱尔兰〕乔伊斯 著 朱世达 译

我是猫　〔日〕夏目漱石　著　刘振瀛　译
神曲　〔意〕但丁　著　朱维基　译
红字　〔美〕霍桑　著　苏福忠　译
到灯塔去　〔英〕伍尔夫　著　瞿世镜　译
格列佛游记　〔英〕斯威夫特　著　孙予　译
大卫·考坡菲　〔英〕狄更斯　著　张谷若　译
道连·葛雷的画像　〔英〕王尔德　著　荣如德　译
童年／在人间／我的大学　〔俄〕高尔基　著　高惠群等　译
城堡　〔德〕卡夫卡　著　赵蓉恒　译
汤姆·索亚历险记　〔美〕马克·吐温　著　张建平　译
九三年　〔法〕雨果　著　叶尊　译
铁皮鼓　〔德〕格拉斯　著　胡其鼎　译
卡拉马佐夫兄弟　〔俄〕陀思妥耶夫斯基　著　荣如德　译
远大前程　〔英〕狄更斯　著　王科一　译
马丁·伊登　〔美〕杰克·伦敦　著　吴劳　译
名利场　〔英〕萨克雷　著　荣如德　译
嘉莉妹妹　〔美〕德莱塞　著　裘柱常　译
细雪　〔日〕谷崎润一郎　著　储元熹　译
哈克贝里·芬历险记　〔英〕马克·吐温　著　张万里　译
儿子与情人　〔英〕劳伦斯　著　张禹九　译
野性的呼唤　〔英〕杰克·伦敦　著　刘荣跃　译
牛虻　〔英〕伏尼契　著　蔡慧　译
包法利夫人　〔法〕福楼拜　著　周克希　译
达洛卫夫人　〔英〕伍尔夫　著　孙梁　苏美　译
永别了，武器　〔美〕海明威　著　林疑今　译
喧哗与骚动　〔美〕福克纳　著　李文俊　译
猎人笔记　〔俄〕屠格涅夫　著　冯春　译
圣经故事　〔美〕阿瑟·马克斯威尔　著　杨佑方等　译
希腊神话　〔俄〕库恩　编著　朱志顺　译
格林童话　〔德〕格林　著　施种等　译
月亮和六便士　〔英〕毛姆　著　傅惟慈　译
失乐园　〔英〕弥尔顿　著　刘捷　译
海底两万里　〔法〕凡尔纳　著　杨松河　译
丧钟为谁而鸣　〔美〕海明威　著　程中瑞　译
安徒生童话　〔丹麦〕安徒生　著　任溶溶　译
了不起的盖茨比　〔美〕菲茨杰拉德　著　巫宁坤等　译
虹　〔英〕劳伦斯　著　黄雨石　译
摩格街谋杀案　〔英〕爱伦·坡　著　张冲　张琼　译
坎特伯雷故事集　〔英〕乔叟　著　黄杲炘　译
战争与和平　〔俄〕托尔斯泰　著　娄自良　译
环游地球八十天　〔法〕凡尔纳　著　任倬群　译
人生的枷锁　〔英〕毛姆　著　张柏然　张增健　倪俊　译